明清詩文論考

松村昂 著

汲古書院

目次

明清詩文論考

第一部　明清詩文通論

一　袁宏道から袁枚へ

中國古典文學史上、明末の一時期に世間の耳目を集めた袁宏道（一五六八～一六一〇）と、淸代中期の袁枚（一七一六～一七九七）とは、性靈派という紐でもって、從來、一括されてきた。そのことは、基本的には正しいと考える。「情」「性靈」「性情」などと、表現上では多少ニュアンスを異にはしても、內容的にはほぼ同一のものと考えてよい要素を、兩者がともに、文學創作の基本精神としたからである。しかしながら、袁枚が、その『隨園詩話』の中で、『詩經』より明末にいたる、およそ二千年にわたる期間の、多少とも名の知られた詩人を一度はあげているにもかかわらず、袁宏道の名を一度もあげていない。この事實にたいしては、これまでも、いろいろな臆測がなされてきた。このこと自體は些細なことであるが、その底には、一世紀半を隔てた二人の詩人が、どの程度に規を一にしていたのかという問題を孕んでいる。私の結論を先に言えば、この二人は、大前提において規を一にしながら、少なくとも一つの點で異なっていたということである。しかも、この點というのは、單に前後の性靈派の違いにとどまらず、いわば、明の古典文學と淸のそれとの間に橫たわる違いにまで發展するものではないかと考える。二人の詩人の間には、約百五十年の時間的距離があるが、この距離には、すぐれて歷史的な時間、すなわち、階級鬪爭と民族鬪爭が入り亂れながら熾烈に展開された時代が、存在する。明の古典文學と淸のそれとの間に橫たわる違いも、その激變する歷史事情と無緣ではあるまい。明末淸初といわれるこの時期の文學は、それ自體として硏究されねばならないし、また、それに値する重みを持つと考えられるが、今のところ私は、袁宏道と袁枚の間にある一つの相違を解く手がかりとして、黄宗羲（一六一〇〜一六九五）を媒介させるにとどめたい。

さて、袁宏道が「情」とか「性靈」というのは、要するに、人間の自然のこころの動きを流露することをもって文學の基本とするということであった（「敍小修詩」「陶孝若枕中囈引」など）。彼が、この、自然のこころを強調するところには、十六世紀から彼の時代に至るまで、ほぼ文壇の主流をなしていた前後七子の「古文辭」派が、特に意識されていた。「文は秦漢、詩は盛唐」として、エネルギッシュで高邁な詩風を良しとする彼らにたいして、袁宏道は、彼らの主張が人間の自然のこころを損うものであると批判した。そして彼は、往々にして政治的な理想を實現しようとするところから發するエネルギーを歌うのではなく、そのようなエネルギーのかげに隱された柔らかい生命を發掘しようとした。具體的には、「勞人思婦」（「陶孝若枕中囈引」）という言葉によって代表される女性や奴僕や小さな動物たちを、文學の主題に好んで取りあげた。それを我々は、彼の用語に從って、「淡」（または「平」）の文學と呼ぶことができよう。しかしながら、彼の、自然のこころの流露、言いかえれば個性の發揮は、常に「淡」の狀態でなされたわけではない。特に彼が、仕官の絆を絶って自由人になりたいと願いながら、なおそれを餘儀なくされていた時に、彼の自然のこころは、精神的な「鬱」や肉體的な「病」として沈潛し、「奇」の文學として迸り出た。彼が、この「奇」の精神を、社會的な個性として發揚する時には、錐で耳を突きさす徐文長や、ムカデを喰らいながら、「萬法は一に歸す、一は何處《いずこ》に歸せん」とつぶやくアルコール中毒の男や、飲んだくれの寺僧「醉聖」などを、好意的に表わす文章となった。またそれを、歷史的な個性として發揮する時には、「法」の否定となり、さらに禮教からの解放を唱えることとなった。ここで彼がいう「法」の否定とは、古典繼承の問題であって、古典を規範としないことこそが眞に古典を繼承することであるという、いわば文學創造の辨證法的發展の論理であって、その眼目は、おのれが生きるその現在の時代精神を最大限發揮することを主張するところにあった。袁宏道のこの主張は、傳統を重んずる中國文化の中でも、狹隘なまでに一つの古典（秦漢の文、盛唐の詩）を祖述しようとした「古文辭」派にたいして、鋭く切りこんだものであった。ところで、一般に舊中國において、古典繼承の問題が儒教的な尙古思想に根ざしたものである以上、袁宏道の「法」の否定主張が、儒教的な禮教主義と對決するに至るのは、必然であった。彼は學問（經學）を、自然と對立するものと考え、禮教を、人間の枷でしかないとした。逆に彼が眞の學問という時、そこには、佛教や莊子の色彩が多分に持ちこまれた。「法」および禮教にたいする、彼のこのような姿勢は、先にも述べたような「奇」の文學となって現われ、また、「六經は至文に非ず」（「聽朱生說水滸傳」）として、水滸傳の作者羅貫中や、元曲の作家關漢卿に、また作品では『金瓶梅』に、司馬遷と並べて高い評價を與えるということになった。

しかしながら、よく言われるように、袁宏道の、禮教との對決は、きわめて不徹底なままに終ってしまった。しかも晩年の彼は、往年のこの對決の姿勢そのものにすら、ある恥らいを表明している。そして、「奇」の文學を軸としないで、「淡」の文學を軸とする方向に、彼の文學は強く流れてゆくのである。彼のこのような逃避は、經濟的また民族的な矛盾とともに、なお儒教を唯一の政治理念として推しすすめられている政治支配にたいしての根本的な省察から、彼が目をそらしたことと關わっている。ついでにいえば、彼の文學理論を多分にひきついだ鍾惺（一五七四〜一六二四）・譚元春（一五八六〜一六三一）らの竟陵派の文學が、やはり、混亂を深める現實にたいして目を蔽ったまま、「幽深孤峭」といわれ「魔」といわれる境地にずぶずぶとつかっていったのも、袁宏道の逃避と無緣ではあるまい。

それでは、一世紀半後の袁枚はどうであっただろうか。袁枚もやはり、人間の自然のこころである「性情」を流露することを、作詩の基本理念とした。彼がこの主張を展開する時にも、やはり、明の前後七子の後裔である、沈德潛（一六七三〜一七六九）などの「格調」派を、意識していた。そして彼も、詩材を日常生活の中に見出し、「勞人思婦、靜女狡童」（『隨園詩話』卷一、卷三）で象徵される柔らかい生命を、好んで詩に詠んだ。それを我々は、袁枚の言葉に從って、「平淡」の文學と呼ぶことができる。ところが袁枚には、袁宏道風の「奇」の要素が無い。その理由の一つは、二人の環境の違いにあるだろう。袁宏道は自由人となることを願いながら、結局は三度の仕官を餘儀なくされ、仕官の身にあって死んだ。それにたいして袁枚は、進士及第後九年めの三十三歳で、もはや官の絆に煩わされることなく、江寧の隨園で、「文を賣りて活を爲す」生活に入り、五十餘人の女弟子を稱揚しつつ、また中國のほぼ全土を遊覽しつつ、自由人としての生涯を終えることができた。そこには、異民族の支配下にありながら、發達した商業資本のもとに、文學者が政治から自立できるところの社會が生まれていた。このような社會經濟的な環境とは別に、もう一つの理由として、學問にたいする姿勢の違いが、二人には見られる。袁宏道には、人間の自然のこころの流露を束縛する禮教＝學問への對決が、ともかくも、あった。ところが袁枚は、學問を、むしろ作詩に必要なものとして受け容れたのであった。すなわち彼は、「性情」を流露するだけでは、詩は往々にして野暮ったくなってしまうので、「學問」があってはじめて「雅」、すなわち都會風の洗練されたものになると說くのである（『隨園詩話』卷七）。いわば袁宏道の「奇」と對置されたところに、袁枚の「雅」が存在するのである。しかして、このような「學問」はまた、單に「雅」な詩を作るための手段としてのみならず、全人格的にも必要なものであるとされた。すなわち、全人格的には、常に「古人」の影をいだき、そこではじめて「學力」も深いものとなる。ただ、いったん創作に入った場合には、たちまちにして「古人」の影を捨てさり、そこではじめて「精神」が發揮される、というのである（同上、卷十）。また、「人となりとしては我があってはならないが、詩を作るときは我が無くてはいけない」（同上、卷七）ともいう。「古人」にたいする態度のこのような曖昧さ、「我」つまり個性にたいするこのような制限からは、文學的のみならず全人格的にも個性的であろうとした「奇」の境地は生まれるはずがなかったと言ってよい。それと同樣の關係は、「法」についても言えるのであって、袁枚は、誰か特定の古人を祖述しようとしなかったかわりに、誰か特定の古人を否定し去ることもしなかった。いうなれば袁宏道は、その主觀主義・現實主義から、古典の存在そのものを抹殺しようとしたのにたいして、袁枚は、その客觀主義・歴史主義から、古典を古典として評價しようとしたのである。もっとも、袁枚とても、「學問」を至上と見なしたわけではない。彼は、作詩に必要な要素として、「才・學・識」の三者をあげ、中でも「識」を最優先させた。「識」とは見識のことであって、「性情」と「學問」とを統一させた概念であると考えられる。そして、この見識があってはじめて、「才」と「學」も正しく運用されると考えたのであった。

ところで、袁宏道によって否定された學問が、袁枚によっては、條件つきであるにしろ必須のものとされたことについて、我々はその起源を黃宗羲に求めることができる。黃宗羲は、袁宏道の「性靈」の主張を繼承し、文學論としては、「そもそも情の至ったものは、その文において至らぬものはない」（『明文案序上』）と言い、文學批評としては、「ひとすじに淸の深し」（『明文授讀』卷十四。なお「一往情深」という語は、袁枚のしばしば用いた評語でもあった）というように表わされる。しかし黃宗羲は、人間の自然の心情の吐露を無條件に賞揚したのではなく、その支えとしての學問を、きわめて重視した。このことは、彼の、袁宏道にたいする批評に典型的に表明されているといえる。すなわち、「天來の才能がさっと迸り出て、古くさい空氣を洗い流してしまった。みずから蘇東坡になぞらえているのも、ほぼ當っている。ただし彼には學問が無かった」（同上、卷二十七）と。黃宗羲のこの指摘は、彼からややくだった朱彝尊（一六二九～一七〇九）の、「公安袁無學兄弟」（『胡永叔詩序』）という、袁宏道の自號を逆手にとった表現にひきつがれ、袁宏道にたいする固定した世評になっていったように思える。袁枚が、「明末の知識人は、學問が空っぽで、見解は淺はかであるのに、名譽を好むことだけは甚しかった」（『隨園詩話』卷十六）というのに、あるいは袁宏道をも一枚、念頭に置いていたかも知れない。

もっとも、袁枚は、思想家としての黃宗羲の中に詩人を見出し、それを賞揚してやまなかったが、黃宗羲の學問への態度を、そのままに繼承したか否かは、また一つの疑問である。なぜなら、黃宗羲はあくまでも「道」を重視し、「文」はそれを載せる手段であると考えた（「陳葵獻偶刻詩文序」）のにたいして、袁枚には、先にも觸れたように、「文」に重點を置きつつ、「道」とそれとは別のものとして分離しようとする跡がうかがわれるからである。そして、文學のもたらす笑いに價値を見出し、往々にして遊戲の文學へと傾くからである。また、清朝考證學の成立が、黃宗羲の思想から必然的にもたらされたものであったとすれば、袁枚が、考證學の學人たちにたいして、ともに詩を論ずるに足らぬものとしてしばしば批判を加えたことも、黃宗羲から袁枚にたどる場合に、考慮に入れるべきであろう。

ともかくも、袁宏道から袁枚への移行、ひいては明の古典文學から清の古典文學への移行をたどる場合に、黃宗羲ら明末清初の思想家や詩人たちに、さらにメスを入れてゆく必要があるように思える。

二　前近代の中國文學――總論と詩――

一　總　論

漢文・唐詩・宋詞・元曲

中國文學史を要約する言葉に、「漢文・唐詩・宋詞・元曲」というのがある。それぞれ二字の、上は朝代の名、下は文學のジャンルであって、各朝代の文學上の個性がそれぞれのジャンルの上に、もっとも集約的に、またもっとも成功裡に表われている、という意味である。例外を數えあげればきりがないが、やはりなかなかに簡にして要を得た表現であると思う。

ところで、この要約の背景には、おおざっぱな言いかただが、時代がくだるにしたがって文學活動に參與する層もひろがっている、という一つの現象がある。司馬遷《しばせん》の『史記』も杜甫《とほ》の詩も、現在の日本では、厖大なマス・メディアによって我々の需要を充たしているという點では、「文」に參與する層が「詩」に參與する層よりも狹い、などとはもちろん言えない。しかし、「文」が漢代に確立し、「詩」が唐代に盛行した、その時點に返ってみればどうだろう。「漢文」の代表作として、普通に「史記」と呼ばれている書物も、作者の司馬遷が名づけたのは「太史公書」であった。歴史官の記錄という意味である。書物のスタイルや內容が、時としてすぐれて文學的であるのは、ひとえに彼の體驗と個性、それに時代のおおらかさによるのであろうが、書物の成立そのものは、彼の家庭が代々歴史官のそれであったという條件のもとではじめて可能になったのであり、彼はいわばこの種の文章をつづる特權階級の一人であったわけである。作者自身はこの作品を名山に藏《ぞう》し後世の判斷を待つと述べ、その實態を分かりにくいものにしているが、成立當初の讀者の數はきわめて限られていただろうと思う。書物の成立が、普通に紀元一〇五年とされる紙の發見より二百年も前のことであってみれば、作者および讀者の特權性はいっそう際立ってこよう。

官僚的知識人がほとんど獨占

「唐詩」に參與する層が「漢文」に參與する層よりも擴大した、その功績は主として低い家柄から出た新しいかたちの知識人たちの中にある。彼らは、從來の門閥貴族からすれば異分子であったが、科擧という高等文官試驗をよりどころとして、しだいに文化の中樞部にのしあがっていった。しかも、この科擧で作詩の能力が重視されたことも、彼ら新しい知識人たちには有利であった。というのは、唐の詩人たちが得意とした今體詩（絕句・律詩）は、短くて二十シラブル、長くても五十六シラブルと比較的短く、朗誦を主たる傳達方式とする文學形式であったからである。この形式によって新しい知識人たちは、官僚の資格を獲得する前に、野にあって、友人どうしや小グループの間で、近況を知らせあったり送別の宴席を用意する機會に、互いに詩を交換し、そうすることによって詩の作法を磨きあうことができたし、たとえ官僚への正規の手續きを踏まなくても、あるいはそれに失敗しても、作詩の名手としてその作品が口移しに傳えつがれた曉には、宮廷に招かれるとか、民間で名をあげるといった機會に浴することができた。唐詩の雙璧といわれる李白《りはく》と杜甫が、仕官の上ではまったく取るにたらぬものであったことは、この邊の事情を物語っている。このようにして彼らは、漢代に存在したような文化的特權階級のワクを大きく押しひろげ、以前とは比較にならないほどの大量の詩を殘したのである。

次に宋代の「詞」というのは、分かりやすくいえば歌謠曲の歌詞である。別に「長短句」とも呼ばれ、「はうた・こうた」などと譯されることから、おおよその想像はつくだろう。「詩」がかつて民間から知識人の手にわたる過程で失ってしまったメロディを、今いちど取りもどしたともいえよう。ただその擔い手には、詞の制作を專門にする人ももちろんいたけれども、たとえば蘇軾《そしょく》のように、他方では詩の名手でもあるような人も多く、詩と詞とのそれぞれの制作者の間に階層的な違いとか、新舊の交代などを指摘することは難しい。しかし「詞」が當時の民間のメロディに規制され、表現にも「詩」には見られないような俗語や言いまわしがかなり使われているということは、庶民がメロディなり言語なりを知識人に提供するかたちで、間接的にしろ新たに文學への參與を果したことを意味する。

それにたいして「元曲」は、歌と科白《せりふ》をまじえたオペラのような演劇であるが、蒙古民族の支配下におかれた漢民族の知識人と、ようやく一つの階層を形成しはじめた都市の住民とが、作家となり觀衆となって育てたものである。したがって、その形式・内容、そして支持層のいろいろな面で、官僚的知識人によってほぼ獨占されてきた從來のジャンルとは異なっている。この段階で、文學の享受者は質的な變化をとげたわけである。

明・清の座を占める小說

さて、以上の「漢文・唐詩・宋詞・元曲」の要約にならうならば、この後の明（一三六八〜一六四四）・清（一六四四〜一九一二）の座にすわるジャンルは何だろうか。

傳統的な詩・文が上層の知識人たちにとって、その情熱を傾けるジャンルであったことは、從來と變わりない。というより、彼らは、詞はともかく、演劇や小說については、自分たちが手を染めるべきものでないことはもとより、表立って評論するべきものではないと、一般的には考えていたのである。だが、詩や文の成果はそれほど高くはない。

少なくとも李白や杜甫、蘇軾や陸游《りくゆう》といった唐宋の詩人たちの詩、司馬遷や韓愈《かんゆ》・柳宗元《りゅうそうげん》ら漢代また唐宋時代の散文を凌駕したとはいえない。その理由の一つとしては、彼ら上層知識人たちが漢代以降の知識人と基本的には同一の基盤、つまり地主的官僚という封建制の基盤に立っており、文學に參與する層の量的なひろがりも、これらのジャンルにたいして質的な變化をもたらすまでの契機とならなかったこと、が考えられるが、それと關連しながら、今一つの理由は、詩や文の遺產の成果があまりにも高かったことである。だから明・清の知識人たちの眼はつい過去に向けられてしまい、極端なばあいには、「漢文」とか「唐詩」の成果をそのまま模倣することをもって文學創作の理論とし、それが長期にわたって世間に流行するといった現象をきたし、この理論に反駁するとしても、かわりに宋代の詩とか唐宋の八家文を模範とすることを主張するにとどまり、當時の現代人としての獨自の作風を創造しようとする試みにはなかなか至らず、試みられたとしても成功は難しかった。

詩・文のほかに「散曲」とか「傳奇」など、「元曲」の傳統をひくジャンルの新しい展開も見られるが、この時代の文學に新風を吹きこんだのは何といっても「小說」で、これこそ先の要約のあとの明・清の座を占めるにふさわしい存在であった。明代では『三國志演義《さんごくしえんぎ》』『水滸傳《すいこでん》』『西遊記《さいゆうき》』『金瓶梅《きんぺいばい》』など、清代では『聊齋志異《りょうさいしい》』『儒林外史《じゅりんがいし》』『紅樓夢《こうろうむ》』などが、その代表作品である。

「小說」という言葉は、我々は近代西洋のロマンとかノベルの譯語として使っているが、中國で漢代いらい用いられた時は、文字どおり「つまらぬはなし」であり二流以下のジャンルという意味であった。當時の上層知識人たちは、家庭でこっそり讀み、それなりの愛好もしてはいたが、公けの場で話題に載せることはしなかった。上層知識人によるこのような小說蔑視の歴史は古いが、この蔑視の風潮をあえて破って、小說や戲曲を、『史記』や杜甫の文學作品、あるいは『論語』『孟子』といった儒教の經典に、優るとも劣らないものとして高く評價したのは、明代の李贄《りし》（字は卓吾、一五二七〜一六〇二）と、弟子の袁宏道《えんこうどう》（一五六八〜一六一〇）などであって、當時としては天地をひっくりかえすような大膽な發言であった。彼らは、從來の知識人に強かった復古主義をしりぞけ、古典は古典として評價しながらも、現代は現代として獨自の個性と存在理由を持つと主張したのであるが、このような思想家や文學家の出現が、實は歴史學のほうで問題となっている正德《しょうとく》・嘉靖《かせい》期（一五〇六〜一五六六）の、特に商業および手工業の發達に根ざした資本主義の萌芽という現象と時期的に重なることは、はなはだ興味深い。

精神の躍動見られぬ『金瓶梅』

この時期における社會經濟と思想文學との作用反作用の關係については、いまだ十分には解明されていないように思われるが、兩者をとり結ぶものとしての、商業（および一部の手工業）資本家と、そのもとで現出した都市の住民たちの存在が、注目されよう。彼らこそが、小說の盛行にあたって、下層知識人の創作活動を保證し、作品の出版を推しすすめ、ひいては『金瓶梅』のように、藥屋の經營者をその主人公にすえるという新しい傾向を生みだしたからである。

もっとも、西洋の近代化を念頭においてみたばあい、中國の商業都市（および紡績など一部の手工業をかかえる都市）には、都市づくりとか、自由と自治のための法律の制定とかの、市民としての活動に缺けるうらみがある。もういちど『金瓶梅』をあげれば、この小說が一商人の成金ぶりをぞんぶんに描いていることは確かだけれども、そこには新興の市民に期待される自由の追求といった精神の躍動が見られず、いわば私欲の爛熟のみに終始してしまっている。發生から爛熟に至る中間項をなすところの、擡頭のはつらつさといったものが、この小說には見當たらないのである。おそらくそれは、この時期の都市や商業・手工業の發達の形態に規制されているのだろう。つまり、資本主義の萌芽が事實であったとしても、それはしょせん萌芽であって、それを支えるべき都市住民はいまだ非力であったし、量的にも限られていた。だから李卓吾らの先驅的な思想も、當時の民衆の思想として定着し新たな社會を形成するに至らぬうちに、政府の思想彈壓を許してしまったし、來たるべき動亂に際しても、その生命力を維持し擴大することができなかったのである。

この動亂は、十七世紀中葉の農民の反亂と滿州民族の侵入によって起こされた。知識人たちは、階級的と民族的の二つの矛盾の前に立たされたわけであるが、良心的な部分も、反亂軍との連攜にはとても考えおよばなかった。明末清初の思想家として知られる顧炎武《こえんぶ》（一六一三〜一六八二）や黃宗羲《こうそうぎ》（一六一〇〜一六九五）なども、揚子江下流域を中心に、住民といっしょになって果敢な反滿州の抵抗戰爭に起ちあがり、その過程で優れた抵抗の詩をものにしているが、農民反亂軍と敵對こそすれ連合のない軍勢でもってしては、その勝敗の落ち着くところは明らかだった。一六四四年、滿州民族は漢民族の地に清朝を樹立し、漢民族知識人たちはその彈壓と懷柔の前に動搖し、魂を沈潛させてゆく。

封建制最後の危機の時代に

歴史學では一八四〇年のアヘン戰爭の開始をもって中國の近代の幕開けとするのが一般的である。では、この幕開けに至る文學の樣相はどのようなものであっただろうか。幕開けまでの約百五十年、つまり十八世紀と十九世紀前半の詩を中心に見ることにしよう。

この百五十年間は、異民族支配のもとで繁榮から衰退へと向かう時期である。つまり清王朝はその全面的な支配をすでに確立し、雍正・乾隆期（一七二三〜一七九五）には、辮髪《べんぱつ》の強要、禁書や文字の獄といった文化政策を推しすすめながら、一方では明代の最高水準をうわまわる經濟的繁榮を實現した。したがって文學の面でも、ふたたび市民的な情況が現われることになる。それを我々は詩の分野で、袁枚《えんばい》の中に考えてみよう。また十九世紀前半の、中國封建制最後の段階の文學については、龔《きょう》自珍《じちん》という一人の詩人を見ることにしよう。

二　袁枚の詩

新しいタイプが形成されぬ知識人

十八世紀の中國は、特に商人や、少數の手工業者の活動によって、史上空前の經濟的繁榮を實現したが、しかしその舞臺となる諸都市では、この時も、健全な市民層の形成に平行しての自由都市や自治區域の建設といった動きは稀薄であった。この二つの側面は、當然のことながら、文學を擔う人々やその作品にも影を落としている。

この時期の文學で大きな成果をあげたジャンルは、やはり小說であった。そこでは、商人がひきつづき登場して、經濟的繁榮の中にある世相を反映するとともに、『紅樓夢』のように、これまで權力の座を占めてきた貴族の沒落とか、『儒林外史』のように、權力機構への階段である科擧試驗にまつわる腐敗や墮落なども描かれた。だが知識人を中心にすえて考えるならば、小說がすでに數世紀來の歷史をもってそれ相當の發展を見せ、彼らの間にも一定のファンを持ったには違いないが、公けの場で正面きって創作し評論し鑑賞するだけの市民權は、まだ持っていなかった。當時の知識人が文學上の才能や情熱を傾注したジャンルは、依然として詩であった。

このジャンルでは、前にも述べたように唐・宋を凌駕するほどの成果は得られていないと言わなければなるまい。その理由の一つとして、詩が小說などに比べてはるかに長い歷史、つまりその成立からは二千年近くの、もっとも成功をおさめた唐代からでも千年以上の歴史を持っていて、五言や七言のリズム、詩語や典故の使用など、作詩をめぐってのいわば暗默の約束が出來あがっていたがために、新しい景物とか心情などを盛りこむ餘地に乏しかったこと、二つには、さらに重要な理由と思われるのだが、そもそも新しい景物や心情を歌いあげようとする主體、つまり新しいタイプの知識人が形成されにくく、民衆に根ざした下層の知識人たちは、別に戯曲とか小説とかのジャンルに活路を見出したことが、あげられる。

このような關係は、あるいは日本の中世において、和歌の別派が連歌・狂歌・俳諧・川柳といった新しいジャンルを開拓する一方で、和歌そのものは萬葉・古今・新古今のいずれの作風にならうかが問題にされたという事情に對應するかもしれない。それはともかく中國においては、科擧制度や官僚機構のもとで舊いタイプの知識人が再生產されるのにたいして、新しいタイプの知識人がそのワクの外で養成され自立してゆくという條件は、ほとんど形づくられることがなかった。逆に商人たちですら、一定の資本蓄積のもとで科擧の受驗を準備し、ばあいによっては官を買うという手段によって、自己の蓄積をより大きく、より確かなものにしようと心がけたのであるが、それは同時に新しい流れをみずからせきとめて、舊い流れに導きいれられることを意味している。西洋の近代化の過程には、教會まるがかえの學校制度と、そのもとでの御用知識人に對抗するものとして、特に自由都市における民間の學校で養成され、時の權力にたいする批判精神にあふれた知識人の出現があったと考えられるが、少なくとも十八世紀の中國では、このような顯著な新舊交代劇は見られない。

都市の生活を樂しんだ袁枚

だが、比較的という限定をつけた上であれば、それなりに新しいかたちの知識人は生まれていた。その代表を我々は袁枚の中に見る。彼は比較的新鮮な傾向の詩と理論をたずさえて登場し、ある時期には廣い層のファンを得た詩人である。

袁枚、その號でいえば隨園《ずいえん》は、一七一六（康熙五十五）年、浙江《せっこう》省の杭《こう》州に生まれた。貧乏な家庭であったと自分では述懷しているが、一省の長官である人を叔父に持ち、他方、鹽の特許販賣で巨財をなした商家を親戚に持っていたほどであるから、官界にも財界にも淺からぬ緣にあったと考えられる。彼自身も二十四歳の若さで科擧に合格し、府縣の知事となって赴任した。まずは惠まれたコースを進みつつあったわけであるが、三十三歳になって南京にある他人の別莊を買いとると、依願退職して官途から足を洗ってしまった。一般に封建制下の中國の知識人には、官途に就く意欲と、自由で閒雅な在野の生活をおくろうとする希望とが、それぞれの人々の一日の中にも、また一生の中にも、兩々あいまって見られるのであるが、すまじきものは宮仕えとはいっても、たいていは希望どおりにはいかないもので、たとえば先にその名をあげた明の袁宏道のばあいも、いったんは中途退官の願いを果たしながら、結局は生活に困って、ふたたび官界に舞い戻らなくてはならないはめに陷っている。ところが袁枚のばあいは、この若さでありながら、官俸に賴らないでも、自分の文學作品を賣ることによって自活できたし、作品の出版のおりなどには、パトロンの資金援助をあおぐこともあった。當時の揚《よう》州や杭州などの江南諸都市では、富豪が詩人や學者のパトロンとなって、さまざまの便宜をはかっていた。社會は專業の詩人・作家や學者の存在をすでに可能にしていたのである。

南京の邸宅隨園で、袁枚は一七九七（嘉慶二）年に八十二歳で死ぬまでの、旅行に出る以外のほぼ全期間を過ごしている。その交友關係を見ると、滿洲人をふくむ政府の高官から學生や僧侶、そして商人・職人・奴僕や人妻など、およそ當時として考えられる階層や職域にあるすべての人々とつきあっていると言えるほどである。その生活ぶりにも、從來のタイプの知識人であれば眉をひそめるようなところがあって、たとえば、婦人に作詩のコーチをして『隨園女弟子詩選』を編集出版したり、「(孔)子は怪・力・亂・神を語らず」(『論語』)という言葉の逆をいって、『子不語』という荒唐無稽の小話を蒐集したり、食道樂のための『隨園食單』を著わしたりしたことなどは、その數例である。

平明で淡白な作風を主張

ところで、彼の文學活動は次のような特色を持つものであった。

一、詩の大衆化の要請に應えたこと。

詩が社會の新しい動きに即應しにくかったと、先に述べたが、全然無かったということではない。このジャンルにたいしても、商人や職人、あるいは婦人や奴僕のような、知識人以外からの參加がある程度おこなわれるようになった。そのために、それほどの教養がない者にも讀んで分かるものでなければならず、また多少の教養がありさえすれば作れるものでなければならないという、一種の大衆化の要請がなされた。袁枚は、この社會的要請に比較的敏感に反應した一人である。彼は、詩については「平淡」、つまり平明で淡白な作風を最高と考えた。「難解な典故や複雑な技巧は必要でない」。「やさしい言葉で自分の深い心を歌え」。「まず自分のありのままの心情をすなおに歌い表わせ」。「やれ唐詩の風格、やれ宋詩の趣きなどと考えないでよい。現代は現代、自分は自分だ」。「特異な經驗はいらない、題材は日常の生活の中に幾らもころがっている」。このように彼は主張した。

「馬嵬《ばかい》」の詩（馬嵬は、楊貴妃が殺されたところ）

莫唱當年長恨歌　　歌うまい　かの時の「長恨歌《ちょうごんか》」

人間亦自有銀河　　人の世にも　それはそれ　天の川での男女の隔て

石壕村裏夫婦別　石壕村《せきごうそん》での　夫婦の別かれ
涙比長生殿上多　涙は　長生殿《ちょうせいでん》での　それより多し

唐の玄宗と楊貴妃の悲戀の物語は、白居易の「長恨歌」をはじめ、恰好の詩材としてしばしば取りあげられたものであったが、それよりも杜甫の「石壕吏」の詩の、徵兵をおそれて逃亡した老夫の身代わりに出てゆく老婆の悲哀に注目せよ、と歌うところに、この詩の新鮮さがある。用語もやさしく、典故といっても、この程度のものは誰でも知っている。言おうとすることも分かりやすい。

二、庶民の純眞さに學ぼうとしたこと。

自分のありのままの心情を歌に表現しようと、彼は訴えたが、この點に關して、知識人は必ずしも一般の庶民よりも優れているわけではない。いやむしろ、庶民の持つ純粋さを知識人は往々にして失ってしまっていると、彼は反省する。自分たちも今いちど童心に返って、男を思う女の哀しさや、勞働に疲れた男の嘆きなど、社會のすみずみに發せられた率直な言葉に耳を傾け、それを自分の詩句に借り、あるいはそれにならって自分自身の率直な好みや感情を歌に載せようというのであり、その好みや感情が社會の道義に反するかどうかを、意に介してはならないというのである。

三、婦人や勤勞者にも詩人としての可能性を認め、彼らに作詩の指導をおこなったこと。

婦人や勤勞者は教育や文化から疎外されてきた。知識人が彼らを意識する時にも、せいぜいのところ自分たちが彼らの代辯者であるというところで終わっていた。ところが袁枚は、彼らの率直な發言に耳を傾けるだけでなく、彼ら自身が詩人として獨り立ちすることを願った。先にあげた『隨園女弟子詩選』も彼のこのような願いに基づいて生まれた書物である。また、詩についての評論や隨筆を集めた『隨園詩話』には、物賣り・すいとん賣り・鍛冶屋・召使い・仕立て屋・日雇い人夫などの詩句が採られており、この書物の一つのおもしろさをなしている。たとえば、物賣りがやっと字を覺えて作った詞（はうた）をあげている。

「母の死を泣く（哭母）」

叫一聲　哭一聲　ようと叫び　わっと哭《な》く

兒的聲音娘慣聽　おらぁの聲を　おっかぁは　聽きつけてるでねぇか

如何娘不應　どうして　おっかぁは　應《こた》えてくれん

（このうち各句の脚の「聲」「聽」「應」が韻を踏んでいる）

目につく物足りなさ

以上の三點は主として袁枚の文學評論に關わるものであり、新しい試みとして興味深いが、彼の文學創作そのものには、かえってある種の物足りなさを感じざるをえない。たとえば、きわめて凝縮された言葉の緊張のもとで小宇宙を形づくってきた詩の型式に、型式はそのままにして、平明で淡白な趣きを盛りこもうとしたために、かえって味氣なさが目につく。また、彼の生活が都會人によって支えられていたはずであるのに、都市のエネルギーを傳えるような側面が稀薄で、むしろ愛の詩人とでも稱するのがふさわしい、といったことである。このような物足りなさは、彼が權力と向かいあう姿勢を持たず、當時の禁書とか文字の獄などの思想彈壓にたいしても避けて通っていた、その生きかたの本質と深く關わっていると思われる。

三　龔《きよう》自《じ》珍《ちん》の詩

封建制最後の危機を迎えて

十八世紀の終末は、清朝最盛の代名詞ともいうべき乾隆期が六十年の幕をとじた年（一七九五年）と、ほぼ重なる。十九世紀の新たなる幕開け、それは中國では急速な下降現象を意味していた。經濟の面では、イギリス帝國主義によって大量のアヘンが持ちこまれ、それとひきかえに中國からは大量の銀が流出するという結果をもたらし、中國は持てる國から失う國へと逆轉させられることになった。このような經濟的變動は、當然に社會の面にも影響を及ぼし、龔自珍という人の言葉によれば、士農工商のいずれの正業にも就けない無頼の徒が國民の半ば以上をも占め、大衆は飢え凍えて死ぬか、さもなくば暴動に起ちあがるか、といった窮地に追いこまれた。白蓮《びやくれん》教とか天理《てんり》教によって結ばれた集團が、全國のあちこちで反亂の火の手をあげ、その鎭壓のために政府は厖大な國家豫算をつぎこむはめとなり、經濟不況をいっそうかきたてることになる。それは要するに中國封建制度最後の危機の時代であり、半植民地・半封建という內容を持つ近代が一八四〇年のアヘン戰爭をもって開幕する、そのまさしく前夜の半世紀であった。

社會革新の學問を選んだ龔自珍

この半世紀を、まるで身をもって生きるために生まれてきたような人、それが龔自珍（一七九二〜一八四一）であった。彼が生まれた家庭は、先の袁枚と同じ浙江省杭州の、二代にわたって高級官僚を輩出し、母方の祖父には有名な言語學者の段玉裁《だんぎよくさい》を持つという、典型的な知識人のそれであった。學問をする上で、彼は才能にも家庭環境にもたいへん恵まれた條件にあったわけである。事實、彼は幼い時から母に詩を、祖父に文字學を學び、祖父の關係から新進の研究者たちとの交際も持った。だが官僚へのコースは意外と難航した。地方試驗に合格したのが二十七歳、それから首都北京の國史館に勤務しながら中央試驗への準備をすすめるが、合格したのは四度め、三十八歳の時であった。それも成績があまり良くはなかったから、官僚としてのエリートコースには入れてもらえず、結局は宮內廳や文部省の主事（今風にいえばせいぜいが係長クラス）に止どまったまま、四十八歳で依願退職して歸郷し、二年めに急死した。十年の浪人生活と十年の下役人生活、それは一個の官吏の經歷としては、まったく不遇であった。

　彼を不遇に終らせた原因は、何よりも、このような人物を容れる度量の無くなった政官界の閉塞した状況であった。科擧は、朱子學の典籍から八股文というきわめて形式主義的なスタイルによって答案することを要求しており、彼のように、春秋《しゅんじゅう》公羊學《くようがく》という社會革新の學問を選び、しかも規格にはめこまれることをきらう青年には、きわめて不利であった。また政治家のモラルは、「お辭儀を多く、意見を少なく」するほど良いとされていたから、彼のように政官界の醜惡さをえぐりだして、ずけずけと物言うタイプには、出世の機會があろうはずもなかったのである。

　だが、革新的な學識ともちまえの剛直さの上に立って、低いとはいえ政官界の一つのポストを占めたことから、彼が權力の內側からその腐敗の實情をつぶさに觀察する機會を持ったこと、ここに啓蒙家としての龔自珍を形成する要因があった。彼はまず、みずからの體驗に基づいて、科擧の弊害を指摘し、ついでアヘンの吸飲に魂を奪われ、あるいは思想彈壓におののき、生活の資の追求にのみ走る政治家の頽廢を暴露した。また、虛禮に縛られ、纏足《てんそく》に苦しめられ、迷信に惑わされる社會のゆがんだ諸相にも默視しておれなかった。そこにはまず冷徹な眼が輝いていた。

冷徹な眼、高邁な精神

龔自珍はもともと異常なほどに敏感な人であった。

黄日半窗煖　黄日は 窗《まど》の半ばに暖かく
人聲四面希　人聲は 四方にまばらに
餳簫咽窮巷　あめ賣りの笛の音の せせこまる小路にむせび
沈沈止復吹　かぼそくも 止まんとして また吹く
小時聞此聲　幼き日 この音を聞きて
心神輒爲癡　たましいは たちまちに失わる
慈母知我病　母さまは 我が病いを知り
手以棉覆之　手づからに 綿ぶすまにて覆いたまう

三十歳の冬の日、鄉里に送った詩の前半である。餳《あめ》賣りのチャルメラの音におののいた童年にしてすでにアブノーマルであるが、この童年の思い出を壯年の日においてなお胸臆に溫めつづけた感覺はいっそうアブノーマルであって、それがかえって從來の中國の詩人には見られぬ、ある新鮮さを感じさせる。「童心に歸れ」、これはすでに十六世紀の李卓吾の叫びであったし、十八世紀の袁枚が大切にしたものであった。だが、生《なま》の感覺として、文學作品にこのような形で表現されたことは無かったように思われる。そしてこの童心こそ、彼の冷徹な眼を曇らせることなく、他者にたいしては假借なき暴露と批判をくりひろげるとともに、自己の無知や誤りにたいしても率直に斷罪する誠實さを用意していたといえよう。

「己亥の年の雑詩、その八十三」（己亥は、一八三九道光十九年）

只籌一纜十夫多　一すじの 引き綱にむらがる 十《と》たりの男
細算千艘渡此河　千艘《そう》の 數にもおよび この河をかよう
我亦曾糜太倉粟　我が身また 年貢の米に あずかりし
夜聞邪許淚滂沱　闇に聞く エエ・ホオの聲 はらはらと落ちる涙

官を退いて故郷に歸る途中の運河で、一艘につき數本の綱をつけて人夫に引かれる藏米運搬船が千の數ほども通航するのを目にしての感懷である。

冷徹な眼と鋭利な感覺と誠實な態度、それに加えて、あるべき姿を求めての妥協のない高邁な精神こそ、彼をして身の不遇や世の腐敗にもめげず、優れた一人の詩人として成りたたせた要因であった。

「己亥の年の雑詩、その百二十五」

九州生氣恃風雷　國のなべてに 生氣をよぶに 賴るらくは風神雷神
萬馬齊瘖究可哀　よろずの馬の ひとしく默するは ひとえに哀しき
我勸天公重抖擻　我は祈らん 天つ神に 今いちど奮いたちて
不拘一格降人材　定まりの規格にあわぬ 人材を 世にくだしたまわんことを

近代の知識人にも大きな影響

もっとも、龔自珍がみずからの内に祕めるさまざまの要素は、必ずしも統一的に整合されていたのではなく、むしろ、あい矛盾しながら反撥しあって、彼の魂をかき亂した。現實社會にたいする果敢な批判の一方には、繁榮と平和の乾隆時代への羨望があった。朝廷の一員でありながら、在野の士として生きることを夢にえがいた（四十八歳という早期の退官は後者の選擇を意味しよう）。そして何よりも詩作することによって增幅される不安の念に苦しんだ。その不安から逃れようとして、彼はまず詩斷ちを試みた。しかしそれはかえって腹ふくるるわざとなったらしい。たとえば代表作の「己亥の年の雜詩」三百十五篇は、三度めの詩斷ちが破られた後、一氣呵成に歌いあげられたものである。次には坐禪による精神安定をも試みたが、これも成功していない。

彼の抑えようにも抑えきれない不安な情感は、その詩のスタイルにもうかがわれる。一口でいって彼の詩のスタイルは、たいへん行儀が悪い。用語は平易と晦澁とが同居し、典故も多くは用いられないが、一たび用いられればきわめて難解、リズムは、二・三、あるいは二・二・三の調子がしばしば破られ、ぎくしゃくしたものになっている。對句も往々にして適確でない。唐代の詩のような整ったスタイルに慣れた感覺からすれば、何とも奇妙に思われることが、度々ある。おそらく彼は、自己の高ぶる情感を、そのほとばしるままに筆に載せ、時としていわゆる詩語によってはどうにも收まりのつかぬ箇所に至ると、古代文字學や佛典講讀の素養を驅使しながら、讀者への傳達性を犧牲にしてまでも、自己の胸臆を表明せずにはおられなかったのだろう。少なくとも現代の我々にとって彼の作品には難解なものが多いが、しかしその風格の中に、奇妙とはいえ強烈な個性を嗅ぎつけることはできる。

龔自珍の思想や文學は、近代の初め、清朝の末期に活躍した啓蒙的革新的知識人たちに強い影響を與えた。その一人の梁啓超《りょうけいちょう》（一八七三〜一九二九）などは、電擊のようなショックを受けたとまで言っている。この時期に文學の面では「詩界革命」といわれる、詩のジャーナリズム化をふくめた一種の近代化がはかられるが、龔自珍はこの文學改革運動に先鞭をつけた人であるとも見なされている。彼自身は指導的な文學理論らしき言葉を吐いたことは一度もないし、文學結社を組織したようすもない。いわば募る詩情を無技巧的に表明したにすぎない。それがかえって古典詩に近代的な活路を開く結果をもたらしたのは、ひとえに彼の精神であったと言わねばなるまい。これこそが、マルクス主義によって社會主義革命を準備し達成した中國の革命家たちの中にも、深い感動をよみがえらせた源泉であろう。

三　舊詩から新詩へ

一

叫一聲　哭一聲　ようと叫び　わっと哭《な》く
兒的聲音娘慣聽　おらぁの聲を　おっかぁは　聽きつけてるでねぇか
如何娘不應　どうして　おっかぁは　應《こた》えてくれん

「古代の民歌の中にも少なからぬ珠玉がある。表現方法において人々にすばらしい新鮮さを感じさせ、讀んでいて限りない韻のしらべを覺えさせる」として引用し、「これは物賣りに歩く男（販夫走卒）が作った、おふくろさんを悲しむ歌である。わずか四句の分量がかえって重々しいものになっている」と指摘するのは、臧克家氏が「民歌・古典詩歌の基礎にたって新詩を發展させよう」と題して、「中國文聯第三回全國委員會第三回擴大會議」で發表し、『詩刊』一九七八年七月號に掲載された文章の一部である。

民歌・古典詩歌から新詩へと、氏の論題が設けられたことの經緯を、やや遡って追ってみると、そのきっかけは、一九六五年七月二十一日附で、「毛主席が詩について陳毅同志に送った書信」が『詩刊』一九七八年一月號などに公表されたことにある。陳氏からその五言律詩「西行」に手を入れるよう頼まれたことにたいする返事が、この書信の直接の内容ではあるが、それにちなんで毛澤東氏は要旨を次のように述べる。

詩には形象思惟が必要である。したがって、杜甫の「北征」詩のごとき「賦」の手法、つまり「其の事を敷陳して之を直言する」のもよいが、やはり「比」と「興」の手法、つまり「彼《か》の物でもって此《こ》の物に比《なぞ》らえ」たり、「先ず他の物を言い、以て詠《うた》う所を引き起こす詞《ことば》」を使わないわけにはゆかない。宋人の多くは詩には形象思惟が必要であるということを理解しないで、唐人の詩法に反對したものだから蠟(原文は「臘」に作る)をかむような味になってしまった。これから今詩《きんし》を作ろうとするならば、形象思惟の方法でもって階級鬪爭と生產鬪爭を反映させなければならず、古典はけっして必要とするわけではない。だが、白話によって詩を作ることは、數十年來、ついぞ成果をあげていない。むしろ民歌の中にこそまだしもましなものがあるので、これからは民歌の中から養分と形式を引き出すことができるだろう。

今詩つまり新詩の製作にあたって、毛氏は古典詩歌を考慮することの不必要を說きながら、一方では、杜甫のみならず李賀・李白、そして韓愈の名をも肯定的にあげ、また何よりも詩經いらいの古典的作詩理論をもちだしたところに、この書信の齒切れの悪さがある。內容の上では階級鬪爭と生產鬪爭の反映を鐵則として揭げながら、それを詩歌にうたいあげる試みが、「數十年」にわたる今日においてもなお成功をおさめていない、ついては新詩の代表的な詩人なり作品をあげることのできない焦燥と苦惱を、私たちはこの文章の裏に讀みとることができよう。

一九七七年十二月十四日にはこの書信を學習する座談會がもたれ、爾來、『詩刊』主編の李季氏をはじめ、賀敬之・臧克家・謝冰心・林默函らの詩人・作家の發言が雜誌・新聞等に續々と發表されている。その中では、毛氏がこの書信を記す前にもすでに、新詩には「精煉、全體のまとまり、押韻が大切である」(1)と述べていることや、古典的作詩理論からは「文賦」や『文心雕龍』『詩品』のみならず、清朝の葉燮『原詩』や沈德潛『說詩晬語』までもが引用されるなど、古今にわたる多彩な文學論の援用によりながら、議論がくりひろげられてきた。いわゆる「文化大革命」の時期、文學作品や評論にはめられていた、英雄主義とでもいうべきかせが、この書信の公表をきっかけにして一擧にとりはずされ、はるかに柔軟なまなざしで、今いちど文學の眞の魂を探りだそうとするかのような印象を、私は受けるのであるが、そのような動きのあれこれを整理し系統づけようとする試みは、私にはとてもできない。ただ、このような動きの中で、毛氏のいう「階級鬪爭と生産鬪爭」のいずれとも、およそ縁遠い性質のものでありながら、冒頭に示したような「民歌」が、新詩のフレッシュな息吹きを導くに足る作品として取りあげられていることに、はなはだしく興味をおぼえたことから、舊詩と新詩の結び目のあたりについて、すこし考えてみようと思うのである。

私がこの「民歌」と文字どおりに再會したのは、十三年ぶりのことであった。それは清の袁枚（一七一六〜一七九七）の『隨園詩話』卷八に、前後に多少の説明を伴って現われるものである。(2)

> わたしの村に物を賣りあるく男がいて、ほとんど字を識らなかったのに、なんとか詞曲《うた》を學び、母を哭して言った（詩句は前出のとおり）。言葉はやぼったいが、聞いた人は感動したものだ。

「詞曲」（單に詞ともいう）とは特定の歌曲にはまる歌詞を指し、脚韻とか平仄など、絶句律詩に劣らぬ嚴密な約束をふんで作られるものであるから、臧氏が、物賣りのこの「詞曲」を「民歌」と稱するのも、民衆が作った歌というかぎりにおいて妥當なのであって、少なくとも形式の上では古典詩歌と見なすべきである。

ところで私はかつて『隨園詩話』に登場する詩人たちの一グループに「勞働詩人」なる項目をもうけ、この物賣りを一つの例として加えたのち、結論としては、その十八世紀という時點において、詩の中に「勞働がおりこまれ、勞働詩人も出てきたとはいえ、勞働文學を、勞働すること、ないしは勞働する人であることの中に喜びを見出そうとする文學であるとすれば、そのような勞働文學は、ほとんど生まれなかったと言わなければならない」と述べたことがある。(3)袁枚が物賣りの詞曲を發掘し、その詩話に採録した裏には、從來の讀書人の古典詩歌の中に眞の詩人の魂というべきものの空白を感じ、それを讀書人以外の、商人や女性や勞働する人々の中に探りをいれようとする試みがあったと考えられるのであるが、袁枚のそのような試みは、さらに遡って十六世紀ごろからの古典詩歌に關する、表われかたはさまざまではあるが、實は共通の課題を擔った一本の太い流れの延長上にあるものと、私は考えたい。つまり、より巨視的な言いかたをすれば、一九四九年の社會主義革命を契機にして、舊社會から新社會へと大きく轉換したとはいえ、意識の表象である詩の世界では、舊から新へと截然たる斷絶をきたしているわけではなく、實のところはなにがしかの脈絡をなお保ちつづけているがゆえに、十六世紀いらいの明清の詩史に表われるあれこれの問題を（さらには唐宋のそれをも）、部分的にしろ、なお今日的に追究する努力が必要とされているかに思われるのである。その今日的な課題、つまり古くて新しい問題とは、端的にいえば古典的重壓と庶民性という二點にしぼることができるだろう。そしてこの二點が實作品の上で未解決のまま殘されているところに、新詩の焦燥と苦惱があるのではなかろうか。

二

十六世紀から十七世紀前半、つまり明代後半の詩史は、前後七子の古文辭派と公安・竟陵二派の、二つの大きな流れによって代表される。兩者が作詩理論の上で鋭く對立するのは事實であるが、巨視的に見れば、それも共通の課題を擔ったもとでのことであり、それゆえに共通の傾向を持つのである。そのうち共通の課題とは、唐詩（さらにはその補完としての宋詩をも含めて）を内容的にも形式的にも完成に近い存在であるという認識に立って、その古典的重壓のもとからいかに脱却するか、ということであり、共通の傾向とは、先の課題に應える試みの一つでもあったのだが、庶民的な性質である。この二點にしぼりながら、以下に古文辭派と公安・竟陵二派の作詩理論や作品を簡單に見てゆこう。

前後七子は、古典詩歌の中から盛唐を主とする直情[4]の詩句を嚴選し、それらを自分たち自身の作品の中に活用することによって、古典の重壓を生きた遺產に變えようとするものである。その意味で、彼らに言わせれば、それは古典の再構成（アレンジ）ないしは再生ということになるだろう。

たとえば前七子の一人何景明（一四八三〜一五二一）の「明月篇」七十二句[5]は、皎皎たる月光のもとに、紅藥・紫蘭・錦幌・瑣闈・臺榭・笙歌・濯濯・娟娟といった典雅な美辭を配しながら、男女の相愛悲戀の故事を配列する。それは漢の成帝をめぐる趙飛燕と班婕妤の二人の女性であり、遠征に赴く夫を送る若い婦《つま》であり、牽牛にたいする織女、羿にたいする嫦娥である。また、漢の司馬相如と卓文君が駈落ちして飲み屋を開いていた話柄によりながら、

未作當壚賣酒人　　未《いま》だ壚《ろ》に當りて酒を賣る人と作《な》らず
難邀隔座援琴客　　座を隔てて琴を援《と》る客を邀《むか》え難《がた》し

とうたわれ、長安の伎女のやつした姿を語る、白居易の「琵琶行」に材を取っては、

江頭商婦移船待　　江頭の商婦は船を移して待ち
湖上佳人挾瑟歌　　湖上の佳人は瑟《こと》を挾《さしはさ》みて歌う

と述べられる。さらには溺死した白髮の狂夫とその妻にまつわる箜篌の調べも插入されるといった具合である。場面設定にしろ人物配置にしろ、また用語にしろ、總じて貴族趣味にあふれた作品ではある。しかしながら、たとえば初唐の盧照鄰「明月引」と比較して、陰に陽に相思悲戀の男女を豐富に登場させたのは、その序文に明言するように、詩が本づくべき性情の、もっとも切實で具體的であるのは「夫婦の間に如《し》くは莫し」だからである。この男女夫婦の愛情を詩のテーマにすること自體が、當時の儒家的讀書人の一般の中にあっては、一種の庶民性の表現であると、私

は考える。また、登場する男女のイメージがすべて貴族的な文壇の中で繰りかえし傳承されてきたものであるとはいえ、もともとは庶民であるか、それに近い存在の人たちである。白居易の「長恨歌」からではなく「琵琶行」から材を取っていることも、より庶民感覺に近いと言えようが、何よりも司馬相如と卓文君の間柄は、『西廂記』などには頻繁に用いられる材料でありながら、古典詩歌には見えにくいものであるように思われる。(6) さらにその序文の中で、詩歌にたいして歌詠にたえるだけの流暢さを求めるところにも（そのためには杜甫の詩をおとしめることさえ、あえてするのだが）、詩が本來民間に在った當時の姿に戻そうとする狙いがあるだろう。もっとも、自分をたぐいまれな選良であるとする意識から、高貴なる感情を典雅なる古語によって表現することに急であったがために、その庶民性は、現實のういういしい男女の愛情を歌いあげることには、ついぞ無縁であった。そしてその點では、「孔子曰わく、禮失われて之を野《や》に求む、と。今は眞の詩は乃ち民間に在り(7)」と明言した李夢陽（一四七二～一五二九）にしても同様である。

過去千數百年にわたる精煉を經て確立された典雅なる詩語というものは、もとより單語として獨立したものではなく、それぞれに古典的な詩情の一環として存在するものである。そうである以上、それら既成の詩語に依りかかるということは、詩意そのものに、安定はしているが生氣に缺けるうらみが殘り、ひいては時代錯誤の模擬とみなされてもやむをえないところがある。前後七子の、古典的重壓にたいする、ある意味では姑息な對應のしかたに反撥したのが、袁宏道（一五六八～一六一〇）らの公安派であった。

袁宏道の字《あざな》を、朱彝尊（一六二九～一七〇九）や沈德潛（一六七三～一七六九）などの清人は、「中郎」としないで「無學」と記したがるように、確かに彼には、現實在としての自己を失うことを恐れるのあまり、あえて學問、つまり古典的空間との訣別をはかろうとする意圖が強い。詩歌の材料は、あくまでも、自分を含む、微かなりとも新鮮な血液を流しながらピクピクと鼓動する現實の空間の中に在る、とするものである。たとえば五言古詩「李子髯に答う」十六句の末四句には次のように宣べる。(8)

當代無文字　當代に文字無し
閭巷有眞詩　閭巷に眞詩有り
却沽一壺酒　却って一壺の酒を沽《か》い
攜君聽竹枝　君を攜えて竹枝を聽かん

「竹枝」とは、言うまでもなく民間での男女の情愛を主たる内容とする歌である。このような民間への志向は、たとえば『董解元西廂記』に、「一壺兒《ひとつぼ》の酒を攜え、一枝兒《ひとえだ》の花を戴く。醉いし時には歌い、狂える時には舞い、醒めし時には罷《や》む」(9)と唱われる情況を彷彿させるように、戯曲小説との關わりにおいて、何景明よりもはるかに明瞭になっていることがわかる。庶民感覺についても同樣であって、たとえば「明月篇」の中にも、

征夫塞上行憐影　征夫は塞上に　行くゆく影を憐れみ
少婦窗前想畫眉　少婦は窗前に　眉を畫《えが》きしひとを想う

とあった、夫が妻のために眉をかいてやるという表現にしても（漢の張敞の故事は特に考慮するにあたるまいが）、袁宏道は、夫である自分にせまってくる甘ったれた若妻の表情を浮かびあがらせる。五言古詩「舟中、江進之に寄す」二十句の中から引用しておこう。(10)

鼠子溺書篋　鼠子《ねずみ》は書篋（しょもつばこ）に溺《いばり》し
侍兒匿牙籤　侍兒は牙籤（みだしふだ）を匿《かく》す
少婦乞畫眉　少《わか》き婦《つま》は眉を畫かんことを乞うも

雙腕痛花僉　雙《ふた》つの腕は花僉（かきはん）に痛し
管城頭轉禿　城を管《つかさど》りて頭《こうべ》は轉《うた》た禿《は》げ
空閨笑無鹽　閨《ねや》を空しくしては無鹽（のひと、齊宣王の妃）を笑う
俗吏貌態工　俗吏 貌態工《たく》みにして
末世禮法嚴　末世 禮法嚴《きび》し

三十歳で呉縣知事を依願退職した直後に、それまでの忙しくもあり窮屈でもあった仕官生活について述べたものだが、柔らかい生命への共感と、それゆえに虚僞の官僚社會にたいする嫌惡は、かたひじを張って激昂する古文辭の詩歌からの解放感を十分に味わせてくれるものであっただろう。しかしながら公安派の文學も、その淡白さのゆえに、從來のタイプの讀書人には一時的な安らぎ以上のものにはなりえず、一方、これは社會的經濟的な問題と關わるところであるが、庶民性豊かな新しいタイプの讀書人が輩出するとか、庶民が傳統的な詩歌の世界に大量に參加しはじめるといった動きも無かった。かくして公安派の詩人は、その支持基盤の薄弱さの中で、しだいに孤立感を深めていったのであり、その一つの結果として現われたのが、鍾惺（一五七四〜一六二四）ら竟陵派の人々である。

鍾惺は、南京竹枝歌ともいうべき七言絶句「秣陵桃葉歌」七首[11]の序文で、これら民間に取材した詩歌が、「俗を採り風《ふう》を觀る」ものであり、漢代いらいの傳統的文學觀によりながら、「夫の俚《り》にして眞、質にして諧《かい》なるを取る」と言って、あたかも眞の詩情を民間に求めるかのように宣べるのではあるが、その主たる關心は、民間の生きた姿そのものではなくして、そこに垣間見られる「諧」、つまりおかしさにある。其三の詩をあげておこう。

朱樓畫舫隔垂楊　朱樓と畫舫（やかたぶね）は垂れる楊《やなぎ》に隔てられ
各住兒郎各女娘　各おのに兒郎《おとこ》住《お》り 各おのに女娘《むすめ》

不知河房看船上　知らず 河ばたの房《へや》より船上を看《み》るを
不知船上看河房　知らず 船の上よりは河ばたの房を看るを

袁宏道が試みたような、名もなき人々のあれこれの姿の描寫は捨象されて、興味は、いわば目線の合っていることを知らない當事者同士の關係を、神の立場から眺めて樂しむという意味での小説的技法に移っているといえよう。總じていえば、彼の詩は、意外性の追求という一語に盡きるとみてよく、たとえば常識を否定するのには「不」「非」などの否定詞が、瞬時の變化を著わすものとしては「忽焉」などの副詞が頻繁に用いられるし、また感動の表現としての「驚」の字も、しばしば見られるのである。したがって、古典的世界か民衆の空間かといった選擇は、もはや問題とはならない。いずれの分野においても自分に驚愕を與えるものだけが興味の對象となるのである。たとえばその七言律詩「夜坐」にもその一端はうかがえよう。[12]

愁裏不知秋淺深　愁いの裏《うち》にては 秋の淺きか深きかを知らず
高城幾處密清砧　高き城《まちかべ》に 幾處か清き砧《きぬた》のねの密なる
悲愉未敢開郷信　悲しみ愉《たの》しみも 未《いま》だ敢えて郷信を開かず
榮落徒能感客心　榮えの落ちぶるることのみ 徒《た》だ能く客心を感ぜしむ

前半句では、愁い——それは繁榮から凋落への推移を感ずることから起こる——に沈んだ者にとっては、萬金のあたいと歌われた家書ですら、關心を示すものとはなりえないことをいう。ちなみに、「悲愉」の語は、それが詩語として熟しているか否かの判斷を『佩文韻府』によるとすれば、詩語ではない。意識的な造語とみてよいだろう。さてこのような情況にあって鐘の音が聞こえてくるとすれば、それは張繼「楓橋夜泊」に「姑蘇城外の寒山寺、夜半の鐘聲客船に到る」とあることからも連想されるように、遠くからのそれであるのが、古典的でもあり常識的でもあろうと

思われるのだが、第五・六句は、

永夜鐘聲非遠寺　永き夜の鐘の聲は 遠き寺には非ず
空天霜氣況衰林　空《むな》しき天《そら》の霜の氣 況《いわ》んや衰えたる林をや

となるのである。なお「空天」は、一點の曇りもないそらのことだろうが、やはり『韻府』には見えない。結びの七・八句は、

砌蛩籬竹皆情性　砌《みぎり》の蛩《こおろぎ》と籬《まがき》の竹には 皆な情性あり
咽露搖風各自吟　露に咽《むせ》び風に搖れて 各おの自《おのず》から吟ず

かくして、古典的世界との對應についていえば、袁宏道が無視ないしは訣別の態度をとったのにたいして、鍾惺は否定ないしは反撥のそれであったといえよう。だが鍾氏のばあい、それはあくまでも部分的であって、大局的には從來の讀書人の枠からいささかなりとも脱却してはいないのである。なぜなら、秋を悲しいものとする感情は、楚辭いらいの、きわめて古典的な感覺であって、庶民、とりわけ農民の感覺は、稔りの季節としての喜びであったり、納稅の季節としての苦しみであっただろうからである。

さて、明王朝に代った清王朝のもとでの詩は、顧炎武（一六一三〜一六八二）が鍾惺を目して、「其の罪は李贄（卓吾）に及ばずと雖も、然れども亦た天下を敗壞せる一人なり」[13]と斷定したように、竟陵派の理念を完全否定するところから始まる。それは學問の重視、言いかえれば古典的世界との信賴關係を全面的に修復することを意味する。とすれば、公安派の作詩理論をも否定することになるのは必然的である。つまり、そこでは讀書人と庶民との間に一本の明確な線が劃せられることになる。そのことは、詩歌以外の分野から例證を借りることになるが、柳敬亭という一講釋師の評價をめぐって、明人と清人との間に明らかな對比が見られることによっても分かる。つまりこの講釋師につ

いて、明末の呉偉業（一六〇九〜一六七一）がその技巧の優秀さをたたえつつ親しく接觸して、わざわざ傳記一篇をものにしたのにたいして[14]、清初の黃宗羲（一六一〇〜一六九五）は、それが不當な評價であるとして改作し、ひいてはこのような市井の男どもに政治や文藝の表立った働きを許したところに王朝滅亡の原因があるとまで言いはなち[15]、また王士禛（一六三四〜一七一一）は、その技能がまったく取るに足らないものであったと決めつけている[16]。また別の例證をあげるならば、小說の世界からは、明代の魯智深・李逵、張飛、孫悟空、西門慶・潘金蓮といった、活力にみちた賑やかな庶民たちが、清代に入って急速に姿を消す、という事實もある。

詩歌の分野においても同樣である。王士禛は清詩の初期をかざる詩人であるが、彼の詩がかもし出す雰圍氣は、一言でいえば古典的世界への鄕愁である。かわうそはとった魚を川岸に並べて樂しむといわれるが、彼の神韻の詩とは、その獺祭魚よろしく、必ずしも明確でない典故をモザイク風に敷きつめた上に、薄墨のヴェールをひとはけかけてやることによって、盡きせぬ餘韻を響かせようとするものである。李自成らの農民反亂が鎭壓され、異民族支配に代った王朝のもとで、彼の詩歌は、一時期にしろ、確かに人々の心の空白を滿たしてくれるものであっただろう。しかし、いわば戰後の混亂期が過ぎ、社會もそれなりの安定期を迎えるに至って、つかみどころのない彼の詩歌にたいして批判の矢を放つ向きも生まれてきた。弟子すじにあたる趙執信（一六六二〜一七四四）は、詩歌を作るに際して明瞭な事實と人物を配するよう求めたし、さらにくだって、かの袁枚が、ありのままの心のうちを、分かりやすい言葉によってうたうことを主張しはじめたのである。その代表的な例が、冒頭にあげた物賣りの詞曲であった。袁枚は詩を作る上で、學問、すなわち古典の重要さをしばしば口にするが、そのばあい、古典自體を、「商人士大夫」（商人出身の讀書人という意味のこの語は、新しいタイプの知識人が自立したことを示すものである）をはじめ、勤勞大衆や女性にも親しめる存在に變えようとする氣分がうかがわれる。彼が明の公安派と一線を劃するとすれば、それは、古典と庶民性という、從來は二律背反の關係にあったものの結合點を探ろうとしていたところにあったといえよう。

三

詩歌を作るにあたって、古典的重壓と庶民性という二點に限ってみても、何景明から袁枚まで三百年の間に、さまざまな問いかけと試みがなされてきた。物賣りの一つの詞曲は、意識せざる回答の一つであったといえるだろう。では、本來無教養であった一人の男が見よう見まねで作ったこの詞曲の、どこに回答が隱されているのだろうか。この詞曲には、その形式を除いては何の古典性もない。そのうたうところも母の死という自明の理であるにすぎない。しかし、從來の教養人たちが自明の理として放置してきたテーマを、無教養の側から自明でないとして疑いをかけたところに、この詞曲の新鮮さがあるのだと思う。私が最初にこの詞曲に觸れた時の感想はこのようなものであった。しかし、あらためて臧克家氏の發言の中でこの詞曲に再會した時、私の感想はやや複雜であった。それはまず、この詞曲にこれほどの生命力があったのかという驚きであり、つづいては、新詩がすでに半世紀の歷史を持ちながら、なおこの詞曲をいわば原點として跡づけねばならぬのかという驚きとなり、こちらの方の驚きは、親しいものをふたたび取りかえしたような一種の安堵感へと變っていった。

ところで臧克家氏は、古代の民歌の表現方法という觀點からこの詞曲をあげるにすぎない。しかし論者の意圖とは別に、この詞曲はもっと深いところまで、問いを投げかけているのではあるまいか。いうなれば、毛氏が「階級鬪爭と生產鬪爭を反映させせなければならない」と規定することをも自明の理とはせず、社會主義とは何か、人民とは何かを、詩歌の制作の過程で問いなおすことの必要を暗示しているのではあるまいか。

たとえば王士禛の七言古詩「秦鏡詞」二十句[17]は、その神韻を代表するものではないにしろ、秀作の一つには違いない。そこで彼は、手に入れた二千年前の古銅鏡が、秦宮の女たちの不貞な心の底を照らし出したという故事を引きながら、

秦鏡虚誇照膽寒　　秦鏡 虚《むな》しく誇る 膽《きも》の寒《こご》ゆるを照らすを
不照長城多白骨　　照らさず 長城 白骨多きを

と収めるのにたいして、現代の沙白氏の「長安秋興」其二「秦鏡篇」不定型四十句[18]の結末四句は次のとおりである。

我默然地站在青銅鏡前　　私はおしだまって青銅鏡の前に立つ
它似乎皎皎如滿月一團　　それは皎皎と照る満月のようにまるい
鏡中豈只有阿房宮的樓影　　鏡の中には阿房宮のたかどのが映されているだけではない
多少入雲甲第一齊都到眼前　　雲をつく何と多くの邸宅がこぞって目の前に現われることだろう

古代への郷愁に耽った王士禛とて、沙白氏に比べればはるかに時代の眼ともいうべきものを持っていたと思う。
舊詩ではまともに扱われなかった庶民が、社會體制の上では人民として、詩歌の世界においても主人公となったはずである。しかし、詩歌にとって人民とは何なのか、人民にとって詩歌とは何なのか、中國の人々がその回答を、新詩の實作の上でさまざまに歌って示してくださることを、私は日本の讀者の一人として願っている。

注

（1）原文は「精煉、大體整齊、押韻」。この書信の前の發言であるらしいが、その出所については詳らかにしない。
（2）一九六二年人民文學出版社刊行の標點本では、同巻第七十九條。

（3）『隨園詩話』の世界」『中國文學報』第二十二册、八〇頁。
（4）吉川幸次郎博士が「元明詩概說について」（中國詩人選集二集・第二卷・付錄）で、「「古文辭」も、直情徑行主義の一つ」と述べられているのは、簡にして要を得た表現である。
（5）『何大復先生集』卷十四。なお吉川幸次郎『元明詩概說』（中國詩人選集二集）一八五頁以下にその全文が引用されている。
（6）この點に關しては『全唐詩』などの檢索を十分におこなっていない以上、斷言できない。
（7）「詩集自序」（『空同集』卷五十）。なお「孔子曰わく」云云は、『漢書』藝文志に出る。
（8）『袁中郎全集』卷二十八「答李子髯」。
（9）卷一、〔整金冠〕。
（10）『袁中郎全集』卷二十七「舟中寄江進之、得珠簾字」。
（11）『隱秀軒詩月集』「秣陵桃葉歌幷序」。
（12）『隱秀軒詩宇集』「夜坐」。なお中國文明選『近世詩集』二六三頁に福本雅一氏の譯注がある。
（13）『日知錄』卷十八「鍾惺」。
（14）『梅村家藏稿』卷五十二「柳敬亭傳」。また柳氏をとりあげた詩歌には、卷十「楚兩生歌」、卷二十二「沁園春、贈柳敬亭」などがある。
（15）『撰杖集』「柳敬亭傳」。
（16）『分甘餘話』卷二。
（17）『漁洋山人精華錄』卷三「秦鏡詞、爲袁松籬作」。
（18）『詩刊』一九八〇年七月號所收。

四　元・明・清の詩文

一　はじめに

元・明・清詩文の二つの課題

一二七九年の元朝成立から一九一一年の清朝滅亡まで、六百三十二年間の詩と文語文について述べよう。二つのジャンルともすでに長い歴史をもち、依然として知識人の理念や心情を表明する場であることには違いなかったが、やや遠くには李・杜・韓・白の唐詩、近くには蘇軾《そしょく》・陸游《りくゆう》などの宋詩、そして文語文では唐宋八大家と、すでに古典的といえる累積を前にして、この時代の文學家は二つの課題を擔った。一つは古典にたいする問題であり、一つは「情」をめぐる問題である。

まず古典については、それを度外視して自己の心情を直率に披瀝するか、あるいはそれの含蓄の中に自己の意匠を生かすか、ということがある。たとえば宋末元初でいえば、金の遺民で鮮卑《せんぴ》族に屬する元好問《げんこうもん》（一一九〇～一二五七、號は遺山《いざん》）は謝靈運《しゃれいうん》の「池塘《ちとう》　春草を生じ」（「池上の樓に登る」詩）の句に永遠の新鮮さを感じ、陶淵明《とうえんめい》の生きかたに「眞淳」さを見出す一方、「北人は拾わず江西の唾《つば》」（「自ら『中州集』の後に題す」詩）と斷言した。また契丹《キタイ》族の耶律《やりつ》楚材《そざい》（一一九〇～一二四四）は今のウルムチの邊りの「陰山」を雄々しくうたうとともに、白居易《はくきょい》の「平淡」さを好み、七言律詩「西域にて王君玉從《よ》り茶を乞《もと》む」其七では、

啜罷江南一椀茶　　啜《すす》り罷《おわ》る江南一椀の茶
枯腸歴歴走雷車　　枯腸に歴歴として雷車走る

と、新鮮な驚きを率直に表現している。これにたいして南方では方回《ほうかい》（一二二七〜一三〇七）が、江西詩派の立場から唐宋近體詩の批評を『瀛奎律髓《えいけいりつずい》』に著わし、たとえば「杜甫《とほ》の詩が絶妙なのは、平易の中に艱苦が折りまぜられているからであって、平易を學ぶだけだと白居易のようにあけっぴろげになってしまう」（杜甫「春日江村」評）と指摘している。このような對立は清末までつづき、必ずしも北方と南方の氣風の違いだけでは律しきれない。

次に二つめの課題である「情」の問題について。詩でいえば、彼らはおおむね、宋の理知の精神よりも唐の抒情の感性を好んだが、社會的な背景としては、この時代は感情の過度の發露が戒められていた。「情」は文學的營爲と切り離せないものであるが、儒家の思想は當初から「情」にたいして警戒的であった。たとえば『詩經』の「大序」で、國政衰退期の變則的な國ぶりの歌について、「故に變風は情に發し、禮儀に止どまる」と解説され、『禮記《らいき》』檀弓《だんぐう》下で、「直情にして徑《ただ》ちに行う有る者は、戎狄《じゅうてき》（野蠻な民族）の道なり」と斷定されるのはその例である。この警戒心は、十二世紀の後半、南宋の朱熹《しゅき》が朱子學を大成してから、いっそう強まった。彼はその『近思錄』で、心の中に喜・怒・哀・懼《く》（おそれ）・愛・惡《お》（にくしみ）・欲の「七情」が起こることを指摘したあと、「覺《さと》る者は其の情を（制）約して中《ちゅう》（庸《よう》）に合《がっ》せ使《し》め、其の心を正し、其の性を養う」のだと述べる。司馬遷《しばせん》が『史記』で記した文人司馬相如《しばそうじょ》と卓文《たくぶん》君《くん》の驅落ちや、白居易が「長恨歌」でうたった天子玄宗《げんそう》の楊貴妃《ようきひ》にたいする愛情などは、もはや制作することさえおぼつかなくなったわけであるが、この時代の詩人としては、逆にこのような制約を振りきって、愛情に限らず感情一般をいかに率直に、場合によっては大膽に、文學に載せるかが、課題になったといえる。

もっとも、男女の愛情に限って結論を先にいえば、詩文におけるその十分な表現に彼らは成功していない。そもそも知識人がこのジャンルにおいて戀愛感情を表明することは、『詩經』のその方面の作品が「鄭衞《ていえい》の音」として斥けられて以來、過去においてもほとんど無かったのである。その點では我が本居宣長《もとおりのりなが》が「戀のおほき」和歌にたいして、「詩に、みずからの戀の詩のなきは、かの國人のくせ」（『玉勝間』十の巻）だとしたのは、當っている。この時期に、より濃厚な戀愛文學を求める人は、詞や戲曲・小說を見るべきなのである。

二　元代の詩文

蒙古王朝と色目詩人薩都剌

内陸アジアに居たモンゴル人は、一二一四年チンギス・カーンが金《きん》の都燕京《えんけい》（今の北京）を陥落して汴京《べんけい》（今の開《かい》封《ふう》）に追いやり、一二三四年にはその金を滅ぼし、さらに南下して一二七九年には南宋をも滅ぼした。かくして全中國を支配下においた新しい朝廷は科擧を廢止し、さらに民族的な四身分制を設けた。漢語による詩や文語文は、支配階層であるモンゴル人によってはほとんど無理解のままに、第三階層の漢人（北方出身の漢族）と第四階層の南人（南方の漢族）によって擔われるのである。

このような中で第二階層の色目人に屬する薩都剌《さつとら》（一二七二～一三五五?）は、その氏名がアラブ語の「アラーの惠み」に相當する音譯であり、字《あざな》の天錫《てんしやく》がその意譯であることからも分かるように、回族の出身である。父祖の地である山西省で生まれ育ったが、けっして選ばれた人士ではなく、三十一歳から四年ほど南方で行商をしていたこともあった。そのころの七言古詩「醉歌行」では、モンゴル族の貴族の青年たちと對比しながら、文化人である我が身の苦勞をうたう。

紅樓弟子年二十
飲酒食肉書不識
嗟余識字事轉多
家口相煎百憂集

紅樓《こうろう》の弟子《ていし》は年二十にして
酒を飲み肉を食らうも書は識らず
嗟《ああ》 余《われ》は字を識りて 事轉《うた》た多く
家口 相い煎《こ》がれて百の憂い集まる

科擧は第四代皇帝仁宗アイユルバリバタラの一三一四年にいちおうの復活をみるが、薩都剌が進士となるのはその十三年後、五十六歳の時であった。この時からほぼ二、三年交代で、今の江蘇《こうそ》省の鎭江《ちんこう》、そして南京、河北省の眞定、福建省の福州、河南省の開封、河北の北京（大都）、浙江《せっこう》省の杭《こう》州、ふたたび南京、安徽《あんき》省の廬《ろ》州と、そのほとんどを地方官として、八十一歳まで轉々とした。個人的な生計のためであろうか、政府の人材不足のためであろうか。次の七言絶句「閩城《びんじょう》歳暮」は北方出身の彼が、六十五歳の大晦日を福建省で送った時の作である。

嶺南春早不見雪
臘月街頭聽賣花
海國人家除夕近
滿城微雨濕山茶

嶺南 春早くして雪を見ず
臘月《ろうげつ》の街頭 花を賣るを聽く
海國の人家 除夕 近く
滿城 微雨 山茶を濕《しめ》らす　（「山茶」はツバキ）

彼の詩の中には漢文化の誇る歴史故事を回顧し、あるいは著名な文學家を敬慕するものも多く見られ、教養の面では漢族知識人とほとんど變わらなかった。次にあげる虞集《ぐしゅう》や揭傒斯《けいけいし》とは北京時代に、楊維楨《よういてい》や顧瑛《こえい》とは杭州時代に親しく交際しているのも、その廣い行動範圍と、漢文化の教養のしからしめるものであろう。

爽やかな抒情詩人揭傒斯

やや先立つ初代皇帝世祖フビライの一二八六年、趙孟頫《ちょうもうふ》（一二五四～一三二二、字は子昂《すこう》、今の浙江省湖州の人）が朝廷から召し出された時、自身が宋の太祖趙匡胤《ちょうきょういん》の十一世の孫であっただけに、その苦悩は大きく、「出《い》づるを罪《つみ》す」という詩を作って我が身を罰したほどであった。しかし朝廷で皇后から、農耕と紡織それぞれ十二ヶ月の繪畫に詩を付けるように命じられた時には、書とともに繪畫にも巧みであった人らしく、江南特有の嚴しい勞働の實情をリアルに描き、遊牧を生業としたモンゴル人にたいして、文化の傳達者としての役割を果たしている。五言古詩「耕織の圖に題する二十四首」のうち「耕六月」の一部分を示しておこう。

赤 日 背 欲 裂　　赤日《せきじつ》 背は裂けんと欲し
白 汗 灑 如 雨　　白汗《はくかん》 灑《そそ》ぐこと雨の如し
匍 匐 行 水 中　　匍匐《ほふく》して水中を行けば
泥 淖 及 腰 膂　　泥淖《でいどう》は腰と膂《せぼね》に及ぶ
新 苗 抽 利 劍　　新しき苗は利《するど》き劍を抽《ぬ》き
割 膚 何 痛 楚　　膚《はだ》を割《さ》くこと何ぞ痛楚《つうそ》たる

ついで十四世紀の詩作は、漢族を含めて北方詩人が振るわなくなるのにたいして、南方詩人の活躍が目立ってくる。掲傒斯（一二七四～一三四四、江西省の人）もそのうちの一人である。

彼は宋の進士であった父について讀書にはげみ、早くから文名を馳せた。しかし浪々の身はいかにも貧しく、しかも妻李氏に先立たれるという不幸にみまわれた。次の五言絶句「阿英の楊氏に童歸するを送る」は、その二年後、幼い娘を結婚させた時の作で、後世の童養媳《トンヤンシー》にあたるのかもしれない。一三〇七年ごろの作である。

弱 女 年 十 三　　弱《おさな》き女《むすめ》は年十三

兩年失母慈　　兩年に母の慈《いつく》しみを失う
看拜阿婆去　　阿婆《あば》を拜して去るを看《み》れば
憶着初生時　　憶着《おくちゃく》す 初めて生まれし時を

（「阿婆」は娘の祖母を、日ごろ呼びつけている口頭語でしめしたもの。「憶着」は、しっかりと思い出す、の意）

たとえば杜甫の詩にも少女の幾つかのしぐさが點描されるが、いずれも亂世の慨嘆と關わっていた。この詩のように少女だけを私生活の中だけでうたった例はおそらく他に例を見ないだろう。當時の知識人が政治への參加という大きな支えをはずされた段階ではじめて、きわめて小さな抒情をも素直に表現することに氣おくれがしなくなったということであろう。

とはいえ世の中の大事、例えば平和について無關心であったかというと、そうではない。時に、民族戰爭が終わって三十年餘になっていた。「高郵城」（江蘇省にある都市）では次のようにうたう。

高郵城　城何長　　高郵城　城は何ぞ長き
城下種麥城上桑　　城の下には麥を種え城の上には桑
昔日鐵不如　　昔日は鐵も如《し》かざるに
今爲耕種場　　今は耕種の場と爲る
桑陰陰　麥茫茫　　桑は陰陰《くらぐら》　麥は茫茫《はるばる》
但願千萬年　　但《た》だ願わくば千萬年
盡四海外爲封疆　　四海の外を盡くして封疆《ほうきょう》と爲し
終古不用城與隍　　終古まで城と隍《ほり》とを用いざらんことを

「封疆」つまり國境を世界の果ての果てまで押しひろげるということは、撤廢してしまうことに等しい。このような永世平和の願いは、武器を鎔かして農具にする、たとえば杜甫の「蠶穀《さんこく》の行《うた》」に、「焉《いず》んぞ得ん 甲《よろい》を鑄《い》て農器を作るを」といった言葉に表わされることはあったが、城壁を無くしたいという、いっそうスケールの大きな發想は、これも他に例を見ないだろう。

やがて掲傒斯は仁宗に認められて入朝、遼・金・宋三史編纂の總裁官となるなど、その信任に厚いものがあった。しかし同僚の虞集（一二七二〜一三四八、江西省の人）から「美女簪花《さんか》の如し」と評されたように、小詩の巧みさは變わらなかった。『元史』本傳の評語も「清婉麗密《せいえんれいみつ》」である。次の七言絶句「夢に墨梅に題す」はその一端を示していよう。

霜空冥冥江水暮
江上梅花千萬樹
無端折得一枝歸
一雙蝴蝶相隨飛

霜の空は冥冥《くろぐろ》として江水暮れ
江《おおかわ》の上《ほとり》の梅花は千萬樹
端《はし》無くも一枝を折り得て歸れば
一雙の蝴蝶 相い隨いて飛ぶ

水墨畫に詩を書きつけることは至って平凡なことではあるが、それに「夢」のヴェールをかぶせて幻想性をもたせたことで、この詩はたちまち新鮮なものに變わった。明の胡應麟《こおうりん》（一五五一〜一六〇二）は『詩藪《しそう》』の中で、掲傒斯が李《り》白《はく》を師とし、かたわら謝靈運・謝惠連《しゃけいれん》・謝朓《しゃちょう》の三謝を參考にしたと指摘するが、その輕快さにおいてあい通ずるところがあるのは確かである。以上の虞・掲兩家に楊載《ようさい》（一二七一〜一三二三、福建省の人）・范梈《はんぽう》（一二七二〜一三三〇、湖北省の人）を加えて「元詩四大家」と呼び、いずれも皇帝の祕書廳である翰林院に入った。

楊維楨とその仲間たち

心情の直率な表現だけでは飽きたらず、古典的な含蓄を意圖しながらも、まったく新しい獨創を斷念した時、詩人には二つの道が殘される。一つは、古典を自分なりにさらに深く究めて新しい局面を打開することであり、黃庭堅《こうていけん》や南宋の「江西詩派」はそれを「換骨奪胎《かんこつだったい》」と稱した。もう一つは詩句の名場面名表現の幾つかを切り取ってきて自分なりに再構成する方法で、楊維楨《よういてい》（一二九六～一三七〇、字は廉夫《れんふ》、號は鐵崖《てつがい》、浙江省の人）の場合はこれに相當する。

彼は自然の情の發露を重んじるが、取材はほとんどを古典によっていて、たとえば夫婦の愛情をたたえた「眉撫《びぶ》の詞《うた》」は『漢書』から、妻のために眉を畫いてやった都の長官張敞《ちょうしょう》の故事を用いるほか、汚れなき無償の行爲として、知己に報いた俠客の「易水歌《えきすいか》」は『史記』に基づいている。また彼は奔放な空想を樂しんだが、そこでも古典の借用が見られる。たとえば雜言十二句の「盧山瀑布《ろざんばくふ》の謠《うた》」は、「飛流直下三千尺、疑うらくは是《こ》れ銀河の九天より落つるかと」の李白の七言絶句を夢の中で大きくふくらませたものであるが、その一部をスナップしたいという意味で、

便欲手把并州翦　　便《すなわ》ち手ずから并《へい》州の翦《せん》を把《と》り
翦去一幅玻璃烟　　一幅の玻璃《はり》の烟《けむり》を翦《き》り去らんと欲す

（并州は山西省の町、刃物の名産地。翦は、はさみ。玻璃はガラス）

とうたうのは、杜甫が「戲れに王宰が畫《えが》ける山水の圖に題する歌」の「焉《いずく》んぞ并州の快《するど》き翦刀を得て、呉松《ごしょう》半江の水を翦り取らん」に基づくものである。また喉の渇きを海水で充たしたいという願いを、

騎鯨吸海枯桑田　　鯨《くじら》に騎《の》り海を吸えば桑田《そうでん》を枯らす

とうたうのは、李白がみずからを「海上騎鯨の客」と記したと傳えられるのに基づくものである。

楊維楨は生涯の半ばを地方官、半ばをいわゆる市隱として過ごしたが、その古代民謠調の獨特の作品群は「鐵崖樂《てつがいがく》

府《ふ》」といわれて當時の評判をとった。そこには男女の別や俠客の行爲を規制した朱子學にたいする、文學の側からの修正意見がみられる。全體として彼の作品には新鮮さが缺けるが、當時の都會人たちは、彼自身がその詩を笛に載せ、誰かが歌い、時には誰かが踊る、そのような輪の中に入ることを通じて、昔の故事や表現に親しんだと推測してよければ、雜劇の流行とともに恰好の市民文學を享受したことになるだろう。その意味で楊維楨の樂府は文學の大衆化の一つの形態であったといえよう。

さて、元代における南方の漢族知識人の不遇は、經濟の繁榮に支えられて、自由な都會人による詩社の盛行とともに、有力なスポンサーの出現をもたらすことになった。中でも今の江蘇省崑山《こんざん》の富豪で、また詩人でもあった顧瑛《こえい》（一三一〇～一三六九）が有名で、古書名畫骨董を集錄するかたわら、別莊「玉山草堂」を詩人たちに開放し、楊維楨をはじめ四十人に及ぶ人士が出入りし、飲酒宴會のかたわら、「分韻」や「聯句」の詩づくりを樂しんだ。詩が都會人の社交の手だてとして定着したことを示すだけで、內容の上で新しい局面を加えたところはないものの、顧瑛の存在は後々まで詩人たちの憧憬の的として語りつがれた。たとえば明末清初十七世紀後半の、崑山と隣接する太倉《たいそう》の詩人吳偉業《ごいぎょう》や、清代中期十八世紀末の、浙江錢塘《せんとう》の詩人袁枚《えんばい》も、そうである。

三　明代の詩文

明の太祖と宋濂「王冕傳」

中國では建國の皇帝の氣質がその王朝の社會や文學の風潮全般を支配することがある。

明の太祖朱元璋《しゅげんしょう》（一三二八～一三九八）は安徽省の貧農の出身で、少年時代には牛羊を飼育する雇傭人となり、飢饉で家族を失った後は佛寺に入って行脚僧となった。自然兒の良さと粗暴者の惡さという兩面の性格は、彼が農民反亂の指導者となり、一三六八年に覇權を握った後も、そのまま持ちこまれた。

生命の自然を愛した彼は、朱子學の人爲的倫理を憎んだ。たとえば孝行においても、親の治療のために子供が自分の股《もも》の肉を削って食べさせるとか、幼兒を殺して願掛けをすることを禁じた。だが一方では、過失のあった高官を皇帝の面前で棒打ちにする「廷杖《ていじょう》」の刑を實施し、政治家や知識人を容赦なく處刑した。蘇州の詩人高啓《こうけい》（一三三六〜一三七四）は、その自由な歌ごころを「青邱子《せいきゆうし》の歌」に、

青邱子　臞而清　　青邱が身は、いやゝせに 瘦せにたれども、
本是五雲閣下之仙卿　　其昔 五雲閣下にすまひけむ、清き姿ぞしのばるる。
何年降謫在世間　　いつか此世におりぬらむ。
向人不道姓與名　　しが名つげぬも哀れなり。
（森鷗外 譯）

とうたったが、その彼も若くして殺された。このような明の太祖を早くから精神的に補佐したのが、劉基《りゅうき》（一三一一〜一三七五）と宋濂《そうれん》（一三一〇〜一三八一）であった。

宋濂は浙江省の奥深い金華《きんか》に生まれ、元末の朱子學者柳貫《りゅうかん》・黃溍《こうしん》について學んだ。一三五八年には朱元璋の招きに應じ、新しい朝廷では翰林院に入って『元史』編纂の總裁をつとめた。彼は特に文語文に優れ、「杜環《とかん》小傳」や「李疑《りぎ》傳」では他人の危急に手を差しのべる貧乏學者や旅館の主人、「秦士《しんし》錄」では豪傑肌の知恵者など、新しい時代にふさわしい人物像を描きだした。では、これら無名の住民とは違い、梅の畫家詩人として多少は名の通っていた「王冕《おうべん》の傳」はどうであっただろうか。その冒頭は次のとおりである。

王冕者諸暨人。七八歲時、父命牧牛隴上。竊入學舍、聽諸生誦書。聽已輒默記、暮歸忘其牛。或牽牛來責蹊田。

父怒撻之、已而復如初。母曰、兒癡如此、曷不聽其所爲。冕因去依僧寺以居。夜潛出坐佛膝上、執策映長明燈讀之、琅琅達旦。佛像多土偶獰惡可怖、冕小兒恬若不見。

王冕は諸曁《しょき》の人なり。七、八歳の時、父、牛を隴《おか》の上に牧するを命ず。竊《ひそ》かに學舍《まなびや》に入り、諸生の書を誦《しょう》するを聽く。聽き已《おわ》れば輒《すなわ》ち默記し、暮に歸って其の牛を忘る。或るひと牛を牽《ひ》きて來たり田を蹊《よこぎ》るを責《せ》む。父怒りて之を撻《むちう》つも、已《すで》にして復《ま》た初めの如し。母曰わく、兒は癡なること此《か》くの如し、曷《なん》ぞ其の爲す所を聽《ゆる》さざるか、と。冕因って去って僧寺に依《よ》りて以て居る。夜潛《ひそ》かに出《い》でて佛の膝《ひざ》の上に坐り、策《ふみ》を執《と》りて長明燈に映《うつ》して之を讀み、琅琅《ろうろう》として（こえをだし）旦《あさ》に達す。佛像には土偶の獰惡《どうあく》にして怖《おそ》る可《べ》きもの多きに、冕は小兒なるも恬《てん》として見ざるが若《ごと》し。

實は王冕（一三〇〇?～一三五九）の傳記には、その死後まもなくと思われるころに、張辰《ちょうしん》によって書かれたものがある。それだと冒頭の部分は、「父、農に力《つと》む。冕、田家の子爲《た》りて少《わか》きより卽ち學を好む」と、わずか十二字で記されるにすぎない。宋濂は、なぜかくも念入りに敷衍したのだろう。ちなみに王冕の晩年については、張辰が、居住地に侵寇してきた朱元璋軍を王冕が說敎するところで結んでいるのにたいして、宋濂は、王冕がかねがね「明主」の出現を豫言し、朱元璋から「授くるに諮議參軍《しぎさんぐん》を以て」したように書き替えている。ここに元代の優れた藝術家を明代の人物とする意圖がうかがわれよう。現に王冕の傳は『元史』ではなく『明史』に收められている。しかしそれだけの理由では、冒頭部分の問題は說明できない。

思えば太祖は、當時蔑まれていた寺僧となったことに後々までコンプレックスを持ち、「光」「禿」「僧」といった字はすべて忌諱された。宋濂がこの傳記を著わしたのはすでに退官後の七十歳ごろであったが、太祖はまだ五十歳過ぎと若く、恐怖政治を續けている。この文章は、死を前にした老人が、皇帝の荒らぶる心を鎭《しず》めるべくものにした、一種の遺言であったと思われる。

古文辭派の李夢陽と何景明

明の太祖の氣性を文學家として最もストレートに受けついだのは、古文辭をリードした人たちであった。いわゆる「前七子」の中では李夢陽《りぼうよう》（一四七三〜一五三〇、號は空同、甘肅省《かんしゅく》慶陽の人）と何景明《かけいめい》（一四八三〜一五二一、號は大復、河南省信陽の人）、「後七子」の中では李攀龍《りはんりゅう》（一五一四〜一五七〇、號は滄溟《そうめい》、山東省歷城の人）と王世貞《おうせいてい》（一五二六〜一五九〇、號は弇州《えんしゅう》、江蘇省太倉の人）がその代表格である。彼らは古典をさらに嚴選して、「文は秦漢、詩は盛唐」にほぼ限定し、二つの大帝國、漢と唐を實現させた時代の、『史記』の文章や李白・杜甫の詩の中の故事や表現を再構成した。特に樂府や七言歌行においてこの傾向が著しく、その點ではかつての楊維楨の手法に酷似するが、主觀的な感情移入がいっそう強烈となっている。時あたかも明朝建國いらい百年餘を經過し、内政では貴族や宦官の横暴、外交では「北虜南倭《ほくりょなんわ》」と、帝國の崩壊がきざしており、これに危機感を抱いた彼らは、正義派官僚として皇帝にたいする熱い忠誠心をその詩文のはしばしに表明した。

李夢陽の祖父は文化果つる西北の山地で鹽や野菜の賣買をしていた。五言古詩「雜詩三首」其一にうたうのは彼の自畫像とみなしていいだろう。

宛宛春田鳩　宛宛《えんえん》たる春田の鳩
飛鳴柔且閑　飛鳴　柔にして且つ閑なり
一朝化爲鷹　一朝　化して鷹《たか》と爲り
肅肅厲羽翰　肅肅として羽翰《はね》を厲《はげ》しくす

衆禽不敢並　衆禽と敢《あ》えて並《なら》ばず
孤立秋雲端　孤立す 秋雲の端
鳥既不自知　鳥既《すで》に自《みずか》ら知らざれば
人胡究其然　人胡《なん》ぞ其の然《しか》るを究《きわ》めん

經書の一つである『禮記《らいき》』王政篇には、天子が八月に鳥網を張るのに「鳩の化して鷹と爲る」のを待つと記されるが、この傳說を彼は、自己の變身を表わすのに用いた。

かくして一四九三年に進士となったあと、中央の若手官僚として貴族や宦官の横暴を論難、あるいは彈劾してそのつど下獄し、ついに四十三歳で依願退職した。次の五言律詩「野泊」は、その直前、地方の監督官として江西に赴いた時、政治への大志と故郷への歸心との二者擇一に惱んだ模樣をうたう。

遠電明江夜　遠き電《いなずま》は江夜を明るくし
官舟野泊稀　官舟 野泊 稀《まれ》なり
山鐘天外落　山鐘 天外より落ち
林火雨中微　林火 雨中に微《かす》かなり
水立黄龍闘　水立ちて 黄龍闘い
沙霑白鷺饑　沙霑《すなうるお》いて 白鷺饑《う》う
平生萬里志　平生 萬里の志
可奈夢西歸　西に歸るを夢みるを奈《いかが》す可《べ》けん

「黄龍闘い」は天子が朝廷で惡戰苦鬪していることであろうが、特に用例があるわけでない。「白鷺」は、首の長いことから地方の巡察官を意味し、自分を指す。典故といえばこれだけで、「遠電」「野泊」「林火」も唐の詩には見えない。彼の詩を一概に「模擬」だと決めつけるわけにはゆかないだろう。

何景明は李夢陽にたいして、「神情を領會し、景に臨んで構結し、形迹《けいし》を倣《まね》ず」（「李空同に與えて詩を論ずるの書」）といったことがあるように、全篇七十二句の七言歌行「明月篇」は、初唐・盧照鄰《ろしょうりん》の「明月引」十八句の詩を本歌にしているとはいえ、ほとんど創作といってよい。ここではまず序文で、

夫《そ》れ詩は性情に本《もと》づきて發する者也。其の切にして見易き者は夫婦の間に如《し》くは莫《な》し。……子美（杜甫）の詩は、博く世故に渉《わた》るも夫婦より出づる者常に少し。

と斷ったのち、男女の相愛悲戀の故事を次々と綴りあわせる。たとえば漢の司馬相如が琴の音で卓文君を誘い、驅落ちして飲み屋を開いた話は、

未作當壚賣酒人　　未《いま》だ壚《ろ》に當りて酒を賣る人と作《な》らず
難邀隔座援琴客　　座を隔てて琴を援《ひ》きよせる客を邀《むか》え難《がた》し

と用いられ、長安の妓女のやつした姿を語る白居易の「琵琶行」からは、

江頭商婦移船待　　江頭の商婦は船を移して待ち
湖上佳人挾瑟歌　　湖上の佳人《かじん》は瑟《こと》を挾《はさ》みて歌う

と述べられる。もっとも、昇り、そして落ちゆくまでの月にかかわる美辭麗句がふんだんに配せられ、序文の趣旨が阻害されていることは否めない。

李卓吾「童心説」と袁宏道

陽明學を樹立した王守仁（一四七二〜一五二八、浙江省餘姚《よよう》の人）は自己のうちに「良知を致す」ことを通じて、士農工商のいずれを問わず「滿街の人、都《すべ》て是《こ》れ聖人」（『傳習錄』下）であるとした。これをさらにラディカルに推しすめた李贄《りし》（一五二七〜一六〇二、號は卓吾、福建省泉州の人）は「童心說」において、「童子は人の初めなり、童心は心の初めなり」とし、讀書を積み教育を受けることによって得た「道理聞見」がかえって童心を曇らせることになると、指摘した。それは、知識人のための朱子學的倫理を主觀的に排除するにとどまったが、文學でいえば、從來おとしめられていた庶民文學の『西廂記《せいしょうき》』や『水滸傳《すいこでん》』を、『史記』や杜甫の詩に劣らぬ第一級の文學であると評價することにつながった。『水滸傳』には統治者の腐敗にたいする「忠義」者の「發憤」に、『西廂記』には琴の音に通わせる男女の相思に、それぞれ童心を見出したわけである。彼が男女の戀愛を認めたことは、他にその『藏書』儒臣傳で、司馬相如が飲み屋を開いたことこそ彼の「眞の文章」なのであり、卓王孫が娘の文君を恥じたことにたいしては、「當《まさ》に大いに喜ぶべく、何ぞ恥ずるを爲さんや」とコメントしていることからも理解できよう。

李卓吾が湖北省で著作活動をしている時にその門を叩いたのが、公安縣の袁《えん》氏三兄弟、宗道《そうどう》・宏道《こうどう》・中道《ちゅうどう》であった。そのうち袁宏道（一五六八〜一六一〇）は、

夫《そ》れ趣《おもむき》は、之《これ》を自然に得るものは深く、之を學問に得るものは淺し。其の童子爲《た》るに當りては、趣有るを知らず。然《しか》れども往《ゆ》くとして趣に非《あら》ざるは無きなり。（「陳正甫の會心集に敍す」）

と述べ、みずから字《あざな》を「無學」と稱したように、學問を否定し自然を貴んだ。もとより古文辭派にたいしては、その「模擬」と「大聲壯語」を二重の「假（にせもの）」と斷じ、徹底して論難した。

その描く知識人像は一種非常識な自己破滅型で、「醉叟《すいそう》傳」で描くのは、ムカデやクモを食いながら「萬法は一に歸す、一は何《いず》れの處にか歸せん」と反問する男であり、「徐文長傳」で對象とするのは、異色の詩人・畫家そして劇

作家の徐渭《じょい》（一五二一〜一五九三、浙江省山陰の人）であった。

晩年憤益深、佯狂益甚、顯者至門、或拒不納。時攜錢至酒肆、呼下隷與飲。或自持斧擊破其頭、血流被面、頭骨皆折、揉之有聲。或以利錐錐其兩耳、深入寸餘、竟不得死。

晩年は憤《いきどお》り益ます深く、佯狂《ようきょう》（きちがいじみること）益ます甚《はなは》だしく、顯《とうと》き者門に至るも、或いは拒《こば》みて納《い》れず。時に錢を攜《たずさ》えて酒肆《しゅし》（さかや）に至り、下隷を呼びて與《とも》に飲む。或いは自ら斧《おの》を持ちて其の頭を擊破し、血流れて面《かお》を被《おお》い、頭骨皆な折れ、之を揉《も》みて聲有り。或いは利《するど》き錐《きり》を以て其の兩の耳を錐《さ》し、深く入《い》ること寸餘なるも、竟《つい》に死するを得ず。

また自然を貴ぶ心情からは、特に優しい存在物を、擬人法をまじえるなどして、いきいきと描く。次の五言律詩「靈隱路上」は、かねてから仕官の窮屈さを嫌っていた彼が、ようやく呉縣知事の辭職を許され、西湖西岸を遊覽した三十歳の作である。

細鳥傷心叫　細鳥 心を傷《いた》めて叫び
閑花作意飛　閑花 意を作《な》して飛ぶ
芳蹊紅茜雨　芳《かお》る蹊《こみち》は紅茜《こうせん》（あかねいろ）の雨
古澗綠沈衣　古き澗《たに》は綠沈《りょくちん》（ふかみどり）の衣
豔女逢僧拜　豔女《えんじょ》は僧に逢いて拜し
游人緩騎歸　游人《ゆうじん》は騎《うま》を緩《ゆる》やかにして歸る
幸隨眞實友　幸いに眞實の友に隨《したが》い
無復可忘機　復《ま》た機を忘る可《べ》きもの無し

（結句は、人間社會のからくりを忘れさせてくれるものでこれ以上のものはない、の意）

人物形象では、「僮僕は都《すべ》て俗子の腸《こころ》無し」（「李子髯《りしぜん》に贈る」）とうたった詩句を散文化したのが「拙效傳」で、四人の下僕がその稚拙さゆえに人に可愛がられたさまを描く。

四　清代の詩文

清代文學の潮流と王漁洋

一六四四年、滿洲族が北京において明王朝を滅ぼし清王朝を樹立すると、江南を支配するために兵を南に下したが、江南諸都市の漢人知識人は、住民との連攜のもとに各地で抵抗運動を起こした。江蘇省崑山《こんざん》の顧炎武《こえんぶ》（一六一三〜一六八二）と歸荘《きそう》（一六一三〜一六七三）もそうであった。彼らは清朝政府に最後まで不服從を通したが、一方明王朝にたいしても、學問の輕視が、その政治を崩壞させ、その文學を墮落させたとする強い批判を抱いていた。顧炎武はその著作『日知錄』の中で、李卓吾と、公安派にやや後れて主觀主義をより深めた湖北省竟陵《きようりよう》の鍾惺《しようせい》（一五七四〜一六二四）の二人をとりあげ、儒學の聖賢をおとしめ、佛教に惑い、授業に男女を同席させるなど、モラルの低下をまねいたと斷罪している。また歸荘は、金聖歎《きんせいたん》（一六〇八?〜一六六一）が小説や戲曲を改作・批評したことにちなんで、『水滸傳』は「亂《らん》を倡《とな》うるの書なり」、『西廂記』は「淫《いん》を誨《おし》うるの書なり」と斷定した。

元代から始まった感情の直率な發現は、明代を終わるまでに、主情論と主觀主義にまでふくらんだ。分かりやすくするために白話小説上の人物でいえば、『水滸傳』の李逵《りき》や魯智深《ろちしん》、『三國志演義』の張飛《ちようひ》、そして『金瓶梅《きんぺいばい》』の潘《はん》金蓮《きんれん》など、情欲をふくめて、感情のストレートな表出が見られた。しかし清代に入って、主觀主義とともに主情論も否定され、八方破れの人物像も姿を消すことになり、その種の立場の思想家や詩人の作品も、小説家の作品ともども禁じられた。禁書といえば、一般には清代に入ってから、清朝政府が特に民族的な違反文書を對象としたものが知られるが、これは一八三〇年代には民族的融合とともに解消される。文學の上で重要なのは、むしろそれに先だって、知識人自身がイデオロギー批判や、男女の戀愛など反社會的文書を、自主規制したことから起こった禁書のほうにある。かの顧炎武や歸荘も、ある意味では反動的な働きをしたと言えなくもないのである。

さて、滿洲族の支配にほとんど無抵抗であった山東省からは王士禛《おうししん》（一六三四〜一七一一、號は漁洋）が現われた。二十四歳の時に郷里の、その名も大明湖で、失われた王朝への名狀しがたい憂愁をうたった七言律詩「秋柳四首」によってデビューした。のちに「神韻説」と呼ばれるその作詩方法は、精練された詩語や典故を用いながら、その一つ一つ、あるいはお互いの關係を、曖昧にし、しかもその上に「煙《もや》」のようなヴェールを掛けることによって、全體の表象を朦朧とさせ、餘韻を響かせるものであった。次の七言絶句「秦淮《しんわい》雜詩二十首」其一もそのような作品で、進士ののち揚州の官吏となった二十八歳の作。「秣陵《まつりょう》」は南京の古い名、六朝時代に都が置かれ、明代では副首都、王朝滅亡後の一年間、亡命政權がここを據りどころとした。「秦淮」はこの都市を流れる川、兩岸に歌舞の樓館が立ちならんでいた。

年來腸斷秣陵舟　　年來　腸《こころ》は斷《た》たる秣陵の舟
夢繞秦淮水上樓　　夢は繞《めぐ》る　秦淮　水の上《ほとり》の樓
十日雨絲風片裏　　十日　雨絲《うし》　風片の裏《うち》
濃春煙景似殘秋　　濃春の煙景　殘秋に似たり

律詩や絶句ではこのように、ごく限られた字句の中に無限の興趣をかもしだそうとするものであったが、やや長編の古詩では明確な結論を示すものもある。たとえば四十四歳、中央の戸部の係官であった時の七言二十句の古詩「秦鏡詞」は、ある友人が秦代の銅鏡を發掘したことにちなんでの作である。古代の帝王は宮女の不貞を見破るために、すりつぶした守宮《やもり》の朱《あか》い汁を肌に塗りつけたり、大きな鏡の前に立たせたりしたといわれるが、このような事どもをも含めて、この秦鏡が宮廷のさまざまな歴史を見てきたであろうと、豊かな知識を開陳したあと、次の二句を結びとする。

秦鏡虚誇照膽寒　　秦鏡虚《むな》しく誇る（おんなの）膽《きも》の寒《こご》ゆるを照らすを
不照長城多白骨　　照らさず　長城　白骨多きを

かくして新しい王朝の刑部の長官をつとめあげた漁洋は、詩の世界においても、「一代の正宗」として約半世紀にわたる中心的存在であった。

袁枚と彼をめぐる人々

清朝もその成立後一世紀となると、漢族知識人たちは文學の中に現實の確かな形象を求めるようになった。そこには二つの新たな動きが生まれる。

その一つは沈徳潛《しんとくせん》（一六七三～一七六九、江蘇省蘇州の人）の「格調説」であって、文學に、傳統的な格式と音調のもとに、造化や施政や倫理との關係を復活させようとするものである。彼の主な役割は批評家・選詩家のほうにあるといっていいだろうが、その對象は宋と元を除くすべての時代に及んでいる。前述したように清朝の詩人は學問を重視するが、『詩經』の精神の具現として、王漁洋の「秦鏡詞」よりももっと時事的な内容を、主に七言歌行の形式で詠みあげようとするのもその一環であって、沈徳潛の編修した『清詩別裁集』においても、その傾向をうかがい知ることができる。

もう一つは袁枚《えんばい》（一七一六～一七九七、浙江省杭州の人）の「性靈說」であって、人間の自然な氣持ちを素直に表現しようとするものである。彼も口ではしばしば學問の重要性を言い、明の公安の袁宏道らとは一線を劃するかのようであるが、判然と區別するのは難しいように思われる。彼は三十二歳で退官すると、ごく一時期の再就職を除いて、南京は小倉山《しょうそう》での別荘生活を樂しむ一方、鹽商人の町揚州で、彼のいう「商人士大夫」との交遊を深めるなど、氣ままな都市生活を滿喫した。その彼には老年になるほど眞價が現われるところがある。次の詩は六十四歳、故郷の西湖畔を遊覧した二十一首連作の七言絶句「湖上雜詩」の一つである。

葛嶺花開二月天　　葛嶺 花開く 二月の天《そら》
遊人來往說神仙　　遊人來往して神仙を說く
老夫心與遊人異　　老夫 心は遊人と異なり
不羨神仙羨少年　　神仙を羨《うらや》まず少年を羨む

（「葛嶺」は西湖北岸にあり、晉の葛洪《かっこう》が神仙の術を好み、ここで丹《たん》を煉《ね》ったと傳えられる）

その少年の像の一つを、六十一歳の時の五言絶句「所見」に見ておこう。

牧童騎黃牛　　牧童 黃牛に騎《の》り
歌聲振林樾　　歌聲 林の樾《こかげ》を振わす
意欲捕鳴蟬　　意《こころ》に 鳴く蟬を捕えんと欲し
忽然閉口立　　忽然《こつぜん》 口を閉じて立つ

袁枚には、從來の詩作の主役であった漢族知識人とは違ったところに、詩の新しい息吹きを求めようとするところがある。それは滿洲人であり、體を使って働く人々であり、婦人であった。彼の『隨園《ずいえん》詩話』にはその邊の消息が具體的に語られている。例を一つあげておこう。一九七八年五月、中國文聯第三回全國委員會で臧克家《ぞうこくか》氏が、解放以後の「新詩を發展させよう」としておこなった報告に引用された部分である。

吾鄕有販鬻者、不甚識字、而強學詞曲。哭母云、叫一聲、哭一聲、兒的聲音娘慣聽、如何娘不應。語雖俚、聞者動色。

吾が鄕《さと》に販鬻《はんいく》（ものうり）する者有り、甚だしくは字を識らざるも、強《し》いて詞曲（はうた）を學ぶ。「母を哭す」に云う、「叫んで一聲《おう》、哭《な》いて一聲《わっ》、兒《おら》の聲音《こえ》を娘《おっかあ》は聽き慣《な》るるに、如何《なんで》娘《おっかあ》は應《こた》えぬや」と。語は俚《り》（やぼったい）と雖《いえど》も、聞く者は色《かおいろ》を動かす。

また婦人に關しては別に『隨園女弟子詩選』を八十一歳の時に編修した。二十八名の女流詩人はほとんどが良家の婦女で、その一人に、詩人孫原湘《そんげんしょう》（一七六〇〜一八二九）の夫人席佩蘭《せきはいらん》（蘇州府下の人）がいる。次の五言律詩「桐葉落つ」にもその賢才ぶりがうかがわれる。

萬綠驕新雨　　萬綠 新雨に驕《おご》るに
翩然一葉飛　　翩然《へんぜん》として一葉飛ぶ
未經搖落候　　未《いま》だ搖落の候を經《へ》ざるも
先判盛衰機　　先ず盛衰の機を判《わか》つ
暑散紅蓮沼　　暑は散ず紅蓮の沼
涼生白苧人　　涼は生ず白苧《はくちょ》の人
人間趨熱者　　人間《じんかん》 熱きに趨《はし》る者

輸 爾 最 知 幾　　爾《なんじ》が最も幾《きざ》しを知るに輸《ま》く

（「白苧」は白い麻の春衣。「趨熱」は權勢に走り寄ること。「輸」は負けること）

近代前夜の詩人龔自珍

十九世紀に入ると清の世の中は衰退と混亂へと向かうが、政治・經濟・社會そして精神をむしばむ原因となったのが、イギリスの會社を通してインドから輸入されるアヘンであった。龔自珍《きょうじちん》（一七九二〜一八四一）は、アヘン窟に通う下級官吏を、

鬼 燈 隊 隊 散 秋 螢　　鬼燈は隊隊（ひとむれひとむれ）として秋螢《しゅうけい》を散らすがごとく
落 魄 參 軍 淚 眼 熒　　落魄《らくはく》の參軍　淚眼《るいがん》熒《ひか》る
（七言絶句「己亥《きがい》雜詩」其八十六）

と詠んでいる。しかし政治家たちは筆禍事件を起こすのを恐れて大膽な解決策を進言できないでいる。

避 席 畏 聞 文 字 獄　　席を避けて文字の獄を聞くを畏《おそ》れ
箸 書 都 爲 稻 粱 謀　　書を箸《あら》わすは都《すべ》て稻粱《とうりょう》の謀《はかりごと》の爲《ため》にす　（七言律詩「詠史」）

（「避席」は皇帝に呼ばれて席を立つこと。「稻粱謀」は生計の手だてを考えること）

龔自珍は浙江省杭州府仁和縣の高級官僚の家庭に生まれ、少年時代には母方の祖父である古代文字學者段玉裁《だんぎょくさい》（一七三五〜一八一五）から『說文解字《せつもんかいじ》』を學び、二十八歲からは北京で內閣の史料編纂事業に加わるかたわら、劉逢《りゅうほう》祿《ろく》（一七七六〜一八二九）について一種の發展史觀に立つ春秋公羊學《しゅんじゅうくようがく》を學び、獨自に佛典をも讀んだ。三十八歲でようやく進士になり、禮部の係官として大膽な改革案を提出するなど、官界の耳目を引いたらしい。

彼は過敏な神經の持ち主であった。七歲のころ夕暮れの路地を流す飴《あめ》賣りのチャルメラの音におびえ、母に介抱し

てもらったことがある。この恐怖と甘美のいりまじった幼兒體驗を、彼は「童心」と名づける。李卓吾の思想的な「童心説」とは違って、より感覺的性格的ではあるが、優柔不斷な官界の中にあって、これは彼が敢然と立ちむかってゆくバネとなった。「己亥雜詩」其百七十で次のようにうたう。

少年哀樂過於人　　少年 哀樂 人より過ぎ
歌泣無端字字眞　　歌泣《かきゅう》 端《はし》無くも 字字眞なり
既壯周旋雜癡黠　　既に壯たりて周旋《しゅうせん》し癡黠《ちけつ》に雜《まじ》わり
童心來復夢中身　　童心來復《らいふく》す 夢中の身に

（第三句は、三十歳を過ぎて官界を立ちまわり、愚かしく惡賢い連中とつきあう、という意味）

官職にあること十年、政治的將來性に見切りをつけたのか、身の危險を感ずるほどの壓力を被ったのか、四十八歲、己亥はつまり一八三九年の春に退官した。北京を發ち、各地を迂回しながら、年末に鄕里に落ち着くまでの間、過去をふりかえり、道中の事どもを記したのが、彼の代表作「己亥雜詩」全三百十五首である。たとえば途中淮浦《わいほ》では、其八十四で、運河を溯る舟引き人夫たちを見て我が身をふりかえる。

只籌一纜十夫多　　只《た》だ一すじの纜《つな》を籌《かぞ》うるも十の夫《おとこ》の多き
細算千艘渡此河　　細かに算《かぞ》うれば千艘《そう》 此の河を渡る
我亦曾縻太倉粟　　我も亦た曾《かつ》て太倉《たいそう》の粟《ぞく》を縻《つい》やす
夜聞邪許淚滂沱　　夜 邪許《やこ》を聞きて 淚は滂沱《ぼうだ》たり

（「太倉粟」は國家の穀倉から支給される穀物。「邪許」はヤアアー・ホオオーという掛け聲）

彼が「童心」を貫くには封建的な因習との格鬪を避けるわけにはゆかなかった。退官はひとたびの挫折を意味するかもしれないが、歸郷したからといってそれを放棄したわけではなかった。散文「病梅館の記」では、彼は梅の盆栽を前にしている。その梅の木は「其の正しきを斫《き》りて其の旁《かたわら》の條《えだ》を養い、其の密《しげ》れるを刪《き》りて其の穉《わか》き枝を夭《ころ》し、其の直《すなお》なるを鋤《のぞ》きて其の生氣を遏《とど》め」たものであった。

予購三百盆、皆病者、無一完者。既泣之三日、乃誓療之、縦之、順之、毀其盆、悉埋於地、解其椶縛、以五年爲期、必復之全之。

予は三百盆を購《あがな》うに、皆な病める者にして、一の完《まった》き者無し。既に之《これ》を泣くこと三日、乃ち誓うに、之を療《いや》し、之を縦《はな》ち、之を順（しぜん）にし、其の盆を毀《こぼ》ちて悉《ことごと》く地に埋め、其の椶《そう》（しゅろ）の縛《しば》りを解《と》き、五年を以て期と爲し、必ず之を復し之を全《まった》くせん、と。

近代文學の定義は難しいが、龔自珍が自然兒にたちかえり、人間性の解放をめざしたことは確かだろう。彼は、おそらくその二十代後半に、「隱を尊ぶ」という文章を著わしたことがあった。彼が描く隱者、すなわち「山中《さんちゅう》之《の》民《たみ》」、略して「之民《しみん》（このたみ）」は、もはや世捨て人でもすねものでもなく、純正化された『水滸傳』的人物とでもいうべく、世紀末的な時代に突如として「大音聲《だいおんじょう》の起こる有り」て、天地や神々の支援のもとに活動を開始するのである。

龔自珍の詩は二十世紀に入って南社の詩人たちに受け繼がれることになるが、そのメンバーの一人楊銓《ようせん》（字は杏《きょう》佛《ふつ》）が一九三三年六月に白色テロに倒れた時、魯迅（一八八一〜一九三六）は七言絶句でもって彼を悼み、

何期涙灑江南雨　何ぞ期せん 涙 江南の雨に灑《そそ》ぎ
又爲斯民哭健兒　又た斯民《しみん》の爲に健兒を哭《こく》すとは（「健兒」は戰士の意）

と述べた。龔自珍の「之民」はより英雄的であり、魯迅の「斯民」はより平民的であるが、それぞれに新しい社會の出現を希求する思いがこめられている。

第二部　明代詩文論

一　鐵と龍――楊維楨像にかんして――

一

ある物がある人のかなりの部分を代表するばあいがしばしば見られる。元末明初の楊維楨、字は廉夫、號は鐵崖（一二九六～一三七〇）についていえば、その物とは鐵の笛である。

自題鐵笛道人像

道人煉鐵如煉雪　　道人 鐵を煉ること雪を煉るが如し
丹鐵火花飛列缺　　丹き鐵の火花は列缺《いなびかり》を飛ばす
神焦鬼爛愁鏌鋣　　神は焦《こ》げ鬼は爛《ただ》れて鏌鋣を愁う
精魂夜語吳鉤血　　精魂 夜語る 吳鉤の血
居然躍冶作龍吟　　居然 冶に躍《おどりあが》りて龍吟を作《な》す
三尺笛成如竹截　　三尺 笛成りて 竹の截《き》れるが如し
道人天聲閟天竅　　道人は天聲もて天の竅《あな》を閟《と》じ
媧皇上天補天裂　　媧皇は上天にて天の裂けたるを補う
淮南張涯人中傑　　淮南の張涯は人中の傑にして

愛畫道人吹怒鐵　道人の怒鐵を吹くを畫くを愛《この》む
道人與笛同死生　道人 笛と死生を同《とも》にし
直上方壺觀日月　直《ただ》ちに方壺に上《のぼ》りて月日を觀る
（『元詩選』辛集鐵崖集、樓卜瀍『鐵崖逸編註』巻五）

鏌鎁とは、『莊子』大宗師に、るつぼの中の金が踊躍して「我は必ず鏌鎁と爲らん」といった刀劍の名。これにちなんで楊維楨は淮呉の間を旅行して太湖を訪れたときに得た笛に「鏌鎁の鐵笛」と名づけ、さらにみずからを鐵笛道人と稱したと、門人の章琬はいう。至元六年（一三四〇）、楊氏四十五歳のころであろう。(1) 別に「冶師行」（『鐵崖先生古樂府』巻六、以下『古樂府』と略稱す）は鐵笛を鑄てくれた「太湖中の人」緱長弓をうたったものである。かくて鐵笛は楊維楨その人を代表するものとなり、無名氏の「鐵笛歌、鐵崖の爲に賦す」とか、錢鼒なる人の「鐵篴謠、鐵崖仙の爲に賦す」（ともに『古樂府』巻六附錄に見える。篴は笛と音義ともに同じい）が、楊維楨文學の稱贊の歌として作られ、また顧瑛、またの名は德輝、字は仲瑛（一三一〇～一三六九）は、「玉鸞謠」「玉鸞傳」（ともに『玉山草堂集』巻下）を作り、鐵龍と字《あざな》された鐵笛と、玉鸞と字された蒼玉簫とが一對として配せられるまでのことを傳奇小説ふうに物語ったりもしている。かくして楊維楨にたいする仙人像も生まれようというものである。その親友宋濂（一三一〇～一三八一）は次のように形容する。「或いは華陽巾を戴き、羽衣を披《き》、畫舫を龍潭鳳洲の中に泛《う》かべ、鐵笛を横たえて之を吹けば、笛の聲《ね》は雲を穿ちて上《のぼ》り、之を望む者は、其の謫仙人爲るかと疑う」（「元故奉訓大夫江西等處儒學提擧楊君墓誌銘」『宋學士集』補遺巻五および楊維楨『古樂府』附、所收）と。

鐵笛の仙人像をさらに增幅し、楊維楨を代表する第二の物（というより詩材であるが）ともいえるものに龍がある。『古樂府』四百九首についていえば、五十首に現われるから、かなりの頻度と見なしてよいだろう。この空想の動物

は彼の樂府においてその幻想性をかもしだすのにしばしば成功している。たとえば、

愁龍啼玉海　愁龍 玉海に啼き
夜燕語雕闌　夜燕 雕闌に語る　（『古樂府』巻二「鳴箏曲」）

と、箏の音色を形容し、

網得珊瑚樹　網し得たり珊瑚の樹
移栽碼碯盆　移し栽《う》えたり碼碯の盆
夜來風雨橫　夜來 風雨は橫ざまに
龍氣上珠根　龍氣 珠根に上《のぼ》る　（『古樂府』巻九「小臨海曲十首」其五）

と、海底の氣配を昇らせるのがそれである。だが、楊維楨をこれでもって幻想の詩人と言ってしまうのはいささか早計であろう。

二

そもそもこの鐵と龍とは「鐵龍」と熟した言葉であった。すなわち、楊維楨が友人の李孝光、字は季和または五峯（一二八五～一三五〇）と古樂府を唱和したのが元の泰定三年（一三二六）であるが、このとき「館閣の諸老」は、「李楊樂府の出《い》でてより後、始めて元詩の缺を補い、泰定の文風は之が爲に一變す」（『東維子文集』巻十一「瀟湘集序」、以後『文集』と略す）と見なしたとされる。ついで至正元年（一三四一）には、酒の席で李氏が韓愈の「琴操」にならって出題し、楊氏がこれに應じて「精衞操」以下十一首を作った。李氏がこれを讀み、感歎した言葉が、「楊廉夫は鐵

龍の精だ、人がこれに唱和しようとて、とてもかなうまい」（『鐵雅先生復古詩集』巻一「琴操序」）というものであった。さらに至正十二年の「數年前」には、楊氏が太湖において「鐵龍引」一章を賦し、ある弟子がその「鐵龍體に傚って」（『文集』巻十一「沈氏今樂府序」）唱和している。いわば鐵龍は、いわゆる鐵崖樂府を象徴するものであったのだろうが、「鐵龍引」が現存の詩集に見當らないこともあって、そのイメージはさだかでない。とりあえず鐵と龍とに分析したゆえんである。

さて、鐵は鐵笛のイメージとは異った方向にも展開する。まず「鐵雅」である。至正六年（一三四六）の吳復と張雨の序文をもつ彼の最初の詩集が『鐵崖先生古樂府』であったのにたいして、至正八年の顧瑛の後序と同二十四年の章琬の序をもつ第二詩集の名は『鐵雅先生復古詩集』であった。鐵崖なる稱號が、彼が青年時代に樓屋を築いた浙江山陰の山の名前から出るのにたいして、崖 yá から派生したとおもわれる雅 yǎ は、彼の文學理論を表わすものに轉化させられている。(2) ここにモラリストとしての彼の別の顔が現われることになる。

楊維楨は元の泰定四年（一三二七）三十二歳で進士登第、天台縣尹となってから元末の動亂期（至正十八年・一三五八の數年後）の儒學提擧に至る官歴をもつ。その間の空白は確かに大きく、壯年期の半ば以上を占めるかと思われ、鐵笛の仙人像もいわば浪人時代の遊行のおりなどから生まれたものであろうが、彼自身はいわゆる隱者ではなかった。處士としての生活は、彼にとってはむしろ餘儀なくされた不如意なものであった。したがって彼の顔の大部分はやはり政治の中央に向いていた。未提出に終ったとはいえ、宋朝（南渡後）の皇統を繼承すべしとする「正統辯」を著わしたこと、送序にしばしば見られるように（江南を文化の中心とする誇りに支えられながら）江南の人材をおのれの手で養育して朝廷におくることを意圖していたこと、などはその一端である。異民族王朝への偏見といったこともそれほど感じられない。そして彼のこのような側面はもとより文學においてもうかがわれる。主としては鐵崖樂府と稱される古樂府への執着がそれである。

「沈氏今樂府序」（『文集』巻十一）で楊維楨は、六朝以降の樂府には「今」の字をかぶせ、「古樂府」を漢代に創出されたもののみに限定し、それへの回歸をもって我が文學にもっともふさわしいありかたであるとしている。この古樂府體の復活に盛られた主張は、次の四點にまとめることができよう。

㈠　メロディの回復

「沈氏今樂府序」で、離騷も絃樂器にのせて歌うことができたのだ、と述べるのは、すぐれた文學の傳統のうちには一貫してメロディが随伴していたことを強調するがための一例であった。また楊維楨自身の作品については、たとえば宋濂が、「酒盛りがまっさかりになって耳がほてってくるころになると、侍兒を呼びだして白雪の辭を歌わせ、君《くん》みずからは鳳の琵琶によりかかって伴奏する。座客のうちにはひらひらと踊りだすものもいる」（「楊君墓誌銘」）と記すが、これは現存の『古樂府』巻五に見える自作の「白雪辭」七言十二句（樓卜瀍『鐵崖樂府註』は題を一に「積雪辭」に作るとするが）にメロディをつけて歌わせたことをいうのであろう。また「鴻門會」（『古樂府』巻一）については門人の呉復が、「先生は酒がさかりになるといつもこの詩をご自分から歌われたものだ」と傳えている。

㈡　民謠性の重視

古えの風人の詩は、類《み》な閭夫鄙隷より出で、盡くは公卿大夫の作に非ざる也。（『文集』巻七「呉復詩錄序」）

予聞くならく、詩三百篇は或いは婦人女子の作に出づ、と。（同巻七「曾氏雪齋弦歌集序」）

など、古樂府をもって詩經の復活とするところからの發言がある。

㈢　模擬の排斥

摹擬の愈いよ倡りて、古えを去ること愈いよ遠し。（「呉復詩錄序」）

(四)　勸戒の導入

章琬は師の『復古詩集』に序して次のように記す。

先生嘗て曰わく、詩難し、樂府は尤も難しと爲す。吾が古樂府を爲すは、特《た》だに聲の金石に諧《かな》うのみならず、勸む可く戒しむ可く、人をして懲創感發せしむる者有り焉、と。

また、杜甫の詩史に「春秋の法有る」（『文集』巻七「梧溪詩集序」）を言い、「楊子 謌《うた》を作し 謌は誣《し》いず、他日 太史春秋の書」（『古樂府』巻六「孔節婦」）とうたうところにも、詩に教訓性を持たせようとする狙いがうかがわれる。

これらの四點が詩經を根柢にすえていることは明白であろう。とくに(二)と(四)とは「大序」の「風・雅」と直結していると見てよい。ここでは楊維楨の別稱となった「鐵雅」にちなんで、モラリストとしての彼の側面を「雅」の一字によって代表させることにしよう。

三

モラリスト楊維楨が詩經大序の「(風)雅」に收斂されたのにたいして、仙人楊維楨はどうであろうか。これも大序にかえって考えることができる。彼が詩序に好んで用いる「情性」の語がそれである。

詩は情性に本づく。性有れば此こに情有り、情有れば此こに詩有るなり。（『文集』巻七「剡韶詩序」）

と、まず彼は、性↓情↓詩という直線的な發露と形成を說く。それはおそらく、文學創作における理性の、文學表現における技巧の、介入を第一義としないことの表現でもあるだろう。しかも、

詩は人の情性なり。人に各おの情性有れば、則ち人に各おのの詩有るなり。（同巻七「李仲虞詩序」）

と述べることを逆にたどれば、詩作において模擬を排斥し個々の獨創を重視することは、とりもなおさず詩人それぞれの個性の多様さを尊重するということである。楊維楨の文學論が詩經の「大序」を踏襲しようとするものであることから見て、かれが文學（とくに古樂府）に、情性を吟詠することを通じて諷刺なり勸戒を載せようとしたことは、十分考えられる。しかし、詩經のあれこれの作品において、「大序」が「故に變風は情に發し禮義に止どまる」とするところの「情」と「禮義」とが實際には必ずしも調和していないと思われると同じように、楊維楨においても、「情性」の側面と、先にのべた「雅」の側面とは、必ずしも調和するところとはならず、往々にして矛盾を呈することになる。本論の冒頭にあげた「自題鐵笛道人像」ほか幻想性に富んだ作品は、彼の「情性」のいわば單なる遊泳から生まれたものであるのにたいして、それとは別に、當時の社會的規範、言いかえれば「雅」の領域にたいして、「情性」の側から切りこんでいった作品があることも、注意したい。

眉憮詞

朝畫眉　　　　　朝《あした》に眉を畫き
莫畫眉　　　　　莫《くれ》に眉を畫く
畫眉日日生春姿　眉を畫きて 日日 春姿を生ず
長安已知京兆憮　長安 已に知る京兆の憮《めめし》きを
有司直奏君王知　有司 直ちに奏し 君王知る
君王毛擧人間事　君王 人間の事を毛擧すれども
不咎人間夫婦私　咎めず 人間 夫婦の私　（『古樂府』巻一）

漢の張敞が京兆尹となりながら妻のために眉を畫いてやっていたが皇帝は罰責しなかったという故事（『漢書』巻七

十六）をそのまま歌っている。呉復の後註に「先生嘗て畫眉の事を議して曰わく、情の禮に勝る者は、閨闥の常なり」云々と傳えるのは、明らかに先の「大序」の一節を意識するが、「情」を優先させながらそれを私生活に限定したところは、彼みずからの中にある「情性」と「雅」の葛藤を私的と公的とに振りわけることによって解決しようとする苦しい算段の表われである。同じようなことは「續奩集二十詠・幷序」（『復古詩集』巻六）において韓偓の香奩集を繼承して「亦た娟麗の語を作」しながら「又た何ぞ吾が鐵石の心を損わんや」とその序に述べるような齒切れの惡さにもうかがわれる。

右のばあいは、ともかくも社會との摩擦を避けることができた。しかし「情性」と「雅」という、時としてあい反する概念が、常に摩擦なしにすまされるわけにはゆくまい。社會的な規範にたいして「情性」が介入しようとする例が、楊維楨のばあいにも、ある。

たとえば古代の刺客を「要離塚」（『古樂府』巻四）「聶政篇」（同巻一）「易水歌」（同巻一）などで好んで取りあげたのは、これらテロリストたちのそれぞれが果した政治的効果とか手段の正當性などには構うことなく、ただその死を賭して知己に報いるという義俠の行爲の中に「情性」の燃燒を見出したからであって、それが當時の社會的規範たる儒學的倫理とあい容れないばあいには、それとの對決もまた避けられないことになる。「易水歌幷引」の結び五句には、

烏乎荊卿　　ああ荊卿
荊卿雖俠才　　荊卿は俠才なりと雖も
俠節之死心無猜　　俠節の死　心に猜《うたが》い無し
君不見文籍先生賣君者　　君見ずや　文籍先生は君を賣る者にして

桐宮一泄曹作馬　　桐宮に一たび泄《も》れて 曹は馬と作《な》る

とうたわれる。魏の高貴郷公曹髦のブレインであった文籍先生王沈は、主君がのちの晉の文帝を攻撃しようとした時、その謀りごとを文帝に密告し、その封爵を受けることになった。詩は結び二句でこれを非難し、これと對照させて、燕のために刺客となって秦に赴いた荊軻の義俠を讃美する。王沈の行爲については正史によって、「甚だ衆論の非とする所と爲る」（『晉書』巻三十九王沈傳）とすでに論難されているが、荊軻の行爲も後世の儒家によって評價されていなかったことは、楊維楨のこの詩につけた引に、「儒門は五尺の童にして荊卿を談ずるを差ず。其の刺客の靡を以て也」とあることによって、分かる。『史記』が游俠の徒を「儒墨、皆な排擯して載せず」と記す流れがここに見られる。とすれば彼の發言は社會的なひろがりを持たざるをえない。もっともそれは、政治という合理的な世界に別の合理性でもってする對決ではなくして、義俠という非合理の側からするものではあるが。

次に「孝」という社會的規範にたいする「情性」の介入を見てみよう。楊維楨が孝子とか節婦を取りあげて古樂府によむとき、我々には確かに勸戒の臭みが強く感じさせられて巻を投げだしたくなるのだが、それは孝とか節といったものがおしなべて我々のモラルからは疎遠なもの、ひいては反價値的なものに墮しているからであって、彼の孝節觀を當時の場に戻して考えるならば、それは必ずしも舊守的なものでなく、孝節を無償の行爲としての本然の姿に戻すべしとする點で、當時の社會通念への一矢となったことが分かる。

繫子詞

車驅驅　　車は驅り驅る
鄧家弩　　鄧家の弩
長繩繫野樹　　長繩もて野樹に繫がる

小兒泣呱呱　　小兒は泣きて呱呱たり
泣呱呱　　泣きて呱呱たり
父一顧　　父は一たび顧みるも
可奈胡　　奈胡《いかが》す可き
弟兒在手不可倶　　弟の兒は手に在りて倶にす可からず
父再顧　　父 再び顧みれば
眼血枯　　眼血は枯る
行人斷繩走匍匐　　行人 繩を斷てば走りて匍匐たり　（『古樂府』巻一）

題材は『晉書』巻九十鄧攸傳に出る。石勒に攻められた鄧攸が生後まもない二人の子供をかかえて逃走する。一人は亡弟の一粒種、他は自分の一人息子。川を渡る段になってどちらかを犠牲にせざるをえないはめとなった（詩の第一句「車は驅り驅る」は理解に苦しい）。道理からいって弟の世嗣ぎを絶つわけにはゆかぬ、といって、鄧攸は我が子を樹にしばりつけて去った、とする故事である。ここで鄧攸の子は死に、かえってその跡嗣ぎを失ったとするのが、正史の記述である。しかし楊維楨は最後の句で「行人」を登場させることによって改變を試み、棄てられた嬰兒に生への一縷の望みを託している。その改作の根據は吳復の註の中にうかがわれる。すなわち楊維楨は「鄧郭論」（現存の『文集』には見えない）に次のように述べるとする。「我が子を愛するあまりに親を忘れるのは鵁の行いであるが、親を愛するあまりに子を犧牲にするのも人道とはいえまい。郭巨が我が幼な兒を穴埋めにし、鄧攸が我が子を樹に縛りつけたのは、いずれも孝悌の道ではないのだ。……郭・鄧の二人はそれぞれその母親とかその弟にたいする天性にのみ明らかであって、その子供にたいする天性には暗かったというのは、どうしたことか」と。父子兄弟の關係を規定する孝とか悌とかのモラルを、いわば動物的で純粋な「情性」の側から把えなおそうとするわけである。もっとも、孝悌節烈に矛盾はつきものであるからして、彼とても一般論を提出することはできないのであって、これらの行爲の個々の具體的な情況なり動機によって、彼の評價も左右する。例えば「陳孝童」（『古樂府』巻六）は、重病の母親のために自分の股の肉を剔《えぐ》りとって藥に代えた紋切り型の孝行息子を讃美する歌である。息子の熱意にもかかわらず母親は死んだ。世間の人は、報酬めあてだといって非難した。だが楊維楨は、兒童である以上、名譽欲など持つはずがなく、あくまでも純粋な自己犧牲心から出た無償の行爲であると見なしたのである。

四

楊維楨の代名詞ともいえる「鐵」の語が片や鐵笛に、片や鐵雅とか鐵石腸に二分され、それがふたたび「情性」でもって收斂されるとするのが、以上で私が述べようとしたことであった。同じような關係は彼の愛用の語であった「龍」についてもいえる。つまり先にあげた龍が、一種捉えどころのないものを表現したのにたいして、これは現實性に富む。中でも現實的なのが（龍の形象そのものは消滅しているが）、皇帝である。この使いかたそのものは、「一人の先象也」と『史記』の注釋（巻六、秦始皇本紀、「祖龍」集解）にすでにあるように、何ら珍しいことではない。ただ楊維楨が「湘靈操」（『古樂府』巻一）で舜を、「虎丘篇」（同巻四）で秦の始皇を、「鴻門會」（同巻一）で項羽・劉邦を、「紫芝曲」（同巻一）で漢の武帝を、「梁父吟」（同巻四）で諸葛孔明を、それぞれ龍をもちいて形容しているのは（そのこと自體はすでに典故のあることだが）、これらの人物を描くことによって、いわば英雄の登場への期待を表明しようとしたものと考えられる。そして、このような期待の中に、現實の姿をとって現われたのが、朱元璋ではなかったろうか。

楊維楨は元末の戰亂期の至正十八年（一三五八）、江南を支配していた今一人の梟雄張士誠の招聘を斷ったばかりか、「五論」および書信を上呈して張政權のでたらめぶりを指彈している（その大略は貝瓊の「鐵崖先生傳」に見える）。だが朱元璋が明の太祖として新王朝の成立を宣言してより二年めの洪武二年（一三六九、七十四歳）に太祖から招聘された時にいったんは斷ったものの、明年、再度の勸めには、「私にできないことまで強制なさらないのでしたら」（『明史』楊維楨傳）という條件をつけて、朝廷に赴いている。かくして百と十日ののち禮樂書編纂の業を終えて歸鄉を許されるわけだが、この時すでに新政府の中樞にいた宋濂の送別の詩が、「君王五色の詔を受けず、白衣にして宣の至り白衣にして還る」（同上、『宋學士全集』には見えず）というものであった。前朝の遺老であるとはいえ、特に新政府成立までのほぼ十年間は處士であって（仙人像を生みだすにいたった自由奔放な生きかたも主としてこの期間に形づくられたものらしい）、その點では「白衣」の人であった。宋濂の驚歎はそのあと、新王朝の――それも絕對的權威を大いに振るっておく必要にせまられた――皇帝の命令をあっさりと斥けてしまったところに、ある。そのときの楊維楨の言辭が、「行年七十又た一九、少き年に夫に嫁ぎしこと甚だ分明なり」とうたう「老客婦謠」（『元詩選』辛集従選本、『鐵崖逸編註』巻三）であって、のちの祝允明によって、「ぶしつけ（不恭）だ。ぶしつけでなければとんでもない馬鹿（太愚）だ」（『祝氏集略』巻十一）と評されるものである。ともかくも楊維楨は出仕の敕命を拒否した。そこには、すでに七十四歳の老人でありながら、この十年間の自由な生活を投げうち、貳臣というレッテルを貼られてまで命をすりへらすのはたまったものではない、という心理がはたらいたのだろう。だからといって太祖に敵意をいだいていたのではない。やはり太祖は彼の目指す英雄であった。全體に明代に入ってから書かれた彼の文章には新政府樹立を快く迎える氣分が強いからである。たとえば、蘇の民は張氏（士誠）の阨に罹《かか》り、草を芟《か》り禽を稱するが如く、殆んど生理を絶つ。大明龍興し、天子は守牧を選し、板蕩の餘に勞來安集せしむ。（『文集』巻一「姑蘇知府何侯詩巻序」）

皇明龍興の一年、天子は天下の賢人と共に天下の治事を圖らんことを思う。（同巻一「送陳錢趙三賢良赴京序」）

今天子、金陵に龍飛し、奄ち四海を有す。（同巻三「送經理官黄侯還京序」）

などと述べる「龍興」とか「龍飛」といった文字は、單に新王朝の出來を意味する常套語に終らず、それ以上の、ある胸のはずみがこめられているように思える。このように太祖の出現を迎える動機には、實は太祖の中に「情性」の純粋さを尊ぶという點での氣質の共通性を、楊維楨が見出していたのではないかと思われるふしがある。文學とは直接に關わらないが、その共通性の一つの表われが、洪武二十七年（一三九四、もとより楊維楨はすでにこの世にいない）に出された、割股臥氷を旌表の對象とはしない、という詔敕である。このような形式の孝行が一種の利益追求の手段に惡用されるという弊害が明らかであったというにとどまらず、生命を害ない凍死に至ることが孝の本來の意義に反しているという反省が、この詔敕にはうかがわれる。[3] いわば孝を純粋な「情性」のもとに返すべく主張したのが、早くは楊維楨であり、より遲くは太祖であった。

以上、「鐵龍」と稱せられた鐵崖樂府について、とりあえず「鐵」と「龍」に分析し、それぞれが仙人とモラリスト、いいかえれば非現實の世界と現實の世界に分化發展しながら、究極的には「情性」の方向に收束されるとするのが、私の見るところである。その間、義俠といい孝節といい、私には必ずしも共鳴を呼びおこさず、時として嫌惡感をすら招く概念についても觸れざるをえなかった。遊仙の詩にしても、ある部分ではその幻想性が私を樂しませてくれるとしても、全篇についてとなると、難解さが先に立つというか、私たちの空想とはまた別のところで泳いでいるような印象すら受ける。その點で私は楊維楨を文學史上の人として位置づけるにとどめたい。ところがこの文學史上の位置ということになると、彼の思想と想像の基點に坐っている「情性」こそ、これは單なる觀測であって一々の詩人や思想家をあげて例證する餘裕はないが、明一代の文學と思想において、あるいは中心的な役割を果たしているのではないかと思われるのである。

注

（1）宋濂「元故奉訓大夫江西等處儒學提擧楊君墓誌銘」・貝瓊「鐵崖先生傳」（『淸江貝先生文集』巻二）・顧瑛「鐵崖先生復古詩集後序」（四部叢刊本『復古詩集』所收）・朱彝尊「楊維楨傳」（『曝書亭集』巻六十四）・『明史』文苑傳などによると、楊維楨の略歴は次のとおりである。

元・泰定四年（一三二七）三十二歲、春秋をもって進士の第に登る。

承事郎天台縣尹を授けらる。

いくばくならずして父の憂にあたる。服、闋《や》む。

紹興錢淸場鹽司令に改めらる。

十年調せられず、遂に妻子をたずさえ錢唐（淮吳の間）に游び、太湖を過ぎりて鏌鎁の鐵笛を得、自ら鐵笛道人と稱す。

至正初（元年は一三四一、四十六歲）詔有りて遼金宋三史を修めしむるも、預《あず》かるを得ず。正統辯千言を作し、獻ぜんと欲するも果たさず。

去りて吳興に游び、遂に姑蘇に至る。華亭の呂翁、家に延《ひ》く。

至正八年（一三四八）五十三歲、始めて杭州四務提擧に除せらる。

至正十二年（一三五二）五十七歲、汝潁の兵起こり、地を富春山に避く。

のち元帥劉九九に依って建徳路總管府推官に轉じ、承務郎に陞る、九九敗れて後、家を挈《たずさ》えて錢唐に歸る。奉訓大夫江西等處儒學提擧に還るも、いまだ上らざるに兵亂に會い、遂に跡を浙西山水の間に泯《ほろぼ》す。至正十八年（一三五八）六十三歲、太尉張士誠之に見えんと欲するも往かず。久しくして松江に徙る。海內の薦紳大夫と東南才俊の士、門に造りて履を納るること虛日無し。明・洪武二年（一三六九）七十四歲、太祖、翰林の詹同を遣わして門に詣らしむ。洪武三年（一三七〇）七十五歲、正月、京師に至る。留ること百有一十日にして骸骨を乞い、太祖、仍って山に還らしむ。同夏五月卒す。（貝瓊は、夏六月卒、年七十有六とする）

（2）つとに貝瓊（?～一三七九）が「鐵崖先生傳」に、「父宏、爲に萬卷樓を鐵崖山中に築く」と記すが、清の顧嗣立（一六六九～一七三〇）の『元詩選』辛集の傳では、「廉夫嘗て吳山の鐵冶嶺に居り、故に鐵崖と號す」と述べる。それならば冶 yě→崖 yá の轉化が前にあったことになる。

（3）例えば『國榷』卷十、洪武二十七年九月の條に次のように見える。

日照人江伯兒殺三歲子禳母疾。上聞而怒之、杖戍海南。因命禮部定旌孝例、如割股臥冰者不與。

二　宋濂「王冕傳」考——明代史官の文學——

一

中國の古文には、ある人物の表象を目的とする文體として碑・誌・傳・狀があるが、このうち傳文こそは、一種の典型化がなされているという點で、私たちの文學的要請に比較的應えてくれるものである。もっとも傳文の代表を正史に求めることは前四史などについては妥當であるとしても、『元史』『明史』など近世のものには妥當でない。採録される人物の數が厖大であるため、何よりも紙面の都合から一人一人の人物形象が立體性を缺く結果となり、いわば行狀の要約のごときものになってしまう。例えばこれから問題にする王冕の傳記を『明史』卷二百八十五・文苑傳に見てみると、これは宋濂の傳文の拔粹であるから、その弊害からは比較的救われているといえるが、簡略化によって彫刻の深さが損なわれている點で、やはりオリジナルのものには及ばない。ところで傳文において典型化の跡が見られるというのは、文學家の私的な作業のところで見たばあいに、文學家個人の自由裁量がかなり認められているということである。その自由裁量とは、まず、文學家が子孫とか門人として作る行狀や、故人の友人とか知人として作る碑誌とは異なり、少なくともたてまえとしては、何らかの外的要件に強いられることなく、傳えるべきだとする自己の見識によって筆を起こすか否かを決定できるという意味であり、第二には、その人物が故人であるか生存者であるかをとわず、存在する資料から、傳えるべきだと判斷する部分だけを特筆することができるという意味である。

もっとも、右の表現は、顧炎武の指摘[1]するような、傳文作成の本來のたてまえからすれば、せいぜいのところ、文學家が個人的に讀書人以外の人物ないしは事物について敍述する時にのみ妥當であるといえるだろう。史官でない文學家が讀書人を對象とするばあいは傳以外の文體を用いよ、というのが顧氏の結論である。逆にいえば、史官たるものの作成した傳文はいっさいが公的な性格と重みを持つということである。明朝成立期の史官宋濂についても、その文學的いとなみの全ての部分に公的性格がのしかかっていることは否定できない。

宋濂の文筆活動について『明史』卷百二十八の本傳は、一三六九（洪武二）年二月から翌年八月におよぶ二次の『元史』編纂の總裁官に任じられたことを述べたあと、總括的に、「朝に在っては、郊社・宗廟・山川・百神の典、朝會・宴亭・律曆・衣冠の制、四裔の貢賦賞勞の儀、旁《かたわ》ら元勳巨卿の碑記刻石の辭に及ぶまで、咸《み》な以て濂に委ねる」と記しているが、これらの執筆はそのほとんどすべてが公的な性格を持ったものだと考えてよい。のみならずこの性格は、「太史氏」の文章の世間での信頼度から家系譜圖を賴まれたりするように[2]、彼の私的な生活の中にまでもぐりこんでくる。さらに退官後も、信賴が喪失されるわけではなく、「史官」であるからといってやはり家慶圖記を賴まれたりする。[3]そもそも「史官」というのは明朝では翰林院に任ぜられた者に與えられる呼稱であるが、致仕してのちもこの呼稱は續くものと見え、宋濂のほうも、在朝時代の傳文にはもちろんのこと、退官後においてもその論贊の初めにこの語を用いている。

ところで、宋濂の文集に見えるところの、長短約千六百篇の散文のうち九十篇を占める傳文について見るならば、執筆の動機としては公的な性格をあまり考慮にいれなくてよいように思われる。だいたい彼の文章では、功臣のための神道碑や墓誌銘には二千字を越える雄篇がしばしば見えるが、その傳文にはそれほどの重量感はない。碑誌と傳の文體上の違いを考慮するとしてもやはり比重が違う。何よりも、兩者では對象とされる人物の重量度が違うのである。

彼は重量度のある人物のためには傳を作っていない。『明史』に採られている人物でも、文苑・孝義・隱逸・方伎に限られる。したがって彼がこれらの傳文を作ったのは、官僚としての職掌によってではなく、モラリストとしての自由裁量によってであるといえる。作られたものが結果的に政府の意向を代辯し社會および文化の面に大きな影響力を持ったことはいうまでもないが。

宋濂は新しい王朝の文化、中でもモラルの面を、名實いずれの上でも代表する人物であった。この人物が、元末の一人の藝術家王冕（一三〇〇?～一三五九）[4]の傳文を作った。王冕の死後ほぼ二十年、作者がほぼ七十歳の、退官後の作品である。この作品は、作成の動機および目的において、公私の性格があい半ばするといえる。公的性格とは、この作品が政治性・教戒性を持つという意味である。私的性格とは、この作品の奥に、作者の個人的體驗と人間發見の過程を祕めているという意味である。兩者はこの作品のうちで見事に調和している。けっして分裂はしない。

以下、兩者それぞれについて分析を試みることにするが、その前に、宋濂の略歴[5]と文集について觸れておこう。

二

〔在野期〕　宋濂、字は景濂、號は潛溪。一三一〇（元・至大三）年、浙江省金華の潛溪に生まれる。七ケ月の未熟出生であったために嬰兒の時から多病で、てんかん（風眩）を起こしては數日の間、失神狀態に陥るほどであった。六歲で小學に入り、九歲で詩を作ることを覺え神童とはやされた。十五歲の時、金華府で聞人夢吉に教えを受け、ついで浦陽で吳萊の門に入り、師が王冕の故鄉諸暨の塾師となったのに從って越に行った。二十三歲（一三三二・至順三年）のころと思われる。その後ふたたび婺の地方に歸って浦江に柳貫を訪ねるが、三十二歲（一三四一・至正元年）のころには金華の小龍門山に隠棲して讀書と著作に専念した。
四十歳（一三四九）、布衣の身でありながら翰林國史院編修官に抜擢されたが、親の老年を理由に固辭した。しかし、明らかに元の時代に作った傳文でありながら、その論贊を「史官曰」「太史氏曰」と書き出しているということは、この時いらい彼が元朝の史官であることを自他ともに許したことになろう。

さて戰亂が激しくなってきたのにともない、翌年、浦江の青蘿山に居を移し、その書室を、父祖の地にちなんで「潛溪」と名づけ、約七年間、讀書と著述の生活に入る。

四十八歳（一三五七）、ふたたび兵亂を避けて越の諸暨の山地へ移った。翌年、浦江は朱元璋の蹂躙するところとなり、妹の宋嫀《そうしん》がその軍隊のために入水自殺するという惨事も起こった。ところがその事件のちょうど一年後の十一月、金華の故家に落ち着いていた五十歳の宋濂のところに、朱元璋側から、寧越府と改められた婺州の郡學の五經師となるよう誘いがかかり、彼は受諾した。

さらに翌年三月には朱氏の根據地である應天府（南京）に招かれ江南儒學提擧を拜受、五十五歳十月には起居注となるが、翌年三月、歸省を願い出て許され潛溪へ、五十八歳（一三六七・至正二十七・吳元年）の四月、九年ぶりに浦江の自宅に戻り、六十歳（明・洪武二年）まで家居した。

なお、五十一歳から始まるいわば第一次南京時代は實質的には次の〔在朝期〕に入ると見なしうるが、文集の關係から以上のようにしておく。

その文集についていえば、もっとも早いものは、『浦陽人物記』二卷で、鄭濤および戴良の後序は一三五〇（至正十）年、つまり宋濂の翰林院推擧の翌年、四十一歳のものである。その部立てが後の彼の傳文を考えるさいにも參考になろう。

ついで『潜溪集』が、前・後・續・別それぞれ十巻ずつで逐次刊行されたようだが、一三五六（至正十六）年刊の『潜溪集』十巻（一三五五年王褘序・五六年鄭渙識）[6]なる前集を除いては現存が確認できない。全四十巻のうち、一五三六（嘉靖十五）年に徐嵩が刊行した『潜溪集』八巻[7]（すなわち『文憲全集』巻三十五～四十二・徐刻八篇）はおそらくその一部であろうが、『前集』所收のもの以外、すなわち彼の四十六歳（一三五五）から六十歳[8]の間の作品は文集によって製作年代を決定または推定することができない。なお、『前集』においては三十二歳で執筆した文章がもっとも古いものであると思われる。また、一五五一（嘉靖三十）年刊『宋學士全集』によって補われた部分（すなわち『文憲全集』巻四十三～五十・韓刻補輯）には宋濂二十六歳の作品もあり、ほとんどがこの時期のものであるが、全てではない。

〔在朝期〕　宋濂は六十歳、すなわち一三六九（洪武二）年の六月にふたたび徴せられ、翰林學士・知制誥・兼修國史の官として上京。同年二月から翌年八月までの二次にわたる『元史』編纂の總裁をつとめた。[9]いったん編修におとされたあと、一三七一年二月國子司業、七二年二月禮部主事、十二月太子贊善大夫を經て、七三年七月侍講學士・知制誥・同修國史・兼贊善大夫となると、翌年五月までは『大明日暦』一百巻の纂修を總裁した。ついで七六年六月、六十七歳のとき翰林學士承旨となり、翌年二月までこの官職にあった。

在朝期七年半の著述は『鑾坡集』（また『翰苑集』の名をつけるものもある）に收められ、正德刊『宋學士全集』（四部叢刊所收）の一部をなす（『文憲全集』巻一～二十）。やはり前・後・續・別の四集各十巻の體裁をとるが、各集の境界を年代的に決定することは難しい。

〔退朝期〕　宋濂は六十八歳、つまり一三七七（洪武十）年の二月に致仕を願い出て許され、以後、浦江の蘿山に家居するが、一方、七九年までは毎歳一度朝廷に赴いている。しかし八〇年冬に、孫の宋慎が胡惟庸の謀反事件に連坐したために宋濂も四川の茂州に流され、翌年五月夔府で七十二年の生涯を閉じた。

作品は、その書名からすれば、家居生活のものが『芝園集』前・後・續各十巻、京師出向の機會に作られたものが『朝京稿』五巻に收められたと推定されるが、内容的には釋然としない。いずれも『宋學士全集』に見える（『文憲全集』ではそれぞれ巻二十一～三十一、巻三十二～三十四）。罪を得た半歳ばかりの作品はどこにも見當らないようだ。

以上、宋濂の經歴のあらましによっても、『芝園後集』（巻二十七）所收の「王冕傳」が、彼の六十八歳から七十一歳の間の、それもどちらかというとあとのほうに近い、最晩年の作品であることが明らかであろう。

三

『浦陽人物記』は宋濂の故郷に近い浦陽という一縣から出た、後漢から元末までの人物について、忠義・孝友・政事・文學・貞節の部立てに從って人物批評をくだしたものである。彼は人物を評價するばあいの基準として、かなり若い時期から、モラルの上では忠義・孝友・貞節の三點を設けていたわけであるが、この基準は彼の全生涯を通じて理念としては何ら變更されることなく、その碑誌傳狀を支配している。したがって孝友・貞節についてはあらためて觸れることもないのだが、ただ忠義についてのみ、少しばかり言及しておこう。

『人物記』忠義篇で擧げられているのは、北宋末に縣丞となって方臘の反亂に抗しきれずに死んだ梅溶と、金の入寇のおり皇帝に忠義を盡くしたその從子梅執禮なる人物だけである。しかし少ない例の中にも彼の理念は十分に具象化されていたと見てよいだろう。青蘿山中で讀書生活を續けるかぎり、彼はこれで滿足していたに違いない。だが元末明初という不安と混亂の世の中に、山をおりて諸暨へ、さらに南京へと出向いた時、はじめて彼は、縱の線で結ばれた人間關係でなく、横につながった人間關係を、いきいきとした姿で見聞することになった。『王冕傳』の次の一節も、世の中に出てからの取材に違いない。

〔宋1〕

會其友武林盧生死灤陽。唯兩幼女一童留燕、倀倀無所依。冕知之、不遠千里走灤陽、取生遺骨、且挈二女還生家。

（王冕が燕すなわち現在の北京に居る時）たまたま友人の武林（浙江杭州）出身の盧くんが（東へ約二百キロの）灤陽《らんよう》で死んだ。二人の幼い娘と一人の召使いが燕に殘され、依るべがないためにおろおろしていた。王冕はそれが分かると、千里をも遠しとしないで灤陽に驅けつけ、盧くんの遺骨を納め、さらに二人の娘をつれて友人の故家に送りとどけた。

王冕の友情の厚さを述べたところだが、昔の中國ではやはり「義」の概念でくくられるものだろう（ちなみに「友」は、孝友とつづけるように兄弟關係にもちいる）。このような、横の關係での人情ばなしを文章の主題にした宋濂の作品には、『杜環小傳』（巻三十、芝園續集）と『李疑傳』（巻三十三、朝京稿）とがある。

杜環は南京在住の「他人の危急にせっせと手をさしのべる（好周人急）」人物である。亡父杜元の友人常允恭が亡くなると、獨り殘された母親の張氏は當てどを探しまわったあげく杜環の家にころがりこむ。常氏の別の友人である安慶知府はおろか、十年後にめぐりあった實の息子にすら棄てられたこの老婦人にたいして、臨終をみとるまでの十三年間にわたって、貧乏ながら親身に世話をしたというものである。一三六〇年前後に始まる話だろう。宋濂が杜環と出會ったのは新王朝の六年め（一三七三）、それぞれ太子贊善大夫、晉王府錄事としてであったと思われる。(10)

一方、李疑は南京の旅館の主人である。同業者が、たこ部屋を貸してのあくどい商賣、危篤の客を放りだして財布だけはちょうだい、産月まぢかの女はいっさいごめん、というぐあいであるのに（もっとも宋濂がここまで述べたところで「このように無慈悲なのは生まれつきではなくて、おのぼりの客が多すぎてついこのようになってしまうのだ」と斷っているのは、いかにもモラリストらしい顔をのぞかせたところだが、文章としては無くもがなであろう）、李疑だけは、これも「好周人急」の男である。病氣になった下級官吏が宿を求めると温かく迎えいれ、醫者を呼んでやる。

　既而疾滋甚、不能起。溲矢汙衾席、臭穢不可近。疑日爲刮磨浣滌、不少見顏面。

　やがて病いはひどくなって起きあがれなくなった。大小便で布團をよごし、臭くて近よれない。しかし李疑は病人の體をつるつるに洗ってやり、いやな顔ひとつ見せなかった。

そして私財を出してかりもがりしてやり、嚢中の物は遺族を呼んで返した。また、護送された罪人の妻が草むらで産氣づいてうめいていると、かくまった結果を承知の上で、妻にその面倒を看させるのであった。宋濂はこの李疑とも、元末か明初かは明らかでないが、實際に往來していた。

　さて、宋濂が朱元璋の招きに應じて山を下り都に赴いたことは、彼の人物描寫に豊かな材料を提供したといえる。だが南京での職務は劇しかった。人物描寫では功臣の神道碑や墓志銘を作ることに主として力が費やされたため、太祖に結びつく忠誠心が強調される結果になった。横の人間の關係は、忘れられていたわけではないが、功臣にたいする華々しい死闘の表現の前では影が薄いと言わざるをえない。退朝期における『杜環』・『李疑』の二傳は、いささかの時間的餘裕のもとで、自分の作品の中で取りこぼしてはならないはずの材料でありながら、ともすれば取りこぼしそうになったところを、力をこめてすくいあげたものであったのだろう。『李疑傳』の「太史氏」の贊の最後を、「其の事を傳えて以て勸む焉」と結ぶのは、いかにも言い殘しをおそれるかのようである。それに似た意識は『王冕傳』にも及んでいるように思われる。

四

「義」の影像が『人物記』においてともかくも追及されていたのにたいして、「狂」の概念はその部立てに無かった。というより、山中にあって宋濂がみずからの傳記を答問形式で表わした「白牛生傳」（巻四十、徐刻八篇。したがって内容上は「論」の體に近い）において、「わたしは狂というものをちゃんと認識はしている。だが殘念なことに本心からそれを實踐できないでいる以上、わたしのことを狂などとは言えるはずがない（或以爲狂。生曰、吾能知之、恨未能允蹈之、奚其狂）」と述べたことがあった。そのような彼ではあったが、王冕の狂的ななりふりを傳え聞いたのは早く、十九歳のころであった。

〔宋2〕

予受學城南時、見孟宗言、越有狂生、當天大雪、赤足上潛嶽峯、四顧大呼曰、遍天地間、皆白玉合成、使人心膽澄澈、便欲仙去、及入城、戴大帽如蓰、穿曳地袍、翩翩行、兩袂軒翥、譁笑溢市中。予甚疑其人、訪識者問之、即冕也。

わたしが城南で學問していた時分、孟宗に會ったところが、次のように言っていた。「越の地方に狂人がいて、大雪の降る日に、はだしで潛嶽峯に登り、四方を見まわしながら、『天も地もすっかり白玉が包みこんで、人間の心根をすっきりさせてくれる。さあこれから仙界に旅立とう』と大音聲を張りあげていた。さて城《まち》に入ると、蓰《し》草のような大帽をかぶりすそながの上衣をひらひらさせ、その兩の袖を高々と飛ばせながら歩いては、その高笑いを街ぢゅうにあふれさせていたものだ」と。わたしはその人物のことがはなはだ氣がかりだったので、識者を訪ねて聞くと、それが王冕であった。

「王冕傳」の贊の一節である。話を聞いたのは宋濂の故鄉のまち金華府であった。[11] 識者を訪ねたのはそれから數年後、王冕の故鄉諸曁に遊學した時のことだろう。おそらくそこで、王冕の狂的生活が文官試驗の失敗による、社會への一種の居なおりにあることを彼は知った。山の中で蹉跌というものを味わったことのないこの青年にとって、それは一つの驚きであっただろう。王冕の蹉跌については、「傳」の本文に次のように記している。

〔宋3〕

冕屢應進士擧、不中。歎曰、此童子羞爲者、吾可溺是哉。竟棄去、買舟下東吳、渡大江、入淮楚、歷覽名山川。或遇奇才俠客、談古豪傑事、卽呼酒共飮、慷慨悲吟。人斥爲狂奴。

王冕は何度か進士の試驗に應じたが合格しなかった。歎息してこう言った、「受驗勉強というのは子供ですらはずかしいと思うものなのだ。わしなどがこんなものに溺れてたまるか」。ついに放棄すると、舟を買って吳(江蘇)の東部地方にくだり、そこから揚子江を渡って淮(安徽)楚(湖北・湖南)地方に入っては名だたる山川の景勝を遊覽してまわった。途中で奇才の士や俠客に出會ったりすると、むかしの豪傑譚に花を咲かせては酒を注文してすすめあい、感情をたかぶらせ悲壯な聲をしぼりだすのであった。世間の人々は彼のことを氣ちがい野郎といって遠ざけていた。

進士の擧に應ずることが「童子も爲すを羞ずる者」というのは、都留春雄氏の指摘のとおり、漢の揚雄が、賦は「童子の彫蟲篆刻」に等しいとした指摘をふまえる。[12] 元代でもこのような韻文が試驗科目に課された結果、受驗生たちの作文の練習も技巧面にばかり注意がはらわれるようになった。王冕と同じ時代にやはり受驗に失敗したため、その非をさとり、內容を本位とする古文の學習に轉じた人々の例が、宋濂によってしばしば語られている[13](なお元代の科擧は一三三五・至元元年に廢止された)。

科擧制度の弊害は元の時代に限らないが、この時代にとりわけて漢族の知識人をして生きにくくしたのは、蒙古王朝の占領下での、漢族差別政策であった。四等級身分制のうちの第三第四に等級づけられた彼らは、その學問的素養のはけぐちに苦しんだ。つぎの「秦士錄」(卷三十八、徐刻八篇)の陝西出身の鄧弼という一知識人の中に、そのあたりの鬱憤が十分に描かれているといえよう。

鄧弼は體軀にまさり、眼をいなづまのごとくしばたたき、牛をも打ち据える十人力の男。「狂生」だといわれて遠ざけられていた。ある日、娼樓で飲んでいた時、通りがかりの二人の學生をむりやり引っぱりあげると、「今日は君たちを招いて酒を飲むのが目的なのではなく、いささか胸中の不平を吐きだしたいのだ(今日非速君飲、欲少吐胸中不平氣耳)」と言って、全分野の典籍(四庫書)のどこからなりと出題してみよといどむ。學生は得たりとばかり質問するが、鄧弼によどみなく答えられて意氣沮喪する。

弼索酒被髮跳叫曰、吾今日壓倒老生矣。古者學在養氣。今人一服儒衣、反奄奄欲絕、徒欲馳騁文墨、兒撫一世豪傑。此何可哉、此何可哉、君等休矣。

鄧弼は酒をつがせると髮をふりかぶり、はねまわりながら叫んだ。「わしは今日、先生がたをやっつけたぞ。むかしは學問というものは浩然の氣を養うところにあった。ところが今の連中ときたら、いったん儒者のころもを着けただけで、逆に氣息奄奄となって今にも死にそうなありさま、ひたすら文筆をもてあそぶだけで、世にも稀な豪傑を子供扱いする。これでは駄目なのだ、駄目なのだ。君たちはおしまいだ」。

ついで泰定末年(一三二八)のこと、鄧弼は數千言の文章をたずさえて德王の陝西御史臺に出向き、武將として自分を用いることを薦める。實技試驗として、武裝兵五十人を相手の戰鬪場面がくりひろげられた結果、鄧弼の實力が證明され、その狂の評判がにわかに高まった（由是狂名振一時）。德王は彼を天子に推薦するが、丞相との仲違いがもとで沙汰止みに終る。

弼環視四體、歎曰、天生一具銅筋鐵肋、不使立勳萬里外、乃槁死三尺蒿下。命也、亦時也、尚何言。

鄧弼は自分の體ぢゅうを眺めまわして、歎いた。「天が一つの銅の筋肉・鐵の肋骨を具えてくれたというのに、勳功を萬里の外に立てさせないままで三尺の雜草のもとに枯死させる。これも運命だし、また、時世なのだ、そうとしか言いようがないではないか」。

ついに山に入って道士となった。隱棲して十年後に死に、二十年にならずして天下が大いに亂れたと述べているから、宋濂の執筆は一三五五年のころであろう。「史官曰」としているのは元朝の史官であることを意識してのことだろうが、この文章を「錄」の體裁にしているのは、傳に仕あがる前段階の、なまの記錄という意味であろう。學問を白面の書生の手から豪快な男のもとに取りもどし、政治やモラルにわたる現實の息吹を注入するという點で、また知性にも腕力にも秀でた萬能の士が國家的に用いられなかったという點で、鄧弼の生きかたとその結末とは、宋濂の共感と悲哀をそそったのだろう。沈着冷靜溫厚な彼にかくも激昂する部分があったのかと驚かされるほど、この作品は他には珍しい作風を持ったものであるといえる。

豪傑という大きな人物に憧れる二人の男、つまり鄧弼は元末の混亂を収拾できるだけの男であったし、王冕は明初の創業を開拓する才能をもった男であったと、宋濂は見た。それぞれの時點で彼らがその能力を發揮できなかったことを痛恨しながら、兩者に共通してひそむ狂の精神というものを、特に激動の時代の好ましい存在として彼は評價したのである。

以上、王冕の隣人愛的な「義」と自然人的な「狂」という二つの側面について、それぞれをより典型的に描寫した作品にまで敷衍しながら見てみた。人間關係や個性發揮の上でゆきづまり狀態の社會であったからこそ、王冕の「義」と「狂」が生まれ、人々の耳目を驚かすこととなった。それが宋濂にたいしても、その『人物記』のわくを踏みだして、「義」においてはその概念をより豊かに肉づけする結果となり、「狂」においては概念そのものを新たにつけ加えさせる結果となった。宋濂にこのような飛躍をもたらしたきっかけは、何よりも彼が山をおりて世の中に出たことにあるといってよいだろう。その點では、宋濂とともに『元史』編纂を總裁した王禕が、「司馬遷の文章に奇氣があるのは彼が全國の半ばを遊覽したせいであると一般に言われているが、宋太史が『其の足迹、未だ嘗て鄉里を踰え』なかったのに司馬遷と並ぶ成果をあげている以上、司馬遷にたいする評しかたそのものが當てにならない[14]」と評しているのは、首肯しがたい。

ところで「義」とか「狂」と違って、彼が山中で生まれ育っていらい常々親しくしていた概念も確かにあった。それは、『王冕傳』の冒頭をかざる、いうなれば「農」の影像である。

五

家庭環境からすれば、宋濂は王冕と異なって、祖父よりかみつかた、代々が農村在住の儒者（畯儒）であった[15]。六歲で小學に入ることができたのは、やはり知識人の家庭ならではのことである。「幼年時代には（『書經』に言われているような）、穀物を植えたり、車や牛を速く牽いたり、遠くの地方に行商に出かけるなどの力仕事はいっさいできなかった[16]」と述べているのは、あながち病弱であったという理由だけではあるまい。

しかしながら、農民ではなかったにしろ、農村生活は多分に經驗していたとみてよい。たとえば、數少ない詩の中にも「青山辭」(卷三十、芝園續集)と題する四言二十六句があって、青山白雲の中に宇宙の精氣(元氣)を呼吸しようとする、自然人に歸った彼の精神を示すものであるが、その中で、

我本金華　我は本と金華の

牧羊之童　牧羊の童

とうたっている。家庭に飼っている數頭の羊を子供が放牧に出るのは農家でなくともあたりまえの風景であっただろう。また、「白牛生傳」は、「畯儒」たるにふさわしく、その内容は自己の儒者的抱負を開陳したものであるが、その環境は、「嘗《つね》に白牛に騎り、溪の上《ほとり》を往來す、故に人は白牛生を以て之を目す」と、はなはだ牧歌的である。

さて、「王冕傳」の出だしはこうである。

〔宋4〕王冕者諸曁人。七八歳時、父命牧牛隴上、竊入學舍、聽諸生誦書。聽已、輒默記、暮歸忘其牛。或牽牛來、責蹊田。父怒撻之。已而復如初。母曰、兒癡如此、曷不聽其所爲。冕因去、依僧寺以居。夜潛出、坐佛膝上、執策、映長明燈讀之、琅琅達旦。佛像多土偶、獰惡可怖。冕小兒、恬若不見。

王冕は諸曁の人である。七・八歳の時、父親が丘で牛に草を食わせるよう言いつけたところ、こっそりと學校にもぐりこんで、學生が書物の暗誦をするのを聽いていた。聽きおわるとそっくり暗記してしまったが、夕暮れに牛をほったらかしたまま歸ってきた。よその男がその牛を引っぱってきて、自分の田畑を踏みあらしたと文句を言ったので、父親は怒って息子を鞭うった。ところがほとぼりがさめると、また同じことをくりかえした。母親が言った、「この子はこんな馬鹿なのですから、したいようにさせてやるほかないじゃありませんか」。

それで王冕は家を出て僧寺に身を寄せることになった。夜、ひそかに抜けでると、佛像の膝の上に坐り、書物を手にとり長明燈の明かりで、ろうろうと聲に出しては朝がたまで讀みつづけた。佛像はたいていが泥人形で、おそろしいほど獰猛な姿をしていたが、王冕は子供ながら何も見えないかのごとく平氣でいた。

まず、このような言葉を發する母親は、宋濂にとってはたいへん珍しいものであっただろう。彼は妹について、こう記したことがある。「幼い時から勉強して大義というものを心得ていた。(結婚すると)みだりに戸外には出ず、家族のものでも彼女のおしゃべりや笑い聲を聞いたことがなかった」[17]。この妹の性格を形づくった家庭こそ、「有德の君子」[18]宋濂を育てた家庭であった。彼が生涯にわたって追求し表現した婦人像は、その戍卒の妻であると簪纓家の命婦であるとを問わず、貞・節・烈・義のそれであった。王冕の母親の一言は、いわば作者の固い守りから、はしなくもこぼれ落ちたものだといえようが、それでいてたいへん技巧的である。簡潔さを主旨とする古文において、直話のもつ冗漫さは、必ずしもその主旨にそぐわない、と一般にはいえるだろう。しかしここは、たとえばある少年が近所の子供と遊ばないで、お寺にいってはおじぎばかりしているのを、兩親が、子供には浮世離れの因縁があるのだろうと察して寺に入らせる(長不與羣童狎、毎入塔廟、輒對法王瞻禮。父母察其有方外緣、俾依越之法果寺)[19]のとはわけが違って、怒って鞭うつことしかしない父親と、痛さがなくなれば元のもくあみの癡兒との間には、のっぴきならぬ對立がある。僧侶に生まれついたような少年の「方外緣」を、たとえば讀書癖に置きかえたぐらいでは解決できない。そこにはどうしても母親の仲介がいる。それも説明文ではかえって冗漫になる。「兒癡如此、曷不聽其所爲」という一見何の變哲もない直話こそ、實は古文の簡潔の主旨にも合致していることが分かる。その點でも宋濂は、先師黃溍の、「作文の法は群經を以て本根と爲し、遷・固二史を波瀾と爲す」[20]指導に忠實であったといえるだろう。

さて、牛飼いの少年王冕が、學校で盜聽し、あげくのはて僧寺で獨學する光景は、在野期に書かれた王毅のための

「王先生小傳」（巻四十八、韓刻補輯）の、

世爲農。……六歳知好書、家單不能致、毎借市中、一誦輒能記憶。稍長、所嗜益深。父機命牧牛、掛書牛角而讀之、隨牛而東西行、日入忘歸。復使之視舂溪濱、挾册轓車、則米成粉不悟、父怒逐之出。

（王毅の家は）代々農家であった。……六歳の時、書物のおもしろさを覺えたが、家が貧しかったので手にいれることができず、街で借りていたが、そのつど一通り音讀しただけで暗記することができた。成長するにつれて讀書好きがいっそう強まった。父の王機が牛飼いを言いつけると、書物を牛の角にひっかけて讀んでいたが、牛のあとについて東に西に歩くばかりで、太陽が沒したあとも歸るのを忘れてしまうほどであった。また毅に谷川べりで臼づきを視させたところ、水車臼に書物をさしはさんだままで、米が粉になってしまったのにも氣がつかないでいた。父親は怒って息子を放りだしてしまった。

という一節とともに、宋濂による農村少年の描寫を代表するものである。彼自身は二人の少年のような特殊な經驗をしなかったにしろ、やはりそれなりに味わった勉學の苦勞についての思い出を、「王冕傳」と同じころに書いた「送東陽馬生序」（巻三十二、朝京稿）に、このように記している。

余幼時卽嗜學、家貧無從致書以觀、毎假借於藏書之家、手自筆錄、計日以還。天大寒、硯冰堅、手指不可屈伸、弗之怠。錄畢、走送之、不敢稍逾約、以是人多以書假余。

わたしは子供のころから勉強が好きだったが、家が貧しくて、書物を手に入れて讀むすべがなかったので、藏書家から拜借してきては自分の手で書きうつし、期日どおりに返却した。たいそう寒い日などは、硯には堅い氷が張り、手の指が屈伸できないほどだったが、怠けなかった。寫しおわると、走って送りとどけ、いささかも約束の期限を超えるようなことはしなかった。だから多くの人々がわたしに書物を貸してくれたのであった。

この序文にはいささか爲にするところがあって、たとえば別の文章で、「たまたま家に數千卷の古典（古書）を藏してあったので、何となく取りだして開いているうちに、習い性と成ってしまったのです」[21]と述べるところと、かなり趣きを異にするとはいえ、昔に記した王毅少年の姿をふたたび彷彿させながら、おどろおどろしき佛像の膝に坐って耽讀する王冕少年の姿に、六十年前の自分の姿を重ね見ていたことだろう。その限りにおいては、この一節を一種の追憶の記と見なしてよい。しかしながら筆を執っている宋濂には、史官というすぐれて政治的であり社會的でもあるもう一つの顔が、依然として存在している。したがって、農村の一少年を描いている作者の中にも、政治的社會的な何らかの意圖があったと考えることのほうが當然であるだろう。

まず、意圖というよりも背景といったほうが適切であろうが、そもそも作者をして、農村少年の生動ある描寫を可能にしたのは、作者が農村の生活に親しく觸れた體驗のみによるのではない。そこには作者の農村あるいは農民にたいする意識的な思いいれがある。農村出身者こそ、來たるべき新しい時代、あるいは今始まったばかりの新しい時代を荷なう主體であるとする主張である。現實の、あるいは過去となったばかりの元代の社會では、農村や農民が必ずしも重んじられていなかった。蒙古人は元來が遊牧を生業とした。その征服王朝は商業活動の盛んな社會であった。生産形態としての農業、および農業を生業の根幹とみなす儒家思想は、相對的にその地位を低下させられていた。そその意味では、貧農より身を起こし農民反亂の指導者となった朱元璋と、山中において儒學を守りつづけていた宋濂との邂逅には、一種の必然性があったといえる。王毅とか王冕といった農村少年は、いわば時代の期待を荷なった存在であった。

ところが、これら農村の少年が、ただ牛を飼い水車の米つきをするだけの大人に終ってしまうならば、宋濂の關心をほとんど惹かなかったであろう。彼は純然たる農民文學を書こうとしたわけではけっしてない。農村出身者が草原や水邊での、あるいは僧寺での苦しい勉學を經て知識人に轉身する姿こそ彼にとって好ましいものなのであった。したがって論點は、農村というものからいったん切りはなされて、苦學勤勉という方向に移る。そして、この體驗こそ自分たちが明王朝の創業を支えてきた源であると考えた。だが、その彼ももはや七十前後の老人となって、朝廷を退き、死を前にしている。王朝の事業は二代めから三代めに移ろうとしている。ところが世の中の大多數の老人と同じように、彼の目には、幹部候補生たる青年がはなはだしく賴りなく思われた。「送東陽馬生序」の少年時代の苦勞話はすでに聞いたが、それに續いて、自分が學舍に入った時は、烈風と大雪の深山巨谷の中を歩いて、足はひびわれ、四肢がこわばってしまうほどであったし、同級生たちがみな神人のように着飾っている中で、自分だけはぼろぼろの衣服と一日二度の食事があるだけだったと回想したあと、現實に立ちかえって次のように述べている。

今諸生學於太學、縣官日有廩稍之供、父母歲有裘葛之遺、無凍餒之患矣。坐大廈之下而誦詩書、無奔走之勞矣。有司業博士爲之師、未有問而不告、求而不得者也、凡所宜有之書、皆集於此、不必若余之手錄、假諸人而後見也。其業有不精、德有不成者、非天質之卑、則心不若余之專耳。豈他人之過哉。

現在、學生が中央の大學で勉強する時は、御上からは毎日藏米の支給があり、兩親からは歲ごとに外套とか薄物の付け屆けがあって、飢寒の心配はない。大きな建物の床に坐って古典を暗誦するだけで、驅け足で出向く苦勞もいらない。教授助教授が指導教官としてついているので、質問しても教えてくれず文獻を探しても手に入らないといったことはないのである。およそ備えつけるべき書籍は全てここに集められているから、わたしがしたように、自分の手で書寫したり、讀もうと思えばまず人から借りねばならないといった必要もないのである。してみれば、彼らの學問が精密でなく、人格が不完全であるのは、彼らの天分が劣っているのでないとすれば、わたしのように專念する心がまえがなかったからである。他者の（指導とか忠告の）間違いのせいなどで、どうしてありえよう。

エリートの青年にたいするこのような教戒性は、「王冕傳」の僧寺で讀書する少年の姿にも託されていると思われる。言いかえれば宋濂はこの傳文の讀者としてまっ先にこれらの青年を想定していたに違いない。傳文自體の性格からしても、それはもっとも穩當な解釋であるだろう。

それにたいしていささか穿った見かたをするならば、最初に想定された讀者は實は特定の人物であって、青年たちは第二番めにすぎなかったのではないか、という疑いも生まれてくる。その人物というのは、明王朝の太祖朱元璋である。

朱元璋は貧農の出身で、少年時代には牛や羊の飼育の傭われ人になったこともあるといわれる。(22)一三四四（至正四）年、十七歳の彼は、旱害と蝗害によって起こった大饑饉と傳染病によって父母と兄を失ったあと、最後のよるべとしたのが僧寺であった。少年は行脚僧として三年ばかり幾つかの町を托鉢してまわったが、その間に得た知識は大したものではなく、眞に勉強らしい勉強、つまり儒學の學習を開始したのは、一三五九年の婺州占領による宋濂との邂逅にあるといわれる。(23)この時いらい、宋濂が朱元璋にたいしてもたらした思想的影響には量り知れないものがあっただろうが、朱元璋が彼にたいして全幅の信頼を寄せていたかといえば、必ずしもそうではなかったようだ。こんなエピソードがある。ある日、太祖は宋濂をつかまえて尋ねた。きのう酒を飲んだか、客は誰だったか、料理は何を出したのか、と。彼がありのままを答えると、太祖は笑って言った、「そのとおりだ。おぬしはわしをだまさない（誠然、卿不朕欺）(24)」。太祖はあらかじめ人をやって一部始終を偵察させていたのである。太祖は表むきは布衣という言葉を好んで使い、儒教に従っていたけれども、その實、自分の出身にしこりを抱きつづけ、また儒者たちのことを、ただ口のうまい人間としてしか見なしていなかった。この表裏ある二重性は新政權が確立されるに從ってあらわになってゆき、裏の部分が表面化するに至った。「〝光〟〝禿〟といった字が忌諱されたのみならず、〝僧〟の字さえ好ましく思われなかった[25]」し、知識人への彈壓もおこなわれるようになった。

すでに一三七四（洪武七）年には蘇州知府魏觀が處刑され、史官の高啓・王彝も連坐して殺された。六九年に宋濂が翰林院入りをしたとき、魏氏は起居注であったし、高・王兩氏は『元史』編纂の部下であったから[26]、彼らは宋濂にとってたいへん親しい同僚であり友人であった。ついで七六年には葉伯居が萬言の書をたてまつり、太祖の苛刑政策を批判して獄死した。宋濂が一線を退いたあとも每歳首都に赴いて太祖に面會しているのも、太祖の屈折した心理や儒者の受難と關聯があったに違いない。宋濂は、直言でなく一種の諷諭によって太祖の心を鎭靜する手段を考えた。それには、太祖と似た經歷の人物の物語がもっとも適當であった。「二十年まえ帝が幕營で引見なされた王冕は、貧しい農家に生まれ牛飼いをしました。しかし讀書好きのため僧寺に入り、氣骨のある知識人になりました。帝が蒙古政府を打倒なさることを豫見しておりましたから、さっさと隱棲しましたが、幸いにも帝に見出され參謀となりました。殘念にもつとに死にましたが、帝をお守りしているのは、王冕と志を同じくする者ばかりです」と、宋濂は太祖に訴えているかのようである。もっとも、このたましずめの文章もたいした效果をもたらさなかった。それからまもなくの一三八〇（洪武十三）年、左丞相胡惟庸を首謀格とするクーデター計畫があったとして、なみいる貴族高官たちの大量處分がおこなわれ、宋濂も孫のことから連坐し、一時は死刑の處斷がくだされるからである。

六

「王冕傳」は、「杜環小傳」「李疑傳」や「秦士錄」が義とか狂とかの特定のテーマを典型化したものとは違って、異なった概念でくくられる斷片の衆合體である。傳の本文の記述にしたがって、それぞれの斷片に含まれている概念を明らかにしながら整理と補足を加えるならば次のようになる。

(1)幼年期の牧牛と勉學（宋4）。(2)安陽の韓性[27]の門に入り「通儒」となったこと。(3)母の孝養と古風。(4)著作郎李孝光の府史任用を拒絶したこと。(5)巡察官を自分の小樓に上げず長嘯していたこと。(6)科擧落第と狂的行爲（宋3）。(7)燕都で祕書卿泰不花の館職推薦を拒否したこと。(8)下京時の義的行爲（宋1）。(9)大亂の豫言と隱棲。(10)書を著わし、「明主」との出會いにそなえたこと。(11)詩作・清談・繪畫のこと。(12)明の太祖の諮議參軍となった直後に死亡したこと。

ここで王冕の仕官にしぼって考えるならば、(6)の科擧落第の前に(4)があって、府史（下級職員）の口を斷わった理由を、

冕罵曰、吾有田可畊、有書可讀、肯朝夕抱案立庭下、備奴使哉。

王冕はどなりかえした。「わたしには耕すだけの田畑もあるし、讀むのに不足しない書物もある。朝から晩まで書類をかかえて役所につったって、こきつかってもらおうなんてだれが考えますかい」。

と述べている。「奴使」に堪えられないのであって出仕一般を拒否したわけではない。科擧に應じたのはその證據である。(7)で「館職」つまり堂々たる官僚である史官の口を斷わった理由も、

冕曰、公誠愚人哉。不滿十年、此中狐兎游矣。何以祿仕爲。

王冕は言った。「あなたは根っからの馬鹿ですな。十年もたたないうちに、ここは狐や兎があそぶ荒野原になりますよ。仕官なんてとんでもない話ですよ」。

というわけで、もっぱら王朝の滅亡を見越したところにある。したがって自己の意にかなった王朝が出現したあかつ

きには出仕もやぶさかでないと考えていたことは、⑽の部分に明らかである。

嘗倣周禮著書一卷、坐臥自隨、祕不使人觀。更深人寂、輒挑燈朗諷、既而撫卷曰、吾未即死、持此以遇明主、伊呂事業不難致也。

かつて『周禮』にならった書一卷を著わし、寝ても醒めても肌身から離さず祕藏して、他人に見せようとはしなかった。夜がふけて人が寝しずまると、燈をつけて朗讀し、それが終わると著書をなでまわしながら言ったものだ。「わしが死なないうちに明君が出現したならば、この書物をもってお會いするのだ。（殷の）伊尹や（周の）呂尚のごときすばらしい輔佐だってなんなくもたらすことができるってわけさ」。

實はこれらは次の結末への伏線なのであった。いや、農と勤勉、義、狂など王冕の全ての經歷と品性とが、ここに收斂されていると考えてよい。

皇帝取婺州、將攻越、物色得冕、寘幕府、授以諮議參軍。一夕以病死。

皇帝は婺州を取り、越の地方に進攻しようとしたとき、王冕を捜して見つけると、幕營の中にとどめて、軍事參謀の官を與えた。しかしある夜、病死してしまった。

皇帝朱元璋こそ「明主」なのであって、王冕がその官職を受領したことを暗示しているのは、いうまでもない。王朝創業の一老輩が、苦學勤勉のみならずもろもろの優れた品性と行爲を、青年エリートに訴えた訓話は、ここではじめて完成する。と同時に、信賴のあつい一功臣が、「明主」であることの自覺を促した、太祖朱元璋への鎭魂の諷諭も、ここではじめて明白になる。いずれにしろ「王冕傳」は、宋濂の一種の遺言であった。

七

一三五九年に死んだ人物の生涯が、約二十年後に、宋濂の胸にあらためて現實的な價値を持って立ち現われてきたわけであるが、もしその結末が右のようなものでなかったら、彼はその傳文を綴らなかったであろう。少なくとも彼には確信があってのことに違いないが、その判斷を、彼はたぶん朝廷に保存された記錄に據っている。『明太祖實錄』（一四〇三・永樂元年上進。記錄の原本そのものではない）によれば、事件は一三五九年の正月のことであって、現場をよそ目に宋濂はもっぱら避難行に出ていたからである（金華潛溪の故家に歸ったのはその二ケ月後のことである）[28]。いずれにしろ王冕の任官は政府側の統一見解であった。

ところが、これと見解を異にするもう一つの「王冕傳」が、宋濂のそれよりはるかに早く、おそらくは王冕の死後まもなく書かれており、現在では徐顯の『稗史集傳』の中に見ることができる。

この「王冕傳」は宋濂のそれと比較すると、經歷の上ではほぼ一致するとしても、形象の比重の置きかたがかなり異なっている。

まず王冕の少年時代については、

父力農。冕爲田家子、小卽好學。

父親は農業にはげんだ。冕は農家の子弟であったが、少年の時から勉強好きだった。

と述べるにすぎない。一度だけの科擧の受驗に失敗すると、さっさと斷念して、やはり「狂生」と呼ばれるようになるが、この傳の特色は、この精神を軸として一貫して貧しいながらも在野の氣樂さを捨てようとしなかった姿を描こうとするところにある。紙面でいえば全篇の約三分の二がその描寫に當てられている。はじめに、貧乏に甘んずる生活が親しい筆致で具體的に語られる。まず江浙檢校となった同鄉の王艮のところに會いにいった時のこと、

衣敝、履不完、足指踐地。王公深念、遺草履一緉、諷使就吏祿。君笑不言、置其履而去。

衣服は破れ、くつはできそこないで足の指が地面につきでている。王氏は氣づかってわらぐつ一足を贈って、それとなく下級職員の口をもちかけた。王君は笑っただけで答えず、そのくつを置いたまま立去った。

また、會稽での生活のありさまを、

依浮屠廡下、教授弟子、倚壁庋土釜、爨以爲養、人或遺之不受也。

寺の軒先を借りて塾を開いた。壁ぎわに土釜をすえて炊事し（母親を）養っていた。人が物をよこしても受けとらなかった。

と、いささか依怙地に描かれている。

新任の判事（理官）申屠駉が書記をやって交際を求めると、

君曰、我不識申屠公、所問者他王先生耳。謝不與見。吏請不已。君斥曰、我處士、寧與官府事、毋擾乃公爲也。

王君は、「わたしは申屠さんて知らないよ。おたずねの人は別の王先生に違いない」と言って面會を斷わった。書記がなおも言いよると、王君は叱りつけた。「わたしは民間人だよ、役所のことなど知るものか、わしのやることを邪魔しないでくれ」。

判事みずからが禮を盡くして來なかったことに腹をたてたのである。

燕都にのぼった時の、宋濂の傳の泰不花と同じであろう人物の家では、「狐兎」云々よりもさらに辛辣な諷刺が見

られる。

主祕書卿達公兼善家、翰林諸賢爭譽薦之。君題寫梅、張座間。有云花團氷玉羌笛吹不下來之句。見者皆縮首齰舌、不敢與語。

祕書卿達兼善公の家で執事をしていると、翰林院のお偉がたが、あなたを推薦する名譽をぜひ私にと爭った。王君は梅の畫に書きつけて座敷にひろげたところ、「梅の花は氷の玉となってかたまり、羌笛で呼びかけても溶けようとはしない」という句があったので、その繪を見たものはみな首を縮め舌をうちならして、もはや彼に語りかけようとはしなかった。

ちなみに『竹齋詩集』[29]の「梅花」詩によれば、この詩の全篇は次のとおりである。

和靖門前雪作堆　　和靖の門前 雪は堆を作《な》し
多年積得滿身苔　　多年積み得たり滿身の苔
疎花个个團氷雪　　疎花は箇箇に氷雪を團じ
羌笛吹他不下來　　羌笛 他《かれ》を吹けども下《と》け來たらず

（宋の林逋、字は和靖は、その「梅花」の詩で、「雪後園林纔半樹、水邊籬落忽横枝――雪後の園林 纔《わず》かに半樹、水邊の籬落 忽ち横枝」と詠んだことがあるが、）林和靖の門の前には雪が小山をなし、多年の降りつもりによって、梅の木も滿身に苔をかぶったようになっている。まばらについた梅の花はその一つ一つが氷雪のかたまりとなってしまい、（林和靖の先の詩で、「堪笑胡雛亦風味、解將聲調角中吹――笑うに堪えたるは 胡《えびす》の雛《こ》も亦た風味あり、解《よ》く聲調を將《も》って角《ふえ》の中に吹く」と歌われたのと違って）羌笛でもって吹きかけてもその固い氷雪を溶かすわけにはゆかない。梅を自己に、雪を蒙古政府の壓政に、羌笛を推薦の言葉にたとえたとするならば、この詩は、自分もまたその壓政の當事者の一員として推薦されることを拒絶する意向を示すものと把えることができる。しかし、それと矛盾なしとはしないが、この異民族の大官の「主家」となり、また「悼達兼善平章」なる詩を作っているところからしても、王冕はけっして民族主義者ではなかったし、對等である限りは官僚との交際を拒んだわけでもない。

このような批判者の態度は結末に至っても崩れない。「會稽山九里」に隱棲した王冕一家のもとに、一三五九年、朱元璋の武將胡大海の進攻が始まった。

君方晝臥、適外寇入。君大呼曰、我王元章也。寇大驚、重其名、與君至天章寺。其大帥置君上坐、再拜請事。君曰、今四海鼎沸、爾不能進安生民、乃肆虜掠、滅亡無日矣。……汝寧聽吾、即改過以從善。不能聽、即速殺我。我不與若更言也。大帥復再拜、終願受教。明日、君疾、遂不起、數日以卒。

王君が晝寢をしていたちょうどその時、外部の侵略者が闖入してきた。王君は大聲で言った、「わたしは王元章だ」。侵略者はびっくりすると、その名聲を重視して、王君を天章寺に連れていった。その司令官は王君を上座にすえると、ていねいに挨拶して助言をもとめた。王君は言った、「今や全國が混亂のるつぼとなっているが、おまえさんが進んで民衆を安らかにするということができず掠奪をほしいままにするならば、まもなく壞滅するだろう。……あなたがわたしの言うことを聽けるのならば、すぐにも過ちを改めて善いおこないをするようにしなさい。聽けないのならば、さっさとわたしを殺すことだね。わたしはこれ以上、君たちのために言うことはないよ」。司令官はまたもや挨拶をし、結局、お教えどおりにしたいといった。次の日、王君は病いにかかりそのまま起きあがれなくなり、數日すると亡くなった。

「大帥」は朱元璋を指すともとれるが、それはたいした問題ではない。要は、その集團にたいして作者が「外寇」という敵對的な表現を使っていることであり、まして諮議參軍といった官職を授けられた形跡がまったく無いということである。むしろ反亂を思いとどまるように諭しているかのようである。

この傳文の作者は、王冕のことを「君」と記し、その生活についてもかなり寫實的であることから、おそらくは王冕と多少の交際もあった人ではないかと思われる（ただし『竹齋詩集』にはこの人の名は表われない）。そして王冕の死後まもなく、朱元璋の覇權が決定しないうちに、この傳を作ったものと推測される。ところがこの作者を徐顯とすることに、わたくしは疑問を持っている(30)。そもそも『稗史集傳』なる書物は『說庫』所收のテキストに、

至正十年秋八月廿日福溪徐顯克昭謹序

なる一三五〇年附の序文がある一方（福溪は浙江省台州府に屬する）、採錄人物十三人のうち八人までがこの歲以降に死んでいる（最下限は至正二十年）事實によってみても、果して一人の手によって作られたものかどうか疑わしい。周紹賢氏のごとく、至正十年というのは著書の執筆の緣起となった年月を誌したにすぎず、以後何年かの累積によって完成したとの考えかたも成りたつが、それと必ずしも矛盾しないところで、複數の作家の手を經ているという推測も十分成りたつだろう（ただ各傳の論贊は、その一貫性・整合性から見て一人の人物によるだろう）。

徐顯とは別のもう一人の人物とは、「王冕傳」に限っていえば、それは張辰なる人物である。この判斷を導く直接の根據をあげると、第一には、王冕の詩集の一本である舊鈔本『竹齋詩集』に附せられた「王冕傳」の末尾に「諸暨張辰傳う」と記し、また後附された郡人の白圭なる人の「書竹齋先生詩卷後」にも「訓導諸暨張公辰傳」と言及されている(31)。第二に、明の程敏政編輯の『明文衡』の目錄に、「王先生傳　張辰」と記すのも「王冕傳」を指すと思われる（本文は四部叢刊本には缺除している）(32)。第三に、一八六七（同治六）年に記された傳以禮の「保越錄跋」に「元張辰作冕傳」とあり、第四に、一九六二年の中國科學院『中國文學史』㈢に「王冕卒年可參閱其友人張辰所著『王冕傳』」とある。

次に、間接の根據は、宋濂の「諸暨陳府君墓碣」（巻二十四、芝園前集）なる文章にある。この墓碣文は、陳大倫（字は彥理、一二九八～一三六七）の歿後、その友人の張辰が作った行狀と評語にもとづいて作られた。それによるところの人物は、科擧に失敗して古文辭に宗旨變えをし、「青燈夜懸、或至達旦不寐」ほどの勤勉家であったが、內亂を避けて山中に隱れ、「脫帽高歌、擊几案爲節」の生活ぶりで、竹樹を畫くのが得意であった。王冕とはまるで瓜二つの人物の行狀を記した張辰が、したがって王冕の傳を作ったとしても何ら不思議ではない。また張辰の行狀と論贊を讀んで感動した宋濂が、のちに（というのは墓碣文が『芝園前集』に、傳文が『後集』に見えるからであるが）その「王冕傳」をも讀んだ可能性は大きいと考えてよいだろう。ところが陳大倫の場合とは違って、王冕が最終的には明の參軍となったと判斷するがゆえに、宋濂は史官の立場からして張辰の舊傳を全面的に改作する必要を感じた。もし作らなければ、舊傳が、本傳ほどの重みを持たないとしても、少なくとも重要な史料として後世に傳えられることになる。まして、勝國の隱棲の士をして仕官せしめることが新しい王朝の正當さを示す有力な證明となるという、さらに積極的な理由もあったのである(33)。

八

最後に張・宋二傳以後の王冕像に觸れておこう。

近世の一藝術家が、なかば傳說上の人物として後世に語りつがれるのは、かなり珍しい事例かと思われるが、傳說的人物にふさわしく、王冕にも幾つかの尾ひれがつけられ、あるいは異った解釋がとられることになる。中でも顯著であるのは、王冕の結末に關して二、三の異った解釋が錯綜することである。

この結末部分についてこれまでの二傳とは異なる三つめの史實を傳えるものがある。それは元朝の側からのものであって、徐勉之の『保越錄』に見える。[34]要約すると、王冕は執えられて婺州に連行され、「敵主」すなわち朱元璋に會うと、「攻取の方略を陳說」し「重任」を授けられて「軍前に赴いて衆を督する」よう命じられたが、その計略を用いたところ敗戰を喫したので疎んぜられる結果となった、というものである。

以上三通りの結末について、明末から淸初にかけて、王冕について傳えるさまざまな出版物がそのいずれかを選擇したが、錢謙益の『列朝詩集』小傳（一六五二完成）だけは三說を並列的に提示するにとどめている。その後『明史』（一六四五下命、一七三五完成）が結果的に宋濂の傳のみに據ったのはあるいは當然であるかもしれないが、その過程で異議をさしはさんだのが朱彝尊であった。[35]

その、朱彝尊も一度は宋氏の傳文によるとみせて、

太祖聞其名、授以諮議參軍、而冕死矣。

と記す。しかし宋傳と同文ではない。宋傳が、「諮議參軍を授けたところ、（それを受けたが、その能力を試すまもなく）ある夜、病死した」と讀めるのにたいして、朱傳は、「諮議參軍を授けたが、王冕は（すでに）死んでいた」と讀めるからである。その微妙なところは、次に續く意見ではなはだ明白になっている。

朱彝尊いわく、元の末には逸民が多かったが、王冕もその一人である。宋文憲の傳が出てから、どの時代もみな王冕を參軍とみなしたが、彼は一日なりとも軍事に參與したことはなかったのだ。徐顯の稗史集傳を讀むならば、彼はその志を降さないまま死んだ人物であると思われる。よってここにあらためて別傳を作り、これを史館にたてまつり、編纂者がこの意見を採られるよう希望するものである。

と。もっとも、朱氏が王冕をしてなぜ元の逸民にとどめることに固執したのかは、再考に待つほかはない。

ただ、朱彝尊の意向とどこまで重なるかは別として、その王冕傳を骨格の上で踏襲し、さらに獨自の創作を加えたのが、小説『儒林外史』の楔子である。全篇にわたってその系統を簡單に見ておこう。

牧牛と學舍への潜入は宋傳から朱傳へひきつがれているが、『外史』はきっぱりと七歳で父親を死なせた上、この順序を逆にして、正式に學堂に入った王冕が資金不足のため退學して他家に牛飼いとして傭われることになっている。知識人好みの奇抜なおもしろさは失われているが、庶民の生活の實態に即した改變だといえる。その點でいっそうはっきりしているのは、王冕が放牛に疲れて草の上に坐っているとき、雨あがりの湖水に荷花《はす》をみつけて繪にしたい衝動にかられ、それから畫家として自立し家計を支える部分である。繪畫については宋濂の傳でも、

善畫梅、不減楊補之。求者肩背相望、以繒幅短長、爲得米之差。人譏之。冕曰、吾藉是以養口體、豈好爲人家作畫師哉。

梅の繪がうまく楊補之に劣らぬできばえであった。繪を求めるものがひきもきらなかったが、王冕はカンバスの大小で値段の差額をつけたので人はこのことをそしった。王冕は言った。「わたしはこれによって生活しているのだ。人さまのために好きこのんで繪かきになっているのじゃないよ」。

と述べられ、沒骨體をあみだしたことは錢謙益・朱彝尊にも言及があるけれども、これらはいずれも文末に附け足された存在にすぎなかった。古文家たちは王冕を儒者として描くに急であったため、農民の一少年がそれまでに必要な經濟的なよりどころを度外視してしまった。それにたいして呉敬梓は生計の手段を早い時點で中心に据え、藝術家として成長するための保證を與えた。けだし單なる小説家として世の重んずるところとならなかった呉敬梓の、王冕にたいする理解と同情の仲間意識に由來するといえよう。

また、王冕を民間人として徹底させたのも『外史』の特徴である。王良・申屠駉および書吏の話柄は朱氏も張辰の

傳から繼いでいて、申屠駉がじきじきに出向くと王冕も應じ一年餘の交際を續ける。朱氏獨自の見解では、燕都で翰林學士の危素とも、好ましからぬ印象を殘してではあるが、應對している。ところが小説の王冕は知縣の時仁にも、ましてその老師である危素にもいっさい會おうとしない。そしてその追求を逃れるために山東濟南地方が選ばれる。これは、宋・張・錢・朱氏のいずれもが記した燕都への自發的な旅行を、吳氏が巧みにかわし、高官との接觸の餘地をあらかじめ斷ち切っているわけである。張傳・朱傳では歸鄉後に「黃河北流す。天下は且に大いに亂れんとす」と比喩的に語る言葉も、『外史』では、山東からの歸途、黃河の決壞によって避難する民衆の一群を見た時の言葉に改められ、實感のこもった生きたものとなっている。

最後の朱元璋の一件については吳敬梓も史實として、また好ましい人物として無視できなかったようであるが、それも朱元璋の方から王冕の鄉里に降臨させ、教誨を得たあと立ち去らせており、洪武四年以後になって（かく王冕の卒年を延ばしたのはこの年の科擧再開に言及するためである）、皇帝の使いが諮議參軍の任命をもたらすが、王冕の行方が知れずに引返すというくくりかたをしている。そして念いりにも、朱彝尊の意見とまったく口うらを合わせた指摘でもってとどめをさしている。

ここに至って、儒者であり史官であった宋濂によって描かれた儒者王冕の像は、市民であり小説家であった吳敬梓によって、農村をほとんど離れることなく、當局者ともほとんど沒交渉の、一人の市民であり藝術家である王冕へと再生させられたのである。

王冕の傳記を作るとなると、その『竹齋詩集』六百十一首の詩篇が有力な資料となり、確かに、「自感」詩に「八齡入小學、一一隨範模――八齡にして小學に入り、一一範模に隨う」（これには『儒林外史』がもっとも近い）と詠んでいることとか、「閒題前元舊事」と題する作品があることなど、以上の傳文とは齟齬をきたす場面も考えられるが、今はその傳記に及ぶことをしない。ただ彼の詩を一讀しての印象のみを記せば、奇士狂生の影像はほとんど浮かびあがってこない、逆にいえば、小說はともかくとして、事實を傳えたはずの傳文でありながら、いかにも作られたものという感じが強い、ということである。そのあたりに文章なるものの一種の魔力があるといえるのだろうか。

注

（1）『日知錄』卷十九「古人不爲人立傳」。
（2）『宋文憲全集』卷七、鑾坡後集、「戴亭張氏譜圖記」。以下『文憲全集』と略稱して作品の所在を示す。一八一〇（嘉慶十五）年刊、全五十三卷、四部備要に收める。
（3）『文憲全集』卷二十一、芝園前集、『朱氏家慶圖記』。
（4）王冕、字は元章、號は煮石山農、浙江諸暨の人。その卒年が一三五九（元・至正十九）年であることは傳・實錄などの一致するところであるが、生年については明らかでない。周紹賢「王冕事蹟之考證」（『大陸雜誌語文叢書』第一輯第四册）は享年七十三歲であったと推測するが根據はあげていない。種々の記事から見てもう少し下げた方がよいと思われるので、とりあえず游國恩等主編『中國文學史』㈢（人民文學出版社）に據っておく。
（5）一々注記はしないが、主として、鄭濤「宋景濂小傳」（一三五三・至正十三年八月朔作）・鄭楷「宋公行狀」（一三八一・洪武十四年十二月一日作）のほか、彼の作品に散見する記述による。なおまとまったものとしては、清・朱興悌・戴殿江編『宋文憲公年譜』（一九一六）がある。
（6）國立公文書館內閣文庫藏。
（7）內閣文庫藏、また名古屋市蓬左文庫藏。
（8）例えば一三六一（至正二十一）年、五十二歲の時、劉基らと南京で登山した時のことを記した「遊鐘山記」も徐刻八篇に入っているから、第一次南京時代およびそのあとの潛溪・浦江時代までが『潛溪集』に収められていたと考えてよいだろう。なお『人物記』『潛溪集』のほかに、『蘿山集』五卷（內閣文庫藏）・『龍門子』三卷もこの時期の著作に入れてよいようだ。

（9）『太祖實錄』卷四十二および「宋公行狀」による。『明史』卷百二十八の本傳には、「是年八月史成、除翰林院學士」と、學士になったのが洪武二年八月以後の事とし、また「翰林學士誥」には、洪武三年正月に、起居注宋濂に、翰林學士知制誥兼修國史を授ける旨、命じている。

（10）別に杜元（字は一元）のための「金陵杜府君墓銘」（卷三十四、朝京橋）があって、これによるとその卒年は一三五六（至正十六）年である。

（11）「唐思誠墓銘」（卷四十九、韓刻補輯）に「初濂年十九時、束書游城南、識思誠於玄暢樓上」と述べている。

（12）筑摩書房『中國散文選』所收、都留春雄譯注「王冕傳」。『揚子法言』吾子篇「或問、吾子少而好賦。曰、然、童子彫蟲篆刻。俄而曰、壯夫不爲也」。

（13）例えば「諸暨陳府君墓碣」（卷二十四、芝園前集）・「磨勘司鄭公墓志銘」（卷二十五、同上）に見え、後者には次のように記す。

夫科擧法行、公自度其學可用、投牒試揚屋司。文衡者見其持論太高、黜去之。公退而歎曰、試藝所以困天下英才、吾尙可溺而未省乎。乃絕筆不爲、改轍攻古文辭。

（14）『王忠文公集』卷十七「宋太史傳」

王禕曰、世稱太史公司馬遷好游南上會稽、浮於沅湘、北涉汶泗、過梁楚、足迹半天下、其文雄深雅健、善馳騁有奇氣、以游故也。吾觀宋太史以文章擅名今世、其才氣殆前無古人、使其生遷時、與之相頡頏、不知其孰爲先後矣、而其足迹未嘗踰鄉里、豈世之稱遷者不足信耶。

（15）王禕「宋太史傳」自其父祖而上、世爲畯儒、雖隱約鄉里間不顯著、而詩書之澤被於人者多矣。

（16）『文憲全集』卷三十七、徐刻八篇、「答郡守聘五經師書」

濂也不敏、幼卽多病、若藝黍稷、與肇牽車牛、遠服商賈之事、皆力所不任。

もっともこの文章は、一三五九年に朱元璋側の郡守から五經師への就任を依頼された時に、宋濂がそれを辭退するために書いたものであるから、多少の誇張はあるだろう。

(17)『文憲全集』巻四十九、韓刻補輯、「宋烈婦傳」。
(18) 王褘「宋太史傳」。
(19)『文憲全集』巻十五、鑾坡續集、「覺原禪師遺衣塔銘」。
(20)『文憲全集』巻十六、鑾坡別集、「葉夷仲文集序」。
(21) 前掲「答郡守聘五經師書」。
(22) 章回編著『朱元璋』（一九五六年、江蘇人民出版社）㈠做和尚。
(23) 呉晗著『朱元璋傳』（一九四九年、三聯書店）第二章、紅軍大帥㈢大元帥・大丞相、および第三章、從呉國公到呉王㈡取東呉。氏は、この時の儒學ないしは宋濂との出會いによって、反亂軍の性格が、從來の貧農的・紅巾軍的なものから、地主的・儒教的なものへと變質する第一次のきっかけをなしたとしている。
(24)『明史』巻百二十八、「宋濂傳」。
(25) 呉晗、前掲書、第五章、恐怖政治㈡文字獄。
(26) 宋濂が魏觀について書いた文章には、「碧崖亭辭」（巻三、鑾坡前集）、「蘇州重修孔子廟學碑」（洪武六年十二月作。巻九、鑾坡後集）、「魏府君墓志銘」（洪武四年作、巻十、同上）、「魏賢母宋夫人墓銘」（巻十一、同上）などがあり、高啓に言及したものには、「故孝友祝公榮甫墓表」（巻五十、韓刻補輯）がある。
(27) 韓性、字明善。黃溍の「安陽韓先生墓誌銘」（『金華黃先生文集』巻三十二）によると、その先祖は相（河南省）の安陽の人。ただしそれは本貫であって、韓性が生まれたのは杭州、住んだのは越（會稽）であった。
(28)『文憲全集』巻二十六、芝園後集、「蘿山遷居志」。
(29) 景泰七年（一四五六）舊抄本（『歷代畫家詩文集』所收）による。「嘉慶四年（一七九九）序」刊四巻本（『邵武徐氏叢書二集』所收）は題を「白梅」に作る。また『列朝詩集』甲前五・王冕小傳に引くものは、第三句を「氷花箇箇圓如玉」に作る。

（30）『四庫全書總目提要』史部・傳記類存目三は、「稗傳一巻　元徐顯撰」と徐氏一人によって作られたことに疑いをさしはさまず、採録された十三人の貫籍・生卒および張士誠（一三六七年卒）への配慮のあとなどから、作者は、浙江紹興の出身で江蘇の姑蘇に寓居した人物であろうと推測し、この書物が作られた時、張士誠はまだ存命していたと見ている。

（31）「訓導」が元明いずれのものを指すか疑問が残るが、「書後」が明人の文であるのに「元」の字を冠していないこと、また次の『明文衡』に採られていた形跡があることを考慮すれば、明の訓導となったのであろう。とすれば朱元璋がいまだ地方的な一勢力にすぎなかった時に「王冕傳」が書かれ、その王朝の成立後に任ぜられた官職をもって作者に冠せられたことになる。そのように考えれば、「保越録跋」の「元張辰」の語とも矛盾しない。

（32）『明文衡』目録下、巻之五十九。王冕を「王先生」と記すのは、その傳の末尾、すなわち王氏が卒したあと、「衆爲之具棺服斂之、葬山陰蘭亭之側、署日王先生墓云」と記すのによっているのだろう。またその傳が全文缺除しているのは、傳文の「羌笛」といった語が清朝の忌諱に觸れたものと推測される。

（33）同じように「山澤の民」であった人物が「蹶然と興起」し、「有道の朝」において宋濂とゆくりなくも再會した話が、「抱甕子傳」（『文憲全集』巻十四、鑾坡續集）に見える。

（34）一三五九（至正十九）年の朱元璋軍の攻撃にたいする越の地方の防衛戰爭の状況を記録したもの。序の末尾に、「元至正十九年歳次己未十月、郷貢進士杭州路海寧州儒學教授徐勉之」の署名がある。

（35）『曝書亭集』巻六十四「王冕傳」。

三　李夢陽詩論

一　出　身

李夢陽（一四七二成化八年〜一五二九嘉靖八年）は、おそらく進士登第後まもなくと思われる時に、みずからの出身を次のように歌ったことがある。

「雑詩三首」其一（巻七、五言古詩、擬古）(1)

宛宛春田鳩　ちいさくちいさき 春の田《はたけ》のハトは
飛鳴柔且閑　飛び鳴くこと おだやかにして 閑《しず》かなり
一朝化爲鷹　あるひ 化してタカとなり
肅肅厲羽翰　さわさわと 羽翰《はね》を厲《はげ》しくす
衆禽不敢並　衆《おお》くの禽《とり》とは 敢えて並びいず
孤立秋雲端　孤立するは 秋の雲の端《はて》
鳥既不自知　かの鳥にして 自らも知らざれば
人胡究其然　よそ人は 胡《なん》ぞ其の然《しか》なるを究めん

初句は『毛詩』小雅「小宛」の「宛《ちい》さき彼《か》の鳴鳩、翰《たか》く飛びて天に戻《いた》る」を本歌とし、第三句では『禮記』王制篇の變身傳說を用いる。「鳩の化して鷹と爲り、然る後に罻羅《あみ》を設く」（「正義」）によると、それは「八月の時を謂う」）。經書の用例をほとんど生のままで使用するという歌いかた、そして他を見くだすかのごとき孤高の態度、いずれの面でも、李夢陽の歌いぶりをよく示した作品といえる。彼の古風な詩作りは現實感覺のありかを捕捉しがたくさせることがしばしばであるが、この詩のばあいは、その出身を見ることによって卽座に領會できる。

李夢陽は一五〇七（正德二）年三十六歲の時に「族譜」（卷三十七）を記している。筆禍事件による逮捕・處刑を豫測しての、一種の遺書と見なされる。文章は、四代にわたって變化に富んだ家系が「夫れ李氏は吾に於て乃ち亦た譜す可きなるのみ」（「例義」）という段階に至ったことを誇らしげに書き始めるもので、人物の具體性といい、愛着のこめかたといい、彼の碑誌傳狀類の中でもっとも興味あるものだと私は思う。すでに吉川幸次郎師によって詳しく紹介されているので、(2)ここでは「大傳」の部分から簡單に書き拔いておく。

始祖であり曾祖父である、諱は恩なる人は「何《いず》れの里の人なるかを知らざるなり」。河南開封府下の扶溝の王聚という人に「贅」、すなわち入り婿となって王姓を名のり、從って慶陽に從った。慶陽は、明代では陝西省に屬したいらい李氏は慶陽の人ということになる。その長男の、通稱王忠は八歲にして孤兒となったが、商賣を學んで「小賈」から「中賈」となった。王忠の長男、つまり李夢陽の上の伯父である通稱王剛は、「儒の主文」すなわち駐屯軍の書記であったが、父に似て「氣を好み任俠」であった。この伯父が都に行った時に餘った路銀で「學士家の言、幷びに曆數家」を買って歸り、二人の弟に敎えたのが、彼の「族譜」に見える學術的記事の最初である。曆數家が下の伯父、通稱王慶に與えられ、學士家の言が、李夢陽の父に與えられた。ここで彼は感慨深げに記す。「嗚呼《ああ》、我が李の王氏を冒す者《こと》、蓋し三世なりき。我が先大夫に至りて始めて李氏に復す云《のみ》」と。

父李正、字は惟中、吏隱公、一四三九（正統四）年の生まれ。十二、三歲の時、長兄が請負ってきた村の戸籍づくくりを任されたことから字を覺え、二十の時には「郡學生に充《あ》てられ、始めて籍を師より受け」た。故あって三十五でようやく貢生となり、阜平縣學訓導（直隸正定府下）を五年勤め、母の服喪のあと開封府にある封丘王の教授となった。王の問いにたいして父は「心を吐きて對した」がために、王も「李先生李先生」と言って禮遇したという。

父の封丘王教授在任十五年というのは、一四八〇（成化十六）年から一四九二（弘治五）年までと思われ、李夢陽も九歳にして父に從って開封府に來たり、一四八九年十八歳の時には河南鄉試に應じている（不第）。次の年に左氏と結婚したあと、父の退職を待たずして慶陽に戻り、一四九二年には陝西鄉試を受けて第一となり、翌年、二十三歳で進士の第に登っている。父は一四九五年五十四歳で亡くなった。

『明史』巻百・諸王世表によって明の太祖の「嫡五子」である開封の周王府の定王朱橚の系譜をたどってみると、その「嫡一子」が戲曲作家としても有名な憲王朱有燉（一三七九〜一四三九）であり、「庶十一子」が封丘府の康懿王朱有熅で、その子が溫和王朱子垕、すなわち父が仕えた王である。またその子の僖順王朱同鉻のために、李夢陽は「封丘僖順王墓誌銘」（巻四十四）を書いたことがある。

さて定王の右の二王の間には、「庶八子」として鎭平府の恭定王[3]朱有爌なる王がおり、その孫女を廣武郡君と稱した。一方、江西吉安府永新縣出身の左輔という人物がおり、開封府下尉氏縣の知縣であったが、恭定王の認めるところとなり、知縣の息子左夢麟と王の孫女廣武郡君を結婚させた。この兩親の女の左氏が李夢陽の妻となった女性で、二人の結婚は一四九〇（弘治三）年、夫が十九歳、妻が十六歳であった。事の次第は「明故朝列大夫宗人府儀賓左公遷葬志銘」（巻四十三）に詳しい。帝室もその末裔、特に庶子ともなれば數も多く、すでに知縣と門當戶對の程度にまで下がっていたのは事實であるとしても、李夢陽からしてみると、これで皇室の一角に割りこんだことになる。彼が中央政府に屬しているころはもとより、地方官となったのちも、正義派の若手官僚として政治や文學に精魂を傾けるのを見る時、私はその底に、彼の生まれつきの激しい氣性や、教條が新鮮なままに受容された教育、そして家系の中から初めて士大夫の仲間入りをした意氣ごみなどのほかに、帝室への忠誠心があったと考える。思えば杜甫も母方の崔氏を通じて唐の帝室と關わっており、「哀王孫」詩などにその口吻を感じるのであるが、その面でも李夢陽はおのれを杜甫とダブらせていたかも知れない。

二　「禮」の喪失感

李夢陽の文章には「孔子曰わく、禮失われて之を野に求む、と」という言葉が二ヶ處に引用されている。一は、商人出身の文人の文集に與えた序文「缶音序」（巻五十一）であり、一は、自分の詩集への序文「詩集自序」（巻五十）であって、いずれも一五一五（正德十）年四十四歳に官職を退いて以後の作と考えられる。この言葉は、『漢書』藝文志が諸子の九家について述べた部分に用いられたものである。詳しくは後に讓ることにし、ここでは、「禮失わる」という現狀認識が李夢陽においてはいかなる事實にもとづくのか、また「禮」を回復するために李夢陽がいかなる努力をしたのかを、まず考えてみよう。「之を野に求む」とは、「禮」の回復を斷念した結果にはじめて生まれる志向であって、「禮失わる」からただちに導きだされるものではない。

さて李夢陽が一四九二（弘治五）年に擧人になった時の考官は楊一淸（一四五四〜一五三〇）で、山西按察僉事として山西・陝西の督學に當っていた。李夢陽が生涯、師と仰ぐほとんど唯一の人物である。(4) 翌年進士に登った時の會試考官は、太常寺卿兼翰林院侍講學士の李東陽（一四四七〜一五一六）らであった。(5) 一甲から三甲まで三百人のうちには何孟春（一四七四〜一五三六）、王崇文（一四六八〜一五二〇）らがいた。しかし李夢陽はこの年のうちに母高氏五十四歳を失い、つづいて一四九五年には父李正五十七歳を失って、服喪が明けたのは一四九七年のことであった。翌年に戸部主事となり、その七年めの一五〇五年三十四歳の二月、孝宗皇帝に書を上った。その「書稾」（巻三十八）の内容は「二病三害六漸」に要約される。「病」とは、除去しなければ王朝の安定が脅かされる病弊、「害」とは、撤去しなければ國の利益に損害をおよぼす障害、「漸」とは、これ以上は助長させてはいけない徴候、である。批判の對象は、宦官と貴戚の二つに絞られる。

宦官が銭穀と軍事の要を握って「腹心の病」をなしていることは、もとより許されない。しかし、自然の攝理やありのままの心を重視する李夢陽にとっては、「親しき兒を閹割」し、陽性が陰性となった、宦官の存在そのものが、許せないのである。

そもそも人類の種を絶やすようなことをすれば、きっと天地の調和を損う。その結果、必ず災害が起こる。その結果、五穀が成熟せず、人民は離散流浪の憂きめをみることとなり、天上においては天道が變調をきたし、地上では、人心の間に怨嗟が充滿するのである。ところが陰性狼貪のやからは忌みはばかることなくその中間（天上を代表する天子と地上の人民の間）を横行するものである以上、國家が危殆に瀕しない方がめずらしい。

また貴戚については、特に「貴戚驕恣の漸」において、孝宗の外戚である壽寧侯張鶴齡が、無頼を集め、田土を強奪し、各種の經濟活動に手をひろげるなど、目にあまる行爲について述べる。この項で注目すべきことは、李夢陽が「禮」という文字を使用していることである。後述するように「禮」は彼の文學論にも關わってゆくものである。河川の水の決壞を防ぐのは土であり、「國を防ぐは惟《た》だ禮のみ」。明王朝の成立時より「皇親の家」は政治に參與できないとされ、その代りに高い爵位と豊かな俸祿を保障されてきた。「禮もて之（皇親の越權や違犯）を防ぐ」というものである。ところが孝宗はもっとも親しいはずの壽寧侯にたいして「顧《かえ》って禮を嚴しくして以て之を防ぐを爲さず」。

「禮」という文字が、ある秩序、あるいは秩序をまもる手だて、の意味で用いられていると考えてよいわけだが、そのような「禮」が現今では喪失しつつあり、別の言いかたをすれば本末の顚倒が進みつつある。

ところが士大夫こそこのような宦官と貴戚の前に嚴然と立ちはだかるべきであるのに、「當今の士氣」は喪失していると、「元氣の病」の中で述べる。

そもそも孔子は「邦に道有れば言《げん》を危《たか》くし、行いを危《たか》くす」（『論語』憲問）と言っている。（ところがそれとは逆に）今の人は他人が（人や事物の缺陷について）言うのを喜ばず、（自分も）他人を見ると深々と挨拶するが、口はむにゃむにゃとしてちゃんとした言葉を吐かないことを「老成した人間」と見なしている。また「不喜人直」、他人が（人や事物に）正直に向かってゆくのを喜ばず、ある事件や實務に出くわすと、圓滿だがまわりくどいやり方を「善處」であると考えている。それは「大臣」にしても同じことで、もし「大臣」が彈劾されても、うやむやのうちに嫌疑が晴れ、けろっとした顏で元の地位に就いている。

かつては「大臣」が親の喪に服し、それが明けて官職に就くには、天子の詔敕がなければ復歸できなかった。ところが現在では「大臣」がかってに復歸している。それでもなお「禮義廉恥が有る」と言えるだろうか。

そもそも「禮義」が無くなれば「佞人」（『論語』衞靈公で「佞人は殆《あや》うし」と警戒されるような、口先だけの人）がのさばってくる。「廉恥」に缺けると、國を防ぐ手だてが無くなる。「佞人」がのさばると、いいかげんに騙しあってすませてしまうし、國を防ぐ手だてが無くなると、「紀綱」つまり紀律の綱がぴいんと張ることがなくなる。だから私は心ひそかに、これらのことが整理されなければ、病弊が積もりつもって治癒できなくなると思うのである。

これと關連して、「名器を壞すの漸」で指摘するように、人材登用の宜しきを失った結果、官僚に「廉恥名節の士」が少なくなるいう現象も生じつつある。

中國の傳統的な考えかたの大勢からすれば、文學も、このような時にこそその眞價を發揮すべきなのであるが、少なくとも李夢陽がとらえた、當時の、文學にかかわる情況は、むしろ逆の方向にあった。

李夢陽の上書は、早速に反應をもたらした。二ヶ月後の四月、錦衣衞の獄に下されたが、皇妃の理解を得るところとなり、同月のうちに「罰俸三箇月に輕んぜられ」（「上孝宗皇帝書稾・祕錄」）、貴戚に關しては一件落着となった。

一方の宦官について、彼は先の上書においても、何ヶ處かにわたって、その横暴を暴露していたのだが、孝宗が亡くなり武宗に代った最初の年、つまり一五〇六（正德元）年、戶部郎中に進んだ彼は、九月、同じ部署の尙書である韓文に代って、「代りて宦官を劾するの狀疏」（巻三十九）をしたためた。この結果、司禮監劉瑾を筆頭とする宦官グループによって、韓文・李夢陽らはもちろん、「黜《しりぞ》けらるる者四十有八人」（「熊士選詩序」巻五十一）に及んだ。原因はこの上疏だけでなく、すでに朝廷において宦官と官僚の抗争という樣相を呈しており、宰相の劉健・李東陽・謝遷の三人は依願退職を申し出、劉・謝の二人が認められるという結果にもなった。李夢陽は、『武宗實錄』一五〇七（正德二）年正月の記事では山西布政司經歷司經歷に左遷されたことになっているが、彼自身の記錄では「劉瑾、彈事の李の手より出づるを以て、李子を蕈逐して其の官を奪う。是こに於て大梁墟中に潛む」（「封宜人亡妻左氏墓誌銘」巻四十三）となっている。大梁は開封である。そこは李夢陽が靑年時代を送り、妻左氏の實家があった城市である。しかしこれでは終らずに、翌一五〇八年五月に逮捕されて詔獄に繫がれる。自身を含め肉親や親友の誰もが死罪を覺悟する中で、その救出に當ったのが、翰林院修撰の康海（一四七五～一五四〇）であった。俗っぽい推論を許していただくならば、當事者三人はいずれも陝西省の同鄉人で、西北邊出身の李夢陽が、西安とは渭水を挾んだすぐ北の興平縣出身の劉瑾に必死に嚙みついたのを逆襲され、興平縣の西隣の武功縣出身の康海が仲裁に入った、という構圖になる。『列朝詩集』丙集によると、この時康海は「今、關中に自ずから三才有り。老先生の功業、張尙書（張綵、延安府の人）の政事、李郎中の文章なり」と言って劉瑾を說得したとされる。結果は、何人かの自殺者を出したにもかかわらず、李夢陽自身は三ヶ月後に釋放されることになる。

以上のような政治秩序の破壞や正論の抹殺が李夢陽にとっては「禮」の喪失感となるわけであるが、それは、文學では「疑」というかたちの呈示となり、それを矯正しようとする人士の受難は「憤」という標題をとることになる。

三　「疑」から「憤」へ

李夢陽は「疑賦」（巻六十四）の一部で次のように述べる。

鉛刀何銛　鉛の刀は何ぞ銛《するど》き
湛盧何鈍　湛盧（の劍は）何ぞ鈍き
丈則謂短　丈は則ち短しと謂い
謂長者寸　長しと謂う者は寸
鳳鳴翽翽　鳳の鳴きて翽翽たれば
羣唾衆詬　羣は唾《つば》し衆は（災いありと）詬《あやま》つ
鵂鶹胡德　ミミズクに胡《なん》ぞ德あらん
見之慕焉　之を見て慕う

盗跖横行　　盗跖は横行し
回憲則貧　　（顔）回と（原）憲とは則ち貧し

「疑」とは、世の中の價値觀がすべて逆さまだ、顚倒している、という認識にほかならない。「自從行」（よりのちのうた、巻二、七言古詩、感述）には、次のようにうたう。

若言世事無顚倒　　若《も》し世事に顚倒無しと言うも
竊鉤者誅竊國侯　　鉤《おびどめ》を竊む者は誅《ころ》され國を竊むものは侯となる

鴻鵠不如黄雀啅　　おおとりは　ことりの啅《かまび》すしきに如かず
盗跖之徒笑孔丘　　盗跖の徒は孔丘を笑う(6)

引用の第二句は『莊子』胠篋篇による。

かつて橋本堯氏は、李夢陽文學の原點を「倒立の構圖」に求められたことがある。(7)「倒立」とは、「顚倒」と同じ意味であると考えられるが、それが李夢陽の現實認識の基本にあったことは否めない。問題は、それがあくまでも李夢陽文學の出發點である、ということである。例えば、この認識が彼の激情に乘せられた時には「憤」の文學へと轉化する。また、「禮」の回復という形で矯正が圖られる時には、自らの實踐の一つとして、孔子への回歸がなされる。あるいは「禮」の回復が、從來型の士大夫に期待できないと判斷されたばあいには、「野」への志向が生まれる、というぐあいである。

さて、一五〇五（弘治十八）年と翌（正德元）年の二度にわたる筆禍事件を含む四年間に作られた詩には、その題を見ると、まるで彼が「憤」の塊りであったかのような印象を受ける。まずは一五〇五年作の「述憤」十七首（巻二十四、五言古詩、感述）であり、次は、同じ年の「乙丑除夕、往《さ》きを追いて憤りを寫す五百字」（巻九、五言古詩、長詩）である。さらに一五〇八（正德三）年、逮捕されて北京に連行される時の「離憤」（巻六、五言古詩、感述）がある。彼が生涯のうちで下獄したのは都合四回であり、以上は二回めと三回めであるが、「憤」を詩題に持つのはこの時に限られており、一回めにも四回めにも見えない。

五古「述憤」は、その序に「弘治乙丑年四月、壽寧侯を劾するに坐して詔獄に逮《とら》わる」と記す。各章八句ないし十六句の連作である。

番番九苞禽　おおしき九《ここの》えに苞《かざ》れる（鳳の）禽《とり》は
頡頏舞雲衢　たかくひくく雲の大路に舞う
銜書奏至尊　書を銜《ふく》みて至尊に奏し
青龍與之倶　青龍之と倶《とも》にす　（其一）

このように上奏のために雲上の帝居に向けて飛びたつ鳳凰は、もとより作者の化身である。十七首のうちの、上書、逮捕、釋放の一々の段階が必ずしも明快でなくなるという憾みは生ずるが、高邁な人物の果敢な行爲を釀しだすには効果的であるといえよう。だが「憤り」の表現は、詩題での提示とはうらはらに、詩句の中では用いられない。「憤り」が、果敢な諫言として表明されたことを、歴史上の事例を通じて知らされるだけである。

韶響久不作　（諫めの）ふりつづみは久しく作《おこ》らず
烈士常苦辛　烈士常に苦辛す
魏裾已寂寞　魏の裾《すそ》は已に寂寞たり

漢檻空嶙峋　　漢の檻《おばしま》は空しく嶙峋《りんじゅん》たり　（其三）

三句めは、魏の辛毗が文帝に諫言した時、「帝答えず、起ちて入内す。毗隨いて其の裾を引くに、帝遂に衣を奮いて還らず、良《や》や久しくして乃ち出づ」（『三國志・魏志』巻二十五・辛毗傳）に出、四句めは、漢の朱雲が成帝に諫言した時、「御史、雲を將《も》って下さんとするに、雲、殿の檻に攀《よ》じ、檻折る」（『漢書』巻六十七・朱雲傳）に出る。それぞれ杜甫の「風疾舟中伏枕書懷三十六韻」云々に「裾を牽きて魏帝を驚かす」、「折檻行」に「千載朱雲の似《ごと》き人少なく、今に至るまで檻を折りしは空しく嶙峋たり」と歌われるものである。

時禽變好音　　季節の禽《とり》は好《よ》き音いろに變じ
庭柯敷夕榮　　庭の柯《えだ》には夕べの榮《はな》を敷く
詎知沮洳場　　詎《な》んぞ知らん沮洳《そじょ》の場
曠然獲悠情　　ひろびろと悠《とお》き情《こころ》を獲るを　（其九）

三句め、文天祥「正氣歌」の「嗟哉《ああ》沮洳の場も、我が安樂の園と爲る」により、作者が地面の濕った牢屋にあることが分かる。一句めには陸機「悲哉行」の「時鳥多好音」と謝靈運「登池上樓」の「園柳變鳴禽」の折衷が考えられ、二句めには王粲「雜詩」の「列樹敷丹榮」の句が連想される。

燭龍躍天門　　燭《あかり》もつ龍の　天門に躍り
一朝景光回　　一朝　景光　回《めぐ》りくる
昔爲霜下草　　昔は霜下の草爲《た》りしも
今爲日中葵　　今は日中の葵《ひまわり》と爲る　（其十四）

「燭龍」は『楚辭』天問に出る言葉で、日の無い國にて燭を銜《ふく》んで照らすとされる。ここは日の出とともに、天子の信頼を回復したことを示す。

李夢陽が政治上の「憤り」の典型を「離騒」に取り、その表現のしかたをも、天空の飛翔というかたちで借りていることは、つとに明らかである。さらに、盧照鄰の「獄中學騷體」が、牢獄と「離騒」という結びつきのうえでヒントになっているだろう（ただしそこでの「鴻雁」や「鳥羣」は點景にすぎない）。また、幽閉の中で「憤」を詩題に掲げるという形式も、すでに存在している。

このうち嵇康の四言詩「幽憤詩」は、生涯を回顧し、投獄の原因を自責し、「嗈嗈鳴鴈、奮翼北遊（ようようと鳴く雁の、翼を奮いて北に遊ぶ）」のを見て隠棲を願う。しかし蘇軾が指摘するように「此の志の遂げざるを悼む也」（『苕溪漁隱叢話後集』巻一）。また李白の「萬憤詞、投魏郎中」は、永王の謀反に荷擔したとして潯陽の獄につながれた時の作である。長短句の中には騷體の句もまじえ、「樹榛拔桂、囚鸞寵鶏（雑木を樹《う》え香木を抜き、神鳥を囚え鶏を寵す）」と、價値の顚倒を歎く一方で、「悲羽化之難齊（飛仙のごとく化して齊《とも》になり難きを悲しむ）」と、妻子兄弟の離散を悲しみ、救出の一助を願う。

嵇康と李白の作品を通じて考えられるのは、幽閉の中での「憤」の詩は、詩題に「憤」を掲げながら、詩句においては感情の激しさを極力抑えるということが、暗默の了解としてあったのではないか、ということである。李夢陽の作においてもこの一線は守られているように思える。その上で、「萬憤詞」が沈鬱な哀訴であるのにたいして、「述憤詩」は悲愴な敍述であるというように、受ける印象はかなり異なるとしても、細部の内容を一つ一つ検討すれば、李夢陽が李白の作をかなり參考にしていると見てよいだろう。ちなみに、李夢陽は「世不講曹李詩尚矣（世、曹李の詩を講ぜざること尚《ひさ》しき）」云々と題する詩（巻二十二、詩、散篇）で曹植と李白とを、わざわざ顯彰したことがある。

さて五古「離憤」全五首も幽閉の中での「憤」の詩の部類に數えてよいだろう。その自注に、「正德戊辰年五月、闍瑾、劾章の我が手より出づるを知り、旨を詔獄に矯《いつわ》る」とあり、投獄に先立って逮捕・連行される時の作だからである。屈原の「離騷」を、王逸の注が「離、別也。騷、愁也」とするのにならえば、「離《わか》れの憤り」と解すべきであろうが、楚辭體をとるわけではない。また、自分を罪に陷れた者への憤りは抑えられ、悲愴感に終始する。今その第三首を掲げておく。

北風號外野　　北風　外野に號《さけ》び
五月知天寒　　五月　天の寒きを知る
海水晝夜翻　　海水　晝夜に翻り
南山石爛爛　　南山　石は爛爛たり
丈夫輕赴死　　丈夫は死に赴くを輕んじ
婦女多憂患　　婦女には憂患多し
中言吐不易　　（こころの）中の言《ことば》は吐くに易からず
拊膺但長歎　　膺《むね》を拊《う》ちて但だ長歎するのみ
永夜歩中庭　　永き夜に中庭を歩めば
北斗何闌干　　北斗　何ぞ闌干《きらめ》きたる
裂我紅羅裙　　「我が紅羅の裙を裂きて
爲君備晨餐　　君が爲に晨餐に備えん」と
車動不可留　　車は動きて留む可からず
佇立淚汍瀾　　佇立して　淚　汍瀾たり

願爲雲中翼　願わくば雲中の翼と爲らんにも
阻絶傷肺肝　阻絶せられて肺肝を傷ましむ

第一句、『詩經』邶風「北風」の小序に「北風は虐を刺《そし》る也」、ここはもとより劉瑾の暴虐を指す。第三句に關しては、韓愈「陸渾山火」云々の詩に、「雷公 山を擘《さ》きて海水翻る」と驚天動地のさまを描く。第四句は、『史記』卷八十三・鄒陽傳の注に引く甯戚の「飯牛歌」に、「南山は矸《きりた》ちたり、白石は爛《かがや》きたり、生まれて堯の 舜の與《ため》に禪《ゆず》るに遭わず」云々があり、李白が「秋浦歌」其七で、「空しく吟ず 白石爛《あき》らかなりと、涙は黒貂の裘に滿つ」と歌ったことがある。第七句以下は、妻の言動であろう。第九句、『孟子』離婁下篇に、良人《おっと》の虚僞を知った妻が妾と「中庭に相泣けり」とある。第十一・十二句は、杜甫「新婚別」の「羅襦 復たとは施さず、君に對して紅妝を洗わん」と、同じく「石壕吏」の「急ぎ河陽の役に應じなば、猶お晨炊に備うるを得ん」にもとづく。第十六句に關しては、曹植「三良詩」に、「黃鳥 悲鳴を爲す、哀しい哉 肺肝を傷ましむ」。また杜甫「垂老別」に、「蓬室の居を棄絶すれば、塌然として肺肝を摧く」。

ところで、「憤」を詩題にもつ作品を『文選』および『全唐詩』によって檢索してみたが、右の嵇康と李白の作以外では、唐末の曹鄴の「續幽憤」一首を見るだけであった。杜甫の詩でも句中に十六例が見えるにすぎない。ここから、この語が激烈な感情表現であるという點で、幽閉という特別な場を除いては控えられたのではないか、と推測される。とするならば、李夢陽の五古「乙丑除夕、往きを追いて憤りを寫す五百字」は、政治上の「憤」を詩題に掲げたものとして、從來の慣例を破るものではないだろうか。この詩は、「嗚呼《ああ》 楡臺の役、我が六千の壯を棄つ」と歌うように、蒙古タタール部の侵入を、陝西省北部の楡林衞で防ぎきれなかったことにたいする憤懣を述べるものである。『國榷』卷四十五で一五〇五（弘治十八）年五月戊申に北直隸北邊の宣府鎭のこととして、「虜、大擧して宣府を冦す。

……卒二千一百六十五人を喪う」と記す事件と、おそらく關係があろう。「憤」とは、軍の指揮官にたいするそれである。また前の二例と違って詩句にも「憤」の字を用いる。

退朝實憤切　　朝を退くに實に憤りの切なるも
欲吐畏官謗　　吐かんと欲して官の謗《そし》りを畏る

以上を要するに、李夢陽は、「禮」を回復するのに「憤」をもってしようとした、その際には慣例を破ることもあえて厭わなかった、と言える。ではそもそも、彼をして、古風で激烈な文學制作に向かわせた原因は何であるのか。その答えを得るためには、右に見たような政治ないしは社會の状況のみならず、當時の朝廷内での士大夫の動向を見ておかなくてはなるまい。

四　文學の復權、そして強力な文學へ

一般に「古文詞」といわれる李夢陽の文學の形成を、その運動の側面からみずから語ったものに、「凌谿先生墓誌銘」（巻四十五）がある。一五二七（嘉靖六）年五十六歳十二月の作である。凌谿先生とは朱應登（一四七七～一五二六、字は升之、揚州府下寶應の人）[8]のことで、一四九九（弘治十二）年に進士となっていらいの同志である。この文章は友人について語りながら、實は、一四九七年から宮廷内で本格的に文學に關わり始めた作者自身のことを語っていると考えてよい。狀況は、古風な文學的營爲をこころざす者にとってはけっして有利なものではなかった。傾向は二つあり、その一つは文學そのものを否定する傾向であった。

一時篤古の士、爭いて嚮を慕い樂を臻《いた》して之（朱應登）と交わるも、而るに政を執る者は顧《かえ》って之を喜ばず、惡《にく》

> みて之を抑《お》さう。北人は樸恥にして黼黻に乏しく、經學を以て自から文《かざ》りて曰わく、「後生は實に務めず、卽《たと》い詩は李杜に到るも亦た酒徒なるのみ」と。

ここで「政を執る者」とは、劉健（一四三三～一五二六）を指す。一四八七（成化二十三）年に入閣し、一四九八年の春には少傅（從一品）兼太子太傅戸部尙書謹身殿大學士として、内閣でのナンバー・ワンである「首輔」となった。賈詠の墓誌銘によれば[9]、劉健は、字は希賢、號は晦菴、洛陽の人。「文を爲すに務めて至理を思い、以て聖賢の蘊を發し、詞藻を事とせず」。やはり濂洛の學者であった同郷の先輩閻禹錫（一四二六～一四七六）から、朱熹の『伊洛淵源錄』について、「續くるに人有り」と稱されたといわれる。かく文學の存在價値を認めないごりごりの朱子學者であったがゆえに、素樸で、廉恥を重んじる反面、彩りの美しさ、例えば『禮記』月令にいう「黼黻文章」、すなわち白と黑との黼、黑と青との黻、青と赤との文、赤と白との章といった色の配合を樂しむ感覺には缺如していたわけである。このような劉健の發言について、李夢陽は「論學下篇」[10]でもとりあげている。當世の文學の側に古風が無いために劉健の理解が得られないのかも知れないという餘地を殘しながらも、やはり反撥は強い。

> 「小子何ぞ夫《か》の詩を學ぶ莫きや」と。孔子は詩を貴ばずんば非ず。「言の文ならざるは、行わるるも遠からず」と。孔子は文を貴ばずんば非ず。乃ち後世、文詩を謂いて末技と爲すは、何ぞや。豈に今の文は古えの文に非ず、今の詩は古えの詩に非ざればなるか。閣老劉、人の此れを學ぶを聞きて、則ち大いに罵りて曰わく「就《たと》い作りて李杜に到るとも、只だ是れ箇《ひとり》の酒徒なるのみ」と。李杜は果して酒徒なるか。抑も李杜の上に、更に詩無きか。諺に「噎《むせぶ》に因りて食を廢す」と曰うは、劉の謂なる哉[11]。

李夢陽は當時の朱子學者の偏狹さを匡し、文學の復權を叫ぶことから始めなければならなかったのである。そのためには、當時の文學的狀況の二つめの傾向を改革する必要があった。その傾向を指導しているのは李東陽であった。

李東陽は形の上では湖廣茶陵の出身であるが、曾祖父の代から京衛指揮使司のうちの金吾左衛に屬する、いわゆる「戍籍」にあったがために、北京で生まれ育った。一四六三（天順七）年十七歳で會試に登第して翰林院に入り、一四九五（弘治八）年に入閣、一四九八年の春には太子少保（正二品）禮部尚書兼文淵閣大學士に進み、内閣でのナンバー・ツーの位置にいた。

李夢陽は李東陽にたいして、一四九八年の時點では好意的であった。一四九五年の父李正の死に際しては李東陽に墓表を撰してもらっている。(12) また一五〇六（正德元）年には李夢陽が「少傅西涯相公六十壽詩三十八韻」（巻十六、五言律詩、排律）を作っている。この二作がいずれも師弟の關係を出ないとしても、「徐子將適湖湘、余實戀戀難別、走筆長句、述一代文人之盛、兼寓祝望耳」（巻十三、七言古詩、雜體）での表明は、いささか重みが違う。江南出身の若い同志である徐禎卿（一四七九～一五一一、字は昌穀、蘇州府常熟の人）が、進士及第の翌年の一五〇六年二月、國子監博士として南岳衡山や洞庭湖など湖湘の神々を祭るために派遣される機會に、過去の文學を概括したものである。

宣德文體多渾淪　　宣德の御代の文學には　あやめもつかぬものが多い中で
偉哉東里廓廟珍　　偉大なるかな　東里公こそは　宮廷の逸品
我師崛起楊與李　　（現今では）私の先生の楊一清師と李東陽師とが出現して
力挽一髮回千鈞　　その力は　髮の毛一本で千鈞の重さを引き寄せる離れ業

宣德は一四二六年より一四三五年まで。東里公とは楊士奇（一三六五～一四四四）のことで、いわゆる三楊の臺閣體の文學を代表した。その文學は錢謙益の批評を借りるならば、「大都《おおよ》そ詞氣は安閒として首尾に停穩たり、藻辭を尙ばず麗句を矜《ほこ》らず、太平の宰相の風度、以て想見す可し」（『列朝詩集』乙集、楊少師士奇小傳）というものであった。李夢陽がこの詩で見せた楊士奇および李東陽にたいする高い評價は、そのあと、みずから宦官と格闘し、李東陽の軟弱な態度を目のあたりにしたことによって、逆轉する。「凌谿先生墓誌銘」に戻ろう。

　而して文を柄《と》る者は弊を承け常を襲い、方《まさ》に雕浮靡麗の詞を工みにして媚を時眼に取り、凌谿等の古文詞を見ては愈《いよ》いよ惡《にく》みて之を抑えて曰わく「是れ平天冠を賣る者なり」と。

「文を柄る者」とは、李東陽を指し、その彼が弊害や凡庸さを踏襲した先輩とは、臺閣體文學を指すこと、言うまでもないだろう。しかして李東陽が朱應登らの古文詞を貶めるのに用いた「平天冠」というのは、宋の洪邁『容齋三筆』巻二によると、後漢以降、天子から下級官僚までが用いた「祭服の冕」であるらしいが、要は、古色蒼然たる装束の一つと見なされたのであろう。思うに朱應登、そして李夢陽としては、文學の復權を果たし、それによって「禮」を回復し、「士氣」を再興するためには、古典にのっとった内容と表現に歸るしかないと結論したのであろう。『明史』巻百八十一・劉健傳には、「東陽は詩文を以て後進を引き、海内の士は皆な抵掌して文學を談ずるも、健は聞かざるが若くして獨り人に治經窮理を教う」と記す。この兩巨頭のもとで、朱應登たちは第三の道を目指したのであったが、その前途には嚴しいものがあった。

　是こに於て凡そ文學の士を號稱するは、率ね清銜に列するを獲《え》ず、乃ち凌谿は則ち南京戸部主事を拜せしめ、陰《ひそ》かに之を困《くる》しめんと欲す。

「清銜」とは、エリートコースを指すのであろう。

何良俊[13]はその『四友齋叢説』巻十五において「凌谿先生墓誌銘」の解説をおこない、李東陽が「力めて斯道を主張するを以て己が任と爲し、後進に文有る」門人として次の人物をあげている。

汪俊　字は抑之、號は石潭、江西弋陽の人、生卒年未詳、李夢陽と同學。

邵寶　字は國賢、號は二泉、常州無錫の人、一四六〇～一五二七、一四八四（成化二十）年進士。

錢福　字は與謙、號は鶴灘、松江華亭の人、一四六一～一五〇四、一四九〇（弘治三）年進士。
顧清　字は士廉、號は東江、華亭の人、一四六〇～一五二八、李夢陽と同學。
儲巏　字は靜夫、號は柴墟、揚州泰州の人、一四五七～一五一三、一四八四年進士。
何孟春　字は子元、號は燕泉、湖南郴州の人、一四七四～一五三六、李夢陽と同學。

一方、李夢陽のほか、「獨り自ら門戸を立て、其の（つまり李東陽の）牢籠する所と爲らず、而して諸人の仕路に在りては亦た遂に偃蹇して達せず」として次の人物をあげている。

康海　字は德涵、號は對山、陝西武功の人、一四七五～一五四〇、一五〇二（弘治十五）年進士。
何景明　字は仲默、號は大復、河南信陽の人、一四八四～一五二二、一五〇二年進士。
徐禎卿　字は昌穀、蘇州常熟の人、一四七九～一五一一、一五〇五年進士。

『四友齋叢說』は李夢陽の死後四十年の一五六九（隆慶三）年の初刻であるが、すでにかなりの派別がおこなわれている。弘治年間（一四八八～一五〇五）においては、「古文詞」を目指す人たちの結束はもっとおおらかであったと思われる。ということは、目標も、もっとゆるやかであったのだろうが。

五　「古學」復興の動き

李夢陽に「朝正倡和詩跋」（巻五十八、雑文）という一文がある。[14] 一五一〇（正德五）年八月に劉瑾が誅殺されてまもなく、李夢陽は開封で、知府の顧璘（字は華玉、蘇州の人、一四七六～一五四五）から、朝廷に正月の參覲をして「詩の倡和」をおこなったことを聴いた。この時は顧璘を含めて五人と、あまりにも寂しくなっていた。しかし弘治の時代はそうではなかった。文章は次のように始まる。

詩の倡和は弘治より盛んなるは莫し。蓋し其の時、古學漸く興り、士の彬彬として盛んなればなり。

「古學」がそのまま李夢陽のめざす「古文詞」であったか否かは即斷できないが、古典への復歸という共通の目標の一環として、詩の倡和がなされたと見てよいだろう。このころの「與《とも》に倡和する所」として李夢陽が掲げる人々を、整理して示せば次のようになる。

北京に在職する者の出身地別分布は、

南直隷　揚州　儲巏　（前出）
同　趙鶴　字は叔鳴、一四九六（弘治九）年進士。
無錫　錢榮　字は世恩、一四九三年進士。
同　陳策　字は嘉言、一四九三年進士。
同　秦金　字は國聲、一四七六〜一五四五、一四九三年進士。
宜興　杭濟　字は世卿、一四五二〜一五三四、一四九三年進士。
同　杭淮　字は東卿、一四六二〜一五三八、一四九九年進士、杭濟の弟。
丹陽　殷鏊　字は文濟、一四五九〜一五二五、一五〇二年進士。
蘇州　都穆　字は玄敬、一四九九年進士。
同　徐禎卿　（前出）
浙江省　慈谿　楊子器　字は名父、一四五八〜一五一三、一四八七（成化二十三）年進士。
餘姚　王守仁　字は伯安、一四七二〜一五二八、一四九九年進士。

山東省　濟南　邊貢　字は廷實、一四七六～一五三二、一四九六年進士。
山西省　太原　喬宇　字は希大、一四五七～一五二四、一四八四年進士。
河南省　信陽　何景明　（前出）
湖南省　郴州　李永敷　字は貽敎、一四九六年進士。
　　　　同　　何孟春　（前出）
「其の南都に在る」者は、
　南直隸　蘇州　顧璘　（前出）
　　　　　寶應　朱應登　（前出）
「諸《もろ》もろの翰林に在る者は、人の衆《おお》きを以て敍せず」。

以上の名列で注目すべきことをあげると、その一つは、進士登第に一四八四（成化二十）年から一五〇五（弘治十八）年までの二十年間の幅があること。その二つは、出身地が南直隸を主としてほぼ全國に及んでおり、けっして北方に限られていないこと。またその三つとして、「七子」の關係でいえば、名前が出ているのは李夢陽をいれて四子であるということである。康海（一五〇二年進士）は翰林院修撰、王九思（字は敬夫、陝西鄠縣の人、一四六八～一五五一、一四九六年進士）は檢討、王廷相（字は子衡、河南儀封の人、一四七四～一五四四、一五〇二年進士）は庶吉士であったから、「翰林に在る者」の中に含まれるのであろうが、特筆する存在ではなかったということになろう。しかしこの「古學」による倡和は長續きしなかった。李夢陽が服喪明けの一四九八（弘治十一）年、戸部主事となってからだと、ちょうど十年めの「正德丁卯」つまり一五〇七（正德二）年、太監の劉瑾ら、宦官「八虎」の彈壓によって雲散霧消を餘儀なくされたからである。この文章の後半に次のように記す。

正徳丁卯の變に、縉紳、慘毒の禍に罹《かか》りて自《よ》り、是こに於て士始めて皆な言を以て諱《い》むと爲し、足を重くし息《いき》を
累《ひそ》め、而して前の諸《もろ》もろの倡和せし者も亦た各おの飄然たる萍梗のごとく散れり。

『武宗實錄』によれば、この事件の前後のいきさつは次のようなものであった。

一五〇六（丙寅・正徳元）年十月戊午、内閣ナンバー・ワンの劉健と、ナンバー・スリーの謝遷の致仕が認められた。これよりさき劉・謝兩人は、ナンバー・ツーの李東陽と、劉瑾らが「上の心を蠱惑するを以て」、その誅殺を請うたが、握りつぶされ、逆に反撃をくらう。李東陽は優柔不斷の態度がかえって評價されて、致仕が認められなかった。憂懣やるかたなき戸部尙書の韓文にかわって戸部郎中の李夢陽が「代劾宦官狀疏」を草したことは前述のとおりである。その結果、十一月には韓文が罷免され、十二月には別件で、兵部主事の王守仁が貴州龍場驛丞に謫せられた。あくる一五〇七年（丁卯）正月には李夢陽が山西布政司經歷に謫せられ、致仕した。かくして同年三月には詔敕が下り、右の五人を含む、『明史』卷六十一・武宗本紀によれば「五十三人の黨比」の肅淸が發表された。この事件によって李夢陽が「朝正倡和詩跋」であげた十九有餘の同志は、「萍梗のごとく散れり」というよりも、具體的には、三つのグループに分かれる。その一つは李夢陽と王守仁で、何景明も病氣在宅中の一五〇八年に罷免された。その二は、一五〇六年十一月に內閣のナンバー・ワンに進んだ李東陽のもとで、一五一〇年八月までに、儲巏が戸部左侍郎に、ついで喬宇も戸部左侍郎に進んだ。その三は、劉瑾と同鄕ということでその親睦にあずかったとされる人たちで、康海と王九思などである。

ちなみに劉瑾の恐怖政治は、二年後の一五一〇年八月にあっけない幕切れとなる。そのきっかけは、同年四月に起った陝西省寧夏慶府の安化王朱寘鐇による謀反で、「劉瑾を誅するを以て名と爲」（『武宗實錄』卷六十二）したことが、別の宦官のクーデターをまねき、武宗の心を動かしたことにある。劉瑾は逮捕され、まもなく處刑された。ここ

で再度の大幅な人事異動となる。『武宗實錄』巻六十六によると、同年同月のうちに劉瑾グループとみなされた大學士曹元以下二十六人の處分がおこなわれ、その中で翰林院修撰康海は「黜《しりぞ》けられて民と爲」され、吏部郎中王九思は「二級を降《くだ》して外任に調せ」られて壽州同知とされた。一方、同書巻六十七によると、翌九月には、一五〇七年いらい、「降調、致仕、閒住、爲民、充軍」を被った官員五十三人の復活が認められ、その中には中書舍人何景明の名も見える。李夢陽は一五一一年五月に江西按察司副使提學として再起することになる。

六　孔子への回歸

李夢陽に限っていえば、「古學」の復興は、「禮」の回復の一環として位置づけられた。何よりも士大夫の士氣の昂揚を圖らなければならない。彼は一五一一（正德六）年五月、提學副使（正四品）として江西に赴任すると、朱子が再興した白鹿洞書院を修復するなど省内各地の學校を興し、諸生の育成に務めた。王世貞の『藝苑卮言』巻六（『弇州山人四部稿』巻百四十九）は次のようなエピソードを傳える。巡撫（從二品）の僉諫が來任して諸司の官員に長跪させようとしたところ、李夢陽だけが突っ立ったままでいる。

僉、怪しみて問うに「足下は何《いず》れの官ぞや」と。李、徐ろに答うるに「公は天子の詔を奉じて諸軍を督す。吾は天子の詔を奉じて諸生を督す」と。

そのまま出ていった、というのである。また『明史』巻二百八十六の本傳では、

諸生を敕《いまし》めて上官に謁すること毋からしめ、即《たと》い謁するも長揖せしめ、跪すること毋からしむ。

と傳える。學問する者の矜持を高からしめようとしたのであろう。もっともこのような上司への忤逆が、結局は大理

寺卿による聽取、下獄、そして一五一四年七月の罷免となるのだが。

李夢陽の「古學」復興の根本は、孔子への回歸にあった。その散文三百三十五篇のうち孔子の言動からの引用が三十二例というのは、この數だけからは必ずしも多いとはいえないかもしれない。しかし孔子を自分と等身大に近づけ、あるいは孔子と弟子たちとの關係をそっくりそのまま自分と弟子たちとの關係になぞらえるとすれば、それは他に見られない現象ではないか。

例えば開封の處士高瑾なる人の墓誌銘（巻四十三）において、

　孔子に言有り、「善人は吾　得て之を見ざりき。恆《つね》有る者を見るを得なば、斯れ可なり」と。予、其の言を誦するごとに、未だ嘗て心を酸《いた》め涕《なみだ》を流さずんばあらざる也。蓋し重く時俗の偸《こころうす》きを傷める云《のみ》。

『論語』述而篇の言葉によりながら、自分が「善人」、つまり善行を實踐する人(15)に出會えなかった經驗をもって、孔子の眞意に迫ろうとする。

あるいは先にあげた「族譜」のうちの「大傳」においては、長ずるまで先世の傳を知らなかったことを歎くとともに、

　杞宋の事、孔子　蓋し之を傷めり。

と言う。つまり『論語』八佾篇で孔子が夏の禮、あるいは殷の禮を復元してみせるのに、「杞は徵《しるし》とするに足らざる也」「宋は徵とするに足らざる也」と述べたのは、實は杞や宋の事實を自分が知らないことにたいして心を傷めたのだと解釋するのである。國の歴史を家庭の歴史に對應させるのはいささか強引だし、解釋にも牽強附會が感じられるが、李夢陽は眞劍なのである。

また「方山精舍記」（巻四十七）では師弟關係を次のように演出する。もともとは安徽省歙縣出身の商人であった鄭

作、號は方山子が、故郷に歸って「精舍」つまり學校を作り、「周孔顏孟の業を修めんとして」、李夢陽に教えを問うた。が、彼はそれが「方山」の「精舍」であることを確かめて感歎するだけで、問いには答えない。「鄭生退きて李子の門人に問う。……此れ何の謂ぞや、と」。門人は師の意圖を忖度しながら、『易』の理論でもって「方」と「精」を解釋してやり、鄭作はふたたび李夢陽にそれを質し、師はこれに『論語』の言葉をもって應じる、という次第である。この構圖はおそらく、『論語』顏淵篇で、樊遲が仁や知について孔子の答えを聞いたあと「退き」、その答えを子夏に「何の謂ぞや」と問い質す場面を襲ったものにちがいない。

右の三つの例がいずれも退官後の開封での作であることからも分かるように、孔子を根本に置いて「古學」を復興するという意圖は、李夢陽の終生の課題であったと見てよい。著述においても、「外篇」（テキストによっては「雜文」）の二卷、すなわち「化理上篇」「化理下篇」「物理篇第三」「治道篇第四」「論學上篇第五」「論學下篇第六」「事勢篇第七」「異道篇第八」の八篇は、おそらく揚雄の『法言』十三卷に倣ったものであろうが、とすれば祖型は『論語』ということになる。

しかして孔子に回歸するという點では、劉健など當時の朱子學者と軌を一にしていたと言えようが、その回歸のしかたは、あまりにも主觀的、ないしは直觀的であった。さらに文學の復權となると、彼らとは、情の肯定、ついでは「理」の排斥という點で、一線を劃さなければならなかった。[16]

七　「禮」と「情」のあいだ

私は先に李夢陽の「憤」の詩をあげた。それらが、舊例に依るか依らないかにかかわらず、激烈な感情表現である

ことには違いない。かつて吉川幸次郎師は、

「古文辭」も、直情徑行主義の一つ

という指摘をされたことがあるが、(17)李夢陽のこの種の作品にたいしては、これ以上簡にして要を得た評語を知らない。ところでこの言葉は『禮記』檀弓下篇に、

直情にして徑行すること有る者は、戎狄の道也。禮道は則ち然らず。

とするものである。李夢陽は「禮」を回復しようとして、その勢いのあまり「禮」を逸脱するかに見える。周知のように、詩にとって、「情」にたいする「禮」の歯止めには嚴然たるものがある。「毛詩序」には言う。

故に變風は情に發し、禮義に止どまる。情に發するは、民の性なり。禮義に止どまるは、先王の澤なり。

董仲舒は次のように言う（『漢書』巻五十六・本傳）。

人欲は之を情と謂う。情は度もて制するに非ずんば節せられず。

近世の朱子學でも、心の動き、すなわち「情」そのものが、きわめて警戒的に扱われる。『近思錄』道體篇三十八には言う。

心は本《も》と善なり。思慮に發すれば則ち善有り不善有り。若し既に發すれば則ち之を情と謂う可くして、之を心と謂う可からず。

同じく齊家之道篇六には言う。

人の家に處りては、骨肉父子の間に在り。大率《おおむね》情を以て禮に勝り、恩を以て義を奪う。惟《た》だ剛立の人のみ、則ち能く私愛を以て其の正理を失わず。

このような傳統にたいして、李夢陽は、結局從順であった。例えば別離に際しても、「情」の一方的な發露を認め

ることをしない。彼は餞別の詩箋につけた「題東莊餞詩後」（巻五十八）で次のように述べる。

必分者勢也、不已者情也。發之者言、成言者詩也。言靡忘規者義也、反之後和者禮也。故禮義者所以制情而全交合分而一勢者也。

分かれる必要が生ずるのは成りゆきである。この時抑えがたいのは情である。その情を發するのは言葉、言葉を完成させたものが詩である。だが言葉を發する時に規制を忘れないようにさせるのが義である。このことの反省の後に和合をとるのが禮なのである。故に禮義というものは、情を制約して交友を完全なものにし、分かれを和合してなりゆきを共有する所以のものである。

「情」の優先を認める場合もきわめて愼重である。友人で開封府儒學訓導の趙澤は、その病妻溫氏のために「禮を踰《こ》え情に過ぐる」ほどに看病をした。斂殯のおりには鵲が棺のそばに降りきたって鳴いた。「趙妻溫氏墓志銘」（巻四十六、一五一九正德十四年作）は「哀」の感情の存在を肯定する。「哀」は『禮記』禮運篇で「七情」の一つに數えられ、その發露は警戒されがちのものである。彼はそれを肯定はするが、しかし、夫が妻を賢人として敬い、鵲を借りた天の祝福があるという限定のもとでのことであり、また何よりも「悼亡詩」に準ずるという範圍內のことであった。

・賢之則情必過、情過則禮必踰、禮踰則歌必哀。

相手を賢しと見なす時には、きまって情が過度となる。情が過度となれば、きまって禮がその枠から踏みこえられる。禮が踏みこえられると、その時の歌はきまって哀しいものになる。

私は明代の文學がその停滯を破り、眞の復權を圖るには、「禮」の呪縛を放ち「情」を發露させることしか道はなかったと考える者であるが、こと李夢陽に關しては、歴然たる動きを見出すことは困難である。「情」の發露の最も分かりやすい形態である戀愛についても、後に引用するように、ごくわずかな徵候を見る以外には、難しい。環境の變化にもよるのであろうが、政治や道義の面においても、彼は激情を發することを止め、「情」のありかを別の面に向けようとした。それは「情」を自然と交感させることであった。

八　自然との交感

「梅月先生詩序」を見てみよう。この人物の姓名などには一切言及しない。年記もない。冒頭から「情」の語で始まる。念頭にあるのは梅と月である。

情者動乎遇者也。幽巖寂濱、深野曠林、百卉既痱、乃有縞焉之英、媚枯綴疎、橫斜嶔崎清淺之區、則何遇之不動矣。

「情」というものは、ある出會いにおいて感動するものである。例えば入りこんだ岩山や靜かな岸邊、奥深い野原や廣々とした林などに、「他のすべての草木が衰えつくした中で、眞っ白な花を咲かせている」。それは枯れた幹に媚めかしく付き、まばらな枝をつなぎあわせる。「清《す》んだ淺瀬の一角に橫に斜めにつんと伸ばし、あるいは高々と枝を差し延べている」のを見れば、このような出會いに感動しないですむだろうか。

括弧の二句、原文で「百卉既痱、乃有縞焉之英」と「橫斜嶔崎清淺之區」は、宋の林逋（九六七〜一〇二八）の詩「山園小梅」の初句ならびに第三句の、應用ないしは一部借用である。後の記述にも關係するので、全文を掲げておく。

衆 芳 搖 落 獨 嬋 姸　　衆芳搖落して獨り嬋姸たり
占 斷 風 情 向 小 園　　風情を占斷して小園に向かう
疎 影 橫 斜 水 清 淺　　疎影は橫斜 水は清淺

暗香浮動月黄昏　　暗香浮動し 月 黄昏
霜禽欲下先偸眼　　霜禽下らんと欲して先ず眼を偸《はし》らせ
粉蝶如知合斷魂　　粉蝶如《も》し知らば合《まさ》に魂《こん》を斷つべし
幸有微吟可相狎　　幸いに微吟の相い狎《な》る可きあり
不須檀版與金尊　　須《もち》いず檀版と金尊とを

李夢陽の文に戻ろう。

是故雪益之色、動色則雪。風闡之香、動香則風。日助之顔、動顔則日。雲增之韻、動韻則雲。月與之神、動神則月。故遇者物也、動者情也。情動則會、心會則契、神契則音、所謂隨寓而發者也。

だからこそ雪は梅の色あいを益すのであるが、このばあい、梅の色に感動するのは雪である。風は梅の香を香《かぐわ》しくするのであるが、このばあい、梅の香に感動するのは風である。日は梅の顔《おもかげ》をひきたてるのであるが、このばあい、梅の顔に感動するのは日である。雲は梅の韻《ひび》きを増すのであるが、このばあい、梅の韻きに感動するのは雲である。月は梅に神秘さを與えるのであるが、このばあい、梅の神秘さに感動するのは月である。だからこそ「遇なる者は物なり」、出會いの對象は物體であるが、「動なる者は情なり」、感動を起こす主體は情なのである。「情動けば則ち會し」、情が感動すると（心に）納得し、「心會《かい》せば則ち契し」、心が納得すれば（神《たましい》が物と一つに）契合し、「神契すれば則ち音《おと》す」、たましいが契合すれば、そこに音聲が生じる。これが「所謂る寓に隨いて發する者」（寓は遇の意か?）、（音聲、つまりは詩歌が）ある出會いにつれて發せられる、というものなのである。

ついでは相手の人物の雅號にちなみ、梅と月との關係に限って述べる。

梅月者、遇乎月者也。遇乎月、則見之目怡、聆之耳悅、嗅之鼻安、口之爲吟、手之爲詩。詩不言月、月爲之色、詩不言梅、梅爲之馨。何也、契者會乎心者也。會由乎動、動由乎遇、然未有不情者也。故曰、情者動乎遇者也。

梅月（先生）というのは、（梅が）月と出會った人である。（梅が）月と出會うと、見た時には目が怡《たの》しく、聆《き》いた時には耳が悅ばしく、嗅いだ時には鼻が安らかになり、口にすれば吟嘯となり、手にすれば詩となる。詩では月に言及しなくても、月（と出會った心）が、（詩の）色あいを付け、詩では梅に言及しなくても、梅（と出會った心）が、（詩の）馨《かお》りを付ける。何となれば、契合するとは心に納得することだからである。納得は感動から生まれ、感動は出會いから生まれるが、いかなるばあいも情でないものはないのである。だからこそ、「情」というものは、ある出會いにおいて感動するものである、と言ったのである。

そして最後には、これまで伏線として用いていた林逋の名をあげ、その梅との出會いを稱揚する。

昔者逋之於梅也、黃昏之月、嘗契之矣。彼之遇猶茲之遇也。何也、身修而弗庸、獨立而端行、於是有梅之嗜。耀而當夜、清而嚴冬、於是有月之吟。故天下無不根之萠、君子無不根之情。憂樂潛之中、而後感觸應之外、故遇者因乎情、詩者形乎遇。於乎孰謂逋之後有先生哉。

むかし林逋が梅と對した時は、「黃昏の月」がこれと契合したのであった。彼の出會いは、此のたびの（梅月先生の）出會いと類似している。何となれば、（兩者とも）身を修めて非凡、獨り立って行いを端《ただ》しくしている。そこに梅の嗜みが生まれる。光り輝かしいその夜、清らかな嚴冬である。そこに月の吟咏が生まれる。ゆえに天下には根ざさない萠芽というものは無く、君子には根ざさない情というものは無いのである。憂いや樂しさが心の中に沈潛し、それが何かの感觸に應じて外界に表出する。それゆえに出會いは情にもとづくのであり、詩というものは出會いを通じて形《あら》われるのである。ああ、林逋の後に梅月先生が出ようとは、誰が豫想したであろうか。

以上は情と、詩材となる物との緊張關係について述べたものであるが、詩の制作の段階についても次のように述べる。「潛虬山人記」（巻四十七）、すなわち歙縣出身のいわゆる新安商人でありながら山人をも居士をも稱した佘育、字は養浩に與えた文章である。

詩有七難。格古、調逸、氣舒、句渾、音圓、思沖、情以發之。七者備而後詩昌也。

詩には七つの難關がある。風格が古えぶりであること、調子があかぬけしていること、氣分がゆったりとしていること、句の一つ一つがまとまっていること、音律が圓《まど》やかであること、思念があっさりとしていること、そして情が十分に發揮されていることなのである。これら七つの者が具備してはじめて詩が昌んになるのである。

「情」が七つめに置かれているということは、先の六つを締め括る要素であると見なしてのことであろう。侯毓信氏は論文「略論李夢陽的〝情眞〟說」(18)で、李夢陽が嚴羽の影響を受けたことを指摘しておられるが、確かに兩者には一脈通じるものがある。

宋代の理學家が「明道言志」を提唱し「緣情」說を排斥すると、この二つの說はほとんど對立した文學主張となった。嚴羽『滄浪詩話』の優れた成果は、宋代理學家の「明道言志」にたいする容赦のない批判となり、歷代の「緣情」說については理論上の總括となった。（中略）明代においては李夢陽が、最初に意識的に嚴羽の強い影響を受けた人物であった。

もっとも、自然詩とでもいうべき詩の制作ということになれば、理屈のようにはいかないことも、確かである。その詩「谷園二月梅集」（巻三十二、七言律詩、詠物）では林逋の詩句を借りて、

遙憶暗香月色動　遙かに憶う 暗香 月色の動くを
莫令遽掩東園扉　遽《にわ》かに東園の扉をして掩わしむる莫《な》かれ

と歌ったこともあるが、特筆には値しない。あえて一首をあげるとすれば次の小詩であろう。

「詠鷺」（巻二十一、五言絶句、詠物）

獨立娟娟鷺　獨り立つ すがすがしき鷺
驚人離石磯　人に驚きて 石磯《いわいそ》を離る
遙看一片雪　遙かに看る 一ひらの雪の
深映碧山飛　深く碧《みどり》の山に映《うつ》りて飛ぶを

九　「理」の排斥

銭謙益の『列朝詩集』丙集・李副使夢陽小傳では、李氏が次のように言ったと記す。

謂漢後無文、唐後無詩。
謂《い》えらく「漢の後に文無く、唐の後に詩無し」と。

あるいは、

曰古詩必漢魏、必三謝、今體必初盛唐、必杜、舍是無詩焉。
曰わく「古詩は必ず漢魏、必ず三謝、今體は必ず初盛唐、必ず杜、是れを舍《お》きては詩無し」と。
（「三謝」は謝靈運・謝惠連・謝朓を指す）

さらに、

曰不讀唐以後書。

曰わく「唐以後の書は讀まず」と。

また『明史』巻二百八十六・文苑・李夢陽傳では、李氏が次のように言ったと記す。

倡言文必秦漢、詩必盛唐、非是者弗道。

倡言せらく「文は必ず秦漢、詩は必ず盛唐、是れに非ざる者は道《い》わず」と。

ところがこのような發言は、現在私たちに殘された李夢陽の文集には、見出すことができない。彼の記述を要約するにしても、これほどまでに限定できるのか、疑問である。たとえば宋の林逋の詩に彼がいかに傾倒していたかは、今私たちが見てきたところである。それに、詩に限ってその分類を見れば、「用唐初體」（五古十七首、七古六首）「用李白體」（五古十首）「效杜甫體」（五古二首）の他に「用張王體」（七言歌行二首）「用李賀體」（七言歌行一首）があり、それに「無題、戲效李義山體」（巻三十二、七律）なる作品もある。思うにこれらの發言は、もともとは康海によって發せられたものが、いわゆる七子の代表格としての李夢陽に轉嫁されたのであろう。

康海の發言は二つあり、一つは、「渼陂先生集序」（『對山先生文集』巻三）、つまり一五三二（嘉靖十一）年、王九思のために記した文章である。そこではまず、「我が明、文章の盛んなるは弘治の時に極まるは莫く、古昔に反《かえ》りて流靡を變ずる所以の者、惟《こ》の時六人有り」として、李夢陽・何景明・王九思・王廷相・徐禎卿・邊貢の名をあげた上で、「予も亦た幸いに竊《ひそ》かに諸公の間に附す」と記す。これは、いわゆる（前）七子を列べあげたもっとも早い記載であると思われる。ついで次のように記す。

於是後之君子言、文與詩者、先秦兩漢、漢魏盛唐、彬彬然盈乎域中矣。

「後の君子」というのが誰を指すのか、今は特定できないが、その人物が言うには、「文は先秦兩漢（に則り）、詩は漢魏盛唐（に則った作品）が、調和よろしく國中に滿ちることになった」と。

二つめは、王九思の「明翰林院修撰儒林郎康公神道之碑文」（『渼陂續集』卷中）が傳えるものである。康海はまず、「本朝の詩文、成化自《よ》り以來の館閣に在る者、倡《とな》えて浮靡流麗の作を爲し、海內翕然として之を宗とし、文氣大いに壞《つい》え、其の不可なるを知らざるなり」と言う。これは李夢陽の「凌谿先生墓誌銘」の記述と軌を一にして、李東陽らのことを指している。續けて言う。

夫文必先秦兩漢、詩必漢魏盛唐、庶幾其復古耳。

そもそも文では必ず先秦兩漢（に則り）、詩では必ず漢魏盛唐（に則ること）によってはじめて、古えに復ることが可能になるのである。

この發言について王九思は、「公の此の說を爲して自り、文章は之が爲に一變す」と述べる。ところで、李夢陽の詩と詩論を考える際に、その柔軟な部分を見落とすわけにはゆかないとしても、彼が宋詩にたいして總じて批判的であったことも爭われない事實である。先に引いた「潛虬山人記」では、「宋に詩無し」と斷言する。その理由を彼は、宋人の詩は「理」を主とするからである、と言う。「缶音序」（卷五十一）で次のように述べる。

詩至唐、古調亡矣。然自有唐調可歌詠、高者猶足被管絃。宋人主理不主調、於是唐調亦亡。黃陳師法杜甫、號大家、今其詞艱澁、不香色流動、如入神廟坐土木骸、即冠服與人等、謂之人可乎。

詩は唐代になると、古風な調子が亡《うしな》われてしまった。しかし歌詠することのできる唐代獨自の調子というものがあって、調子の高いものは管絃に乘せるにも十分である。ところが宋人は理屈を主とし、調子を主としないものだから、かくて唐の調子は亡われてしまった。黄庭堅や陳師道は杜甫を師と仰ぎ大家と號したが、今やその用辭は難澁で、香（におい）や色（表情）が流動するということがなく、まるで神廟に土や木の人形が坐っているようで、たとい人と同じように冠や服を着けさせたところで、これを人と言えるだろうか。

ついでは、詩は理屈を語るべきものではなく、いきいきとした形象を盛るべきものである。その形象は一種の比喩であって、その比喩を通して名狀しがたき「情思」を表出するのである、と言う。

夫詩比興錯雜、假物以神變者也。難言不測之妙、感觸突發、流動情思。故其氣柔厚、其聲悠揚、其言切而不迫。故歌之心暢、而聞之者動也。宋人主理作理語。於是薄風雲月露、一切剷去不爲。又作詩話教人、人不復知詩矣。

そもそも詩というものはさまざまな比喩が錯綜し、具體的な物象を假《か》りながら神《たましい》が變幻するものである。いわく言いがたい靈妙さが、感覺の觸れると同時に突發し、情思を流動させる。それゆえにその詩に流れる氣勢は柔厚、その音聲は悠揚、言語は切實でありながら胸を締めつけることがない。それゆえにこの詩を（メロディーに乘せて）歌うと心は暢《の》びやかになり、しかもこれを聞く者は感動するのである。ところが宋人は理屈を主とし、理屈っぽい言葉を作る。そこで風雲月露を薄《うと》んじ、これらの物を一切削り去ってしまった。そのうえ詩話を作って教育するものだから、人々はもはや詩というものが分からなくなってしまったのである。

このあと、「今人に性氣の詩を作るもの有り」とするのは、宋人の詩作の流れを受けるグループであろうが、具體的には分からない。これと對比して李夢陽は、

孔子曰、禮失而求之野。予觀江海山澤之民、顧往往知詩、不作秀才語、如缶音是已。

孔子は「禮失われて之を野に求む」と言われた。私が民間の人々を觀察するに、むしろ彼らの方が往々にして詩が分かっており、秀才の言葉を用いない。『缶音集』がそうである。

と述べる。ここで「江海山澤の民」の一人にあげられたのは、新安商人でありながら「處士」の佘存修という人物で、「潛虬山人記」の佘育の父親である。李夢陽はこの人物に、從來の士大夫にはない可能性を期待したわけである。今は佘存修の詩をたずねるすべがないので、よく似た經歴をもつ鄭作の詩句を引いておこう。佘存修に與えた論說は鄭作にも通じると思われるからである。この人物についてはすでに第六章でも觸れたが、李夢陽には別に「方山子集序」（巻五十）があり、歙縣の人で、「字は宜述、號は方山子。嘗て書を方山の中に讀むも、棄て去りて商と爲り、束書を挾み扁舟を弄し、孤琴短劍もて宋梁の間を往來す」と記す。「除夕」と題する五言律詩で、十年の客居の身を述べたあと、後半の四句を次のように詠む。

殘漏聽還盡　　殘んの漏（水どけい）は聽くに還《ま》た盡きんとし
寒燈坐愈親　　寒《つめた》き燈は坐して愈いよ親しむ
梅花滿南園　　梅花　南園に滿ちなん
誰寄一枝春　　誰か寄こせ　一枝の春を

『列朝詩集』丙十一に採られるもので、錢謙益は引用第二句について、「空同集中、正に未だ此の佳句有るを易《やす》しとせざる也」と評する。

十　「野」への志向

「禮失われて之を野に求む」とは、第二章の冒頭にも觸れたように、『漢書』藝文志に出る言葉である。そこでは、儒家の道義が廢れた時には、諸子十家のうちの九家の思想を取捨選擇することによって、新たな眞理を見出だしうる、というのである。「野」については、『論語』先進篇にも、これを評價する言葉がある。「子曰わく、先進の禮樂に於けるは、野人なり。後進の禮樂に於けるは、君子なり。如《も》し之を用いなば則ち吾は先進に從わん」。先驅者たちは自分に野性を殘したままの狀態で、人類普遍の規範とすべき禮樂を作り出した。それゆえに先驅者たちは禮樂にたいして、フレッシュな感覺や體驗を失わずにいる、というのであろう。

李夢陽はこの言葉を、佘存修の文集に用いるだけでなく、友人の發言というかたちをとりながら、自身の詩集の序文にも用いた。「詩集自序」（巻五十）、つまり『弘德集』につけた自序について、鈴木虎雄氏は「李夢陽年譜略」(19)で、朱安㴲撰の年表にもとづき、これが一五二四（嘉靖三）年五十三歲の作であるとした上で、

案ずるにこれは刊せんと欲せしのみにて刊せしものに非ず、故に後に之を黃省曾に託せしなり。

としておられる。

自序は次の文で始まる。最初の三字は文章としては無くてもよさそうなものだが、『論語』の「子曰」の表現になぞらえたのであろうか。

李子曰、曹縣蓋有王叔武云。其言曰、夫詩者天地自然之音也。今途咢而巷謳、勞呻而康吟、一唱而群和者、其眞也。斯之謂風也。孔子曰、禮失而求之野。今眞詩乃在民間、而文人學子、顧往往爲韻言、謂之詩。夫孟子謂、詩亡、然後春秋作者、雅也。而風者、亦遂棄而不采、不列之樂官、悲夫。

李子が言う、曹縣出身で確か王叔武という人物だったろう。彼が次のように言ったことがある。だいたい詩というものは天地自然の音である。今、途《みち》ばたで咢《わめ》いたり巷《まち》なかで謳《うた》ったり、勞《はたら》きながら呻《うな》り康《やす》みながら吟じ、一人が唱えると群れのものが和するというのが、眞《ほんもの》なのである。これを（『詩經』の）風というのである。孔子は「禮失われて之を野に求む」と言われた。今、眞の詩は民間にこそ在る。ところが文人や學者は、むしろ

往々にして文語を使って、これが詩だという。そもそも孟子が「詩亡《ほろ》び、然る後に春秋作《おこ》る」（『孟子』離婁篇）と言ったのは（『詩經』の）雅についてのことではあるが、風もまたそのまま棄てさられて采《と》りあげられず、（朝廷の）樂官の前に列べられなくなったのは、殘念なことである。

しかし民間の詩となれば、それを乘せる曲調も問題になる。特に李夢陽は「缶音序」にも言うように、優れた詩は「歌詠す可く、高き者は猶お管絃を被るに足る」べきものと考えていた。しかし現在の曲調はいかがなものか。「是れは金元の樂なり、奚《な》んぞ其れ眞なるか」。王叔武は次のように答える。

眞者音之發而情之原也。古者國異風、即其俗成聲。今之俗既歷胡、乃其曲烏得而不胡也。故眞者、音之發而情之原也、非雅俗之辯也。

眞というものは、音によって發せられ、情によって原《もと》づかれるものである。古えは國ごとに風習が異なり、その習俗に即してそれぞれの聲音を成した。現在の習俗は既に異民族を歷《へ》ている以上、その曲調もどうして異民族風でないことがありえようか。眞というものは、音によって發せられ、情によって原づかれるものであって、雅（正統な美しさ）と俗（世間的な俗っぽさ）との違いの問題ではないのである。

引用の最後は、問題が、「情」にもとづいた「眞」であるか、そうではない假《にせ》かにある、という意味であろう。

ところで、風の詩についてはそのとおりであるかもしれない。しかし李夢陽としては、士大夫が朝廷で詩を作る、という立場にこだわる。彼は、「然りと雖も子《きみ》の論は風なるのみ。夫れ雅頌は文人學子の手より出でざるか」と、問いただす。王叔武は答える。「是の音や、世に見ざること久しくなりぬ。有ると雖も、作る者微《かす》かになりぬ」。かくして李夢陽は夢から醒めたように、古へ古へと復ってゆく。二人の間に、つぎのような問答が繰りかえされる。

于是廢唐近體諸篇、而爲李杜歌行。王子曰、斯馳騁之技也。李子于是爲六朝詩。王子曰、斯綺麗之餘也。于是詩爲晉魏。曰、比辭而屬義、斯謂有意。于是爲賦騷。曰、異其意而襲其言、斯謂有蹊。于是爲琴操古歌詩。曰、似矣、然糟粕也。于是爲四言、入風出雅。曰、近之矣、然無所用之矣、子其休矣。

そこで唐の近體詩を學ぶのをやめて、李白杜甫の歌行を學んだ。王「技術的に追從しているだけですね」。そこで六朝風の詩を作った。王「綺麗の餘りものですね」。詩を晉に、ついで魏に學んでみた。「辭《ことば》を比《なら》べ義《いみ》を屬《つづ》けただけで、意味があるというのですか」。そこで賦、そして騷を學んだ。「意味を異《か》えて言葉はそのまま、なにか蹊《みち》があるのですか」。そこで琴操などの古歌詩を學んだ。「そっくりです、だが殘りかすですよ」。そこで四言詩を學ぶことにし（『詩經』の）風から入門し雅で卒えた。「近くなっています。しかし何の用にもなりません。あなたもそろそろお止めになったらいかがですか」。

李夢陽は返す言葉もなかった。「自ら其の詩を錄し、篋笥の中に藏す。今二十年なりき」。

さて王叔武とは王崇文（生卒年は第二章を參照）のことである。字が叔武、號は兼山、山東濟寧府下の曹縣の人。一四九三（弘治六）年の進士、李夢陽とは同年である。『武宗實錄』巻百八十三などによると、戶部主事を授かり、員外郎、そして郎中に昇るなど、經歷も李夢陽に似る。大同知府のあと、一五〇七（正德二）年には江西按察司副使、というのはほとんど李氏の前任者ということになる。一五一七年には山西參政から河南右布政使となり、左布政使に轉じてわずか四ヶ月、右副都御史として保定等の地を巡撫することとなったが、疾をもって歸り、一五二〇年二月に亡くなった。開封在任が三年に及ぶのかどうか詳しくしないが、同地に居住していた李氏と會った可能性は高い。

李夢陽が『弘德集』の自序を書く時點で二十年ほど前のことといえば、一五〇四（弘治十七）年ごろのこととなる。ちょうど朝廷での「古學」復興の動きの盛んなおりに相當するが、第五章であげた「朝正倡和詩跋」の名列の中に、王崇文の名は無い。「眞詩は乃ち民間に在り」という持論を攜えて「古學」派の人々とは一線を劃していたと考えられる。當時の李夢陽と王崇文との質疑は、自序で語られるような一回きりのものではなく、數年間に數回にわたって行なわれたものであろうが、それにしてもそのつど李夢陽が王崇文の所論に屈服するかたちで終ったのかどうか。自分の模倣作がことごとく酷評されることについては、あるいは容認せざるをえなかったとしても、詩論そのものまでをも彼が簡單に引っこめたわけではないだろう。例えば詩作の模範をより古いものへと遡上させる方法は、明らかに開封隱居後の作である「潛虬山人記」（第八章參照）においても、余育の、宋詩から唐詩、漢賦、離騷へというかたちで、生かされているのである。

自序の中で李夢陽は、「懼《おそ》れ且つ慚じ」ながらとした上で、「予の詩は眞に非ざるなり。王子の所謂る『文人學子の韻言』なるのみ。『之を情に出だすこと寡く、之を詞に工《たく》みにすること多き』者なり」と言う。その中には王崇文から酷評されたものも含むが、それ以後、正德末年（一五二一）までのものも含むであろう。「每《つね》に自ら之を改め、以て其の眞を求めんと欲す」とも言う。「賦三卷・三十五篇、四五言古體一十二卷・四百七十篇」以下「凡そ一千八百七篇」というのは、現在殘された詩賦總數の約八四パーセントにあたる。

李夢陽が一五一四（正德九）年に開封に隱れてより後は、環境の上では、王崇文の「眞詩は乃ち民間に在り」という持論を理解するのに適していた。事實彼は、「詩集自序」と前後して「郭公謠」（卷二十三、古體調歌・雜調曲）を作り、その後序に「今、其の民謠一篇を錄し、人を使《し》て眞の詩は果たして民間に在るを知らしめん」と記した。ところが詩句のほうは、何とも私の理解をこえる。幸いに吉川師が譯出しておられるので[20]、ここでは勞を省かせていただく。二十年前に復古をめざした時の作品とおぼしきものについても言えることだが、この詩人は、理論をふりかざした時、それに對應する詩がいかにも難解であるという點で、人を困惑させる。

それはともかく、「禮失われて之を野に求む」という緊迫感が薄まりこそすれ、彼は在野の生活をそれなりに樂しんでいたらしい。

彼は農業に心をとどめた。「題壁」（巻三十、五言律詩、感述）は、

　客到惟雞黍　　客到るも惟《た》だ雞黍のみ
　農情愛汝眞　　農情　汝の眞を愛す

と、歌いおこす。『論語』微子篇で、子路を泊めて雞を殺し黍《きびめし》を爲《つく》って食べさせた丈人の側に立っているのである。あるいは「田居喜雨」（巻三十四、七言律詩、雜詩）は、

　有田憂水復憂乾　　田有れば水を憂い復た乾を憂う
　一雨農心得暫寛　　一雨　農心　暫く寛《くつろ》ぐを得たり

と、歌いはじめる。田園生活に浸っていたといえるだろう。

かつての同志である康海と王九思は、一五一〇（正德五）年にいずれも西安の近縣に隱退を餘儀なくされたが、その生活の一端を『藝苑卮言』（巻六）は次のように記す。

　康德涵六十、名伎百人を要《むか》えて百歳會を爲す。既に會の畢《おわ》るに了《まった》く一錢も無し。第《しばら》く牋（王家への上奏文）を持って詩と命《な》づけ、王邸に送りて處置（とりはからい）せしむ。時に鄠杜の王敬夫、名位は差《や》や亞《おと》るも、才情は之に勝る。章詞を倡和して人間に流布し、遂に關西風流の領袖と爲り、汴洛の間に浸淫し、遂に以て俗と成る。

「章詞」とは散曲を指すのであろうが、同書（附錄一）では「敬夫は康德涵と倶に詞曲を以て一時に名あり」とも記すように、雜劇にも通じていた。散曲や雜劇の作家としての二人の名聲は李夢陽にも達していたにちがいない。彼がこの種の制作をした形跡は無いが、曲調への關心を示す詩は殘している。その一つは正月十五夜、元宵節の開封府のひとこま。

「汴中元夕五首」其三（巻十九、七言絶句、感述）

中山孺子倚新妝　　中山の孺子 新妝を倚《ほこ》り
鄭女燕姫獨擅場　　鄭女燕姫 獨り場を擅《ほしいまま》にす
齊唱憲王春樂府　　齊唱す 憲王の春樂府
金梁橋外月如霜　　金梁橋外 月は霜の如し

「中山の孺子」は、『漢書』巻三十に見える中山靖王の子噲の王妾、それを李白は樂府「中山孺子妾歌」で、「延年の妹には如《し》かざると雖も、亦た當時絶世の人」と歌った。その女性に扮した俳優は、やはり李白の「清平調詞」其二で歌われるように「（借問す　漢宮　誰か似るを得たる、可憐の飛燕）新妝を倚《ほこ》る」。一方、昔から歌唱を善くした鄭の女、歌舞を善くした燕の姫《むすめ》とまがう女優が、舞臺を我物顔にふるまっている。出し物は周憲王朱有燉の「春樂府」、つまり「慶賀劇」とか「節義劇」。ここ金梁橋の外では月が霜のように眞っ白い、蘇軾が「蝶戀花・密州上元」の詞で、「明月 霜の如く」と歌った夜のように。(21)

朱睦㮮等纂修・一五八五（萬曆十三）年刊『開封府志』巻三十四を見ると、金梁橋の位置は詳らかにしないが、周王府は「府城內正中」つまり北城に接する中央に在った。おそらくその一劃に、憲王朱有燉の邸を中心に、父が仕えた溫和王朱子埅の封丘府や、妻の系譜につながる恭定王朱有爌の鎭平府などが付屬していたと思われる。父が溫和王の教授になったのが一四八〇（成化十六）年だとすれば、李夢陽は九歲、憲王が亡くなって四十一年後のことである。李夢陽にとっては、なかば傳說上の人物となっていたかもしれないが、その遺影をごく近くで仰ぐといった感想をいだいたのではあるまいか。

さて雜劇に關する李夢陽のもう一つの詩は、詩句に崔鶯鶯の名を用いるものである。崔鶯鶯は元稹の「鶯鶯傳」に出る人物ではあるが、この當時では『西廂記』のヒロインであることのほうが、一般的であろう。唐代傳奇にしろ雑劇にしろ、その登場人物を詩に用いることは、士大夫としては忌避すべきことであったはずである。

「太白山人仙遊呉越稔矣、日者卜居呉興而婚施氏妻妹、予聞之、輒詩嘲焉」

「太白山人呉越に仙遊して稔《ひととせ》なりき、日者《さきごろ》呉興に卜居して施氏の妻の妹と婚す、予 之を聞き輒《すなわ》ち詩もて嘲る」（其一。巻三十五、七言絶句、贈答）

范子無端出五湖　　范子 端無くも五湖に出で
西施並載有耶無　　西施 並びに載せること有りや無しや
詩人只合鶯鶯伴　　詩人は只だ合《まさ》に鶯鶯を伴うべし
施家今是大姨夫　　施家 今より是れ大姨夫なるか

越の范蠡が呉を滅ぼしたあと隱遁し、さしたる理由もなく「五湖」すなわち太湖に舟を浮かべたという話は、『國語』越語下にも見える。その時、西施も一緒だったとか、なかったとか、というのは、例えば楊愼の『升庵詩話』巻十一も、「後人遂に范蠡の西施を載せて以て去ると謂うも、然れども其の據る所を見ず」と記す。詩人のつれあいには鶯鶯のような女性こそふさわしいというのは、『鶯鶯傳』にいうように崔鶯鶯が「善く文を屬《つづ》り、往往にして章句を沈吟する」ような女性であったからである。最後は、施家のご主人は、これからは「大姨夫」（妻の姉の夫）と呼ぶことになるのですなあ。從來の詩語にはなじまないものであろう。

　太白山人とは孫一元（一四八四～一五二〇）のことで、『列朝詩集』にも採られている。李夢陽はその「太白山人傳」（巻五十七）の中で、「呉越間の放人（放浪者）」であること、死ねば「明詩人孫一元之墓」という墓碑を建てるようにと遺言したこと、太湖の擧人の施侃がその放浪癖を心配してその妻の妹の張氏を妻帯させたこと、しかし李夢陽自身は面識がなく、「山人も亦た時時詩《しばしば》もて寄せ來たるも、然れども予は竟《つい》に其の何たる人かを知ること莫きなり」と、記している。

十一　遵「法」と模擬の間

「禮失われて之を野に求む」という言葉を、李夢陽は仕官してまもなく同僚の王崇文から聞き、二十年ほど後に、今度は自分が、商人出身の詩人に贊辭として贈った。しかし彼自身は「野に求む」ことを積極的には行わず、むしろ逆に「古」に復すること、いわば古典の原點に戻ることを、終生追いつづけたと言えよう。結果としてそれは成功したとは言えまい。しかしながら、「今、眞の詩は乃ち民間に在り」と明言した王崇文の說を、後世ほとんどそのまま引繼いだ袁宏道（一五六八～一六一〇）の詩が、思想的根據を求める士大夫に納得されたかというと、そうとは言えまい。錢謙益の詩についても同樣である。士大夫という身分であり續けるかぎり、彼らは長い傳統を持つ詩の制作方法をめぐって、格闘し續けるほかはなかったのである。

ちなみに「禮失われて之を野に求む」という言葉には、明代中期から淸代初期の士大夫の、古典的世界の崩壞と新しい基準の未成立にたいする不安が映しだされているのではないか、という觀測を、私は持っている。とはいえ他の人の用例は、今のところ二つだけで、しかも李夢陽の用いかたとはいささか異なる。あくまで參考までにあげておくと、その一つは歸有光（一五〇六～一五七一）が「平和李氏家規序」（『震川先生集』卷二、上海古籍出版社・一九八一年刊）で、宗法が崩れゆく傾向にある中で、民間の李氏には遺風が守られているとした上で、この言葉を引き、「士大夫の家、李氏の風を聞き、相い率《したが》い倣《なら》いて之を行えば、復古の漸《きざし》有るに庶幾《ちか》からん」とするものである。これは本來の禮（制度）が野の中にこそ殘されている、という意味である。もう一つは王士禛（一六三四～一七一一）が『香祖筆記』卷十で、小說演義の素材に關して、「野史傳奇は往往にして三代の直（『論語』衛靈公篇にいう、夏・殷・周の直道）を存し、反って穢史の筆を曲ぐる者に勝ること倍蓰（五倍）す」として、この言葉を引き、「惟《こ》れ史も亦た然り」とするものである。これは禮（眞實）はむしろ野の中に存在する、という意味である。

さて、「朝正倡和詩跋」に載る二十人ほどの人物の行く末はどうであったのか。「禮失わる」と認識し、「古學」復歸を必要としつづける以上、個別にはさまざまな動きがあったはずである。ここではその一々について検討する餘裕がないので、李夢陽と何景明の論爭に限って見ておこう。

論爭は、一五一三（正德八）年ごろのことと思われる。[22] まず江西提學副使の李夢陽が、中書舍人の何景明にたいして、その作品が「先法に乖《もと》る」ことを指摘した（この書は現在逸す）。これにたいして何景明が「與李空同論詩書」（『大復集』卷三十、一五五五嘉靖三十四年刊本）で反論し、さらに李夢陽が「駁何氏論文書」と「再與何氏書」（ともに卷六十二）で反論したという經過をたどった。

何氏の書は李氏の詩への批判から始まる。「近詩（近體の詩）は盛唐を以て尙《たか》しと爲す。宋人は蒼老に似れども實は疎鹵、元人は秀峻に似れども實は淺俗。今 僕の詩は元の習いを免がれず、而して空同の近作は間《ま》ま宋に入る」。

夫意象應曰合、意象乖曰離。……空同丙寅間詩爲合、江西以後詩爲離。……試取丙寅間作、叩其音、尙中金石、而江西以後作、辭艱者意反近、意苦者辭反常。色澹黯而中理披慢、讀之若搖鞞鐸耳。

そもそも意圖と表象が應ずるのを合といい、意圖と表象が乖《たが》うのを離という。……あなたの丙寅間（一五〇六正德元年劉瑾を彈劾したころ）の詩は合であるが、（一五一一正德六年）江西以後の詩は離である。……試みに丙寅間の作を取りあげて、（樂器を調べる時のように）その音色をかなでてみれば、依然として金石（の樂器の聲律）

に適っているのに、江西以後の作は、用辭の難解なものは、意圖が反對にありきたりで、意圖の込みいったものは、用辭が反對に平凡である。表現が不明瞭で、心中の理念はばらばら、これを讀むとまるで手鼓や大鈴を振るのを聴くようだ。

私なりに解釋すれば、第三章であげた「憤」の詩などは、政治的な興奮がそれに適した用語でもって歌われていたが、波亂がおさまり、しかも中央から遠く離れた江西以後の詩は（その具體例を示すことを控えるが）、意匠と表現のあいだに齟齬をきたしているというのだろう。

ついでこの論爭の中心テーマである「法」の問題に移る。まず何氏は「詩文に易う可からざるの法なる者有り」と認め、その「法」とは「辭斷ちて意屬《つづ》き、類を聯《つら》ねて物を比《たと》うる」こと、すなわち用辭が斷絶しても意匠は持續し、類例を並べて物事を比喩するのがそれだという。そして古聖・秦漢・魏晉はその典型であるとした上で、しかし「法」を守るとしても、「未だ其の語の似るを以て遂《そのまま》に並列するを得可からざる也。故に法同じきも則ち語は必ずしも同じからず」とする。

今爲詩、不推類極變、開其未發、泯其擬議之迹、以成神聖之功、徒敍其已陳、修飾成文。稍離舊本、便自杌桯、如小兒倚物能行、獨趨顚仆。雖由此、即曹劉、即阮陸、即李杜、且何以益於道化也。佛有筏喩、言捨筏則達岸矣、達岸則舍《ママ》筏矣。

今、詩を作るのに、（古典の）類例から推しはかって變化を極め、それ（古典）が發したことのないものを開拓し、それ（古典）が擬《なぞら》え議《はか》った痕跡を調べつくし、そうすることによって神々しい成功をおさめる、ということをしなければ、ただいたずらに已《すで》に陳《なら》べられたものを敍《の》べ、できあいの文章を飾りたてるだけになってしまう。それだとわずかでも原本から離れると、すぐによろよろとして、まるで傳い歩きしかできない小兒が、獨りで走ろうとしてひっくり返るようなものだ。このようだと、たとえ曹植や劉楨にくっつき、阮籍や陸機にくっつき、李白や杜甫にくっついたところで、道による化育に、いったい何の利益があろうか。佛教に筏の喩《さとし》がある。それは「筏を捨てるのは岸に達してからだ、岸に達したら筏を捨てるのだ」というものである。

以上のように述べたあと、何氏は李氏に向かって、「自ら一の堂室を創《はじ》め、一の戸牖を開き、一家の言を成して、以て不朽を傳うる者」になる道を勸める。これにたいする李夢陽の反論は、以下のごとくであった。

規矩者法也。僕之尺尺而寸寸之者、固法也。假令僕竊古之意、盜古形、剪截古辭以爲文、謂之影子誠可。若以我之情、述今之事、尺寸古法、罔襲其辭、……此奚不可也。夫筏我二也、猶兎之蹄、魚之筌、舍之可也。規矩者方圓之自也。即欲舍之、烏乎舍。

ぶんまわし・さしがねというものは法である。小生がこれを一尺たがわず一寸たがわず遵守するのは固《もと》より法だからである。もしかりに小生が、古えの意を竊《ぬす》み、古えの形を盜み、古えの用辭を剪りとって、それで文を作るというのであれば、そのような所業を影子《かげぼうし》と言っても、それは構わない。もし自分の情をもって今の事を述べるのに、古えの法を寸法どおりに守って、その用辭をそのまま用いるということがないのであれば、……それがどうしていけないのか。だいたい筏と自分は別々のものであって、ちょうど兎の蹄《わな》・魚の筌《うえ》のように、捨てさっても構わないものである。ぶんまわし・さしがねは、方形や圓がこれによってできるものであって、たとえこれ（ぶんまわし・さしがね）を捨てさろうとしても、どうして捨てさることができよう。

李氏にとっては、「法」とは自分と一體となった規範であって、道具や手段のように、用が無くなったからといって捨てさる性質のものではない。

この時からさらに十年後に弟子の周祚に與えた「答周子書」（巻六十一）では、次のような言いかたもする。

文必有法式、然後中諧音度、如方圓之於規矩。古人用之、非自作之、實天生之也。今人法式古人、非法式古人也、實物之自則也。

文には必ず法式があり、その後にはじめて音律にかなうというのは、方形や圓がぶんまわし・さしがねによって出來るのと同様である。古えの人がこれ（法式）を用いたのは、自分かってにこれを作りだしたのではなく、實は天がこれを生みだしたのである。今の人が、古えの人を法式とするのは、古えの人を法式とするのではなくして、實は事物が自然に則《のっと》るからである。

「法」とは事物にそなわった法則である。しかし今の人は、今の人の目で獨自にそれを見出すのではなく、古えの人の、それを具現化した作品を通じて見出す。とすれば古えの人の作品は典型であり、いわば絶對的な存在である。それを修正することもできない。作品そのものが法則である以上、それを超克するなどとは、思いもできないことになる。

もっとも李氏は、何氏への「再書」で、「古人の作は、其の法は多端なりと雖も、大抵、前に疎なる者は後必ず密に、半ば濶《ひろ》き者は半ば細く、一の實なる者は一は虛、景を疊《かさ》ぬる者は意必ず二《ふた》たびす、此れ予の所謂る法にして、圓に規にして方に矩なる者なり」と、かなり技術的ともいえる方程式を示すことさえする。これだと必ずしも古人の作を絶對視することもないかのように思われる。しかし次の例は、やはり絶對視である。何氏への「駁書」には言う。

作文如作字。歐・虞・顏・柳、字不同而同筆、筆不同、非字矣。不同者何也。肥也、瘦也、長也、短也、疏也、密也。故六者勢也、字之體也。非筆之精也。精者何也、應諸心而本諸法者也。

文を作るのは字を書くようなものである。歐陽詢・虞世南・顏眞卿・柳公權の書は字體は異なるが、筆法は共通する。筆法が異なれば、もはや書ではなくなるのである。異なるとはどの點かというと、太い・細い、長い・短い、まばら・つまっているとかで、とするとこの六つは（筆の）勢いであり、字の體である。筆の精神ではない。精神とは何かといえば、心に對應させ、法に根本づける底のものである。筆の精神が、歐陽詢らの、現に目の前にある筆跡に具現化されている以上、結局は筆跡そのものが「法」とされることになるのであろう。「再書」では補足して、「今人、古帖を模臨して、卽《たと》い太《はなは》だ似るも嫌《いと》わず、反って能書と曰う」と述べる。

思うに李夢陽の詩作の原則を一言でいうならば、『論語』述而篇にいう「述べて作らず」、に落着くのではあるまいか。つまり祖述であって創作ではない、ということである。彼の詩には、典故の範圍をこえて、先人の句のままの使用、あるいは一首全體の趣向が先人の一篇にそっくり類似したものを見かけることがあるが、彼に言わせれば、それは模擬とか蹈襲ではなくして、「述べる」ことの一つの方法であり、この方法を通じて、作った人と一體となる、いいかえれば、復古の證なのである。テキストの編纂者によって「集古句」と明記された七言絶句五首も存在するが（巻三十六）、これとて遊びではなかったはずである。

李夢陽と、もとの同志たちとは、不仲になっていった。一五二一（正德十六）年に何景明が亡くなった時、故人は「墓文は必ず崆峒の手に出でよ」と遺言していたにもかかわらず、周りの人は、「論詩にて失懽して自《よ》り後、絶交久しき。狀（行狀）もて去《ゆ》くも、崆峒の文は必ず來たらざらん」と語ったと、李開先（一五〇一～一五六八）は傳えている（『閒居集』巻十一「何大復傳」）。一五二四（嘉靖三）年に何景明の文集が編輯された時も、序文を撰したのは康海であった（『對山文集』巻四「何仲默集序」、一七六一乾隆二十六年序刊本）。康氏はその前文で次のように記す。

明興りて百六十年、其の文は遐《はるか》なる哉、盛んなり。然して作者轍を域中に接し、其の敦《あつ》く古昔を致し、逖《はる》かに先王を稱するは、人人能くせり。而るに義意は繁猥にして往訓に溢れ、摹倣剽敓（まねをし、ぬすむ）して事の實

　より遠ざかるは、予　猶お以て過《あやま》ちと爲すのみ。

引用の後半は明らかに李夢陽にたいする批判である。

　李夢陽は江南出身の文人たちとの交際を好んだ。第四章であげた朱應登、第五章の顧璘、いずれも江南の人士である。七子のうちでは、特に徐禎卿への思いいれが強かったこと、「戀戀として別れ難き」詩（第四章參照）を見ても分かるだろう。それはこの友人が江南出身であることと無關係ではあるまい。ところが一五一〇（正德五）年劉瑾伏誅の機會に、徐禎卿は太學博士として都に戻ったが、この時、彼の關心はすでに陽明の學のほうに移っていた。翌年に亡くなったが、その墓誌銘を撰したのは王守仁であった（『王陽明全集』卷二十五・外集七「徐昌國墓誌」、一九九二年上海古籍出版社刊）。それでも李夢陽は一五一一年、『徐迪功集』六卷に『談藝錄』一卷を附し、「徐迪功集序」（卷五十一）を撰して刊行した[23]。

　舊友が離れてゆく中で李夢陽を敬愛したのは、江南出身の若い二人、浙江紹興府山陰の周祚（一五二一年進士）と江蘇蘇州府吳縣の黃省曾（一四九〇～一五四〇、一五三一年擧人）であった。そのうち「答周子書」では、「僕　少壯なりし時、翮《はね》を雲路に振るい、嘗て鵷鸞（朝臣の列）の末に周旋し（ちなみに、これによって、第三章に引用した「述憤」の詩の冒頭が、朝臣たることの一種の常套語であることが分かる）、謂《おも》えらく、學は古えを的とせずんば苦心するとも益無し、と」と述べ、そのあと、何景明との論爭をむしかえすようにして、次のように記す。

　一二の輕俊、其の才辯を恃み、……古えに法《のっと》る者を謂いて蹈襲と爲し、往者に式《のっと》る者を影子と爲し、口に信《まか》せて筆を落とす者を、其の比擬の跡を泯《な》みすと爲す。而して後進の士、其の從い易きを悅び、其の趨《はし》り難きを憚りて、乃ち卽ち附唱答響し、風成り俗變わり、止遏す可く莫く、而して古えの學は廢《すた》れり。

黃省曾は陽明の『傳習錄』下卷の質問者また收錄者としても殘る人物である。李夢陽は一五二七（嘉靖七）年、手づから全集を編み、蘇州の黃省曾に送っただけでなく、翌年には病氣療養のために南下し、京口で彼と會った。李夢陽が亡くなったのはその歲の除夕であった。

次の詩は、康海が劉瑾に向かって「老先生の功業、張尙書の政事」云々と言った時の（第二章參照）、あの張綵を揶揄したと見るのが妥當であろう。しかし意地の惡い批判者は、李夢陽みずからの嘲笑にふさわしいと解したかもしれない。

「鸚鵡」（卷十四、五言律詩、詠物）

鸚鵡吾鄉物
何時來此方
綠衣經雪短
紅觜歷年長
學語疑矜媚
垂頭知自傷
他年吾倘遂
歸爾隴山陽

鸚鵡　吾が鄉の物
何《いず》れの時か此方《こなた》に來たる
綠の衣は雪を經て短く
紅の觜《くちばし》は年を歷《へ》て長し
語を學《ま》ねて　疑うらくは媚《こび》を矜《ほこ》るかと
頭《こうべ》を垂れて　知んぬ　自ら傷むかと
他年　吾　倘《も》し遂《と》ぐれば
爾《なんじ》を隴山の陽に歸さん

注

（1）李夢陽の明刻の詩文集としては次のものがある。
A　『崆峒集』六十六卷本。死去の翌年の一五三〇（嘉靖九）年、黃省曾の序文をもつ。

B『空同集』六十四巻本。黄序に加えて、一五三一（嘉靖十）年・王廷相、および一六〇一（萬暦二十九）年・李思孝の序文をもつ。

C『空同子集』六十八巻本。黄序・王序に加えて、一六〇二（萬暦三十）年・馮夢禎の序文をもち、李夢陽の「詩集自序」を巻首に移している。

本稿はA本を底本とする。もっとも古いテキストである上に、各巻ごとにジャンルと、題材・表現による分類を標示してあり、李夢陽の詩の傾向を考える上で參考になるからである。ただし京都大學文學部所藏のものにはしばしば缺葉が見られるので、B本・C本によって適宜補うことがある。なお、四庫全書所收の『空同集』六十六巻は、この叢書の常として序文や目録を除き、そしてC本によったがために、「詩集自序」を缺落させる結果となった。

（2）吉川幸次郎「李夢陽の一側面——古文辭の庶民性」『立命館文學』第一八〇號、一九六〇（昭和三十五）年六月。

（3）「明故朝列大夫宗人府儀賓左公遷葬志銘」（巻四十三）では「鎭平恭靖王」となっているが、この人物が「太祖庶孫」で周定王の「第八子」であること、その子が「鎭國將軍」であったことから、『明史』諸王世表に記す恭定王にまちがいない。

（4）楊一清、字は應寧、號は邃菴、また石淙、雲南安寧の人だが湖廣巴陵に徙り、劉大夏・李東陽とともに「楚に三傑有り」と言われた。一四七二（成化八）年の進士。總制陝西三邊軍務につくなど、西北邊の蒙古タタール部との國境防備に功績があり、最後は吏部尙書・華蓋殿大學士に至った。なお、李夢陽の督學に當った時は提刑按察使司の屬官で、『明史』職官志によると、按察使のもとに副使・僉事がおり、彼らは兵備・提學・撫民等々各擔當ごとに「分道巡察」することになっており、この當時楊一清は山西と陝西にまたがって提學に當っていたことになる。ちなみに『世宗實錄』巻十七では「歴按察僉事、提學山陝」と記し、『明史』巻十九・楊一清傳では「遷山西按察僉事、以副使督學陝西」と記す。

（5）李東陽、字は賓之、號は西涯、湖廣長沙府茶陵の人。

（6）この句、明刻の詩文集A・B・Cの各本および、李三才校『李崆峒先生詩集』三十三巻は、すべてこの七字に作るが、四庫全書本のみは「撼樹往往遭蚍蜉（樹を撼《ゆる》がすは往往にしてオオアリに遭う）」に作る。韓愈「調張籍」の「蚍蜉撼大樹、可笑不自量」から想を得たもので、中唐以降の詩を輕視したとされる李夢陽としては珍しい例の一つに數えてよい。しかし、この句が本來李夢陽本人の作であるのか、清朝に入って孔子の諱を使うことが不敬とされたがための妄改であるのか、判斷がつきにくいところがあり、にわかには論じがたい。

(7) 橋本堯「倒立の構圖――李夢陽と古文辭の原點――」『島根大學法文學部紀要 文學科編』第三號、一九八〇(昭和五十)年二月。

(8) 朱應登は登第後、南京戸部主事、延平府知府、按察副使をもって陝西に提學し、雲南に調せられ、ついで布政司左參政に陞り、罷めて歸る。「淩谿先生墓誌銘」には進士のころを語って次のように記す。「時に顧華玉璘・劉元瑞麟・徐昌穀禎卿、江東の三才と號す。淩谿乃ち與《とも》に呉楚の間に並びいて競い聘し、欻《にわか》にして俊國たり」。

(9)『國朝獻徵錄』卷十四・賈詠「特進光祿大夫左柱國少師兼太子太師吏部尚書華蓋殿大學士贈太師謚文靖劉公健墓誌銘」。

(10)「論學下篇」を含む「化理上篇」(第一)から「異道篇第八」までの八篇を、A本は收めず、B本は卷六十一に「雜文八篇」として收め、C本は卷六十五・六十六に「説類一之一外篇」「説類一之二外篇」として收める。その中でもっとも新しい記事は一五二八(嘉靖七)年、つまり死の前年のものである。

(11) 前の引用は『論語』陽貨篇の「子曰、小子何莫學夫詩、詩可以興、可以觀、可以羣、可以怨、邇之事父、遠之事君、多識於鳥獸艸木之名」による。後の引用は『左傳』襄公二十五年の傳文により、「言之不文、行而弗遠」とするが、一八一五(嘉慶二十)年江西南昌府學開雕重栞宋本左傳注疏本では、「仲尼曰、志有之、言以足志、文以足言。不言誰知其志、言之無文、行而不遠」に作る。

(12)『李東陽集』文後稿・卷之十六「大明周府封邱教授贈承德郎戸部主事李君墓表」。

(13) 何良俊、生卒年未詳、字は元朗、南直松江華亭の人。なお何良俊は「是れ平天冠を賣る者なり」も劉健の言と見なしているが、おそらく誤解であろう。

(14) 顧璘が開封府知事になったのは劉瑾誅殺の前であるが、その年を、文徵明の「故資善大夫南京刑部尚書顧公墓誌銘」(『甫田集』卷三十二)は「正德己酉」とするが、正德にこの干支年は無いことから「己巳」つまり同四年(一五〇九)のことと考えられる。

周道振輯校の『文徵明集』（巻三十二、上海古籍出版社、一九八〇年刊）の指摘では、墓志拓本および『吳都文粹續集』巻四十五が「庚午」、つまり同五年に作るとする。また京學志の「南京刑部尙書顧公璘傳」（『國朝獻徵錄』巻四十八所收）も「正德庚午」のこととする。その後顧璘は、正德八年に廣西省の全州府知府に左遷された。

(15)「善人」について。李夢陽は蔡鑑、字は思賢なる「隱人」の墓誌銘（巻四十四）において、

予、蔡に於て三つの徵《きざし》有り。夫《そ》の安・壽・吉なる者は天の善類を優する所以の者也。蔡氏之を備う、善人と稱するに足る。

と、安・壽・吉が「善人」の條件としているが、それは善行の實踐の結果と見なしてよいだろう。

(16)「理」の排斥ということと直接には關らないが、李夢陽が「刻戰國策序」（巻四十九）を書いたことについて、廖可斌『明代文學復古運動』（一九九四年十二月、上海古籍出版社）は、『戰國策』が「從來理學家によって排斥された古籍」であったと指摘する（同書六三頁）。

(17) 吉川幸次郎「元明詩概說について」『中國詩人選集二集』第二巻・付錄、一九六三年六月。

(18)『古代文學理論研究』第十輯（一九八五年六月、上海古籍出版社）所收。

(19) 鈴木虎雄「李夢陽年譜略（附、王陽明との交涉、及空同集に就て）」『藝文』第貳拾年第壹號、一九四五昭和二十年。

(20) 注（2）參照。

(21) 以上、一句め「新妝を倚《ほこ》り」の訓みは、武部利男『李白 下』中國詩人選集8・一九五八年十月・岩波書店に從った。また二句めは錢仲聯編選『明清詩精選』名家精選古典文學名篇・一九九二年十二月・江蘇古籍出版社を、三、四句めについては錢仲聯・章培恆等撰寫『元明清詩鑑賞辭典』一九九四年七月・上海辭書出版社を、それぞれ參照した。

(22) 何景明は「書」の中で、「僕の遊從して（李氏の）作述を觀るを獲《え》て自《よ》り、今にして且《まさ》に十餘年來ならんとせり」と記しており、何氏の進士登第（一五〇二弘治十五年）から數えると、例えば一五一三（正德八）年で十一年となる。翌一五一四年李氏は廣信の獄に下るが（第六章參照）、この時何氏は七律「得獻吉江西書」を返して隱居を勸めている。この詩に關して『明淸詩精選』は、「何景明と李夢陽は論詩の意見が一致しないで不仲となったが、夢陽が江西で失意の狀態にあったので、

彼の手紙をもらうと詩を作って慰問した」と記す。論争が下獄の前であったとの前提である。なお、この年の三月に釋放されると、李氏は「與何子書二首」（巻六十二）で、劉瑾の事件で救ってくれた康海と、このたび楊一清に上書するなどの手を講じてくれた何景明に謝意を表している。

（23）『徐迪功集』の刊年は、杜信孚纂輯『明代版刻綜錄』巻二・一九八三年・江蘇廣陵古籍刻印社刊による。

四　「死は吾が分なり」――黃道周と倪元璐――

明末清初という時代は、知識人にとって、それぞれの生きかたと死にかたを試された時代であった。置かれた環境は內憂外患であった。もう少し具體的にいうと、宮廷內では、實權派宦官グループと正義派官僚グループの熾烈な抗爭があった。そのどちらに組するのか、文官知識人はその選擇を迫られた。國內では農民反亂が各地に起こった。陝西省北地から始まった李自成の亂はその代表であった。皇帝自身が「亂賊も我が赤子なり」と言い、知識人もその思いを共通にしたであろうが、實際に反亂に組する者は、ごくわずかな下級知識人に限られていた。さらに國外からは、建州ジュルチンといわれる滿洲人が「(後) 金」、あるいは「淸」と稱して、長城內への侵入を繰りかえしていた。それに組する知識人はいなかった。和平論を唱える者はいたとしても。

黃道周と倪元璐は、世間的なランクづけのうえでは、最高級にある知識人であった。兩氏は共通して、五經の一つである『易經』の學者ではあったが、何よりも進士となり、行政のトップ・ランナーであった。結論を示せば、兩氏は一貫して、正人であり、義士であり、忠臣であった。

兩氏は、他の一面で書人であり、詩人でもあったが、それはあくまでも餘技である。特に兩氏の書跡を鑑賞するにつけては、その前に、それぞれの言說や行爲の實際を念頭におく必要がある。そこから、彼らの書跡が、その言動どおりであるのか、はたまた意外な側面を垣間見せることがあるのか、といった鑑賞や評價が可能になるだろう。

本稿では、政治的、あるいは軍事的な情況のもとでの兩氏の言動を、年月を追いながら見ることにしよう。

黄道周は、一五八五（萬暦十三）年、福建省南部の漳州府に屬する鎮海衞の軍籍の家庭に生まれた。字は幼平、また幼玄、號は石齋。「家貧しく、農を業とし、親に事《つか》うるに孝を以て聞こゆ。年二十四にして始めて發憤して讀書し、遂に博奧の學を窮め、深きを鈎《かぎ》とり遠きを致し、自らを高めて標置す」と、陳鼎の『東林列傳』卷十二の傳は記す。倪元璐は、一五九三（萬暦二十一）年、浙江省紹興府下の上虞縣に生まれた。字は玉汝、號は鴻寶、また園客。『東林列傳』卷八の傳は「生まれながらにして穎異《えいい》、弱冠にして鄉に擧げらる」と記す。

二人の最初の出會いは一六二二（天啓二）年の會試においてであった。殿試の等級づけで、第一甲（進士及第）三名、第二甲（進士出身）七十七名、第三甲（同進士出身）三百二十九名のうち、三十八歳の黄道周は二甲第七十三名、三十歳の倪元璐は二甲第二十名であった（『歴代進士題名錄』）。まもなく二人は、ともに翰林院庶吉士三十六人のうちに選ばれ、中央官僚としての將來が囑望された。

當時、天啓帝のもとで政治の實權を握ったのは、宦官トップの司禮太監である魏忠賢であった。彼は、最高官僚の内閣大學士に自分の腹心を配置し、いわゆる「閹黨《えんとう》」を形成しつつあった。

一六二四（天啓四）年正月、黄道周は倪元璐とともに翰林院編修（正七品）に昇任した。彼の任務は、皇帝が經書などを講論する「經筵《けいえん》」、いわば御進講の場で書籍を展示することであった。辭令交付の席であろうか、慣例として膝行すべきところを、彼はそれを拒否し、魏忠賢に睨みつけられた。まもなく彼は母の死去にあって歸鄉した。服喪期間は長くとも三年、實質二十七ヶ月のはずであるが、以後彼の姿は、一六二九（崇禎二）年まで、朝廷から消えることになる。

同じ年の六月、都察院左副都御史の楊漣《ようれん》が「高皇帝（太祖）は令を定むらく『内官（宦官）は外事に干預するを許さず、祇《た》だ掖廷《えきてい》（後宮）の洒掃《さいそう》に供するのみ。違う者は法として赦《ゆる》す無し』と」（『明史』卷二百四十四・楊漣傳）として、魏忠賢の二十四大罪を列擧して彈劾した。東林黨とよばれる正義派官僚グループを代表しての上奏であった。この時以降、一六二七（天啓七）年七月に天啓帝が崩御するまでの三年間にわたって、閹黨と東林黨との間に熾烈な抗爭、というより前者の後者にたいする徹底的な彈壓が繰りひろげられる。楊漣をはじめ東林黨の並みいる官僚にたいして、まずは官籍を剝奪し、ついで逮捕、獄死、あるいは自殺に追いやった。そして東林黨の人士が講學の據りどころとしてきた、北京の首善書院、あるいは江蘇省無錫の東林書院など、全國の書院を閉鎖し破壞した。一方では『三朝要典』を編纂して、萬曆朝・泰昌朝・天啓朝における閹黨の行爲を正當化した。具體的には「三案」とよばれる三つの奇怪な事件に關連するものである。その一の、一六一五（萬曆四十三）年五月の「梃擊《ていげき》」案は、無頼の徒が梶棒を持って東宮に闖入した事件で、皇太子の繼位問題にからんでいた。その二の「紅丸」案は、萬曆帝が崩御し、泰昌帝が一六二〇（泰昌元）年八月に即位したあと、僅か一ヶ月後に、投藥によって急死した事件である。その三の「移宮」案は、前の事件の直後に、皇太子（のちの天啓帝）を、亡帝の側室による後見から防ぐために、皇帝の正宮に移した事件である。三事件とも閹黨派に不審な動きがあり、そのつど東林派の鋭い追及を受けたが、いずれもうやむやのうちに處置された。

倪元璐は、特に東林黨と關係の深い書院で講學したわけではなかったが、やはりメンバーの一人と目されていた。彼は一六二五（天啓五）年のいつかの時點で、もはや言路の斷たれたことを悟り、老母への孝養を口實にして休暇をとり、一六二七年四月まで歸省した。休暇明けの五月、翰林院編修として江西鄕試の主考となり、閹黨の忌諱《きき》に觸れる出題をしたが、その直後の七月に天啓帝が崩御したので、事なきをえたとされる（長子倪會鼎の『倪文正公年譜』による）。

一六二七年八月に十八歳の崇禎帝が即位すると、政界は一變した。十月に國子監の一學生が上奏した魏忠賢十罪が新帝の認めるところとなり、翌月に魏忠賢は自縊《じい》した。腹心の兵部尚書崔呈秀も同じ道をたどった。しかし閹黨の一掃と東林黨の復活は徹底性を缺いた。閹黨の殘留組は魏忠賢や崔呈秀を指彈しながら、その惡政の原因を東林黨に求める言説を展開した。一六二八（崇禎元）年正月、翰林院編修の倪元璐・三十六歳は、その「首《はじ》めに國是を論ずる疏」において、「世界は已に清《す》むも方隅は未だ化せず。邪氛《じゃふん》は已に息《や》むも正氣は未だ伸びず」と説きおこし、「凡そ崔・魏を攻むる者は、必ず東林を引きて並案と爲し、一たびすれば則ち邪黨と曰い、再びすれば則ち邪黨と曰う。夫れ東林の諸臣を以て邪人黨人と爲すは、將《は》た復た何の名を以て崔・魏の輩に加うるや」（『倪文貞奏疏』巻一）と反論した。さらに四月には翰林院侍講（正六品）に昇って、「（三朝）要典を燬《や》くを請うの疏」（同上）を上奏し、翌月に實行された。

さて倪元璐の文集には黄道周にあてた書簡が四通殘されているが、その第一の書には「崇禎戊辰」（同元年、一六二八）の注記がある。その冒頭に彼は「三年、幼玄（黄氏の字）を見ず、乃ち其の文章風節は則ち目前に在るが如きなり」（『倪文貞集』巻十八）と記している。黄氏はまだ在野生活をしていたのである。

一六二九（崇禎二）年四月、倪元璐は南京國子監司業（正六品）に左遷された。これと前後して黄道周・四十五歳がもとの翰林院編修（正七品）として復歸し、まもなく詹事府右中允《せんじふゆうちゅういん》（正六品）に昇格した。翌年二月には倪元璐も同じ詹事府右中允として北京に勤務することになった。これからの二年足らず、兩氏は同僚として毎日顔を付きあわせることになる。二人にとっては庶吉士時代以來のことであり、そしてこれがほとんど最後の機會であった。

一六三一（崇禎四）年正月、黄道周は上奏して、閹黨の策略によって失脚・投獄された大學士錢龍錫《せんりようしゃく》を辯護して皇帝の怒りをかい、「調外」（『國榷』巻九十一）あるいは「降調」（『明史』巻二百五十五・黄道周傳）された。いずれにしても降格して地方官に出されることだが、黄氏のばあいは宮廷に近い場所であったと思われる。その年の閏十一月、倪元璐が「官を黄（道周）劉（宗周）に讓るの疏」（『倪文貞奏疏』巻二）を上奏し、黄氏を原官に戻し、その分、自分を降格調外するよう願い出ている。この疏文には、倪氏の黃氏にたいする評價が如實に表明されている。曰わく「黃道周は學と行と雙《ふた》つながら至り、今代稀に觀る所なり。其の俗を嫉《にく》みて忤《さから》うこと多く、至淸にして塵を絕つ」。曰わく「其の學は原《もと》より六經に本づき、博く羣史を極め、旁《かたわ》ら百氏を串《つらぬ》く。而して仁義道德の旨に澤《うるお》い、爲す所の文詞は宏深にして奇典なり」。曰わく「道周の抗疏するの時に當りては、同輩之を聞き、並びに爲に危慄《きりつ》するも、道周は以て惟だ聖主のみ與《ため》に忠言す可しと爲し、侃然《かんぜん》として進說す。此れ誠に至難なり」と。ただし上言は聽きいれられなかった。

肩書きなど、事情によくは分からぬ點があるが、翌一六三二年、黃道周はまたも上奏し、「小人を用うる勿れ」と述べた。それが閹黨の大學士周延儒と溫體仁を指すものであっただけに皇帝の怒りをかい、「斥《しりぞ》けて民と爲す」（『明史』黃道周傳）という處分を受けた。「削籍」に同じく官籍剝奪である。即時退去とはならなかったようで、倪元璐の二つめの書簡には「秋間、匆遽《そうきょ》に別かれを言い、每《つね》に懷いは黯然《あんぜん》たり」（『倪文貞集』卷十八）とある。鄕里に歸った黃道周は、「正學堂」という講舍を設けて後學の指導に當った（『四庫全書總目提要』卷九十三『榕壇問業』提要）。このような家居生活は一六三五（崇禎八）年まで續いた。

一方、倪元璐は先の讓官の疏の三ヶ月後、一六三二年二月から一六三五年五月までの間に、孝養を名目とした退職願いを七回にわたって申請したが、いずれも却下された。この間、官位は、一六三四年六月・四十二歲には詹事府右庶子（正五品）兼翰林院侍讀に昇り、十二月には日講官の職も加わって、皇帝の政策立案の應答をした。翌一六三五年七月には國子監祭酒（從四品）に昇格した。しかし一六三六年三月には妻陳氏を棄てたという私事で彈劾され、七月に自らを罷免し、一六四二年十月までの六年餘、家居生活に入った。

その倪氏とほとんど入れ替わるようにして、一六三五（崇禎八）年の冬、黃道周に原官右中允復歸の辭令がくだり、翌年・五十二歳に彼は上京した。一六三七年閏四月には左中允として上言した。「積漸（なしくずし的に進行）して以て來たり、國に是非無く、朝《ちょう》に枉直《おうちょく》無し。……上に催科を急げば則ち下は賄賂を急ぐ。……上に告訐《こくけつ》（暴露による告發）を喜べば則ち下は諂陷《てんかん》（こびへつらいによる陥しいれ）を喜ぶ」云々。『明史』巻二百五十五の本傳は、溫體仁による東林黨人士にたいする彈壓を牽制したものであるとする。この時は皇帝の怒りにあうことなく、逆に黃氏は翌月、詹事府左諭德右庶子（從五品）兼翰林院侍講に進んだ。その十月、黃氏は東宮官の人選に關係して、自分には「三罪、四恥、七不如」があると自己批判し、七つの如《し》かざる者のうちの一つとして「至性にして奇情、純孝に愧《は》ずる無きは倪元璐に如かず」（『明史』黃道周傳）と述べた。下野中の親友にたいする間接的な推擧であろう。つづく十二月には詹事府少詹事（正四品）に進んだ。

明くる一六三八年七月、黃道周・五十四歳が、溫體仁腹心の兵部尚書楊嗣昌を奪情（服喪途中の職場復歸）のかどで彈劾すると、皇帝からは黨邪《とうじゃ》をもって政を亂すものであると見なされ、江西の提刑按察司照磨（正九品）に謫遷《たくせん》された。黃氏が實際に謫所に赴いたのではないようだが、この事件は次々と擴大し深刻化した。一六四〇年四月には、黃氏を薦擧した巡撫江西右僉都御史《ゆうせんとぎょし》の解學龍の上申が皇帝の目にとまり、解氏・黃氏とも除名、逮捕、廷杖（皇帝の面前での棒打ち）、下獄となった。十一月には國子監生涂仲吉《とちゅうきち》が黃氏辯護のため下獄、刑部主事吳文熾《ごぶんし》は事務停滯のため廷杖、下獄となった。翌一六四一年十二月には、黃氏が湖廣辰州衞（『明史』黃道周傳は「廣西」とする）に戍衞《じゅえい》（國境守備の流謫）、解氏・涂氏も同樣とされた。

ところがこれに先立つ九月に閹黨の周延儒が東林黨との協定のもとに首輔となったことから、東林派の諸官僚が復活しはじめた（小野和子『明季黨社考——東林黨と復社——』七—七「周延儒内閣の成立」を參照）。黃道周も一六四二年・五十八歳の八月、赦されて戍所から原官の少詹事に復歸した。黃氏は皇帝を見て涕泣し、「臣、自ら意《おも》わざりき、今復た陛下に見《まみ》ゆるを得るとは」と言い、病いを理由に休暇を願いでて許された。これから一六四四（崇禎十七）年九月まで、彼は家居生活に入る。つまりふたたび崇禎帝にまみえることはなかったわけである。

その一ヶ月後の一六四二年九月、倪元璐・五十歳も召されて再起し、兵部右侍郎（正三品）兼翰林院侍讀學士となった。清軍はすでに、その一手は遼東灣沿いに山海關に向かっていたし、もう一手は山西から京師の南方を迂回して山東へ侵入していた。一方、李自成軍は、西南方から京師を目指し、この時には河南の開封府を包圍していた。倪氏は山東北方への視察に出かけた。翌年五月、戸部尙書（正二品）兼翰林院學士に進んだ。軍事費膨張のための課税の增大、それに旱害と蝗害が加わった農村の疲弊、そのために農民反亂が擴大されるという惡循環のもとでの財政運營を任されたのである。

一六四四（崇禎十七）年二月八日、李自成軍は山西の太原府を陷落させ、京師へと駒を進めていた。三月四日、閣議の席で南京遷都が提案されると、崇禎帝は「朕は亡國の君に非ず、諸臣は盡く亡國の臣なり」と言って、席を立った。十二日、李自成軍は長城の居庸關を突破した。十七日には蘆溝橋を通過し、西の外城である平則門や彰義門を攻擊した。十七日夜、內城が陷落した。皇帝は遺書に「朕は薄德にして躬《み》に匪《あら》ず、上、天の咎《とが》を干《おか》すと雖も、然れども諸臣の朕を誤てるなり」云々と書きつけた。皇后が自經した。皇帝は十五歲の公主を呼びよせ、「爾《なんじ》は何ぞ我が家に生まれたるか」と言って、左袖でその顏をおおい、右手で切りつけた。空が白むころ萬歲山の壽皇亭で自經した。三十歲であった。現在我々が、天安門から故宮に入って北へ向かい、最北の神武門を出、景山前街を渡って景山に登りかけたところに、一本の槐の木が立っており、「崇禎自縊處」という揭示がある。皇太子は宦官の手によって李自成側に渡された。

この部分の經緯はおおむね談遷の『國榷』巻百によったが、『國榷』にはこのあと、殉難した文武の臣三十家の名列と小傳を載せる。倪元璐・五十二歳もその一人である。續いて降臣八十九名の名列を掲げる。

十九日の早朝、倪元璐は「邸舍」（官僚用宿舍）に居た。『倪文正公年譜』は次のように記す。彼は事變を知ると、衣冠束帯して北のかたに皇帝を拝し、ついで南のかたに母堂を拝した。そして書卓に「南都は尚お爲す可きも、死は吾が分なり。棺を衾《きん》（布おおい）する母かれ、以て吾が痛みを志《しる》さん」と書きつけ、白絹でもって自經し、絶えた、と。後日、倪元璐の墓誌銘を書いたのは黄道周であった。その冒頭では次のように述べる。「崇禎の時に當りて、天子は甚だ聖なるも、天下の臣子に一の使うに足る者無きを顧みて、猶お心を倪先生に掬《く》み、即ち倪先生も亦た自ら謂《おも》えらく、聖主、臣を知れば、臣、即《たと》い死するも猶お一に當《まさ》に以て天子に報ゆべし、と」。この評は、倪元璐の最後の數年に限っていえば妥當といえるだろう。黄氏自身の體驗からして、崇禎帝を心底から「聖」と見なしていたのか、疑念は殘るとしても。なお、倪氏の死の直後については、次のように記す。「頃之（しばらくして）賊至り、公の安《いず》こに在るかを問う。則ち尸《しかばね》を堂に陳《つら》ねり。各おの忠臣なりと稱し、歎息して去る」と。

さて、李自成は三月十九日の正午、毛織のかぶり笠、空色の上着のいでたちで、黒まだらの馬にまたがり、西長安門から入城し、大順國皇帝を名のり、この年を永昌元年と改めた。しかし萬里の長城の東端山海關で清軍にたいする防備に當っていた明軍の遼東總兵呉三桂が清側に支援を求め、事實上は投降して北京にのぼった。攻守かなわず李自成は四月三十日には京城を放棄して西走した。五月二日、代って清の睿親王《えいしんおう》ドルゴンが幼帝世祖の攝政として宮城に入った。四十數日前に李自成軍に降った明の官僚たちは、今度は清の入城を出迎えた。一六四四年、順治元年、滿洲族の清の支配の始まりである。

『國榷』は年次を追った實記であるが奇妙なエピソードを挿入している。崇禎帝の死後、ある御史が家で神おろしの箕仙《きせん》を呼びよせたとき、亡帝の靈が降って、「朕は三臣を用うるを誤り、三臣を用いざるを悔ゆ」と述べた。さらに具體的に問いただすと、あとの三人は、劉宗周・黃道周・陳子莊だと述べたというのである。

その黃道周が福建の家鄉にあって、北京落城と皇帝自經の消息を、いつ、どのように受けとめたかについて、『明史』の本傳は何も記していない。前述した一六四二（崇禎十五）年八月の無罪放免に續く記事には、「居ること久しくして福王監國（皇帝代理）し、道周を吏部左侍郎に用う」とある。南部に配屬、あるいは居住していた明の文武の官僚は、皇帝の系譜をたどって南京に政權を樹立しようとした。閹黨の主導のもとに福王朱由崧《しゅゆうしゅう》が監國となり、一六四四年の五月十五日に皇帝の座に卽き、明年を弘光元年と決定した。『明史』本傳の記事によると、この時、黃道周には出仕の意思が無かった。しかし閹黨の鳳陽總督馬士英から、（おそらく手紙で）それでは東林黨派と目される南京兵部尙書史可法に從って潞王朱常淓《しゅじょうほう》を擁立しようとするのか、と當てつけられて、やむをえず南京に赴いた。九月には南京禮部尙書となった。禮部尙書というのは、だいたいどの政權においても、當代最高の文化人に與えられるポストであるが、實權はほとんど無い。南明政權內は黨派間の內紛を繰りかえすだけで、明朝回復の成果はまったくあがらず、せいぜいが農民反亂の殘黨に對處するだけであった。この間、黃道周にも目立った動きは無い。

一六四五（順治二）年、南明でいえば弘光元年の四月二十五日、淸軍は揚州府を陷落させ、史可法が戰死した。五月八日には長江を渡り、十日、弘光帝が南京を出走、上流百キロのところで捕えられ、殺された。十五日には淸軍が、大學士王鐸、禮部尙書錢謙益らの出迎えを受けて、南京に入城した。黃道周は福建に走り、閏六月二十七日福州で、海寇あがりの南安伯鄭芝龍《ていしりょう》らと唐王朱聿鍵《しゅいつけん》を擁立して監國とした。翌一六四六年、南明唐王の隆武二年の七月から、黃道周は失地回復の擧に出、十二月、現安徽省の婺源《ぶげん》で淸軍に遭遇して敗れ、北へ三五〇キロの南京まで連行された。幽閉のあいだは囚服のなりで著述にいそしんでいた。刑場に引かれる途中、東華門を過ぎるところで坐し、「此こは高皇帝の陵寢（太祖の孝陵）と近し、死す可し」と叫んだ。執行人もそれに從った。六十二歳であった。

第三部　祝允明論

一　祝允明の思想と文學――『祝子罪知錄』を中心に――

一　話題の中の祝允明

祝允明は明代中期の江南の文藝を語る際には缺かせぬ人物である。一四六〇（天順四）年、蘇州府長洲縣に生まれた。字は希哲、號は枝山、また枝指生。一五二六（嘉靖五）年卒、六十七歳。

その人柄について錢謙益（一五八二〜一六六四）は『列朝詩集』丙集（自序は一六五二順治九年の撰）で次のようにのべる。

> 酒と色《おんな》と六博《ばくち》を好み、新聲を度《うたづく》るを善くし、少年《わかもの》習いて之を歌う。間ま粉《おしろい》と墨《まゆずみ》を傅《つ》けて登場し、梨園の子弟も相い顧みて如《し》か弗《ざ》るなり。海內、其の文及び書を索め、贄幣（てみやげ）もて門に踵《いた》るも、輒ち辭して見《あ》う弗《な》し。其の狎游するを伺い、女伎を使《し》て之を掩わしめ、皆な梱載して以て去る。家の爲に未だ嘗て有無を問わず、俸錢及び四方の餉遺《おくりもの》を得れば、輒ち善くする所の客を召《まね》きて噱《わら》い飲み歌い呼《さけ》び、費の盡きて乃ち已む。或いは分け與えて持ち去らせ、一錢をも留めず。出づる每に則ち追呼して逋（負債）を索むる者相い道路に隨うも、更に用《も》って怵《たの》しみ笑うの資と爲す。其の歿するや、幾んど以て斂《おさ》むるもの無かる云《のみ》。

まるで小説の中の人物のようであるが、錢謙益がその思想の一端を語るのは、蘇州の顧璘（一四七六〜一五四五）からのわずかな引用のみである。

世を玩《あなど》りて自ら放《ほしいま》まにし、禮法の儒に近づくを憚り、故に貴仕は罕《ほと》んど其の蘊《ふか》きを知らず。

事實、祝允明はいろいろな話題やエピソードを殘している。例えば、ほぼ一世紀後に同じく長洲縣に生まれた馮夢龍（一五七四〜一六四六）の『古今譚概』には、佻達部に「唱蓮花」「道情」の二話、「募縁」一話、「祝京兆」四話、委蛻部に「枝指」一話、儇弄部に「竹堂寺」一話、談資部に「祝枝山謎」一話などを載せる。そのうちの二つをあげておこう。

蘇郡の祝允明・唐寅・張靈は皆な誕節倡狂なり。嘗て雪雨《ふ》りの中、乞兒と作《な》りて節（ひょうしぎ）を鼓《う》ちて「蓮花落」を唱い、錢を得れば酒を野寺の中に沽《か》いて曰わく「此の樂しみは、惜しむらくは（李）太白を令《し》て之を知らしめざるを」と（「唱蓮花」）。

唐寅は、字は伯虎、また子畏、號は六如、一四七〇〜一五二三。張靈は、字は夢晉、生卒年未詳。ともに呉縣の人。

一富家、厚幣を持して公に墓文を書かんことを求むるも、公鄙《いや》しみて許さず。既に窘《とぼ》しさ極まるに、友人、間に乘じて爲に言う。公曰わく「必ず字を計りて錢を償《つぐな》えば乃ち可なり」と。富家、酒を治めて之を延《まね》く。公、半ば酣にして筆・墨・研《すずり》を趣《うなが》し來らしめ、因りて前に一の器を置か令《し》む。一字を書く毎に則ち十錢を器内に投ぜしめ、既に書くこと二三百字可《ばかり》なれば、器中を睨視して曰わく「足れ矣《り》」と。欣然として器を持して竟に出づ。衆、之を留め得ず。富家、因りて別に人を倩《か》えて筆《か》かしむ（「祝京兆」その四）。

一方、祝允明はこのような話題の提供者でもあった。『古今譚概』は、「祝氏『猥談』に云う」として、謬誤部の「吏牒」、不韻部の「判帶帽語」「別號」などを載せる。『猥談』は「一卷」として『廣百川學海』や『續説郛』に收められている（ただし完本であるか否かは未調査）。また祝氏の『野記』（『九朝野記』とも稱する）四卷は「内外二祖」や「婦翁」からの聞き書きを集めたもので、一五一一（正德六）年に成った（同書「小敍」。『四庫全書總目提要』卷百四十三・子部小說家類存目に著錄）。別に『前聞記』一卷は、そのほとんどが『野記』からの抽出であると思われる（『提要』卷百四十三に著錄）。この『野記』あるいは『前聞記』について、譚正璧『三言兩拍資料（上・下）』（上海古籍出版社、一九八〇年十月刊。「凡例」は一九六一年三月撰）は、三言二拍のうちの幾つかの作品の「本事來源」ないしは「本事影響」を求める（同書「凡例」）。一例をあげておく。

『野記』卷四「吳邑の朱生、宣德中に湖湘に商いして舟を官河の下に泊む」の記事と、『醒世恆言』卷三十六「蔡瑞虹、辱を忍んで仇に報ゆ」について。『野記』では、朱生の舟に新王二なる名娼が訪れ、自分がもとは淮安の蔡指揮の女であり、父が湖廣襄陽に赴任の途中、舟人王某によって一家皆殺しにあったので、その妻にされた自分は仇討ちの機會をねらっているのだと言う。朱生はそれを聞き、女を迎えにきた賊を水中に投げこむ、という筋である。『醒世恆言』では、宣德年間、淮安衞指揮の蔡武が「酒鬼」であったことから始まり、揚州から船出をしたところで船頭の陳小四らによって一家皆殺しにされ、その女の瑞虹は無賴漢の手から手へと各地に轉賣されるうち、最後は美人局の計略をかいくぐって進士の朱源の妾に落ちつき、夫が武昌知縣に赴任する途中で陳小四らかつての下手人にめぐりあい、一家の仇討ちを果たすというもの。前者の全文が五百七十字であるのにたいして後者は一萬四千字以上、約二十五倍に潤色されてはいるが、譚氏が兪樾の『茶香室叢鈔』卷十七「蔡指揮女」を引きつつ前者を後者の本事とみなすことに、異論はないだろう。

祝允明について以上にあげたような側面を見るとき、二人の先師が殘された指摘はいかにも妥當であるかに思われる。すなわち、宮崎市定先生は「明代蘇松地方の士大夫と民衆」（『史林』三七―三、一九五四年六月刊）において、祝允明を「市隱」、つまり「何よりもその生れた土地を愛し、鄕里の民衆と苦樂を共にしようとする。こういう云わば隱者的な士大夫」の一人として論述された。また吉川幸次郎先生は『元明詩概說』（岩波書店、一九六三年六月刊）第五章

第三節で、「沈周の弟子」である祝允明を、「膨脹する市民の勢力の表現として、市民の自由さを主張せんとするごとくである」うちの一人として數えられた。そしてこのような「自由」な「市隱」像が、祝允明のものとして定着しているようである。

だがひるがえって、祝允明が中央の政治にたいして大いなる關心をもっていたこと、また生涯にわたって科擧試を執拗に追いかけたことを考えると、祝氏の本心が、鄕里にどっぷりとつかり市に隱れるところにあったのかどうか、はなはだ疑問になってくる。また祝氏の生涯の思考の總決算ともいうべき『祝子罪知錄』（以下『罪知錄』と稱す）をひもとく時、むしろ、知識人の「自由さ」を獲得せんと格闘したというべきではなかろうか。

二　政治への關心と科擧試へのこだわり

祝允明はその「野記小敍」を次のように書きはじめる。

允明、幼きより內外二祖の懷膝を存《なぐさ》め、長じては婦翁の杖几に侍り、師門友席にて崇論爍聞の洋洋乎として耳に盈てり。

このうち內祖父祝顥（一四〇五～一四八三）は、字は惟淸、一四三九（正統四）年の進士。最終の官職山西布政司右參政にあること七年、歲六十を越えたところで依願退職した。允明五歲の時で、その後は吳縣の徐有貞（一四〇七～一四七二）や杜瓊（一三九六～一四七四）、長洲縣の劉珏（一四一〇～一四七二）らと雅會を樂しんだ。ちなみに父祝瓛については一四八三年、祖父に先だつこと五ヶ月にして亡くなったこと以外は分からない。宦籍は無かったと見てよいだろう。

また外祖父、すなわち母徐氏の父徐有貞は位人臣を極めた人物である。初名は珵、政治の場で有貞と改めた。字は元玉、のちの號は天全、呉縣の人。『明史』巻百七十一の本傳では「人と爲り短小精悍にして智數多く、功名を喜ぶ」と記す。一四三三（宣德八）年の進士。一四四九（正統十四）年の土木の變で英宗がエセンに捕えられると、翰林院侍講の彼は南遷をとなえ、北京を死守しようとする于謙（一三九四～一四五七）に叱責された。郕王が即位して景帝となり景泰と改元、英宗は一年後に歸還するが上皇として南宮に幽閉された。一四五七（景泰八）年の正月、景帝が病床にあるのに乘じて、都察院左副都御史の徐有貞は武淸侯・鎭朔大將軍の石亨らとともに、上皇をひそかに迎えて英宗の復辟と天順改元を宣言した。このいわゆる「奪門迎復」の功によって、徐有貞はただちに華蓋殿大學士・兵部尚書として內閣の實權を握り、武功伯に封ぜられた。景帝はもとの郕王にもどされ、一ヶ月後に死去、皇太子を擁立しようとした于謙は死刑に處せられた。ところがまもなく內部抗爭が起こり徐有貞は下獄、雲南省金齒衞の戍所に放逐され、名譽回復して歸還したのは一四六一（天順五）年、祝允明が二歲のころであった。

婦翁の李應禎（一四三一～一四九三）は、本名は甡であるが字で通り、またの字を貞伯という。長洲縣の人。一四五三（景泰四）年、鄕擧によって國子監に入り、その書跡が認められて一四六五（成化元）年に中書舍人となった。のち南京に移り、祝允明が四回めの鄕試に臨んだ一四八九（弘治二）年には南京尚寶司卿、その後、南京太僕寺少卿にまで進んだ。

このような政治經驗豐かな老人に接した祝允明には、當然のこととして中央政府にたいする忠誠心と進士登第への思いが釀された。

中央政府にたいする忠誠心ということでは、特に明王朝初頭の暗いイメージを消さんとするかのごとくである。例えば『野記』を見れば、高啓が「被截爲八段（截《た》た被《れ》て八段と爲る）」の事なども記すとはいえ、總じて太祖の殘忍性には觸れず、むしろ建國に際しての臣下とのユーモラスな交際などを紹介しようとするし、靖難の變についても、建文帝が逃避の末、正統年間に至って八十餘歲、內裏でかつての內豎と顔をあわせた事など、その暗い過去の歷史を拂拭せんと願うかのようである。したがって逆に中央政府に非協力を示した人物にたいしては批判的である。その良い例が楊維楨である。元末の楊維楨が太祖から召しだされたとき、自作の「老客婦謠」を差しだし、「行年七十又た一九、少《わか》き年に夫に嫁ぎしこと甚だ分明なり」と歌って出仕を斷ったという話は有名であるが、その事に關して祝允明は「楊維楨論」(『祝氏集略』巻十一。一五六〇嘉靖三十九年跋刊本による、以下同じ)の中で、

其爲客婦詩、不恭也。匪曰不恭、亦太愚矣。

其の客婦の詩を爲すは、不恭なり。不恭と曰うに匪《あら》ざれば、亦た太だ愚かなり。

と言っている。「不恭」とは、太祖にたいして失禮だ、という意味であろう。「太愚」とは、せっかく輝かしい王朝の出現に出會いながら、その出仕を斷るとは馬鹿げたことだ、という意味であろう。この件については、そのあと『野記』巻一にもとりあげて、太祖が楊維楨を殺すことなく放免したことをたたえ、また『罪知錄』巻三では、「楊維楨は斗筲の人なり」、度量のせまい人物である、と決めつけている。

『罪知錄』についての後にとりあげることにするが、その巻一で夏の桀王を討った殷の湯王や、殷の紂王を討った周の武王を非難し、また巻二で宋の太祖趙匡胤を「國を簒《うば》いし亂賊」、太宗趙匡義を「兄を弑し國を簒う」として非難するのも、明の建國や英宗復辟からさかのぼって當然起こるべき皇位繼承の原則にかかわってのことであり、それが外祖父の活躍に觸發されたものであることは明らかであろう。

ではもう一方の、進士登第への思いはどの程度に實現されたのであろうか。宮崎先生は先の文章で、「進士になれずに擧人で終り、一度廣東省で知縣をつとめ、後に應天府の通判となったが任期に滿たずに蘇州へ歸ってきた」と記

されるが、受驗の經過は、これではあまりにもそっけない。祝允明の文章を見てみよう。「上巡按陳公辭召修廣省通志狀（巡按陳公に上《たてまつ》り廣省通志を召修するを辭するの狀）」（『祝氏集略』巻十三）は、一五一五（正德十）年五十六歳で廣東省惠州府興寧縣知縣として最初の仕官を果したその翌年の冬、廣東巡按御史の陳言から『廣省通志』の編修に參加するよう召されたが、それに辭退を申し出た書狀である（陳麥青『祝允明年譜』一九九六年三月、復旦大學出版社刊、參照）。

竊妄以爲他日獲登一命、茍得親民、誠爲大幸。五應鄉薦、裁忝一名、七試禮部、竟不見錄、曾未嘗有毫髮怨尤忿懟之氣、衆人盡知非敢妄繆。迨戊辰年會試下第、朝廷纂修孝宗皇帝實錄、伏蒙當時元相欲薦允明、入中書執事筆札、允明自審、力辭不就、惟默感恩而已。逮於甲戌赴選天曹、乃得今命。

竊かに妄りに以爲えらく、他日、一命（最低の官職）に登るを獲《え》、茍しくも（地方官として）民に親しむを得なば、誠に大幸と爲すと。五たび鄉薦に應じ、裁《わず》かに一名を忝くし、七たび禮部に試みるも、竟に錄せ見《ら》れず。曾て未だ嘗て毫髮も怨尤忿懟の氣有らず、衆人は盡く敢て妄繆に非ざるを知る。戊辰の年（一五〇八正德三年）會試に下第するに迨《およ》び、朝廷は『孝宗皇帝實錄』を纂修し、伏して當時の元相《さいしょう》の、允明を薦めて中書（科）に入れ筆札を執事せしめんと欲するを蒙むるも、允明自ら審らかにして、力めて辭して就かず、惟だ默して恩に感ずるのみ。甲戌（一五一四年）に逮びて選に天曹（吏部）に赴き、乃ち今の命を得たり。

王寵（一四九四～一五三三、長洲縣の人）の「明故承直郎應天府通判祝公行狀」によると、祝允明が擧人となったのは一四九二（弘治五）年のことであるから、その最初の鄉試受驗は一四八〇（成化十六）年二十一歳、二回めは一四八三年、三回めは一四八六年、四回めは一四八九年（婦翁李應禎宅に泊まるが、發病のため不受驗）ということになる。ついで會試受驗は、擧人となった年の翌一四九三癸丑の年は、その「感記」なる文（『枝山文集』巻一）に「癸丑は則ち……北試せず」としているから、その最初は一四九六年、二回めは一四九九年（唐寅も受驗したが「科場案」に連座して下獄）、三回めは一五〇二年、四回めは一五〇五年、五回めは一五〇八（正德三）年、六回めは一五一一年（子の祝續が進士の第に登り庶吉士となる）、そして七回めが一五一四年五十五歳ということになる。

ではなぜ祝允明が科擧試にかくも難澁したかといえば、それは彼が古文家であり、しかも「儒家の罪人」（『罪知錄』巻二）であることを自認していたからである。彼は會試受驗の斷念を表明した文章で、「漫ろに程文を讀むに味は蠟を咀むが若く、筆を拈《と》りて試みに爲せば、手は棘《いばら》を操《も》つが若くなれば、則ち安《いずく》んぞ能く諸英と角逐せんや」（『祝氏集略』巻十二「答人勸試甲科書」。陳氏『年譜』は友人の名を施儒、執筆の時期を一五一四年の落第後まもなく、とする）とのべるが、問題は「程文」つまり八股文という、單なる文體に終わるのではない。

『明史』巻七十・選擧志二では科擧の出題のテキストについて次のように記す。

> 四書は『朱子集註』を主とし、易は『程傳』『朱子本義』を主とし、書は『蔡氏傳』及び古註疏を主とし、詩は『朱子集傳』を主とし、春秋は左氏・公羊・穀梁三傳及び胡安國・張洽の『傳』を主とし、禮記は古註疏を主とす。永樂間、『四書五經大全』を頒かち、註疏を廢して用いず。其の後、春秋も亦た張洽の『傳』を用いず、禮記は止《た》だ陳澔の『集說』のみを用う。

祝允明の時代には四書・五經ともすべて新注によることとされ、古註疏は廢止されていたのである。それにたいして彼は、たとえば「貢擧私議」（『祝氏集略』巻十一）では、そもそも四書のうちの『孟子』は「孔氏に羽翼し、然れば終に是れ子部儒家の一編」にすぎないこと、『大學』と『中庸』はもとの禮に戻すべきことなどをのべ、また「答張天賦秀才書」（同巻十二）では「宜しく十三經註疏を尋ぬべし」と人に勸めるのである。

三　祝允明の位置づけ、および批判

祝允明を古文家として位置づけた論文には、宮崎先生の「張溥とその時代」（『東洋史研究』三三―三、一九七四年十二月刊）がある。その中で先生は、張溥（一六〇二〜一六四一）が「興復古學の意味の」復社を結成し、『四書註疏大全合纂』の編著にかかわったのには、「當時蘇州を中心とする學界においては、嘗て祝允明が唱えた古學復興が次第に強い流れとなって現れてきた」ことの影響を指摘される。

また近年、中國から發行された袁震宇・劉易生著『明代文學批評史』（上海古籍出版社、一九九一年九月刊）では、第四章「明代中期の詩文批評（上）」の第二節「李夢陽（一四七二〜一五三〇）・何景明（一四八三〜一五二一）」に先んじて第一節「七子派復古の先聲」なる項を設け、

一、章懋（一四三七〜一五二二）・王鏊（一四五〇〜一五二四）・林俊（一四五二〜一五二七）。

二、桑悅（一四四七〜一五〇三）。

三、邵寶（一四六〇〜一五二七）。

四、祝允明。

の順で論述する。そのうち祝氏については、たとえば「答張天賦秀才書」を引用して、

彼は性理をねじまげて論ずることを批判し、擧業（の文體）をもって文章とすることを批判し、あわせて古えを師とすることを提唱して、唐から六朝にさかのぼり、さらに先秦に至ろうとした。このような主張は、やや後の李・何に近い。しかし彼は、當時の、ますます濃くなってゆく尙古の風潮にも不滿があった。

と指摘する。前七子との異同については多分に検討を要するとはいえ、祝允明を明代文學史の上に位置づけようとした試みは、大いに評價されてよい。

さて、明代古文の總括的な編輯としては黃宗羲（一六一〇～一六九五）の『明文海』四百八十二卷（最後の二卷は原闕、成書年未詳）に歸着するが、「論議」のジャンルだけに限ってみても、祝允明の「性論」「古今論」「學壞於宋論」「貢擧私議」など『祝氏集略』卷十・十一所收の文章二十七篇のうちから十二篇を、黃氏はこの編著に收錄する。黃氏が祝氏の思想にかなり共鳴していたとみなしてよいだろう。ただし黃宗羲が子息の黃百家に傳授した『明文授讀』（一六九九康熙三十八年刊）卷六所收の「古今論」の後につけた評語は、文體に關するだけで、內容にまでは踏みこまない。

枝山識力、非常人所及。但句法有意古拙、反覺有礙。

枝山の識力は常人の及ぶところではない。しかしその句法には意識的に古拙にしようとするところがあり、そのためにかえって障害をきたしているように感じられる。

ところが黃宗羲とほぼ時代を同じくして、祝允明の『祝氏集略』にたいしてではなく、その『罪知錄』にたいする嚴しい批判があらわれる。王弘撰の著『山志』卷六の、「罪知錄」を標題とする文章である。王氏は、字は無異、號は山史、陝西省同州府華陰縣の人。一六二二（天啓二）年に生まれ、一六七九（康熙十八）年の博學鴻詞に推擧されたが辭退して明の遺民を通し、一六九九年、七十八歲でまだ存命であったらしい。『山志』は初集六卷、二集五卷（卷第一は原闕。乾隆中、紹衣堂刊）。その全文を掲げておく。

祝枝山、狂士也。著祝子罪知錄。其擧刺予奪、直抒胸臆、言人之所不敢言、亦間有可取者、而刺湯武、刺伊尹、刺孟子、及程朱特甚、刻而戾、僻而肆。蓋學禪之弊也。乃知屠隆・李贄之徒。其議論亦有所自、非一日矣。聖人在上、火其書可也。

祝枝山は狂士なり。『祝子罪知錄』を著わす。其の擧刺予奪（毀譽褒貶のこと、後述）は、直ちに胸臆を抒べ、人の敢えて言わざる所を言う。亦た間ま取る可き者有るも、而れども湯（王）武（王）を刺《そし》り、伊尹を刺り、孟子を刺り、程（顥・頤）朱（熹）に及んで特に甚しく、刻《むご》くして戻《もと》り、僻《よこし》まにして肆《ほしいま》まなり。蓋し禪を學ぶの弊なり。乃ち屠隆（一五四二～一六〇五）・李贄（一五二七～一六〇二）の徒なるを知る。其の議論も亦た自《よ》る所有りて、一日に非ず。聖人（天子）上に在りて、其の書を火《や》くも可なり。

ちなみに『山志』巻四の「李贄」では、「蓋し一も忌憚する無きの小人なり」として、その著『焚書』『藏書』をしりぞけ、續いて「屠隆」では、その著作集『鴻苞』について、「尤も三教（儒・佛・道）一理の説に諄諄たり」とのべる。佛學によって聖學を侵犯したという點で、祝允明は李贄や屠隆のさきがけをなした、ということになる。『四庫全書總目提要』（その表文は一七八二乾隆四十七年七月の撰）が巻百二十四・子部雜家類存目一『罪知錄』の項で、本書を批判するのに『山志』を引いて「其の說當たれり」とするのは、『山志』をもって『罪知錄』批判の最初とみなしてのことであるとともに、その批判がすでに明人のうちにあったことを示そうとしたのだと思われる。

ついで清人では王士禛（一六三四～一七一一）によって、文學の面に限られてのことではあるが、次のような批判がなされる。『香祖筆記』（宋犖の序文は一七〇五康熙四十四年の撰）巻一の文章である。

明文士如桑悅・祝允明、皆肆口橫議、略無忌憚。悅對丘文莊言、擧天下文章、惟悅、其次祝允明。世但嗤其妄人耳。允明作罪知錄、歷詆韓・歐・蘇・曾六家之文、深文周內、不遺餘力。謂韓傷易而近儇、形粗而情霸、其氣輕、其口誇、其發疏躁。歐陽如人畢生持喪、終身不被衰繡。東坡更作儇浮、的爲利口、譁獷之氣、肆溢舌表、使人奔迸狂顚而不息。曾・王旣脫衣裳、幷除爪髮、譬之獸豱腊骨。（中略）惟柳如冕裳珮玉、猶先王之法服。乃其大旨、則在主六代之比偶故實、吁亦鄙而倍矣。論唐詩人、則尊太白爲冠、而力斥子美、謂其以村野爲蒼古、椎魯爲典雅、

粗獷爲豪雄、而總評之曰、外道。李則鳳皇臺一篇、亦推絶唱。狂悖至于如此、醉人罵坐、令人掩耳不欲聞。（後略）

明の文士桑悦・祝允明の如きは、皆な口に肆《まか》せて横《ほしいま》まに議《の》べ、略《いささ》かも忌憚する無し。桑悦は丘濬（一四一八〜一四九五）に對して、「天下の文章を擧《ほ》むるは、ただ悦《われ》のみ。其の次は祝允明なり」と言えり。世は但だ其の妄人（道理のわからぬ人間。『孟子』離婁篇下に見える言葉）を嗤《わら》うのみ。祝允明は『罪知録』を作りて、韓愈・歐陽修・蘇軾・曾鞏（および王安石と柳宗元）らの六家の文をつぎつぎと詆《そし》り、深文（苛刻な文章）にて周内《しゅうのう》（周到に論告）して餘力を遺さず。謂うならく、韓愈は「易きに傷《そこな》われて儇（こざかしさ）に近く、形《すがた》は粗《あら》く情《こころ》は覇《いさ》み、其の氣は輕く、其の口は誇《おおげさ》、其の發《あら》われは疏躁（そそくさ）たり」と。歐陽修は「畢生、喪（に服する）を持《つづ》ける人の、終身まで袞繡（顯官にふさわしい禮服）を被《き》ざるが如し」と。蘇東坡は「更に儇浮（かるはずみ）を作《な》し、的《たし》かに利《さと》き口ぶりを爲し、譁《かまびす》しく獷《たけだけ》しき氣は、肆《ほしいま》まに舌表に溢れ、人を使《し》て狂顚に奔迸して息《や》まざらしむ」と。曾鞏・王安石は「既に衣裳を脱ぎ、幷せて爪髮をも除く」として、之を「獸の腊《ほじし》と骨を齧《かじ》る」に譬う。（中略）惟だ柳宗元のみは「冕裳し珮玉するが如く、猶お先王の法服のごとし」と。乃ち其の大旨は則ち六代（六朝）の「比偶」「故實」を主とするに在り。吁《ああ》、亦た鄙にして倍《そむ》けるか。唐の詩人を論じては則ち李太白を尊びて冠と爲し、而して力めて杜子美を斥け、謂うならく、（宋人は）其の「村野」を以て「蒼古」と爲し、「椎魯（つたなく、にぶき）を「典雅」と爲し、「粗獷」を「豪雄」と爲すと。而して之を總評して曰わく「外道」と。李は則ち「鳳皇臺」一篇を、亦た絶唱と推す。狂悖は此《か》くの如くに至り、醉人の坐に罵るは、人を令《し》て耳を掩いて聞くを欲せざらしむ。（後略）

最後に『四庫全書總目提要』は、危險視する箇所を王弘撰および王士禛よりもいっそう擴げて指摘する。

其說好爲刱解、如謂湯武非聖人。伊尹爲不臣。孟子非賢人。武庚爲孝子。管蔡爲忠臣。莊周爲亞孔子一人。嚴光爲姦鄙。時苗・羊續爲姦貪。謝安爲大雅君子、終弈折屐非矯情。鄧攸爲子不孝、爲父不慈、人之獸也。王珪・魏徵爲不臣。徐敬業爲忠孝。李白百俊千英、萬夫之望。种放爲鄙夫。韓愈・陸贄・王旦・歐陽修・趙鼎・趙汝愚爲匿非。論文則謂韓・柳・歐・蘇不得稱四大家。論詩則謂詩死於宋。論佛老爲不可滅。皆剿襲前人之說、而變本加厲。

其の說は好んで刱《はじ》めての解を爲し、如《たと》えば謂えらく「湯（王）武（王）は聖人に非ず」と。「伊尹は臣ならざる」と爲す。「孟子は賢人に非ず」と。「武庚を孝子」と爲す。「管（鮮）蔡（度）を忠臣」と爲す。「莊周を孔子に亞《つ》ぐ一人」と爲す。「嚴光を姦鄙」と爲す。「時苗・羊續を姦貪」と爲す。「謝安は大雅の君子、弈に終わり屐を折るも矯情に非ず」と爲す。「鄧攸は子と爲《し》ては不孝、父と爲ては不慈、人の獸なり」と。「王珪・魏徵は臣ならず」と爲す。「徐敬業を忠孝」と爲す。「李白は百俊千英にして萬夫の望なり」と。「种放は鄙夫」と爲す。「韓愈・陸贄・王旦・歐陽修・趙鼎・趙汝愚は非を匿《かく》す」と爲す。文を論ずれば則ち「韓・柳・歐・蘇は四大家を稱するを得ず」と謂う。詩を論ずれば則ち「詩は宋に於て死せり」と謂う。佛老を論じて「滅する可からず」と爲す。皆な前人の說を剿襲し、而も本を變えて厲《はげ》しきを加う。

四　『罪知錄』について

『祝子罪知錄』十卷は、各卷の初めに祝允明の「纂」、王世貞（一五二六〜一五九〇）の「校」、そして陳以聞（字は無異、湖廣黃州府麻城縣の人。一六〇七萬曆三十五年の進士、翌年吳縣知縣となり、馮夢龍と面識をもった）ら三氏がおこなった

「閲」を明記し、また各巻の末尾には「曾孫男世廉謹輯」と記す。萬曆刊本が臺灣・國立中央圖書館に所藏。『四庫提要』が據った「七巻」本とは異なり、その中で言及する「千頃堂書目に載する祝氏罪知十巻」なるものと同じであろう（『千頃堂書目』三十二巻は清の黃虞稷〔一六二九～一六九一〕撰、その巻十二・子部雜家類に「祝允明『祝子罪知錄』十巻」とある）。序文らしきものはなく、ただ「題祝氏罪知二十二韻」と、それにつけた識語があるだけで、撰者の名は判讀しにくいが、「徵明」と讀めるように思われる。それだと文徵明（一四七〇～一五五九、長洲縣の人）のこととなるが、詩・文とも『文徵明集（上・下）』（周道振輯校、上海古籍出版社、一九八七年十月刊）には見えない。さてこの人物が「壬午」すなわち一五二二（嘉靖元）年の秋の夜、「枝山先生と同《とも》に」長洲縣下の「石湖の僧舍に宿した」時、先生が「手に一巻を持つ」のを見て問うと、先生いわく、

此予纂集前聞、品第昔人、名罪知錄。蓋三年於茲矣。

此れ予　前聞を纂集し、昔人を品第して、『罪知錄』と名づく。蓋し茲《ここ》に三年なりき。

と。「手持一巻」といい、また他所での宿泊に持參していたのであるから、十巻すべてを指すのではあるまいが、この書が祝氏六十三歳、つまりその晩年に成りつつあったことが分かる。この書の中に祝允明が、生涯にわたって熟成させたさまざまな思考を纂集させたと考えてよいだろう。以下に、歷史人物の評價などは措いて、主に思想と文學にかかわる思考の側面を見ることにする。その前に、祝氏が毀譽褒貶の際に使う用語の解説を「發凡」から引いておこう。

「擧は、是を是とす」、評價、推獎。「刺は、非を非とす」、批判。「説は、是非の故を原《たず》ぬ」、理由説明。「演は、反覆の情を布《し》く」、さらなる展開。「系は、古作を述べて以て斯の文を證す」、古人の述作による所説の裏づけ。

その一、孟子批判。

その一端は、祝允明が「貢擧私議」において『孟子』を「子部儒家の一編」としたこと、王弘撰の『山志』での指摘、『四庫提要』での指摘にすでに見えたが、ここでより詳しく見ておこう。

孟子への批判は二點あるが、まず最初の論點は、巻一で「刺曰、孟軻縱橫者流、不可謂賢人（刺に曰わく、孟軻は縱橫者流にして、賢人と謂う可からず）」とするもので、その理由説明を次のようにおこなう。

說曰、軻去孔子、近諸子緒餘。軻遊獵其間得之、而其資黠、其口給、因挾孔以騰頰干時欺世。其行躁妄、一志聲利、靦冒求用、謀旣弗售、因返語進退、節義留書、復欺後世。

說に曰わく、（孟）軻は孔子を去《はな》れ、諸子の緒《のこ》りし餘りに近し。軻、其の間に（仕途を）遊獵して之を得。而して其の資《たち》は黠《さと》く、其の口は給《すばしこ》く、孔（子）を挾《さしはさ》むに因って以て頰を騰《たかぶ》らせ（採用の）時を干《もと》め世を欺く。其の行いは躁《さわが》しく妄りにして、一に聲と利を志し、靦冒に（はずかしげもなく）用いらるるを求む。謀《はかりごと》の旣に售《う》りつけること弗《な》ければ、因りて返って進退を語り、節義もて書に留め、復た後世を欺く。

このうち「口給」なる語が『論語』公冶長篇に「禦人以口給、屢憎於人」と用いられるものであり、これをもって孟子に當てたという一事によっても、祝允明の批判の嚴しさがうかがえよう。「口給、すなわち口さきの機轉で、人を禦《ふせ》ぎ、つまり便宜的一時的に人をごまかし、そのために人から憎まれるだけだ」（吉川幸次郎『論語 上』朝日新聞社・中國古典選、一九五九年三月刊）。ついで祝氏は「系」において、『荀子』非十二子篇、王充『論衡』刺孟篇、さらに宋の李覯「常語」、司馬光「疑孟」ほか多數の文獻によって傍證する。

孟子にたいする二つめの批判は、荀子とあわせて、巻二で「刺曰、孟軻云性善、荀況云性惡、皆非（刺に曰わく、孟軻は性は善と云い、荀況は性は惡と云うも、皆な非なり）」とするものである。「說」において祝氏はまず、堯・舜・禹など絶對的の善者の存在を示し、ついで桀・紂など絶對的の惡者の存在を示して、性が善のみでもなく惡のみでもないことをのべる。祝允明の一般的な思考傾向の一つである二者擇一の否定が、ここに如實に表われている。その上でさらに中間的な、しかも數の上では大部分を占める存在を示す。すなわち「善惡交《こもご》も幷《あわ》せる者」、具體的には「古今の賢良、中人より以て細人、鄙人、愚不肖に至る」ものである。「鳳は寡く、鴆も亦た寡く、而して鷄雀は無算なり」。

孔子曰、性相近也、上智下愚不移。則知必有善惡二岐、而後始有遠近不移之形矣。如其不然、敢犯不韙。嗚呼、由孔子至於今、畢世推爲至聖、言必師、疑必質、而獨不從其言性、何其怪哉。審若彼、則孔子不得爲至聖也。嗚呼、小子之愚、獨知有孔、曰須異之、則吾豈敢。

孔子曰わく「性は相い近きなり、上智下愚は移らず」（『論語』陽貨篇）と。則ち知る、必ず善惡の二つの岐《わ》かれ有り、而して後に始めて遠近（最も遠きと最も近きと）は移らざるの形有り。如し其れ然らずんば、敢えて韙《ただ》しからざるを犯さん。嗚呼、孔子由り今に至るまで、畢世、推して至聖と爲し、（孔子の）言を必ず師とし、疑いを必ず質すに、而も獨り其の性を言うに從わざるは、何ぞ其れ怪しきかな。審《はた》して（吾と異なり）彼の若くなれば則ち孔子は至聖爲るを得ざるなり。嗚呼、小子《われ》の愚にして、獨り孔（子）有るを知りて曰わく「須らく之を異とすべきは『則ち吾　豈に敢えてせんや』（『論語』述而篇の語）」。

以上の「說」の文章は實はかつて祝氏が著わした「性論」を、表現をかなり改めた上で再登場させたものである。そこでは最後の文は次のように納められる。「嗚呼、吾獨知從孔子也（ああ、吾　獨り孔子に從うを知るなり）」。

それでは祝允明は孔子に全幅の信頼を寄せたあと、孔子の繼承者を孟子に求めるのでないとすれば、いったい誰に求めるのであろうか。

その二、莊子へ。また佛教のこと。

まず莊子評價については、巻三で「莊周總萬而一者也（莊周は萬《よろず》を總《す》べて一とする者なり）」とする。「刺曰、今世予奪古人多誤（刺に曰わく、今世、古人を予《ほ》め奪《けな》すに誤り多し）」として二十一則をあげるうちの一つである。

説曰、百氏之傑、宣尼之輔、可謂亞孔一人焉。

説に曰わく、百氏（諸子百家）の傑にして宣尼（孔子の謚號）の輔、孔に亞《つ》ぐ一人と謂う可し。

とのべるのは、それなりに要を得ていると思われるが、次に展開される長文の「演」ははなはだ難解である。

子休抱絶智之姿、秉拔代之鑒、燭皇初之根緼、洞萬有之末塵、衡睨九域、上玩百王。

子休（莊子の字）は絶《はなは》だしき智《ちえ》の姿を抱き、代に拔きんずるの鑒《かがみ》を秉《と》り、皇初（天《あめ》のはじめのすめらぎ）の根緼（根ざせる盛んな氣運）を燭《て》らし、萬有（あらゆる存在）の末塵（末端の細部）を洞《みとお》し、衡《よこ》（空間）は九域を睨み、上《かみ》は百王を玩ぶ。

では孔子から莊子への繼承の道すじを祝允明はどのように理解したのであろうか。あえて明快をこころがけて捕捉せんとすれば次のようになるであろうか。

祝氏が孔子の言葉として引用するのは次のとおりである。

其語曰「吾無隱」「欲無言」「日用而不知」「可使由之、不可使知之」「中人以上、可以語上、中人以下、不可以語上也」「子貢曰、性與天道、不可得而聞也」。

この引用の順序には一定の脈絡があると思われる。原典から言葉を補いつつ示せば以下のようなことだろう。「子曰わく、二三子よ、我を以て隱すと爲すか。吾は隱す無き乎爾《のみ》」（『論語』述而篇）。隱すとは、祝氏は特に天道についてのことと見なしているのであろう。「子曰わく、予《われ》言うこと無からんと欲す。（中略）天何をか言わん哉《や》。四時行われ、百物生ず。天何をか言わん哉《や》」（『論語』陽貨篇）。その道について「百姓は日に用いて知らず」（『周易』繋辭傳上）。「子曰わく、民は之に由ら使《し》む可し、之を知ら使む可からず」（『論語』泰伯篇）。ここでも「之」は政治などではなく、天道である。「子曰わく、中人以上には、以て上を語る可き也《なり》。中人以下には、以て上を語る可からざる也」（『論語』雍也篇）。この「上」も天道である。「子貢曰わく、夫子の文章は、得て聞く可き也《なり》。夫子の性と天道とを言うは、得て聞く可からざる也」。とはいえ孔子が天道について何も思考しなかったわけではけっしてない、ただ、言葉に表わさなかっただけだと、祝氏は考える。

荘子が、孔子のこの天道についての思考を繼承したと、祝氏は考えるのである。

道本自一、何事異同。然而孔布其末、弗盡其初、示其數、弗盡其故。不盡也者、是莊之所惻也。

道は本より一自《よ》りし、何ぞ異同を事とせん。然れども孔は其の末を布《し》きて、其の初《もと》を盡くさず、其の數《わざ》を示して、其の故を盡くさず。盡くさざる者は、是れ莊の惻《いた》む所なり。

荘子が攻撃するのは孔子の「其の末」の面、例えば「禮樂・度數・政令・刑戮」の類であった。

故言之貌也、孔必違莊、莊必掊孔。孔必異莊、莊必異孔。言之心也、孔必協莊、莊必出孔。孔必一莊、莊必一孔。

故に言の貌《かたち》なるや、孔は必ず莊に違い、莊は必ず孔を掊《う》つ。孔は必ず莊を異とし、莊は必ず孔を異とす。言の心なるや、孔は必ず莊に協《かな》い、莊は必ず孔より出づ。孔は必ず莊に一《ひと》しく、莊は必ず孔に一し。

かくして最後に、祝允明は『論語』公冶長篇の「吾黨の小子は狂簡にして、斐然として章を成すも、之を裁つ所以を知らず」を引き、「適《まさ》に莊を稱するの謂いなり、是れ莊の謚誄なり」と結ぶ。

一方、祝允明は佛教にたいしても深い信頼をよせる。『罪知錄』の巻六「論釋上」と巻七「論釋下」は佛教擁護のための大論文であって、『朱子語類』釋氏篇の論破に多くの部分がさかれる。もはや私の手にあまるが、佛教をもって孔子の思想に近づけようとしているかに思われる。そこのあたりを一例だけあげておこう。

儒者志在排佛、故作人死斷滅之說、以破生死輪廻之論。不知反違周孔聖人之意。但比丘之法、以出俗離倫、斷煩惱生死爲對、治凡夫貪著之病、此小乘權敎、有沈空滯寂之偏、故復立大乘菩薩、敎以破斥其非、何待儒者譏其寂滅耶。

儒者の志すは排佛に在り、故に人死して斷滅するの說を作し、以て生死輪廻の論を破る。知らず、反って周（公）孔（子）聖人の意に違《たが》うを。但し比丘の法は、俗を出で倫（人のみち）を離れ、煩惱生死を斷つを以て對《ただ》しきと爲し、凡夫貪著の病いを治す。此れ小乘の權《か》りの敎えにして、空に沈み寂に滯るの偏《かたよ》り有り。故に復た大乘菩薩を立て、敎うるに其の非を破斥するを以てす。何ぞ儒者の其の寂滅を譏《そし》るを待たんや。

その三、李白と杜甫。

李白の評價について祝允明は、巻三「刺に曰わく、今世、古人を予《ほ》め奪《けな》すに誤り多し」のうちの一則として、見出しに「李白百俊千英、萬夫之望、又唐廷簫鳳（李白は百俊千英にして萬夫の望、又た唐廷の簫鳳）」と掲げる。「唐廷簫鳳」とは、かの蕭史のごとく簫にてめでたい鳳凰を呼びよせるがごとき存在、ということである。ついで「說」では、まず李白の人格をたたえ、ついで永王璘に從った事實の辯護をする。

說曰、誚訐眞勇、氣蓋天下、沈光・蘇軾二豪之談雋永矣。璘逼脅徵按已昭、何復牽累小夫、沾沾駭矚乎。

說に曰わく、「誚訐と眞勇」といい、また「氣、天下を蓋う」といい、沈光・蘇軾二豪の談《かた》ること雋永なり。璘の（李白を）逼脅して徵按せるは已に昭《あき》らかにして、何ぞ復た（璘のごとき）小夫に牽累せられ、沾沾として（かるがると）駭《おどろ》き矚《のぞみみ》んや。

冒頭の「誚訐」「眞勇」はともに唐の沈光が「李白酒樓記」において、李白が「誚《せめ》ると訐《あば》きを以て時の狀を矯め」、また「其の君を致して古帝王の如くならしむ」ことなどを「酒に憑《よ》らずに作《な》し」た「眞の勇」であるとするもの、「氣蓋天下」は蘇軾が「李太白碑陰記」において、「高力士を使《し》て靴を殿上に脫がしめしは、固より已に、氣、天下を蓋えり」とするものである。また「逼脅」は、同じく蘇軾の「碑陰記」に「太白の永王璘に從うは、當に迫脅に由るべし」とある。

では杜甫と比較してどうであろうか。祝氏は「演」の中で次のようにのべる。

其忠憤激、烈揩骨、湧飛血、什伯於甫。氣蓋且未、論也且必、言于君邪妃寵極盛難犯之際、禍萌未作之時。智勇二端、迥非衆及。而甫特述於亂成之後。其心與識、相去亦遠。學子見杜喋喋時事、便以爲李忠義亞之、世所謂眼前三尺光也。

（李白の）其の忠憤は激して、骨を烈《や》き揩《くじ》き、血を湧かせ飛ばすこと、（杜）甫に什伯す。氣の蓋うすら且つ未《いま》だしに、論も也《ま》た且つ必とし（氣運が全體を覆わないうちから、論難して必ずそうなるとして）、君の邪、妃の寵の極盛にして犯し難きの際《きわ》、禍いの萌《きざし》の未だ作《おこ》らざるの時において言う。智と勇の二端は迥《はる》かに衆の及ぶに非ず。而して（杜）甫は特《た》だ亂の成るの後に述ぶ。其の心と識とは、相い去ること亦た遠し。學子は杜（甫）の時事を喋喋するを見て、便ち以て李の忠義は之に亞《つ》ぐと爲す。世に所謂る眼前三尺の光なり。

李杜の褒貶はさらに卷九において、兩者を並列しつつ、より明確なかたちでおこなわれる。

刺曰、稱詩不可以杜甫爲冠、此議甚繆甚明。

刺に曰わく、詩を稱するに杜甫を以て冠と爲す可からず。此の議の甚だ繆《あや》まれること甚だ明らかなり。

擧曰、李白應爲唐詩之首、方前代、或及不及過之。

舉に曰わく、李白は應に唐詩の首爲たるべし。前代に方《くら》ぶるに、或いは及不及も之に過ぐ（及ぶとか及ばないとかの程度をはるかに超えている？）。

ここまで明言されると、王士禛のごとく「李太白を尊びて冠と爲し、而して力めて杜子美を斥く」ととらえるのも、またむべなるかな、ということになる。

ところで、いわゆる李杜優劣論において杜甫を優れるとするのが、宋人の一般的な傾向であった。そのきっかけを、祝允明は王安石の中に見る。巻三の「演」を續けて祝氏は次のように記す。

王安石謂李詩十句九句說婦人酒。（中略）此正是宋人捨李取杜一種癡見、亦不足計。

王安石謂えらく「李詩は十句に九句は婦人と酒を說く」と。（中略）此れ正に是れ宋人の李を捨て杜を取るの一種の癡見にして、亦た計るに足らず。

私が思うのは、祝允明がかくも杜甫をけなした裏には、宋人の李白にたいする惡評を是正する效果をねらった、という一面もあるのではないか、ということである。祝氏には偏向を嫌う性格があるように思えるのである。また私には、祝氏が「秋興八首」の意匠をねりながら墨跡を走らせているのを想像するとき、そこに「力めて斥く」がごとき雜念をあわせ考えることがどうしてもできないのである。

もっとも、祝氏が野寺の中で酒を飲みつつ李白をしのんだというのは、いかにもありそうな事のように思われる。あの場面は杜甫であってはお話になるまい。

その四、六經回歸、ならびに唐宋六家批判。

先に科舉試との關係で、祝允明が經典の解釋は古注疏によるべきとしたこと、また人に『十三經注疏』を勸めたことをのべたが、それは六經回歸というのに等しい。『罪知錄』卷八の前半は六經と文章との關係を主題とする。六經から、現存しない『樂』をのぞいて「五經」と記すこともある。

擧曰、文極乎六經、而底乎唐。學文者應自唐而求乎經。

擧に曰わく、文は六經に極まり、而して唐に底《と》どまる。文を學ぶ者は應に唐自りして經を求むべし。

ついで「說」に移って、文章の成りたちをのべる。

文也者、非外身以爲之也。心動情之、理著氣達、宣齒頰而爲言、就行墨而成文。文卽言也、言卽文也。上古之人、言罔匪文、文匪飾言、由其理足而氣茂、故自然也。

文なる者は、身を外にして以て之を爲すに非ざるなり。心動き情之《ゆ》き、理著われ氣達し、齒頰に宣べて言と爲し、行墨に就きて文を成す。文は卽ち言なり、言は卽ち文なり。上古の人、言は文を匪《かざ》る罔《な》く、文は言を飾るに匪《あら》ず。其の理足りて氣茂るに由りて、故に自然なり。

「自然」、おのずからしかり、というのは、祝允明の、文章のみならずその思想すべてにおけるキーワードである。

ではなぜ、ブンショウのことを「文」というのか。

故知聲之成章、雖文質相須、語厥爲體、必擿文被質、所以謂之文而不稱曰質、必然者也。

故に知る、聲の章《あや》を成すは、文と質と相い須《ま》ちて、語は厥《そ》れ體を爲すと雖も、必ず文を擿《ひら》き質を被《おお》う。所以《ゆえ》に之を文と謂いて、稱して質と曰わず、必ず然る者なればなり。

文章とは本來、アヤをおもてに出し、シツをうちに包みこむ性質をもっているのだ、というのである。そして、「紓遲宛約、風調窈窕なる者」とか「鮮采華絢、豔麗妍媚なる者」といったさまざまな「文體」について、『易』『書』『詩』などからの例示がなされる。それゆえに「文」を削ぎおとした文體は、本來の姿ではない。

曷嘗偏用枯瘠、盡削鉛黃、而以爲文之本體者哉。

曷ぞ嘗て偏《ひと》えに枯瘠を用い、盡く鉛黃（いろどり）を削りて、以て文の本體と爲す者ならんや。

しかし六經が尊ばれるのは、それが本來の「文體」をもっているからだけではない。

夫經文之所以爲至者何也。以其篇無無用之句、句無無用之字、一字有一字之義、一句有一句之情、一篇有一篇之旨。由其道廣理充、氣厚情實、所以自然豐茂、初非冗疊。

夫れ經文の至れりと爲す所以の者は何ぞや。其の篇ごとに無用の句無く、句ごとに無用の字無く、一字ごとに一字ごとの義有り、一句ごとに一句ごとの情有り、一篇ごとに一篇ごとの旨有るを以てなり。其の道は廣く理は充《み》ち、氣は厚く情は實《みの》るに由って、所以に自然に豐茂にして、初めより冗疊なるに非ず。

さて、巻八の後半では、前半の論述にもとづきながら、唐宋六家の批判を展開する。

刺曰、今稱文韓・柳・歐・蘇四大家、又益曾鞏・王安石作六家者、甚謬誤人。

刺に曰わく、今、文は韓（愈）柳（宗元）歐（陽修）蘇（軾）四大家なりと稱し、又た曾鞏・王安石を益して六家と作す者は、甚だ人を謬誤す。

祝允明の「說」によれば、この「四大家」とか「六家」の呼稱は、そもそもは蘇軾が「潮州韓文公廟碑」（一〇九二年作）で韓愈の評價をおこない、「文は八代の衰を起こし」と、後漢・魏・晉・宋・齊・梁・陳・隋いらいの衰退を挽回したことをたたえたことから始まるとする。また宋祁が「新唐書文藝傳序」（一〇六〇年上呈）で「三變して文極まる」（唐の文章が三變し、最後に韓愈および柳宗元らに至って極致に達した）とのべることにたいして、次のように反論する。

自有文字以來、上昉六籍、下薄五代（自注・此五代謂晉宋齊梁陳）、大抵一貌、少有優劣高卑爾。直自韓而後、乃一變之、遂至于今、改形易度。

文字有りて自り以來、上は六籍に昉《はじ》まり、下は五代（自注・此の五代は晉宋齊梁陳を謂う）に薄《せま》るまで、大抵は一《ひと》しき貌《かたち》にて、少しく優劣高卑有るのみ。直ちに韓自り後にして乃ち之を一變し、遂に今に至り、形を改め度を易う。

祝氏がここで韓愈たち「六家」が六經の傳統を一變させて「改形易度」、形態も基準も改めてしまったと非難する根據は、一言でいえば、「六家」が、前半でのべたような、「文《あや》」を削ぎおとした文體に變化させたところにある。「六家」が、それ以前の文章について病弊とする文體は、祝氏によれば「比偶」「綺麗」「縟積」「故實」「奥澁」「迂頓」「豔冶」であるが、「すべてこれらの目《もく》は、不善の若くなるも、然れども文の本體に具わる所の者なり（凡是目者、若不善也、然而文之本體所具者也）」。たとえこれらの目に對抗して、それぞれ逆の「散」「朴」「疏」「虚」「淺」「經」「素」に變えたばあい、それらが「善の若くなるも、然れども文の本體に具わる所を以てなり（若善也、然以文之本體所具者也）」。したがって「比偶」などを「不善」として、「散」などの「善」に改めるとしても、それが「偏重して過ぐれば、不善に墮つ（偏重而過、而墮于不善）」、「善」のつもりがまた「不善」へと墮落するのである。要するに文章のあるべき姿は「文質彬彬」（『論語』雍也篇）なのである。以上の論述を證明すべく、祝氏は以下に、「比偶」などすべての項目にわたって、六經からの丹念な例示をおこない、ついでは逆に、「散」などのすべての項目についての惡い例を、やはり六經から引用する。

以上から、祝氏が「六家」の弊害として下した結論は、「要するに、矯《た》めるに過ぎ偏《かたよ》るに墜ち、枯瘠刻削して、中庸に準ずる弗きと爲す（要爲過矯墜偏、枯瘠刻削、而弗準于中庸矣）」ということである。「六家」それぞれについて下した批判は、すでに王士禛によって引かれたように、いささか具體性を缺く。

その五、志怪のこと。

祝允明は一四八九（弘治二）年三十歳の時に、二百十三件の怪談を收めた『志怪錄』五卷を完成した。同年十月の「自序」には、次のように記す。

語怪雖不若語常之爲益、然幽詭之物、固宇宙之不能無、而變異之事、亦非人尋常念慮所及。今苟得其實而記之、則卒然之頃而逢其物、値其事者、固知所以趨避、所以勸懲、是已不爲無益矣。況恍語惚說、奪目警耳、又吾儕之所喜談而樂聞之者也。

怪を語るは常を語るの益を爲すに若かざると雖も、然れども幽詭の物は、固より宇宙の無かる能わずして、變異の事も、亦た人の尋常の念慮の及ぶ所に非ず。今、苟しくも其の實を得て之を記せば、則ち卒然《にわか》の頃にして其の物に逢い其の事に値《あ》う者、固より趨避する所以、勸懲する所以を知る。是れ已に無益と爲さざらん。況んや恍語惚說の、目を奪い耳を警《おどろ》かすは、又た吾が儕《ともがら》の談《かた》るを喜び聞くを樂しむ所の者なり。

ここでは怪談を誌すことの教育的また娯樂的效果をのべるだけで、怪談を追究することの思想的意義については看過されている。それが追究されるのは、約三十年後に執筆された『罪知錄』卷十においてである。それも、王弘撰、王士禛、『四庫提要』のいずれもが言及していないものの、「余爲罪知、因言怪神、慨然及乎萬有（余、『罪知』を爲し、怪神を言うに因って、慨然として萬有に及ぶ）」として、自分が「異端」と見なされることを覺悟した上でのことであった。

刺曰、神鬼怪妖、世必有實理常事。云無者、不知何疑乃是迷妄。

刺に曰わく、神鬼怪妖は世に必ず實理常事有り。無しと云う者は、知らず、何をか疑いて乃ち是れ迷妄なりとするかを。

「說」においては、鬼神魂魄論を長々と展開する。それを要約するのは私の手にあまるが、あえてするならば次のようなことになるのだろうか。まず「氣」の存在を前提とした上で、「其在人物也、生之爲魂魄、死之爲鬼神（其の人と物に在りては、生きては魂魄と爲り、死しては鬼神と爲る）」。なお鬼と神の違いであるが、鬼は體で神は用であり、例えば「目鬼視神」、目という存在は鬼の領分であり、それにたいして視るというはたらきは神の領分ということになるらしい（なぜ魂魄ではなく鬼神なのか、私には解からない）。しかして魂魄と鬼神とは、生死によって歴然と區別されるわけではない。「人之魂魄、今日顯行者、其生時之鬼神也（人の魂魄の今日顯行する者は、其れ生時の鬼神なり）」、死してのち鬼神となるものが、生時に魂魄として活動しており、「人之鬼神、異日怪變者、其死時之魂魄也（人の鬼神の異日怪變する者は、其れ死時の魂魄なり）」、生時に魂魄であったものが、死後に怪變して鬼神となったもの、なのである。「今鬼神滿世、妖物怪事、日日在在而有之（今、鬼神、世に滿ち、妖物怪事は日日在在《ここかしこ》に之れ有り）」、そして「夫神鬼萬有偕也（夫れ神鬼は萬有の偕《とも》なり）」。私はここに一種のアニミズムを想定したい。

さて、鬼神ということを古えの言說に照らしてみる時、まず浮かぶのは孔子の態度である。「子不語怪力亂神（子は怪力亂神を語らず）」（『論語』述而篇）。これについて祝允明は、宋の陸九淵の言葉によって解釋する。「夫子只是不語、非謂無也。若力與亂、分明是有、神怪豈獨無之（夫子は只だ是れ語らず、無しと謂うには非ざるなり。力と亂との若きは、分明に是れ有り、神怪も豈に獨り之れ無からんや）」（『陸九淵集』語錄上）。ついで祝氏は、鬼神のはたらきによる怪奇な事件の例を、『書』『詩』『禮記』から、なかんづく『左傳』から數多く示す。おのづから、魑魅魍魎、あるいは巫覡、あるいは夢などへも擴がってゆく。

では宋儒の鬼神觀はどうか。「系」において『二程全書』「附東見錄後」など、および『張載集』「性理拾遺」の文例を、ついでは長々と『朱子語類』鬼神篇の文例を引用したあと、次のような結論を導きだす。

朱固不謂無鬼神。程張有異、斯亦當參求決擇之耳。

朱（熹）は固より鬼神無しと謂わず。程（顥・頤）張（載）には異有り、斯れも亦た當に之を參求決擇すべきのみ。

そしてさらなる結論を導きだす。「無理の事」つまり鬼神について、釋迦と老莊は「固已饒言之（固より已に之を饒言す）」。「孔則未始云無也。但不語耳。謂無用于敎也（孔は則ち未だ始めより無しと云わざるなり。但だ語らざるのみ。敎えに用無きと謂《おも》うなり）」。それゆえに、「是三氏擧未嘗以無理之物爲無也（是れ三氏、擧げて未だ嘗て無理の物を以て無しと爲さざるなり）」。これぞ「圓機」、すなわち一つのコンパスによって描かれた同心圓の中にあるのだ、と。

最後に、祝氏は自分が收集した數多の妖怪變化の物語を、「神見類」「鬼見類」に始まり、「閻羅王」「人死復生」「人化物」「諸怪」「夢兆」などをへて「異物」に至る五十三類に分けて呈示する。鬼神を考察し、あるいは娛樂に資するためにも興味ある一覽表かと思われる。

二　祝允明と李白・杜甫

はじめに

明代の、十五世紀末から十六世紀初頭にかけて、中央の若手官僚二十数名によって「古學」復興が唱えられた。李夢陽（一四七二〜一五二九）のばあいだと、それは彼が一四九八弘治十一年・二十七歳に戸部主事になってから、一五〇七正徳二年・三十六歳、太監の劉瑾ら「八虎」の彈壓によってグループそのものが雲散霧消するまでの十年間であった。その中から特に「古文辭」による作詩作文を標榜した「七子」が輩出した。李夢陽の言に歸せられる主張は「文は先秦兩漢、詩は漢魏盛唐」というのであった(1)。

時をほとんど同じくして、朝廷での動きとはまったく關係なく、江南の蘇州で祝允明（一四六〇〜一五二六）、字は希哲、號は枝山、また枝指生が、やはり「古文」をめざしていた。しかし祝允明の作品の中に李夢陽の名は無い。李夢陽の作品の中にも祝允明の名は見えない。朝廷グループのうち蘇州府出身の都穆、徐禎卿、顧璘や、揚州府出身の朱應登は祝氏の友人であった。なかんづく徐禎卿（一四七九〜一五一一、字は昌穀）は雙方に深くかかわった人物である。『明史』巻二百八十六・文苑傳では徐禎卿について次のように記す。

禎卿、少《わか》くして祝允明・唐寅・文徵明と名を齊しくし、吳中四才子と號せらる。其の詩を爲すや白居易・劉禹錫を喜ぶ。既に第に登り、李夢陽・何景明と游び、其の少《わか》き作を悔い、改めて漢魏盛唐に趨る。然れども故習猶お在り、夢陽、其の守りて未だ化せざるを識る。

その進士登第は一五〇五弘治十八年・二十七歳の時であり、かたや祝允明は四十六歳、四度めの會試受験に失敗した。しかし徐禎卿は一五一一正德六年に亡くなった。祝允明は、もう一人の友人唐寅が一五二三嘉靖二年・五十四歳で死んだあと、古詩「唐寅・徐禎卿を夢む」（『祝氏集略』巻四）の中で、徐氏について、

徐子十餘周　徐君は十餘年のあいだ
邃討務精純　ふかく検討して精純に務めしが
遑遑訪魏漢　そそくさと漢魏を訪ねては
北學中離群　北に學びて中より群れを離る

と詠んでいる。「北學」の中心に李夢陽がいたことを知った上での表現であろう。

一　祝允明の詩

祝允明の詩は『祝氏集略』に四百七十二題六百七十二首、『祝氏文集』に、前者と重複するものを除き三百題四百十一首、合計七百七十二題一千八十三首が殘されている。(2)

祝氏の作詩の傾向を探るためと、あわせてその鄉會試受験と仕官の略歴をたどるために、詩題に歴代の詩人の名を掲げるものをとりあげることにする。その結論を先に記せば、祝氏には「詩は漢魏盛唐」といった特別の傾向を見出すことはできず、人生のそのつどの興感によって古人の詩に啓發されたと考えるべきである。

祝氏はその受験歴についてみずから「五應鄉薦、七試禮部」（『祝氏集略』巻十三「上巡按陳公辭召修廣省通志狀」）と

いっている。具體的には、一四八〇成化十六年・二十一歳、一四八三年・二十四歳、一四八六年・二十七歳、一四八九弘治二年・三十歳に、いずれも南京鄉試に不第となり、一四九二年・三十三歳で及第した。會試には、その翌年春には赴かなかったから、一回めは一四九六年・三十七歳であり、その後、一四九九年・四十歳、一五〇二年・四十三歳、一五〇五年・四十六歳、一五〇八正德三年・四十九歳、一五一一年・五十二歳、一五一四年・五十五歳といずれも不第となり、以降の受驗を斷念した。かくしてこの年の秋、「天曹」すなわち吏部に赴き、いわゆる謁選に就いて廣東省惠州府興寧縣の知縣の任を得た。

一五〇七正德二年・四十八歳の十一月に、祝氏は「和陶飲酒二十首」（『祝氏集略』卷三）を作っている。詳細な論證は省くが、北京もうでを、前年に一回め、この年の閏正月に二回め、そして十一月に三回めを果しての歸途のことである。上京の目的は、鄉試の座主王鏊から命じられた『姑蘇志』編纂の完了を、すでに戶部尙書（正二品）文淵閣大學士として入閣していた師に報告するためであったのだろうが、あるいはそれは口實で、翌年の春試への對策などであったかもしれない。

「和陶飲酒二十首」の序には次のようにいう。

僕は本と拙訥なるも、繆《あやま》ちて時名を干《もと》め、兩年の間、三たび京國に謁す。游趣に既に勌《あ》き、風埃黯然たり。舟中に『二蘇和陶詩』有り、夜燈に獨酌し、其の「飲酒二十篇」を讀み、悵慨に勝えず、聊か復た倚和す。(3)

其三では次のようにうたう。

士生三代後　　三つの御世ののちに生まれた士大夫なら
干名本其情　　名聲を追求するのが本來の願い
所歎少可知　　歎かわしきは知識の蓄えも少なきに

科版獵空名　　科試と版刻で空名をあさること
二者齊亡之　　この二つをそろって無くしたならば
何以爲此生　　何によってこの人生を營むのか
此生幸長存　　この人生が幸いに長く續くならば
得失何復驚　　名利の獲得・喪失に何の驚くことやある
陶公但飲酒　　陶先生はひたすら酒を飲むのみにて
千載名自成　　千載にその名聲を仕上げたまいき

「繆ちて時名を干む」ことへの忸怩たる思いがある。「科版」はおそらく祝氏の造語であろう。あえて典故のない作品をとりあげたが、他では典故の使用も頻繁におこなわれている。目立つのは『論語』と『莊子』への共鳴である。いわく、

長愧先師言　　長く先師孔先生の言に愧ず
憂貧不憂道　　貧しきを憂え　道を憂えざるがゆえに
（其十一。『論語』衞靈公篇に「君子憂道不憂貧」とある）

またいわく、

局促百年内　　たちまちの百年の内
安足稱達生　　いかなれば生に達すると稱さるるに足る
（其七。『莊子』達生篇に「達生之情者、不務生之所無以爲」と）

この組詩は祝氏にとっても自得の作であったらしく、十三年後のやはり十一月、つまり廣東の興寧知縣をやめて、

いったん家居した一五二〇正徳十五年・六十一歳に、友人の謝雍・五十七歳（鈔本『祝氏文集』の手錄者）のために、草書で書きあたえている。(4) またさらに五年後の一五二五嘉靖四年・六十六歳の七月、すでに應天府通判を退休して二年になると思われるころに、この詩を行書で書いている。(5)

さて、一介の郷貢の士ではあったが、祝允明は中央の政治にたいしても關心をもちつづけた。歌行「繼盧仝體、作星孛詩」（『祝氏集略』巻五）は、盧仝の、全三百九句からなる「月蝕詩」にならった作である。その險しさは句讀もままならぬが、全體で百四十句前後かとおもわれる。全篇が星づくしの世界の中に「孛」、すなわち彗星を闖入させて、朝政の異變を描寫する。次はその結末に近い部分である。

元凶四孛肆臠磔　　元凶四惡星はつらねて細切れはりつけ
逆黨瑣碎咸屠劉　　逆黨はこなごなに　みな屠殺さる
血肉與積藏　　血と肉と　貯めこめられし財物は
堆垜如山丘　　うずたかく　岡のごとし
當時從逆徒　　當時（一味に）從いし者と逆《さから》いし者は
簡別分等儔　　審査して同類に二分さる
流彗盡掃除　　彗星はことごとく掃きよめられ
祥景重羅收　　めでたき輝きはふたたび朝廷の網へと

一五〇六正徳元年、武宗が即位すると、その庇護のもとに劉瑾をはじめとする宦官「八虎」の恐怖政治が始まった。吏部尚書の劉健、禮部尚書の謝遷が致仕し、戸部尚書の韓文は罷免され、戸部郎中の李夢陽は致仕ののち詔獄にくだされ、兵部主事の王守仁は貴州に貶謫されるなど、翌年三月までに、吏部尚書に進んだ李東陽らごく少數を除き、五十三名の朝臣が處分された。しかし「八虎」のうちに分裂が生じ、一五一〇年八月十一日、太監の張永が劉瑾謀反の狀を武宗に訴えたことから、劉瑾は逮捕、下獄、二十五日には誅に伏した。處分された朝臣は復歸し、逆に劉瑾黨と目された朝臣二十六人が處分された。この中には「前七子」の翰林院修撰康海と吏部郎中王九思も含まれる。[6] 祝允明の詩が劉瑾ら宦官の一連の顚末をのべたものであることは異論がないだろう。[7]

一五一四正德九年・五十五歳、興寧知縣として赴任する途次の作に、古詩「五十服官政、效白公」(『祝氏集略』卷四)がある。詩題は『禮記』内則篇の「五十 命ぜられて大夫と爲り官政に服す、七十 事を致す」による。白居易にならうとは、その「短歌行」(『白氏文集』卷六十二)に「三十登宦途、五十被朝服」などを念頭においたものであろう。全十六句の五句めからを示しておこう。

吾年五十五　　吾 年は五十五
始受一縣寄　　始めて一縣のあずかりを受く
七里劇彈丸　　七里四方のきびしき小粒の町ながら
亦有社稷置　　やはり土地神と五穀神の社は置かる
夙懷同劉君　　つとに劉君と同じ道を懷うに
今此幸諧志　　今ここに幸いに志をともにせり

「劉君」には「後漢劉梁」の自注がある。『後漢書』卷八十・文苑列傳に、劉梁は北新城縣の縣長となると、縣民に「吾は小宰と雖も猶お社稷有り。苟くも期會に赴き(租稅などのとりたてに出かけ)、文墨を理《とと》のう(刑罰の判決文を書く)は、豈に本志ならんや」と宣言し、「大いに講舍を作り、生徒數百人を延聚し、朝夕に自ら往きて勸誡し、身づから經卷を執り、殿最(下等と上等)を試策し、儒化大いに行わる」とある。祝氏はこの人物によほど共感を得ていたらしく、この詩とほぼ同時の「自京師南赴嶺表、仲冬在道中」（『祝氏集略』巻四）でも、また赴任後、廣東巡按御史陳言の『廣省通志』編輯の召聘を辭退する文面でも、この人物をあげている。

一五一六・五十七歳、知縣二年めの冬、『廣省通志』編輯を餘儀なくされ、廣州府に附郭の南海縣知縣を兼任するかたちで廣州に入ってすぐさま、祝氏は七律「歸與」（『祝氏集略』巻六）を作った。詩題は『論語』公冶長篇にもとづく。「歸らんか」の思いの理由は、詩句の自注に示されている。

予、丙子冬暮に廣に入るに、上司は催科（納税督促）に拙く秋税の期に後るるを以て、俸米を給するを停む。文は移されて（興寧）縣に在り、而して予が身は廣に在るなり。

また翌年九月には、夫人を廣州に置いて興寧にもどる途中に、七言歌行「將歸行」を作っている。そして三年めの考績「初考」がすんだ一五一九年・六十歳、七律「己卯春偶作韓致光體」（『祝氏集略』巻六）を作った。中間の二聯をあげておく。

靈藥不消心底火　　靈藥（酒）にて心底の火を消さずにいるが
世情猶惡夢中棋　　世情はやはり夢のなかの圍棋をにくむ
三年紫陌長虛屐　　三年間の縣廳への道は長々とむだ足を踏ませるだけ
一紐銅章只礙詩　　ひとつまみの知事の印章は詩作をさまたげるのみ

『全唐詩索引　韓偓巻』によるに、いずれの句にも韓偓の用語は見當たらない。そのスタイルとは、韓偓の豔體ではなく、もう一つの側面である落莫の感を繼いでいるのであろう。かくして祝氏は翌年早々に廣東の地を離れて北上した。

祝允明の、詩題に古人の名を出す作品は、以上のほかには、「讀羅昭諫『投所思』、悽然有觸。因效一首、兼用其韻」（『祝氏文集』巻八）、すなわち羅隱にならったものと、「擬韓李五首」（同巻九）、すなわち李商隱・韓偓に似せたもの、そして後でとりあげる李白詩にならったもの一首を殘すのみである。以上の例から祝氏には、前七子のように詩の典型をいずれかに定めるという意識が無かったことが明らかであろう。

二　祝允明と學問

彼の詩は、いわば經書の中の一字と他の一字とを組みあわせて一語を造るといった表現と、『論語』と『莊子』を融合させて、「順時以道用、天人乃相通（時に順じ道を以て用うれば、天人は乃ち相い通ず）」（「和陶飲酒」其十七）といった世界觀とがあいまって、しばしば難解である。それは文においても同樣である。ここで、古文家を自稱する祝允明の、學問に關する發言の幾つかをとりあげておこう。

七回めの會試に失敗し、以後の受驗を斷念した時、ある友人が更なる挑戰を勸めた。それに答えた「答人勸試甲科書」（『祝氏集略』巻十二）で祝氏は次のように記した。

漫《そぞ》ろに程文を讀むに、味は蠟を咀《か》むが若く、筆を拈《つま》みて試み爲せば、手は棘《いばら》を操るが若く、則ち安《いずく》んぞ能く諸英と角逐せんや。

「程文」すなわち八股文を苦手とするのは祝氏に限らないだろうが、彼のばあいはその前提となる宋學への強い反撥があった。(8)

また一五一六正德十一年・五十七歲、陳言に送った長文の「上巡按陳公辭召修廣省通志狀」（『祝氏集略』巻十三）では、

名を黌籍（學籍簿）に挂け、勉めて時學を事とすると雖も、其れ寔《まこと》は古典に醉心し、期は華顚を畢わる。既にし

て摧頽し、場屋の時文（八股文）には日びに疎く、古えを好むこと益ます篤し。

とのべた。さらには四年後の廣州出立をまえに「正月某日」づけで、興寧の生員張天賦、字は汝徳に長文の書簡「答張天賦秀才書」（『祝氏集略』巻十二）をしたため、學問のしかたなどについてアドバイスをした。張天賦は祝氏がかって『正德興寧志』の編輯を託した四人のうちの一人である。

僕に由りて之を論ずるに、最も美《よ》きに非ざる者は道學なり。道學は奚《な》んぞ美からずや、之が誠に非ざるが爲なり。

と、まずは道學批判をおこない、

「台《われ》は惟だ周（敦頤）程（顥・頤）張（載）朱（熹）を師とす可きや、議する可き無きを知るのみにして餘は知らざるなり」と曰う毋かれ。此れは萬世の論に非ざるなり。

ともいい、反對に「古學」の學習をすすめる。

凡そ經を治むる者は、先ず其の文を誦し、且《しばら》くは未だ其の義を思わず、言言に遺《のこ》さざれば、乃ち漢賢の註傳を取りて之を窮めよ。次に漢後及び唐賢の疏義を取りて之を窮めよ。又た次に宋賢の傳うる所の者を取りて之を參窮せよ。

具體的な文獻についていうと次のようになる。

僕、足下に勸むるに、宜しく十三經註疏を尋ねて之を窮め、當に自ら得る有るべし。（中略）此れ經を治むるなり。其れ史に於ては、先ず春秋内外傳を取り、乃ち史漢以降、宋元に及ぶ十九の正史に至りて之を治めよ。

さらには『資治通鑑』や『史通』、またさらには「野錄」「覇書」「私史」「小説」などにも及ぶように、という。かくしてこの年の三月には廣東の省境を越えて蘇州に向かった。

翌一五二一年・六十二歳、三月に武宗が亡くなり、四月に世宗嘉靖帝が即位、祝氏も上京し參内した。そして同じ年のうちに南京應天府通判への配置換となった。しかし一年もたたぬうちに病氣による依願退職をして歸省した。『祝子罪知錄』十巻は祝氏晩年の定論ともいうべき著作である。書名は『孟子』滕文公篇下の、「孔子曰わく、我を知る者は其れ惟だ春秋か、我を罪する者も其れ惟だ春秋か、と」にもとづく。この著作は、一五二二嘉靖元年・六十三歳のうちにほぼ完成していたと思われる。文徵明は「壬午秋夜」にその「一巻」を見せられたが、先生は「蓋三年於茲矣（たぶん三年ぐらいはかかっているだろう）」と言ったと、「題祝子罪知錄二十二韻」の識語に記している。[9] その執筆時期が、先にあげた「答張天賦秀才書」と重なるわけで、右に引用した部分に關しても、より丁寧な論述がなされている。すなわち道學については、巻五において、批判の提示として、

　刺に曰わく、道學は固より善なるも、其の僞りは辯ぜざる可からず。

と掲げ、「演曰」、すなわち展開説明のところで、

　道學を爲す者は、名・實皆な誠なれば、斯れ善なるのみ。

であるが、

　若し名は是にして實は非なれば、斯れ僞りなり。僞りなれば則ち惡なるのみ。

という。つまり道學の僞りとは、その理念に內在する缺陷をいうのではなく、「名利の兼得」など、口では道學を唱えながら、實踐の面において誠でないこと、あるいは眞でないことを指すのである。また「周程張朱」についても、巻五に批判の提示として、

　刺に曰わく、程頤・朱熹は經師の君子、時の賢人なるも、或いは稱すること之に過ぎ、更に疑いを以て累《つな》ぐ。

と掲げ、「說曰」、つまり理由說明のところで、「二子の傳經の功は固より大なり」、しかしそれはあくまでも六經に關する漢から三國・六朝・唐をへて宋代に至る間の、研究や傳授の一環としての學案にすぎず、過大評價をして、すべ

ての原則や理念をこの二家に歸着させることをしてはならない、とする。「刺曰」の最後の「更以疑累」とは、實踐の面で、經師の君子とか時の賢人という呼稱にふさわしくない疑いがからんでいる、という意味であろう。その疑いについては、周密『齊東野語』の記事を引用して例證している。

三　祝允明と李白

いわゆる李杜優劣論において、「宋人は李を捨て杜を取る」と、祝允明は『罪知錄』巻三で指摘する。(10) この傾向は明代においても同様であったと考えてよいだろう。「答張天賦秀才書」の中でも祝氏は、一般に學生が教師に詩について尋ねると、師は「杜を宗とせよ」と答えるとのべているし、『罪知錄』巻八では、六經を推擧する文脈の中で、現今の思潮を批判し、「如し學を言わば則ち程・朱を指して道統と爲し、詩を語れば則ち杜甫を奉じて宗師と爲し」云々とのべている。

ところで『罪知錄』巻三において祝允明が賞贊する唐の詩人は、李白・李德裕・韓偓の三家のみである。うち李白については、「志操行事」の觀點から二つの指摘をする。その一つは李白が永王璘に從ったことにたいする辯護で、李白の詩「經亂離後、天恩流夜郎、憶舊遊書懷、贈江夏韋太守良宰」の中の「空名 適たま自ら誤り、迫脅せられて樓船に上る」句を信用するものである。先行する指摘として、蘇軾が「李太白碑陰記」で「太白の永王璘に從うは、當に迫脅に由るべし。太白は郭子儀の人傑爲るを識るに、而して能く璘を知らざらんか」とするのにたいして、朱熹は『朱子語類』巻百三十六歷代三において、「李白は永王璘の反するを見て、便ち之に從臾す（こびへつらった）。文人の沒頭腦（淺智恵）は乃ち爾《しか》り。後來、夜郎に流さるるは、是れ人に罪過を捉著せ被《ら》れしに、剗地に（逆に）詩を作りて自ら迫脅せ被るるを辨ず」とする。祝氏は蘇軾に左袒するわけである。もう一つは、李白が、禍難の豫兆をかぎつけ、それを暴露する勇氣を持ったことにたいする賞贊で、李白の詩「雪讒詩、贈友人」の中の「妲己は紂を滅ぼし、褒女は周を惑わす」云々の句をもって、楊貴妃と安祿山との淫亂を暗示したものであることを、洪邁『容齋隨筆』巻三「太白雪讒」を援用して論じている。

祝氏は、以上の論述の根據とすると同時に、李白の「赤誠」「忠憤」といった心情の表われと考える作品十篇を列擧するが、「經亂離後」詩は五言百六十六句、「雪讒詩」詩は四言雜言七十句などと、そのほとんどは長篇の古體詩である。

以上はあくまでも李白の人品における評價であるが、文學的な側面からするとどうなるか。『罪知錄』巻九では、

刺に曰わく、詩を稱するに杜甫を以て冠と爲す可からず。此の議の甚だ繆《あやま》れるは甚だ明らかなり。

と明快に提示したあと、

李白は應に唐詩の首爲るべし。

と斷定し、

太白は才調淸擧なり。漢後の羣英、駢《なら》べて之を銓《はか》るに、謫僊と一等に高居するは數公ならざるのみ（數人もいないであろう）。唐に於ては固より當に獨歩すべし。

という。では具體的な詩體においてはどうかというと、いささか齒切れが惡くなる。

然れども其の古（體の）五言は亦た自ずから一格なるも（それなりに獨自の風格は出しているが）、仍《な》お前脩に讓る（やはり前代の俊英にひけをとる）。歌行・樂府は優に六代（六朝）の善き者に通じて妙絕と謂う可し。律體（絕句と律詩）は、白は旣に自ら聲調に束ぬるを以て排［ママ］優と爲して（自分のことを、聲調に制約されるがために歌詞制作として

の俳優であるとみなして）、多くは之を作らず。鳳臺・鶴樓（七律「登金陵鳳凰臺」と七絶「黃鶴樓送孟浩然」）は故《もと》より絶唱と爲すも、故《ゆえ》に、都《すべ》て一人の比肩する無く、要は總て萬夫の首に歸するとは謂わず（原文は「故不謂都無一人比肩、要總歸於萬夫之首矣」）。

祝氏の念頭には漢魏六朝に最高峯の詩人、ないしは詩篇があって、そこを基點として論評をおこなっているのであろう。

では祝氏自身の詩作において、李白から何を得ているだろうか。その詩題に李白の名を掲げるものが一首ある。

春日醉臥、戲效太白（『祝氏集略』卷三）

春風入芳壺　　春風はかおりよき壺に入り
吹出椒蘭香　　山椒と蘭の香を吹きいだす
累酌無勸酬　　酒盃をかさねるも勸めあう相手とてなく
頽然倚東牀　　くずれるごとく東のねだいによりかかる
仙人滿瑤京　　仙人が天帝の玉京に滿ち
處處相迎將　　いずこにても私を迎えいれてくれる
攜手觀大鴻　　手をとりあって（黃帝の臣下である）大鴻どのにお會いし
高揖辭虞唐　　丁寧なご挨拶で堯さま舜さまにおいとまする
人生若無夢　　人類が生まれて　もし夢というものを持たなかったならば
終世無鴻荒　　世の終わりまで未開渾沌の時代は生じなかったであろう

「醉臥」は李白も「友人會宿」詩で、「醉い來たりて空山に臥せば、天地は卽ち衾枕なり」とうたっている。そして夢の中に入ってゆくには、李白は、道教の修業によるとしながら、「下途歸石門舊居」の詩で「余嘗て道を學びて冥筌（微妙なことわり）を窮め、夢中に往往にして仙山に遊ぶ」としている。また高臺や山峰における仙人像などは「古風」五十九首の中に見える。しかし最後は祝氏獨自の見解であって、堯舜との出會いには、李白も至っていない（ちなみにこの二帝が上天したという記事は文獻に見えない）。さらに祝氏は「鴻荒」の時代にまで遡ろうとするのである。この時代とは、『罪知錄』卷十（神鬼怪妖）によれば次のような狀態であった。

夫の鴻荒氣化の際、未だ地の天に通ずるを絕たざるの辰《とき》を觀るに、人物怪魅は、錯溷（まじわりみだれ）揉雜（まじりまじる）も亦た得可かりき。

つまり大地の人類が自由に天へ往くことができた時代であった。ちなみにそれを不可能にしたのが堯であって、『尙書』呂刑篇に「乃ち重と黎とに命じて、地と天の通《みち》を絕ち、降り格《いた》る有る罔《な》からしむ」とある。祝氏ははるかなる太古への憧憬や畏敬や崇拜をいだいていた。

この詩で祝氏が「戲れに」とするのは、李白にならう形にしろ、夢の意義づけへの世論の拒否反應を考慮してのことだろう。

さて、經書の中の「夢」について一言しておきたい。前に見たように、祝氏が四書五經に不滿で、十三經注疏に歸るようにのべた裏には、經書の中の「夢」の記事にたいする扱いかたが關わっているのではないかと考えるからである。

經書の中の「夢」の件數は、故宮［寒泉］古典文獻全文檢索資料庫によると、『周易』ゼロ、『尙書』二、『毛詩』五、『周禮』三、『儀禮』ゼロ、『禮記』二、『左傳』二十九、『公羊傳』ゼロ、『穀梁傳』一、『論語』一、『孝經』ゼロ、『爾雅』ゼロ、『孟子』ゼロ、である。宋學の代表として朱熹を例にとると、『朱子語類』百四十卷（うち四書は五十八卷、五經は二十六卷）の中で、朱熹が「夢」を問題にするのは、『論語』述而篇の「子曰、甚矣吾衰也、久矣、吾不復夢見周公」の一段にほぼ限られる。一方、『春秋』の用例についてはまったく觸れることなく、むしろ『左傳』等について「春秋傳は例として多く信ずる可からず」（卷八十三）というだけでなく、經文についてすら、「某《それがし》は平生敢えて春秋を說かず。若し說く時は只だ是れ胡文定（宋・胡安國『春秋傳』三十卷―引用者注）の說を將《も》って扶持し說き去《ゆ》く」とのべる。『左傳』二十九件の「夢」のほとんどが夢占とか豫兆といった不合理な内容であるせいだろうが、祝允明は逆にこのような記事に大いなる關心を示している。ところが祝氏の時代の課本といえば、永樂中に胡廣らが敕命を奉じて編輯した『春秋大全』七十卷であって、この書の注は胡安國を主としており、『左傳』などの三傳は經文のあとに割注で施されているにすぎない。特に『左傳』の「夢」の部分は經文に關係なしとして卷末に「附錄」の形で追いやられているものが多い。祝氏の不滿の一端もこのあたりにあったのだろう。さらに鬼神についてみれば、その情況はいっそう明白になるだろうが、本稿の趣旨を逸脫するので、別の機會にゆずりたい。

四　祝允明と杜甫

『罪知錄』における杜甫批判は嚴しい。その卷三では、時事の詩について、李白のものが先見の明を示したのにたいして、杜甫のものは事後を寫したにすぎないという。

> （李白は）君の邪、妃の寵の極盛にして犯し難きの際、禍いの萌しの未だ作《おこ》らざるの時において言う。（中略）而して甫は特《た》だ亂の成るの後に述ぶ。其の心と識とは、相い去ること亦た遠し。學士は甫の時事を喋喋するを見て、便ち以て李の忠義は之に亟《つ》ぐと爲す。世に所謂る眼前三尺の光（近視眼的）なり。

では「辭體」についてはどうか。巻九では次のようにのべる。

凡そ杜に諛《へつら》う者は、（中略）其れ（その詩）を以て蒼古と爲すも蒼古に非ざるなり、村野の蒼古なり。以て典雅と爲すも典雅に非ざるなり、椎魯（うすのろ）の典雅なり。以て豪雄と爲すも豪雄に非ざるなり、麄獷悍戇（あらくれと、たけだけしさ）の豪雄なり。

さらに『詩經』の精神に照らしてみれば、

所謂る溫柔敦厚は詩の教えなり。（中略）詩は當に溫なるべきに、甫は厲（はげしい）、柔を尙ぶべきに甫は猛、宜しく敦なるべきに甫は訐（あばきたて）、厚に務むべきに甫は露（あらわ）なり。乃ち是れは最も善からざる詩にして、詩の教えに戻《もと》る者なり。

祝氏にとって杜甫は、いかにも輕蔑するにたる詩人であるかに見える。

では祝氏の詩作においても、やはり右の論調に卽した扱いがなされているのだろうか。

一四九一弘治四年・三十二歲、正月九日の夜、擧人の李詢宅で飮酒ののち、五言排律「李孝廉書齋夜飮」（『祝氏文集』巻四）全八十句によって思うところを詠じ、友人に示した。彼自身はまだ鄕試に擧げられていない。

明時窮杜甫　　明時に杜甫は窮し
清代老馮唐　　清代に（漢武帝時代の）馮唐は老ゆ

そして、八句先にはふたたびその名を出して、一種の抱負をことよせる。

長歌遵老杜　　長歌は老杜に遵い
狂草法顚張　　狂草は顚張（顚狂の張旭）に法る

「長歌」に關しては、「秋日病居雜言七首」（『祝氏文集』巻九）其四の詩（制作年不明）で「因思杜子美、呑聲哀江頭」

とのべるが、もとより「哀江頭」の詩のみにはとどまるまい。

ついで翌々年・三十四歳では、七言絶句の連作「癸丑臘月二十一日立春口號十五首」（『祝氏文集』巻八）の其十一において、

休將文字占時名　　文字をもって時名を占めるを休《や》めん
顛頷愚溪貧少陵　　顛頷せる愚溪（柳宗元）と貧しき少陵（たる我は）

と吟じている。前の句は杜甫「旅夜書懐」の「名は豈に文章もて著われんや、官は應に老病にて休むべし」を意識するであろう。とすれば、祝氏は擧人となった次の年にもかかわらず、五十代の杜甫の挫折感を先取りしているのである。かくして三十代の祝氏にとって杜甫は、何らかの指標となる存在であった。

これ以降の彼の詩作に杜甫の名は明確なかたちでは現われない。しかしそれにかわって書作がある。

郷里の後輩王寵（一四九四〜一五三三）の「明故承直郎應天府通判祝公行狀」（『雅宜山人集』巻十）は、酒酣わにして筆を縱いままにす」と記す。酒が進むにしたがって、日ごろ暗誦していた、人の、あるいは自分の詩句がおのずから浮かびあがり、時としてその興趣が手筆へと傳わる、ということであったらしい。

一四九二弘治五年・三十三歳の三月望日には、祖元暉が設けた酒饌の席で「出塞」詩（「前出塞」であれば五古各八句九首）を書いておくった。(11) 祖氏か他の誰かが邊境地帯へ旅立ったのかもしれない。

一五〇四年・四十五歳の仲春、文徵明・三十五歳、唐寅・三十五歳と東禪寺に遊んだとき、そこの雲空上人が「酒仙」であるのに感じて、「飲中八仙歌」（七古二十二句）をしたためた。(12)

この二篇が交友のおりの感興に杜詩がうまく即應したとすれば、一五〇五年・四十六歳と思われる年の七律「諸將五首」は、時事に即應したものである。この組詩について『杜詩詳註』は、七六三年の吐蕃軍の侵攻や、その後の回

紀軍の入境にたいして唐の諸將が防禦をよくせず、また憂國の念をも持たないことにたいする問責であるとする。祝允明がこの詩を揮毫した動機は、一五〇五年の蒙古タタール部の侵寇にあったと思われる。談遷の『國榷』巻四十五によると、この年の「五月戊申、虜は大擧して宣府（京師の北西一五〇キロ）を寇《そこな》う」とある。この書蹟の一部は『中國書法全集49』に掲載されているが、葛鴻楨氏の「作品考釋」は、その草書のかたちから一五〇四年から一五〇九正德四年の間の作であろうとする。歷史的事件から、さらに特定してしかるべきであろう。

さて杜甫の七律の組詩「秋興八首」は、祝氏によって數度の揮毫がなされているようだが、今のところ制作時を特定できるのは二作である。

一作めは一五〇七正德二年・四十八歳の秋、無錫のある泉のほとりで友人華珵と茶をすすっている時のこと、款識によると、「時に竹梧蕭蕭たり、落葉 地に在り。客に杜少陵の秋興を歌う者有り、紙を索めて其の全文を書くに縁りて、以て一時の聚樂を紀すのみ(13)」。杜詩との關係は秋の感傷のみといっていいだろう。

二作めは一五一六正德十一年・五十七歳のものである。款識には「正德丙子歳秋日、枝山祝允明書于廣州官舍(14)」とある。王寵の「行狀」は、「丙子・己卯の再びの鄉試に、公皆な文衡を參典し得士の盛んなるに與《あず》かりて勞有り」とする。「廣州官舍」とは鄉試關係者の宿泊所であろう。

祝氏が興寧知縣としての「催科に拙く」、七律「歸與」を作ったのは、この書作の直後のことであるが、實は彼は、知縣着任早々に歸鄉の思いをもらしていた。知事の職務が當初の意氣ごみほどにはうまくゆかないことも、うすうす感じていただろう。杜甫が長安に向かって憂國の情を投げかけるほどの動機はなかったとしても、鄉愁と挫折感において は、一脈通ずるものがあったはずである。その場に他人が居たかどうかは分からないが、おそらく酒の醉いが相當に達した時、一氣に狂草の筆を走らせたものと思われる。すべて四百四十八文字を、テキストなしの暗誦のみでおこなっただろうことは、現存するテキストの第四首「聞道長安」云々を最後尾に置いていることからも首肯できよう。第四首が秋興の結論として最適であるとの獨自の判斷によるのではなく、つい順序を狂わせてしまっただけだろう。宋・元・明三代において刊行され、かつ現存する杜詩十八種では、いずれも我々が目にするような順序になっているのである。[15]私が見ている書蹟の景印本が原寸大であるならば、縦二十九センチで幅は七メートル二十五センチ、ほぼ四間にもなる。ただならぬ氣合を感じさせられる作である。

祝允明による杜詩の揮毫については調査不足の感がいなめないが、以上に見てきただけでも、彼が日ごろから杜詩の相當數に親しみ諳んじており、それが折にふれて浮かびあがってきたと推測してさしつかえあるまい。晩年における『罪知錄』の執筆は、當時のさまざまな分野にたいする反逆の姿勢を強く打ちだしたものであるが、それだけに、平生において彼自身が抱いていた、より柔軟で、より寛容な側面を捨象してしまったかに思われる。

注

（1）拙稿「李夢陽詩論」（『中國文學報』第五十一册、一九九五年七月）參照。

（2）祝允明の詩文集には二系統がある。その一つは『祝氏集略』三十卷で、一五六〇嘉靖三十九年、子息祝繁の跋による刊本である。このテキストは一六一二萬曆四十年に、內容はまったく同一ながら、書名を『懷星堂全集』と改められ、曾孫祝世廉によって再刊された。系統の二つめは一五四四嘉靖二十三年、謝雍が手錄して文徵明に贈った抄本の一部で、兪樾のいう「殘本四卷」本は一八七四同治十三年、『枝山文集』四卷（文二卷・詩詞二卷）として族裔祝壽眉の識文をつけて刻版され、一方、何焯のいう「殘本二帙」本は、一九七一年、『祝氏文集』十卷として臺北國立中央圖書館から景印された。

（3）宋版の『施注蘇詩』では「追和陶淵明詩」として卷四十一に五十四首、卷四十二に五十三首を載せ、蘇轍の「引」が併錄されていたといわれる（小川環樹・倉田淳之助編『蘇詩佚注上 施注・趙次公注』一九六五年三月・京都大學人文科學研究所。

また清・馮應榴輯注『蘇軾詩集合注』二〇〇一年六月・上海古籍出版社、などによる）。くだって一六一九萬曆四十七年には蘇軾の『和陶詩』二卷・楊時偉刊が『臺灣公藏善本書目書名索引』に見える。祝氏が見たのは蘇軾の「和陶詩」に蘇轍が次韻したものを合冊にしたものであろうが、具體的なことは分からない。

（4）『中國書法全集49明代　祝允明』劉正成主編・一九九三年五月・榮寶齋出版に卷首と卷末が掲載されている。手卷、縱二十四・二センチ（長さ、および藏所は記述なし）。陳麥青『祝允明年譜』一九九六年三月・復旦大學出版社は、この書に本人の款識があって「蓋此詩雖拙、頗能道愚意中所存、固亦雲莊意中語也」（松村注・雲莊は謝雍の號）と記し、最後に「庚辰十一月十日、允明在新居小樓中書」とあるという。

（5）もとは日本・四日市市の澄懷堂美術館所藏とされていたが、現在は所在不明とのことである。その祝氏署款に「乙酉秋七月望後、書於新居小樓中、枝山允明」とある。前掲『中國書法全集49』に書跡の一部が掲載されている。『澄懷堂書畫目錄』卷三には「祝允明和陶飮酒詩册」として、「高九寸、闊約五寸、計三十二頁、紙本。陶淵明の飮酒詩を和韻したるを二十首錄せり。凡て百二十六行」云々とあり、最後に次のように記す。

『石渠寶笈』（卷十）にも亦祝枝山の「和陶飮酒詩册」を載錄せり。其の第十六第十七の二首は草書、餘は皆楷書なり、末幅の款識に云はく「向得舊紙、久藏笥中、興至則隨意作數行、乃平生之戲耳、觀者勿謂老翁更多兒能也、乙酉秋日允明記」と。卽ち此の册と同年の作なり。此は行書にして彼は楷書なれども、同一の詩を同年に重錄せしは、以て其の會心の作たるを知るべし。

（6）より詳しくは前掲「李夢陽詩論」を參照されたい。

（7）ただし劉瑾逮捕の日付が『明實錄』や『國榷』では八月甲午、すなわち十一日であるのにたいして、祝氏の詩では「壬辰之夜反黃道」と二日前になっているなど、問題は殘る。

（8）當時の科擧出題のテキストなどについては拙稿「祝允明の思想と文學――『祝子罪知錄』を中心に――」（『立命館文學』第五六三號・二〇〇〇年二月）を參照されたい。

（9）拙稿「祝允明の思想と文學」の中での表記について確認と訂正をおこなっておく。蓬左文庫所藏、大阪府立圖書館所藏

(ただし巻六まで)、および四庫全書存目叢書所收のテキストには「徵明謹識」と鮮明に出ている。またこれらのいずれにも「祝子罪知錄自序」がある。ただし年記はない。

(10) 「祝允明の思想と文學」において「李白と杜甫」の一項目を設けたので、本稿での論述と引用では、つとめて重複を避けることにする。

(11) 陳麥青『祝允明年譜』による。

(12) 周道振・張月尊同纂『文徵明年譜』一九九八年八月、百家出版社刊による。

(13) 陳氏『年譜』正德二年の項に、陳夔麟『寶遇閣書畫錄』巻一「祝允明草書秋興卷」を掲げる。また、これとの異同は定かでないが、韓泰階『玉雨堂書畫記』巻二に草書の「秋興八首」を著錄するという。

　一方『中國書法全集49』には二作が収められており、その一つは其七「昆明」云々のみの「杜甫詩軸」遼寧省博物館藏、「作品考釋」では一五一六正德十一年～一五二五嘉靖四年の作。もう一つはおそらく全首の「杜甫秋興詩卷」北京・故宮博物院藏、款識に「正德丙子」とあるものの、「枝山老人」と記すことなどから、眞蹟を疑われている。

(14) 古今書法精粹『祝枝山草書杜甫詩』(蘇州)古吳軒出版社・一九九九年六月刊によるが、藏所は未詳。馬伯樂氏の「跋」は「杜甫詩『秋興八首』は祝允明によってしばしば揮毫されているが、この册が最も佳いとみなされる」とのべる。

(15) 詳細は省くが、「秋興八首」の字句の異同からだけ判斷すると、祝允明が用いたテキストは、明・張綎撰『杜工部詩通』十六巻(一五七二隆慶六年刊)がもとづいたであろう先行テキスト、と考えられる。ただし『四庫提要』巻百七十四は『杜工部詩通』が元・范梈撰『杜工部詩批選』六巻を底本としているかのごとく記すが、祝氏の書いた「秋興八首」と『批選』との間の差は大きい。

三　祝子、怪を語る――『語怪』から『罪知錄』へ――

はじめに

祝允明（字は希哲、號は枝山、また枝指生、蘇州府長洲縣の人、一四六〇～一五二六）は、その晩年に『祝子罪知錄』十巻を著わして、思想や文學に關する生涯の總括をした。明末清初の王弘撰（字は無異、號は山史、陝西同州府華陰縣の人、一六二二～一六九九在世）は、その『山志』卷六において「罪知錄」を標題に揭げ、「祝枝山は狂士なり」と書き起こしたあと、次のように述べる。

刺湯武、刺伊尹、刺孟子、及程朱特甚、刻而戾、僻而肆、蓋學禪之弊也。乃知屠隆・李贄之徒。其議論亦有所自、非一日矣。聖人在上、火其書可也。

湯（王）武（王）を刺《そし》り、伊尹を刺り、孟子を刺り、程（顥・頤）朱（熹）に及んで特に甚しく、刻《むご》くして戾《もと》り、僻《よこし》まにして肆《ほしいま》まなり。蓋し禪を學ぶの弊なり。乃ち屠隆・李贄の徒なるを知る。其の議論も亦た自《よ》る所有りて、一日に非ざりき。聖人（天子）上に在りて其の書を火《や》くも可なり。

ついで『四庫全書總目提要』は卷百二十四・子部・雜家類存目一において「祝子罪知七卷」を著錄し[1]、「其說好爲剏解（其の說は好んで剏《はじ》めての解を爲す）」として、王氏の例擧のほかにさらに「莊周爲亞孔子一人（莊周を、孔子を亞《つ》ぐ一人と爲す）」、「李白百俊千英、萬夫之望（李白は百俊千英にして、萬夫の望なりと）」、「論文則謂韓柳歐蘇不得稱四大家

（文を論じては則ち韓・柳・歐・蘇は四大家を稱するを得ずと謂う）」、「論詩則謂詩死於宋（詩を論じては則ち詩は宋に於て死せりと謂う）」、「論佛老爲不可滅（佛老を論じて滅する可からずと爲す）」などの例擧を加え、ついで王氏の文章を引用して、「其說當矣（其の說、當れり）」と同意する。[2]

ところで、右にあげた『山志』と『提要』の論難は、『罪知錄』の巻一から巻九までの內容を對象としており、巻十の「神鬼怪妖」については俎上にあげていない。論ずるに足らずと見なしたのであろうか。しかし祝氏にとって「神鬼怪妖」に關する蒐集・記錄・考察は餘技とか娯樂などではなく、思想と文學にかかわる、たゆみなき營爲の一環であった。

一　『志怪錄』および『語怪』について

祝允明に『祝子志怪錄』五巻の刊本がある。各巻末に曾孫祝世廉の「謹輯」であると銘うつ。錢允治（字は功甫、吳縣の人、一五四一～一六二三在世）の「枝山志怪序」には「萬曆壬子仲春既望」、すなわち萬曆四十年（一六一二）の年記がある。[3]

吾吳祝枝山先生有志怪若干卷、歾後止存五卷。會其曾孫化甫文學圖刻罪知、欲幷刻茲編、而不能全也。余家有五卷、遂揔付之剞劂、乃問序於余。

吾が吳の祝枝山先生に『志怪』若干巻有るも、歾《ぼつ》せし後は止だ五巻を存するのみ。會ま其の曾孫化甫（祝世廉の字であろう）文學（府州縣學の生員）、『罪知』を刻するを圖り、幷せて茲の編を刻せんと欲するも、全くする能わざるなり。余が家に五巻有り、遂に揔《す》べて之を剞劂に付し、乃ち序を余に問う。

ここで注目すべき點が二つある。一つは、祝氏が本來記錄したものの相當數が散逸していたということである。錢氏が「若干卷」といい、またこのあとで、枝山先生が現代に生きておれば「志怪不止十卷、須百卷耳（志怪は十卷に止どまらず、須らく百卷なるべきのみ）」というところからすると、氏は本來の數を七、八卷から十卷、ほぼ二倍の量を想定していたのだろうか。

本書に收める話柄は、卷一：四十五話、卷二：四十五話、卷三：四十八話、卷四：三十八話、卷五：三十九話の、合計二百十五話である。ちなみに朱孟震（字は秉器、江西新淦縣の人）の『河上楮談』（萬曆七年・一五七九自敍）卷一「枝山志恠」は、祝允明が「異聞」を語りに訪れる客にたいして酒をふるまったり、自作の書を與えたりしたので、「輕佻の者」が自撰の作を多々もちこんだが、祝氏はそのまま收錄した。「今所撰志恠、蓋數百卷中、可信者十不能一（今撰する所の『志恠』は、蓋し數百卷中、信ず可き者は十に一なる能わず）」とするが、『四庫全書總目』卷百四十四「志怪錄五卷」の提要は、「卷」は「條」の誤まりであろうとする。その指摘のとおりだとすると、やはりもとは二倍の量、四、五百話が記錄されていたことになる。

錢序で注目すべき二つめは、『祝子罪知錄』十卷との關係を明確にしていることである。『罪知錄』の刊行年は、この記載によって萬曆四十年か、せいぜい二、三年の先行と考えてよいことになる。確かに『罪知錄』が各卷頭に「王世貞元美校」（太倉の人、一五二六〜一五九〇）と記すほかは、各卷末の「曾孫男世廉謹輯」の記入にしろ、各卷頭の「校」者、あるいは「閱」者の三氏にしろ、兩者は共通する。[4]

ところで、そもそも書名の『志怪錄』について疑問が殘る。

刊本『志怪錄』には祝氏の「自序」があり、「己酉冬十月既望、枝山祝允明書」、すなわち弘治二年（一四八九）、祝氏三十歲、四回めの南京鄉試に失敗したあとの年記をもつ。序文は次のように始まる。

志怪凡五卷。語怪雖不若語常之爲益、然幽詭之物、固宇宙之不能無、而變異之事、亦非人尋常念慮所及。

『志怪』凡そ五卷。怪を語るは、常を語るの益を爲すに若かずと雖も、然れども幽詭の物は、固より宇宙の無かる能わずして、變異の事も亦た人の尋常の念慮の及ぶ所に非ず。

しかし萬曆四十五年刊『紀錄彙編』（沈節甫輯、陽羨陳氏刊本）の卷二百十に収める「志怪錄」の祝允明の序文（年記はない）では、

志怪雖不若志常之爲益、然幽詭之事、固宇宙之不能無、而變異之來、亦非人尋常念慮所及。

となっていて、冒頭の「志怪凡五卷」の五字を缺く。思うにこの五字は、萬曆四十年刊本の編輯者たちが加えたものではあるまいか。

「凡五卷」は明らかにそうである。「志怪」はどうか。結論からいえば、弘治二年に成書した時點で（その後は未刊のままに置かれ、筆寫などによって、たとえば錢允治の家にも傳わったのであろう）、祝氏はその書名を「怪を志《しる》す」としたが、のちになって「怪を語る」と改めたか、初めから『語怪』と命名していたかの、どちらかである。その理由と、「怪」の記錄の經過を以下に述べよう。

晩年に近い祝允明に、自身の著作を列擧した文章がある。正德十一年（一五一六）、五十七歲、廣東興寧知縣の二年めの冬、巡按御史陳言から『廣省通志』の編輯に召辟されたのを辭退するむねの「上巡按陳公辭召修廣省通志狀」（『祝氏集略』卷十三）である。この列擧の中に「語恠四編四十卷」が見えるが、「志怪錄」の名は無い[5]。ということは、『志怪錄』五卷も、この時點では『語怪』と見なしていたことを意味するだろう。それも初編・二編の各十卷であっただろう。

『志怪錄』の終わりかたはかなりすっきりとしている。すなわち卷五の最終の第三十九話（以後は「志五39」のごと

く表記する）「孔鏞星」は「今歳己酉之秋」つまり弘治二年、つまり「志怪錄自序」と同年の話柄であり、結びには、

予纂怪牒、瀕竟得此、遂謹以尾吾書、以爲覽者假重于公焉。公之薨八月一日寅時也。

予は怪の牒（かきつけ）を纂し、竟《おわ》りに瀕《せま》りて此れを得、遂に謹んで以て吾が書に尾とし、以爲らく覽る者は重きを公に假《いた》さんと。公の薨ずるは八月一日寅時なり。

と記す。話の内容も結末にふさわしい莊重さで、孔子第五十八世の孫孔鏞、字は韶文が、貴州巡撫から、召されて工部侍郎となる途次の杭州で急逝した時、「迨于氣絕、則光已在天際、凝定煒煜、宛然一星矣（氣の絕ゆるに迨《およ》べば則ち光は已に天際に在り、凝定して煒煜し、宛然として一の星なりき）」とするものである。

しかして以上五卷が『語怪初編』『二編』の相當分と考えられるのは、志四25「走無常」に關して、後にのべる『語怪四編』の第四話（以後は「語4」のごとく表記する）「重書走無常」の中で「二編已書之（二編に已に之を書す）」と記すからである。また志四14「范李夢賀守」にたいして、そのすぐあとの志四20「賀太守」で「前志已書（前志に已に書す）」とするのは、初編にたいする二編を意味するだろう。

もっとも以上五卷の中には、弘治二年秋以降の話柄が幾つかある。すなわち志四39「酒泉」は翌弘治三年三月、志五7「井異」は同年夏、志五21「陸林」は同年五月、志五19「人產蟒」は四年六月六日の記事である。最終話の「孔鏞星」と「自序」を執筆して成書としたのち、二年以內の話柄を補足したのであろう。ただ志三43「王生見神過」だけはやや特殊で、王經が、のちに張靈[6]と姓名を變え、自分に從って文學に志したとのべて、最後に次のように結ぶ。

然大無行檢、或有逢蒙之志、予不校之。今亦死矣。戊辰歲附記。

然れども大いに行檢無く、或いは逢蒙の志（羿から射術を學んだ逢蒙が、その師を殺したように、師たる私にたいして敵對する意圖が）有るも、予は之を校《むく》いず（報復しなかった）。今亦た死せり。戊辰の歲（正德三年・一五〇八）

附記す。

つまり「自序」から十九年後の年記である。これはおそらく「予不校之」までが弘治二年以前の文章で、「今亦死矣」の四字を、十九年後、原稿に書き加えたと考えるべきだろう。

ところでこの正德三年、つまり春に五回めの會試に落第した四十九歳の年は、『語怪三編』十巻が編輯された年でもあった。先の「戊辰歳附記」は、先行する初編・二編の整理に當ってのものであったのだろう。その作業をしめす資料は祝氏の書跡である。「祝枝山書語怪錄」と銘うたれるもので、次の文章がある。

二編成後、久倦筆墨。然予固東西南北之人也、日溢於耳、不期而積。閒窗試錄、倏成十卷。（中略）正德戊辰允明敍。(7)

二編成りし後、久しく筆墨に倦む。然れども予は固より東西南北の人なり。日びに耳に溢れ、期せずして積む。閒窗に試錄し、倏《たちま》ちに十卷を成す。（中略）正德戊辰允明敍。

これは『語怪三編』十巻の成書の表明に違いない。もし祝氏が書名を、當初の「志怪」から「語怪」に改めたのだとしたら、この時點においてであろう。ただし話柄の內實は殘されていない。

ちなみに祝氏は弘治十八年（一五〇五）の秋より、吏部侍郎王鏊主編の『姑蘇志』六十卷の編輯に、文徵明（初名は璧、長洲縣の人。一四七〇～一五五九）ら六家とともにあずかった。この書は翌正德元年二月に完成するが、その卷五十九・紀異篇には「國朝」の怪異五話を載せており、うち第一話は杜瓊の『耕餘錄』によると注記するが、他はすべて祝氏の作であろう。すなわち第二話は外祖父徐有貞が都御史であった時のもの、第三話は志一１「陳僖敏・兪宮保」そのもの、第四話も志一44「保保」そのもの、である。第五話の「弘治間、包山華嚴寺僧宗翌」の話は他所に見えないが、あるいは『語怪三編』に収められたのかもしれない。少なくとも第三編作成が『姑蘇志』編輯と平行しておこなわれたことは疑いないだろう。

さて祝氏と同郷の陸廷枝（字は貽孫）が編輯した『煙霞小説』は、「稗官雑記十二種」（『四庫全書總目提要』巻百三十二）を集めたものであるが、その中に祝允明の『語怪四編』が、その『猥談』とともに収められている。天一閣主人范欽（浙江・鄞縣の人、一五〇六〜一五八五）の「煙霞小説題辭」の年記は嘉靖三十八年（一五五九）、つまり祝氏の歿後三十三年である。ちなみに陸廷枝の父陸粲（字は子餘、一四九四〜一五五一）は「祝先生墓誌銘」（『陸子餘集』巻三）の撰者である。

『語怪四編』の題識は正徳八年（一五一三）、祝氏五十四歳、六度めの會試に落第した翌々年のものである。その全文を掲げておく。

三編勌矣、復繼之、何伎癢既發、寧忍不爬搔乎。然無意必焉。凡聞時暇書之、有興書之、事奇警熱鬧不落莫書之、癸酉秋日、祝允明題。

（『語怪』）三編に勌《う》みたるに、復た之を繼ぐは、何の伎癢（技藝を發揮したいというむずがゆさ）か既に發して、寧んぞ爬搔せざるに忍びんや。然れども意の必する（固執する）無し。凡そ聞きし時に暇に之を書き、興有りて之を書き、事の奇警熱鬧して落莫せざるに之を書く。癸酉秋日、祝允明題。

話柄は三十八條である。第四編も十巻だったとすると、そのごく一部ということになろう。内容の上では語4「重書走無常」が志四25「走無常」の續篇であり、語8「重書冷啓發」が志一22「冷謙」の續篇である。時期の上で第三編以後の事件を記録したものとしては、語28「前世娘」と語35「卞氏子」が確認できるだけである。

苗莊『筆記小説史』（一九九八年十二月・浙江古籍出版社）は、第五章の、唐宋と清代という「二つの峰のあいだの元明筆記小説」の第二節「明代志怪小説」の項の最初に「『志怪錄』と『語怪四編』」をとりあげているが、兩者の關係には觸れないまま、『語怪四編』一巻について題識の「三編勦矣、復繼之」を引いたあと、「當尚有一至三編、未見(さらに一編から三編まであるはずだが、未見)」としている。私が右になした説明は、氏の疑問にたいする解答となっている。

『語怪四編』を成書した正德八年から、『罪知錄』十巻を完成させた嘉靖元年(一五二二)六十三歳ごろまでの約十年間、祝氏の「怪」への關心は、當代のものから離れ、經書での記載と、過去の筆記に殘された記事へと移ってゆく。

二 「怪」の內容、語怪の動機

『罪知錄』巻十は祝允明が鬼神論を展開した篇であるが、そこで祝氏は「今鬼神満世、妖物怪事、日日在在而有之(今 鬼神は世に満ち、妖物怪事は日日在在《ここかしこ》に之れ有り)」とする。では『志怪錄』や『語怪四編』においてどのような現象を記錄しているのか、そのあらかたを、主に各話標題のキーワードによって見ておこう。

「鬼」は、人間の死後、地上に殘った魄から生じ、現世の人間にたいしてさまざまな異變をもたらす。『志怪錄』に十九題、『語怪四編』に六題と、二書にもっとも頻繁に現われる。例えば志一28「鬼買棺」は、成化十八年(一四八二)春に「吳中に疫癘の盛行」した時の話。棺おけ七つを、注文にきた老人の家に届けると、室内にはその老人を含む屍がころがっていた。語30「鬼治家」は、死後も一家の利益を守る「神」のごとき主母の話。語5「桃園女鬼」では一少年に女鬼が歡をもとめたのにたいして、語37「常熟女遇鬼」では、ある既婚女性に「綠衣の少年」が通ってくる。

「神」は、『志怪錄』に六題、『語怪四編』に二題。「カミ」としては志一40「海神請讀書人」の魚鼈の國の海神や、語14「神讁淫男女」の泰山の天齊帝など。死後の魂から生ずる「ミタマ」としては、志一33「從祖父爲神」での魂の昇天など。

「妖」は『志怪錄』に二題、『語怪四編』に一題。志一19「柏妖」・志二28「箒妖」は女子に變身した植物や道具の精怪であるが、文中には「妖人」「妖術」など異常な人物や技術を指すばあいもある。

「怪」は『志怪錄』に七題。美婦に變身して少年をかどわかす隣家の志一32「白犬怪」、室中の土坑から飲食の百物を用意する志一13「怪婢」など、異樣な存在の話である。

「精」は『志怪錄』に三題。志二31「鼠精」は童子に、志二34「柳樹精」は老人に、志三27「芭蕉精」は美婦に、それぞれ變身する。

「夢」は『志怪錄』に十三題。子または孫の誕生、科第、妾選び、死に關する豫兆などが多い。しばしば謎解きをともない、志四11「武功公夢」では「帶」から綬へ、さらに壽へと進み、志四9「父子夢」では「父出官、子入官、父入官、子出官」が、棺・器官（腹）と雙關させて種明かしされる。

では、以上のごとき話柄の記錄を祝允明が執拗につづけた動機はどこにあったのだろうか。「志怪錄自序」で祝氏は、前節で引用した部分について次のようにのべ、その動機について二つの點を示す。

今苟得其實而記之、則卒然之頃而逢其物値其事者、固知所以趨避、所以勸懲、是已不爲無益矣。況恍語惚說、奪目警耳、又吾儕之所喜談而樂聞之者也。

今苟くも其の實を得て之を記せば、則ち卒然の頃にして其の物に逢い其の事に値う者、固より趨避する所以、勸懲する所以を知る。是れ已に益無しと爲さず。況んや恍語惚說の、目を奪い耳を警《おどろ》かすは、又た吾が儕《ともがら》の談《かた》るを喜びて聞くを樂しむ所の者なり。

第一の教育的動機に關しては、『春秋左氏傳』宣公三年の記事を下支えとしている。夏、つまり禹の世において、「鼎を鑄て物を象り、百物にして之が備えを爲し、民をして神姦（神異と姦怪）を知ら使む。故に民は川澤山林に入りて不若（見慣れぬもの）に逢わず、螭魅罔兩にも能く之に逢うこと莫し（鑄鼎象物、百物而爲之備、使民知神姦。故民入川澤山林、不逢不若、螭魅罔兩、莫能逢之）」とするものである。しかしそれは志怪・語怪の正當化のためのたてまえであって、本音は第二の娯樂的動機にあったと見てよいだろう。もっとも、喜び樂しむための文學的營爲が知識人にふさわしくないと見なされる非難は當然に豫想されるので、祝氏はあらかじめ布石を打っている。

昔洪野處志夷堅至于四百二十卷之富。彼其非有喜樂者在也、則胡爲乎不中輟而能勉強于許久也。吾是以知吾書雖鄙蕪、不敢班洪、亦姑從吾所喜樂而從之無傷矣。

昔、洪野處（名は邁）は『夷堅』を志《しる》し四百二十卷の富むに至る。彼は其れ喜樂する者の在ること有るに非れば、則ち胡爲《なんす》れぞ中（とちゅう）にて輟めずして、能く許《か》くも久しきに勉強せるや。吾是こを以て知る、吾が書の鄙蕪（やぼったくて、いいかげん）にして敢えて洪に班《なら》ばずと雖も、亦た姑らく吾が喜樂する所に從って之に從うも傷うこと無からんと。

若有高論者、罪其繆悠、而一委之以不語常之失、則洪書當先吾而廢、吾何憂。志怪亦取漆園吏詞。

若し高論する者有りて其の繆悠（事實の裏づけのない、とりとめのなさ）を罪して、一に之を委《す》つるに常を語らざるの失を以てすれば、則ち洪の書こそ、當に吾に先んじて廢すべく、吾何ぞ憂えん。志怪も亦た漆園の吏の詞を取る。(8)

「漆園吏」とは、『史記』卷六十三に見えるように莊周を指し、その「詞」とは、たとえば『莊子』逍遙遊篇の「北冥に魚有り、其の名を鯤と爲す（北冥有魚、其名爲鯤）」云々などを指すに違いない。この最後の八文字はいかにも取ってつけたような感があるが、「志怪」、怪をしるすとは、莊子が發した言葉、すなわち宇宙的な哲理を説明する話柄をも採取することなのだ、という意味であるとすれば、祝氏の志怪・語怪に哲學的な動機がひそんでいることを窺い知るであろう。

三　筆記における神鬼怪妖の分類

さて、祝氏が記録した話柄は、取材にしたがって順次書きとどめたにすぎないと思われる。それにたいして『罪知錄』巻十の巻末には、過去の筆記に見える「事物の異なる者」を「前聞の實錄」であるとして、百四十七例以上を摘出し、五十三項目（1〜53）に分類している（うち十項目の「不盡擧」「不可勝擧」を一例として勘定する）。

1「神の見《あら》われし（神見）類」六例。「武王、神を見る」は、周の武王が紂を討つ際、南海の神祝融らが謁見を請うた話、『太平廣記』神「四海神」（出『太公金匱』）。「宋の黑眚神」は、宣和三年、黑眚（水氣から生ずる災禍）が、夜、小兒を掠めて食らう話、『宋史』徽宗本紀。

2〜16は「鬼」の話柄。2「鬼見類」十五例。「狐突遇申生」は、『春秋左氏傳』僖公十年の、申生の元の御者狐突が主人の亡靈に遇う記事。「元末薛氏の子」は、早死した薛氏の子が家僕の前に現われる話、『草木子』談藪篇。3「鬼、恩を報ずる類」一例。4「鬼、仇を報ずる類」十例。「杜伯、宣王を射る」は、周の宣王に殺された臣下の靈が、三年後に宣王を射殺した事件、『墨子』明鬼篇。5「女鬼、生人と交わる類」五例。6「二人、夢に一女鬼と偶《つれあ》い、久しく易らず」一例。7「女鬼、生人と交わり、回骸起死す」、骸骨がもとの姿になり、死者が蘇生する、二例。8「鬼、書を能くす」三例。9「鬼、能く衣を爲す」一例。10「鬼、能く學を爲す」一例。11「鬼、能く表を上《たてまつ》りて人を論ず」一例。12「鬼市」一例。「裴擇之」が幼時に見たという、元好問『續夷堅志』「鬼市」。13「鬼、人と爲る」二例。14「鬼嘯・鬼叫・鬼火」は「多不勝擧」。15「鬼、人に附く」一例。16「鬼、人に執われ、之を殺すも仍お質有り」二例。

17「閻羅王」は「寇萊公」など。地獄をつかさどり魂魄のゆくえを決する。18「收氣袋」二例。「光宅坊百姓」「淮西將軍」（『太平廣記』鬼「光宅坊民」「淮西將軍」に見え、ともに段成式『酉陽雜俎』續集に出る）からすると、鬼が攜帶する大切な空氣袋のことである。

19〜22は「神」の話で、1「神見類」の續きとみてよい。19「神、福を助く」一例は、「霍太山の（山）陽侯、趙襄子に報じて智氏を滅ぼす」で、『史記』趙世家の記事。20「神、祟りを爲す」は二例。うち「實沈・臺駘」は、『左傳』昭公元年に見える參星の神と汾水の神。「白虎・秦二世」は、『史記』始皇本紀の、二世の夢で白虎が左驂の馬を齧み殺した記事。21「神女、人に偶《つれそ》う」二例。「楊鑣、大姑［ママ］神に偶う」では、唐の楊鑣が大孤神の神像に戲れごとを投げかけると、空中から神女が迎えにきた、『太平廣記』神（出『北夢瑣言』）。

22「人、神と爲る」は九例。例えば「柳子厚」は、韓愈「柳州羅池廟碑」に出る。柳宗元が生前に自分の死を豫告し、そのとおりに死ぬと、三年後に州（廳）の後堂に降った、と記す。また「李賀」は、『太平廣記』神仙（出『宣室志』）に見える話を指すのだろう。死後、母親の夢に現われ、神仙となって月世界で上帝の新宮のための文章を著わすなど、樂しくやっているとのべた、というものである。

ついで魂の諸相について。23「人死して復た生まる」十三例は後の39「悟前生」ともかかわる。「顧非熊」は詩人顧況の子。十七歳で死んだが、父の悲傷と吟哭に感じて再生した、『太平廣記』悟前世（出『酉陽雜俎』）。24「還魂」は二例。「韓蘄生［ママ］」では、南宋の部將韓世忠が復甦し、三つの案件が未了なので「大官曹」で特別の許可を得てきたのだという、『夷堅志補』「韓蘄王」。25「放生魂（生魂を放ちかえす）」一例。「齊推の女」は、唐の元和中、妊娠中に惡鬼によって殺されたが、冥土の府署に赴いた仙官の努力によって魂魄を合體され、放歸された、『太平廣記』神魂（出『玄怪錄』）。26「托生」は魂を他人の身體に托しての再生、二例。27「入冥」二例。28「人、星に化す」一例。「傳說」は『莊子』大宗師篇にもとづき、22「人爲神」の例にあげる「顓頊」と同じ文中に見える。

29「目の瞑せず（目不瞑）」は異樣な死にざま、二例。「荀偃」が襄公十九年に病死した時には、恨みのために目を閉じなかった、『論衡』死僞篇。30「人の無頭にして活く（人無頭而活）」は異樣な生き姿、一例。31「術もて亡魂を致す（術致亡魂）」二例。

ついでは變化の話。32「人、物に化す」六例。「牛哀、虎に化す」は、『淮南子』俶眞訓や『捜神記』五氣變化に見える。33「男、女に化す」一例の「漢哀帝時の豫章人」と34「女、男に化す」二例のうちの「魏襄王時の女子」は、ともに『漢書』五行志に見える。

ついで懷妊。35「男子、兒を生む」一例。36「人道に非ずして子を生む（非人道生子）」はいわゆる感精傳說や始祖傳說で八例。うち「卨母・稷母・劉媼・堯母慶都・禹母」は『論衡』奇怪篇の一連の文である。37「夫無くして孕む」一例。38「娠中の兒、能く語る」一例。

次の二項は26「托生」の一種で、39「前生を悟る」五例のうちの、唐の「房琯」の前身は僧の永公であった、『太平廣記』定數「房琯」（出『明皇雜錄』など）。40「三生の事を記す（記憶する）」二例の「劉三復」は、『太平廣記』悟前生「劉三復」（出『北夢瑣言』）に出る。

以下の十三項目は雜多な現象である。41「長大人」五例、「防風氏」は『史記』孔子世家より。42「芻偶、祟りを爲す」七例は木偶・土偶・繪畫のヒトガタの活動。43「諸怪」は「鳥獸・鱗介・草木・器皿等の怪、不勝擧」。

44「雜妖」は「花月の妖等、不盡擧」。45「夢兆」は「怪の應ず、不可勝擧」。46「鬼詩・鬼文」は「箕仙・箕鬼の詩詞等の如し、不盡擧」。47「術もて人體を易う」としてあげる「扁鵲、互いに魯公扈・趙嬰齊の心（しんぞう）を易う」は『列子』湯問篇に見える。48「蠻人、人を木腿に易う（蠻人易人木腿、未詳）」は「諸の詭術、不盡擧」。49「異域の怪聞」で「尸頭蠻等の如く、不盡擧」とする尸頭蠻は、自分の頭を飛ばせて人の穢物を食う人間。『明史』占城傳に見えるので、祝氏は當代の記事を入手したのだろう。50「醫術」は、「（宋の）徐秋夫、鬼の腰に鍼うつ（『太平廣記』醫「徐文伯」出『談藪』）等の如し、不盡擧」。51「妖術」は「郭璞散頭等、及び世に行わる南法・茅法の如く、不盡擧」。52「地下に別に世界有り」の例として「竹山縣天桂山宮」。53「異物」では「火浣布等の如き、不盡擧」。「火浣布」は『列子』湯問篇に見える。

最後に、祝氏が典據とした文獻について。全百四十七例のうち、私がその出典を確認できたのは半數にすぎないが、その限りにおいて、書名と件數を列擧しておこう。經書では『春秋左氏傳』五件。史部では『史記』六、『漢書』一、『後漢書』一、『晉書』二、『魏書』一、『新五代史』一、『宋史』二。子部では『墨子』一、『列子』二、『莊子』一、『淮南子』二、『論衡』二、『山海經』一、『搜神記』一、『述異記』一、『太平廣記』二十九、『夷堅志』八、『續夷堅志』二、『草木子』一。集部では、玄宗一、韓愈一、である。

『太平廣記』については、『北夢瑣言』や『酉陽雜俎』など、出典の原本に祝氏がどれだけ當っているかは、ここでは立ち入らない。ただ、原本には各話の標題がなく、『太平廣記』のものをテーブルに流用しているばあいが多いことから、その主たる據りどころとしたことは疑いない。なお、韓愈については「原鬼」なる一文がある。

四　話材を提供した人々

『志怪錄』および『語怪四編』の取材においては、幼年期・少年期での家族關係が注目される。存在のもっとも大きいのは、「先大父」「先公」「參政公」などと稱される內祖父祝顥（字は惟淸、一四〇五～一四八三）である。宣德（一四二六～一四三五）中の學舍では、志一12「天裂」。正統四年（一四三九）の會試では、施槃（字は宗銘、吳縣の人）に關する夢占いがあった、志一16「施狀元」。正統末、行在刑科給事中の時の違命行爲に亡母が夢に現われた、志三17「先公夢證」。天順三年（一四五九）に山西布政司左參議、ついで同右參政に進んだ時の、志三4「猫言」。呂洞賓が夢で詩をもとめた、志三18「先公夢純陽」。さらに、剪り紙の驢に磨《うす》をひかせる婦人、大地に圈をえがくだけで虎豹もよせつけぬ放牧の少年、土地に十字をえがいて呪文を唱え虎狼蛇虺を追いはらう男など、この地方のさまざまな奇術を傳えた、志三45「鎖口法」。そもそも正統初年（一四三六）に擧人となったとき、尙寶司丞の袁忠徹（『明史』方伎傳に傳がある）から「給事中之章」と「參政之章」の二枚の私印をもらったことがある、志四6「袁尙寶相術」。

この祖父にくらべると、父祝瓛と母徐氏の影はうすい。兩親は祖父に從って京師に、また山西に行った。山西の公舍では、鬼物が老媼となり少婦となって「先君」の寢室の窓外に立ち、病弱の母を苦しめた、志三19「山西藩司廨」。祝允明はこの山西で生まれた。祖父が六十歲で致仕したとき、彼は五歲であった。翌成化元年（一四六五）、一家は長洲に引きあげた。外祖父徐有貞（一四〇七～一四七二）はすでに吳縣に歸鄕していた。

徐有貞は宣德八年（一四三三）に進士となった。景泰四年（一四五三）、左僉都御史として山東・張秋鎭で決壞した黃河の治水に當っていた時、ある「鐵匠」のもとに死んだはずの男が現われて生前に貸した金を返せとせまった、志一26「鬼告狀」。景泰八年、すなわち天順元年（一四五七）、英宗の復辟を實現させると、兵部尙書兼學士として內閣に入り、武功伯に封ぜられたが、たちまち皇帝の怒りにあって詔獄に下された。雲南の金齒衞に謫徙されると、ある寺の石羊が鳴いて外祖父の到着を豫告した、志一20「石羊鳴」。

陸粲『庚巳編』卷六の「徐武功」には、徐有貞が「天文」すなわち占星術にも通じていたと記す。また「斗母咒」という北斗神信仰によって、詔獄での判決の直前に風雷をおこし、承天門を火災させ、懼れた皇帝が刑を減じたとされる。外祖父はこのような奇術をもつ人物であった。民國『吳縣志』（民國二十二年・一九三三刊）卷五十六上・藝文考には、彼に「前四十家小說四十卷」があると記されている。

祝允明には『野記』四卷という、二百一則からなる筆記もある。「辛未歲八月既望、在家筆完」、すなわち正德六年（一五一一）五十二歲、六度めの會試に失敗した時の年記を持つその「野記小敍」の冒頭に次のように記す。

　允明幼存內外二祖之懷膝、長侍婦翁之杖几、師門友席、崇論爍聞、洋洋乎盈耳矣。

　允明、幼きより內外二祖の懷膝を存《なぐさ》め、長じては婦翁の杖几に侍り、師門友席にて崇論爍聞の洋洋乎として耳に盈てり。

祝氏六歲、一家で長洲に戻ってから十三歲まで、彼は二人の祖父の談話の中にいたわけである。成化八年（一四七二）の外祖父の死後、內祖父とはさらに十一年間、同じ屋根の下で過した。その間、成化十二年と十三年には、祖父のもとに京師の友人から時事を傳える書がとどいた。往時のメモである語38「丙申・丁酉事」に記す十四題の幾つかは、その書によるものであって、たとえば「京師黑眚見」は志二2「京師黑眚」に示され、「妖人李子隆作亂、事覺、其徒急仲以藥殺之」は志四1「李子隆・王臣」の一部をなす。成化十九年・二十四歲、二回めの鄕試の前の七月に父が亡くなり、終了後の十二月には祖父が亡くなった。その夜、看病のあいまの夢で、祖父が玄妙觀に入り正裝して昇天するのを見た、志二13「參政公」。

內祖母の錢氏は佛敎信者であった。その葬儀ののち姑《おば》氏の一人の夢に現われた。實の娘がその所在を問うと、縣內のある家で男子に更生するのだと、「託生」の意向をのべた。祝允明はそこに「輪廻」なるものを知った、志四12「先淑人歿後託夢」。

祝允明が李氏と結婚したのは成化十四年、十九歲のころと思われる。さきの「野記小敍」でいう「婦翁」とは李應禎（本名は甡、長洲縣の人、一四三一～一四九三）のことである。弘治二年（一四八九）には南京尙寶司卿であったから、祝氏は四回めの鄕試でその家に宿泊した。婦翁は張士誠の舊府にいた亡靈の話を「親しく予に對して之を言」った、志二25「鬼侮人」。またその侍婢が爨室で二人の皂隷につかまった話をもした、語16「南京長安街鬼」。

『志怪錄』と『語怪四編』の取材源は、もとより以上に限らない。姻戚では母の兄弟である徐世良や母かたの姨《おば》の夫蔣廷貴などもいる。傭人や老圃もいる。官員では巡撫の王恕や金吾將軍楊忠夫など。交友では沈周の弟沈召や若い友人の張靈などである。本稿の冒頭で示した『河上楮談』の記事のように、褒美めあてに話柄を賣りこみにくる御仁もいたに違いない。要するに、祝允明にとって神鬼怪妖は幼時より實在のものとして刷りこまれ、長ずるに及んでも拂拭されることなく、ゆえに取材や記錄がライフワークとなったのである。

五　古文家として

祝允明も幼きより學習を始めた。陸粲の「祝先生墓誌銘」は、

先生少潁敏、五歳作徑尺字、讀書一目數行下。九歳能詩、有奇語、既天賦殊特。

先生は少きより潁敏、五歳、徑尺の字を作し、讀書は一目に數行下る。九歳、詩を能くし、奇語有りて既に天賦は殊特たり。[9]

と記す。鄕試受驗の初回が成化十六年、二十一歳の時であるから、蘇州府學に入ったのはそれ以前ということになる。十歳下の友人文徵明は「題希哲手稿」（『甫田集』巻二十三）において、二十四歳、すなわち成化十九年、二度めの鄕試に下第した年の祝氏について、次のように記す。

同時有都君玄敬者、與君並以古文名吳中。其年相若、聲名亦略相下上。而祝君尤古邃奇奧、爲時所重。

同時に都君玄敬（名は穆、吳縣の人、一四五九～一五二五。弘治十二年・一四九九進士）なる者有り、君と並びに古文を以て吳中に名あり。其の年は相い若《に》、聲名も亦た略ぼ相い下上す。而して祝君は尤も古邃奇奧にして、時の重んずる所と爲る。

祝氏の「古文」なるものは、『志怪錄』や『語怪四編』の筆記文はもとより、それぞれの序文・題識も該當しない。今、文體の檢討に入る餘裕はないが、その根據とする文獻を見ておこう。[10]

鄕里の先輩にして市隱の王錡（字は元禹、一四三三～一四九九）の『寓圃雜記』巻五「祝希哲作文」は、二十九歳の時點での祝氏について次のように記す。

文出豐縟精潔、隱顯抑揚、變化樞機、神鬼莫測、而卒皆歸於正道、眞高出古人者也。（中略）所尊而援引者五經・孔氏、所喜者左氏・莊生・班・馬數子而已。下視歐・曾諸公、蔑然也。余聞評之曰、秦・漢之文、濂・洛之理。自謂頗當。希哲方二十九歳、他日庸可量乎。

文の出づるは豐縟精潔にして、隱顯と抑揚、變化の樞機は、神鬼も測る莫く、而も卒に皆な正道に歸し、眞に高く古人を出づる者なり。（中略）尊びて援引する所の者は、五經・孔氏、喜ぶ所の者は左氏・莊生、班（固）・馬（司馬遷）の數子のみ。歐（陽修）・曾（鞏）諸公を下視すること蔑然なり。余、之を評するを聞くに、曰わく「秦・漢の文、濂（周敦頤）・洛（程顥・程頤）の理」と。自から謂えらく頗ぶる當ると。希哲は方に二十九歳、他日庸《なん》ぞ量る可けんや。

王錡の要約には、祝氏晩年の定論ともいうべき『罪知錄』を先取りしている感がある。指摘された「五經・孔氏・左氏・莊生・班・馬・歐・曾」はすべて『罪知錄』の中の論述と對應させることができるからである。なおここにいう「五經」とは四書五經のそれではなく、六經から樂經を除いた五經のことである。『罪知錄』巻八に「文極乎六經（文は六經に極まる）」といい、また「總厥大歸、無越乎宣父之六編者矣（厥の大歸を總ぶるに、宣父の六編を越ゆる者無し）」がそれである。いいかえれば「十三經注疏」なのである。

以上でもって神鬼怪妖を追う祝氏と、古文家としての祝氏が出來あがったわけだが、では兩者はどのようにつながるのだろうか。思うに祝氏においては、神鬼怪妖から古文であって、その逆ではあるまい。その連結の關節をなすのが『春秋左氏傳』と『莊子』である。

現實の事象は神鬼怪妖を附隨させることによって立體的となる、あたかも形が影をともなうように、と祝氏は考えただろう。それは單に現在世の諸相を豊かにえがくだけではない。時間的には過去世と未來世へのつながりを可能にする。空間的には宇宙への思考を可能にする。それを古典文獻で檢證しようとする時、時間的、特に歷史において證明してくれるのが『春秋左氏傳』であり、空間への廣がりを導いてくれるのが『莊子』であった。ところが祝氏が擧業にいそしむに當って問題になるのが『左傳』のテキストであった。

『明史』巻七・選擧志の「科擧定式」によると、鄉試・會試ともに三場のうち、いずれも初場においては「四書義三道、經義四道」が試みられた。永樂十三年（一四一五）、『四書五經大全』が頒布されると、「注疏を廢して用いず」、『春秋大全』のばあいは、經文の一節ごとに主として『左傳』等三傳と宋・胡安國の『春秋傳』をもって解説に當てることになった。

次節でのべるように祝氏は神鬼怪妖の論證を經書に即しておこなっているが、『左傳』については二十一例を引用している。そのうちの二例について、『春秋大全』での扱われかたを見てみよう。

莊公八年、經文の「弑其君諸兒（其の君の諸兒を弑す）」が掲げられ、一行二列に小字で『左傳』『穀梁傳』が示される。『左傳』には、「齊侯游于姑芬、遂田于貝丘、見大豕、從者曰、公子彭生也。公怒曰、彭生敢見。射之。豕人立而啼。公懼隊于車、傷足喪屨（齊侯、姑芬に游び、遂に貝丘に田《かり》し、大豕を見る。從者曰わく「公子彭生なり」と。公怒りて曰わく「彭生敢えて見《あらわ》れんや」と。之を射る。豕、人のごとく立ちて啼く。公懼れて車より隊《お》ち、足を傷つけ屨《くつ》を喪う）」の一節を含む。しかし杜註の「姑芬・貝丘、皆齊地（姑芬・貝丘は皆な齊の地なり）」云々と、「公見大豕、而從者見彭生、皆妖鬼（公は大豕を見るも、從者は彭生を見る、皆な妖鬼なり）」は省略されている。

莊公十四年、經文の「夏、單伯會伐宋（夏、單伯、宋を伐つに會す）」にたいする『左傳』は「夏、單伯會之、取成于宋而還（夏、單伯、之に會し、成《たいら》ぎを宋に取りて還る）」までで、これに續く「初內蛇與外蛇、闘於鄭南門中、內蛇死。……人無釁焉、妖不自作。人弃常則妖興、故有妖（初め內の蛇と外の蛇と、鄭の南門の中に闘い、內蛇死せり。……人に釁《とが》無ければ、妖は自から作《おこ》らず。人、常を弃つれば則ち妖興る、故に妖有り）」の一節は、文末に「附錄」として、一行二列の小字で別置されている。

前の例では杜註を削除したために、傳文の理解がゆきとどかなくなる。後の例では傳文そのものが削除に近い扱いを受けている。

朱熹は『朱子語類』巻八十三・春秋で「春秋傳例多不可信（春秋傳は例として信ず可からざること多し）」とする一方で、胡安國の「義理」を稱え、その言説は『春秋大全』巻頭の「總論」にも引用されている。しかしこのように不合理ないしは不可解な部分を捨象しようとする宋學の考えかたは、合理と不合理、可解と不可解をトータルに認めようとする祝氏にとっては容認しがたいものであったろう。

六　經書の中の神鬼怪妖説

本稿の標題に「祝子、怪を語る」と掲げたが、それは祝氏が孔子の向こうを張ったことを意味しない。それどころか祝氏が孔子に絶對的な信頼を抱いていた點では人後に落ちない。では祝氏は『論語』述而篇の「子不語怪力亂神（子は怪・力・亂・神を語らず）」を、どのように解釋していたのだろうか。『罪知錄』巻十には次のように記す。

孔子之不語、方在敎人及行道匡世、何暇爲政遑此。語之固亡害、而非敎化治世所須也、故默焉爾。昧者見其不語、即謂無之。然則力亂亦世所無耶。

孔子の語らざるは、方に、人を敎うること及び道を行い世を匡すことに在れば、何ぞ政を爲すに此れに遑《ひま》どるに暇《いとま》あらんや。之を語るは固より害亡《な》くも、敎化治世の須《もと》むる所に非ざるなり。故に默焉たるのみ。昧き者は其の語らざるを見て、即ち之《これ》無しと謂う。然らば則ち力・亂も亦た世に無かる所なるや。

前半の「敎化」は何晏の『集解』に引く王肅の「或無益於敎化、或所不忍言（或いは敎化に益無く、或いは言うに忍びざる所なればなり）」の援用であり、後半の「力・亂」云々は、宋・陸九淵の「夫子只是不語、非謂無也。若力與亂、分明是有、神・怪豈獨無之（夫子は只だ是れ語らざるのみ、無しと謂うに非ざるなり。力と亂との若きは分明に是れ有り、神・怪のみ豈に獨り之無からんや）」の援用である。[11]

次に祝氏は孔子の直接的、あるいは間接的な發言として「三端」をあげ、神鬼怪妖實在の證明にかかる。

その一。『周易』繫辭上篇。

精氣爲物、游魂爲變、是故知鬼神之情狀。

精氣、物と爲り、游魂、變を爲す。是の故に鬼神の情狀を知る。

祝氏は氣から「萬有」が生成されるとした上で、人については次のような對立項を想定する。

精—陰—魄—鬼—宮・舟車（居場所と乗り物）
氣—陽—魂—神—人（ヒトのたましい）

「精」については特に言及していないが、「官能」（本田濟『易』朝日新聞社・新訂中國古典選）と考えてよいだろう。右の圖式での祝氏の新味が出ているのは「人」と「宮・舟車」とを對比させて、說明を具體化したところにある。かくして人が生まれる時には、

魂魄聚、陰陽合、神鬼湊。人居宮、御舟車、而爲生焉。

魂・魄聚《あつ》まり、陰・陽合し、神・鬼湊《あつ》まる。人（ヒトのたましい）は宮に居り、舟車を御し、而して生を爲す。

これが「精氣爲物」の意味であるとする。これにたいして人が死ぬ時には、魂・魄、陰・陽、神・鬼はそれぞれ分解し、

宅燬而人徙、舟車壞而人徒而爲死焉。

宅（宮におなじ）は燬かれて人（ヒトのたましい）は徙《うつ》り（野外を放浪し）、舟車は壞れて人（ヒトのたましい）は徒（はだし歩き）して死を爲す。

しかし「氣・魂・神・人（ヒトのたましい）」のほうは亡失するわけではなく、他へ「馮依」することによって新たな生を始めるのである。他とは、他人の肉體、異類の物、あるいは他人の「魂夢」などである。これが「游魂爲變」の意味だというのである。ちなみに「馮依」については朱子も、「非命死、溺死、殺死、暴病卒死」のばあいに見られることがあるが、氣が盡きるとともに消滅すると考える。「游魂爲變」の「變」とは「無了」することだと見なすのである（『朱子語類』巻六十三・中庸第十六章）。

その二。『禮記』祭義篇。宰我が「吾聞鬼神之名、不知其所謂（吾鬼神の名を聞くも、其の謂う所を知らず）」と問うたことにたいする孔子の答えとされるものである。その前半は次のとおりである。

子曰、氣也者神之盛也。魄也者鬼之盛也。合鬼與神、敎之至也。

祝氏は獨自の解釋をほどこすことなく、ただ鄭注と孔疏を注記するだけである。それらを勘案すると次のような訓みになる。

子曰わく、氣（呼吸、およびそれからもたらされる意識）なる者は神の盛んなるなり。魄（耳目といった形體）なる者は鬼の盛んなるなり。（死者を祭るに際して）鬼と神とを合するは、（分散した神と形とを生前のように合體させることであり、それこそが聖人の）敎えの至りなり。

以下は後半の部分である。

衆生必死、死必歸土、此之謂鬼。骨肉斃于下、陰爲野土。其氣發揚于上、爲昭明。君蒿悽愴、此百物之精也、神之著也。

衆《おお》くの生けるものは必ず死し、死すれば必ず土に歸す、此れを之《これ》鬼と謂う。骨肉は下に斃れ、陰《よ》り（かかっ）て野の土と爲る。其の氣は上に發揚して、昭明と爲る。君蒿悽愴たる（香ぐわしくたちのぼり、恐ろしげなる）は、此れ百《もも》の物の精なり、神の著わるるなり。

その三。『春秋左氏傳』昭公七年・傳文。襄公三十年、鄭の伯有（良宵の字）が暗殺されると、厲鬼となって政敵の駟帶と公孫段の夢に現われ、その豫告どおりに二人を呪い殺した。鄭の國の人々が懼れていると、宰相子產（公孫僑の字）は伯有の子の良止を後繼ぎに立ててその靈を撫したので、怪事が收まった。理由を問われた子產が「鬼有所歸、乃不爲厲。吾爲之歸也（鬼は歸する所有れば、乃ち厲を爲さず。吾 之が歸を爲すなり）」とのべた。趙景子が「伯有猶能爲鬼乎（伯有は猶お能く鬼と爲るか）」と問うと、子產は「能（能くせん）」と答えたあと、次のように續けた。

人生始化曰魄。既生魄、陽曰魂。用物精多、則魂魄強。是以有精爽至於神明。匹夫匹婦強死、其魂魄猶能馮依於人、以爲淫厲。況良宵我先君穆公之冑、（中略）而三世執其政柄。其用物也弘矣、其取精也多矣。其族又大、所馮厚矣。而強死、能爲鬼不亦宜乎。

ここでも祝氏は、ただ杜注と孔疏を注記するだけである。

人生まれて始めて化するを魄（つまり形）と曰う。既に魄を生ずるに、陽（つまり神氣）を魂と曰う。物を用いて精多ければ（たとえば高官に居て權勢に任ぜられるなど）、則ち魂魄強し。是こを以て精爽有りて神明に至る。匹夫匹婦すら強死（壽命や病死ではないむり死）すれば、其の魂魄は猶お能く人に馮依して、以て淫厲を爲す。況んや良宵は我が先君穆公の冑（世つぎ）にして、（中略）而も三世、其の政柄を執る。其の物を用いるや弘く、其の精を取るや多し。其の族は又た大にして、馮る所厚し。而して強死するは、能く鬼と爲ること、亦た宜ならずや。

以上の「三端」によって祝氏は、「豈能尙爲不語哉（豈に能く尙お語らずと爲さんや）」としたあと、たたみかけるように、「六編」すなわち十三經における事例を指摘する。それらは、周公の言として四例、孔子の言として十一例、舜・一例、湯・一例、伊尹・三例、盤庚・二例、箕子・一例、武王・二例、成王・二例である。また『毛詩』から五例、『禮記』から五例、『左傳』から二十一例、その外傳とされる『國語』からも五例をあげる。

以上でもって祝氏は、その有神鬼（怪妖）說を、經書の記載によって證明してみせた。このあとは無鬼論をとなえた宋儒の程顥・程頤と張載への反論へと移るが（朱熹は最終的に有鬼無鬼のいずれとも決しえなかった）、その檢討はもはや本稿の目的とするところではない。

七　作詩へのかかわり

明代の詩人においては、宋學のとなえる情への警戒、禁欲性、合理主義などの軛からいかに脫するかが、重要な課題であったと、私は考える。

弘治十一年（一四九八）、朱子學者の劉健（一四三三～一五二六）が首輔となった。この年、李夢陽は二十七歲、祝允明は三十九歲であった。劉健が李白・杜甫をもって「酒徒なるのみ」と決めつけたのにたいして、戶部主事の李夢陽はやがて直情、あるいは激情の詩を展開することになる。(12) 祝氏のばあいはどうだろうか。

祝氏が神鬼怪妖への關心をとおして見せた不合理性容認の視點は、その詩作においては夢と想像の肯定へと結びつくと思われる。私は別稿において祝氏の五言古詩「春日醉臥、戲效太白（春日醉臥し、戲れに太白に效う）」（『祝氏集略』卷三）を引用したことがあるが、その最後の聯の「人生若無夢、終世無鴻荒（人生若し夢無くんば、終世 鴻荒無からん）」とは、天地開闢の世のありさまは夢、すなわち想像でこそ可能であるとして、それらの效用を積極的に認めようとする發言である。(13) それほど深刻でなくとも、夢や想像（あるいは幻想）はいうまでもなく詩の世界を豐かにする有力な手だてである。祝氏の作品から一首ずつをあげておこう。

戲作紀夢（戲作して夢を紀す『祝氏集略』巻七）

何事高唐入夢遊　何事ぞ 高唐に 夢に入りて遊び
淡雲輕雨太溫柔　淡雲輕雨 太だ溫柔たり
瑤姫錯認維摩壻　瑤姫は維摩の壻と錯《あや》まり認め
枕畔花人空抱裯　枕畔に人を花《まどわ》して 空しく裯を抱かしむ

導入部は宋玉「高唐賦」にもとづくありきたりの用法である。第三句の「瑤姫」とはその「巫山の女」の名であると、酈道元『水經注』巻三十四で郭璞が注記する。「維摩」については、『維摩經』觀衆生品に「時維摩詰室有一天女（時に維摩詰の室に一の天女有り）」とあることから、維摩詰を好色家と見なしている。第三・四句を、言葉を補って譯せば次のようになるだろう。

瑤姫は（私を、天女と關係のあった）維摩詰の女壻（だから好色家）だと誤認したのだろうか。枕邊（の夢の中）で人（私）を惑わせ（たが、實の女人がいるわけではないので）（私は目覺めたあと）むなしく布團を抱きしめるめにあわされた。

海棠（『枝山文集』巻三）

一種妖女魂　一種 妖女の魂
臨窗吐幽媚　窗に臨みて幽《かそけ》き媚《なまめか》しさを吐く
羞顔畏近人　羞じらいの顔は 人の近づくを畏れ
不忍頻相對　頻《せま》りて相い對するに忍びず
風欺翠衿薄　風は翠《みどり》の衿《えり》の薄きを欺き

露洗絳膚膩　露は絳《あか》き膚《はだえ》の膩《あぶら》を洗う
依微玉環頰　依微たり玉環の頰
睡轉留殘醉　睡りより轉じて殘醉を留む

第一句、海棠に「妖」という形容詞を用いた例としては、中唐の何希堯の「海棠」詩に「著雨胭脂點點消、半開時節最妖嬈（雨を著けし胭脂は點點として消え、半ば開く時節 最も妖嬈たり）」とある。第五句は、海棠の薄い萼を風が小馬鹿にするようにひらひらさせる、というのだろう。第六句以下は楊貴妃との連想であって、「膩を洗う」には白居易「長恨歌」の「溫泉水滑洗凝脂（溫泉 水滑らかにして凝脂を洗う）」をふまえる。「依微」とは、ここではかすかに赤らんだ狀態をいう疊韻の語である。そして結句の「睡轉留殘醉」は、玄宗が沈香亭に登って楊貴妃を呼びよせたとき、貴妃は「醉顏殘妝」で、挨拶もままならなかったが、玄宗は「眞に海棠は睡りの未だ足らざるのみ」といって笑った、という故事にもとづいている。(14)

總じてこの詩は、單なる擬人法をこえて、生身の婦人にたいする接しかたに至っている。早晩、海棠が婦人の姿をとって祝氏の前に現われるとしても、すでに祝氏の「妖」や「精」への關心を知った我々を驚かせることはないだろう。

注

（1）『祝子罪知錄』十卷・萬曆刊本は、蓬左文庫および臺灣・國立國家圖書館に、同じ版木によると思われるものが所藏され、『四庫全書存目叢書』（一九九五年九月・齊魯書社刊）に收められる中國科學院圖書館藏本では、やはり同じ版木によりながら「閱」者の差し替えがおこなわれている。これにたいして『提要』の「兩江總督採進本」は「七卷」であるが、內容上の削減はなく、「殆んど坊肆賈人の無知なる者の爲す所」によって、巻の移動や合併などがおこなわれたものらしい。

（2）以上は、拙稿「祝允明の思想と文學――『祝子罪知錄』を中心に――」（『立命館文學』第五六三號・二〇〇〇年二月）ですでに言及した。

（3）『祝子志怪錄』五巻・萬曆四十年序刊本は、蓬左文庫および臺灣・國立國家圖書館に、同じ版木によると思われるものが所藏される。

祝世廉については未詳。『明清進士題名碑錄』に、浙江海寧の人で、嘉靖三十二年（一五五三）癸丑科に第二甲四十七名として見えるが、時期・土地のいずれの面からみても、別人かと思われる。

（4）校閲者三氏のうち、陳以聞は、字は無異、湖北麻城縣の人。萬曆三十六年から二年間、吳縣知縣であった。二人めの周爾發はその後任で、字は子祥、福建同安縣の人。萬曆三十八年から四十一年までその任にあった。三人めの「豫章・祝耀祖・述之」については未詳。豫章は江西南昌縣であるが、やはり祝允明の末裔であろうか。

（5）列擧の部分を原文のまま記しておく。

祝子通五十五篇、祝子微二卷、祝子雜□□（原文注「缺二字」）、大游賦一篇、蠶衣五章、浮物一卷、野記四卷、成化間蘇材小纂四卷、太中遺事一卷、武功佚事一卷、太僕言行記一卷、先公門人記一卷、語恠四編四十卷、文集六十卷、後集十卷、集拔《[ママ]》二十卷。其他與人共輯先朝實錄・輿地志記、暨及小雜詞說、不又與焉。

（6）張靈については『祝氏集略』巻四に五言古詩二十句の「夢唐寅・徐禎卿、亦有張靈」がある。詩句のほとんどを、正德六年（一五一一）卒の徐禎卿と嘉靖二年（一五二三）卒の唐寅に當てているが、最後の二句で「昔亦念張孺、猶能逐冥塵（昔亦た張孺を念う、猶お能く冥塵を逐うか）」とうたう。『崇禎・吳縣志』（崇禎十五年・一六四二序刊）巻四十七・人物十・風雅と『康熙・蘇州府志』（康熙三十二年・一六九三序刊）巻七十・文學に傳があるが、生卒年は分からない。

（7）この部分は陳麥青著『祝允明年譜』（一九九六年三月、復旦大學出版社）九六頁からの借用・孫引きである。そこには卞永譽『式古堂書畫匯考・書考』巻二十五「祝枝山書語怪錄」の文を引用する。引用で「（中略）」としたのは、そこでは「……」となっている。

なお張慧劍『明淸江蘇文人年表』（一九八六年十二月・上海古籍出版社）は、おなじく『式古堂書畫彙考』書二十五によりながら「祝允明自書『語怪續編』爲册」とする。

(8)『記錄彙編』所收本とは文字の異同が幾らか見られるが、一々の指摘は省く。しかし最後は「……則洪書當先吾而廢吾何憂哉」で終っていて、そのあとの八文字を缺く。

(9)「五歲作徑尺字」に關連して、祝氏の書歷における神鬼怪妖について二點をあげておく。

その一つは王世貞「祝京兆夷堅志」（『弇州續稿』巻百六十三）で、祝氏が『夷堅丁志』凡そ三巻を小楷で手書したとするものであるが、筆記の分類を見てきた我々にとっては、もはや驚くにたらないだろう（陳氏の『年譜』は文從簡の崇禎十四年・一六四一の跋に「當是先生四十歲左右書」と記すのを引く）。

もう一つは正德二年（一五〇七）四十八歲の時に明初の大師劉基（字は伯溫、一三一一〜一三七五）の歌行「二鬼」全百八十八句を楷書で揮毫していることである。劉基の文學が、一端であるとはいえ百五十年後に再評價されたことは、文學史の上でも注目に値する。書影は『祝枝山書法精選』（一九九五年二月、當代中國出版社刊）において見ることができる。

(10)『祝氏集略』三十巻と『枝山文集』四巻に收められる文はすべて「古文」と見なしてよいだろうが、「志怪錄自序」と「語怪四編題識」はこれらの集の中に無い。その代表作を知るためには黃宗羲編『明文海』の中の二十九篇、『明文授讀』の中の四篇が參考になる。

(11)『陸九淵集』語錄上。拙稿「祝允明の思想と文學」の「その五、志怪のこと」でも用いた。

(12)拙稿「李夢陽詩論」（『中國文學報』第五十一册・一九九五年十月）の「四、文學の復權、そして強力な文學へ」を參照。

(13)「祝允明と李白・杜甫」（『東方學』第百七輯・二〇〇四年一月）。

(14)宋・惠洪『冷齋夜話』巻一「詩出本處」の條に、蘇軾の「海棠」詩にかかわって「太眞外傳曰、上皇登沈香亭、詔太眞妃子。妃子時卯醉未醒、命力士從侍兒扶掖而去。妃子醉顏殘妝、鬢亂釵橫、不能再拜。上皇笑曰、豈是妃子醉、眞海棠睡未足耳」と記すが、現行の樂史「楊太眞外傳」には見えない。また蘇軾の「寓居定惠院之東、雜花滿山、有海棠一株、土人不知貴也」詩では、施註が『明皇雜錄』によるとして同樣の文を注記するが、現行の鄭處誨『明皇雜錄』には見えない。

第四部　清代詩論

一 『近世詩集』解題「清詩」

清詩の部では、十七世紀後半から二十世紀初頭までの約二百七十年の間に歌われた詩を對象とする。詩が時代の總體との緊張關係の中でどのように作られたかを、この清詩選擇の主たる基準においた。したがって詩人にしろ作品にしろ、清詩の公平な紹介では必ずしもないこと、解說もまた一面的であるかもしれないことを、あらかじめお斷わりしておきたい。

さて、清詩を考えるに當って、ここでは、清詩に課せられた三つの問題という點から見たいと思う。その第一は、詩人が民衆の代辯者として社會の現象を寫し、かつ歌うものであるとする傳統的な意識からするものであって、これをかりに階級的課題と名づけておこう。この課題は、詩形でいえば古體詩の、中でも歌行體の形をとって表現されることが多く、古典詩の中でもリアリズム的創作意識がもっとも強くはたらいた分野であるといえる。今體詩（絕句・律詩）が詩人の、主として審美感の表現の場であるのにたいして、この詩形では、その規則が今體詩にくらべてはるかに自由であるだけに、詩人の現實に注ぐ目がしばしば小說的構成をとって示される。

第二に考えられるのは歷史的課題である。最近の入矢義高氏の講演「明から清へ」（一九七〇年十・十一月、『朝日ゼミナール』27・28・29號所收）でも述べられているように、明の中期以後になって「狂」とか「奇」の概念のもとに、一種の否定精神が打ちだされた。思想家でいえば李贄（卓吾、一五二七～一六〇二）の「童心說」、詩人でいえば袁宏道（一五六八～一六一〇）ら公安派の「性靈說」などがそうである。後半生の袁宏道や、續いて出た鍾惺（一五七四～一六二四）・譚元春（一五八六～一六三一）のように、それは明代のうちにみずから一種の屈折を見せはしたものの、結果として無秩序無方向に走った。このような精神狀況に何らかの方向性を與え、新しい秩序を創造するという課題が、清朝の詩人たちに與えられていた。事實、顧炎武（一六一三～一六八二）や黃宗羲（一六一〇～一六九五）など清朝第一期の詩人たちによって追求されつつあった。その點で顧・黃兩氏は軌を一にしており、例えば黃氏の詩「燈下、第四女の詩を寫《か》くを看る（燈下看第四女寫詩）」を、明詩の繼承的展開であるとするならば、顧氏の「歳暮二首」は批判的展開を示しているといえる。この第二の課題は、第一の課題と正當に結合して追求された時には、封建體制そのものを搖るがすほどのものであっただけに、清朝政府の警戒の目も嚴しく、彼ら第一期の詩人の著作のほとんどは禁書とされ、社會灼抹殺がはかられたのである。

第三の課題は、民族的なそれである。政治的軍事的に優勢な滿洲民族の王朝と、文化的にははるかな優位を信じて疑わない漢民族知識人たちの間に矛盾が生ずるのは當然の勢いであり、さらに十九世紀中頃からは、歐米また日本との民族的矛盾がからまる。

それでは、以上にあげた三つの課題に對應する詩が、またこれらの課題と直接には對應しない詩をも含めて、どのような狀況のもとで、どのような詩人たちにより、どのように作られたであろうか。

明王朝最後の崇禎十七年、清王朝の順治元年（一六四四）は、それまでの民族的矛盾と階級的矛盾とのからみあいがクライマックスに達した年であった。明朝政府と漢人士大夫は、滿洲軍と農民反亂軍とにたいして兩面作戰をかまえるだけの餘地をまったく失っていた。彼らは一つの選擇をせまられた。滿洲軍を〝利用〟して農民反亂軍を討つか、農民軍にはひとまず矛をおさめて民族的抵抗運動に起つか。ここで彼らは二派に分かれた。前者を選んだのは軍閥の吳三桂であり、詩人の錢謙益（一五八二～一六六四）らであった。後者の道を選んだのは、主として江南諸都市出身の士大夫たち、つまりこの選集の冒頭においた第一期の詩人たち、顧炎武・歸莊（一六一三〜一六七三）・黄宗羲・呉嘉紀（一六一八〜一六八四）である。

この年、北京の陥落とともに明王朝は滅亡した。翌順治二年の舊暦五月、滿洲軍は揚子江を渡り、十五日には南都南京を陷れ、六月十五日には「薙髮令」を下した。十九世紀の一人のイギリス人によれば、それは「頭を剃り、猿の尻尾をつけた不自然な姿」の、いわゆる辮髮の風を、漢民族すべてに押しつけたのである。地主を基本としながらも、ブルジョア的形成がある程度進みつつあった江南の諸都市で、明朝亡命軍と地域住民の連繫のもとに鄕土防衛鬪爭が組まれた。しかしこの鬪爭も、この年のうちにすべて敗北した。第一期の詩人たちはこの鬪爭に參加し、清朝の支配體制が確立してからも、節をまげることをしなかつた。したがって彼らにとっては、抵抗の生涯の中で憤怒を發し、敗戰を歎息し、亡命の悲哀を綴ることが、そのまま詩に結實した。

だが、彼らが鋭く追求した民族的課題は、清朝の軍事的勝利と文化統制強化のもとに、抹殺されることになる。「性情」發露の主張として殘された歴史的課題も、正當な發展を阻まれることになった。そして、代って登場するのは、第二期の詩人たちによる沈潛の詩である。第一期の詩人よりも先輩の錢謙益、彼らと同輩の吳偉業（一六〇九〜一六七二）、また南施北宋の宋琬（一六一四〜一六七三）・施閏章（一六一八〜一六八三）をも含めてよいだろうが、第二期を代表するのは、何といっても王士禛（一六三四〜一七一一）であろう。顧炎武がいだいた「中原」イコール「忠」の精神と、それが充たされぬゆえの「愁」の情念とは、「中原」の存在そのものの消滅によって「忠」の消滅をきたし、殘されたのは、救いようのない、しかも名狀しがたい「愁」であった。このような中で王士禛の「秋柳」詩が歌われ、たちまちにして詩人たちの心をとらえたのは、まったく必然的であった。「秋」は「愁」であり、秋の柳は、漢人士大夫の沈潛する魂を何よりもすぐれて象徵していた。彼の「神韻說」は「詩禪一致」の主張である（鈴木虎雄氏『支那詩論史』）とか、その目標を風味と興趣とに置くものである（青木正兒氏『支那文學思想史』）とかいわれるが、論理を超越したこのような詩論には、しかとは説明できぬ沈潛した魂を投げこもうとする心理がはたらいていたように思われる。

沈潛の中での耽美への傾向は、淸詩の一つの特色と考えられる上品さ、きめのこまかさといった洗練された詩風を生みだした。王士禛と並んで朱・王と呼ばれた、康熙朝の今一人の詩人朱彝尊（一六二九～一七〇九）の、例えば「永嘉雜詩二十首」についても、このことはうかがい知れよう。もっとも、洗練された詩風は沈潛の中での耽美主義のみによるのではなく、一方では古典主義のもたらしたものでもあるだろう。つまり、顧炎武や黄宗羲が明代からの歴史的課題を止揚すべく導入した學問重視の態度は、正當には繼承されなかったとしても、ほぼ淸一代にわたる古典主義の方向を定め、第二期の詩人たちによって詩語の精確な選擇がなされるとともに、典故の適切な使用という形で、いわば中國文明の豐富な遺產を驅使し再生させる技巧がとられるのである。そこには、民族的危機を文化的危機としてとらえた詩人たちが、自分たちの文化遺產を、再生させることによって護り、ひいては異民族の支配者にたいして誇示する心理が、あるいははたらいていたかも知れない。

ところで、漢人士大夫の大多數が憂愁の情と不可知の論理に沈潛してゆく一方で、淸朝の中國支配は着々と進められた。まず、軍事的支配が二段階を踏んでおこなわれる。第一段階は前三藩の亂ともよばれ、明の朝廷の皇子たちを擁立してのものであり、第一期の詩人たちの背景をなしていたものであった。すなわち順治十八年（一六六一）、雲南の桂王朱由榔が吳三桂に捕えられて殺され、臺灣の鄭成功は康熙元年（一六六二）に死に、まもなく魯王朱以海も臺灣で死んだ。この第一段階の終わりは第二段階、つまり吳三桂ら淸朝投降派の後三藩の亂の始まりであった。康熙十二年（一六七三）、彼らはたちまちのうちに中國の南半分を席捲し、淸朝は土臺骨から搖らぐかに見えたが、もはや漢人士大夫の多數を引きつけることができなかったこともあって、八年の歳月ののちに平定され、清朝の軍事支配は確立した。それと平行して文化政策も着々と效を奏した。例によってそれは漢人士大夫にたいする彈壓策と懷柔策との併用であった。前者については、先に述べた「薙髮令」に加えて文字の獄がある。それは順治朝にすでに始まったが、康熙二年の『明史』刊行にからむ筆禍事件は、七十餘名の死刑者を出すという大規模なものであっただけに、漢人士大夫に與えた衝擊は大きかった。結局、このような文字の獄は順治朝十八年間に一回、康熙朝六十一年間に三回、雍正朝十三年間に四回、そして乾隆朝六十年間には何と七十四回を數える（鄧之誠『中華二千年史』）。一方の懷柔策としては、まず順治三年に、漢人士大夫を朝廷に登用するための科擧が開かれ、例えば宋琬がその翌年の、施閏章が三年めの進士となる。また順治二年に『明史』編集の敕命が下され、康熙十八年（一六七九）にはそのための特別登用の人選である博學鴻詞科が開かれ、顧炎武（當時六十七歲）や黃宗羲（七十歲）がともかくも辭退した一方で、施閏章（六十二歲）や朱彝尊（五十一歲）ら五十名が擧げられたのであった。

清朝の思想統制は、詩人たちが先の三つの課題に應えることを禁じた。第三の民族的課題については言うまでもあるまい。第二の歷史的課題についていえば、明の李贄、徐渭（一五二一～一五九三）、袁宏道、鍾惺、譚元春らの著作や編纂書はいずれも禁書であったこと、また魯迅が指摘するように、朝廷による大規模な編纂事業であった「四庫全書」（乾隆三十八～四十八年）の中で、明の公安派・竟陵派の作品が大いに排斥されていることなどからして、清朝がこの課題をいかに危險視していたかが分かる。とすれば、乾隆期の文字の獄の一つであった錢謙益の全著作および彼に關連する一切の記事の抹殺も、「性情」を説き、公安派を稱揚した點が、清朝の忌諱に觸れたと考えられなくはない。彼が貳臣でありながら清朝を誹謗する發言が一再ならずあったというだけでは、その死後百年以上も後の乾隆三十四年（一七六九）になって、あれほどの徹底的な抹消がおこなわれた理由としては、いささか弱いのではないかと思われるからである。なお、第一の階級的課題については、たとえば小説の『水滸傳』が禁書であったことによっても解かるように、もとより清朝の許すところではなかった。ただし査愼行（一六五〇〜一七二七）の「麻陽運船行」、趙執信（一六六二〜一七四四）の「甿の城《じょう》に入る行《うた》（甿入城行）」、鄭燮（一六九三〜一七六五）の「家に還る行《うた》（還家行）」、蔣士銓（一七二五〜一七八五）の「縫窮婦」など、一見したところでは第一の課題に應えると思われる作品が許されているのは、これらの作品がただちに反政府的思想にはつながらず、政治をおしすすめるための民意の反映であるとする傳統的な文學理念によるものであろう。

第二期の詩人から第三期の詩人に移る過程で、詩史の上では一つの重要な轉換がなされる。いったいに清朝では古典詩の中のどの時代、またどの詩人に學ぶかが大きな關心事であったのだが、この時期の轉換とは、一口でいって、それまでの唐詩を學ぶ傾向から宋元詩を學ぶそれへの轉換であり、その先驅けは査愼行であるとする說が一般的である。この唐詩から宋元詩への移行の裏には、清朝詩人の獨自性を主張しようとする動きがかかわっており、青木正兒氏のように、この時期をもって清代としての特色ある新詩風が開かれたとする見かたもある。

乾隆期の、強まりこそすれ弱まりはしなかった思想統制の中で現われたのは、少なくとも表面的には、沈潛を抜け出した、どちらかといえば明朗で樂觀的な詩である。それは、一方では「格調說」を唱えた沈德潛（一六七三〜一七六九）であり、他方では鄭燮をさきがけとする詩人たち、つまり乾隆三大家といわれた袁枚（一七一六〜一七九七）・蔣士銓・趙翼（一七二七〜一八一四）、ついで黃景仁（一七四九〜一七八三）・張問陶（一七六四〜一八一四）へと引繼がれる第三期の詩人である。彼らに共通するのは反滿意識の完全な缺落である。特に後者の、中でも「性靈說」を唱えた袁枚においては、市民的自由の精神ともいうべき現象がうかがわれるのであるが、その精神の一つをなすのは一種の平等主義であり、漢人士大夫のみの閉ざされた詩の世界を、下男や職人、女や子供にも開くとともに、民族的にはコスモポリタニズムとなって滿洲詩人を大々的に評價しようとする動きにもなってくる。また、その精神の別の一つは、文學を政治から訣別させようとする動きである。それはおそらく、經濟的自立をはたした江南諸都市の市民意識の反映かと思われるが、逆に朝廷の文化統制からの回避でもあった。したがって市民的自由とはいえ、それは封建體制を搖るがすような方向をとることはしなかった。公安派の後繼者と目されながら、袁枚は袁宏道の名を一度も出さなかったし、獄中で憤死した李贄のごとき猛毒性も持ちあわせていなかった。その意味で彼は、いわば反骨なき自由人にすぎなかったのである。彼の論敵であった沈德潛も、第二の課題に應える意圖をもとより持たなかった。というよりも、舊來の道德によりつつ、本來的な封建的理想社會への秩序だてを、清朝において實現しようとする趣きがあった。

〝繁榮の時代〟であった乾隆期が終わり（一七九五）、嘉慶期に入るやいなや、清朝の、ひいては封建社會の下降現象は急をついて現われる。白蓮教徒や苗《ミャオ》族の反亂は、その現われの一つである。士大夫階級もその思想上、また處世上のゆきづまりの中におとしいれられ、いまだ新たな方向を見出しえないままに、ある部分の人々は、阿片窟の中で白晝の夢に耽っていた。しかし、種々の矛盾が顯在化する中で、第一・第二・第三の課題にともかくも應えようとした第四期の詩人が、かえって生まれてくることになる。その最初の巨人は龔自珍（一七九二～一八四一）である。彼の不安定な魂は、三つの課題に眞正面から應えるべき時代の到來を敏感に先取りした者の、必然的に負わねばならぬ歷史的宿命ともいうべきものの體現であった。なおこの期の鄭珍（一八〇六～一八六四）は、山間の詩人として清詩では特異な存在である。というのは、清詩の特色をなす洗練された詩風は、先にあげた二つの成因とは別に、今一つ、特に江南の都會人の優雅さによるところが大きいからである。

さて、歷史學の上では阿片戰爭（一八四〇）をもって近代の始まりとする考えかたが強いようであるが、ただちにそれが詩史の上でも當てはまるわけではない。黃遵憲（一八四八〜一九〇五）・康有爲（一八五八〜一九二七）など、第五期の詩人たちによって近代文學への摸索がなお續けられねばならないからである。ふつう詩界革命といわれるこの文學運動においては、詩の舊い形式に、外來語を含む新たな語彙を大膽に導入するなどの試みがなされたが、眞に近代文學の始まりといえば、やはり五四運動（一九一九）を待たねばならないであろう。それは實は中國の古典詩（舊詩）が否定され、口語自由詩ともいうべき新詩がそれにとってかわるという結果によって幕が開かれる。したがって清朝の古典詩のみを扱ったこの選集も、この時點で幕を閉じるのが適當であろう。ただこの形式の詩は、近代以降現代に至っても、なおかなりの作者と讀者を持っている。付錄として魯迅（一八八一〜一九三六）と毛澤東（一八九三〜一九七六）の作品を擧げたのは、そのあたりの事情を紹介するつもりにすぎず、彼らの舊詩が近代文學また現代文學を代表するものであると考えてのことではない。

清詩は他の時代に劣らず多樣である。古典詩を擔った士大夫層の分解狀態の多樣さにみあって多樣である。選擇にあたって、擧げたくて擧げられなかった詩人、採りたくて採れなかった作品が數多く存在するのは言うまでもない。その遺漏をうめる意味もこめて、參考にした清詩の選本を最後に數種あげておこう。

『國朝（清）詩別裁集』三十二卷、清・沈德潛
『湖海詩傳』四十六卷、清・王昶
『國朝（清）詩鐸』二十六卷、清・張應昌
『清詩評註讀本』七卷、民國・王文濡
『晚晴簃詩匯』二百卷、民國・徐世昌
『清詩選』近藤光男（漢詩大系・集英社）

二　沈徳潛と『清詩別裁集』

一

中國の詩が唐・宋二代においてその精華をほぼ出しつくしたとする見かたは、いわば常識として大方の認めるところであろう。その後につづく朝代の詩人たちが詩作の規範を唐詩に求めるか宋詩に求めるかを、しばしば重要な問題として掲げ續けたことが、何よりの證據である。しかし、元・明・清それぞれの時代においても、唐・宋の時代と同樣、詩という形式が知識人のすべてにとってその文學表現のための最高級の場であったことも爭われぬ事實である。とすれば、新しい時代の新しい精華が詩の分野において注入されたであろうと、期待していいはずである。中國の歷史の停滯性が云々され、詩もそのような歷史と無關係ではありえないとしても、新しい時代には新しい事物が現われ、それぞれの場でそれに文學的に對應する詩人が存在したはずであるという、はなはだ單純な理由に、この期待がもとづいているとはしても。

清詩に限っていえば、すくなくとも現在のところは、唐の李杜韓白とか宋の蘇軾・陸游に匹敵するだけの、いわば清詩を代表する高峰としての存在が明確にはつかまれていない。しかしながら、このことは、總體としての清詩が、總體としての唐詩ないしは宋詩に劣ると決めつけてしまうことにはなるまい。私の觀測するところでは、感性を主とする敍情詩において唐詩宋詩とのきわだった違いを指摘するには、よほど纖細な感覺をもってしないかぎりは困難である。しかし、事物との對應を主とする敍事詩（正確には敍事的な詩というべきだろうが）においては、清詩は他の時代に比べ、いくつかの特長をあげうるだけの獨自の展開をもたらしていると考える。もちまえの誠實さでもって現實を見すえる詩人が存在するかぎり、それは當然の結果であろうが、先に述べた私の期待も、實はそこにあるといってよい。

多くの詩人が存在することは、特に敍事詩の世界では好ましいことである。そこからは多くの事象が歌いだされ、また同樣に題材にたいしてさまざまの角度からの表出がある。その點でも清代は豐かな敍事詩を埋藏した大海である。詩人の數にして約六千家(1)、詩篇の數にすればおそらく天文學的なそれにのぼるであろう、まさしく詩の大海を前にしながら、私はまず總體としての清詩の輪郭をつかみたいと願っている人間である。

かく詩の大海にようやく一歩を踏み入れようとする人間にとっては、まず選本から手がけることが有效であろう。選詩者それぞれの嗜好とか主觀が常に氣になるところではあるが、一時的にしろその嗜好とか主觀に呑まれることも文學史をたどる上では有益であろうし、また清詩については幸いにかなりの種類の選本があって、これらを網羅してゆけば、全體としては角のとれた、客觀的なところが現われてこようというものである。

さて、清詩の選本については、『清史稿』藝文志に約二百七十種の書名が見える。たとえば、それ自體が一の選本であるところの、張維屏（一七八〇～一八五九）の『國朝詩人徵略』初集六十卷（道光十年・一八三〇序）二集六十四卷（道光二十年・一八四〇序）は、そのうちの約四十種を利用しているが、その利用狀況をみると、清初では、沈德潛（一六七三～一七六九）の纂評した『清詩別裁集』（初版は乾隆二十四年・一七五九序。以下、原名にしたがって『國朝詩別裁集』の名を用いる）の重要性がきわだっていることがわかる。この書物は清朝二百六十餘年のうち前期約三分の一、約百年間の詩人の詩をとりあげたにすぎないとはいえ、その限りにおいては、選詩の範圍は全國的に及んでおり、その選びかたも比較的公平であって、淸詩選本の最初にとりあげるにふさわしいものであるといえよう。

ちなみに、『國朝詩別裁』以前の選本に關しては、沈德潛自身がその「凡例」で、「あるものは名聲とか位官本位のものであったり、あるものは交友間の同人誌であったりして、詩を論ずることを第一義としたものではない（國朝選本詩、或尊重名位、或藉爲交遊結納、不專論詩也）」としるし、このような傾向の中で比較的に善いものとしてあげるのは、陳維崧（一六二五～一六八二）の編になる『篋衍集』十二卷であるが、沈氏自身が言うように、なにしろ康熙十二（一六七三）年までの詩を採錄するにすぎない。また鄧漢儀（一六一七～一六八九）編の『詩觀』（原名は『天下名家詩觀』）初集十二卷・二集十四卷・三集十三卷・閨集別卷一卷は、沈氏によれば、「交遊の際に贈答に用いられた詩に限られてはいるが、後世の人々が詩を採擇する場合の參考にはなる（雖未脫酬應、然亦足備後人采擇）」（『國朝詩別裁集』卷十二、鄧漢儀評傳）という性質の書物であって、淸初の詩を文學史的に概觀するにはやや個人的にすぎるとしなければなるまい。

二

沈德潛は康熙十二（一六七三）年、江南長洲（現在の江蘇省蘇州）の生まれ、字は確士、號は歸愚である。雍正末から乾隆始めの博學鴻辭にも入選せず、乾隆四（一七三九）年、六十七歲でようやく進士となった。同學には當時二十四歲の袁枚（一七一六～一七九七）がいた。三年後の翰林院の部內試驗、いわゆる散館では、袁枚が溧水知縣として外まわりに出されたのに對して、沈德潛は館內で編修を授けられ、「江南の老名士」として乾隆帝の注目をひくことになり、これまでの不遇が一轉して優遇の人生へと向かう。翌乾隆八（一七四三）年七十一歲で詹事府（その官はいずれも虚銜）左中允（正六品）に拔擢、さらに翰林院侍讀（從五品）・詹事府左庶子（正五品）・翰林院侍講學士（從四品）と遷り、九年には詹事府少詹（正四品）、十年には詹事（正三品）、十一年には内閣學士（從二品）を授けられた。このころの乾隆帝の言葉に、「朕がこれまで詩賦に關心をもったのは、何ほどかの興趣を遣《や》るがためにすぎなかった。ところが自作の詩に唱和させているうちに、そんな詩人のうちに沈德潛がごとき才學の充裕なる人物にめぐりあった」（『清史列傳』巻十九・沈德潛傳）とあるのは、皇帝が詩人というものを遊戲仲間以上の存在として認めるに至ったものとして注目しておいてよいだろう。後述するように、それがかえって裏目に出る結果をも含めてのことであるが。

さて、沈氏の優遇はつづき、翌乾隆十二年には禮部侍郎（正二品）に拔擢されるが、老齢には勝てず、十四年七十七歳で致仕を願い出て許された。沈氏は短期間の仕官において、鄉試の主考等にあずかった面はあるとしても、致仕のおりに、「朕の德潛に於ては、詩を以て始まり詩を以て終る」（『清史稿』巻三百五・沈德潛傳）と、乾隆帝が述べたように、結局のところは皇帝の詩友に終始したと見てよい。機會あるたびに彼に下された御製詩が『清史列傳』沈德潛傳には逐一に載せられており、その間の事情を伺うことができる。ちなみに、彼が歸省するにあたって上進した『歸愚集』に乾隆帝みずから序文を書いたが、その中で彼の詩を「高（啓）・王（士禛）[4]に伯仲す」（『清史稿』同）とするのは、興味ある指摘である。

皇帝との詩作の交際は、沈氏が致仕してのちも、たとえば乾隆十六（一七五一）年七十九歳には皇帝の南巡の際、ついで皇太后六十萬壽祝賀に上京した際、乾隆二十二年八十五歳には再度の南巡の際といったふうに續き、さらに乾隆二十六年皇太后七十萬壽の祝賀に上京した時には、致仕九老の首として歡待されたほどであった。彼が「撰選刻する所」（『清史列傳』）の『國朝詩別裁集』を上進し、御製序文を請うたのはこの時のことであった。

『國朝詩別裁集』の編輯は、從來の沈氏の一連の選集編輯事業のいわば總決算であった。つまり、『唐詩別裁集』の序が記されたのが康熙五十六（一七一七）年四十五歳、『古詩源』の序が同五十八年四十七歳、『明詩別裁集』の序が乾隆三（一七三八）年六十六歳、すなわち進士の前年、それも八月の省試の直前の秋七月望日の日附になっている。たびかさなる落第という不遇がかえって學問的成果を篤からしめた好例である。

編輯事業の軌跡をたどってみるならば、まず『唐詩別裁集』においては、詩の「極盛」（「古詩源序」）のありさまを明らかにしようとした、といえよう。その際、王士正の『唐賢三昧集』は彼に多くの示唆を與えたであろうが、王氏の選集が極盛を代表する李白・杜甫の二家を缺いていたことは、彼にとってははなはだ不滿とするところであったと思われる(5)（このことに關連しては後にも觸れる）。ところで、「詩の盛は詩の源に非ざる」（「古詩源序」）がゆえに、沈氏は次の『古詩源』において、詩經・楚辭を除く先秦兩漢より隋までの詩を古詩と稱して唐詩の源を探ろうとした。と同時にこの作業は、明代の李夢陽ら前後七子の詩をいかに繼承し、あるいはいかに批判して現代詩につなげるかという課題にも應えようとするものであった。前後七子が「株守に太《はなは》だ過ぎ、土偶に冠をつけ衣裳を着せたがゆえに學者の非難を蒙ったのは、唐詩に固執してそれ以前の源を窮めようとしなかったからである」（同上）という反省が沈氏にはあったのである。したがって次の『明詩別裁』編輯の意圖はおのずと明らかであろう。「宋詩は腐に近く、元詩は纖に近く、明詩は其れ復古なり」（沈序）。復古によって風雅の音を再生させたのは、沈氏によればいうまでもなく前後七子の功績である。識者は彼らに自得の趣が少ないといって非難するが、その一人錢謙益の『列朝詩集』では、彼らの長所を隱し短所を選錄して排擊の資としているのであって、その精華を取りだしてみれば文質ともにととのった大雅の章なのである、と。

以上を要するに、『古詩源』は詩の原典を探り、『唐詩別裁集』ではその展開を見、さらに應用篇その一として『明詩別裁集』を編んだといえるかもしれない。とすれば『國朝詩別裁集』は現代の詩を應用編その二として編むことであり、應用編その一をいわば批判的に繼承しながら現代詩をどのように創りだしてゆくかという課題を荷ったものであった。この課題に應えようとする意欲は、『古詩』が十四卷七百餘首、『唐詩』が二十卷二千首弱、『明詩』が十二卷一千餘首であるのに對して『國朝』は三十二卷四千首弱と、分量の上で他を壓倒していることにもうかがえるのであって、このことは、他の三種が王士正の『古詩選』『唐賢三昧集』、錢謙益の『列朝詩集』、朱彝尊の『明詩綜』など、それぞれ先人の編輯事業にたいするいわば修正であったのに反して、『國朝詩別裁』編輯がほとんど前人未踏の試みであったという理由にばかりよるのではないだろう。このように見てくれば、『明詩別裁集』の序が、擧人となる前の月、進士となる前の年に記されている事實にも、十七回目の省試にのぞむなみなみならぬ決意がうかがわれる。選詩の應用篇その一までは野に在っても可能ではあるが、應用篇その二の、すぐれて實践的な課題についてはまず實践的な場に身を置くことが資料收集一つをとってみても必要であったろうからである(6)。

さて、乾隆二十六（一七六一）年に沈氏が皇帝に上進した『國朝詩別裁集』は、すでに「撰選刻する所」のものであった。それは、乾隆十（一七四五）年に着手され、二十三年に（本文が？）鐫刻されたとする「乾隆二十四年暮春」の題記をもつ初刻本ではなく、それが增删鏤版された、「乾隆二十五年仲冬日」の題記をもつ重訂本であったことは、その直後になされた皇帝御定の改删の跡を檢討すれば明らかである(7)。

兩者の違いを簡單に記すと、初刻本は三十六卷、重訂本は三十二卷となっているが、それは前者の最後部四卷を占める「補遺」が後者では各卷に配置しなおされたにすぎず、後者は「卷數は少なくなっているが、詩篇は多くなっている」（「凡例」）のである。その詩篇の數は重訂本の序によると「九百九十六人、詩三千九百五十二首」である(8)。詩篇には逆に削られたものも少數ながらある。また、各詩人の評傳において新たな知見が加えられているところがある。

三

沈徳潛が『國朝詩別裁集』の編纂において意圖したのは、文學を政治や教育の場にもどすこと、同じことの裏がえしとして文學に政治や教育を今いちど取りもどすこと、つまりは文學の復權であったといえよう。沈氏はこの目的を實現するために生まれてきたような人物であって、そもそもは唐詩を分別去取する、杜甫の言葉にちなんでいえば「僞體を別裁して風雅に親《ちか》づく」（「戲れに六絶句を爲る」其六）ことから始まった。『唐詩別裁集』の序を記す三十年前、十五歳の頃である。爾來、『古詩源』『明詩別裁集』そして『國朝詩別裁集』へと編纂を續け、中間に『說詩晬語』（題記は雍正九年・一七三一・五十九歳）を著わすが、これらに一貫するのは、「溫柔敦厚は詩の教えなり」（『禮記』經解篇）の語であった。『國朝詩別裁集』の「凡例」には次のように述べる。

詩之爲道、不外孔子敎小子敎伯魚數言、而其立言一歸於溫柔敦厚、無古今一也。

詩の實踐的價値としては、孔子が青年たちに（「詩は以て興すべく、以て觀るべく、以て群すべく、以て怨むべし。之を邇《ちか》くしては父に事え、之を遠くしては君に事う。多く鳥獸草木の名を識る」〈『論語』陽貨篇〉と）教え、また（子息の）伯魚に（「女《なんじ》は周南・召南を爲《まな》べるか、人にして周南・召南を爲ばずんば、其れ猶お正《まさ》に牆《かべ》に面して立つがごときか」〈同〉と）教えた數語に盡きるが、それを教訓的寸言でいえば、ひとえに「溫柔敦厚」の一語に歸着するのであって、

これこそ古今の別なく一樣である。

詩を、政治ないしは教育の一環たるべきとする、すぐれて儒家的な範疇にひきもどそうとする意圖が明白である。あるいはまた、こうも述べる。

詩必原本性情、關乎人倫日用及古今成敗興壞之故者、方爲可存、所謂其言有物也。若一無關係、徒辨浮華、又或叫號撞搪以出之、非風人之指矣。

詩はかならず性情に根源をもち、生きかた暮らしかた、および成功失敗・興隆滅亡の原因にもかかわるものであってはじめて存在することができる。いわゆる「言に物あり」（言葉にはかならず事實がともなう──『周易』家人、『禮記』緇衣）である。もしひとたび（生きかた暮らしかた、および成功失敗・興隆滅亡の原因との）關係が無くなれば、（その詩は）いたずらにあだ花づくりにつとめるにすぎず、その上でわめきたて騒ぎたてて歌い出すものがあるとしても、それは風人（つまり「毛詩大序」に「上は以て下を風化し、下は以て上を風刺す」という精神をふまえた詩人）の主旨ではないのである。

詩が道義ないしは教訓的歴史と一體であることの正面きっての主張である。特にここでは「關係」なる語に注意しておこう。この語は沈氏の評語にもしばしば用いられるもので、4・1王士正、4・5汪琬（上の數字は重訂本の卷數、下の數字は各卷での順序を示す、以下同じ）の詩評については後にあげるとして、ここでは他の二例を引く。

まず11・4陳維崧の「黃黎洲先生に寄せて先人の爲に墓に誌《しる》すを求む」（七古四十句）は、前明の天啓朝に魏忠賢ら閹黨によって、黃宗羲の父君尊素と自分の祖父于廷はともに危害を被り、ために先生とわが父貞慧は辛酸をなめさせられたのであるが、新しい王朝が實現して人頭畜鳴も殲除された時點で、墓道の碣石に筆を揮っていただきたい、と述べるものである。

（沈氏評）寫兩家世誼、而兩朝朝局一一羅列、此絕有關係之詩。

兩家の代々にわたる好誼をえがきながら、兩王朝での政局を丹念に列べており、これこそはなはだ關係のある詩である。

次に14・10王攄の「張文獻公祠」（七律）では唐の張九齡について、

只道主由金鏡致　（この祠の）主は「金鏡錄」によって（帝に）我が意を傳えたことだけが有名で
豈知兵爲玉環來　戰爭が楊貴妃のために起こる（と言った）のは知られていない

（沈氏評）元人咏太白、有承恩金馬詔、失意玉環詞句、人以爲工、此更說得關係。

元の詩人が李白を咏んだ時に、「恩を承く金馬の詔、意を失す玉環の詞」（宋无「李翰林墓」）なる句があり、人々はうまいとほめるが、王氏の作はさらに關係をも說きえている。

この「關係」の語を、私は政治ないしは敎育とのかかわり、と表わしてきたが、沈氏が意味するところは實はもっと廣く深いところにある。

至於詩敎之尊、可以和性情、厚人倫、匡政治、感神明。（重訂唐詩別裁集序）

詩の敎えの尊さに到達すれば、性情をやわらげ、生きかたを重厚にし、政治を匡正し、宇宙的な神祕を感じとることができる。

と述べるのがそれである。

ちなみにこの語は、明の後七子の一人王世貞（一五二六〜一五九〇）までは遡ることができる。つまりその『藝苑卮言』卷一は「關係を語る」ことから始められ、引用されるのは、まず魏文帝「典論」論文の「文章は經國の大業にして不朽の盛事なり」とする經國との關係であり、ついでは鍾嶸『詩品』總論の「天地を動かし鬼神を感ぜしむるは詩より近きは莫し」とする天地鬼神との關係であり、さらに劉勰『文心雕龍』時序篇の(9)「故に歌謠の文理は世と推移し、風は上を動かし波は下を震《ゆりうご》かす」とする、いわば時代の變遷との關係である。この語が一種の文學用語であり、その由來するところが奈邊にあるか、ある程度の察しはつくといえよう。

かくて我々は、ここに清朝始まって以來のたぐいまれなオプティミストにして古代主義者、それゆえの理想主義者の姿を見出すことになるのだが、しかし右の文章からうかがわれる一見頑迷固陋なる道學者沈徳潛も、いざ清朝人の詩を選び評價する段におよぶと、意外と柔軟であり公平であり溫和的である。それはむしろ、名教的文學論という一筋縄によってはとても裁斷できないほどに過去百年の詩人および詩篇が多樣であったことにもとづくのであろう。一千人弱の詩人、四千首弱の詩篇をもつ輯本に全面的に分析を加えることはとてもできないが、沈氏の「關係」を中心に据えながら、選ばれた詩篇を見てゆこう。

四

(イ)の一　本書の冒頭に列ぶのは、「凡例」でいうところの、「前代に臣工にして我が朝の龍《みかど》に從うの佐《たすけ》となりし」人々、1・1錢謙益、1・2王鐸、1・5吳偉業、1・6龔鼎孳ら卷一の六氏全員と、2・4周亮工ら卷二の前半十二氏である。彼らを清の詩人とするについては「凡例」にも明言して、「編詩の中に微《いささ》か史意を存す」といっている。明朝の高官が清朝に參加したことを通して新王朝の出現が歷史的必然であることを證明しようとするのであろうか。少なくとも後に現われる貳臣という語氣は全く感じられないどころか、採錄數からいえば、錢謙益が三十二首二位、吳偉業が二十八首四位、龔鼎孳が二十四首八位と、きわめて高い敬意がこれらの人々に拂われているのである。

たとえば卷頭の錢謙益（一五八二〜一六六四）について見てみよう。明の前後七子にたいする錢氏の批判のしかたが不當であるとする沈氏の指摘は先にのべたが、その評傳では、錢氏が平生の著述において經書を輕んじて內典を重んじ、正史を棄てて稗官小説を取りあげたこと、六十以後になって頽然自放したこと（おそらく、明末に阮大鋮が擁立した福王の南京政權に加わり、その壞滅とともに淸朝に下ったことを指すのだろう）、そして禪悦に逃れたことなどの事實を通して、彼は晩年の錢氏にたいする疑惑を示す。しかし、近日（つまり沈氏が本書に着手した乾隆十年・一七四五ごろを指す）になって唐風（唐詩的風氣）を破壞したとして錢氏を大々的に非難する動きにたいしては、公論にあらずとして斥け、錢氏の明代の著作『初學集』から十九首、入淸後の『有學集』から十三首の、「氣節をたぎらせ、興亡に感慨をもよおすなど、文學的教育に大いにかかわる作品」（茲錄其推激氣節、感慨興亡、多有關風教者）を收錄している。「唯だ溫柔敦厚の旨に合《かな》うを祈《ねが》うのみにして一格に拘わらざる」（「序」）沈氏の選詩態度が如實に表われた部分であるが、入淸後の錢氏に限っていえば、その宋詩的傾向を貶めるまえに、その王朝興亡の感情吐露を評價したのである。例えば、「留まりて秦淮丁家の水閣に題す（留題秦淮丁家水閣）」[10]七絕をみてみよう。

舞榭歌臺羅綺叢　歌舞のうてな 綺羅の群れ
都無人跡有春風　人影はたえて無く 春風の吹く
踏青無限傷心事　青葉の散歩もかぎりなく心を傷めること
併入南朝落照中　あわせ呑まるる 昔日の南都の落照の中に

單なる個人的な懷舊の敍情とは見ず、その背景に明淸更代の歷史が橫たわることを、沈氏は汲みとったものであろう。錢氏が新政府成立後十三年にしてなお前代への懷舊の情を溫めていたことについても、それが淸朝への背信であるとは、沈氏は考えない。それどころか順治帝みずから、「明の臣にして明を思わざる者は必ずや忠臣に非ざるなり（明臣而不思明者、必非忠臣）」[11]と明言していたのであり、この論理は、康熙・雍正を經て乾隆の十年代までの八、九十年間、沈氏ら漢族知識人の胸の中に言葉どおりに活きていたのではないかと思われる。したがって錢氏の前明懷舊の念にしても、沈氏個人のみならず一種の世論として、何らのやましさもなく受けとめられていたのだろう。

(イ)の二　さて、後世でいわれる貳臣にたいして、「前代の遺老にして石隠の流を爲す」と「凡例」でいうところの林古度（一五八〇～一六六六）杜濬（一六一〇～一六八六）および姜埰（一六〇七～一六七三）らについては、「その詩は概ね采入せず」であって、これらは『明詩別裁集』に採録されている。清朝に仕えなかったがゆえの措置としてそれなりに筋は通っているわけだが、同じ論理からして、清朝人でこれら遺老と交遊した内容の詩篇は採録されている。例擧すれば次の通りである。

1・3　方拱乾「林茂之に晤《あ》う、時に年八十五なりき」五律
3・15　王士祿「友人の、林茂之先生の尙お未だ能く葬られざると言うを聞く」五律
6・23　喩指「石城にて林茂之に晤う」七律
6・39　吳嘉紀「一錢行、林茂之に贈る」七古十四句
7・6　黃虞稷「林茂之先生八十自紀の韻に次す」七律

桃李の花咲く舟遊びの席で、林古度が空の巾着からやおら出してみせたもの、それは、

酒人一見皆垂涙　酒びとは一目してこぞりて涙したたらす
乃是先朝萬曆錢　ほかならぬそは先朝の萬曆錢なりき（吳氏作）

という一つのエピソードに集約された、この遺老の先朝への思慕をめぐって、

遺民後代知　遺民たるの名は後代にまで知られん（方氏作）
清尊爲我話前朝　清き酒樽を前にして我がために前朝を語れ（喩氏作）

といった忌憚なき言葉が、これら一連の詩篇の中で吐かれる。詩人別に編成された本書の數多の詩篇の中から、讀者はこのように、例えば林古度を詩題にかかげた作品のみを抽出し連環させることによって、この遺老の思慕の深さと、清朝人たちの共鳴の廣さとを浮かびあがらせることができるのである。五氏のうち喩指と黃虞稷の二人がともにその一首のみをもって本書に登載されている事實の中に、編者沈氏のこの詩題にかける重みを知るとともに、讀者にたいする詩題別再構成への願いを見てとることができよう。本書の、「詩を以て人を存し、人を以て詩を存せず」（「凡例」）とする選詩基準は、功業・理學といった文學以外のかせから文學を自由な立場におこうとする狙いにもとづいたものであるだけでなく、喩氏黃氏といった無名に近い詩人たちを登場させる手段としても有效に働いていると考える。

さて、今一人の遺老である杜濬を詩題にかかげた作品も擧げておこう。

8・20　汪志道「留まりて書齋に飲す、時に故《もと》の宮人の座に在る有り」七絶
10・20　許承家「杜于皇の七十に贈る」五律
12・14　王昊「黃州の杜于皇、兵に阻まれて妻に客たり、此れを賦して之を慰む」七律
12・20　潘耒「杜于皇に贈る」七古四十句
14・8　王撰「杜于皇に贈る」七律
15・21　毛師柱「杜茶村先生を追感す」七律

このうち汪・許二氏が右の詩一首のみで採錄されている。

(イ)の三　康熙朝に入ってからもなお執拗に續けられたいわゆる南明勢力の抵抗運動にたいして、『國朝詩別裁集』

に登場する詩人や詩篇は、のちの三藩の亂にたいするほど確かではないとしても、おしなべて敵對の立場にたつ。鄭成功およびその子孫に指導された臺灣勢が順治十三（一六五六）年に南方沿岸に上陸を試みた時、これを防いだ周亮工をたたえた紀事詩、3・1施閏章「射烏樓行」[12]などもそうである。鄭成功は順治十六年には舟師を率いて揚子江を遡り、京口を占領、南京に迫るほどの勢いであっただけに、このいわゆる「海寇」にたいする詩人たちの關心にも大いなるものがあった。數例をあげておこう。

4・5　汪琬「客の黃魚の事を言える有り、之を紀《しる》す」七古三十二句
5・20　嚴允肇「白下」五律
6・2　葉方藹「海氛清《す》めり」四古十一章
15・1　邵長蘅「守城行、時事を紀すなり、事は己亥六月に在り」七古二十句

うち汪氏の作は、洲島の海域が兵亂によって通航禁止となり、ために珍味の黃魚も口に入らぬという嘆きを通して、「鯨鯢」を誅滅し「波濤」のしずまる日を願うと述べるにすぎない內容のものであるが、沈氏はここにおいても「關係」の發掘につとめている。

（沈氏評）食物というささやかなものから東南地方への防備へと問題を移し、最後は勝利の速報を待ちのぞんでおり、ささいなテーマにも大いに關係というものがあることがわかる。（原文は三〇二頁）

なお嚴氏「白下」の末二句、

論功諸將在　　論功にあずかる諸將が存在し
哀此亂離人　　かたや哀しくも亂離の人々がいる

をふまえて沈氏は次のような評を下す。

（沈氏評）これは海寇鄭成功が京口を陥れたうえ、金陵を狙っていたが、提督梁（化鳳）氏が一戦して蹴ちらかしたのち、しだいに討滅されたものである。當時、賊に従ったという口實で、殺戮が無實の人々にまで及んだ、故に落句があるのだ。（原文三〇二頁）

とするのは、解釋の是非はともかく、沈氏の溫厚さが、現實を見る目の曖昧さを意味するものではないことを示している。

以上の詩人ないしは作品は主として明清の民族的矛盾が「關係」の基本にあると考えられるのにたいして、次には、むしろ政治内部の矛盾そのものからひきだされる「關係」の詩についても再構成してみよう。

(ロ)の一　順治十二（一六五五）年、乾清宮が完成した機會に皇帝は宦官を江南に派遣した。3・2季開生（一六二七〜一六五九）はそれが揚州に宮女を買いにゆくためであると諫言して皇帝の怒りに觸れ（清の太祖太宗は宮中に漢族女性を置かなかった）、遼寧省の尙陽堡（北京の東北東約四七〇キロ）に流され、四年後に戍所で横死した。沈氏は季氏の「尙陽堡即時口號」七律に、「忠孝の人、其の言は藹如たり」との評語を記すとともに、友人たちの熱いこころも配列した。

1・4　張文光「季天中の秋日東行するを送る」七律
3・1　施閏章「季天中給事、直諫を以て塞外に謫せらる、追送するも及ばず」七律
3・13　曹爾堪「季天中給諫、遼左に病沒す、詩を賦して之を弔う」七律
4・4　嚴沆「季天中を遼左に懷う」七律

ちなみに、4・11丁澎「風霾行」は、順治十三年、沈氏の評語によれば、「時に秋官、刑を濫《みだ》りにす、故に風霾の變

に困りて之を極言せし」（原文三〇四頁）歌である。

(ロ)の二　順治十四（一六五七）年順天府試において、5・3呉兆騫（字は漢槎、一六三一～一六八四）は擧人となったが、競爭仲間の「蜚語」（『清史稿』巻四百八十四傳）にあって、「辜《つみ》無くして累を被り、寧古塔に戍せらるる」（沈氏評傳、原文三〇四頁）結果となった。翌年の呉氏の「閏三月朔日、將に遼左に赴かんとして呉中の諸故人に留別す」七古五十六句の作には、

自許文章飛白鳳　わが文學は（揚雄に似て）白鳳を飛ばすがごと奇なりと思いきに
豈知謠諑信蒼蠅　あに知らんや（屈原に似て）たわごとなるに蒼蠅の信ぜらるるとは

といった激しい言葉をさしはさむ。彼が友人たちの周旋によって釋放されたのは二十三年後のことであり、その間、いろいろの形で詩に詠まれた。

1・5　呉偉業「悲歌、呉季子に贈る」五七言古詩二十七句
9・23　徐乾學「漢槎の獄に在るを懷う」七律　又「友人の遠戍を懷う」七律二首
9・25　王掞「虹友兄の齋にて漢槎と同《とも》に夜話《かた》る」七律
11・4　陳維崧「漢槎の入關するを喜び、健庵先生の原韻に和す」七律
13・15　宋犖「呉漢槎、塞外より歸る、邀《むか》えて王阮亭祭酒・毛會侯太令・錢介維と同《とも》に小集し、歌を作りて以て贈る、東坡の海市詩の韻を用う」七古二十四句
14・10　王攄「漢槎の寧古塔に謫戍さるるを聞く」七律

(ロ)の三　無辜といえば、順治十八（一六六一）年十月、浙江按察使であった2・21宋琬が郷里の山東省登州に起った于七の亂で、一族の憾みから誣告されたことがある。沈氏はその評傳で、「中年になって不實の罪で獄に繫がれたが故に、時として悲憤激宕の音が多い。しかしその歸着點までたどれば、やはり中正の狀態にもとっていない。これこそ詩經の中の變雅である」（原文三〇五頁）と、述べている。溫柔敦厚の主旨をややもすれば逸脱する部分を許容する概念として、變雅なる語ははなはだ有效にはたらいているといえよう。沈氏のこの指摘に合致する變雅的な、すなわち宮廷の政治の變則的な側面を突いた宋琬の作品として、「詔獄行」雜言體四十八句をあげていいだろう。詩の前四分の三は、獄卒の口を通して明代の宦官魏忠賢・許顯純らの恐怖政治を語らしめ、後の四分の一で一轉して主意に移る。

我今何爲淹此室　　我は今　なにゆえにこの室にとどめらる
圜扉白日啼寒鴟　　ひとやの門は白日に（心惡しき）寒鴟《かんし》ぞ鳴く
寃魂欲招不敢出　　無實に死せしみたまを招き鎭めんと思えど　あえて口には出ださず
但聞陰風蕭颯中心悲　　ただ陰風《きたかぜ》の蕭颯《しょうさつ》たるを聞けば　まごころの悲し
中心悲　　まごころ悲しく
淚盈把　　淚はたなごころに滿つ
酹酒呼皋陶　　酒をそそぎ祭らんと看守を呼ばえど
皋陶章喑啞　　看守はついに喑啞《いんあ》のひと
古來萬事難問天　　いにしえより萬事が天に問いがたく
蠶室誰憐漢司馬　　腐刑のむろを誰とてか憐れみし　漢の司馬氏のおりに

君不見城上烏　　君見ずや かの城壁の上なる烏を
啄人曾不問賢愚　　人肉を啄ばむに 賢と愚とを分かつこと さらになし
新鬼銜冤向都市　　新たなる死霊は冤《うら》みをふくみて都市《みやこ》に向かい
年年寒食聲嗚嗚　　年ごとの（墓参は）寒食の節 その聲を嗚嗚《おお》とひびかしぬ

同じく獄中の作としては、「獄中、長至《げし》に同繫の諸公に呈す」七律が採られており、友人の作としては、4・11丁澎「宋荔裳觀察に報ず」七律、出獄ののち往時に言及した9・18顏光敏「宋觀察荔裳の蜀に之《ゆ》くを送る」七古三十二句などがある。

(ロ)の四　康熙十二（一六七三）年に起こり二十年まで續いた吳三桂ら三藩の亂に關する作品群は、あたかも清朝政府にたいする忠誠心のオン・パレードの感があり、沈氏の評でも、4・8秦松齡「金陵司馬行」七古三十二句のあとに、「不正《よこしま》やへつらいを討ち、ひそめる德義を掘りおこす詩を、私は取りあげてある」（原文三〇六頁）と述べられる。ここでは4・1王士正「秦中凱歌十二首」（うち採錄は六首）の一首を引いておこう。

袞衣照路有輝光　　龍の御衣 征路を照明してひかりかがやき
班劍威儀出尙方　　あやどりし佩劍の威儀あるは尙方のわざより出づ
大將櫜鞬迎道左　　大將軍は弓ぶくろ矢ぶくろもて道左に迎え
萬人鼓吹入平涼　　萬人の鼓うち笛ふくうちに（甘肅は）平涼に入城す

その他、三藩の亂に關する作品は左のごとくである。

4・1　王士正「李鄴園尙書に寄す」七律二首

4・8　秦松齢「雜感」七律三首
5・4　孫暘「甲寅四月、宋蓼天少宰、邊才を以て特に疏して余を薦《すす》む、詩《うた》して以て之を謝す」七律
5・8　陳廷敬「滇を平らぐる 雅《ただごとうた》 三篇」四古
6・2　葉方藹「關隴平らぐ」四古十二章
6・13　張玉書「李厚庵學士に寄す」七律
16・1　陳學洙「燕京雜詠」七律三首

個々の事件と明白なかかわりをもつ作品を追うことはこのあたりで打切ることにして、(ロ)の一・二・三で見たような變雅的な、つまり政治内部の矛盾からもたらされた「關係」の詩にたいして、より社會的な、ないしは地方的な方向からの「關係」を歌った、それゆえに歴史年表の上では位置づけにくい性質の、詩經の分類になぞらえれば變風的な詩も、沈氏によって意識的に取りあげられている。9・7趙士麟の評傳において、「雲南は遠く隔たること萬里、風詩は采り難し」と述べるように、いわゆる采詩采風の傳統に歸る意圖が明らかに窺えるのであって、沈氏が、人を以て詩を存せず、詩を以て人を存した別の理由ともなるものだろう。

(ハ)　ここでは沈氏が特に采風とか樂府の語を評記するものだけを引いておこう。

3・1　施閏章「浮萍兎絲篇」五古四十句。ある兵士が人妻を掠奪したが、故夫が新たに納れた女が實はその兵士の妻であったことがわかり、相互に妻をとりかえるという物語。(沈氏評)「未曾有の事件を比興のスタイルによって描きだしており、漢人の樂府として讀んでいい」(原文は三〇七頁)。

5・5　田茂遇「狐兒行」雜言二十七句。上官の接待をまちがえたある知州がそのために客死し、遺兒が乞食をしながら怨嗟のほどを語る。（沈氏評）「リズムはすべて古樂府より出ている」（原文は三〇七頁）。

6・6　田雯「馬を送る謠《うた》」雜言十七句。軍馬輸送の際、沿道の民衆が勞役の提供と金錢の徵收に苦しむ姿を歌う。（沈氏評）「新樂府として讀もう。近世の采風は、（その詩が）しかるべき地點を經由して、宮門外で待機している天子のもとに到達するということを否定する詩人はいない」（原文は三〇七頁）。

9・3　周弘「道旁の歎き」七古二十四句。凶作のおり救濟の對象とならなかった寡婦の歎きをしるす。（沈氏評）「なんとかして采風者がこの詩を玉座に陳ねてほしいものだ」（原文は三〇七頁）。

9・19　喬萊「确山道中」五古三十二句。新王朝成立後四十年にしてなお勞役納税に堪えられない農村の疲弊を、老翁の口を通して語らせる。（沈氏評）「問答の設定は古樂府のスタイルであり、意圖するところは元結『舂陵行』のなごりである」（原文は三〇七頁）。

10・12　胡會恩「湖口行」五七言古詩十六句。（沈氏評）「此の種の詩こそ、風俗を觀る者が采取するにふさわしい」（原文は三〇七頁）。

15・1　邵長蘅「守城行」（二八六頁に既出）。（沈氏評）「杜甫の新樂府に逼るものといえる」（原文は三〇七頁）。

これらの作品が清朝における樂府體ないしは歌行體の詩を代表するものとは私は思わないが、それはともかくとして、沈氏が文學をして政治的あるいは教育的機能を回復させようとした意圖は十分に知ることができる。朝廷と民衆をとりむすぶ地方官に、采詩官としての自覺をよびおこそうとも考えたにちがいない。その際、學ぶべき先人の作が杜甫の七言歌行であり元結の「舂陵行」であり白居易の新樂府であったことは、もはや言うまでもあるまい。

五

沈德潛の文學論の中心に位置していたのが「關係」なる概念であり、選詩はその應用の一環であったことが、これまでの記述から得られる一つの結論である。その文學論は、長い中國の文學史からみればとりたてて新しい主張ではなく、唐代新樂府の發聲をふくめ何度めかの復古運動の一つに過ぎないだろう。しかし清代の詩史に限っていえばやはり新しい動きであった。それは、沈氏にとって三十九歳の先輩であり、かつて詩壇のゆるぎなき存在であった4・1王士正（一六三四〜一七一一）との比較によって明らかとなる。

沈氏が王氏にたいして多大の畏敬をいだいていたことは、『國朝詩別裁集』において四十七首という最多採錄數によって示されている。評傳や詩評に『池北偶談』や『漁洋詩話』から丹念に引用するのも、その表われである。5・8陳廷敬「晉國」詩の評で、「私が若い時……讀んで、それが杜詩に近いのを好んだ。のちに『漁洋詩話』を讀むと、王氏もまたこれだけは少陵をよりどころとしていると言っており、先輩がすでに私と同じ心をつかんでいるので、とてもうれしかったものだ」（原文三〇九頁）と記すところには、心情的な親《ちか》しささえうかがえる。さらに評語の中にしばしば使用される「神韻」の語（たとえば11・2李因篤評傳、13・15宋犖詩評など、三〇九頁の原文を參照）には、王氏に師事する傾きさえうかがわれる。にもかかわらず、沈氏は結局のところは王氏を全面的に肯定していたわけではないと、私は考える。

王士正の評傳をみてみよう。

「漁洋は獺《かわうそ》が獲物を陳列するような技巧があまりにも多いのに反して、性靈《こころ》は書籍によって掩いかくされ(13)、ために典雅さはたっぷりしているが、若々しい氣魄とかぴしりと斷ち切る力強さでは往々にして古人に及ばない。杜甫の悲壯とか沈鬱はつねにぼさぼさ頭や粗野な着物の中にあったものだ」と言う人がいたが、私はこう答えたものだ。「それはそうかもしれぬ。だがこうも言うではないか、『懽娯《よろこび》は工《たく》みなり難く、愁苦は好くし易し』（韓愈「荊潭唱和集序」）と。太平の盛時に生きている者に強いて無病の呻吟をさせることができようか」と。私は（漁洋にたいする）大方の稱賛に追隨したこともないが、大方の非難にも追隨しようとはしない。公平な心で彼の最も佳《よ》いものを採錄するのであって、大方の心に合致するか否かは考慮にいれない。（中略）ここでは特に彼の高華渾厚なる作品を取りあげた。神韻を法度とする人々が、これらの詩によって漁洋の眞の姿を知って見かたを變えるだろう。（原文三〇九頁）

杜甫の悲壯沈鬱ばかりが詩ではない。漁洋の良さは歡娯を巧みに歌ったところにあるのだと、一應は反駁しているかに見える（先に錢謙益についても見たような公平さがここにもある）。また神韻としてもてはやされる詩の外に、別の性質の重厚な作品があるのだとも指摘する。確かに採錄された四十七首には、神韻の詩として例示できるものは少ない。『國朝詩別裁集』の初刻本を重訂する過程で、興味ぶかいことに、王士正の評傳に關する次の一文を、沈氏は削除している。

集中如秋柳詩、乃公少年英雄欺人語、爲所欺者強爲注釋究之、不切秋、幷不切柳、問其何以勝人。曰、佳處正在不切也。爲之粲然。

漁洋の詩集で「秋柳」の詩などは、これこそ先生の青年時代の「英雄、人を欺く」（李攀龍「唐詩選序」）の語であって、その詩に欺かれた人はむりやりに注釋を施してその意を追究しようとするが、秋についてもぴったりしないし、柳についてもぴったりしない。この詩のどこが他の詩人の作より優れているのかと問うから、ぴったりしないという、まさしくそこのところにあるのだ、と答えたものだから、それで大笑いになった。
「秋柳」は順治十四（一六五七）年漁洋二十四歳の作、それにたいして例えばさきの「秦中凱歌」は康熙十五（一六七六）年四十三歳の作である。後者を英雄の作とすれば、前者は確かに性質をまったく異にしている。「秋柳四首」其四をあげておこう。

桃根桃葉鎮相憐　桃根桃葉二姉妹にも似たあの女性たちと愛情が交されたあの渡し場のほとり
眺盡平蕪欲化煙　眺めつくすも跡かた無くもやの廣がりのかなたに
秋色向人猶旖旎　柳枝の秋色は人に向かって今もなよやかにせまってくる
春閨曾與致纏綿　春のねやのかつてまとわれあった時のように
新愁帝子悲今日　王妃は夫君を失ったばかりの今の日を悲しみ
舊事公孫憶往年　かつて王子につかえた人々は昔を憶う
記否青門珠絡鼓　覺えているか　南都の青門　眞珠の紐の太鼓の響き
松枝相映夕陽邊　松の枝と映えあった落日のあたりのあの柳の枝を

注記を省略するが、桃根桃葉・旖旎・帝子・公孫・珠絡鼓・松枝などの語句が共通して柳のイメージの典故をもつことは、恵棟『精華錄訓纂』・金榮『精華錄箋注』に明らかである。まさに沈氏の引く「獺祭之工」と評するにふさわしく、秋とか柳そのものを明瞭に浮かびあがらせていないという點では確かに「不切」（密着していない）といえるのであって、14・29呉雯の條で、「王氏の詩は雜多なものをひっくるめ、種々の言葉を溶かしこんでいる」（原文三一〇頁）との指摘もなされるゆえんである。一旦はこの「秋柳」詩を評價しようとしながら、それが「大方の稱賛に追隨する」ことになると考えてか、重訂の段階では抹消している。そして沈氏が評價するのは、むしろ次のような作品であったのである。

14・23徐夜「秋柳に和す」

搖落江天倍黯然　落葉の江《おおかわ》のそらはますます暗くなり
隋隄鴉噪夕陽邊　（柳の並ぶ）隋隄の落日のあたりに鴉は騒ぐ
誰家樓角當霜杵　誰が二階屋の一角か　霜の夜に今しきぬたを打つは
幾處關程送晩蟬　いくばくの關所の旅か　遲鳴きの蟬に送らる
爲計使人西去日　使いする人の西にゆく日を計えてやれば
不堪流涕北征年　落涙にたえず　北征の年
孤生蕉萃應相似　やつれはてたる獨り身にあい似るがゆえに
怕見殘枝帶暮烟　見たくはなきよ　すがれし柳枝に暮煙のかかるを

（沈氏評）「秋風のしゅうしゅうと鳴る音が、全篇を通じてべとつくでもなく抜けでるでもなく、漁洋の名作よりはるかに優っている」（原文三一〇頁）。

王士正の作が、失われた時代にたいする、象徴詩的な朦朧たる心象風景であったのにたいして、隱士徐夜の作は、ある人物を設定するがゆえに別離の哀愁はより具體的であり、より明白であり、それゆえに細い一本の緊張した絲に貫かれている。用字も特に典故をふまえない。「煙」の字一つとってみても、王氏の「欲化煙」は、高橋和巳氏が、「一切を朦朧のうちにとかしさろうとする意を含むかもしれない」[14]（『王士禛』一四頁）と指摘する、まさにその通りであって、八句全體を覆う一種のヴェールの働きをもつのにたいして、徐氏の「暮烟」は、隋隄の柳樹にのみかかるのであって、我が情までも覆いつくすものではない。

沈氏の王氏からの脱却、いいかえれば神韻の詩風から格調の詩風[15]への移行に介在するのは、理念の上からいえば、かの「關係」の語であった。王氏の「秦淮雜詩十四首[16]」は、南京にちなんだ歴史上の人物をちりばめた連作であるが、歷史を動かした人々をうたう詠史の詩とは異って、その人物のほとんどはささやかなエピソードの中のささやかな存在にすぎない。ただ第八首だけは、

千載秦淮嗚咽水　千年の昔より流れる秦淮はいま嗚咽の中

不應乃恨孔都官　だがあの孔範のごとき男だけを恨みつづけるのはふさわしくない

と、明王朝滅亡後の南京臨時政府にあって福王に媚びた阮大鋮だけに亡國の怨嗟を投げかけるのは止そうではないか、と主張する。沈氏はこの一首だけを採錄し、その評語で、「他の諸篇はすべてつまらぬもので、關係というものが大してないので、この一首だけを取った」（原文三一〇頁）と明言している。王・沈兩家はすでに理念の上で、めだたぬ形ではあるが對立していたのである。

この對立はもちろん古典評價にまで及ぶ。中でも杜詩にたいする接しかたに明らかな違いが生じているように思われる。

沈氏は王氏の五言古詩五首をすべて『蜀道集』、つまり康熙十一（一六七二）年三十九歲、四川鄉試考官として旅した時の作品集から選び、その一つ「朝天峽」二十六句の評語にいう。

漁洋の五言詩はいずれも彼が選んだ『唐賢三昧』の品格に近く、要所に圈點を施すような性質でないものを主としている。いわゆる「羚羊、角《つの》を挂《か》ければ迹《あと》の求む可き無し」に相當するものである。しかしながらこれを學ぶにはうまくしないと平凡な作風の端緒を開きかねない。ただ入蜀のおりの五言詩だけはいずれも杜甫が秦州を發《た》ってのちの詩篇を手本と仰いでおり、山川の奇險をうまく描いているので、私は前者を捨て後者を選んだ。

（原文三一〇頁）

沈氏は、王氏が『蜀道集』でかろうじて杜甫の秦州以後の作（主として秦州から同谷、同谷から成都に向かう時の、それぞれ五古十二篇）と接近すると見なしているように、私には讀める。逆にいえば、やや圖式的ではあるが、他のところでは兩者は兩極に離反するという意味になろう。杜甫の秦州以後の作が、「いったん（三吏三別などの）民族的敍事詩の筆を収めた」（小川環樹『杜詩』第三册のあとに」岩波文庫二一六頁）ところで、沈氏風にいえば、「關係」への情熱を幾らか冷ましたところで、作られているのにたいして、王氏の入蜀の詩はいわゆる神韻の作風を一時的にしろ脱却して（おそらくは杜甫に啓發されて）、いささかでも「關係」に踏みこんだところで作られているわけである。

沈氏によれば、王氏は杜詩の全幅の後繼者ではなかった。『唐賢三昧集』（康熙二十七年撰、王氏五十五歳）にちなんでいえば、この選集に李白・杜甫が入っていないことについて、高橋氏は、「詩仙・詩聖を別格視しただけのことであったろう」（『王士禛』解說一九頁）と述べているが、私は、（李白は措くとして）杜甫をもてあました、とするのがもっともふさわしい表現ではないかと思う。王氏にも振幅があったが、杜甫の、蘇東坡によって「一飯にも未だ嘗て君を忘れず」（「王定國詩集敍」）と稱される皇帝への忠誠心、それゆえの一般民衆への責任感だけは、高級官僚となった後の王氏においてもついに眞の魂とはなりえなかった。杜甫の重みは、漁洋にかぎらず、當時のいわば戰後の第一世代の漢族知識人が共通して味わった苦痛ではなかったか。それにたいして第二ないしは第三の世代に屬する沈氏の時代は、過去百年たらずのうちに新王朝の基盤も確立し、民族的な反感も鎭まって、少なくとも表面的には、皇帝と王朝とを繁榮に向かわせようとする氣運が、漢族知識人の間からも起こってくるようになったのである。

かくして神韻詩から脫却して格調詩を提唱する動きの裏には、あらためて文學をもって政治や社會に參畫しようとする詩人たちの意向が感じられる。そこから、第四節の㈧にも幾つか見えるような、生《なま》の情況を寫しつつ報告とか訴願の意圖を盛りこもうとする性質の敍事詩が生まれるとともに、敍情詩の世界でも「氣」の表出がはかられ、沈氏の場合は、これに「神」がかみあわされる。2・2許承欽「錢塘江觀潮」七律の、

靈旗百萬驅雷鼓　錦の御旗の百萬の軍勢 雷のごとく太鼓をとどろかせて疾驅するに似
強弩三千試水犀　強き弩《いしゆみ》ひく三千のつわもの 水犀を試し撃つがごとし

にたいして、沈氏の評語に、「氣は足り神は完《まっ》たし」（原文三一〇頁）とあるのがそれの例である。この「氣」と「神」は、沈氏がその『說詩晬語』巻上一二六で「滄溟（李攀龍）鳳洲（王世貞）は氣を主とし、阮亭（王士正）は神を主とす、各おの自ずから見有り」と述べるように、本來は出自を別にすると考えられたものの統一であるが、いったん統一された以上は「神」もすでに漁洋の「神（韻）」とはやや趣を異にして、神明を感じさせる方向の、何か靈的なものとの共鳴を意味するごとくである。たとえば沈氏が「神韻おのずから遠し」としてあげる、13・15宋犖「葉己畦（燮）を訪うも値《あ》わず」七絶の、

小山叢桂淸陰下　丘にむらがれるもくせいのすがすがしき樹陰のもとで
想見蒼茫獨立時　（その園に名づけたごとく）「果てしなき廣がりの中に獨り立つ」時のあなたを私は思いうかべる

にしても、漁洋には無い一種の緊張感がうかがわれよう。

六

沈德潛の意圖した新しい文學運動は、しかし乾隆二十六（一七六一）年、皇帝に『國朝詩別裁集』を上進して序文

を求めた段階で、痛烈な打撃を蒙むるに至った。敕命によって檢閲・改訂されたいわゆる御定本には、「乾隆二十有六年歳在辛巳仲冬月御筆」なる序文を持つものがあるが、その主旨を『淸史稿』卷三百五・沈德潛傳によって引いておこう。

(a)謙益諸人爲明朝達官、而復事本朝、草昧締構、一時權宜、要其人不得爲忠孝。其詩自在、聽之可也、選以冠本朝諸人則不可。

(錢謙益が卷頭に列べられていることにたいして) 謙益たちは明朝の達官となりながら本朝にも事えた。草創において王朝の結構を固め、一時的にとりあえずは善しとしたが、つまるところその人格は忠孝とはみなしえない。彼らの詩はそれ自身で存在しており、それを許しておくのはかまわぬが、本朝の詩人たちを選んでその冒頭に列べるのは許せない。

(b)錢名世者、皇考所謂名敎罪人、更不宜入選。

錢名世は、我が父のいわゆる名教の罪人(17)であるのに、選に入れるのはなおさらよろしくない。

(c)愼郡王、朕之叔父也。朕尙不忍名之、德潛豈宜直書其名。

愼郡王は我が叔父である。我にしてなおその本名をじかに呼ぶのをはばかるに、德潛がその本名をじき書きしてよいと思うのか。

(d)至世次前後倒置、益不可枚擧。

世次の前後顚倒となると、いよいよ枚擧にいとまがない。

以上の諭旨にもとづいて、「內廷の翰林に命じて重ねて校定を爲さしめ」(『淸史稿』同) られた結果は、豫想をはるかにこえた、まさに支離滅裂とでもいうべき大幅なる改刪であった。まず總數にしていえば、沈氏自定本の詩人九百九十六人が御定本では八百二十六人に、詩篇の數では三千九百五十二首が三千七十四首に減っている。以下、(a)(b)(c)(d)の各事項を四の(イ)(ロ)(ハ)にとりあげた詩人・作品・評語と對應させながら、その改刪のあとを追い、その結果もたらされる負の意義について考えよう。○印は御定本に保存されたもの、×印は削除されたものを示す（詩人が×の場合は作品・評語は自動的に×になるが、煩をいとわず印しておく）。

(イ)の一　(a)の「謙益諸人」とは、巻一の六氏全員と巻二の前半十二氏を指す。いずれも明朝において進士となり、淸朝でも官に就いた人々である。また、御定本に保存された詩人の作品や沈氏評語においても、これらの人々にかかわる表現は、錢謙益についてはほぼ完膚なきまでに、吳偉業については部分的にといったらばらつきはあるが、總じて削除の傾向にある。

(イ)の二　ところが累は遺老に觸れた作品にも及ぶのであって、たとえば林古度にかかわる、

○3・15　王士祿　×「聞友人言林茂之先生尙未能葬」

○6・39　吳嘉紀　×「一錢行、贈林茂之」

など五首（二八四頁）すべてが、また杜濬にかかわる六首（二八五頁）のうち三首が削られている（三首のうち二首は汪志道と許承家のもので、ここに二人の詩人の名が消えた）。

もはや、ふたごころありという道義の枠をこえて、明朝を懷古すること自體が忌諱に觸れるのである。

(イ)の三　そのことは滿州の勢力が克服し、それによって新王朝の支配を確實にした事件にまで及ぶのであって、

たとえば李自成の亂についても、

×2・16　魏象樞　×「甲申闖賊陷寧武關、周摠兵戰死」
○2・19　王紫綬　×「哭師」
○9・23　徐乾學　×「北征」
○12・14　王昊　×「雜感」（三首）
○14・9　王抃　○「送友還蜀中」
○15・1　邵長蘅　○「周將軍」
○15・4　章靜宜　○「汴梁行」

と、かなりの程度にのぼり、鄭成功の反攻についても、

○3・1　施閏章　○「射烏樓行」（二八六頁）
○4・5　汪琬　○「有客言黃魚事、紀之」　○（沈氏評）食物之細、傳出東南兵防、末以羽書之捷望之、纖小題、覺大有關係。（二八六頁）
○5・20　嚴允肇　○「白下」　×（沈氏評）此海寇鄭成功已破京口、窺伺金陵、而提督梁一戰走之後、漸剪滅也。時有借從賊之名、僇及無辜者、故有落句。（二八七頁）
○6・2　葉方藹　○「海氛清」
○15・1　邵長蘅　×「守城行、紀時事也、事在己亥六月」

と、特に作品にしろ評語にしろ觀察の鋭い部分にメスが加えられている。このほか、たとえば○11・3尤侗の代表作である「明史樂府」からの十四首とか、あるいは「前朝」「遺老」「亡國」「滄桑」などの語をもつ詩篇がしばしば削

られているのも、同じ理由によると考えられる。

かくして明清更代期というきわめてダイナミックな場における一群の詩人たちがほとんど抹殺されたことにより、明朝滅亡の歴史的教訓を、その時代を生きた人々の詩篇をとおして明らかにするという、おそらくは沈氏がもっとも重要視したであろうテーマが、ほとんど闇に葬られることになった。例えば、×2・12王崇簡の×「新秋感興」について、沈氏は次のような評を下していたのである。

黨禍之興、邊庭之壞、宦官之毒、流寇之禍、一時駢集、雖欲不亡、其可得乎。

黨禍の發生・邊域の破壞・宦官の流毒・流賊の災禍が一時に集中した以上、(國家は) 亡ぶまいとしても不可能である。

現代詩から、現代史を生きた最初の詩人たちが抹消されたことは、自定本の受けた第一の打擊である (もっとも、明末竟陵派の習氣からいかに脫却するかというすぐれて文學的な課題については、2・30沈永令、6・27陸元輔、6・33徐波、7・18沈釿圻それぞれの評傳に保存されており、例外的に錢謙益の名をとどめるものもある)。

ところで、自定本卷一および卷二前半の空白は、(c)を擴大解釋することによって、御定本の第一卷に、30・1愼郡王 (自定本では允禧)、20・3蘊端 (同じく岳端)、30・3德普、30・2弘曣、30・4恆仁、20・4博爾都、30・7塞爾赫ら清朝貴族を繰りあげたからといって埋められるものではいささかもない。先のテーマとは無緣の人々が闖入しただけのことである。しかも改訂者は、沈氏が「尊君の體」(「凡例」) から御製詩を對象外に置き、他は詩人の名のもとに平等視して科試・鴻博にしたがって配列するという原則をも侵したことになる (なお(d)でいう「世次の前後顚倒」については特に自定本の卷二十六に改訂が加えられている)。

(ロ)の一　(b)の錢名世が「罪人」であることを沈氏は知らないはずがない。とすればここでも、人を以て詩を存せず、詩を以て人を存する選詩の原則が生かされている。「罪人」の詩がただちに文學的にも無價値であることにはならないからである。だが、政治支配の論理を最優先する改訂者に沈氏の配慮は通用しなかった。第四節に引いた例に沿って季開生から檢討してみよう（1・1〜1・6、2・1〜2・12の詩人たちのものは除外する）。

○3・1　施閏章　×「季天中給事以直諫謫塞外、追送不及」（二八七頁、以下同じ）

○3・2　季開生　○「尙陽堡卽事口號」　○（沈氏評）忠孝之人、其言藹如。

○3・13　曹爾堪　×「季天中給諫病沒於遼左、賦詩弔之」

○4・4　嚴沆　○「懷季天中遼左」

○4・11　丁澎　×「雲霾行」　×（評）時秋官濫刑、故因風霾之變、而極言之。

(ロ)の二　吳兆騫の場合

×5・3　吳兆騫　×（評傳）乃無辜被累、戍寧古塔、比於蘇武窮荒十九年矣。　×「閏三月朔日、將赴遼左、留別吳中諸故人」（二八八頁、以下同じ）

○9・23　徐乾學　×「懷漢槎在獄」　×「懷友人遠戍」

○9・25　王掞　×「虹友兄齋同漢槎夜話」

○11・4　陳維崧　×「喜漢槎入關、和健庵先生原韻」

○13・15　宋犖　○「吳漢槎歸自塞外、激同王阮亭祭酒・毛會侯太令・錢介維小集、作歌以贈、用東坡海市詩韻」

○14・10　王攄　○「聞漢槎謫戍寧古塔」
これに連坐した孫暘と劉氏についても次のとおりである。
×5・4　孫暘　×（評傳）以科場事戍遼陽、後赦歸。×「還家」三首を含め全七首。
○11・4　陳維崧　×「劉逸民隱如」×（評）逸民……亦中丁酉北闈、與漢槎諸人同戍口外者。

(ロ)の三　宋琬の場合
○2・21　宋琬　×（評傳）中歳以非辜繫獄、故時多悲憤激宕之音、而泝厥指歸、仍不盭於中正、此詩中之變雅也（二八九頁）。×「詔獄行」（二八九頁）×「獄中長至呈同繫諸公」（二九〇頁）
○4・11　丁澎　×「報宋荔裳觀察」（二九〇頁）
また彼が保釋された後の友人の作品にも累が及んでいる。
○9・17　汪懋麟　×「玉叔觀察招陪龔大宗伯・西樵・阮亭諸先生、集寓園泛舟觀劇、達曙作歌」×（評）時觀察亦幾蹈不測。（玉叔は宋琬の字）
○9・18　顏光敏　×「送宋觀察荔裳之蜀」（二九〇頁）

(ロ)の一・二・三それぞれに罪のありようも異なり保存と削除の程度にも差があるが、おおざっぱにいって宋琬のごとく明らかに朝廷の失策による場合は、事件そのものを無かったことにしようとする、隱蔽工作であったといえる。季開生や吳兆騫のように朝廷が有罪の判斷を撤回しなかった場合でも（ただし吳氏に關して沈氏は「無辜」を明言するが）、事件を具體的に記す作品は往々にして削除されているように思える。いずれにしろ刑事事件に言及すること自體が、朝廷にしてみればその恥部に觸れられる感じであったのだろう。しかし文學において「關係」を回復させようとする沈氏の意圖は、個々の具體的な事件の、それもどちらかといえば暗黑の部分に焦點を定める時にこそ最も效果的に示されるはずのものであった。したがって、朝廷の政治に直接かかわる、いわば變雅的な「關係」をまったく味氣ないまでに薄められたことは、自定本の受けた第二の打擊であったといえる。その味氣なさは、三藩の亂における忠誠心の保存度によって逆に高められることになる。

(ロ)の四　三藩の亂に關する作品群については次のとおりである。

○4・1　王士正　○「秦中凱歌」○「寄李鄴園尙書二首」（二九〇頁）

○4・8　秦松齡　○「金陵司馬行」○（評）詩之誅姦諛發潛德者、我有取之焉。（二九〇頁）又○「雜感」（二九一頁）

×5・4　孫暘　×「甲寅四月宋蓼天少宰、以邊才特疏薦余、詩以謝之」（二九一頁、以下同じ）

○5・8　陳廷敬　○「平滇雅三章」

○6・2　葉方藹　○「關隴平」

○6・13　張玉書　○「寄李厚庵學士」

○16・1　陳學洙　○「燕京雜詠」

(ハ)　(イ)の詩人・作品群が民族的對立を主因として生まれ、(ロ)のそれが政治內部の矛盾を主因として生まれたとして、これらの文學的集積が、明末の東林黨とか復社のごとく、政治的集團へと形成される危惧を、淸朝最高部が抱いたとしても不思議ではない。その意味で(イ)(ロ)においてなされた削除の論理を、私なりに理解できなくはない。しかしながら二九一頁で述べたごとき地方的・變風的な詩篇にたいする制限は、どのように解釋すればよいのだろうか。これらの詩が報告とか訴願の意圖の裏に多少の政治的批判をしのばせるのは確かである。が、それが地方官の手から官僚ルートに乘って中央へと傳達されるという傳統的な枠組から大きく外れて、かの李自成の亂のごとき大反亂を用意する機能を果たしうるとでも判斷されたのであろうか。ところが改訂の累は、貳臣・遺老・罪人といった特殊な經歴を持たない一般の詩人にまで及ぶのである。私は、かの古代的な風人の主旨を護持する沈氏のオプテイミズムを、いったんは驚きをもって受けとめたのであるが、「之を言う者は罪無く、之を聞く者は自ら戒むるに足れり」とはしない改訂者の態度を、さらなる驚きでもって受けとめざるを得ない。

風詩の例としてあげたのは次のとおりであった。

○3・1　施閏章　○「浮萍兎絲篇」　○（評）狀古來未有情事、以此興體出之、作漢人樂府讀可也。（二九一頁）
○5・5　田茂遇　○「狐兒行」　○（評）音節全從古樂府出。（二九二頁、以下同じ）
○6・6　田雯　×「送馬謠」　×（評）作新樂府讀。近世采風、無人蔑由達之當宁矣。
○9・3　周弘　×「道旁歎」　×（評）安得采風者陳之黼座。
○9・19　喬萊　×「確山道中」　×（評）設爲問答、古樂府體、用意乃次山舂陵行之遺。
○10・12　胡會恩　×「湖口行」　×（評）此種詩、觀人風者應采之。
○15・1　邵長蘅　×「守城行、紀時事也、事在己亥六月」　×（評）可逼少陵新樂府。

特に、采風にふさわしい新樂府體の詩が削除の對象とされていることに注目したい。同樣の作品をもうすこし追加しておこう。

○2・14　楊思聖　×「飄風行」
○3・1　施閏章　×「新都戍」　×(評)即老杜留花門意。
○5・20　嚴允肇　×「哀淮人」　×(評)近來一遇天災、當路救災無術。
○6・15　孫蕙　×「水中驛」　×(評)民苦賦役、同於鼠鷟。
又、×「安宜行」　×(評)兒女既賣、母妻傭人、牽牛不行、而空腹哀鳴、官長忍加鞭朴耶。
○7・14　董以寧　×「行路難」
○7・21　陶澂　×「當垂老別」　又×「當新安吏」　又×「當石壕吏」　又×「當新婚別」

以上は巻二(後半)から巻七まで、本書の約五分の一から抜き出したにすぎない。

寂寞の感はもはや覆いがたいではないか。釆詩の官によって風詩を採集し、文學の古代的構造に回歸しようとした沈氏のもくろみは、少なくとも現代詩の纂評を通して、社會に、あるいは後世に示すという形の上では、もののみごとに打ち砕かれたのである。ここで一應の限定を設けたのは、朝廷としては風詩に傾聽すること自體を拒んだのではなく、ただ、いわば內部資料的性格のものを記録に殘る形でみずから公刊することを潔しとしなかったにすぎない、という見かたも成りたつからである。しかしながら、順治朝について岡本さえ氏が、例えば1・6龔鼎孳の「諫諍の路を闢くべし」との上奏文を引用し、「皇帝が罰した貳臣の名は、積極的に滿人に直言を受け入れる基本體制(納諫)を要求した人名と一致する」と結論される(『東洋文化研究所紀要』第六十八册所收「貳臣論」一二一・一四三頁)ところからすれば、乾隆朝においてもこの納諫拒否の原則が固持され、その結果が沈氏の纂評にたいする大斧となって表われたことが十分に考えられ、とすれば、朝廷は風詩の公刊はもとより、傾聽すること自體を拒んだと判斷するほうが妥當であろう。四の(ハ)で擧げたような、沈氏の釆詩釆風への言及は、その制度を實現することへ向けての熱いこころの表明であったとしなければならない。そしてその挫折こそ、自定本の受けた第三の、そして私の見かたでは最大の打擊であった。

七

王士正を超克して新生面を切り開こうとした沈氏の試みが、御定本にどれほど保存されているかについても、簡單に見ておこう。それは前節の(イ)(ロ)(ハ)で見たごとき改訂が專ら政治的配慮によってなされているのに對し、文學的配慮の有無を一應は檢討することにもなるだろう。

まず漁洋の詩全七十四首から御定本によって削除されたのは、「采石太白樓觀蕭尺木畫壁歌」七古二十六句と、「送張篔山學士歸廬陵」七律の二首であって、僅少とはいえ被害にあっている。その理由は、蕭尺木（名は雲從）が遺老、張篔山（名は貞生）が建言によって一時追放された人物であったというように、やはり政治的なものであったと考えられ(18)、少なくともこの二首から文學的な理由を探しだすことは困難である。

次に、第五節で引用した作品と評についての保存と削除の情況は次のとおりである。

○5・8　陳廷敬　○「晉國」　○（評）予少時、……讀晉國一篇、愛其近杜。後讀漁洋詩話、亦謂其獨宗少陵。前輩先得我心、不勝自憙。（二九三頁）

○11・2　李因篤　×（評傳）詩品似李北地之宗杜陵、骨幹有餘、而神韻或未副焉。（北地は明の李夢陽）

○13・15　宋犖　○「訪葉己畦不値」　○（評）神韻自遠。

○4・1　王士正　○（評傳）或謂漁洋獺祭之工太多、性靈反爲書卷所掩、故爾雅有餘、而莽蒼之氣、遒折之力、往往不及古人。老杜之悲壯沈鬱、毎在亂頭粗服之中也。應之曰、是則然矣。然獨不曰、懽娯難工、愁苦易好。安能使處太平之盛者、強作無病呻吟乎。愚未嘗隨衆譽、亦非敢隨衆毀也。平心以求錄其最佳者、其有當衆心與否、不及計焉。……茲特取其高華渾厚有法度神韻者、覺漁洋面目、爲之改觀。（二九三頁）

○14・29　吳雯　×（評傳）然新城之詩、牢籠衆有、鎔鑄羣言。（二九五頁）

○14・23　徐夜　○「和秋柳」○（評）蕭瑟之音、不粘不脫、遠勝漁洋名作。（二九六頁）

○4・1　王士正　○「秦淮雜詩」十四首之一　○（評）諸詠皆瑣屑、不甚關係、故獨取此。（二九七頁）

又　○「朝天峽」○（評）漁洋五言、俱近所選唐賢三昧一格、以不著圈點爲主、所謂羚羊挂角無迹可求是也。然不善學之、易開平庸之漸。獨入蜀五言、俱宗仰少陵發秦州後諸詩、能狀山川奇險、愚故舍彼取此。（二九七頁）

×2・2許承欽　×「錢塘江觀潮」×（評）氣足神完、無一閒句閒字。（二九九頁）

これによって見るかぎり、沈氏の漁洋批判は、改訂後においてもほぼ充全の姿で傳えられたとしてよい。しかしその批判のあとで、具體的にどのような作品でもって對抗するかという段においては、前節(ロ)(ハ)での「關係」の詩が大幅に削除されただけに、きわめて曖昧なものに終ったと、結論できよう。

沈氏自定本『國朝詩別裁集』は、その溫厚さのゆえに當初より私を魅きつけた書物ではなかった。それが燦然と輝きはじめたのは、すこし意地の惡い言いかたになるが、御定本との比較が少し進んだ段階においてであった。

現在、自定本は私にとってはなはだ興味のある文獻となった。その興味がまず清初一世紀間の資料的價値にあることも確かである。銭謙益・吳偉業などの大家の作品が、特に清末から民國初の發掘によってほぼ完全な形で存在する一方、御定本への改訂を機にほとんど姿を消した詩人もいるだろうからである。しかし、さらなる興味は、自定本が夭折したという、むしろ乾隆二十六（一七六一）年以降の、文學をめぐる政治情況にある。沈氏の文學活動そのものは、最後の仕上げで挫折を強いられたとはいえ、それまでの八十八年間にほぼ盡されたであろう。しかし、沈氏による自定本の上進は、清朝の思想統制を一段と強める契機になったのではあるまいか。八年後の乾隆三十四年には銭謙益の詩文集が銷毀され、三十七年から四庫全書の纂修とともに禁書のリストアップも整備され、わが自定本も四十三年、「違礙書目」の一つとして日陰の存在を餘儀なくされるのである。しかし現に自定本は私たちの容易に閲讀できる存在となっている。それは、このような烙印をおされた書籍をひそかに傳えた人たちも一方には存在したという何よりの證明であろう。

注

（1）徐世昌『晚晴簃詩匯』（民國十八年・一九二九敍）は清朝の詩人として六千一百七十五家の詩篇を採錄する。他の選本によって多少の補足はあるだろうが、一應の基數とはなろう。

（2）康熙三十一（一六九二）年王士禛序をもつ康熙三十六年刊本が、京都大學文學部・愛知大學等に藏されている。なお、張維屏はこの書を使用していない。

（3）乾隆十五年十七年重輯刊本が京都大學漢字情報研究センターに所藏。沈德潛・張維屏ともその利用度は小さく、後世への影響は少ないと見てよい。ただその理由として、『篋衍集』についても言えることであるが、乾隆五十三（一七八八）年敕撰の「禁書總目」において、銭謙益・屈大均らの詩篇を抽燬すべくリストアップされており、その流布にいささかの支障をきたしたことは否めまい。

（4）原名は士禛。死後、雍正帝の諱を避けて士正と改められ、さらに乾隆三十九年には敕命によって士禎と改められた。私としては原名にこだわりたいが、『清史稿』などが士禎に作るのも、本稿では以後は沈氏の表記である士正に統一する。

（5）「重訂唐詩別裁集序」（乾隆二十八年・一七六三）には次のようにいう。

新城王阮亭尚書、選唐賢三昧集、取司空表聖不著一字、盡得風流、嚴滄浪羚羊挂角、無迹可求之意、蓋味在鹽酸外也。而於杜少陵所云鯨魚碧海、韓昌黎所云巨刃摩天者、或未之及。余因取杜韓語意、定唐詩別裁、而新城所取、亦兼及焉。

新城の王士正（號は阮亭）刑部尚書は『唐賢三昧集』を選ぶ時、（唐の）司空圖が「一字を著わさずして盡く風流を得」（『續詩品』含蓄）とか、（宋の）嚴羽が、「羚羊が（夜寝のときには）その角を木の枝に掛ける（姿をかくす）」（『滄浪詩話』詩辨）と言った意を取りあげている。おそらく（司空圖のいう）「味が鹽《から》い酸《す》いというのとは別のところにある」というのだろう。だが杜甫が「鯨魚を碧海（の中に掣《ひ》く）」（「戯れに六絶句を爲る」其四）といい、韓愈が「巨刃は天を摩す」（「張籍を調る」）というところには及んでいないように思われる。私は杜氏や韓氏の言葉の意味を取りあげることによって『唐詩別裁』を定めたのではあるが、一方、王氏が取りあげたところにもあわせ及んでいる、と。

（6）資料收集については「凡例」で、「吏部侍郎の黃叔琳（字は崑圃、直隷宛平の人、一六七一〜一七五六。『別裁集』巻十七所收）が北方の學者の詩を多く所藏しており、上舍（國子監學生）の王遴汝（未詳）は南方の學者の詩を多く所藏しており、私が兩家から綑載してきてこの選集に收めたものが、全體の十分の四（重訂本では十分の三）になる」と言っているが、兩氏との交際もあるいは仕官によって生じたのではないかと考えられる。

（7）初刻本は京都大學漢字情報研究センターに藏する。重訂本は中華書局より二帙十六册の線裝本として出版されたものが（年次不明）、一九七五年十一月に縮刷洋裝本二册で出版されており、その「出版說明」によると、敎忠堂重訂本を底本としたものである。ところで、桂五十郎『漢籍解題』（明治三十八年・一九〇五初版）は、初刻本にもとづいて御定されたとするがために、たとえば「百三十六人を删」ったとする中には、沈氏自身が重訂の過程ですでに削除した人物が含まれ、逆に「新たに……二十五人を增し」た人物のほとんどは重訂本にすでに增補されていたものである（他の數名は、たとえば允禧を愼郡王とするなど單に表記を變えたにすぎない)。實は御定本によって增加された人物は皆無なのである。同様の誤解は最近增改訂された、近藤春雄『中國學藝大辭典』の「國朝詩別裁」の項についても見られる。

(8) 初刻本の序もこの通りの人數・首數が記されているが疑わしい。「詩篇は多くなっている」はずであり、また人數も、無名氏等を勘定外にして、初刻本では九百九十二人が正確な數と考えられ、重訂本ではこれより三十二人を削って三十六人を加えた九百九十六人となる。

(9)『藝苑巵言』の原文が「沈約曰」として次の一節を引くのには、王氏に何か含むところがあるのだろうか。

(10) 原題は、「丙申春、就醫秦淮、寓丁家水閣、浹兩月、臨行作絕句三十首、留別留題不復論次」其三。

(11) 吳哲夫『清代禁燬書目研究』(一九六九年、臺灣嘉新水泥公司文化基金會)七頁より引用。『世祖實錄』『清史稿』に見えず。後攷をまつ。

(12) この詩についての沈氏の評に、「記事詩は詳盡を嫌わず」とあるのは、淸詩にえてして見られる饒舌さを指摘する發言として注意したい。

(13) 王士正自身が、「性情《こころ》が無いのに學問ばかりを盛んにひけらかすようなことについて、むかし、物故者名簿とか獺の魚まつりと非難した人がいる」(若無性情而侈言學問、則昔人有譏點鬼簿・獺祭魚矣。――郎廷槐『師友詩傳錄』一)と指摘したことばが、逆に漁洋批判のそれとして用いられたわけである。

(14) 王士正は「煙」の字をことさら好んだ詩人であると私は思っている。この字の使用例を檢討することによって、例えば沈德潛や袁枚との興趣の違いを具體的に指摘することができるだろう。

(15) 鈴木虎雄『支那詩論史』二〇九頁によれば、「溫和的格調」。

(16) 其七の一聯が、鈴木前揭書一九九頁で「特種の風致あり」と指摘されるのは、神韻の語に近く讀んでいいだろう。なお高橋氏が「六首」とするのは誤解か。

(17) 雍正三(一七二五)年、雍正帝は西藏・青海を平定した大將軍年羹堯を自盡せしめたが、次の年、その將軍にほめうたを贈った翰林侍讀學士の錢名世の官職を剝奪し、加えて皇帝みずから「名敎罪人」四字を大書して名世の居宅に掛けさせた。

(18)　ただし、蕭雲從については、
○6・6　田雯　○「登采石磯太白樓觀蕭尺木畫壁歌」
張貞生については、
○3・10　沈荃　○「送張簣山學士歸廬陵」
○3・15　王士祿　×「贈張簣山學士」
となっていて、徹底した削除がおこなわれているわけではない。

(附)　書物の中の顔

ちかごろ、國學基本叢書の『清詩別裁集』を、およそ十年ぶりに取りだした。編纂者沈德潛にいだいた十年前の印象は、いかにも頑固一徹の、封建性の固まりのような、何とも氣の重い老人であった。その印象を、いま改めるに至ったというわけではない。ただこの老人が八十九歳の時點で、深い悲しみをいだいたのではないかということに氣づいた、というにすぎない。

きっかけはこうである。たまたま、清末アヘン戰爭時代の張維屏輯『清朝詩人徵略』に採りあげられている詩篇を掘りおこす作業をおこなっていた私には、はなはだ時宜を得て、中國から『清詩別裁集』が出版された。國學基本叢書本の首卷が愼郡王なる滿州貴族から始まるのにたいして、この景印本は錢謙益から始まっていること、前者は後者の改訂版である、という程度の豫備知識から、當面必要とする箇所の檢索をすすめているうちに、錢謙益とか貳臣とかには關係のないところで、かなりの數の詩篇について、景印本にはありながら基本叢書本には無いという事實が明らかになった。それらの詩篇が多くは歌行のスタイルであることも分かってきた。

乾隆帝の詩友であった沈德潛が一七六一（乾隆二十六）年に自定本『國朝詩別裁集』を上進したとき、德潛耄碌せりとして翰林院に改訂を命じた言葉の中で、皇帝は、ふとどきものの錢謙益を卷頭に置くことの非を鳴らしてはいるけれども、歌行詩を作り、あるいは選ぶことの是非については、いささかの言及もない。その仕掛人が皇帝なのか翰林院なのかといったことが問題なのではない。問題は、改訂版であるいわゆる御定本の中に、私には貳臣の詩を削除したことよりはるかに重要と思われる大斧が、必ずしも分かりやすい形ではなく加えられている、という事實にある。

ことは、現實の社會の諸相を、いささかの政治批判をともないつつ歌った、當時の現代詩にとどまらないだろう。累は、杜甫の三吏三別とか元結の「舂陵行」などを、原型として復唱し研究することにも及んだはずである。淸詩としては、一七六一年以降に作られた歌行詩も數多く見えること、沈氏自定本が我々の世にも現に傳わっていること、などの事實をも踏まえながらの檢討が必要であるとはいえ、この年を一つの契機として、少くとも文學の創作とか研究の分野で、一種の暗黑時代に入ったことは否めないだろう。

その入り口に立たされたこの老人が、その時どのような表情をしていただろうか。その正直さのゆえに、それは諦觀の面持ちではなく悲憤のそれであったろうと、私はひそかに推しはかっているのだが、それにしても、書物を通してわずか一つの顏を推しはかるにも、あれこれとてまひまのかかる準備がいるものではある。（一九七九・四・二、記）

三　『隨園詩話』の世界

一　『隨園詩話』の成立

李穆堂侍郎云えらく、凡そ人の遺編斷句を拾い、而して代りて爲に之を存するは、暴露の白骨を葬り、路棄の嬰兒を哺《はぐく》むに比べ、功德 更に大なり、と。（『隨園詩話』一三―一）(1)

李紱（一六七三～一七五〇）のこの言葉を、「沈痛」であるとして、それだけに、おそらくはおのれの事業に自負を抱きながら、みずからの足で歩いた資料にもとづき、あるいは、江寧の小倉山の隨園に舞いこむ書信や傳聞にもとづき、袁枚は、人といとなみと、そして詩を、つづる。

袁枚、字は子才、號は簡齋また隨園、一七一六（康熙五十五）年浙江省錢塘の生まれ。小時、「家は貧しくて書を買うを夢む」（五―六三）と歌うところを信ずるならば、むしろ貧しい家庭の出身であった。一七三六（乾隆元）年の博學鴻詞には擧げられなかったが、三九年、二十四歳の若さで進士に及第、四二年、溧水をふりだしに江浦・沭陽など江蘇省下の知縣を重ね、四五年には江寧知縣となって、(2)小倉山に隋氏の織造園を得、改築して隨園と名づけた。四八年秋のことである。そして、翌四九年春には官を辭し、五二年に一時知縣として陝西に赴いたのを除き、(3)生涯、役人生活から身をひくこととなる。袁枚三十三歳、「文を賣りて活を爲す」（補三―四二）彼の得意な、以後五十年の人生がこの時から始まることになる。

官の絆を絕った彼は、紫のステンドグラスの嵌った小倉山房で五十餘人の女弟子を稱揚し、六十三歲ではじめて長子阿遲をもうけ、「印は三面に刻むを貪り、墨は兩頭に磨するに慣る」（『小倉山房詩集』卷十二「自嘲」）と戲れつつ、人の資金援助を得て詩話や尺牘を出版すると、たちまちにベスト・セラーとなって、それらが勝手に翻刻される始末である。『隨園全集』の賣れゆきは、「年來 詩價は春潮の長ずるがごとく、一日春深くして一日高し」（補四―五六）と諷されるほどであった。これほどにネーム・ヴァリューがあっただけに、王顚客の『金陵懷古』、彭金度・汪元琛らの『淸溪唱酬集』といった書物に、袁枚の序が騙り用いられることにもなった（九―六六）。

『隨園詩話』十六卷は、彼七歲（一七二二年、康熙六十一）の時から七十五歲（一七九〇年、乾隆五十五）頃までの、「補遺」十卷は、それから八十一歲（一七九六年、嘉慶元）、つまりその死の前年までの、彼の追憶や知見にもとづいた、詩のコレクションであり、文學批評であり、隨筆である。その執筆は遲くとも四十三歲の時にはなされている。死の前年においてすら彼は、

余、門を出でて歸れば、必ず人の佳句を錄し、以て行色を壯んにす。（補九―一九）

と述べる。彼一流の言によれば、「余、詩を好むは色を好むが如き」（補三―二六）までの、詩にたいする執着が、そこにはあった。

こうして、四十年間にわたって書きつづけられたこの詩話には、千七百人を超える人物が登場する。しかも、古人は、この數に含まれない。そして、面識のあるなしにかかわらず、彼と同時代の人々が、おおむね、一句以上數首の詩をもって現われている。そのまたおおむねは、しかし、詩人としてのみあるのではない。彼らは大學士、尙書から翰林院檢討にいたる大小さまざまの中央文官、總督、巡撫、學政から府州縣知事、主簿、典史にいたる地方官、提督、都統以下の武官、あるいはそれらをめざす進士、擧人、貢生、生員ないしは武進士、處士や布衣、隱者や僧侶や居士、

巨商や販米業者、小兒科醫、縫人や奴僕、閨秀や青衣、滿洲人や蒙古人、恩師や女弟子、などなどである。

袁枚のしるした足跡は、遠く甘肅や廣東にまで十四省に及ぶが、『詩話』の主な舞臺は、江蘇・浙江・安徽、中でも、揚州・南京・蘇州・杭州などの都市にある。『詩話』のかもしだす雰圍氣は、ひとくちで言えば、都會のそれであるといってよい。

昇平の日久しく、海内殷富たり。商人士大夫は、古人顧阿瑛・徐良夫[4]の風を慕い、書史を蓄積し、壇坫を廣開す。

（三―六〇）

と、繁榮する都市の中にあって、商人と士大夫という二つの異った側面を一身に兼ねもつ人々が、一つの勢力をなすまでに擡頭し、彼らは、書籍を蒐集し、學者や詩人に種々の便宜をはかる。先の文章に續けて、袁枚があげる「商人士大夫」は、揚州では、玲瓏山館の主人馬曰琯（字は秋玉、號は嶰谷、一六八八～一七五五）、天津では水西莊の主人で、「蓮坡詩話」[5]の撰者査爲仁（字は心穀、一六九三～一七四九）、杭州では小山堂の主人趙公千や瓶花齋の主人吳焯（字は尺鳧また繡谷、一六七六～一七三三）などである。このうち馬曰琯は、袁枚の序文をもつ『揚州畫舫錄』巻四によると、弟の曰璐（字は佩兮）とともに「揚州二馬」とよばれた富豪である。彼は、身は諸生でありながら、みずからも詩人として『沙河逸老詩集』を世に出しただけでなく、『說文』『玉篇』『廣韻』等々を出版し、それらは「馬板」といわれた。そのための藏書は百廚、前後二棟の叢書樓に收められていたという。彼はまた、朱彝尊（字は錫鬯、號は竹垞、一六二九～一七〇九）のために、その『經義考』を出版し、玲瓏山館に寄寓していた全祖望（字は紹衣、號は謝山、一七〇五～一七五五）の惡疾のために千金を出してやるなど、「與《とも》に遊ぶ所は皆な當世の名家なり。四方の士、之を過《よ》ぎれば、館に適《ゆ》きて餐を授くる」（『畫舫錄』巻四）ところの、學者や詩人にとっては、格好のパトロンでもあった。厲鶚（字は太鴻また樊榭、一六九二～一七五二）もその客の一人であり、彼は、いわゆる商人士大夫の陳章（字は授衣、號は竹町）、陳皐（字は江皐、號は對鷗）の兄弟たちとともに、「馬氏詩社」を形づくっていた。

揚州には鹽によって巨財をなした商人が多い。馬氏兄弟もそうであったし、『詩話』にもっともしばしば現われる太史程晉芳（字は魚門、一七一八～一七八四）も、もともと、淮南の「禺莢」、すなわち鹽商の家の出であった。そして、袁枚みずからが、その姻戚に揚州の巨商をもっている。汪廷璋（字は令聞、號は敬亭）は、先世より鹽によって家を興し、彼の代になって、程晉芳のおじ程夢星（字は午橋、號は汧江、一六七八～一七四七）の篠園は、彼の手に歸している。しかし、いわゆる商人士大夫は、このような巨商ばかりではなかった。王藻（字は載揚）は、もともと販米業者であった。彼は沈樹本（號は綸翁）にその詩が認められ、業を棄てて書にいそしみ、揚州に出て馬氏の玲瓏山館に出入りし、世の詩人たちと結社吟詠することになったのである。

商業から身を起こして士大夫階級に仲間入りした馬氏兄弟や程晉芳や王藻は、ごく一例にすぎない。それ以外にも、商人士大夫の雛型ともいうべき人々が、多くいる。さらに、「市儈村童」でさえ自分の別號を持っている。袁枚に「庸夫淺士」と侮られながらも、彼らは自分の文集を出版し、それがけっこう世に流れているというありさまであった。

大は高級官僚や商人士大夫から、小は「市儈村童」に至るまで、種々異った階級、階層の人々が、傳統詩の創作や鑑賞に參加した。したがって、この時代の詩は、いわば大衆化の時代を迎えていたと思われるが、その傾向に場所を提供したのが、「詩會」「詩文之會」「文酒之會」などといった集まりであった。例えば、揚州では、馬氏の玲瓏山館や程氏の篠園のほかに、鄭氏の休園や、揚州の名所紅橋などで、惠棟（字は定宇、號は松崖、一六九七～一七五八）・王鳴盛（字は鳳喈、また西莊、一七二二～一七九七）・戴震（字は東原、一七二三～一七七七）・錢大昕（字は曉徵、號は竹汀、また辛楣、一七二八～一八〇四）などの名士をまじえて詩會が開かれ、杭州でも厲鶚や杭世駿（字は大宗、號は菫浦、一六九六〜一七七三）をまじえた詩酒の會が催された。遠くは廣西の桂林においても、小さくは袁枚とその女弟子たちとだけの詩會がもたれた。

このような詩會は、『隨園詩話』の成立にも多くの材料を提供した。例えば、袁枚がある集まりに出席すると、即座に三千餘首の詩が贈られる。あるいは、

余、杭州に在り。杭の人、詩話を作れるを知り、爭いて詩を以て來たり、摘句を求むる者、無慮百首あり。（六―四五）

とも記される。その時の詩句がどれだけ採られたかはともかくとして、『詩話』に摘句される幸せにあずかったものだけでも合計千七百人以上、その詩は四千八百近くにまで達している。そして、「三千餘首」といい、「無慮百首」といい、「四方より詩を以て來たり入れらるるを求むる者、雲の如くにして至る」（補五―三八）といわれるところを考えれば、その數倍から數十倍に及ぶ文學愛好者とその詩が存在していたとしても、何ら不思議はないだろう。

封建中國の社會的な上下の階級を圖式化すると、正ピラミッド型であるが、その上から、傳統文學の享受者という別の色を塗ってゆくと、そこには逆ピラミッド型ができあがる。正ピラミッド型の底邊の廣大なひろがりは、傳統文學の面では空白のままに塗り殘されるからである。古來、その塗りつぶされた部分には、詩人であることと政治家であることとを一身に兼ねもつ人々だけがいたといってよい。しかし、十八世紀の、乾隆期といわれるこの時代にあっては、多少ようすが異ってくる。商業資本がある程度にまで成長してくると、そこに商業の政治からの獨立という現象が生じ、それとともに商人であり詩人ではあるが、政治家としての肩書をもたない新たなグループの生まれる條件があった。馬曰琯はその一人であり、袁枚は文學におけるその代辯者の一人であった。だから袁枚の詩文が春潮の滿つるがごとくもてはやされたのは、左思の詩が洛陽の紙價を高からしめたのとは、わけが違う。三世紀の左思は、貴

族の門閥におしいることによってしか、文學者となれなかった。しかし、十八世紀の袁枚は、政治家であることを無視できる社會に、すでにいた。袁枚に拍手を浴せたのは、經濟的に自立しはじめた新たなグループであったが、その他にも、先の、傳統文學の享受者という色によって塗りつぶされた逆ピラミッドの上邊には、政治的支配者ではあったが文化的には後進グループに屬する滿洲人や、商業資本と結びついた一部漢民族の高級官僚がおり、下邊の先端に近い部分には、あらゆる分野で支配される立場にありながら、なお上流階級に憧憬を抱きつつ背のびしていた人々がいた。反對に、袁枚の文學に苦々しい思いをよせたのは、政治家としても從來の封建支配體制をなお固守しようとした文學者であり、何らの反應をも示さなかったのは、傳統文學にはなお無緣のところにおかれていた廣範な人民大衆であった。

私は、傳統文學の集團の構造を、きわめて簡略化した形で逆ピラミッドを描いてみた。しかしその逆ピラミッドの形は、文學集團の中のいろいろのグループによって、多少變ってこよう。特に袁枚の描いたものは、先端の部分が比較的長く伸びたところの、高さの高い形である。私がこれから問題にしようとすることを、この圖形に即していえば、第一に、この圖形の枠にあたる文學論、すなわち袁枚の「性情」說である。第二に、傳統文學の享受者という色によって塗りつぶされたこの圖形の中にいる人々、中でもその先端に近い部分にいる女性と勞働する人々である。彼らはこの圖形の中にようやくその一歩を踏み入れたばかりである。彼らがいっそう多くなれば、逆ピラミッドは、四角形からさらには正ピラミッドへと指向するだろう。もとより、そのような現象がどこまで可能であるかは、問題である。が、ともかく傳統文學が一種の大衆化という試練に立たされていたとだけはいえるだろう。第三に、このような先端部分の擴張は、その上邊の部分と無關係におこなわれたのでは、もちろんない。というより、あくまで上邊部分の質的變化が下邊の擴張を可能にしたのである。そのような質的變化を、詩の題材の問題として、私はとりあつかっておきたいと思うのである。

ところで、『隨園詩話』を中心とする袁枚の文學論については、鈴木虎雄博士の『支那詩論史』に詳しい分析がある。そのうち、「格調・神韻・性靈の三詩説を論ず」篇の「性靈の說を論ず」章に、「性靈說に對する臆解」として次のような特色があげられている。

一、清新を貴び陳腐を避く。
二、輕妙を貴び莊重を嫌う。
三、機巧を貴び典雅を愛せず。
四、意匠を貴ぶ、自己を發揮するを貴ぶ。
五、詩境は之を卑近眼前に取る。
六、自然風景よりも人事を詠ずるを貴ぶ。
七、風景よりは人情を詠ずるを貴ぶ。
八、形式よりは內容を貴ぶ。
九、時として道德に戾背す。
十、虛字的なり。

そして、「性靈派の貴ぶ所、一言以て之を蔽す。曰く才」と。右の十項目について、第三の「典雅を愛せず」を除き、私は、ほぼ全面的に贊成である。比重の違いこそあれ、これらの項目に述べられてあることと同様の指摘を、私は、この小論の中でもするはずである。だから、私の仕事というのは、これらのばらばらに並べられた項目をどのように組みたてるか、というところにある。「才」という無色透明な要素でもってしては、組みたてられないと思うからである。そうではなくて、これら十項目の中に、私は、概していえば、市民文學的な要素を感じとるのであり、その邊に、私の建築の土臺をもってゆきたいと思う。

二　袁枚の「性情」説

朱竹君學士曰わく、詩は以て性情を道う。性情に厚薄有り、詩境に淺深有り。性情厚き者は、詞淺くして意深し。性情薄き者は、詞深くして意淺し。（八―九九）(6)

朱竹君（名は筠、一七二九～一七八一）が、沈德潛（字は確士、號は歸愚、一六七三～一七六九）らの「格調」説と對比しながら、わが意を誇るこの言葉は、袁枚のものでもあった。詩の風格にとらわれることなく、おのれのありのままの心情を、やさしい言葉でうたうところに、深い理念が横たわる。これが彼の「性情」説であった。したがって、「性情」は、まず、政治や教育から自由な、文學の世界にのみ遊ぶ場が前提とされる。「才は其の大なるを欲し、志は其の小なるを欲する」（三―一）として、政治や教育によって一定の方向を強いられることを嫌う。そして、小さな志のもとに大きな才を、「赤子の心を失わざる者」（三―一七）として、「必らず虛しき」（九―四六）ところに泳がせようとするのである。「性情」は、それだけに柔らかく、溫かく、さやさやと音たてる。『尙書』に記されて以來、一の代表的な文學論となった、「詩は志を言う」も、袁枚にあっては、その「志」は、「性情」と同義語におきかえられた。「詩は以て性情を道う」なのである。

このような「性情」によって詩にこめられた「意」は、したがって、おのずから個性的であろうとする。「詩を作るは、以て我無かる可からず。我無くんば則ち剿襲敷衍の弊大なり」（七―一八）。個性がなければ、盗みどりやとりつくろうことの弊害を生ずると、ここでもまた彼は、「格調」派を念頭におきながら、自己の詩を作ることを主張している。このような個性によって咏まれた詩は、往々にして、社會通念に反するものとして、世の良識者によって斥けられた。しかし袁枚にしてみれば、文學が、もはや政治からも教育からも自由である以上、社會通念に反するということでもって、詩の價値を決定する尺度とすることには、何らの正當性をも見出しがたいことであった。いや、むしろ、社會通念に反するところにこそ、「性情」の「性情」たるゆえんがあると考えた。

それでは、當時の良識者たちによって、社會通念に反すると見なされたであろうことは、『詩話』のどのような面であったのだろうか。私の推測するのに、その第一は、滿洲の詩人にたいする袁枚の評價であった。清朝の順治元年（一六四四）より數えて、袁枚によって『詩話』が執筆された年、遲くとも彼の四十三歳（乾隆二十三年、一七五八）の時までに、一世紀以上の歳月が流れている。この間に、清王朝の支配は確固たるものになったとはいえ、漢民族の多くのインテリゲンチャの胸裡には、反清感情がなお沈潛していたであろう。ところが袁枚は、「近日、滿洲の風雅は遠く漢人に勝る。軍旅を司ると雖も、詩を能くせざるは無し」（補七―一八）と言いきるのである。そして、このような、滿洲詩人にたいする關心を、袁枚は、卓奇圖（字は悟菴、また誤菴に作る）の選する『白山詩選』や、鐵保（字は冶亭、一七五二～一八二四）の選する『白山詩介』に見える詩を引きながら、『詩話』補五の中で披露している。うち、袁枚みずから校勘の勞をとっているらしい『白山詩介』十卷（鐵保の自序は、一七九二年、乾隆五十七、袁枚七十七歳）には、滿洲・蒙古・漢軍の各八旗から、中でも滿洲人を中心とする百四十二人の詩人とその詩を選んでいる。閨秀八人を例外とすれば、ほとんどが軍人や政治家であって、その詩も、馬のひずめの響きが支配的であるが、にもかかわらず率直な心情の吐露が、袁枚の共感を得たものと思われる。鐵保は、『白山詩介』の自序に、先輩たちが、その「戰伐の餘、歌詠を廢せず、從政の暇、性情を抒寫」した努力を、讀者に促しているが、その「性情を抒寫す」というのは、袁枚の「性情」の文學論とつながる部分をもっている。すぐれて〝文學的〟であった袁枚は、滿洲人が政治的には自分の支配者であることを度外視し、また、彼らの詩が政事や軍事の場での心情をうたったものであるにもかかわらず、彼らの〝文學的〟ないとなみ、すなわち、時として稚拙ではあるが率直な心情の流露に、親近感を抱いたのである。

さて、社會通念に反すると見なされたことの第二に、豔詩の評價があった。明末清初の王彦泓（字は次回、一六二〇〜一六八〇）〔補注一〕は、豔詩を得意とした詩人であるが、時の良識者の一人沈德潛は、その『清詩別裁』の凡例で、「動《やや》もすれば溫柔鄉の語を作《な》し、……最も人の心術を害する」ものとして、王彦泓の『疑雨集』からは一首も採っていない。それにたいして袁枚は、王の詩を、「往往にして人の心脾に入る」（一四—五一）とし、「絕調」（一—三一、補三—一九）とまで賞讚するのである。袁枚の豔詩への評價は、この一事に典型的に表われているといってよいが、それは、彼の「性情」說の當然の歸結であったと考えられる。

第三に、しかしながら、彼の詩論が當時の社會通念に反したのは、時として不健康な豔詩だけではなかった。從來、詩人としてほとんど顧みられなかった女性や、まったく無視されてきた勞働する人々が、みずからの心情をうたい、その隱されていた生命を表現するのに、袁枚が、詩という文學形式を開放したことも、士大夫一般の社會通念としては無かったことであった。私が袁枚の『隨園詩話』の中で、特に關心をよせるのも、詩人としては、これらの女性や勞働する人々にたいしてなのである。

ところで、袁枚が、女性や勞働する人々の中に詩と詩人を見出そうとしたとき、そのよりどころを、古典では『詩經』國風に、古人では袁宏道（字は中郎、一五六八〜一六一〇）に求めたと考えられる。[7] すなわち、袁枚は、

三百篇は半ばは是れ勞人思婦の意に率《したが》い情を言うの事なり。誰か之が格を爲さん。誰か之が律を爲さん。（一—二）

といい、また、江昱（字は賓谷、號は松泉、一七〇六〜一七七五）の詩集に冠した歐永孝の序を引いて、

十五國風に至っては則ち皆な勞人思婦靜女狡童の口を矢して成る者なり。（三―二一）

とも述べる。ここで言われる「勞人」「思婦」「靜女」「狡童」は、おおむね『詩經』に出る言葉であり、(8)それぞれが限られた意味をもつが、袁枚の指すところには、さほど狹い範圍の形容詞を必要としないだろう。それぞれ、勞《くる》しむ人、男をおもう女、しとやかな娘、いじわるな男であって、政治や文化をひとりじめにしていた支配者たちではないところの有象無象である。

これらの庶民を、明末の袁宏道が、すでに、文學の對象としてのみならず、文學創造の主體としても認めようとしていた。その「陶孝若枕中囈引」（『袁中郎全集』巻三）に、

古えの風を爲す者は、多く勞人思婦より出づ。……要するに情の眞にして語の直なるを以ての故に、勞人思婦は、時有りてか學士大夫に愈《まさ》る。

と述べるのがそれである。さきに引いた袁枚の口吻は、あきらかに袁宏道の線上から出ている。ただ袁宏道が、「勞人思婦」の眞情と直語を借りてみずからの歌としようとしたのにたいして、袁枚は、みずからうたうだけでなく、「勞人思婦、靜女狡童」たち、あるいは「婦人女子、村氓淺學」のうたう歌そのものをも記録にとどめようとした。「詩境」は、政治家や知識人にのみ限られてあるのではないからである。

詩境は最も寛なり。學士大夫の、萬卷を讀破し、老を窮め氣を盡すも、其の閫奧を得る能わざる者有り。婦人女子、村氓淺學の偶たま一二句有りて、李・杜復た生ずと誰も、必らず爲めに首《こうべ》を低《た》るる者有り。此れ詩の大爲る所以也。（三―五〇）

袁枚は、文學創作において、詩才とか學問を重視するが、一方では、詩才や學問に惠まれない人々、文化的に疎外さ

れつづけた人々の世界から、今いちど、文學の根源となるべき「性情」を發掘し、彼ら自身にうたわせようとしたのである。

もっとも、「性情」からもたらされる「平淡」の文學において、袁枚は袁宏道と強く結ばれながら、ただ學問の重視という一點で、袁宏道と訣別する。すなわち、みずから「無學」と稱した袁宏道には、經學風の學問を拒否するところから、錐《きり》で耳をつきさす徐文長（「徐文長傳」）や、むかでを喰らい、「萬法は一に歸す。一は何處《いずこ》に歸せん」とつぶやく醉っぱらい（「醉叟傳」）などを、「奇」の文學として表わす一面があった。しかし袁枚は、詩に個性を求めながら、「人と爲りは、以て我 有る可らず。我 有れば、則ち自ら佷用を恃むの病多し」（七―一八）、すなわち、おのれの才力にのみよりかかって獨善に走ることの弊害のゆえに、個性を社會的に發揮することを戒しめ、「平居に古人有りて學力方《はじ》めて深し」（一〇―六一）として、學問を重視し、ここから、「雅」、つまり都會風のあかぬけした色調が詩の必須の條件とされるのである。(9)

詩、其の眞なるは難き也。性情有りて後ち眞なり。否《しから》ずんば則ち成文を敷衍するのみ矣。詩、其の雅なるは難き也。學問有りて後ち雅なり。否ずんば則ち俚鄙率意のみ矣。（七―六六）

と。

このように袁枚が、學問を肯定したということに關して、それが政事や教育では從來の士大夫的觀念に沿ったものであったがために、袁枚ないしは『詩話』の詩が社會通念に反していたとしても、それは消極的なものでしかなかったのであり、「市民文學的な要素」（三二三頁）といっても、政治理念や社會倫理をくつがえそうとするところの眞に市民的な動きに根ざしたものではなかったのである。また、學問からもたらされた「雅」の概念のゆえに、彼が、女性や勞働する人々の詩、中でも後者のそれを評價する際に、一定の限界が生じたのである。もとより、社會的生活と文學的いとなみの區別は、その言葉どおりには果されず、彼の社會生活の上でも、社會通念に反する面はそのはしばしに現われざるをえなかったし、「雅」の範疇を一歩も二歩も踏み出した「俚鄙率意」の面が、『詩話』のあちこちに散在するのである。

三　「婦人女子、村氓淺學」の詩人たち

イ、女流詩人

俗に、女子は詩を爲《つく》るに宜しからずと稱するは、陋なる哉その言や。（補一—六）

近時、閨秀の多きこと古えより十倍す。而して吳門は尤も盛んと爲す。（補八—一八）

袁枚が、「勞人思婦、靜女狡童」に、また「婦人女子、村氓淺學」に詩をうたわせようとして努力した中で、もっとも大きな成果をあげたのは、女性の詩の發掘であり、女流詩人の育成であった。中でも、袁枚の五十人以上の女弟子のうち二十八人の詩は、『隨園女弟子詩選』六巻となって出版された。(10)

從來にも、男性が身を女性に托してうたった言情の詩は、少くない。北宋、十二世紀の李淸照を典型として、女流詩人も皆無ではなかった。が、今や、數多の女流詩人が、袁枚という指導者を得て、一つのグループとして、詩會を催し、詩集を世に問うに至った。

さて、『隨園女弟子詩選』の詩人たちの中でも、嚴蕊珠（字は綠華）は、その「博雅」、ものしりのために、金逸（字は纖纖、一七七〇〜一七九四）は、その「領解」、わかりやすさのために、席佩蘭（字は韻芬）は、その「推尊」、けだかさのために、袁枚が「本朝第一」（補一〇—四一）と稱するところである。今は、席佩蘭の賢夫人ぶりを示すもの

として、夫の孫原湘（字は子瀟、號は心青、一七六〇〜一八二九）が、一七八三（乾隆四十八）年の郷試に落第した時に、彼に與えた詩、「夫子の報罷されて歸り、詩もて以て之を慰む」（補九―四三、『女弟子詩選』巻一、『長眞閣集』巻一）の一首三十三句のあと三分の一を引いておこう。

人間試官不敢收　　人間 試官は敢えて收めず
讓與李杜爲弟子　　李杜に讓與して弟子爲らしむ
有唐重詩遺二公　　有唐 詩を重んずるも二公を遺《す》つ
況今不以詩取士　　況んや今 詩を以て士を取らざるをや
作君之詩守君學　　君の詩を作り 君の學を守れ
有才如此足傳矣　　才の此《か》くの如き有れば傳うるに足らん矣
閨中雖無卓識存　　閨中《わらわ》は卓識の存すること無しと雖も
頗知乞憐爲可恥　　頗る知る 憐れみを乞うは恥ず可きと爲すを
功名最足累學業　　功名は最も足らん 學業を累わすに
當時則榮歿則已　　當時は榮ゆるも歿《し》なば已《や》まん
君不見　　君見ずや
古來聖賢貧賤起　　古來 聖賢 貧賤より起こりしを

孫原湘の詩文集『天眞閣集』五十四巻、『外集』七巻は、一八〇〇（嘉慶五）年に刊行されている。李兆洛（字は申耆、號は養一老人、一七六九〜一八四二）のしるす墓志銘が、孫を神童として描くのにたいして、原湘みずからは、その詩文集の自序で、「佩蘭の予に歸《とつ》ぎてより始めて詩を爲るを學ぶ」と、おのれを晩成に描く。その矛盾した記述も、一は李の孫にたいする外交辭令を示し、一は孫の席にたいする惚氣を示すものとして興味ぶかい。『天眞閣集』の刊行も、席夫人が「釵釧を鬻《う》って」勸めたものであるという。が、内助の功というのは、もはや當たるまい。席佩蘭自身が、一人の詩人である。その詩集『長眞閣集』七卷、『詩餘』一卷は、一八一二（嘉慶十七）年に刊行されている。文學創作という事業を共通の目的としながら、それぞれに一個の詩人として成就するという新しい詩人像、新しい家庭像が、可能になったのである。もっとも、女流詩人がこれまでになく豊かに輩出し、そのほとんどが正室ないしは妾に嫁いでいったこの時代とて、そろって後世に名を殘すほどの詩人夫婦は、多くない。あえてあげるとすれば、孫星衍（字は伯淵、また淵如、一七五三〜一八一八）と妻王玉瑛（字は采薇）、陳基（字は竹士）と妻金逸（前出）、その繼室王倩（字は雅三、號は梅卿）、汪穀（字は琴田、號は心農、一七五四〜一八二一）とその妾である王碧珠（字は紺仙）および朱意珠（字は寶才）、袁枚が「夫婦の詩を能くする」（補八―六五）ものとしてあげる張紘（字は舸齋）と妾の鮑之蕙（字は仲姒、號は茝香、一七五七〜一八一〇）などである。女性を中心にすれば、このほうは、袁枚の『女弟子詩選』や民國の徐乃昌の編輯になる『小檀欒室彙刻閨秀詞十集』などにその人と詩を殘しながら、その夫のほうはもはや捜し出すのに困難な場合が多い。

それはともかく、女流詩人の輩出の中で、夫にたいする妻の、たしかな心情を述べたものとして席佩蘭の詩を例にあげたが、數多の女流詩人が得意とするもの、それはやはり、女性としてのこまやかな心の起伏をうたったものであろう。例えば、靖逆侯張宗仁の夫人高景芳が十五歳の時の詩「晨粧」（三―四二）には、

粧　閣　開　清　曉　　粧閣　清曉に開き
晨　光　上　畫　欄　　晨光　畫欄に上る
未　曾　梳　寶　髻　　未だ曾て寶髻を梳《くしけず》らずんば

不敢問親安　敢えて親の安らけきかいなかを問わず
妥貼加釵鳳　妥貼《しっくりと》して釵鳳を加え
低徊插佩蘭　低徊《きめかね》しつつ佩蘭を插す
隔簾呼侍婢　簾を隔てて侍婢を呼び
背後與重看　背後に與《ため》に重《かさ》ねて看しむ

とうたう。「粧閣」化粧部屋、「畫欄」色どられた欄干、「寶髻」たぶさにした髪、「釵鳳」鳳のかざりのかんざし、「佩蘭」蘭のかざりのおびだま、といった道具だてを披露しつつ、化粧が終らなければ親のご機嫌うかがいにもゆかぬという娘ごころと、はしためになおさせながら誇らしげにつっ立っている、あるいは鏡のなかの自分の姿に見とれている女ごころを、うたう。

また彭希洛（字は景川、號は瑤圃また簡緣、一七五八～一八〇六）の妻となった陶慶餘（字は善生）は、袁枚の女弟子の一人であり、詩集『瓊樓吟』が刊行されたという。二十二歳で世を去ったこの女流詩人の「婢去」（七―一一）には、

院從汝去長青苔　院《にわ》は汝の去って從《よ》り青苔長じ
小榻香消午夢回　小榻 香は消え 午夢回《めぐ》る
不覺疎簾搖樹影　覺えず 疎簾に樹影搖れ
風前誤認摘花來　風前 誤って認む 花を摘みて來るかと

とうたわれる。詩人の心の底には、何かの理由で去っていった、おそらくは同じ年かっこうのはしための姿があった。主人と奴婢という身分の差を捨象して、同じ女性としての共感のもとに、摘まれて來た花を観賞する喜びが、かつてはあった。すだれにおちた樹影のひとゆれに、ひとなでの風をよんで駈けこんでくる奴婢の姿を錯覚するという、以

前の喜びが失われたあとの空しさは、奴婢との一體感があっただけに、切實なものとなった。男同士であれば、主人は、下僕にたいする親しみを、ユーモラスに描くにとどまり、この詩のような切實な表現をしない。

とはいえ、袁枚の女弟子をはじめとして、『詩話』に登場する女流詩人は、たいていは大官名流の令嬢とか女孫である。例えば、さきの王倩は明の文成公王陽明の第八世の女孫、錢林（字は曇如）は、福建布政使錢琦（字は相人、號は璵沙、一七〇九～一七九〇）の女、鮑之蕙は、鮑皋（字は步江、一七〇八～一七六五）の女、畢智珠（字は蓮汀）は、兵部尚書畢沅（字は纕蘅、號は秋帆、一七三〇～一七九七）の女、王瓊（字は碧雲）は、侍講王文治（字は禹卿、號は夢樓、一七三〇～一八〇二）の孫女、葉令儀（字は翼心）は、湖南布政使葉佩蓀（字は丹穎、號は辛麓、一七三一～一七八四）の女、などといったぐあいである。先にその詩をあげた三人、席佩蘭・高景芳・陶慶餘についても、その出身の詳細ははっきりしないが、その嫁ぎさきの程度から、おおよその想像はつく。したがって、その詩も、色あいの違いこそあれ、良家の風である。袁枚の女弟子の八割以上が、『詩話』「補遺」以降に、すなわち彼の七十五歳頃から登場することとあわせ考えれば、袁枚を女性解放の士とよぶには、遊びのあとがあまりにも強く感じられる。が、袁枚のこの優雅な遊びから漏れた部分も、例こそ少いがあるにはあった。それを彼は、詼謔とか戲れという表現を添えながら記している。その一、二をあげよう。

袁枚が少時にその怨詩十九首を見たという姑蘇の女性趙飛鸞は、ある參領の妾となったが、正妻にいれられず、家奴に落とされてしまった。それを悲しんで作った怨詩のうちの、「最も詼諧なる」句（補二—五四）に、

炕 頭 不 是 尋 常 火　　炕頭は是れ尋常の火にあらず
馬 糞 如 香 細 細 添　　馬糞は香の如く細細として添《つ》がる

というのがある。わが身を馬糞にみたてての自嘲と、痛烈な皮肉かと思われる。だが、「馬糞」という語は、傳統詩

の詩語としてはやはり氣になる。この語は、『詩話』の中では他に一例、「紅鞋 脚に着け 煤《せきたん》もて硯を磨く、馬糞衣を熏《ふ》すべ 筆には鞭を換う」（補七—七）というのがある。ある縣學は定員八名のところ受驗希望者が六、七名しかいない。そのとき、知縣胡公のところへ、馬子が紅い布鞋をはいて休暇を願い出て、明日は縣學の試驗に參らねばなりません、と言った。そこで胡公が、「大笑いして」その馬子に贈ったのがこの詩である。詩語として用いられた「馬糞」は、それ以前には例を見ないように思われる。この詩の藝術的なできばえはともかくとして、詩の對象の中に「馬糞」としてしか形容できない情況なり人物が生まれてきたということ、またそのような情況なり人物をも詩に形象化しようとする文學的情況やあるいは詩人が出てきたということは、十八世紀というこの時代の一つの特色であると考えてよいだろう。もとより、「馬糞」という言葉には、自嘲なり輕蔑の意識がひそんでいる。この意識のトゲの痛さを和らげるために、袁枚は、「詼諧」なり「大笑」といった語を、無意識にしろ、併記しなければならなかった。中國の傳統詩、中でも今體の詩が傳統的にまもってきた優雅な側面からすれば、當然のこととして「馬糞」といった俗語は容れられるはずがなかったのである。もしそれに、「詼諧」なり「大笑」といった修飾語をつける必要がなく、いいかえれば詩語としての市民權を與えざるをえなくなる段階においては、傳統詩は、もはや傳統詩として存在できないであろう。傳統詩の危機は、文學的というよりむしろ社會的な要請から、その新しい情況を盛りこむべき詩語の問題として、再檢討されなければならないところに來ていたが、やはり社會的な要請から、今體詩型の短かい器では、もはやその內容を盛りこめないという、詩型の問題そのものをも引きおこしていたように思える。「馬糞」を詩語に用いた右の二つの詩句によっても、その問題はいくらか提出されているように思うが、別に一つの例をあげておこう。

杭州の趙鈞臺という男が蘇州から妾を買おうとした。李という女、かおだちはいいが纏足をしていない。なかだちの婆さんが、女は詩がうまいですよ、試してごらんなさい、というので、趙は、「からかってやろうと思って（欲戲之）」、「弓鞋」という題を與えた。「弓鞋」とは、纏足した女性の鞋《くつ》をいう。女は即座にこう記した。

三寸弓鞋自古無　三寸の弓鞋 古え自《よ》り無し
觀音大士赤雙趺　觀音大士は赤《はだし》の雙《ふた》つの趺《あしのうら》
不知裹足從何起　知らず 足を裹《つつ》むは何《いず》こ從《よ》り起こりしを
起自人間賤丈夫　起こりしは人間《じんかん》の賤しき丈夫自《よ》りせん

男はおそれいって退散したという（四―三七）。これは、袁枚の女弟子のうたった、おしなべて優雅な詩風とは違って、虐げられてある女性の、心の鬱積を、世の男性への痛烈な批判として爆發させたものであるが、その内容はともかくとして、七言四句の詩型からなる一首の詩だけを獨立させれば、女が男につきつけた批判も、いわば一つの觀念詩に終ってしまう。やはり、ある金持の男や婆さんといった脇役からなる舞臺があって、その舞臺の上で交される科白の一つとして、あるいはコント形式の締めくくりとして、この一首がはたらくところに、はじめて藝術的な成就をなすであろう。

中國の傳統詩が、その感情なり思想なりを共通にしていた士大夫層の、暗默の約束ともいうべき枠の中で展開されてきたのにたいして、その共通項ともいうべき枠を大幅に擴大しなければならない時點にさしかかれば、傳統的な詩型によるだけでは、もはや舞臺裝置を十分に充たしえず、それを補足すべき言葉が、詩の外に必要とされてくる。獨立した一首の詩だけでは、內容を盛りこむ器としてあまりにも小さく、いわば歌物語的な文學形式を用いなければ、詩の獨自性そのものをも生かしえないという狀況にさしかかっていたと考えられる。そのような修正が認められないならば、傳統詩は、詩であることをやめて、小說という別の文學形式を借りなければならないだろう。

中國の傳統詩は士大夫の文學であった。それは、士大夫の思想なり感情の、いっさいのエネルギーを盛りこむのには最も適した文學形式であったといえるであろう。しかし、今や、士大夫層の中にさえ、「學士大夫」(三二六頁)とか「商人士大夫」(三二八頁)とか、その上に新たな形容詞を加えなければならないほどに、その分化または再編成が進んでいた。それればかりか、どのような士大夫でもない人々が傳統詩の世界に參加しはじめていた。『女弟子詩選』の女流詩人たちは、もとより士大夫そのものではなかったにしろ、その出身なり生活の上で、常に士大夫層の雰圍氣の中で呼吸してきた人々であった。そのためにこそ彼女たちは、傳統詩の中に、女らしさという新しい側面を附加することができた。しかしながら、士大夫の社會のいわば落し子でありながら、心底からはその世界になじみえない人々、とくに一部の妾の中から、傳統詩の正統をなす優雅さを破る、一種の異端兒が現われた。右にあげた趙飛鸞と蘇州の女の二つの詩は、その例である。しかも、傳統詩における正統と異端のゆれは、このような女流詩人の詩の中にのみ現われたのではない。次に述べる勞働詩人の詩の中にも見られる。

しかし袁枚は、傳統詩の形式を固守しながら、その異端兒をも含めて、いずれの人々の要求にも應えられる詩を作ることを、みずからの使命と見なしていたようである。そこにこそ、袁枚が、わかりやすさ(領解)ということを詩の要素の主要な柱の一本としたことの意味がある。このテーゼは、詩語の問題とからんで、主として詩材をどこにとるかという問題にかかわってくることであり、後に一章を改めることにしたい。今は、その問題に觸れる前に、從來、社會的にも文化的にも疎外されてきた人々の詩として、これまでにあげた女流詩人の詩の次に、勞働する人々の詩をとりあげておこう。

ロ、勞働詩人

少陵云えらく、師を多くするこそ我が師なり、と。止《た》だに師とす可きの人にして之を師とするのみに非ざる也。
村童牧豎、一言一笑、皆な吾の師、善く之を取れば皆な佳句を成す。（二―三）

杜甫が、「戯れに六絶句を爲《つく》る」詩の第六首に、「僞體を別《わ》かち裁《き》りて風雅に親しむ、轉《うた》た益ます師を多くするこそ是れ汝が師」とうたった主眼は、當時の輕薄の徒にたいして、王・楊・盧・駱の初唐四傑より梁の庾信を經て國風・「離騷」に遡る、およそ文學の主旨（風雅）にかなうものはすべておのれの師とすべきことを言うことにあった。古典遺産の繼承という時間的な縱の流れの中での「師」が、杜甫では意識されていたのであるが、袁枚は、「風雅」を軸として、これを社會的な横の廣がりに敷衍して、「師」をいう。

袁枚の邸宅隨園の肥かつぎ（擔糞者）が、陰暦十月のある日、梅の木の下にいて、うれしそうに告げた。「花をいっぱいつけてますわ（有一身花矣）」と。そこで、袁枚に句がうかぶ（二―三）。

月 映 竹 成 千 个 字　　月映じて 竹は千の个の字を成し
霜 高 梅 孕 一 身 花　　霜高くして 梅は一身の花を孕む(11)

奴僕の拙い一言ですら優雅な詩として昇華されうるがゆえに、肥かつぎをも一人の師として仰ぐことを、袁枚は説くのである。が、やがて、「村氓淺學」であり、「村童牧豎」である勞働する人々も、士大夫の「師」としてでなく、みずからの口で歌いはじめる。

袁枚の村にいる一人のかゆ賣り（販鬻者）（補注二）は、ほとんど字というものを知らなかったが、どうにか詞曲《うた》を學んで、「母を哭す」詩（八―七九）を作った。

叫 一 聲　哭 一 聲　　ようと叫び　わっと哭《な》く
兒 的 聲 音 娘 慣 聽　　おらぁの聲を　おっかぁは聽きつけてるでねぇか

如何娘不應　　どうしておっかぁは應《こた》えてくれん

これを袁枚は、「語は俚なりと雖も、聞く者は色を動かす」と、批評する。

劉という鍛冶屋（鐵匠）は、字を記すことができないのに、詩がうまい。詩句をものにするたびに、人に代書してもらう。その「月夜に歌を聞く」詩（補二―七三）に、

朱闌幾曲人何處　　朱闌 幾曲 人は何處《いずこ》ぞ
銀漢一泓秋更清　　銀漢 一泓 秋は更に清し
笑我寄懷仍寄迹　　笑うは我の 懷《おも》いを寄せ仍お迹《あと》を寄せ
與人同聽不同情　　人と同《とも》に聽くも情を同《とも》にせざりしを

袁枚が、七言絶句の佳作であると批評するものであるが、この詩には、注目すべき點が二つある。その一つは、腕っぷしばかりの、およそ文學とは縁がないとされた鍛冶勞働者が、士大夫の文學に接近しえていることである。また一つは、しかし、その心情は、もはや勞働する人のものではなく、すぐれて士大夫的なものになっていることである。この鍛冶屋には、秀才の娘である張淑儀という妻があった。詩の素養はすべてその妻から受けたものと考えてよい。彼の詩に使われた「朱闌」という語は、五代の馮延巳の清平樂「黄昏に獨り朱欄に倚《よ》れば、西南 新月 眉のごとく彎《そ》れる」などの詩句で、「一泓」は、唐の白居易の「一泓の鏡水 誰か能く羨やまん、自《おのず》から胸中 萬頃の湖有り」（「酬微之誇鏡湖」詩）、「寄懷」は、唐の許渾の「清鏡 曉に髮を看《み》、素琴 秋に懷《おも》いを寄す」（「晨起」詩）、「寄迹」は六朝の陶潛の「迹《あと》を風雲に寄せ、茲の慍喜を寘《お》く」（「命子」詩）などの詩句で、妻の口うつしに、鍛冶屋の耳に入り、全篇または斷片の詩句のるつぼが、彼の頭の中にできていた。ある妓樓から流れる歌曲に耳をそばだてつつ、室内の男女の姿を想像し、かつ自分の身をふりかえってみたとき、鍛冶屋は、彼我に橫たわる、物理的な、また心情的な距離を

味わった。そのおりに、馴れ親しんだ詩句のるつぼから、一つのイメージが結ばれ出たのであった。だが、ここには、すでに勞働する者としての鍛冶屋の心情は消えうせている。肥かつぎが、勞働のあいまに見出した、梅の花かと見まがえた霜への感動、あるいは、かゆ賣りが死せる母へ投げた言葉にならない言葉は、もはや見當らないのである。鍛冶屋は、士大夫の情緒へ近づこうと、あまりにも背のびをしてしまった。それは、言葉の上だけの問題として片づけるわけにはゆかないであろう。詩が、單なる言葉の集積ではなく、一つの思想なり心情を表わすものであり、詩人そのひとの人格の表現である以上、鍛冶屋自身の思想や人情が、すべてではないとしても、その大部分において、士大夫的なものに染っているのである。しかも、『詩話』に現われる勞働詩人のほとんどについて、この鍛冶屋と同様のことが言える。確かに勞働する人の代表のような鍛冶屋と、士大夫出身の妻といった關係は、特殊なものであったに違いない。が、この妻のかわりに、主人をもってきさえすれば、關係はきわめて一般的なものとなる。たとえば、清朝の宗室である岳端（字は兼山、號は玉池生）が、

西嶺生雲將作雨　　西嶺　雲を生じ　將に雨を作《おこ》さんとす
東風無力不飛花　　東風　力無く　花を飛ばしめず

とうたえば、それにならって、その下僕和福というものは、

一雙白鳥東飛急　　一雙の白鳥　東に飛ぶこと急にして
知是西山暮雨來　　知りぬ是れ　西山に暮雨の來たるを

とうたう（補七―六四）。

このようにして勞働する人々は、みずからの勞働とはおよそ無縁な心情を、士大夫の詩の型式を用い、士大夫の詩に似せて表現するのである。袁枚が、「詩に往往にして畸士賤工の口を脫《つ》いて出でたる者有り」（補一〇―三八）とし

てあげる二首の詩、滿洲人の納蘭性德（一名成德、字は容若、一六五四〜一六八五）の「畸士」のそれと、仕立屋（縫人）吳鯤という「賤工」のそれとのうち、後者をしるすと、

小雨陰陰點石苔　小雨陰陰として石苔に點ず
見花零落意徘徊　花の零落するを見　意は徘徊す
徘徊且自掃花去　徘徊し且つ自《み》ずから花を掃き去る
花掃不完雨又來　花は掃き完《おわ》らざるに雨は又た來る

「徘徊」に宿した詩人の心象は、もとより明らかではない。というより、詩人は、お暗くそぼふる雨と頽れ落ちる花のもとで、「徘徊」するポーズに酔っているかに見える。「徘徊」という言葉は、晉の知識人陶潛の「徘徊して定止無く」（「飲酒」）や唐の劉滄の「姑蘇　南望すれば　思いは徘徊す」（「江行書事」）の句にあるように、それ自體知的な意味をもつ言葉と思われるが、この詩人の「徘徊」は、その意のめぐりめぐる動作だけが先立っていて、內容的には何か空白なものを感じさせる。それだけにいっそう知的であると言えるかもしれない。そのような印象は、雨→徘徊→掃花→雨、という技巧によっても裏づけられている。詩情といい技巧といい、きわめて士大夫的な作品である。それだけにいっそうまめをつくって針をはこぶ仕立屋の姿そのものからは、はるかに遠ざかってしまっているのである。

勞働をうたわない勞働詩人は、勞働とは無緣の士大夫的文化人をその師とするところから、生まれた。その師は、勞働する人に士大夫の詩の世界に觸れさせただけではない。勞働詩人の詩の評價についても、その基準は、どれだけ士大夫的になりえているか、というところにあった。太守の穆なにがしの下僕であった鄭德基は、「濠梁に壁に題す」の詩（補九—一二）に、

粉壁題詩半有無　粉《しろ》き壁に詩を題するも有無半《なか》ばす

好花看遍又非初　　好花　看遍《みめぐ》れば　又た初めに非ず
十年再到重游路　　十年　再び到る重游の路
似理兒時舊日書　　似たり　兒たりし時の舊日の書を理《おさ》むるに

とうたうが、特に最後の句については、下僕がこのような經驗を持てたのかどうかという疑問と、しかし實感でないとするにはあまりにも氣の利いた新鮮さがあるという反問とが、拮抗する。士大夫の作であればすなおに受けとられるものを、下僕の作であるだけに、何かとまどいを感じてしまうのである。だが、下僕がこの詩を詠んだということだけは事實である。この詩を引いた袁枚は、「余謂《おも》えらく、詩に、貴に因りて傳わる者有り、賤に因りて傳わる者有り。如《も》し此れ等の詩の、士大夫の手より出でて奴星より出でずんば、則ち余は反って採錄せざりき矣」と言い、私の感じたとまどいが、かえって評價の根據になっているのである。

勞働する人々の詩を、採錄の數こそ少ないとはいえ、袁枚は發掘した。しかし、詩の世界に勞働が勞働として存在することをも認めようとしたわけではなかった。一口でいって、優雅という面から逸脫することを許そうとはしなかったのである。つまり、「詩は淡雅を貴ぶと雖も、亦た鄕野の氣有る可からず」（四—二九）なのであった。そのために彼は、先にも述べたように（三二七頁）、學問による磨きを主張した。「俚鄙率直」とか「鄕野の氣」である側面を本質的に內在させる、勞働そのものにたいする意識が變革されないかぎり、傳統詩の世界に勞働をもちこむことを許す姿勢も生まれようがなかったのである。そのゆえにこそ、仕立屋やすいとん屋（賣麪筋爲業者）は、「賤工」とされ、下僕は「奴星」とよばれたのであった。彼らがうたった詩が勞働を離れ、士大夫的な「淡雅」に近づけば近づくほど、袁枚たちの評價の對象となった。逆に、彼らが勞働する人または身分の低い人にかなった本意を明らかにした時には、先の、妾と家奴の二人の女性の場合がそうであったように、「詼諧」といった粉飾の言葉でもってしか紹介されないのである。

士大夫が勞働する人を詩材に持ちこむ時にも、やはり「詼諧」のたぐいの言葉が用いられる。先にあげた馬子にたいする「大笑」は、その一例である。あと一、二の例をあげておこう。

江寧のまちでは、毎歳冬になると、江北の田舍女（村婦）たちが江を渡ってきて、傭工になる。だれも纏足はしていないが、中には美人がいる。布政使の秦芝軒が「戲れて云う」のには（一〇―四二）、

一身兼作僕　　一身　兼ねて僕と作《な》る

兩足白于霜　　兩足　霜より白し

と。おそらくは李白の「玉面　耶溪の女、青蛾　紅粉の粧。一雙金齒の屐《くつ》、兩足白きこと霜の如し」（「浣紗石上女」）をもじったものであろうが、李白の詩が田舍娘のみずみずしさを西施との連想の中で色とりどりに形容したのにたいして、この布政使の句は、傭人の、健康な泥くささを、白い色とからみあわせたために、何かしら下卑た感じをいだかせるものになっている。

また、時代はすこし遡るが、同じく布政使の汪楫（字は舟次、一六二六～一六八九）の「新僕を咏ず」詩（一二―五）では、

見事先人往　　事を見ては人に先んじて往き

應門答語輕　　門に應じては答語輕し

と、戲れではないとしても、なにがなし滑稽さを帯びながら輕妙にうたわれるのである。

以上のように、この時代は、閨秀すなわち女流詩人の輩出を、いつになく豐かに見た時代ではあったが、女性文學

を、男性との對等な人格を認められた上でうたう、あるいはそのことをめざしてうたう文學であるとすれば、そのような女性文學は、わずかにしか生まれなかった。また、勞働がおりこまれ、勞働詩人も出てきたとはいえ、勞働文學を、勞働することないしは勞働する人であることの中に喜びを見出そうとする文學であるとすれば、そのような勞働文學は、ほとんど生まれなかったと言わなければならない。ついでに言うならば、眞に兒童の兒童らしさを伸ばすための兒童文學についても、同じようなことがいえる。例えば、孫原湘・席佩蘭夫婦の息子安兒は五歳で唐詩をよく誦し、父親が、「水は碧玉の如く山は黛の如し」と起こせば、それに對句して、「雲には衣裳を想い花には容《かんばせ》を想う」と、卽座に、李白の「清平調詞」の起句をもってくる（補六―一七）。また、常熟の縣試で、「野舍時雨潤」という詩題に、ある童子が、「青は沽酒の肆《みせ》を沾《ひた》し、紅は賣花の籃に滴たる」と詠むと、太史吳蔚光（字は哲甫また執虚、號は竹橋、一七四三～一八〇三）は、彼を二番に合格させるのである（補七―三三）。一人は、「奇兒」とよばれ、一人は生員に拔擢されようとも、楊貴妃のあでやかな容姿や酒屋のたたずまいのイメージは、所詮、大人の文學のそれであって、健全な兒童文學になじんだ子供の口からは、生まれないはずである。

　しかしながら、「性情」が士大夫のこころであり、「淡雅」が都會風のあかぬけした色調であったという枠の中でのことにしろ、數多の女流詩人はもとより、幾らかの勞働詩人が生まれたということ、またその人達が、『詩話』の世界の正員となっていたということ、いいかえれば、士大夫に限られていた傳統詩のジャンルが、女性や勞働する人々にまで開放されたということは、やはり、傳統詩そのものに一定の條件を要請することになった。その條件の一つは、詩語の問題として現われた。袁枚が、「世に口頭の俗句有り、皆な名士の集中より出づ」（九―五二）といって、その實例を、唐の羅隱の「今朝酒有れば今朝醉い、明日錢無くば明日愁う」（自遣）[12]や、同じく唐の杜荀鶴の「世亂れて奴は主を欺き、時衰えて鬼は人を弄ぶ」などの句にまで求めて考證しているのは、ほかならぬ袁枚が、作詩にあたって俗語俗句を必要としたからであり、それはまた、『詩話』の詩人たちの要請でもあったからである。「淡雅」といい「俗句」という、あい矛盾しがちな方向が、詩の整合を破りかけたときに用いられたのが、「詼諧」とか「戯れ」という言葉であったとすれば、詩の整合をもちこたえるために主張された理念が、傳統詩の優雅さを失わないかぎりでのわかりやすさ、「平淡」という言葉であった。これこそ、士大夫とそれ以外の人々のどちらにも、したがって、傳統詩における士大夫的感覺の共有という約束が破られたのちにも、なお傳統詩を傳統詩として存續させるための必須の條件としてもちだされたものであった。

四　「平淡」の詩

漫齋語錄に曰わく、詩は、意を用うるに精深なるを要し、語を下すに平淡なるを要す、と。余、其の言を愛す。……精深に非ずんば超超として獨り先んずる能わず。平淡に非ずんば人人をして領解せしむる能わず。（八―六八）

詩は人々に「領解」させなければならないという大前提から、その用語の「平淡」であることが必然的に條件とされる。傳統詩のもつ一字一字の重みは、おのずから、より輕いものとならざるをえないだろう。しかしながら、その一方で、傳統詩の持つ形式的制約、つまり、短くて五言四句の二十字、長くても七言八句の五十六字という基調を守らなければならないという制約のもとでは、用語の「平淡」さを補うものとして、意念の「精深」であることを說かざるをえないことも、また必然であるだろう。このことをもっと具體的にいえば、やさしい言葉でもって、日常生活の中の、なおこれまでに發見されなかった人間の意念の機微をうたう、ということであった。

「平淡」な言葉によってうたわれる詩は、だからまずその題材を、人々のみな容易に經驗しうるところから選ぶことになる。袁枚が、『詩話』の人々の詩をあげての批評に、「眼前の景と雖も、人の道過する無し」（補一―二六）とか、「皆な眼前の寔事なるも、何を以てか人の能く道わざる耶」（補五―二〇）などと言っているのは、その表われである。しかも、對象としての「景」なり「事」だけが、眼前のものではない。技巧の一つである典故の使用にしても、「詩は、眼前の典を用い、能く貼切なれば便《すなわ》ち佳し」（補一―三八）なのである。さらに、「精深」な意念も、「人人共有の意、共見の景、一たび說《い》い出すを經れば、便ち妙なり」（一二―二）と述べられるように、けっして高尙な思想を表現するところにあるのではなく、人が容易に共感できるところに横たわる。いうなれば、袁枚の詩論の基調であった「性情」そのものが、このような日常性、親近性をそなえていたのである。

詩は人の性情也。近く諸《こ》れを身に取りて足れり矣。其の言の心を動かし、其の色の目を奪い、其の味の口に適《かな》い、其の音の耳を悅ばしむれば、便ち是れ佳き詩なり。（補一―一）

であって、ここにおいて、傳統詩の高踏性は、そのいくばくかを低められ、あたかも、家庭生活の中での、子供の言葉や生花の色、スープの味や物賣りの鈴の音などに似た存在になったのである。

イ、日常性

書畫琴棋詩酒花　　書・畫・琴・棋と詩・酒・花
當年件件不離他　　當年《むかし》は件《ひとつ》件《ひとつ》他《かれ》を離れず
而今七事都更變　　而今《いま》七事は都《すべ》て更變し
柴米油鹽醬醋茶　　柴・米・油・鹽と醬・醋・茶

官は大理寺少卿の張璨（字は豈石）という人の「戲題」（四―一二）の詩である。宋の方岳の『方秋厓稿』に、戲れに一詩を成して「琴棋詩酒の客」と咏んだ故事が見え（『通俗編』巻二十一）、また宋の呉自牧の『夢粱錄』（巻十六「鮝鋪」）に、「蓋し人家毎日闕く可からざる者は柴米油鹽醬醋茶なり」とある。これら宋代からある諺語をふまえつつ、この詩人張璨は、「紫髯偉貌、議論 風生じ、能く赤手《すで》もて盜を捕うる」ほどの豪傑肌の軍人にありがちなてらいとは逆の心理、すなわち昔日の藝術的ないとなみから今日の日常生活への回歸を、さりげなく詩に咏んでいる。確かに詩の題が「戲題」であり、袁枚の批評が、「殊に頤《おとがい》を解くなり」とあるように、作る者も聽く者讀む者も、大笑いのうちにうっちゃってしまえばいいものであるには違いない。ところが、この詩が、その家庭性、もっと廣くは日常性という點で、他の似かよった多くの詩の一つであること、しかも、「戲」や「解頤」が詩の價値の一つとして認められるに至ったことを考えれば、我々も、この詩に一場の笑いを投げ與えるだけですますわけにはゆかなくなるのである。

　さて、日常性の基本をなすのは家庭である。擧人の王金英（字は菊莊）は、軍旅にあって、その、「楊柳店にて歸るを夢む」（一〇―一三）の詩に、次のようにうたう。

征騎尙棲楊柳岸　　征騎は尙お楊柳の岸に棲《やど》り
歸魂已到菊花庄　　歸魂は已に菊花の庄に到る
杖藜父老聞聲喜　　藜《つえ》を杖きし父老は聲を聞きて喜び
停織山妻設饌忙　　織《はた》を停めし山妻は饌を設くるに忙がし
生菜摘來猶帶露　　生菜 摘み來たりて猶お露を帶び
新醅篘得已聞香　　新醅 篘《かも》し得て已に香を聞く
堪憐稚女都齊膝　　憐れむに堪うらくは 稚女の都《す》べて膝を齊しくし

羞澁牽衣立母旁　　羞澁して衣を牽き母の旁《かたわ》らに立つを

「父老」「山妻」「稚女」の表現に、ある人は、杜甫の「北征」詩を連想するかもしれない。顔をそむけて泣く「嬌兒」、土産の絹の反物に顔を輝かせる「瘦妻」、粉黛を顔にぬりたくる「癡女」など、きわめて念入りに描寫された家庭が、確かにある。が、杜甫には、その一方に、「寒月 白骨を照らす」戰場の跡があり、ひいては、「皇綱 未だ宜しく絕つべからず」と結ぶところの、天子にたいする思慕に代表された、國家の秩序回復への展がりがある。なるほど、「人は但《た》だ杜少陵の 飯の毎に君を忘れざるを知り、知らず、其の友朋・弟妹・夫妻・兒女の間において、何《いず》か一往《ひとすじ》に情の深からざるに在らん耶《や》を」（一四―八九）と、袁枚が述べるのは正しい。が、杜甫の眞面目は、やはり、「君」によって代表される政治への期待にあった。家庭や友情の緻密な描寫は、この期待に血をかよわせる手段であった。それにたいして、十八世紀の王金英の家庭描寫は、家庭そのものに價値を置いている。「征騎」は、いわば、家庭を導きだすための手段でしかない。政事と家庭に下された比重は、杜甫と王金英の場合、逆になっているのである。

このようにして、價値自體としての家庭、つまり日常生活やそれに關連するもろもろの事物が、うたわれることになった。『詩話』の詩人たちの日常生活をたどりながら、幾らかの特色をおさえてみよう。

第一に、日常性ということから、即物的な題材を選んだ詠物詩が多い。

時刻が正午に近くなった心を、徐蘭圃は、次のように詠む（三―一一）。

可憐最是牽衣女　　憐れむ可きは最も是れ衣を牽《ひ》く女
哭說隣家午飯香　　哭きて說《い》う 隣家は午飯香ばしと

この句は、日常茶飯の中に見出された細やかな緊張を寫しだしたものであり、袁枚の「性情」說が得意とするものの一つに數えてよいと思う。「午飯香」という言葉自體が唐以前には現われにくい詩語であると同時に、宋の蘇轍の、

「缾に入りて銅鼎 春茶白く、竹に接して齋厨 午飯香ばし」（「漱玉亭」）にしても、食事が、悲しみの焦點になっているわけではない。このほか、「飯の遲きを嫌いし者」（一二―五）として、劉曾（字は悔菴）の「冷は早くして秋衣薄く、天は陰《くも》りて午飯遲し」や、顧牧雲の「衣輕くして曉寒逼り、薪濕りて午炊遲し」など、同じ傾向の詩句があり、また、袁枚女弟子の一人張瑤英の「豈に愁い多きが爲に清涙落ちんや、却って烟《けむり》の重くして午炊遲きに縁る」（「病目」、一〇―二五）という詩句がある。次に食物では、瓜子皮が、龍鐸（字は震升、號は雨樵）の十二歳の時の詩に、「玉芽は已に褪《ぬ》がされて空しく穀を餘す、纖手もて初めて抛《う》てば乍《たちま》ち聲有り」（一四―九二）と咏まれ、皮蛋は、縣令の呉世賢（號は古心）によって、

個中偏蘊雲霞彩　　個中 偏えに蘊《あつ》む雲霞の彩《あや》
味外還餘松竹烟　　味外 還《な》お餘《あま》す松竹の烟

とうたわれている（「皮蛋」、一〇―七二）。箸を動かしはじめたところでは、その箸が、「笑う 君の攫取するに忙しく、他人の口に送入す」（「戯咏箸」、三―五六）と、長官に媚びへつらいながら、なおその恩恵にあずかれない者への諷刺に用いられ、下っては、「庭中に溲する」ことが袁枚みずからの「戯れ」にうたわれている（九―三八）。このように、日常生活のもっとも基本的ないとなみの中にも何らかの意味を見出した『詩話』の詩人たちは、生活の新しい現象にたいしても敏感に反應した。その代表的な現象は阿片吸飲の風習であった。聖祖康熙帝は酒を飲まず、まして「喫烟」はもっとも嫌ったそうであるが（補一〇―四三）、それにはおかまいなしに、その風習は廣まり、女性にまで及んだとみえる。董竹枝の「女子の喫烟する者を嘲ける」（補一〇―四四）に、

寶奩數得買花錢　　寶奩 數《かぞ》え得たり花を買うの錢
象管雕鏤估十千　　象管 雕鏤 估《あた》いは十千《せん》

近日高唐增妾夢　近日 高唐 妾《わらわ》の夢を増し
爲雲爲雨復爲烟　雲爲り雨爲り復た烟爲らん

と、宋玉の「高唐の賦」の巫山の夢をもじってうたわれている。

また、眼鏡を詠んだものでは、趙翼（字は雲松、一七二七〜一八一四）の、「長繩 雙目を繫ぎ、横橋 一鼻を跨ぐ」（「詠眼鏡」、一五—三九）をはじめ、何承燕や張若瀛（字は印沙、號は逸園）にも同様の句があり、『詩話』の詠物詩の一の代表をなしている。このほか詠物詩の對象となったものでは、傘・鞭・杖・釣竿・羽扇・瓶・熏爐《てあぶり》・胭脂・燭・簾・簾鉤・帳・傀儡・藥・溫泉・涙などがある。

第二に、しかしこのような物質のほとんどは、これまでの詩の中でも何らかの形で詠まれてきたと思われる。ただ『詩話』の中で問題にすべきは、これらの物質がどのように詠まれているかということである。一口でいって、それは、それぞれの機能にかこつけて人間社會の機微を明らかにするところにあった。さきにあげた「戲詠箸」（三四七頁）はその一例である。「官の昏《くら》きを嘲《あざけ》る者」として、傘が、「眞个《まことに》天有るも日頭《おひさま》は沒《な》し」（一二—八一）と詠まれ、藥が、「人を活かすこと常に少なく人を殺すこと多し」（祝芷塘、補八—一八）と詠まれるのなどは、他の例である。また、鏡は、半ば第三者化された自分の映像と自分自身の對話の場として、從來も珍重されてきたと思われ、『詩話』にも鏡を題にしたものが七首ばかり現われるが、特にここでは、「女子に恩有り、老翁に怨み有る」（七—七）ものとして喜ばれた。傳統詩の長い歴史の中で、しかも眼前に題材をとることをよしとした袁枚たちであってみれば、「詩に、無心にして相い同じき者有る」（補一—三九）ところに喜びを見出し、「古人の未だ有らざる所」（一六—一三）に評價の一の基準を置き、みずからうたえば、「眼前說《い》わんと欲するの語、往往にして人の被《ため》に先に說わる」（七—八五）ことに殘念がったのも、やむをえないであろう。

ところで、『詩話』の詩人たちの詩が、唐詩およびその祖述者である格調派詩人の詩と、種々の面で異なることについては、もはや言をまたないであろう。それでは、宋詩とはどうであろうか。ここでは、ごく簡單にではあるが、蘇軾の咏物詩と比較しておこう。

王十朋の『集註分類東坡先生詩』には、蘇軾の咏物詩として、「筆墨」「硯」「音樂」（巻十二）の他に、「器用」十首、「燈燭」三首、「食物」五首（巻十三）などをあげている。このうち特に「器用」の部でうたわれているのは、「地爐」「紙帳」「古銅器」「水車」「雙刀」「鐵柱杖」「刀劍戰袍」「竹几」「石屏」「松扇」である。『詩話』が千數百人の詩のコレクションであるとはいえ、その擧げる「器用」の種類は、東坡のそれに比べて、はるかに豊かであるといえる。その理由の一つは、七百年にわたる社會經濟の發展にあるには違いない。が、より大きな理由としては、『詩話』の詩人たちが、政事とのかかわりを絶って、日常のいとなみに、ひたすら目を向けたところにあると考えられる。例えば、東坡の七律「無錫道中にて水車を賦す」（中國詩人選集二集『蘇軾上』に收む）詩の結聯である、「天公見ずや老翁の泣くを、阿香を喚取して雷車を推さしめよ」というような、彼の「最も多く人間と政治との上に在った」（小川環樹、同上書「解說」）關心のうちの後者は、「詩話」の詩人たちがほとんどうたわなかったところなのであり、せいぜいのところ、第三者的な諷刺や嘲笑に止どまったのであった。

第三に、このように彼らが、政治とのかかわりを絶ち、ひたすら、日常茶飯の瑣事を題材としたことから、人間の弛緩した狀態を好んで寫しだすことになった。

この狀態を代表するのが眠りである。それも、のどかな晝下りの居眠りが多い。たとえば、耿湘門の「素齋の舫壁に題す」（一二―八四）には、

背郭臨河靜不譁　　郭を背にし河に臨み　靜かにして譁《かしま》しからず

一軒深築抵山家　　一軒 深く築いて山家に抵《あ》つ
茶烟出戸常蒙樹　　茶烟 戸を出でて常に樹を蒙《おお》い
池水過籬欲漂花　　池水 籬を過ぎて 花を漂わせんと欲す
小睡手中書欲墮　　小睡して手中に書は墮《お》ちんと欲し
半酣窗下字微斜　　半ば酣《たけな》わにして窗下に字は微かに斜めなり
叢蘭不合留香久　　叢蘭は合《まさ》に香を留むること久しかるべからざるに
勾引遊蜂入幕紗　　遊蜂を勾引して幕紗に入らしむ

と詠まれる。また、秀才司馬章（字は石圃）の「午睡 昏沈して偏えに枕を戀う」（「臨江仙」補三―三三）、呉鎭（字は信辰、號は松厓、一七二一～一七九七）の、「竹逕 涼飈入り、芸窗 午夢遲し」（「午夢」、一六―一九）なども、晝の眠りであり、布衣の兪瀚（字は楚江）の「柳は倦みて眠らんと欲し 風は舞うを勸む」（詩題無記、一三―二二）や、秀才姜宸熙（號は笠堂）の「睡《ねむ》り重くして春の近づくを知り、人忙しくして歳の殘れるを覺ゆ」（「歳暮」、補二―四二）なども、晝の眠りに似た雰圍氣をさそう。夜行の船旅での眠りについても、唐詩であれば、たとえば、張繼の「……江楓 漁火愁眠に對し、……夜半の鐘聲 客船に至る」（「楓橋夜泊」）の緊張ある詩句がただちに想い出されるところであるが、これにたいして『詩話』の、陳法乾（字は惕夫、號は月泉、?～一七七三）の「獨り起きて江月に對す、滿船 睡聲を聞く」（「舟中」、一二―七六）では、一句めの緊張が、二句に移ってがらりと弛緩してしまい、何かしら滑稽さをよぶものになっている。ついでにいえば、下僕の鄭德基（前出）の詩に、

春風二月氣溫和　　春風二月 氣は溫和に
麥草初長綠滿坡　　麥草 初めて長く 綠は坡に滿つ

牧豎也知閒便好　　牧豎も也《ま》た知りぬ閒こそ便《すなわ》ち好きを
橫眠牛背唱山歌　　牛の背に橫ざまに眠《ね》て山歌を唱《うた》う

というのがあり（補七―四八）、袁枚が「天籟也」とまでに賞讃するものであるが、特にその第三句は、語法の上で白話詩ともいうべき傾きを示していると同時に、眠りに象徴される「閒」の文學を代表している。このように『詩話』の詩人たちは、緊張より弛緩を尊んだのであって、袁枚が、「詩人は閒事を愛す。越《いよ》いよ要緊沒《な》くんば則ち愈いよ佳し」（八―八〇）と述べるゆえんである。

第四に、從來は詞の題材として扱われたものを詩の材料に持ちこむ傾向がみられる。

朝陽が窓に射しこみかけるころ、表通りはようやく活氣づいてくる。觀察沈世濤の妻陳素安（字は芝林）の「賣花の聲を詠ず」（六―一〇四）に、

房櫳寂寂閉春愁　　房櫳《まど》は寂寂として春愁を閉ざし
未放雕梁燕出樓　　未だ雕梁の燕を放《し》て樓を出でしめず
應怪賣花人太早　　應《まさ》に怪しむべし　賣花の人の太《はなは》だ早くして
一聲聲似促梳頭　　一聲聲は頭を梳《くしけず》るを促すに似たるを

花賣りまたはその聲は、この時代の人々が好んで詩に詠んだものの一つで、詩題になったものを含めて他に十三首ばかり數えることができる。この「賣花聲」は、明の楊愼の「詞品」（卷六）にも引くように詞牌であった。『詩話』の詩人たちは、現實に味わう花賣りやその聲に心を寄せながら、詞の雰圍氣をもって詩の中に導入したと考えられるのである。今ひとつ、「鬪草」についても、楊愼は、「春日、婦女鬪草の戲を爲すを喜ぶ」として詞牌にあげているが（同、卷六）、『詩話』でも、明府の郭起元（字は復堂）の「比舍」（一二―六九）に、「薰衣 香は出づ紅窗の外、鬪草 聲

は喧《かまびす》し綠樹の邊」と、咏まれている。ちなみに、賣買はこのほかにも、餳《あめ》や餅、それに本があり、特に後者では、ペキンの書店街の琉璃廠で、程晉芳（前出）によって、「勢家は馬を歇《やす》めて珍玩を評し、冷客は錢を攤《なら》べて故書を問う」（「京中移居」、一〇―一二）とうたわれる。

以上、概して日常性とよぶことのできる、『詩話』の詩人たちの傾向から、現在の我々は、一つの功罪をひきだすことができるように思われる。すなわち、その功のほうは、彼らが、あるエネルギーのかげにひそむ、從來は見落とされがちであった柔らかな息づかいを詩に寫しえたことであり、彼らが非政治的であることが、かえって、既成の倫理觀ないしは社會通念からの、消極的ではあるとしても、解放につながる面を持ちえたということである。ちなみに、あるエネルギーというのは、往々にして、政事に投げかける理想主義にもとづくものであって、そのために文學的形象化が、粗野で、觀念的で、千篇一律というような弊害に陥りかねないのである。その例を、當時の格調派の詩に見ることができよう。しかして、その罪のほうは、作詩という藝術創作が、無目的的な遊びや戲れに陥っていったことである。『詩話』にのぼせられたほとんどの詩が、非政治性すなわち日常性という一本の根から生じた、この功罪の兩側面を、程度の差こそあれ、併せもっていたといえるだろう。

ロ、「言情」――柔らかい生命

凡そ詩を作るに、景を寫すは易く、情を言うは難し。何となれば、景は外從《よ》り來たり、目の觸るる所、心に留むれば便ち得。情は心從《よ》り出で、一種芬芳悱惻の懷《おも》い有るに非ずんば、便ち頑豔を哀感せしむる能わず。（六―四三）

袁枚が作詩における寫景と言情の難易を、客觀的に比較して、言情を、より難しいと判斷した文章であるが、實はここには、「余は言情の作を最も愛す」（一〇—八二）という主觀、ないしは前提が先立っているように思える。彼が寫景より言情を優先させたことは、これまで述べてきたところを歸納すれば、容易に推測できるところである。例えば、咏物の詩についても、景物をありのままに寫すという意味では寫景ではなかったこと、前項で述べたとおりである。それでは、「言情」、すなわち「性情」をのべた詩とはどのようなものであったのだろうか。

袁枚が、「余は言情の作を最も愛す」として例にあげるのは、汪可舟の「外に在りて女《むすめ》を哭す」「朱草衣の故居を過ぐ」、沙斗初の「亡友の別墅を經る」、厲太鴻の「全謝山の揚州に赴くを送る」、王孟亭の「歸興」、宗介颿の「母に別かる」、某婦の「夫を送る」など、概していえば、生別死別あるいは懷舊の詩である。「言情」の詩の典型がこの邊にあることは、これで分かるが、しかし、「一種芬芳悱惻の懷い」は、もとよりこれに限らない。

「言情」の詩人の眼は、まず婦女や兒童に注がれる。女性や兒童が詩人として登場してきたことは、詩題の中にも、彼らがしばしば歌われることと、軌を同じくしている。このうち、女性が女性をうたった詩は、すでに述べたように、『詩話』の一つの成果であった。しかし、男性が女性をうたった詩は、いわゆる豔詩である場合が多く、特に取りたてて述べることもないように思う。一言しておく必要があるのは、男性が兒童をうたった詩であろう。

先に引いた王金英の詩の結聯（三四六頁）や徐蘭圃の詩句（三四六頁）には、「牽衣」という共通の表現があった。もう一句、馬相如に、「郞に隨い枕を共にするに心は猶お怯《おそ》れ、母に別かるるに衣を牽き涙は未だ乾かず」（「替新婦催妝」、一〇—八二）という用例もある。この語は、杜甫の「兵車行」の、「衣を牽き足を頓し道を攔《さえぎ》りて哭し、哭聲は直《ます》ぐに上りて雲霄を干《おか》す」や、蘇軾の「小兒」の、「小兒　愁いを識らず、起座して我が衣を牽く」などの詩句に見えるが、『詩話』では男性が女子の幼さをあらわす語として用いられる。今や政事と斷絶した男性は、その結果として、エネルギーのかげにひそむ柔らかい生命力を發見するのである。例えば、「動位隆赫」たる政治家の方觀承（字は遐穀、一六九八～一七六八）でさえ、その「途中 花を看る」三絶の一つに、次のようにうたう（五―九）。

女兒裝罷髩鬖鬖　　女兒は裝し罷《おわ》りて髩《びん》は鬖鬖
髩底桃花一面酣　　髩底桃花 一面 酣んなり
結伴前村攜手去　　伴を結びて前村に手を攜えて去る
毎逢花處又重簪　　花處に逢う毎に又た簪を重ぬ

わずか二十八字のなかに「髩」と「花」を重複させ、それだけに、幼女の兩者にたいする執着を寫してあまりあるといえよう。このように、女兒の女兒らしさが、母親の衣を牽き、あるいは花の簪に夢中になっているところに捉えられるのにたいして、男兒は、宰相尹繼善の第六公子慶蘭（字は似村）の、「嬌兒は阿爺を呼ばうに、樹上 蝴蝶を捉うと」（「偶成」、補五―三五、『白山詩介』巻九）[13] と表わされる。さらに、やや特殊な例ではあるが、袁枚が、「詩は雛姫の情態を寫すは易く、雛伶の情態を寫すは難し」（補四―六〇）としてあげる、ある學使の幕僚となった進士吳玉松の、子ども役者をうたった詩（「席上贈顧伶」）に、

舞隊大垂手　　舞隊は大垂手なるも
歌曹小比肩　　歌曹は小さくして肩に比《およ》ぶ
問年羞不語　　年を問うも羞じて語らず
笑指十三絃　　笑いて指す十三絃

とある。

このような兒女が、英雄と並べられるにいたっては、愛國の英雄も、その直情的なエネルギーのなにほどかが削がれ、英雄自身が豫想だにもしなかったはずの軟弱な粉飾がほどこされようというものである。すなわち趙翼の、「蘇

小の墳は岳王の墓に鄰し、英雄兒女各おの千秋」（「過蘇小墳」、補一—六）というものから、袁枚が本朝第一と推稱する黃任（字は子華、號は莘田、一六八三～一七六八）の「西湖竹枝」[14]（五—四七）の、

畫羅紈扇總如雲　畫羅 紈扇 總て雲の如く
細草新泥簇蝶裙　細草 新泥 蝶裙に簇《あつ》まる
孤憤何關兒女事　孤憤は何ぞ兒女の事に關せんや
踏青爭上岳王墳　青を踏み爭いて上る岳王の墳

という詩に發展する。反滿思想の消滅した『詩話』の詩人たちにとって、英雄岳飛は、もはや愛國の志士が信奉する對象ではなく、婦女子のお參りの對象に價値轉換されて、描かれるのである。しかしながらこの價値轉換を通じて、いわば神格化されていた從來の影像に、「英雄も見慣れれば亦た常人」（一二—三）といった言葉と重なるところの、新たな生命の注入がなされたとも考えられる。『詩話』の世界は、英雄の存在をみとめがたい世界であった。

さて、「言情」の詩人の眼は、婦女や兒童に次いでは、小さく弱い動物たちに注がれる。そのうち、まず獸では、牛（3例）・犢（2）・馬（8）・驢（2）・騾（1）・犬（13）・猫（3）・鼠（7）・猿（1）・虎（1）など、最後の虎をのぞけば、おしなべて、身近かな動物によって人間の身近かな行爲がひきたてられる。逆にいえば、人里を遠く離れた野獸によって、人間の特異な經驗や特異な心情がうたわれることは、ほとんどないのである。その點では、一例だけある虎も、例外ではない。すなわち、『詩話』（一二—一七）で、袁枚は、「詩中 虎を用《も》って點綴する者は最も少し」としながら、唐のある詩人の句、「夜深く童子は喚《よ》べども起きず、猛虎一聲 山月高し」を引き、あわせて、清朝乾隆期の僧雪嶠大師の句、「殘雪 枝頭 雪は未だ消えず、熟眠せる老虎は始めて腰を伸ばす」を並べている。『詩話』のこの「老虎」はあくまでトラであって、山中に住む僧侶であってみれば、トラをうたうこと自體に何らの不思議はない

のであるが、この句に接してただちに結ぶイメージは、ネコのそれである。それほどにこのトラは、親しいもの優しいものとしてうたわれており、唐人の凄みのあるトラのイメージとは對照的である。唐詩と『詩話』の詩の一般的な風格の違いに代表させても、誤りではあるまい。

どのような動物をどのように詠むかという點では、『詩話』の詩は、むしろ宋詩に近いところがあるように思われる。吉川幸次郎博士は、鼠を例にとって、それが宋以前の時代の詩には例外的にしか姿を現わさないのにたいして、蘇軾の詩には、「鼠がしばしば出て來」、しみじみとした「生活への密着」をひきたたせていることを指摘されている（『圖書』一九六二年五月號）。博士が引いておられる東坡の鼠は四首、いずれも「飢鼠」であるが、このほかにも、東坡には、「首鼠」「腐鼠」「火鼠」「仙鼠」「黠鼠」などが出てくるようである。ところで『詩話』では、梁履繩（字は處素、號は夫庵、一七四八～一七九三）の「談は淡くして蟲聲續き、人靜かにして鼠聲來たる」（補二—三八）や、安慶「二村」の一人魯璸（字は星村）の、「雪を避けて野禽は低く屋に就き、機を忘れて小鼠は漸く人に親しむ」（一〇—八四）など七句を數え、やはり、人間の靜かで溫かみのあるいとなみをひきたたせる言葉として用いられている。古人のうちの特定の詩人を祖述せず、もっぱらおのれの性情のままにうたいあげることをよしとしたのが袁枚の態度であって、蘇軾にたいしても、この姿勢に變わりはなかったが、先に引いた、東坡の關心が「最も多く人間と政治との上に在った」ことの前者に關連していえば、『詩話』の詩人たちが、人間にとって身近かな動物をうたうことの中に人間への貪欲な關心を表現したという點で、東坡の方向を繼ぐものであったということができる。

『詩話』の中には、右のような獸のほかに、鳥では、やはり人間に親しいものである鷄・鸜鵒・燕・雀・鶯・鸛・烏・鴉・鷗・雁・鳩や、やや特異な鷹など、水中の小動物では魚をはじめ蟹・蝦《えび》など、蟲では、蟬・蝶・蜻蜓《とんぼ》・螢・蛾・蛛・蠅・蚊・虱などが現われる。ところで、宋詩のうちの蘇軾の鼠と比較したついでに、今一つやはり宋の梅堯臣（字は聖兪）の小動物と比較してみよう。筧文生氏は、梅堯臣が、「日常的な身のまわりの生活のなかから題材を得た」その一つの例證として、彼が、鼠や虱をはじめ、蚊・蠅・蜂・河豚魚《ふぐ》・鰌《どじょう》・蝦《えび》・蚯蚓《みみず》・蛙・犬・猫・雞・兎などの動物や、ひいては、便所のうじ蟲をついばむことなどを詩にとりあげたことを指摘しておられる（中國詩人選集二集『梅堯臣』「解說」）。しかも、その、「情性に適《かな》うを吟ずるに因りて、稍やく平淡に到らんと欲す」（「依韻和晏相公」、筧氏の前掲「解說」に引く）などといった詩句にみられる「情性」や「平淡」などの語は、詩材だけでなく文學論の上でも、袁枚ないしは『詩話』の詩人たちとのあいだに類似性を窺わせるに足るものである。けれども、筧氏の別の指摘、すなわち、梅堯臣が種々の小動物を詩にうたいこんだことが、十一世紀の彼の時代において、「時に從來の詩人がうたわなかったもの、常識的には詩の題材になりにくかったものを、わざと意識して詩のなかにもちこもうとする傾向」を示すものであり、さらにそれが、「議論を好む傾向」にあり、しかもその傾向が「樂しいもの、愉快なものへと議論が組み立てられてゆくことはほとんどない」ということになれば[15]、この點では、袁枚や『詩話』の詩人たちとのあいだに、一線を劃されるように思われる。彼らのとりあげる小動物が梅堯臣のそれと同じような種類のものであっても、十八世紀の彼らの詩においては、そのような動物はすでに常識的な詩の題材になっていたといってよく、戯れはあっても議論は見られないのであり、しかも、きわめて樂しく愉快な雰圍氣をかもしだす材料となっているからである。それだけにまた、袁枚が梅堯臣に投げつけた辛辣な批判、「世說に稱すらく、王平北は相い對するに人をして厭《あ》かざらしむるも、去りて後は亦た思われず、と。我 道《おも》えらく是れ梅聖俞の詩ならん」[16]（補三—二四）という言葉は、二十世紀の人々によって、逆に袁枚やその『詩話』の詩人たちに、そのままの形で投げ返されることになりはしないだろうか。

八、笑い

これまでにもしばしば觸れたように、『詩話』の世界には、往々にして戲れがあり笑いが起こった。その理由の一つは、士大夫以外の人々が傳統詩の世界に參加するという、いわば傳統詩の大衆化を求める動きと、傳統詩を、都會風の優雅さのもとになお止どめておこうとする動きとがぶつかりあった時に、その融和策として發せられた言葉であった。「馬糞」が詩語に用いられ、「弓鞋」が詩題とされた時に起こった、「詼諧」や「戲」の笑いは、その一つの例であった（三三二～三三四頁）。しかしながら『詩話』の笑いは、融和策というような消極的な意義しか認められなかったのではなく、もっと積極的に意義づけられていた。つまり、「詩の能く人を令《し》て笑わしむる者は必らず佳《よ》し」（一五―三九）なのであった。したがって、張璨の「戲題」詩（三四四～三四五頁）に與えられた批評、「殊に頤《おとがい》を解くなり」、何承燕の「眼鏡を詠む」や「吸烟せる美人」の詞に與えられた批評、「尖新なること此《ここ》に至り、人をして笑わんと欲せしむ」（一一―二八）、「遊戲を好」んだ張若瀛の「眼鏡を詠む」になされた說明、「聞く者皆な笑う」（補五―八）などの言葉の中に、我々は、袁枚が一種の高い文學的價値を表現していることを讀みとるべきであろう。

ことここに至って、傳統詩は、高踏の高みからひきずり落とされることになった。生活と作詩のあいだには、思考とか推敲といったあらたまった姿勢のもとでの昇華作用を、ほとんど經ることがなくなった。それは、「詩は、以て我の情を言う也。故に我爲《つく》らんと欲すれば則ち之を爲り、我爲るを欲せざれば則ち爲らず」（三―一四）という、一種の本能主義的な作詩態度に支えられていたといえる。しかも、このような作詩態度は、袁枚や『詩話』の詩人たちが據りどころとした「性情」說から必然的にもたらされるものであったと考えられる。

傳統詩は、もはや日常會話と、その本質においては何ら選ぶところのないものとなった。ただ、一定のリズムをもって、家族や友人の口から、老若男女の別なく、すらすらと口をついてうたわれるものでしかない。それならば、

詩がユーモアであれ駄じゃれであっても、何ら不思議はないのである。このようにして、たとえば袁枚が、重陽の日に、

家有登高處　家に登高の處有り

と詠むと、「性として嬉戯を貪る」九歳の息子阿通は、逃學のこころを、

人無放學時　人に放學の時無し

と應對して、父親が先生のところに休講の交渉に出むく算段となる（八―四三）。また、ある放蕩息子が父親から叱られそうになると、

世間未有無情物　世間は未だ無情の物有らず

蠟燭能痴酒亦酸　蠟燭も能く痴たり酒も亦た酸なり

と詠んで許してもらえることになる（九―三〇）。あるいはまた、解李瀛という男は、朝寝坊の主人に、「戯れに」、蘇軾の詩を改作して贈る。

無事此靜臥　無事にして此《こ》こに靜臥し

臥起日將午　臥より起くれば日は將に午ならんとす

若活七十年　若し活くること七十年なりせば

只算三十五　只だ算《かぞ》うらくは三十五のみ

東坡の、「無事にして此こに靜座すれば、一日は兩日の如し。若し活くること七十年なりせば、便ち是れ百四十ならん」（「司命宮楊道士息軒」）をもじったものである。

ところで、價値のあるものとしての笑いは、詩に、どのような事實、またどのような技法がおりこまれた時に起っ

たのだろうか。「馬糞」や「溲於庭中」のような俗語ないしは俗事が詩の中に闖入してきた時の笑い（三三一、三四七頁）、作詩という藝術的な場で、反藝術的な態度を示すことによって肩すかしをくらわせられたときの笑い（三四五頁）、詠物詩の形をかりて、人間や社會を諷刺したときにおこる笑い（三四八頁）などは、一口でいえば、個人や社會の處々に隱されていた機微が、意表をついた形で明らかにされた時に起こる笑いであった。そのような機微は、それが事實であるがゆえに人の意表をつくだけでなく、その表現の巧みさのゆえに人の意表をつく場合があった。その場合に、有力な表現形式であったのが擬人法である。

もとより、擬人法そのものが、一般的に笑いにつながるものではない。それはもともと、人間の工夫によって、ある靜物にエネルギーを注ぎこみ、そのことによって詩人の魂の動きを明らかにする手段であると考えられる。例えば、金農（字は壽門、號は冬心、一六八七〜一七六四）がその杏花の繪に題した詩（七―五八）では、

香驄紅雨上林街　　香驄　紅雨　上林の街
墻內枝從墻外開　　墻內の枝は墻外從《よ》り開く
惟有杏花眞得意　　惟だ杏花有りて眞に得意なり
三年又見狀元來　　三年又た見ん狀元の來たるを

と、うたわれる。ここで詩人は、杏花と對峙して、單にそれを眺めやっているのではない。狀元のほうに向かって開こうとする杏花には、詩人の心象假託がある。それが、枝にそって少しずつ少しずつ咲こうとする動作が、詩人の、おだやかな心のはずみと合致するがゆえに、ここに用いられた擬人法には、何ら不自然さがなく、したがって笑いの生ずる餘地はないのである。しかしながら、ある靜物にたいするエネルギーの注入の度が強すぎて、その靜物の動作がかえって不自然なものとなったときに、笑いが生じはじめる。例えば、宋琬（字は荔裳、一六一四〜一六七三）の

「贈犬」（一六―五八）に、

揚邊飽飯垂頭睡　　揚邊　飯に飽き頭を垂れて睡るは

也似英雄髀肉生　　英雄　髀肉の生ずるに也《も》似たり

とある。擬人法というより比喩といったほうが適當であるかもしれないが、ともかく、犬と英雄が、それも最も弛緩した狀態で類似されているだけに、ここで用いられた技巧は、「皆な之を讀めば、人をして笑わんと欲せ令《し》め」たのである。また、袁枚によって「佳句」とされた道士周明先の句（九―七八）では、

雨中破壁蝸留篆　　雨中　壁を破りて　蝸は篆を留め

醉後餘腥蟻起兵　　醉後　腥《なまぐさ》を餘して　蟻は兵を起こす

とうたわれている。蝸のはったあとのグロテスクさを篆書にたとえたのはともかくとして、蟻が兵を起こすのを實感として捉えようとすれば、我々は、數百倍の擴大鏡を必要とするだろう。讀者に、あまりにも大きな擴大鏡を求めたこと、いいかえれば、蟻にたいするエネルギーの注入があまりにも度を過ごしているために、この小動物の動きにはかえって生動さが損われることになったと考えられる。このように、『詩話』の世界には、過度の擬人法を含めての戲れが散在する。その邊の事情を、知縣の胥繩武が、袁枚の『小倉山房文集』を讀んで寄せた詩の一句に、「游戲の文心は唾も亦た珠」（補五―七四）と。これはまた、『詩話』の世界の一側面をも指摘しているといえるだろう。

以上、『詩話』の詩論と詩風を、ひとわたり見てきたつもりである。それは確かに、傳統詩において新しい可能性を見出そうとする努力であったように思われる。しかし、それは成功せず、一時的な人氣を博したこと以上の域を出なかったように思われる。たとえば、周作人氏の「笠翁と隨園」(17)によると、袁枚およびその『隨園詩話』は、章學誠

（字は實齋、一七三八～一八〇一）や徐時棟（字は定宇、一八一四～一八七三）などに、きわめて評判が惡かったようである。また、周氏自身も、最初に引いた袁枚の「印貪三面刻、墨慣兩頭磨」（三一七頁）の詩句をもって、〃低級趣味〃となじっている。この一事でもって、袁枚と『詩話』を斷罪するのは酷であるとしても、彼らの詩が、後世の人々から第一級の文學であると考えられなかったであろうことは想像に難くない。それは、彼らの詩風が、保守的な文學者たちから反感をかったのは當然であるとしても、いわゆる「商人士大夫」のエネルギーをたたみかける場ともなりえなかったこと、しかも新しく傳統詩の世界に參加しはじめた勞働する人々の、眞に勞働する心情を寫しだす場ともなりえなかったこと、言いかえれば、傳統詩における新しい可能性の追求が、結局は中途半端なものに終ってしまったということである。その理由は、傳統詩が傳統のゆえにもつ強さと、にもかかわらずその傳統の強さを破るばかりの激しい打擊力をもった人々が、いまだ十分には生まれていなかったことにあるように思われる。それゆえに、『詩話』の詩は、その笑い聲を高くすればするほど、第二藝術的な、また中間文學的な深みに落ちこまざるをえなかったのである。

注

（1）テキストは、中國古典文學理論批評專著選輯の『隨園詩話』上・下（人民文學出版社、一九六二）による。以下、正篇十六卷からの引用は（一三―一）、補遺十卷からの引用は（補六―五）というように記す。それぞれ上段は卷數、下段は卷內の順序である。

（2）（3）『碑傳集』卷百七・孫星衍「故江甯縣知縣前翰林院庶吉士袁君枚傳」。

（4）顧阿瑛は、元末明初の顧瑛（別名は德輝、字は仲瑛、一三一〇～一三六九）のことではないかと思われる。富商であって、楊維楨・倪瓚をはじめ、その玉山草堂に出入した詩人の名三十七人が、『列朝詩集』甲前集に見える。また、徐良夫は、徐達左（字は良夫、號は松雲道人また畊漁子、一三三三～一三九五）のことかと思われるが、詳らかでない。

(5)『隨園詩話』（四―七六）では『蓮塘詩話』に作るが、今は、張漸の『昭代叢書』、丁福保の『清詩話』などによっておく。

(6)朱筠の、これと同樣の發言が、（一四―一〇一）にも見える。

(7)もっとも、袁枚は、『詩經』より明末に至る時期の、およそ名の知られた詩人の名を一度はあげているにもかかわらず、袁宏道の名を一度もあげていない。その理由は、一言にしていえば、袁宏道が經學を否定したところにあったと考える。

(8)「勞人」は『詩經』國風には見えず、小雅「巷伯」に、「驕れる人は好好たり、勞《くる》しむ人は草草たり」。鄭箋に、讒言を受けた人が、草草として、「將《まさ》に妄りに罪を得んとするを憂うる」ことをいうとある。「思婦」は『詩經』に見えず、陸機の「爲顧彥先贈婦二首」の一に、「東南に思婦有り、長歎は幽闥に充つ」とあるのが、その早い例である。歸らざる人を想う女性である。「靜女」は、『詩經』國風の邶風「靜女」に、「靜女其れ姝《かおよ》し、我を城陽に俟つ」とあり、毛傳の、「靜は貞靜なり」に從えば、しとやかな女性の意。『說文』には、「靜は宷なり」とあり、これに從えば、おしろいやまゆずみの美しい女性の意である。「狡童」は、同じく鄭風「狡童」に、「彼の狡童は我ともの言わず」。孔穎達の解釋では、おとなになっても「壯狡」いじっぱりで、子供っぽさの抜けない男の意である。

(9)この點で、私は鈴木博士の、「典雅を愛せず」という指摘には、いささか異議がある。袁枚の「雅」は、貴族的な優雅ではなく、市民社會的な都會風の優雅であって、「典雅はおとなしく品よきことなれば機巧とは兩立せず」（『支那詩論史』二五二頁）とは考えない。

(10)『隨園三十種』におさめる『隨園女弟子詩選』では、二十八名のうち九名の女性が、目次にのみ名前をとどめ、その詩が脱落している。なお、汪穀の序文は嘉慶元年（一七九六）の日附をもつ。袁枚は八十一歲、その死の前年である。

(11)この句、「風定竹呈千个字、霜高梅孕一身花」と改められて、「水軒主人招飲月下作」（『小倉山房詩集』卷十二）に用いられている。

(12)羅隱の別集『甲乙集』では、「今朝有酒今朝醉、明日愁來明日愁」に作る。

(13)『白山詩介』では、「嬌」を「癡」に、「樹」を「花」に、「蝴蝶」を「新蝶」に作る。

(14) 逵致民の序、服部轍の批點になる『黃莘田絕句』二卷（昭和十年、雅聲社排印）には、「西湖雜詩十四首」（卷二）として、その第九首におく。

(15) このことは袁枚も認めていたようである。すなわち、宋の晁說之が邵博に、梅堯臣と黃庭堅の詩の優劣を問うたのにたいして、邵博の答えである、「魯直の詩は人の愛する處に到り、聖俞の詩は人の愛さざる處に到る」という言葉を引いて、袁枚は、「余道《おも》えらく、兩人の詩は俱に愛す可きところ無し。一は粗硬にして、一は平淺なり」といっている（補三—一三）。

(16) 『世說新語』を引いたところ、『詩話』の文では、「王平北相對使人不厭、去後亦不見思」となっているが、現行テキスト（金澤文庫本）の「賞譽第八」の項では次のようになっている。「謝太傅道安北、見之乃不使人厭、然出戶去、不復使人思」。

(17) 周作人「笠翁與隨園」（『苦竹雜記』一九三六・二・二〇初版、上海良友圖書印刷公司出版）。邦譯に『周作人文藝隨筆抄』（松枝茂夫譯、一九四〇、冨山房）。

補注一

本『論考』附錄三「荷風と漢籍」四「王次回と『疑雨集』」での論證によって、その生卒年を「一五九八〜一六四七」と訂正する。四五〇頁參照。

（二〇〇七年十一月、記）

補注二

原文「販鬻者」の譯としての「かゆ賣り」は、一九六八年四月に本稿を發表したままのものである。しかし正しくは「もの賣り」と改めるべきである。實は、發表に先立って清水茂助教授（當時）から、その旨の疑念が提示されたが、私は原案を固持した。その後もいくたびかこの例を引用した。「前近代の中國文學」（二二頁、一九七四年一月）でも「かゆ賣り」とした（このたびの本『論考』收錄にあたって「もの賣り」と訂正）。ついで「舊詩から新詩へ」（三一頁、一九八一年四月）でも、臧克家氏の引用が「販夫走卒」（もの賣りに步く男）としているにもかかわらず、私は「かゆを賣りあるく男」とした（このたび「物を賣りあるく男」と訂正）。そのすぐあと、中國文藝研究會での合評會の席上、筧文生氏の指摘があったので、私は、中國の學者の意見を求めることにした。復旦大學の顧易生教授から「一九八一・九・一四」附で、次のような回答をいただいた。

私の意見では、やはり「小販人」として解釋するのが妥當だと思います。「鬻」も「販賣」の意味です。『後漢書・崔駰傳』の中に「以酤釀販鬻爲業」とあり、「酤」は沽に通じて酒を賣ること、「釀」は酒を造ることで、兩者は同類の業務活動です。「販」「鬻」も同類の活動を指すはずです。『文選』の中の沈約（休文）「奏彈王源文」に、「販鬻祖曾、以爲賈道」の句があります。「販鬻」は謂語で「祖曾」は賓語です。「賈」は商業交易活動。ゆえに一般的な中國古代の詩文で、「販鬻者」はいずれも小商販を指します。中國古代の社會には、「賣着稀飯走」を業とする習俗はありません。

かくして私は原案を誤まりとし、「元・明・清の文學」（六三頁、一九九一年三月）では、最初の原稿から、「販鬻（ものうり）する者」とした。

もっとも顧教授の最後の指摘、「かゆを賣りながら歩く習慣はなかった」ことについては、「歩く」ことはなかったとしても、屋臺などの外販は存在したのではないかと、思っている。清の宋犖の編になる『江左十五子詩選』（一七〇三康熙四十二年序刊）巻三に収める宮鴻曆（揚州府泰州の人、一六五六〜一七一八）の詩「消寒第一集、分得煖炕限五言古」に、「市聲穿枕來、鬧坊賣漿粥（市聲は枕を穿ちて來たり、鬧坊に漿粥を賣る）とあって、「漿粥」の二字を、『漢語大詞典』は「粥」の一字で現代語譯しているからである。

（二〇〇七年十一月、記）

四　清末のアヘン詩

「漢文・唐詩・宋詞・元曲」という成語は、十四世紀以降の誰がどこに明記しているのか、いまだに詳かにしないが、中國文學史上、王朝と文學精華の關係をたくみに言いあらわしている。では、これにつづく明・清の空欄にはいかなるジャンルが充當されるべきか。明は小說、としてさほど異論はないだろう。清はどうか。明初の葉子奇の指摘「漢文・晉字・唐詩・宋の理學・元の北樂府」(『草木子』巻四上)にたいしては清の漢學(考證學)を充當できるが、文學に限る以上は空白のままのこしておくほかあるまい。

清朝の文學精神には、一言でいって「述べて作らず」の面がある。そもそも清代では新しいジャンルを創出して、そこに多大の情熱を傾けて育て、かつ成熟させる、ということがなく、上にあげたそれぞれのジャンルを大膽に變更することもなく踏襲している。このような一種の古典主義は學問分野において考證學に結實するとともに、その餘波として文學においても學人の詩となってあらわれた。梁啓超は『清代學術概論』において漢學の隆盛を明晰にあとづける一方、文學についていては、「詩はまことに衰落すでに極まると謂うべし」とし、清初の吳偉業・王士禛はともかく、清代全盛期の袁枚(一七一六〜一七九七)らの作は、その「臭腐」ほとんど近寄りがたし(第三十一章)としている。性情の表出を尊ぶ袁枚は確かに、考證學を「詩を離るること最も遠し」(『隨園詩話補遺』巻二)と一蹴してはいるが、一方では「平居に古人有りて學力はじめて深し」(『隨園詩話』巻十)と、詩作における學問の重要さを語りもするのである。

このような古典主義は、詩の一分野での「采詩」の復活にもうかがわれる。いうまでもなくこれは『禮記』王制篇に「詩を陳《なら》べて以て民の風を觀る」とあり、『漢書』藝文志に「故に古えに采詩の官有り」とある記述にもとづくものであり、清人がそれにしばしば言及するうらには、おそらく經學における漢學の影響を考えてよいだろう。もっとも「采詩官」に相當する官職が清朝の制度として設けられていたわけではなく、布政使や知府・知縣にとってはあくまでも自覺の問題であり、擧人や諸生などその他の人々にとっては、「采詩官」に事實や意見を傳達するという表現の形式にすぎない。例えば清代中期の沈德潛（一六七三〜一七六九）がその『清詩別裁集』において、胡會恩の「湖口行」にたいして、「此の種の詩は、人の風を觀る者、應に之を采るべし」と評しているし（拙稿「沈德潛と『清詩別裁集』」參照）、清末では、梁紹壬（一七九二〜？）が『兩般秋雨盦隨筆』卷五で、後出の黃安濤の樂府詩「潮風」をたたえて、「風を采る者は以て觀るべし」と述べ、某氏の『寄心菴詩話』には、龔自珍（一七九二〜一八四一）の友人で布政使の何俊について、「今の元道州（元結）なり。……其の思いは摯《いた》るところ香山（白居易）に逼近す」とある（この書未見。劉逸生『龔自珍己亥雜詩注』一三三頁による）。

さて、清代の國政の是非、社會の諸相をうたいあげることを旨とした歌行體の詩を集中的に編輯した總集が、張應昌（一七九二〜一八七四）の『清詩鐸』二十六卷である。一八五七（咸豐七）年自序、一八六九（同治八）年刊。書名は『漢書』食貨志の、「行人、木鐸を振り路に徇《とな》え、以て詩を采る」にもとづく。採錄する詩人の數は九百十一家、詩の數は二千餘首。これを百五十一項の部門に分屬させる。「采詩官」へのはたらきかけという表現形式は、ここでもしばしば現われる。二、三の例をあげておこう。

卷二・米穀、本照「米を買う謠」我 買米の謠を作り、以て采風の後を俟たん。

卷三・鹽筴、吳慈鶴「官鹽行」疇《たれ》か采風して至尊に獻ぜん、此の事も亦た疲民を蘇らすに足る。

巻四・關征、程尙濂「水關行」采風の使者は日に旁午たり、阿誰《たれ》にか此れを獻ぜん芻蕘の篇。

これらの詩人が典型とあおぐのは、唐詩の中の杜甫の〝三吏・三別〟、元結「舂陵行」、白居易の「秦中吟」と「新樂府」、そして張籍・王建の樂府などである。「〇〇樂府」「〇〇吟」と地名を冠した連作は、白氏の體裁にならったものである。

このように見てくると、清代の詩人が、いわゆる社會詩ないしは風俗詩を制作するにあたっての理念なり體裁は、漢代や唐代にすでに出つくしているといってよい。にもかかわらずこれらの作品群にたいして、今日なお文學的な検討を加える餘地があるとするならば、それは、たとえば唐代には無かった新しい物質、または新しい事實が詩歌の題材に盛りこまれているということと、詩人の數が大幅に増えているということの、もっぱら情況の變化に求められるであろう。ちなみに唐代約二百九十年の詩人の數は「凡そ二千二百餘人」（「全唐詩序」）であるのにたいして、清代約二百七十年の詩人の數は、四十七種の總集から計上しただけでも（延べ數ではなく）、三萬人を前後すると思われる。

この『淸詩鐸』で張氏は、その最終巻二十六のさらに最終項に「鴉片煙」を置いている。このことは鴉片が當時の中國ではもっとも新しい物質であり、その吸飲の風習がもっとも新しい事象であるのみならず、政治・社會、そして外交の上で、もっとも緊急の要件であるとの判斷にたっていることを意味しよう。採錄は十九家二十四首である。

ケシの實から液をとることはすでに宋の蘇轍の「藥苗を種う」詩に見え、清代では査愼行（一六五〇～一七二七）の「罌粟花」詩にひきつがれるが、いずれも藥用としてである。嗜好品として吸飲され、社會的政治的な弊害が詩歌の中で指摘され始めるのは、『淸詩鐸』によるかぎりでは、制作時の前後はともかく、詩人としては、「鴉片煙」の作者である陳文述（一七七一～一八四三）が最も年長組に入る。彼は江蘇省の江都知縣を勤めたことがある。五言九十二句をついやして鴉片に關する事實と見解をほぼ遺漏なく開陳するが、いわゆる西昆體の繼承者の作だけあって、全體にわたって奇語僻典に覆われ、連絡に乏しく、現實感がそこなわれているきらいがある。一部分を摘出すると、「鴆毒」の流入ののち、「醇醪」に酔い「蘭麝」をかぎながら、

妖姫と蕩子と、顚倒して晝夜を忘る。

癖好は痂（かさぶた）を嗜むに等しく、餘味は蔗（さとうきび）を啖《くら》うに勝る。

毒におかされると、内臓は「蟲の窠《す》」となり、肉體は「尸《しかばね》の厭《ま》がれる」がごとくなり、「寒餓を妻孥に任かす」結果となる。

彼の國も令甲（おきて）を懸け、（中略）嚴しきこと十字架に過ぐ。

明らかに流毒の甚だしきを知るも、禍いを以て遠く相い嫁せしむ。

かくなる上は「官價を定め」、買い値を高くし賣り値を安くして、利益のあがらぬようにせよ、と（「彼の國」としては、冒頭に「利末亞」と明示するが、未詳。なお、「十字架」は、用語の上では詩界革命のはしりといえよう）。

これに比して他の詩人の七言歌行のほうはより直截である。

欒鈞（擧人）、「嶺南樂府　鴉片煙」

牀頭一燈　光り熒熒たり、兩人は長き枕に同《とも》に横陳す。

竹管は製作す　卜字の形に、管穴の中には容るる　煙一粒。

梁紹壬（擧人）、「鴉片篇」

關津の吏胥は豈に覺えざらんや、偸《ひそ》かにして賂《おく》る者　千の青蚨。

況んや復た此の輩も盡く癖として嗜み、一見すれば寶とすること青き珊瑚の若《ごと》きをや。

阮文藻（知縣）、「鴉片煙の歎き」

一朝癮《の》むを斷てば蠅の癡《くる》うが如く、謾《みだ》りに言うならく　一雄と十雌と、房中の祕術より倒《かえ》って好嬉なりと。

黃安濤（知府）、「潮風　罌粟瘴」

眼より涙を垂れ、鼻より涕を出《い》だし、一息奄奄として死の相い繼ぐ。

李光昭（諸生）、「阿芙蓉歌」

故鬼は常に新鬼を攜えて行き、後車は鑒みず前車の迹を。

王衍梅（知縣）、「張四を嘲る」

吁嗟乎《あああ》、汝よ謂う勿かれ　一莖の草　一滴の煙と、

我が中國の銀の歲ごとの萬千を銷し、我が中國の民の（十に）七八を損いて旃《これ》を殲《ころ》せば。

全二十四首を通じても、筆鋒がある一點に向かいつつあるのがわかる。「鬼有り鬼有り日の夕べ」（范元偉「鴉片」）、「鬼に非ず人に非ざるは誰氏の子ぞ」（朱縠昌「誰氏子」）と使われた「鬼」の字は、附錄として引かれた林昌彝『射鷹樓詩話』の語句では、「終に白鬼をして死して皮無からしめん」と用いられるようになり、黃安濤の詩の結句は、「田中の罌粟は猶お拔く可きも、番船の來たる時は那んぞ遏むるを得ん」である。かくしてアヘン戰爭に入ったのちの、たとえば張維屛（一七八〇～一八五九）の作は、かの「三元里歌」は卷十三・島夷に、「三將軍歌」は卷二十・忠臣の項などに分屬される。

陳舜臣氏の勞作『阿片戰爭』の興味の一つは、龔自珍が「尊隱」で示した「山中の民」の概念を、氏が幾人かの登場人物の中に人格化したところにある。龔自珍が民間に輩出することを豫言した新しい知識人像を、陳氏は歷史小說をかりて實在させようとした。だがそれはあくまでも願望にもとづくものであって、彼らはいまだ歷史をつきうごかすだけのまとまった力量をそなえるには至っていないと思われる。ただ、たとえば鴉片を題材として現實の描寫と批

判の聲をあげた詩人たちが、「山中の民」の實在化とどのようにからみあうのか、それは中國近代の詩をさぐる上で一つの課題となりうると思う。

五　『清詩總集一三一種解題』「はじめに」

清詩とは、清代の詩人たちが作った詩をいう。清代の詩人とは、初めは一六四四順治元年以後に死んだ人々、終わりは一九一一宣統三年にすでに成人に達していた人々までが含まれる。詩について見るばあい、いわゆる明末清初の詩人の作品のうち、一六四四年を境にして明詩と清詩とに分かれることになる。實際上、錢謙益（一五八二〜一六六四）のように『初學集』と『有學集』とに截然と分けられている例は稀で、他の多くの詩人の作品にとってその區分は困難であるとはいえ、原則として掲げておくことは許されるだろう。清末民國初の詩人の作品についても同様である。わざわざこのように斷わるのは、明末清初の詩人たちを、新政權に協力したか否かで明人と清人とに分けたり、作品の傾向によって明詩か清詩かに分ける方法も存在するからである。

詩の總集とは、二家以上の詩人の作品を集めた書物のこととする。その內容は當然のことながら多岐にわたる。第一に、對象とする詩人の範圍の設けかたから見ると、まず地理的には、全國的規模のものと地方的規模のものとに分かれる。總じて清人の總集編輯においては『詩經』への回歸を掲げる傾向が顯著であるが、その際、清詩一般が、正しい美しさという意味での「雅」の概念で語られるのにたいして、地方的規模の編輯では「風」への參加という意圖がこめられる。次に時代的には、先秦から、あるいは唐宋から編輯の時點までの、いわゆる「耆舊」の書がある一方、「國朝」の二字がしばしば冠せられるように、清一代に限定されるものがある。このほか對象を一族だけに限った「家集」（本稿では省略）や、女性だけに限った「閨閣」詩集などもある。

第二に、詩人の收錄のしかたから見ると、編者の先輩・友人・弟子など、その交友の限りをつくして集めた、いわゆる「故舊」の書と、詩人の別集を涉獵した本格的な選集とに分かれる。前者は清代初期の總集に多く、その際、新政權に協力的であるか否かにかかわらず編者との交友いかんを中心にして收錄されるのであり、編者の作品が含まれることもしばしばである。後者は、人によって詩を採るか、詩によって人を採るか、あるいは兩方の原則を用いるかは編者によって異なるとはいえ、一種の詞華集であることをめざした何らかの價値判斷がなされ、沈德潛（一六七三～一七六九）の『國朝詩別裁集』のように「詩を論ずる」ことを意圖したり、『國朝六家詩鈔』のように「其の鄉の子弟に教うる」ために編まれたものもある。

本稿は、淸詩の編輯を、その創作・評論とならぶ文學活動の一環と考え、いわば清代における當代文學史の一部とみなした。時代の上限が淸朝の始まる一六四四年であるのはともかく、その下限が、淸朝の餘波をも含めて一九三〇年となっているのは、そのような考えにもとづく。

ところで『淸史稿』卷百四十八・藝文志四・總集類（一九七六年七月、中華書局出版・內部發行本）および武作成編『淸史稿藝文志補編』集部總集類（一九八二年四月、中華書局出版）から、淸詩總集として大小あわせ摘出すれば三五〇種は下らないと思われるが、そこに記載されているもの（詩文評類からの一種を含む）を主とし、記載されないものを加え、私が目睹しえたもの（中國で閱覽しえたものも二、三ある）に限って掲げれば、全國的規模のもの六三種、地方的規模のもの六八種、あわせて一三一種になる。

總集編纂に則していえば、淸代約二百七十年は前後二期に分けられる。すなわち前半期においては詩人の選擇がほとんど無制限におこなわれたのにたいして、一七六一乾隆二十六年の『國朝詩別裁集』の欽定、および一七八二同四十七年の『四庫全書總目提要』の完成とともに、禁忌すべき人物や書物のリストが整備され、既製の總集にも全部あるいは部分的に銷燬が加えられる一方、新たな編輯には用心してとりかからねばならなくなった。本稿では便宜的ではあるが、一七九五乾隆六十年までの總集五三種を前半期のものとし、一七九六嘉慶元年以後の作、つまり『台山懷舊集』以下を後半期のものとした。

本稿は、清代の詩の總集を通じて、私たちが清詩の歴史をたどる上で見落としてはならない幾つかの狀況なり現象を明らかにするだろう。例えば、「江左三大家」とか「國朝六家」という形で、ある時代での代表的詩人群が浮かびあがってくるし、あるいは試帖詩の復活が見え隱れしていたり、あるいはまた地方によって詩作の先進性と後進性の差があらわれてくる、といったことなどである。

本稿における各總集の配列は、編輯の完了ないしはそれに近い時點によっており、出版された時點によってはいない。總集編輯を文學的營爲の一環として見る場合、讀者の側よりも制作者の側に重點を置くほうが適當と考えたからである。もっとも、あとに續集とか三集がつづき、それが初集よりあまり時間をへていない場合は、まとめてとりあげた。

本稿における人名は、初出に限って字號・出身地・略歷・生卒などをしるす。再出よりのちの檢索や有名度をはかるためには、卷末附錄の「人名索引」を利用していただきたい。

六　ふたたび明詩へ

『清詩總集一三一種解題』を、昨年十二月に中國文藝研究會から出さしていただいた。勤務校の紀要に三年にわたって掲載したところ、補遺が續出して、書いた本人すら收拾がつかなくなり、最終的に一〇種を追加し、總集および所藏機關の「一覽表」と「人名索引」とを附して、一應の定稿としたものである。このうち所藏機關に中國の上海・浙江・中山大學の各圖書館があるのは、一九八〇年冬に文藝研のメンバー十數人と觀光旅行をした時に訪れた場所で、そこでの收穫がこのたび日の目を見ることになった。文藝研にはあまり役にたちそうもない作物の出版をあえてお願いした所以である。

現在の文藝研のメンバーは中國近現代の文學を專攻する人々が主である。私も、清末から民國初にかけての分野でなら多少の協力もできるかと思いつつ斷續的に參加してきたが、その清末までがなかなか行き着けない。今回の仕事もそもそもは、一九七七・七八年度の科學研究費で、本解題所收の『國朝詩人徵略』の研究をおこなうことから始まったのだが、その時の報告からして、主題はそこそこに、『國朝詩別裁集』の編者自定から欽定への次第を述べることになってしまった。關心がついつい古きへと遡ってしまうのである。解題を作成しおえた今、清末民國初にたいする關心がふたたび湧いてきた。この頃の編者たちはおおむねが、脫帽したくなるほどの頑固派であるが、一方、『清代閨閣詩人徵略』の施淑儀女士の序文は何と輝いてみえることか。ちなみに、入谷仙介氏からは、「蘇菲亞」が「ロシア皇帝ピョートル一世の姉」ではなく、「そういう女流革命家がいるのではありませんか」という疑問と、『國朝閨秀正始集』に關して、「清中期にすでに惲珠を中心とした女流詩壇が成立していたのに、日本では江戸時代にはそれがなかったこと、逆に漢詩をテコに女性の人格的自立をめざした江馬細香のような女性が、中國にはいなかったことなど考えさせられます」という御指摘をいただいた。どちらも今の私には對應できない問題なので、讀者の方々に提供させていただく。

さて、その解題の巻末に私は、「以上の一三一種に一首以上の詩をもって記録される詩人の數は、絶對數で（つまり延べ人數でなく）四萬二二〇〇家である」と記した。これはあくまでも最少の數であって、今後新たに總集が見つかれば、人數も少しずつ増えるだろう。この數を清代文學の中でどう位置づけるかといった問題はしばらく措くとして、各總集に記載された詩人ごとのカード四萬數千枚が私の手元にある。次なる作業は、これを一冊の「人名索引」に編輯して清詩研究者の利用に供することである。それものんびりとは構えておれない。というのは、中國では一九八七年以來、蘇州大學の錢仲聯教授のもとで『清詩紀事』が刊行されているからである。既刊のものでは、「明遺民巻」に四二〇家、「順治朝巻」に三三二家、「康熙朝巻」に七三三家、「雍正朝巻」に一六四家（それぞれ「無名氏」の數を除く）が收録されている。一九八五年十月の「前言」には、その編纂工作が、「時を歴ること五載、各類の書籍を引用すること一千餘種、前後してカードを制作すること七萬餘枚、收める作家五千餘人」と記されている。とすると、「十朝」のうち殘る七朝、詩人の數にして三五〇〇家ほどが、繼續して編輯・刊行されるということだろうか。ところで、性質はやや異なるが、康熙までは鄧之誠の『清詩紀事初編』に六〇〇家の收録があり、錢輯にとっても裨益するところ大であっただろう。逆にいうと教授たちの未開拓の事業はむしろこれからが本番といえるのではなかろうか。この事業に關しては、一九八七年三月に蘇州大學を訪問された山口久和氏から、「圖書館を參觀しましたが明清期の文獻は餘り豐富とはいえない狀態で、他の研究機關から借りた文獻を、日本で言うと博士課程か研修員といった若い人が錢氏らの指示にしたがって讀み、カードにとっていました。中國でも明清期の文獻を網羅的に集めるのは大變だなぁと實感いたした次第です」という、貴重な現場報告をいただいた。明清の文藪であったはずの蘇州、その學問的中樞たる蘇州大學にしてそうか、という戸惑いは私も禁じえないが、それならいっそう私のカードも役立とうというものである。

しかし私の當面の關心はまたもや時代を遡ることになってしまった。

私が解題を作成するうちに明らかになった問題の一つに、清朝での禁書の解消時期のことがある。はじめ私は、『國朝注釋九家詩』において、その後刻「序」の書かれた一八六二年が、湯淺幸孫先生の一八六〇年說にほぼ符合することを示したが、『國朝嶺海詩鈔』では一八二〇年の例が出てき、結局『國初十大家詩鈔』において、その解消は「一八二〇年を早い例とし、遲くとも一八三〇年には行われたと考えるべきだろう」とした。幸い湯淺先生から早速にお手紙をいただいた。右手が不自由だとおっしゃりながらも幾つかの例を示してくださったが、そのうちの最も早いものを紹介させていただくと、それは江藩が嘉慶二十三年、つまり一八一八年の序刊本の『國朝漢學師承記』で、閻若璩の條において錢謙益に明白に言及した一節である。先生との更めての一致に私が喜んだのは、言うまでもない。ついでに先生の御指摘をもう少し紹介させていただくと、「咸豐になって法制（＝敕令）上も文字の禁が除かれたということ」で、「正確な年月は『文宗實錄』でも調べれば分明すると思います」とのことであるが、私はまだその調査をおこなっていない。

さて私の關心としては、禁書が嚴しくおこなわれた時期に、總集の中で微言を發している詩人、あるいはそもそも總集から疎外され、はなはだしくは文字の獄に下された詩人を追ってみたいという氣もする。しかしながら、もうすこし根本に立ちかえって、清朝の禁書が主として民族的な側面にあったことを思うと、もっと先にやらねばならぬ問題があるように思えてくるのである。というのは最近とくに私は、文學の基本はやはり男女の戀愛にあるように思えてきたからである。もちろんこちらの方も清朝の禁書の對象とはされていた。比較的穏やかな例ではあるが、『紅樓夢』の四十回から四十二回で、林黛玉が自作の詩句に『牡丹亭』と『西廂記』から借りたのを薛寶釵がこっそりとたしなめる場面がある。それは貴族の女性の〝上品さ〟を侵すだけの問題ではなかったはずである。ついでは『紅樓夢』を讀むこと自體が禁じられたこともあった。

だが、戀愛文學を禁止する傾向は、けっして清朝に始まったわけではない。遲くとも明代の末には出ていた。しかも中央政府の政令としてでなく、むしろ民間の知識人のあいだからその意向が示されていることに、私は最も大きな關心を寄せる。かくいう私が念頭においているのは歸莊（一六一三～一六七三）である。清初の王應奎の『柳南隨筆』によると、金聖歎がおこなった『水滸傳』の批評にたいして彼は、「此れは亂を倡《とな》うるの書なり」と斷じ、ついで『西廂記』の批評にたいしても彼は、「此れは淫を誨《おし》うるの書なり」と斷じたといわれる。この一件を私は、顧炎武（一六一三～一六八二）がその『日知錄』で、李卓吾と鍾惺を指彈したことと同じ程度に重要視している。無二の親友であったこの二人が滿洲族の支配から鄉土の崑山を守るために鬪った戰士であっただけになおさら、人間の自然の情である戀愛にたいして無理解であったことが、殘念でならない。というより、あえて彼等に反動という二文字を冠したくなるのである。

かくして、いささか短絡的であるかもしれないが、彼らを含む知識人の輿論の中で、戀愛はもとより、情感をほとばしらせた人物、たとえば『西廂』の張・崔の二人や紅娘をはじめ、『水滸』の李逵や魯智深、『三國演義』の張飛、ひいては『金瓶梅』の潘金蓮といった人物が、清代の小說からは姿を消してしまうのである。いや、まだある。呉偉業が樂しんだ柳敬亭の說書も聽かれなくなり、張岱が記すような、水滸の人物に模した假裝行列も見られなくなった。

思えば私が院生の時、當時は袁宏道など明代の詩人を專攻していたのだが、共同研究室に雜談に來られた吉川幸次郎先生から、「私どもは、あなた方のように野蠻な眞似はいたしません。あなた方は廷杖のようなことをするんですよ」と、叱責されたことがあった。なんだか自分自身が野蠻な人間であるかのような氣分になって、私は返す言葉もなく俯いてしまったが、あの時、「でもその野蠻さの根にあるものが、生き生きとした人物像を生み出したのではないでしょうか」と、問うてみるべきであったのだ。

だから今の私は、歸荘や顧炎武の發言が生まれる以前に、もう一度立ち返ってみたい。といっても、追究すべき材料をちゃんと用意しているわけではない。さしあたって氣になっているのは、次の一つだけである。それは唐寅（一四七〇〜一五二三）の「焚香默坐の歌」（七言古詩全二十句）で、彼は、『孟子』告子篇の「食・色は性也」をふまえて、

食色性也古人言　食・色は性也と古人言う
今人乃以之爲恥　今人は乃ち之を以て恥と爲す
及至心中與口中　心中と口中とに至るに及びては
多少欺人沒天理　多少ぞ　人を欺きて天理を沒するは
陰爲不善陽掩之　陰に不善を爲して陽に之を掩えば
則何益矣徒勞耳　則ち何の益あらん矣　徒勞なる耳

と、歌っている。これはどのような生活から生まれたものであろうか。あるいは、どのような社會、どのような思想との對決なのであろうか。それはおいおい考えることにして、この部分が、先に言った「野蠻さの根にあるもの」の一つであることは、間違いないように思う（私信を公表させていただいた三人の先生方には、ここで更めてお許しいただきたく思っております）。

七　書評・福建師範大學中文系古典文學教研室選注『清詩選』

北京　人民文學出版社　一九八四年三月　目錄一九頁、前言一五頁、本文五四七頁

中國におけるほぼ十年來の中國古典文學に關する旺盛な刊行事業は、もとより清代の個々の詩人にも及び、基礎的な事業である別集の刊行としては、『中國古典文學叢書』(1)に黃景仁など數家、『清人別集叢刊』(2)には周亮工・金人瑞・納蘭性德・朱彝尊など十七家がすでに收められ、他方、選注や箋校を施したものとしては、顧炎武・吳嘉紀・嶺南三家(梁佩蘭・屈大均・陳恭尹)・王士禛・趙執信・龔自珍・林則徐・魏源などに亙っている。清詩の選注書である本書は、ついに出るべくして出たと言うべきである。

ある斷代の詩の選釋がどれほど行われるかということは、個々の詩人のばあいと同樣に、その對象への親近度と研究の深淺度を如實に反映する。しかして中華民國成立以來の中國人研究者の手になる清詩の選注については、わずかに民國時代の王文濡『清詩評註讀本』(3)七十一家四百餘首と、臺灣省における吳遁生『清詩選』(4)百八十八家五百九十餘首があるだけで、人民共和國のもとでは、陳友琴『元明清一百首』(5)に錢謙益以下四十三家七十一首を收めるにすぎない。したがって本書が百五十八家五百七十五首の詩を選んで比較的詳しい注釋を施したことにたいして、私は待望久しき喜びを感ずるのである。ちなみに日本における出版には、近藤光男『清詩選』(6)五十七家百三十首、松村の「清詩」(7)に二十五家五十三首、村山吉廣『清詩』(8)五十五家百三十一首、などがある。

さて清代約二百七十年の間に一首以上の詩をもって登記される詩人の數は、全國的また地方的規模の目睹しうる約

一百種の總集のうちの四十七種から計上しただけでも、すでに三萬家を超える。現在までの最も充實した選本である徐世昌『晩晴簃詩匯』二百巻にして、收錄人數はその約五分の一の六千一百六十八家にとどまる。まして詩篇の數にすればおよそ大海としか表現できないものの中から、きわめて大規模にして嚴密な檢討を經て選本を編輯するということは、空想に等しいことになろう。ということは逆に、各種の選本ないしは文學史によって大家ないしは名家として大方の評判の定まった約三十家の詩人を除いて、他に誰を、あるいはどの詩を選ぶかについては、ひとえに選注者の大膽な判斷にゆだねられるということをも意味する。事實、本書における選人選詩においても幾つかの興味ぶかい特徵が見られるので、折りおりに觸れることにしたい。(9)

本書の詩人の配列は判明する限りにおいて生年の前後に從っており、時代の流れと個々の詩人の思想との關係を追うのに都合がよい。便宜上、百五十八家の配列順に通し番號を附した上で、選注者「前言」のグループ分けに從って、その中での諸々の特徵を私なりに整理するとともに、少々の疑義をも呈しておきたい。

陳祥耀氏の「前言」によれば、本書の詩人たちは、

A：「清初の詩人」
B：「清朝の科擧に應じて仕官し、主に康熙・雍正期に生きた詩人」
C：「乾隆・嘉慶期の〝盛世〟の詩人」
D：「道光・咸豐期」の詩人

と、四期に分けられる。しかしAとBは時間上の區分というよりむしろ詩人の生きかた、ないしは作品の傾向による區別であって、例えばAに屬する詩人は、1林古度・7閻爾梅・8傅山に始まり、13黃宗羲、24顧炎武を經て、63屈

大均・66陳恭尹にまで續くが、その間には、清朝に再仕した2錢謙益・12呉偉業・21周亮工・26龔鼎孳が介在し、一方Bでは A の一部の詩人よりは年長の25宋琬・30施閏章らが前列を占めるからである。したがって明清交替期の詩人たちを單純に時代順に並べた時、かえって文學史では見落されがちの、個々の詩人がさまざまに混ざりあった一種の人間模樣が展開する。本書はこのような興味をかなり餘裕のある分量でもって呈示してくれる。それもそのはずで、本書では全百五十八家のうち一六四四年以前に生まれた詩人が約半數、79呉雯まで續き、これに「清初」の詩人とされる87孔尚任・93納蘭性徳も加えれば、[10]實に全體の五分の三までが、AとBに屬する詩人たちによって占められているからである。その間、例えば9商景蘭・10江陰女子といった無名の女性詩人の詩を選んだことは、その餘裕の一端ではあるが、作詩人口の層の厚さと、この場合は反清氣分の深刻さとを反映していて、きわめて效果的である。

清代初期、つまり一六四四年の清朝成立ののち雍正期が終わるまでの九十年間の詩の主要なテーマを私なりに整理するならば、前半は清朝への抵抗ないしは非協力であり、後半は新王朝への協力を前提とした上での舊王朝への愛惜、あるいは現實の民生にたずさわる上での苦痛であると思う。そしてそれぞれを本書のAのグループとBのグループに割りふることが許されると思う。いずれの場合も作詩の方向が比較的明白であるだけに、本書に選ばれた詩篇を通しても、共通の語彙、つまり一種のキーワードが幾つか浮かびあがってくることになる。例示してみよう。

(イ)「日月」　2錢謙益「後秋興之十三」（八首其二、七頁）の句、

吹殘日月是胡笳　　日月を吹殘するは是れ胡笳なり

にたいして、選注者は「日月は合わせると〝明〟の字になり、明朝を指す。胡笳は……ここでは滿族を指す」と注する。とするならば、34張煌言「甲辰八月辭故里」（一二九頁）の、

日月雙懸于氏墓　　日月雙《ふた》つながら懸る于氏の墓

も、明の英宗時代の土木の變に際して蒙古族の侵入に抵抗した于謙をたたえるものであるだけに、表面の意味は「于謙の功績が日月のように輝いている」（選注者）ことであるとしても、やはり〝明〟の字を隠しもっていると考えてよいだろう。また63屈大均の「通州望海」（一九二頁）で、日本に亡命した5朱舜水について、

日月相呑吐　日月 相い呑吐し
乾坤自混茫　乾坤 自ずから混茫たり

と歌うのにも、「大海の眺めの限りない廣さと雄壮な現象をえがく」（選注者）ほかに、大海のむこうに〝明〟の一遺臣の見え隠れする姿を想いえがいていると解するのがふさわしいだろう。日月の合成とはあまりにも單純な理屈ではあるが、特に清代初期の詩人の作品においては確かに注意に値する用語である。ちなみに、より直接的な〝明〟の字についても、孔立『清代文字獄』（二〇頁）は54呂留良の、

清風雖細難吹我　清風は細《やさ》しと雖も我を吹き難く
明月何嘗不照人　明月は何ぞ嘗て人を照らさざる

の詩句が、それぞれ清朝と明朝とを指すとする。(11)

(ロ)「朱鳥」　選注者は1林古度の紹介（一頁）で、69王士禛が「その墓に題した詩」として「聞林茂之先生已葬鍾山」(12)の二句、

老尚歌朱鳥　老いて尚お朱鳥を歌い
魂應拜杜鵑　魂は應に杜鵑を拜すべし

を引く。この「朱鳥」は朱雀に同じく、元來は南方七宿の總稱であるが、13黃宗羲「臥病旬月未已、閒書所感」（五〇頁）の、

天末招魂鳥降筳　天末に魂を招けば鳥筳に降る

に、選注者が「朱鳥が祭筳の上に降臨すること」であるとした上で、南宋の遺民である謝翺が文天祥を祭哭したときに、「登西臺慟哭記」で「化爲朱鳥兮有咮焉食（化して朱鳥と爲るも咮《くちばし》有りて焉《なに》をか食《くら》わん）」と歌ったことを指摘するように、遺民にとっては民族的抵抗を象徴する由緒ある詩語なのであり、まして明の遺民にとっては舊王室の姓氏にも重なるものである。ちなみに王士禛の句の「杜鵑」も亡帝を追慕することから、この頃の詩に頻出し、また66陳恭尹の「木綿花歌」（二〇九頁）にみえる「丹鳳」も、「暗に朱姓の人を指す」（選注者）ものである。

(ハ)「落花」　詩題として、22歸荘「落花詩」（七三頁）や、33王夫子「正落花詩」（一二六頁）、「補落花詩」（一二七頁）に代表されるほか、詩句の中にも、63屈大均「秣陵」（一八八頁）、66陳恭尹「木綿花歌」（二〇九頁）、67惲格「同李非夏『湖山晩眺』」（二一一頁）などに見られる。

以上のごとく前王朝にたいする懷舊の念を自然物に假託する一方で、歷史に題材を取るのもこの時期の特色である。いわゆる咏史詩に關して「前言」は十八世紀以後のこととして言及するが、私は本書に採錄された詩篇を見る限りにおいても、その盛んな製作は、異民族支配にたいする不服從の決意、あるいは服從を餘儀なくされた痛恨などにもとづいて、清朝成立の當初から、つまり十七世紀後半においてもおこなわれたと考える。そのばあい、大別して服從か不服從かの詩人の立場によって視點の向けかたが異なり、例えば、

(ニ)伍子胥　についていえば、12吳偉業の「伍員」（四七頁）では、「覆楚」に成功したあと吳王夫差から屬鏤の劍を賜わった時の遺恨の念に焦點を當てるのにたいして、もっぱらその復讐に重點をおくのが、先にもあげた34張煌言「甲辰八月辭故里」（一二九頁）であり、50王攄の「謁伍相祠」（一五九頁）である。また66陳恭尹「虎丘題壁」（二〇四

頁）では、呉に亡命して「乞食」する伍子胥を「自分が家族を棄てて遠く離れた異郷をさまよう」（選注者）情況になぞらえる。このように、史料としてその意味が輻輳するものが選ばれることもあるが、Aグループの詩人においてはあまり一般的ではない。したがって、

㈭**蘇武**　といえば、12呉偉業「讀史雜感」（四〇頁）の、

　空餘蘇武節　　空しく餘す蘇武の節

のように、南明の福王から清朝への使者にたたされた左懋節になぞらえられ、14杜濬「晴」（五四頁）では、

　白頭蘇屬國　　白頭　蘇屬國

と、自己の不服從精神の權化とされる。また、

㈫**「美新」**　は、揚雄が「劇秦美新」の文によって王莽の新に媚びたことを借りて清朝出仕者への當てつけとする。8傅山の「客盂」云々の詩（一三頁）、14杜濬「樓雨」（五三頁）などにその例が見える。

ちなみにこの時期に限らず清詩全般における故事の盛んな使用は、滿洲王朝にたいする漢族知識人の文化的誇示の表われではないかと、私はひそかに推察するが、44陸次雲の七言絶句「咏史」（一五〇頁）が、その前二句の秦始皇帝の焚書坑儒に對置して、後二句で陸賈と漢高祖との故事を用いて、

　尚有陸生坑不盡　　尚お陸生の坑《あな》し盡さざる有り

　留他馬上説詩書　　他《かれ》を馬上に留《とど》めて詩書を説く

としたのは、そのような意識の表現ではあるまいか。

　ところで「前言」は、唐詩にたいして宋詩が「民族的矛盾の反映と藝術的な特徴の面でそれなりに新しい成果があった」（一頁）と指摘するが、その民族的矛盾の史實を、清詩は特にこの時期にしばしば詩材に登用させる。當然

のことながら北宋末の北方異民族との抗争が熾烈になってからの人物で、例えば金の兀朮を破った武将韓世忠は、31尤侗「題韓蘄王廟」（二二〇頁）、85潘耒「金山」（二六六頁）に、金主亮の南下を退けた虞允文は、24顧炎武「榜人曲」其一（八六頁）に、元の追撃にあって廣東の「崖山」で幼君を背負って入水した陸秀夫は、2錢謙益「後秋興之十三」（七頁）、顧炎武「井中『心史』歌」（九三頁）、66陳恭尹「崖門謁三忠祠」（二〇三頁）、潘耒「羊城雜咏」（二六五頁）に、元の大都で不服從を貫いて殺された文天祥は、顧炎武の「榜人曲」其二（八六頁）、33王夫子「讀『指南集』」（一二四頁）、76邵長蘅「題冀渭公所藏楊忠愍梅花詩卷」（二四五頁）などに歌われ、この延長線上に、『武林舊事』の著者周密についての13黃宗羲「周公謹硯」（五二頁）や、ひいては陸游についての36孫枝蔚「陸放翁硯歌、爲畢載積題」もあると思われる。これらの詩は、錢氏の「後秋興」詩が「明の永曆帝朱由榔が緬甸で殺され南明が滅亡したことを詠んだものである」（選注者）とか、顧氏の「榜人曲」が「船頭の口吻をかりて江南の人民の抗清の意志を表明したものである」（同）とか指摘されるように、詩人の意圖するところは直接的で解かりやすい。しかし後でとりあげるように、同じ史料であっても、それがCグループの詩人たちによってとりあげられる時には、思想統制との關聯もあって、はなはだ整理しがたい事態が生ずる。

次にBのグループの詩人について「前言」は、「この時期の第一流の詩人」（六頁）としてまず69王士禛を推す。この詩人への評價は、かっては「反動流派」(13)とか、「意識するにしろしないにしろ太平の世相を謳歌し、人民の生活を反映した作品は少ない」(14)などと、かなり冷やかなものであったが、本書は「前言」で、「王氏の七言近體と吳偉業の七言歌行とは清詩の中でもっとも獨擅場的であり、影響ももっとも大きい作品である」（六頁）と指摘した上で、「王氏は、清朝の支配が鞏固なものとなり、表面上は太平であった時期にあって、杜甫のごとく現實を大いに暴露し批判する道を歩むことは、政治的な條件の上で容れられなかった」（七頁）と認めている。ある古典的世界の詩人を一定の理念に基づいて裁斷するのではなく、いったんは歴史的な情況において觀察しようとする柔軟さを本書がそなえている一つの證左である。王詩の採録が89査愼行の二十八題三十四首についで多い二十四題二十八首という數にのぼっていることからも、選注者の王氏再評價の意圖を、私は汲みとりたい。

王詩の、いわゆる「神韻」という語に集約される趣向も、杜甫の詩に近いとされる入蜀後の作の傾向も、[15]採録された作品によってかなり明らかではあるが、他の詩人の紹介なり作品に散見する彼の交際の廣さを通じて、もとより『感舊集』などの雜著に現われるごく一端にすぎないとしても、その詩人像なり作品傾向を側面から補うことができる。たとえば1林古度について、先述のように「朱鳥」の語でもって追悼したほかに、『池北偶談』巻十七「林茂之」の項に本書の林詩「金陵冬夜」（二頁）を引用するのは、節をまげずに清貧をつらぬく明の遺民にたいする王氏の畏敬の念の表われであろう。また、26龔鼎孳「上巳將過金陵」（一〇三頁）の二句、

興 懷 無 限 蘭 亭 感　　興懷限り無し蘭亭の感
流 水 青 山 送 六 朝　　流水青山　六朝を送る

が「王士禛に稱贊された」（選注者）ことは、王氏の「神韻」がしばしば古代への追慕からもたらされるものであることを物語るであろう。語は、直接には兄王士祿が「才子の語なり」と評したこととして、やはり『池北偶談』巻十一「龔陳詩」[16]、また『漁洋詩話』巻中に見える。さらに王氏がいかに無名の詩人を顯彰したかを裏づける例として、28吳嘉紀など本書で觸れられない人は措くとして、46費密「朝天峽」（一五五頁）の二句が「一時、口々に傳誦されたことがある」（選注者）のは、『池北偶談』巻十一「費密」の項によると、王氏がこの詩人を發見するきっかけになったものであり、さらに『漁洋詩話』巻上には、王氏自身がこの二句を折りこんだ五律「讀費密詩」を作ったいきさつを述

べている。[17] そのほか、女流詩人の71紀映淮の「秦淮竹枝詞」を踏まえて王氏が「秦淮雜詩」十四首の其十四を作ったという選注者の説明は、『池北偶談』巻十一「紀映淮」と『漁洋詩話』巻上に見える。[18] 77王又旦の「曉渡望鄂州」詩の三・四句は選注者の言及が無いが、『漁洋詩話』巻中に、「古人の少《か》く所」と稱贊されるものである（ちなみに『清詩別裁』巻五にも、「神勇なり」と評される）。88潘高への評語は選注者の指摘のとおり『漁洋詩話』巻上に見える。女流の91王慧が「王士禛に賞識されたことがある」（選注者、二九六頁）のは、『池北偶談』巻十七「王慧詩」にもとづく。

さて、王氏の代表作「秋柳」詩（二一六頁）に關聯してもすこしく觸れておこう。

山東濟南の大明湖に關して、本書ではこの詩の前に29申涵光の「泛舟明湖」（一一三頁）が用意されているが、そのうちの二句、

歷下人家十萬戶　　歷下の人家　十萬戶
秋來都在雁聲中　　秋來　都《すべ》て雁聲の中に在り

の「十萬戶」は、選注者の指摘が無いが、金・元好問の「歷下亭懷古、分韻得南字」（五古二十八句）の、

承平十萬戶　　承平たり十萬戶
他州隔仙凡　　他州　仙凡を隔つ

に出ること明らかである。[19] しかし申詩の場合は元詩の太平とはうってかわって、一種の混亂を寫し、「鴻雁哀鳴の聲のうちに、人民の饑えと寒さの生活を暗示する」（選注者）のは確かであるが、それはさらに北方異民族によってもたらされたものであることをも意味するにちがいない。讀者はここで杜牧「早鴈」詩の[20]、

金河秋半虜絃開　　金河　秋半ばにして虜絃開き
雲外驚飛四散哀　　雲外に驚飛して四散哀し

の例を思いおこすべきであろう。清初の大明湖は、その名が直接に前朝を追慕させるものであったのもさることながら、實は明末一六三九年の濟南陷落の際の受難の歴史をもっているのである。その事件の一端は、20方文に、實姉一家の被災を通して歌った七言九十二句の長編「大明湖歌」[21]によって窺い知ることができる。王詩の連作四首（本書採錄は其一首のみ）の場合、その痕跡をじかに詩句に見出すことは難しいが、作者にとって十八年前のこの事件をその胸のうちに置いてみることは無駄ではないだろう。ましてこの詩が「鄉試の際とて、名ある文人が大明湖に雲集していた」[22]時に作られたとするならば、いささかの意味をもつはずである。なお、この詩が盛んに唱和された事情を傳えるものとして、選注者が17冒襄の「和阮亭『秋柳四首』詩原韻」（六二頁）を用意し、一方で24顧炎武「賦得秋柳」（八九頁）をもあわせ採錄しているのは妥當である。顧詩は選注者の明言こそ無いが、日本では、「明らかにこれに和したものと思う」[23]とされ、あるいは「和するよりも對抗の意識が強いと思う」[24]などとされる作品である。

ところでBグループの最後に位置する89查愼行にたいして、選注者が「王士禛と並んでこの時期の第一流の詩人と稱される」（前言八頁）との高い評價を與えるのは、從來の文學史などには見られなかった新しい傾向である。これまでの詩人がおしなべて典故の使用を作詩の重要な條件としていたのとは異なるところに、この詩人の「描寫が細緻で、意境は清新」（二七四頁）とされる特色が生まれるのだろう。たしかに讀者はここに至って一種の開放感を覺えるにちがいない。

先に咏史詩について觸れたが、「前言」の指摘は次のとおりである。「十八世紀以降の清朝支配下の中國では、……清朝の政治的文化的な嚴しい統制によって、また表面的な〝盛世〟の局面に惑わされて、詩人たちは現實を正視するとか現實を反映することを忌諱したり回避したり、あるいは稀薄にした。彼らはしばしば山水の模寫や風月の吟味、あるいは咏史とか咏物をかりて個人的な閒情や興趣、不平や憂鬱を敍べた」（二頁）。十八世紀の始まりは康熙三十九年、詩人でいえば王士禛六十七歳、査慎行五十一歳、そして98沈徳潛は二十八歳、108厲鶚は九歳である。いわゆる文字の獄については、總論としても詩人個々についても選注者には具體的な指摘を缺くが、特にCの〃盛世〃の詩人たちを取りあげる際には落としてはならないものである。本書の詩人たちにほぼ限定しながら、主に鄧之誠『中華二千年史』巻五・中「清代文字獄簡表」（一一三頁）によって見ておこう。

順治十八年一六六一　11金人瑞の「哭廟案」「その起因は學生運動であったというべきで、つまり書生と貪官との對決であった」（陳登原『金聖歎傳』六三頁）[25]。

順治十八年　荘廷鑨「明史稿案」「崇禎一朝の事を補うに、中に昭代を指斥する語多し」（全祖望「江浙兩大獄記」[26]）。

康熙五十年一七一一　戴名世「南山集案」「〃罪狀〃は明白で、一つは永暦等の南明の朝廷の年號を用いたこと、二つは南明の抗清の史實を流布したこと」（賀珏「戴南山及其思想的初歩考査」[27]）。

雍正四年一七二六　査嗣庭「試題案」試題の「維民所止」が雍正の頭を刎ねるものと見なされ獄死。兄の89査慎行は釋放、弟の92査嗣瑮は流罪。

雍正六年　54呂留良「文選案」「呂留良評選の時文、……内に夷夏の防、及び井田封建等の語有り」（『清實錄』雍正七年五月乙丑の條[28]）。

雍正八年　63屈大均「詩文案」「南明の清への抵抗に殉節した人物を表彰し、投降者を非難し、……また〃辮髪令〃にたいして憎惡を表わした」（『嶺南三家詩選』前言五頁[29]）。

このあとも「簡表」には詩鈔案も含め十七件が續くが、本書の詩人たちに直接の關係はないようなので中略する。以上の案件がむしろ個別的であったのにたいして、從來の詩人ないしは作品全てに網羅的な検討が加えられるきっかけをなしたのが、

乾隆二十六年一七六一　98沈德潛「選輯國朝詩別裁集案[30]」

である。同二十四年刊の『國朝詩別裁集』の序文を沈氏が皇帝に求めたところ、皇帝側は、「(錢)謙益ら諸人は明朝の達官爲りしも、復た本朝に事う。……其の人を要するに忠孝爲るを得ず[31]」と、いわゆる貳臣論を主たる理由としてこれに大幅な改删を加えることになった。沈氏自定本と、同二十六年に敕命によって改定された御定本とを比較すると、本書の詩人たちでは、2錢謙益、8傅山、11金人瑞、12吳偉業、17冒襄、21周亮工、26龔鼎孳、27侯方域、63屈大均、65吳兆騫らが全面的に削除され、作品のみの削除では、89查愼行の「汴梁雜詩」(二八四頁)は、宋太祖の陳橋驛での兵變を疑案であると咏んだのが忌諱に觸れたのであろうか、また「秦郵道中卽目」(二八六頁)は、水患をとりあげて「濁浪侵南」と表現したのが清軍の南下を連想させるからであろうか、ともにその對象とされている。もっとも、この時點では以上にあげた詩人の作品を個人的に閲讀することまでを禁じたわけではないようだが、八年後の乾隆三十四年には錢謙益の詩文集が銷燬され、ついで四庫全書の開館編輯と平行して、「乾隆三十九年には禁書の調査と措置を明記した諭旨が下っていらい、この事業は延々と二十年にわたって續けられたが、審査の重點が置かれたのは、明末清初の人の著作のほかに、いわゆる〝貳臣〟の著作であった[32]」。この二點を主な事由として、姚覲元『清代禁燬書目[33]』によれば、結局、2錢・54呂・63屈を三大惡とするほかに、「全燬」「抽燬」「違礙」など程度の差こそあれ、3談遷・6馮班・12吳偉業・13黃宗羲・14杜濬・15方以智・17冒襄・18李漁・19錢澄之・20方文・21周亮工・24顧炎武・26龔鼎孳・27侯方域・28吳嘉紀・31尤侗・34張煌言・37黃生・66陳恭尹、ひいては84洪昇の『稗畦續集』に至るまでがブラック・リストに登ることになったのである。

詩の作法においても師傳相承があるとするならば、Cの「乾隆・嘉慶期の〝盛世〟の詩人」たちには、いささか極端な言いかたをすれば、錢謙益の影を抜きとられた王士禛の作品以外には範とする作品が無かったのではあるまいか。

その一方で、清朝成立後一世紀の時點に立った詩人たちにとって、明朝への懷舊とか清朝への反撥といった禁書の事由が、詩人自身の心の中で風化し、作詩の關心事としては遠のきつつあったことも事實だろう。

とはいえ、さきの「前言」の指摘にもあったように、この時期にも咏史詩はやはり作られており、たとえば126蔣士銓と153舒位の二首の「梅花嶺弔史閣部」（四一〇頁、五二八頁）は、清軍の南下に抵抗して揚州で戰死した史可法の、「忠貞をたたえ、明朝の滅亡を哀悼した」（選注者、四一〇頁）作品であり、舒詩には、

還剩幾分明月影　還《ま》た幾分をか剩《あま》す明月の影

と、王朝と雙闕の語も用いられる。この現象はいかに解釋すればよいのだろうか。「乾隆期六十年内に起こった七十五の文字の獄のうち、四庫開館（乾隆三十八年）後十年内に起こった文字獄は四十八の多きにのぼっている」[34]ことからすれば、蔣詩は乾隆十三年作、舒詩は嘉慶八年一八〇三作と、それぞれ前後に二十年ばかりの差があるが、それだけで説明がつくとも思えない。というのは121袁枚の「謁岳王墓」[35]（三九三頁）は、乾隆四十四年の作なのである。朦朧を愛した王士禛にたいして袁枚は明晰を好んだと思うが、この詩も明らかに「岳飛を頌揚した」（選注者）ものであるにちがいない。岳飛の「孤憤」も民族的抵抗という現實感をすでに失い、單なる一般的理念としてのみ扱われているにすぎないと見るべきなのだろうか。この時期に宋の故事を用いた例としては、このほかにも、101黃任「西湖雜詩」（三二三頁）の岳飛、袁枚「澶淵」（三八五頁）の寇準、127趙翼「過文信國祠同舫苐作」（四二二頁）の文天祥、138洪亮吉「宗忠簡祠」（四六六頁）の宗澤、139吳錫麒「讀放翁集」（四六八頁）の陸游、141黃景仁「虞忠肅祠」（四八〇頁）の虞允文などがあげられるが、總じて、民族的抵抗を示唆する典故と思想統制との關係については今後の檢討にゆだねるほかはない。[36]

なお、選詩の適不適について私が云々するのはいまだその任にあらざるところであるが、袁枚に限っていえば、右

の引用でも分かるように選注者はその咏史詩を多く採っていて、この詩人が「詩歌に作者の眞の性情を表わし、新鮮で潑剌とした感覺の觸れあいをもたせるべきだ」（前言一〇頁）とした主張が十分には裏づけられていない。例えば「所見」(37)の詩、

牧童騎黄牛　　牧童 黄牛に騎り
歌聲振林樾　　歌聲 林樾を振わす
意欲捕鳴蟬　　意に鳴蟬を捕えんと欲し
忽然閉口立　　忽然 口を閉じて立つ

あるいは「卽事」(38)、

盆梅三株開滿房　　盆梅三株 開きて房《へや》に滿つ
主人坐對心相忘　　主人 坐して對すれば 心相い忘る
偶然入內女兒怪　　偶然 內に入って女兒は怪しみ
問爺何故衣裳香　　問うに爺《ちち》よ何の故にか衣裳香ぐわしきかと

など、より直截にこの詩人の特徴を示す作品をも採るべきであった。

さてBグループの詩人では、山東が清朝に最初に降ったことの反映として、25宋琬・69王士禛など、この省の出身者の活躍がめざましかったのに比して、Cグループの詩人になると「〝浙派〟の領袖」（前言九頁）である108厲鶚をはじめ、江浙地方の人々が多く登場する。この地方を代表する杭州・蘇州・揚州などの都市は、一世紀前には明清の熾烈な戰鬪がくりひろげられた場所であり、南京や鎭江とともに、以前の詩人たちによって、宋の故事をもちいて意味深長に歌われることしばしばであったが、今やそのような跡をとどめることは少なくなり、いわば陽光のもとでの自

然の風情や私的な生活が好んで寫される。一つの象徴として牽強を恐れずにいえば、Aの詩人は19銭澄之「梅花」（六八頁）がその「高潔さでもって氣節を堅持する志士になぞらえた」（選注者）ように梅花の香氣を好み、Bの詩人は69王士禛の「秋柳」（二一六頁）のように柳に留連の情を託したのにたいして、Cの詩人は、103王丹林「白桃花、次乾齋侍讀韻」（三二七頁）、107馬曰璐「杭州半山看桃」（三三一頁）、110嚴遂成「桃花」（三五四頁）のように、桃花の爛漫に滿足していたかに見える。

以上、「前言」で區分された四期の詩人たちのうち前三期について見てきたが、ここで全期にわたっての、本書の選人選詩の特徴と思われる點を補っておこう。

全國的な總集における同鄉詩人の顯彰は、かつての張維屛『國朝詩人徵略』[39]が廣東の詩人についておこなった例があるが、本書においても福建になじみのふかい詩人が、目だたぬ程度にではあるが贔屓されている。早々に登場する16髙兆は同省の出身で、無名ではあるが、その詩「荷蘭使船歌」（五七頁）[40]は清初の國際情勢の一端を寫していてユニークな存在である。75丁煒は王士禛から「閩詩派」の一人として評價されたことがある。[41]同様のことは滿族詩人の採錄についてもいえることで、93納蘭性德に先んずる32（覺羅）滿保は、康熙三十三年一六九四の進士であり、閩浙總督（在任は一七一五〜一七二五）としては最初の滿族出身者であった。いずれも本書の選注者の拔擢によって三萬の人海の中から浮上する機會を與えられた人たちである。

それよりも、小說・戲曲の作家、ないしは文藝評論家にかなりの紙面がさかれていることは特筆すべきであろう。すなわち、11金人瑞をはじめ、18李漁は「傳奇十種」（選注者、六頁）の、23陳忱は『水滸後傳』の、78蒲松齢は『聊齋志異』の作者であり、『長生殿』の84洪昇には、さらに61朱彝尊や95曹寅の關係する作品が用意されているし、87

孔尚任の『桃花扇』に關聯しては、その主人公である27侯方域本人を登場させるほか、97趙執信・118王又曾・151張問陶の詩題・詩句によって評判のほどを裏うちする。このうち洪昇と孔尚任に關してはつとに鈴木虎雄博士の論文『桃花扇』傳奇作者の詩」があるが、兩家の文集が博士の目睹しうるところでなかったのは惜しまれる。[42]次に『紅樓夢』の作者自身は裏方に退くものの、95曹寅は曹雪芹の祖父にあたり、129敦敏・134敦誠の滿族兄弟はその友人である。これら、むしろ他のジャンルで有名な人々が一方では詩人でもあったことは、清代の文藝界の一つの特長といえよう。詩の巧拙はともかくとして、詩人の品等づけも必ずしも定着していない現段階では、選注者の試みはきわめて好ましいものである。加えて、小説・戲曲の周邊にある藝能界の賑わいを反映する詩の材料も忘れられていない。例えば38毛奇齡の「贈柳生」詩（一三六頁）に歌われる說書家の柳敬亭は、吳偉業など明末清初の詩人たちの多くが評判にした人物であるし、當時の庶民的な藝能としては、119錢載の「小店」（三七八頁）が〝演唱〟の、126蔣士銓「弄盆子」（四一一頁）が〝雜技〟の、「象聲」（四一二頁）が〝口技〟の、141黃景仁「獻縣汪丞坐中觀伎」（四八五頁）が〝雜技〟の、それぞれ實體を讀者に傳えてくれる。

最後に指摘すべきは、本書が、政治や社會の諸相を直寫ないしは批判した歌行詩の約五十首でもって、全時代のいわば背景を用意するとともに、清代の詩人に共通する良心ともいうべき側面を語らせていることである。これはもとより、新中國成立いらいのリアリズムの尊重という姿勢を選注者も堅持している表われであるには違いないが、文學史の敍述ではしばしば平板にあるいは敎條的に流れる弊害もなく、敍情にたいする敍事という重層的な構造をつくりだすのに成功している。

一方、私が本書にたいしてもつ一番の不滿は、Dグループ、つまり「道光・咸豐期」の詩人たちをほとんど採錄していないことにある。北大中文系『中國文學史』(四)が、毛澤東の「中國革命と中國共產黨」第三節「現代の殖民地・

半殖民地と半封建社會」での指摘に據りながら、「一八四〇年の鴉片戰爭は中國近代史の序幕を開いた」（二〇五頁）とするように、本書も、道光の殘る十年と咸豐、そして同治・光緒・宣統と續く晩淸の七十年間を對象外に置いている。しかしながら王朝の區分によって「淸詩選」と銘うつ以上は、やはり一九一一年までを對象とするべきであると、私は思う。これは單に「淸代」という字づらにこだわるだけではない。淸代の詩を一つの完結した世界において見る場合に、この前に位置するCの「乾隆・嘉慶期の〝盛世〟」の詩が、一種弛緩した精神狀態のもとにあるのにたいして、この時期には、政治的社會的に緊迫した狀況に對應して詩人たちも再び緊張をとりもどし、最後の王朝の最後にふさわしいかたちで前近代の幕を閉じるからである。それも、選注者が姉妹篇として揭げた近代詩の選集が本書の實の姉妹としてスムースにつながるのであれば、まだしも納得はできる。しかし選注者が後を託するのは、一九二三年刊の陳衍編『近代詩鈔』と、一九六三年刊の北京大學中文系編『近代詩選』の二種であり、兩者を單純に並記するだけでは、讀者としてはとまどうばかりである。なぜなら、後者は前者について、「魏源以後の系列の進步的な詩人の詩にたいしてはあまり興味をもたず、詩の選擇もきわめて少なく、甚だしきは一首も採っていない」（前言三六頁）とし、要するに「近代の幾つかの主要な腐朽詩派の作品を展示したものである」（同）と決めつけているように、兩者は「根本的に對立している」（同三七頁）からである。少なくともこの對立にたいして、本書の選注者はその柔軟な目差しを當てるべきであったし、できうれば具體的な選人選詩の操作を通して、たとえば一八四一年に死んだ龔自珍を淸詩の流れの中に立たせてほしかったと思う。

以上、本書の第二の前言を私なりに試みたごとき面もないではないが、最後に、本書の詩人の經歷とか作品の解釋などについて、未熟な調査によりつつも、氣づいたところを列記することにしたい。

19錢澄之　「梅花」詩（六八頁）は「おそらく隱居時代に作られたものだろう」と選注者が指摘する、その「おそらく（可能）」の語は不要である。この詩が錢氏の『田間詩集』(43)の卷九「江上集」に收められた辛丑（順治十八年一六六一）の作だからである。全十首のうち本書採錄の「何處花先放」は其九首、「離離壓殘雪」は其五首。ちなみに「催完糧」詩（六六頁）は、卷七「江上集」所收、庚子（順治十七年）の作（詩題を「催糧行」に作る）で、「捕匠行」（六七頁）は卷八「江上集」所收、辛丑年の作、いずれも語句に幾つか異同もある。

21周亮工　詩人紹介に『賴古堂詩鈔』のみを擧げるのは不備で、上海古籍出版社の清人別集叢刊の一つにも『賴古堂集』上・下が一九七九年五月に影印されている。「自劍津發燕江次西溪」（七〇頁）はその卷四（五言律）に所收。同卷のすこし前に「今年予四十」云々と題する詩があることから、順治八年一六五一かその直後の作であることが分かる。一方、『清代職官年表』の「布政使年表」（一七六二頁）によると、周亮工は順治六年五月に福建按察使から福建右布政使に遷り、同十年に左布政使、同十一年には左副都御史に遷っている。したがって選注者がこの詩を「作者が福建布政使であった時に作られたと思われる」と指摘するのは正しいが、「〝三藩の亂〟以後の、この地方の荒涼としてうらぶれたありさまを描く」とするのは、まったくの事實誤認である。三藩の亂は順治八年からは二十二年後の康熙十二年に始まるからである。(補注)したがってこの詩は、南明の魯王朱以海が舟山から廈門に走り、かたや鄭成功が漳浦を回復するなど、清朝の支配がいまだゆきとどかなかった福建地方で、閩江上流を巡視していた時の一こまを寫したものである。

31尤侗　「清初の〝圈地〟」（選注者）を描いた「煮粥行」（一一九頁）の第十句、

前 歲 盡 被 豪 強 圈　　前歲 盡《ことごと》く被《こうむ》る豪強の圈

の「豪強」は、『西堂詩集』(44)所收「右北平集」では「滿州」に作る。おそらくこちらの方が原初の用語であろう。本

書は張應昌編『國朝詩鐸』(45)巻十六に據ったのであろうか。もっとも第十八句の、

　攜 男 抱 女 充 車 牛　男を攜え女を抱きて車牛に充《あ》つ

は、「充」を別集でも『國朝詩鐸』でも「無」に作る。この詩、おそらくは順治十一年の作であろう。

44陸次雲　選注者紹介に「約一六六二年前後在世」（一四八頁）とあるが、『國朝杭郡詩輯』(46)巻五によれば、康熙十八年一六七九の博學鴻詞に薦試されている。

48鄧漢儀　「約一六六一年前後在世」（一五七頁）とし、加えて「康熙十八年、試博學鴻詞科」と記されるが、87孔尚任の『己巳存稿』(47)つまり康熙二十八年の作には五古「哭鄧孝威中翰」を収めるので、その卒年は一六八九と確定できる。また現存の清詩總集としては最も早い時期に編まれた『天下名家詩觀』初集・二集・三集(48)の編輯者であることも、一言紹介されてしかるべきだろう。

49許虬　「順治八年舉人」（一五八頁）とあるが、『國朝詩別裁集』巻五および鄧之誠『清詩紀事初編』(49)巻三（三二四頁）によれば、さらに順治十五年一六五八の進士である。

50王攄　「約一六六三年前後在世」（一五九頁）とだけ記されるが、『清詩紀事初編』巻三（四〇〇頁）によれば生卒年は明らかで、一六三九～一六九九、となる。清人別集叢刊『蘆中集』(50)の「出版説明」も同様である。したがって順序は74徐釚のあたりまで下る。「謁伍相祠」（一五九頁）はその巻一に所収、丙申（一六五六）二月から庚子（一六六〇）十月の間の作である。

51董以寧　「約一六六六年前後在世」（一六〇頁）とあるが、やはり『清詩紀事初編』巻四（四二九頁）の推定だと、その生卒年は、一六二九～一六七〇となる。若くして45陳維崧らと「毘陵四才子の目有り」とも記される。

55劉廷璣　「約一六七六年前後在世」（一六八頁）とあるが、江西按察使であったのは、『清代職官年表』によれば、

康熙四十年一七〇一の五月から同四十三年二月までのことである。

56張遠「約一六九二年前後在世」「康熙三十八年（一六九九）擧人」（一六九頁）とあるが、これも『清詩紀事初編』巻八（九七三頁）には、「康熙五十五年選官雲南祿豐知縣、卒于官、年七十」とあり、その生卒年は、一六四七〜一七一六か、せいぜい二・三年のずれしかないことになり、順序も86番あたりまで下ることになる。

57景星杓　生卒・經歷いずれも記載がないが、『兩浙輶軒錄』[51]巻十三に、「庚子秋疾作、……浩然而逝、……壽六十有九」と記されるから、生卒年は一六五二〜一七二〇と確定され、順序は90番あたりまで下る。

68李因篤　卒年は不明とされているが、『清詩紀事初編』巻八（八六九頁）には、康熙三十七年より「當卒于此一二年內」とされるから、同三十五・三十六年、一六九六・一六九七の卒と考えられる。

84洪昇「衢州雜感」（二五九頁）を「七首」に作るが、『稗畦集』では「十首」あり、本書採錄は其二と其九首である。

95曹寅　七律「讀洪昉思『稗畦行卷』感贈一首、兼寄趙秋谷贊善」（三〇四頁）の第五・六句、

禮法誰嘗輕阮籍　　禮法　誰か嘗て阮籍を輕んぜん
窮愁天欲厚虞卿　　窮愁　天も虞卿を厚くせんと欲す

について選注者は、「二句は阮籍・虞卿になぞらえて洪昇を慰藉した」ものだとする。確かに後の句は、『史記』巻七十六・虞卿列傳の贊に、「虞卿は窮愁に非ずんば、亦た書を著わして以て自ら後世に見《あら》わるること能わざらんと云う」とあることから、著書にふれて洪昇になぞらえたものであるが、前の句は洪昇ではなく趙執信を指す。それでこそ詩題に明示した二人の友人への配慮が完了されるのである。すなわち、趙氏の七古「與史生升衢金蹕對酒、話京師舊事[52]」に、

周郎從道戀紅牙　　周郎は從道 紅牙を戀い
阮籍由來少青眼　　阮籍は由來 青眼少なし

と、趙氏がみずからを阮籍になぞらえたことを、曹氏は意識に置いているのである。なお、曹詩の「天欲」は『楝亭詩鈔』(53)巻四では「天亦」に作る。

97趙執信　七絶「昭陽湖行、書所見」詩（三一二頁）の初二句、

屋角参差漏晩暉　　屋角参差として晩暉を漏らし
黄頭閒緝綠簑衣　　黄頭閒《しず》かに緝《つむ》ぐ綠簑衣

のうち、選注者の「黄頭は老年の人」と注するのは誤解。趙蔚芝・劉聿鑫選注『趙執信詩選』(54)が『漢書』巻九十三・鄧通傳を引いて、「黄頭はむかし船をあやつる人を黄頭郎と稱した」（一〇七頁）と指摘するのが正しい。「綠簑衣」が張志和の「漁父歌」（『全唐詩』巻三百八）に用いられている語であることもその傍證となるだろう。

103王丹林　採錄された七律「白桃花、次乾齋侍讀韻」（三二七頁）の全文は次のとおりである。

相逢不信武陵村　　相い逢うは信ぜず武陵村のみなりと
合是孤峰舊托根　　合《まさ》に是れ孤峰舊托の根なるべし
流水有情空蘸影　　流水は情有るも空しく影を蘸《ひた》し
春風無色最銷魂　　春風は色無くして最も魂を銷《け》す
開當玉洞誰知路　　玉洞に開き當るも誰か路を知らん
吹落銀牆不見痕　　銀牆に吹き落ちて痕を見ず
多恐賺他雙舞燕　　恐るること多きは他《かれ》に賺《だま》さるる雙舞の燕の

誤猜梨院繞重門　　誤まって梨院かと猜《うたが》いて重門を繞《めぐ》るを

詩題の「乾齋」なる人物について選注者には何らの注記もないが、陳元龍、字は廣陵、號は乾齋のことであるに違いない。浙江杭州府海寧州の人であるから、錢塘縣（一に仁和縣ともする）の王丹林にとっては同郷人である。傳が『國朝杭郡詩輯』巻四、『兩浙輶軒錄』巻十一、『清史稿』巻二百八十九などに見える。その[55]『愛日堂詩』巻九「環召集」三（乙亥・丙子・丁丑）に、王氏次韻の原詩である「白桃花」六首のうちの其一が見える。

淨洗鉛華謝俗喧　　鉛華を淨洗して俗喧を謝し
妖紅隊裏結瓊根　　妖紅隊裏 瓊根を結ぶ
梨雲一片曾同夢　　梨雲一片 曾て夢を同《とも》にし
梅雪三分與借魂　　梅雪三分 與《とも》に魂を借る
人面相看春有恨　　人面 相い看て春に恨み有り
漁舟重過月無痕　　漁舟 重ねて過《よ》ぎるも月に痕無し
不逢幽賞誰知重　　幽賞に逢わざれば誰か重きを知らん
漠漠含情晝掩門　　漠漠と情を含みて晝にも門を掩《おお》う

詩の前後の配列からして、「乙亥」つまり康熙三十四年一六九五の作であることは明白である。

一方王丹林については『國朝杭郡詩輯』巻五の略傳に、「字赤抒、號野航、仁和人、康熙年郡拔貢、官中書科中書、有野航集十卷」。また「野航年三十、始中明經、踰三年試爲教習、又四年得官、又八年而以疾歸、……卒年五十一」とあるのによれば、首都北京で陳元龍に接し得てこの次韻詩を作ったのは、三十七歳で內閣中書科中書舍人の官に就いてから四十五歳で歸郷する間のことであろう。

さて選注者はあるいは杭州での作とみなしているのではないかと思うが、その初二句について、「白桃花が梅花を彷彿とさせることを描く。……孤峰は杭州西湖の孤山を指し、梅の樹が多い」と、わざわざ梅とからませるのは腑に落ちない。白桃花の咲く北京の、おそらくは乾齋の屋敷の閉ざされた門の内を桃花源になぞらえているとすれば、「孤峰」はたぶん、陶淵明「桃花源記」の「一山」を指すのだろうが、孤山を指して、當地で觀る桃花も實は故鄉の桃樹と根がつながっているということで、同鄉の誼みを示したとみることも可能である。ちなみに孤山に限定はできないが杭州にも桃の名所があることは、本書107馬曰璐の「杭州半山看桃」の詩（三三一頁）によって分かる。ついで第二聯について選注者が、「桃花の色が白く、流水もその姿を映し出せず、その氣のある者がこれを見てもいっそう落膽するばかりだ」云々と注記するのも、よく解からない。また『國朝詩別裁集』巻二十一にこの詩を取りあげて、沈德潛が「剪刻の痕無く、天然の趣有り。一時に和する者、皆な其の下に出づ。輦下の詩人、鈔寫すること幾遍なりしか」とたたえ、『國朝杭郡詩輯』（十六巻本）巻四は、この第二聯が「時に絶唱なりと推さる」としるす、その評判のほどはともかくとして、沈氏の解釋もすなおには受取れない。私にはこの二句が、乾齋その人を白桃花になぞらえ、流水には影のみ、春風には芳香のみと、その恩惠を待つ身の確かな手應えの無さをかこっているようにしか思えないからである。第三聯もやはり門内に通してもらえぬ歎きであるように思う。

なお、王丹林の生卒年次については、選注者は「約一六九二年前後在世」と記すだけだが、さきの『國朝杭郡詩輯』の記載と陳元龍との關係からみて、遲くしては康熙四十八年一七〇九の卒（とすれば一六五九年生まれ）となり、一方、顧嗣立の『閭丘詩集』巻二十、甲申（康熙四十三年）の作によって、おそらくは王氏の歸鄉後、錢塘の吳焯の招きで顧嗣立や洪昇らと飲酒作詩の會をもったことが明らかである以上、その死は早くともこの年（だとすれば一六五四年生まれ）より後ということになり、本書の順序としては95番あたりに繰りあがるわけである。また、その歸鄉にあたっては當時の名士であった王士禛や高士奇（一六四五～一七〇四、錢塘の人）の「贈言」があった旨、『國朝杭郡詩輯』の略傳に見える。

105黄子雲　號は野鴻の五律「大洋」（三二九頁）が作られたのが、「清朝の冊封使者に隨從して琉球に入った時」（選注者）とされる、その使者の名を、『國朝詩別裁集』卷三十での沈德潛の注記では、「時徐澂齋太史奉命冊封琉球、野鴻隨行」と姓と雅號で明記するが、この人物が『清代職官年表』「特派使節年表」（三〇一一頁）の、「康熙五七年、戊戌（一七一八）諭祭琉球國故中山王尙貞・尙益、並冊封世曾孫尙敬爲中山國王　正使（滿）海寶檢討、副使徐葆光編修」とあるうちの副使と、たぶん一致すると思われるが、『國朝詩別裁』卷二十三および『江蘇詩徵』(56)卷六の徐葆光略傳には「字亮直、江南吳縣人」としか記さないので、確かなところは分からない。なお、黄子雲は『國朝詩別裁』および本書では崑山の人とするが、『隨園詩話』卷三では蘇州の人とされ、それだと徐葆光と同鄕である。

107馬曰璐　その在世期間を選注者は「約一七二九年前後」（三三一頁）とするだけだが、その生年については兄馬曰琯のそれが一六八八年（卒年は一七五五年）であることが參考となり、その卒年については、曰璐に「哭厲樊榭」(57)の詩があることから、108厲鶚の卒した一七五二年より後であることが分かる。

150焦循　この詩人の別集『雕菰集』(58)卷二によっても、『國朝詩鐸』卷十四（災荒總）によっても、本書採錄の「荒年雜詩」（五〇八頁）の第十句と十一句との間には、「休問何以耕、休問何以煥」の二句が入っている。

154郭麐　本書採錄の三首はすべて『靈芬館詩四集』(59)に見える。いずれも製作年が明示されているから、これによって配列しなおすと、「法華山望湖亭同汪吳二子作」（五三二頁）が卷四『皐廡集』所收、「辛未正月至十月」つまり一八一一年の作。「新晴卽時」（同頁）が卷九『蘧庵集』所收、「丙子」一八一六年作。「書悶」（五三二頁）が卷十一『蘧庵集』所收、「戊寅」一八一八年作である。

注

（1）上海古籍出版社、一九七九年一月以降刊。
（2）上海古籍出版社、一九七九年十月以降刊。
（3）上海中華書局、一九一六年刊。
（4）臺灣商務印書館・人人文庫、一九六七年八月。
（5）上海古籍出版社、一九八二年十一月。
（6）集英社・漢詩大系22、一九六七年六月。
（7）入谷仙介・福本雅一・松村昂『近世詩集』所收。朝日新聞社・中國文明選9、一九七一年五月。
（8）明治書院・中國の名詩鑑賞10、一九七六年四月。
（9）一九二九年刊。
（10）孔尚任については『晚晴簃詩匯』卷三十九に「國初」の人とみなし、納蘭性德については本書の紹介で「清初の著名な詞人」（二九八頁）とする。
（11）中國歷史小叢書の一。中華書局、一九八〇年刊。ただし詩題は未詳。手鈔本『呂晚邨先生詩集』（民國六十二年・臺北臺灣商務印書館景印）には載らない。後攷をまつ。
（12）康熙十年一七六一作、『漁洋續集』所收。
（13）北京大學中文系文學專門化一九五五級集體編著『中國文學史㈣』一〇頁、人民文學出版社、一六五九年。
（14）中國科學院文學研究所中國文學史編寫組編寫『中國文學史』一〇一四頁、人民文學出版社、一九六二年。
（15）王氏の入蜀後の山川描寫の詩には杜詩的なものがあるとする「前言」の指摘は、明らかに沈德潛の『淸詩別裁集』卷四「朝天峽」詩の批評に據っている。拙稿「沈德潛と『淸詩別裁集』」一五九頁（『名古屋大學敎養部紀要』二三輯A、一九七九年）參照。

（16）『池北偶談』では、本詩の第一句「倚檻春風玉樹飄」は、「綺閣臨春玉樹飄」に、第三句「興懐無限蘭亭感」は、「興亡何限蘭亭感」に作る。

（17）このエピソードについては、高橋和巳『王士禛』九五頁（岩波書店、中國詩人選集第二集、一九六二年）にも言及されている。

（18）高橋前掲書五五頁參照。

（19）『遺山先生文集』巻二。張傳實・李伯齊選注『濟南詩文選』二八頁所收、齊魯書社・一九八二年四月刊。また山東社會科學院語言文學研究所主編『咏魯詩選注』六〇頁所收、山東人民出版社・一九八三年八月刊。

（20）『樊川文集』巻三。

（21）方文『嵞山續集』魯游草、所收。上海古籍出版社、一九七九年十月影印。

（22）高橋前掲書三頁。「諸名士が明湖に雲集した」ことは、高橋氏も引き本書選注者も引用する王氏の「菜根堂詩集序」に記されているが、それが郷試のためであったか否かは定かでない。順治十四年一六五七は全國的郷試が行われた年であるが、『清代職官年表』（中華書局・一九八〇年七月刊）第四冊「郷試考官年表」によると、山東省に限って、施行月日が「（原缺）」とされ、同考官も「（降三調）」とされるのみで、施行された保證が明白でないからである。

（23）近藤、前掲書四八頁。

（24）清水茂『顧炎武集』九〇頁、朝日新聞社・中國文明選7、一九七四年十一月。

（25）上海商務印書館・國學小叢書、一九三五年四月刊。

（26）『結埼亭集』外編巻二十二。

（27）『安徽史學通訊』一九五九年四・五合刊——鄭天挺主編『明清史資料』下一八五頁、天津人民出版社、一九八一年八月所收の節錄による。

（28）山口久和「呂留良と張倬投書案」四〇頁、京都大學中國哲學史研究室『中國思想史研究』第三號、一九七九年十一月、を參照。

(29) 劉斯奮・周錫䪖選注、廣東人民出版社、一九八〇年一月刊。
(30) 鄧氏はこの案件を乾隆四十一年に置くが、事の始まりはもっと早い。詳しくは拙稿「沈德潛と『清詩別裁集』」一六一頁以下參照。
(31) 『清史稿』卷三百十一・沈德潛傳。
(32) 劉漢屛『「四庫全書」史話』二〇〜二二頁より拔粹。中華書局・歷史知識小叢書、一九八〇年十月。
(33) 光緒八年一八八二記。
(34) 劉漢屛、前掲書二五頁。
(35) 『小倉山房詩集』卷二十六には「謁岳王墓作十五絶句」に作る。
(36) 嚴榮の『王述庵先生年譜』に、乾隆四十五年一七八〇の高宗第五次南巡の經路と行事を詳しく記している。その一部を引用しておく。

(二月) 十四日、揚州に至り、命を奉じて宋の宗忠簡公澤・明の史忠正公可法・本朝張文貞公玉書を京口に祭る。二十三日、蘇州に至り、命を奉じて吳泰伯・范文正公仲淹・湯文正公斌・陳恪勤公鵬年・張清恪公伯行の祠を祭る。(中略) 三月初二日、杭州に次し、命じて、陸宣公 (贄)・錢武肅王 (鏐)・岳忠武王 (飛) を忠肅公の祠に祭らしむ。

これによって、Cの詩人たちの咏史詩が政府的行事への參加であったと考えて、ほとんどまちがいないだろう。このような、皇帝みずから南宋および明の忠臣を祭る行事が、いつから始まったのか、それに應える詩が、誰によって、どのように咏まれているかは、今後の調査にまつ。
(37) 『小倉山房詩集』卷二十五。
(38) 同卷二十五。
(39) 初編は道光十年一八三〇自序刊、二編は同二十二年序刊。
(40) この詩は『晚晴簃詩匯』卷十六所收。
(41) 『漁洋詩話』卷下。

(42)『支那文學研究』所收、一三九頁以下、弘文堂、一九二五年十一月刊。洪昇の詩集は「康熙乙卯」一六七五題記の『嘯月樓集』七卷の鈔本が靜嘉堂に藏せられているが、中國では『稗畦集・稗畦續集』が古典文學出版社より一九五七年九月に刊行された。また孔尚任の詩集は、中國から『孔尚任詩』が北京科學出版社より一九五八年に、『孔尚任詩文集』が中華書局より一九六二年八月に刊行された。
(43) 康熙二十九年一六九〇序刊。
(44) 康熙二十五年刊。
(45) 同治八年一八六九刊。
(46) 三十二卷本、吳振棫重輯、同治十三年刊による。以下も同じ。なお十六卷本は吳顥輯、嘉慶五年一八〇〇刊。
(47)『孔尚任詩文集』一六四頁。中華書局、一九六二年八月刊。
(48) 初集は康熙十一年刊、二集は同十七年刊、三集は同二十九年序刊。
(49) 中華書局、一九六五年十一月刊。
(50) 一九八一年二月、康熙刻本影印。
(51) 阮元輯、嘉慶六年一八〇一刊。
(52)『飴山詩集』卷十所收。
(53) 清人別集叢刊、一九七八年十二月、康熙刻本影印。
(54) 齊魯書社、一九八三年三月刊。
(55) 乾隆元年刊。
(56) 王豫輯、道光元年一八二一自序刊。
(57) 阮元輯、『淮海英靈集』乙卷三所收。嘉慶三年一七九八刊。
(58) 阮元輯『文選樓叢書』所收、道光四年刊。
(59) 道光三年一八二三刊。

補注一

京都大學文學部東洋史研究室編『東洋史辭典』（一九六一年・東京創元社）は、「さんぱんのらん　三藩の亂」の項で、康熙十二年に吳三桂が雲南に兵を擧げて始まった亂について、「これを後三藩とよび、順治年間に反抗した明の福王・唐王・桂王を前三藩とに區別することがある」とする。うち福王は崇禎十七・順治元年の五月、南京で卽位し、翌年五月、南京が陷落する直前にその上流の蕪湖に逃げたが、捕まって殺された。唐王は順治二年閏六月、福建の福州で卽位したが、翌年八月、江西に近い汀州で捕まって殺された。桂王は順治三年八月、廣東で卽位したが、同十八年七月に捕まり、翌年に殺された。

したがって本書の選注者が「〝三藩の亂〟以後」というのは、「前三藩」のうちの唐王卽位以後のことを念頭に置いていると思われるので、「まったくの事實誤認」とした私の文言を撤回する。なお「南明の魯王朱以海が」云々については訂正の必要がない。

（二〇〇七年十一月、記）

附録

一　紹介・歴史劇『海瑞罷官』をめぐる學術政治論爭

はじめに

昨一九六五年十一月三十日、『人民日報』編輯部は毛澤東の「百花齊放、百花爭鳴」の方針[1]に沿いつつ、姚文元[2]の「評新編歴史劇『海瑞罷官』[3]」なる批判論文を上海の『文匯報』から轉載し、「歴史人物と歴史劇をどのように扱うか、どのような觀點にたって歴史を研究し、藝術の方法によって歴史人物と歴史事件をどのように映し出すか」の問題について、讀者に討論參加を呼びかけた。

『海瑞罷官』の作者吳晗（一九〇九年生）は歴史學者として、明・清の社會經濟史をはじめ、あらゆる時代と分野にわたる精力的な研究活動を續けてきただけでなく、政治家としても、六五年末當時は、北京市副市長、中國民主同盟副主席の要職にあった。

劇の主人公海瑞は明末の政治家（一五一四〜一五八七、正德九〜萬曆十五）、いわゆる〝清官〟として有名な人[4]である。その有名さは、我々日本人の中での水戸黄門とあい似ると言えるだろう。

海瑞にたいする一連の著述[5]をふまえて、吳晗が新たに九幕の京劇に編んだのが『海瑞罷官』[6]であり、一九六一年一月の『北京文藝』誌上に發表されるや、ただちに北京京劇團によって上演された。

典型的な封建時代人を、學術論文の中で再評價し、舊劇の中で形象化する地盤、そしてそれを受けいれる地盤が、社會主義建設の盛んな現代中國にもなお殘されているのだろうかという疑問が、吳晗の『海瑞罷官』と二、三の論文を垣間みた段階での、私の抱いた率直な感想であり、思想的にも形式的にも、人民の立場という觀點からすればけっして高くはない作品を、五年後の今日になって、ようやく批判の俎上にあげたのはなぜだろうかという疑問が、姚文元以後、毎日のように發表されはじめた批判・反批判の諸論文を讀んだ六五年段階での感想であった。(7) そして、これはあくまで學術論爭であり、政治的には、海瑞が、吳晗みずから述べるように、「人民大衆に、彼ら（右翼日和見主義者）の右翼日和見主義の本來の面目を認識させる(8)」ために形象化されたものであるならば（事實、私は額面どおりに受けとっていたのであるが）、大した問題にはなるまいというのが、私が論爭の先ゆきにたいしてもった、いつわらぬ豫想であった。

ところが、それ以後ほぼ九ケ月の間に、吳晗とその諸作品についての批判・反批判の論文、文獻、討議資料は百篇をこえるにいたった。この間、海瑞が民間傳誦の形で民衆の腦裡になお存在しているということと、『海瑞罷官』が歷史劇であるがゆえにもつ社會的教育的作用を反映してか、論爭は、ただに學術の分野にかぎらず、政治の分野にまで大きく踏みこんでいった。批判の對象も、一個の『海瑞罷官』から吳晗の全作品、そして吳晗その人にまで及び、さらに輪をひろげて、吳晗を含む一つのグループ、「反黨反社會主義者」にまで及んでいった。要するに、「ここ三年いらいの社會主義文化大改革命(9)」の最終段階における先鋒をつとめたのが、姚文元の『海瑞罷官』批判であったということができる。

今回の社會主義文化大革命においても、これまでの諸々の革命事業と同じく、その基盤にあるのは、大衆と大衆討議であった。新聞・雜誌・ラジオ等の報道機關に載せられた、『海瑞罷官』に關する數多の記事は、ニュースというより討議資料という性格のほうが強かったと思われる。大衆は討議資料の文章をおのれの生活の鏡に照らしながら、工場・人民公社・部隊・學校等の、あらゆるグループの中で、討議をくりひろげるのである。したがって、『海瑞罷官』問題を、ことさら學術とか文學の分野に限って論ずることは、それがいまなお進行しつつある社會主義文化大革命の中で果たした役割を見誤ることになろう。というより、學術は、現實の政治の正しい息吹きを吸うか否かによって、その生死が決定されるのであり、文學も、大衆の現實生活の正しい息吹きを吸うか否かによって、その生死が決定されるのだということを、したがって、學術にしろ文學にしろ、現實の政治や現實の生活の基本を落としては、何らの成果をももたらしえないばかりか、その逆の場合ですら起こりうることを、中國の今回の文化大革命は訴えているかのようである。好むと好まざるとにかかわらず、中國の種々の動きを紹介するにあたっては、最低この點をふまえてかかる必要があろう。

一　『海瑞罷官』のあらすじ

時：一五六九年（隆慶三）清明節（四月初旬）から同年秋まで。

ところ：江蘇省松江府華亭縣と蘇州府。

人物：巡檢使海瑞、母謝氏、妻王氏、召使い海朋。元首相で、今は鄕里に歸っている徐階、その三男徐瑛、家僕徐富。徐家の小作人趙玉山、嫁洪阿蘭、孫趙小蘭。華亭縣知事王明友、蘇州府知事鄭愉、吳縣知事蕭岩、松江府知事李平度。その他。

第一幕　人民の憤り

洪阿蘭、趙小蘭母娘が趙玉山の一人息子の新佛を祀りに出る。夫であり父である人は、徐に田地を橫領され、財産は沒收、なおも年貢納めの督促、お上への告訴は踏みつけ蹴りつけ、ために狂い死んだと唱うところへ、物陰から見ていた徐瑛が現われ、小蘭を奪い去り、かけつけた趙玉山を打ちのめし失神させる。村人たちは手をこまねいて、「國のおきてはどこにある?　天のことわりはどこにある?」と、嘆くのみである。蘇った趙玉山は法廷へと嫁を促す。法廷では、土地を財産を家を、徐の大旦那若旦那から奪いとられたと、こもごも訴える大衆を、知事王明友が追いはらったあと、洪阿蘭が現われる。知事は洪に人的物的證據がないとして、その場をきりぬける。

第二幕　とり調べ

徐瑛は府縣知事にそれぞれ賄賂をおくる。審査の場、檢證の役人は趙玉山に打撲傷のあとをみとめずと言い、徐瑛は當日、高等文官試驗の資格をもっている大學生の家で勉強していたと述べ、徐富を證人としてたてる。趙は抗議するが、王明友は逆に彼を鞭うち、殺す。「人の世に是非を辨えるその難しさ、お天道さまよ、お天道さま」と、洪阿蘭の慟哭、徐のせせら笑い。王がいささかたじろぐその時、巡檢使着任のしらせが入り、王は慌てて蘇州にとびたつ。

第三幕　赴　任

四人の府縣知事が海瑞の經歷につき、期待と恐慌をこもごも述べて退場。それとは分からぬ平服の海瑞がその家族をつれて登場する。海瑞（唱）「惡しき長老、欲ぶかき役人は、村ざとを踏みにじり、かの苦しき民衆は痛めつけられて村を逃げ出す。民は貧しく財も盡き、國のいのちはいまわのきわ。我は海瑞、みかどの恩に報いて改革につとめん」。

炎天のもと、上訴に急ぐ洪阿蘭や村人たちと海との出會い。村人大勢、「田地はみんな徐のお屋敷にのっとられ、おまけにやれ年貢だ、やれ勤労奉仕だと、私たちは死ぬほどの苦しみかたでございます」。海、「それもまた、お前たちのまちがいじゃ。なぜに訴えん」。村人甲・乙、「よそのお役人さま、旦那はこの地の方でないから、それも仕方はございません。府知事は、あの有名な剝ぎ屋の李。縣知事はでっかい盜っと役人。私たちがどうして訴えられましょう。（唱）お役所の門は八の字に開いているが、道理が立っても錢がなけりゃ入りはできぬ。天上天下はおしなべてお役人の世、なんでまた貧乏人には惡い星のめぐりあわせよ」。海は一瞬絶句する。海瑞の善政を聞き知っている村人たちは、これから蘇州の巡檢使廳に上訴に行くとのこと。「こんどおいでになった巡檢使の海の旦那さまは、きっと私たちの味方になってくれますとも」。

太鼓と音樂が海瑞着任を知らせる。集まった蘇州の村人の一人が警備兵に突きたおされ、姿をやつした海瑞が扶け起こそうとするが、彼もまた李平度に突きたおされ、手ひどく罵られたうえ、あぶなく鞭を喰わんとする。

第四幕　徐階との出會い

徐階の屋敷。徐が登場し、二十年間、二代の皇帝に仕え、今は隱居して、廣大な莊園、莫大な財產、萬に及ぶ家僕奴隷を誇る身であることを唱と科白で述べたあと、元の部下海瑞と舊交を溫めうる喜びを獨白し始めるが、子や孫たちの横暴ぶりに、ふと思案が移る。海の來訪が告げられ、形どおりの挨拶のあと、徐の危惧は事實となって現われる。徐瑛の一件がもちだされ、もし確かな證據があれば法のいかなる裁きにも從うと、徐階は海瑞から言質を取られてしまう。徐階は息子に問いただし、その誘拐毆打と僞證事件が事實と知って驚き、徐瑛も海の人となりを知って驚き、そろって大いに慌てるが、ふと惡知恵を働かせて、父親が息子に何やら耳打ち、二人の顏に安堵の色が蘇る。

第五幕　母の教え

巡檢使廳の奧座敷。母の謝氏・妻の王氏が、海瑞の事業についての人民の噂を喜びつつ、話を交わすところへ、海瑞が登場する。母のねぎらいを受けた海は、徐階父子の横暴からくる惱みを漏らす。徐階はかつて、おのれを死刑から救ってくれた人。だが、弱年の海瑞にみずから忠孝の道德を教えてきた謝氏は、「お前は個人の恩を返すのか、それとも國家の掟を敬うのか」とせまる。海も、「個人の恩を顧みて國家の掟を忘るれば、學問を何の役に立てんとするか。國境を守り人民をいたわるために、公明正大をおのが導きとせん」と唱い、「汚ならしい役人どもの頭をばっさりと切ってみせる」と決心する。

第六幕　裁　き

海瑞は着任いらい、水利等の現地視察や農工商人との辻問答のほかは、門を閉ざして出ない。脛に疵もつ各府縣知事は、針の筵に坐った思いで、彼との面會を待つ。海は登場するやただちに、退役官僚や金持ち、汚職官吏等の横暴ぶりを糾彈、各府縣知事の惡業を暴露する。主題は洪阿蘭上訴の一件。王明友、徐瑛の陳述によって大學生の張が訊問されるが、張は架空の人物で、實は徐富の變裝である。徐瑛が千字文、百家姓を書いていたという徐富自身の陳述と、かような者は在籍せずという教官の證言とによって、徐富の化けの皮は剝がされ、その口から、徐瑛の婦女誘拐、老人毆打、贈賄、王明友の原告撲殺、等々の眞相が暴露される。かくて斷罪は、徐瑛に絞首刑、王明友に斬殺刑、李平度に禁錮、徐富に鞭打ち百、三年の徒刑。徐瑛は父親の面子により罪一等を減じてくれるよう請うが、海瑞は、「王子も法を犯せば庶民と同罪」と言って、四人を連れ去らせ、洪阿蘭を見やれば、洪は、「青空のごとく翳りなき旦那さまは人民のために恨みをすすいでくださいました。ご一族がとわの代までお榮えあられますように」と言って、叩頭する。海瑞、村人に向かって、「みなの衆、先日の語りあい、よくぞいろいろ教えてくれたのう」と言えば、村人の甲、「旦那さまの裁きはまことに正しうございます。ただ、私たちの土地財產は徐家をはじめお歴々にのっとられ、空っぽの財布に殘るは年貢だけ、民のなりわいは苦しみを極めております。おついでにどうかお圖りくださいますよう、旦那さまにお願い申します」と訴え、乙と丙も、「旦那さまが私たちの味方になってくれますように」と懇願する。海はただちに、各退役官僚が橫領した良民の土地財產を返還すべきむね、觸れを出させる。村人たちは叩頭し、「旦那さまは人民の味方、江南の貧しい民も今からは樂な日々を過ごせます。ご恩に感じ德を戴き、あっしら戻りましては、旦那さまのお姿を畫き、朝な夕なに拜ませていただきます。（そろって、唱）今日は翳りなき旦那さまにおめみえし、これからは野良のかせぎに勤しみ田園をしっかりと整えまする。土地があれば衣食に何の愁いがありましょうぞ。安らかなりわいが、つい眼の前にありまする」と述べて退場する。海瑞も、「これで民衆も一息つけよう」と述べる。

第七幕　命乞い

徐階は海瑞を訪れ、獨り息子の免罪のため、泣きおとすやら恩に着せるやら、はては袖の下を使おうとするが、いっこうに通じない。それではと徐が脅迫に出ると、海は、「徐元老殿、冠はそらここにござる。剝ぎたいのであれば持って行かれるがよろしかろう。この海瑞は、宮仕えの身である前に、一個の正々堂々たる大丈夫たらんとするわ。お上の仰せが一たびあれば、さっさと官を退いてみせまする」。もはやこれまでと、徐は捨てぜりふを殘して立去る。海は、「百萬の人民のために僅かな善事をしてやることは、やはり、みかどのためにいささかの心配ごとを輕くすることにもなるのだ」と、胸をはる。

第八幕　仇うち

徐階の親友甲と乙が徐家を訪ね、家令と面談するうちに徐階が歸館する。海瑞を處分する計略をあれこれとめぐらすうちに、中央の高官と在鄕の退役官僚との內外から夾擊すべしという案に、衆議一決する。ただちに實行に移され、書信と賄賂が中央に向かって飛ぶ。中でも目指すは監察官の戴鳳翔である。

第九幕　免　官

巡檢使廳の大廣間で、徐瑛と王明友の死刑がとりおこなわれようとしている。そこへ戴鳳翔・徐階の一行が登場し、戴は、皇帝の命令により海瑞の免官とおのれの着任を、海に告げる。海が、江南の大害とは他ならぬ退役官僚どものこと、「濡れ衣は十分に正さねばならぬ。田を返してはじめて人民を安らげうるのだ」と唱えば、戴は、貴様こそ、百姓を虎狼にしたてお偉方をその餌食にするものだと、やり返す。その時、傳令官が執行時間の到來を告げ、押し問答は資格の所在に移るが、なにぶん巡檢使更代と罪人特赦の文書が屆かぬ以上、大權はなお海にある。號砲三たび鳴り、徐はぶつ倒れ戴は仰天する。海は大權の佩印を高々と擧げ、新舊の更代を告げる。幕がおり、合唱。「天寒く地凍えてひゅうひゅうと鳴る風、千萬すじの絲もてひかるる別離の情、海瑞さまは南に歸りて留めおおせず、よろずの家々は生き佛とてお香をば焚く」。

二　主題と教育的意義をめぐつて

論爭のきっかけをなした姚文元の批判にしたがえば、こうである。つまり、『海瑞罷官』の主題は、吳晗が述べるような「封建統治階級の内部闘爭」[10]などではなく、「農民の運命を決定する一人の英雄」がただ獨りで果す「一大革命」である。封建制度が動かぬものとしてあり、地主の壓迫と搾取が依然として存在するにもかかわらず、海瑞のやりかたにならうだけで、農民の土地と衣食の問題がもののみごとに解決され、農民は「安らかななりわいが、つい眼の前にありまする（好光景就在眼前）」（六幕）と喜ぶのだと、吳晗は讀者と觀衆に訴えるのである。吳晗が「論海瑞」の中で、「農民と地主の訴訟事件にたいして、彼（海瑞）は農民の側に立った。海知縣ないし海都堂は、當時壓迫され馬鹿にされ濡れ衣を着せられた人々の救いの星であった。彼は廣範な人民の稱讚を受け、偶像崇拜され口々にほめたたえられ、死後の葬列は百里以上も續いた[11]」。「彼が一生いつどこででも民衆のために思いをめぐらし、人民のために利益を圖ったことを、我々は認めほめたたえる」[12]と述べているように、この劇に寫しだされた主人公こそ呉晗の理想の人物なのであり、それは單に明代の貧苦にあえぐ農民の「救いの星」であるばかりでなく、社會主義時代の中國人民とその指導者の模範でもある。農民はただ、消極的にも、海瑞に冤罪を訴え、「旦那さまがあっしらの味方になってくれますように（大老爺與我等作主）」（六幕）といって懇願するにすぎない。姚文元が指摘した、以上のような點に、その後の數多の批判論文の基調もあったといってよい。

主題についてもうすこし分析すると、呉晗は、この劇の初稿から七稿に進む過程で、當初は「退田」、横領した土地を返させることを主とし、「除霸」、惡德ボスを退治することを從としたのであるが、「退田」は改良主義にすぎず、明代當時の農民問題を何ら解決するものではないという友人の指摘を認め、逆に「除霸」を主とし「退田」を從に落ちつけた[13]。呉晗のこのような配慮にもかかわらず、その主題はあくまで「退田」にあると姚文元は主張するが、劇の主題を「退田」と、「除霸」あるいは「平冤獄」つまり冤罪を正すこととのどちらにとるかは、六五年段階での論爭では大した問題にされず、批判の矛先は、いずれにしろ改良主義であるという方向に向いた。

一方、反批判に屬する意見として、例えば、封建社會では〝淸官〟〝好官〟が改良主義の措置をとっても農民問題は解決できず、官僚地主集團の反對にあって破産してしまう、つまり改良主義失敗譚であるという意見（郭非）[14]、農民がおのが幸福を地主に乞うて得られなかった話であり、おのが幸福はおのが力によってのみ、壓迫された人民みずからが鬪爭に起ちあがることによってのみ得られることを教えた鬪爭回避教戒譚であるという意見（何正祥、離先瑜）[15]、後述の道德繼承論と關聯するが、海瑞のごとき封建國家への〝忠〟を、プロレタリア階級の黨への、人民への、革命への、社會主義建設事業への〝忠〟におきかえるべきだとする意見（郭非）[14]、また、徐階一派にたいする海瑞の、「正義を唱え、不撓不屈の、貪汚に反對する、暴徒を除き良民を安んずる、公平無私のあの精神」を、帝國主義と現代修正主義の反中國大合唱にたいする中國人民の精神に對比しようとする意見（宋都）[16]なども出たが、前二者は主人公海瑞の積極性をないがしろにしているだけに、一の教訓としてはうなずけるとしても主題とはいえず、最後者は、呉晗の、次に述べるような政治的意圖が具體的にあばかれるにつれて、說得力のうすいものとなった。

すなわち六五年十二月二十七日の呉晗の自己批判[17]とほぼ同時に發表された方求の『『海瑞罷官』代表一種甚麼社會思潮？』[18]、自己批判にたいする批判である史紹賓の「評『關于「海瑞罷官」的自我批評』的幾個問題」[19]、そして呉晗の全思想を洗いざらい批判した王正萍、丁偉志等の「呉晗同志反黨反社會主義反馬克思主義的政治思想和學術觀點」[20]などの論文の中で、呉晗の劇作の意圖が、一九五九年八〜九月の廬山會議（中國共産黨第八期中央委員會第八回全體會議）での右翼日和見主義者（國防部長彭德懷、總參謀長黃克誠、外交部副部長張聞天ら）の解任事件と密接に關連するものとして、しだいに明らかにされるにつれて、「海瑞罷官」の主題も「退田」や「除霸」「平冤獄」等ではなく、「罷官」そのものであると指摘された。したがって、劇の終幕の合唱、「天寒く地凍えてひゅうひゅうと鳴る風、千萬すじの絲もてひかる別離の情、海瑞さまは南に歸りて留めおおせず、よろずの家々は生き佛とてお香をば焚く（天寒地凍風蕭蕭、去思牽心萬條、海父南歸留不住、萬家生佛把香燒）」が、新たにクローズアップされ、これは、一人の〝官〟を〝免〟ぜられた、あたかも人民の味方であるふりをした反黨反人民の〝英雄〟にたいして、遙かな尊敬と限りない戀慕を表現したものにほかならないというのである。

主題と教訓についての以上のような捉えかた――「退田」、「除霸」、「平冤獄」、忠などの封建道德を繼承する問題、「罷官」――の中に、今回の學術的政治的論爭の全ての基本點がそなわっているといってよい。

三　歴史人物の評價と歴史劇をめぐって

マルクス・レーニン主義の國家觀においては、國家は階級鬪爭の手段であり、一の階級が他の階級を壓迫する機關である。したがって、封建制國家は、地主階級が農民階級にたいして獨裁政治をしく手段である。同樣に、その法律、法廷、官吏も、やはり地主階級の獨裁政治の手段であって、農民階級のものでもなければ、超階級的なものでもない。このような觀點にたつことから、次のような指摘が生まれる。すなわち、いわゆる〝清官〟が、いかに清くあろうとも、結局のところは〝貪官〟と同じく、統治階級の手段の一つであることに變りない。彼らが淸いというのは、「政治的には、皇帝に、朝廷に、封建的な法律制度に忠實であり、思想的には、封建道德を遵守し、經濟的には、合法的な搾取の範圍外では不當な財物を全然貪らないか少ししか貪らない(18)」ということを意味するにすぎないのである、と。

明末という時期は、一部の大地主の大土地所有がますます進み、一方で農民反亂が頻發した時代(21)であるが、このような狀況にあって〝淸官〟海瑞は、「退田」、大土地所有の進行を制限することによって、〝貪官〟たち統治階級の右派と抗爭しつつも、「除覇」、惡德ボスどもの橫暴を除き、「平冤獄」、訴訟を公正に裁くことによって、農民の反抗氣分を緩和しようとした。その最終的な狙いは何かといえば、中小地主や富農を經濟的に保障することによって、本來の封建的地主支配をより鞏固なものとし、王朝の財政をたてなおし、農民の反抗的感情を和らげることともあわせて、王朝政權をより鞏固なものにすることであった。したがって、吳晗が海瑞をはっきりと統治階級に位置づけ、そのもとで「退田」「除覇」「平冤獄」といったテーマを展開させるかぎりにおいて、『海瑞罷官』に表わされたものを、「封建統治階級の內部鬪爭(10)」だとするのは正しいはずであった。

ところが『海瑞罷官』において、吳晗は海瑞をはっきりと農民の側に立たせ、この〝清官〟は地主階級の獨裁政治の手段として農民に敵對するのではなくして、農民階級の利益のために奉仕するのだと主張した。「退田」「除覇」「平冤獄」といった、地主階級の內部に起こった、社會的歴史的には副次的な矛盾を、地主と農民の間の、社會的歴史的に最も主要な矛盾にすりかえてしまったわけである。批判論文としても、水利事業とか租稅の減免とか公平な裁判などのように、〝清官〟が同じ階級である〝貪官〟の利益を侵し、結果的には農民に有利な政治をおこなうこともあるということを否定するわけではないが、吳晗が海瑞を不當に美化し、逆に農民を不當に無力化する中で、このような事實を、最も主要な階級矛盾に本質的にかかわる典型的なキャラクターとして前面に押しだしたところに誤まりをみとめたのであり、いいかえれば、海瑞が歴史事實としてもつ飴と鞭の二面政策のうち、飴だけを不當に評價し強調することによって、〝清官〟が統治階級の永遠の支配を維持し強化するために果たした基本的な役割を、全部あるいは大部分落としてしまったところに、批判の目を向けたのである。

「國のおきてはどこにある？　天のことわりはどこにある？」(王法何在？　天理何在？)」(一幕)、「人の世に是非を辨えるその難しさ、お天道さまよ、お天道さま！ (人間難把是非辨、天哪天！)」(二幕) と嘆息し、「旦那さまが私たちの味方になってくれますように」(六幕) と嘆願するまでに無力化された農民にも、「王法」が「道理が立っても錢がなけりゃ入りはできぬ。天上天下はおしなべてお役人の世 (有理無錢莫進來、上下都是官世界)」(三幕) であることを見拔く眼がなお殘っているのに、一たび海瑞が登場して、「王子も法を犯せば庶民と同罪 (王子犯法、與庶人同罪)」(六幕) と語ることによって、階級的本質に觸れた農民の言葉を蔽いかくしてしまうばかりか、ただ海瑞のごとき〝清官〟が實際行動として「王法」による正しい處理をしさえすれば、農民はたちまちにしてその冤罪をすすぎ、土地をとりもどせるということになるのである。吳晗がこのように〝清官〟海瑞を不當に美化し、農民を不當に無力化したということは、詮じつめれば、「歴史を推進させる動力が階級闘爭ではなく〝清官〟であるということ、人民大衆はみずから起ちあがってみずからを解放する必要はなく、ただ一人の〝清官〟の恩惠を待ちのぞみさえすれば、たちどころに『樂な日々（好日子）』（六幕）を得ることができるということを主張することであり、壓迫された人民は革命を必要とせず、いかなる嚴しい闘爭を經る必要もなく、舊社會の國家機構をうち碎く必要もなく、ただ〝清官〟に向かって平身低頭し、封建王朝の『王法』を遵守しさえすれば、汚職官吏を一掃することができ、『安らかなりわい』（六幕）をものにすることができるということを吹聽することである」（姚文元）[3]。ちなみに吳晗の歴史理論にたいして「彼は、歴史は帝王將相が創造したものであって勞働人民が創造したものではないと主張し」（王子野）[22]、「マルクス・レーニン主義の批判の原則を放棄し、極力古人をほめたたえ、歴史人物の限界性を批判することに反對し、歴史遺產と歴史人物にたいして全面的な肯定の姿勢をとる」（武英平）[23]といった批判が出てくるのは、單に『海瑞罷官』だけからの歸結ではなくして、彼の歴史に關するすべての著作からのそれである。事實、吳晗が歴史上の人物に注ぐ眼は、隋末の農民叛亂の領袖である竇建德[24]（五七三～六二一）にたいしてよりも、魏の武皇帝曹操[25]（一五五～二二〇）、唐の則天武后[26]（六二三～七〇五）、明の太祖朱元璋[27]（一三二八～一三九八）、明初の政治家于謙[28]（一三九四～一四五七）のごとき「帝王將相」、北宋の包拯（九九九～一〇六二）、明の况鐘[29]（一三八三～一四四二）、周忱[29]（一三八一～一四五三）、そして海瑞のごとき〝清官〟などにたいしてのほうが壓倒的に多く、しかもその評價はきわめて肯定的である。

吳晗の歴史觀と、とりわけ『海瑞罷官』にたいするこのような批判にたいして、姚全興[30]などの少數の反批判論文は、一部の「帝王將相」ないしは〝清官〟を評價する場合に、「封建主義の人民性」を認め、彼らが自己の階級の利益をそこなわないという前提に立っているとはいえ、やはり肯定すべきものであると說き、海瑞もこのような「封建主義の人民性」を有っていたからこそ、生命の危險を冐してまで暴政に反對し、ために免職になったのであって、彼の事業は確かに人民に一定の物質生活向上の條件を與え、當時の人民の願いにかない、客觀的にも社會の生產の發展に寄與しえたと、主張する。このばあい、姚全興が「封建主義の人民性」の代表例として擧げるのが杜甫である。朱熙も、(31)「自分は一人の江南人であるが、自分の知るかぎりでは、廣範な勞働人民の中で李白や杜甫を知らない人は多くあっても海瑞を知らない人は僅かである」と言っている。いわば、大衆の中に近松を知らない者はいても水戸黃門を知らない者はいない、というのに近い言いかたである。ただここで私見をさしはさむならば、前者については、人民の日常的な衣食住の問題に直接にあずかるものとそうでないものということをも含めて、海瑞と杜甫との「人民性」の同質性（あるいはその異質性）を、より明確に分析する必要があろうし、後者については、傳統文學の高踏性を示す例でこそあれ、海瑞の「人民性」をひきだす例としては不充分であると思われる。

さて、吳晗にはまた歷史劇に關する一連の發言があるが、(32)そこで彼は、歷史人物に關する劇を、「歷史劇」、「故事劇」、「神話劇」に分け、(33)歷史劇の人物の「典型的なキャラクターと典型的な環境は歷史事實に符合す」(34)べきであると、「歷史劇は、それが歷史的眞實にかなり符合するようにしなければならず、ねじまげとあてずっぽうは許されない」(35)と述べて、歷史劇における歷史的眞實性を強調し、藝術的眞實は、歷史的眞實が約束された範圍でのみ驅使されることを許している。ある種の人物や事件は、たとえ史料に存在しなかったとしても、「典型的な環境にもとづいて許された場合に、これらの人物や事件も歷史的な根據がある」(34)のである。吳晗のこのような歷史劇理論そのものについての直接の批判は生じないが、『海瑞罷官』のように歷史的人物を具體的に形象化する過程で批判が生じてくる。というのは、歷史創造の主體は何かという、先に觸れた問題と深くかかわりあうことであるが、歷史的眞實の捉えかたに問題があるからである。つまり彼にあっては、史料に記された歷史事實が、價値觀をふまえた歷史的眞實と同一視されている。彼が歷史人物を見る際に、その底にあるのは、「その時その場における基準（當時當地的標準）」(36)であって、「今のこの場における基準（今時今地的標準）」[36]ではない。「現代の人々に求める基準でもって古人をはかることはできぬ。そのようにすれば一人として及第する人物はなく、歴史主義ではない」[36]。したがって、彼が具體的な形象化の過程で據りどころとするのは、「その時その場における大多數の人々の意見（當時當地大多數人的意見）」[37]である。『海瑞罷官』に「本事」として、『明史』の海瑞傳、徐階傳、高拱傳、王宏誨の海忠介公傳、李贄の海瑞傳、談遷の『棗林雜俎和集』をかぶせたのは、その表われであろう。

史料への全幅の信頼を寄せる吳晗にたいして、批判論文は史料檢討の必要を說く。海瑞を人民の側に立たせる根據の一つとなった、『明史』二二六・海瑞傳の、「小民聞當去、號泣載道、家繪像祀之」「小民罷市、喪出江上、白衣冠送者夾岸、酹而哭者、百里不絕」なる文を例にとれば、「小民」とか「白衣冠送者」が事實として「貧農、中農」[38]であったのかどうか、ひいては、「彼は廣範な人民の稱讚を受け偶像崇拜され口々にほめたたえられ、死後の葬列は百里以上も續いた」[11]ことをただちに歷史事實として認めていいのかどうか、嚴しい分析が必要であるとする。なぜなら、『明史』のごとき現在に殘る史料は、「地主階級の口、封建的な文人の手」（戎笙）[21]によって作られたものであって、人民大衆によって作られたものではないからである。比較的大衆的な舊小說、舊劇、ひいては民間傳誦においても、「歷史において、人々が海瑞の傳統的な姿を形づくるやり方は、その主なものは、封建地主階級が自己の利益を守りつづけるために恣にねじまげて宣傳した結果であり、廣範な人民が痲痺させられ欺かれてきた結果である」（杭文兵）[39]が故に、無批判に史料に依ることは許されないのである。

また、劇中にある李平度とか王明友といった府縣知事が死刑にされたり免職されたりした史實は存在せず、徐瑛は死刑になったのではなく兵隊に送られたのであり、それも徐階の政敵である高拱が派閥爭いからやったのであるが、吳晗としては、歷史事實のこのような書きかえは、藝術的眞實のために許された「典型的な環境にもとづ」く書きかえのつもりであった。が、批判論文によれば、このような書きかえは、藝術のゆえに許される虚構の限度を踏みこえ、封建制の國家や法の本質をおかす原則的な誤まりであり、「合理的な想像と典型的な概括」(3)には何らの關係もなく、呉晗が説いたはずの「ねじまげとあてずっぽう」そして「古えを借りて今を諷する」(40)戒めを、みずから犯したことになるのである。

以上が學術面の主流として、〃清官〃をめぐって交された論爭の概略であるが、順序の上でも量の上でもこれに次ぐのが封建道德の繼承問題である。呉晗は『海瑞罷官』の解題の中で、「彼（海瑞）の幾らかの良い品性は、やはり、我々が今日學ぶに値するものである」と述べるばかりか、「プロレタリア階級は、もし過去の統治階級のある種の優れたものをうまく吸收せず、甚しくは全く退けるならば、ただ古えのプロレタリア階級からうけつぐか、あるいはみずからあてもなく創りだすほかはないであろう。問題は、古えにあってはプロレタリア階級が全く存在しなかったということであり、みずからあてもなく創りだすというのも、まずはできないことである」(41)とまで述べる。それを受けて郭非や宋都らの、先に擧げたような意見も出たわけであるが、批判論文は、たとえ言葉の上で同じく〃忠〃といっても、封建的な國家、法律、皇帝に〃忠〃であることと、黨、人民、革命、社會主義建設事業などに〃忠〃であることとの間には、それぞれそれを支える下部構造、つまり地主階級の農民階級にたいする搾取と壓迫の支配する封建社會と、搾取被搾取、壓迫被壓迫そのものを無くした共産社會とが基本的に異なる以上、あい容れがたい一線が劃されていることを指摘する。「よくぞいろいろ教えてくれたのう（多謝指教）」（六幕）という海瑞の民主性（よしそれが事實であったとしても）と、人民民主主義下での民主性との間にも、同様に全く異なった內容がこめられているのである。

四　劇作の意圖と政治批判をめぐって

『海瑞罷官』が單なる學術論爭の具としてでなく、社會主義文化大革命の結着の段階における導火線としての役割を擔ったのは、吳晗の制作意圖がきわめて政治的な問題をふまえているからであり、姚文元が批判の火蓋を切った狙いも、最終的にはそこにあったことが、現在では明らかである。

姚文元が劇中の「退田」を、一九五八年以後の人民公社化に反對し、個人經營を要求する〝單干風〟に、「平冤獄」を、過去に批判された人々の罪狀をひっくりかえし、逆に高く評價することを要求する〝翻案風〟に、それぞれ結びつけようとしたとき、姚全興などは、それが歴史的條件を無視して歴史的な社會事情と現代のそれとを機械的に同一視することから生ずる誤まりであり、このような論法でゆくと、もし李自成の叛亂（明末、飢餓の流民によって起された暴動の一つ）を描くとすれば、それは中國人民と共產黨にたいして反旗を翻すことになるではないかと、反論した。しかしながら、吳晗がその歴史學研究と歴史劇作法の中で、「その時その場における基準」を主張する一方、その現實的意義と敎育的意義とを強調してきたことも事實である。

『海瑞罷官』がもつ政治的背景については、當初は姚文元と勁松[42]が示唆した程度にとどまるが、六五年十二月末の方求論文によってきわめて明白な事實の指摘がなされ、新たに田漢の「謝瑤環」[43]、孟超の「李慧娘」[44]にも、軌を一にするものとして批判の眼が向けられた。この段階で、「罷官」そのものを主題とする見方が新たに浮かびあがってき、劇中で、「濡れ衣は十分に正さねばならぬ、田を返してはじめて人民を安らげうるのだ（冤獄重重要平反、退田才能使民安）」（九幕）と唱い、死をもおそれず「一個の正々堂々たる大丈夫たらんとするわ（還要做一個頂天立地的人）」（七幕）

と述べる海瑞の顔つきには、「古えを借りて今をそしる」吳晗の顔つきが二重映しになってきたといえよう。

發表の段階では方求の批判と同時期に、吳晗は自己批判を出した。[45]そこで吳晗は、海瑞にたいする階級分析の誤りと、そこからくる歷史人物評價のしかたの誤まりとをみとめ、海瑞の形象化については、「海瑞はまったくのところ封建統治階級の立場に立った官僚」であり、この點は臺本が「強調した」のであるが、その形象のしかたが「あまりに高大」であったために、「讀者と觀衆に、彼は人民の爲にしたのであると理解させ、したがって階級的本質や階級的立場を混亂させてしまった」と述べ、劇作の目的については、「論海瑞」は「右翼日和見主義に反對する」ためであったが、それを受けた『海瑞罷官』にたいしては當時あいまいであり、「〃古爲今用〃〃厚今薄古〃の原則がすこしも考えにのぼらず、まったく古えのための古え、劇作のための劇作であって、政治を離れ現實を離れていた」のであり、ただこの劇が、たまたま一九六一年の時期とぶつかったことから、劇作の動機と相違して、「良くない人々がこの劇を〃單干〃や〃退田〃を要求する聲と關連させたように、良くない效果をもたらしてしまった」と述べた。

この自己批判後も、主として〃淸官〃論と封建道德繼承問題をめぐって多數の批判と少數の反批判とがひきつづきなされ、例えば〃淸官〃については、「〃三本の棒――鐵砲と鍬と筆が搾取階級の手の中にあり、〃淸官〃は彼らの〃筆〃がはたらいてできたもの[46]」であり、「〃淸官〃の〃淸〃は人民が評したものではなく、反動的な統治階級が掲げたもの[46]」であるといった意見や、劇の效果に關して、「一九六一・二年、『海瑞罷官』と『海瑞上疏』が當地で上演された時期に、富農がいたるところで海瑞をもちあげ、例えば、『海瑞がひそかに松江の白雀寺を偵察に行った時、わなにかかったために和尙に捕えられ、大きな鐘の下におさえつけられた。のち白雀寺がひどく破損したので海瑞は救われ、和尙をつかまえて處分した。……わしは今、海瑞と同じで、あの方は鐘の下におさえつけられ、わしは勞働を監視されている』といったことを、あからさまに言いふらしていた[47]」といった經驗が、勞農兵大衆の中からも上ってきた。

しかし、この時期になって特徴的であるのは、「呉晗が『政治を離れ、現實を離れた』と言うのはまっかなうそであり、彼の行動は一貫して政治的現實的であった。にもかかわらず、この期に及んで彼は政治問題にするのを極力避け、學術問題に絞ろうと努めている。したがって、彼の自己批判は自己批判ではなく、自己辯護である」[19]という批判である。以後この方向の批判が急速に進み、六六年一月十三日には呉文治[48]が、「『右翼日和見主義に反對する』という隠れ蓑でもって、實際は、右翼日和見主義分子に反黨反社會主義の精神的エネルギーを提供し、彼らが、反黨反社會主義の活動を進めるのを激勵したのである」と述べ、四月十日には、王正萍、丁偉志[20]が、『朱元璋傳』を含む呉晗の全作品にたいして全面的な批判をし、その中でも、呉晗が兵部尙書于謙は英宗に殺されたが最後は名譽恢復した[28]と述べたところで、わざわざ國防部長という注をつけている事實を指摘した。續いて四月十三日には、風雷と史紹賓[49]が、呉晗が、反人民的として五四年以降にすでに批判された胡適と緊密な交際をもっていたことについて觸れ、さらに四月十八日には、ふたたび王正萍・丁偉志[50]によってその解放前の反動的な政治行動がさらけ出され、五月六日には、光明日報編輯部によって、呉晗の一九四〇年代における「反共反人民反革命」の活動年表[51]が發表された。これら呉晗にたいする全面批判の中で、その一味として、『人民日報』元編輯長・北京市黨委員會書記の鄧拓、北京市統一戰線部長の廖沫沙などの名が新たに浮かびあがってき、五月十日に姚文元の第二論文「評〝三家村〟――『燕山夜話』『三家村札記』的反動本質」が發表されたのである。

ここ三年來、中國人民は、小説『歐陽海之歌』、現代劇『霓虹燈下的哨兵』、現代京劇『紅燈記』、『沙家浜』、『智取威虎山』、『奇襲白虎團』、バレー『紅色娘子軍』、交響曲「沙家浜」、塑像「收租院」などを創りだす一方、六四年に楊獻珍の「合二而一」論や邵筌麟の「中間人物」論にたいして、そして今回では、文藝における呉晗の『海瑞罷官』

その他をはじめ、田漢（前戲劇家協會主席）の『謝瑤環』、孟超の『李慧娘』、周信芳（上海京劇院長）の『海瑞上疏』、映畫における夏衍（前文化部副部長）の作品、歴史學における翦伯贊（北京大學副校長）や呉・翦が據りどころとした科學院近代史研究所、雑誌『歴史研究』などにたいして、鋭い批判を展開してきた。特にこれらの批判は、中國の解放後十六年來續けられてきた思想、文化戰線における階級闘爭の一環であって、それ以前の、「一九五一年の映畫『武訓傳』にたいする批判、一九五四年の『紅樓夢研究』にたいする批判と、その後の胡適の反動思想にたいする批判、一九五五年の胡風にたいする批判と、胡風反革命グループにたいする闘爭、一九五七年の文化戰線におけるブルジョア右派勢力のきちがいじみた攻撃にたいする反撃、一九五九年いらいの映畫、演劇、文學などの面におけるブルジョア的、修正主義的な文學・藝術の毒草のおびただしい出現にたいする闘爭[52]」につながるものであった。

社會主義文化大改革に關する、中國の最近の論評によれば、生産手段の所有制にあずかる經濟戰線での社會主義革命だけでは不充分であり、政治と思想戰線での社會主義革命がなお殘されているとする。したがって、プロレタリアートは、「人民を毒する舊い思想、舊い文化、舊い風俗、舊い習慣を徹底的にうち破り、とり除いて、廣範な人民大衆の中に、まったく新たなプロレタリアートの新しい思想、新しい文化、新しい風俗、新しい習慣をつくりだし、形づくってい[53]」く必要があるのである。しかも、ブルジョアジーの文化革命が、ブルジョアジーを中心とする比較的少數の人々によってしか展開されないのに反して、「プロレタリアートの文化革命は、廣範な勤勞人民に奉仕するものであり、もっとも多數の勤勞人民の利益に合致する。したがって、この革命は廣範な勤勞人民をひきつけ、結集して、それに參加させることができる[53]」のである。ここ九ヶ月ばかりの間にも、中國共産黨中央と毛澤東の指導のもとに、社會主義文化革命にたいして廣範な勞働者・農民・兵士や革命的指導者と知識人が參加してきたわけであるが、いまだ七億の人民のかもし出す熱っぽさは、少くとも我々日本人には十分に感じられない。しかし、プロレタリアートの文化革命が、九五パーセントの中國人民を據りどころとしつつ、思想・文化・風俗・習慣の面において、より廣くより深く進められる以上、長期的かつ激烈な鬪爭がひきつづきくりひろげられるであろうことは、十分に豫想できる。

（一九六六・八・二十七）

注

（1）毛澤東「在中國共産黨全國宣傳工作會議上的講話」一九五七・三・十二。

（2）『文藝思想論爭集』（作家出版社上海編輯所刊。「序言」は一九五八・五・二十九附）。『魯迅—中國文化革命的巨人』（上海文藝叢書、上海文藝出版社刊。「結束語」は一九五九・八・十附）。『在前進的道路上』（人民文學出版社刊。「前記」は一九六五・四附）などの評論集がある。

（3）『文匯報』一九六五・十一・十。『人民日報』十一・三十。『光明日報』十二・二。『文藝報』第十二期。『歴史研究』第六期。

（4）海瑞にたいする吳晗の評價を、『海瑞罷官』の解題から一部紹介しておく。

海瑞、號は剛峰、廣東瓊州（現在の海南島）の人。生活は素朴、性格は剛直かつ耿介、明代の著名な清官、好官。汚職と浪費に反對し、これに嚴罰をもってのぞむよう主張、清潔で明朗な政治をおこなった。すなわち、財力の節約を主張し、政府の定めた制度を嚴格にとりおこなった。豪強地主を抑えつけ、貧民の力役を輕くする一條鞭法の實施を主張、さらに水利灌漑の普請につとめ、重税を輕くした。また、訴訟の審判を重んじ、冤罪をすすいだ。

彼は汚職官吏や惡辣な在鄉退役官僚を非難したが、他方、封建統治階級の忠臣であり、彼のあらゆる政治活動は、封建統治階級の永遠の利益を鞏固にするために出發したものであった。皇帝を罵り、ために牢獄につながれ、ほとんど殺されそうになったにもかかわらず、皇帝が死ぬと、こんどは大聲で泣きわめいたのである。

當時の人民は彼を喜びほめたたえた。大官僚、大地主、在鄉退役官僚は、彼に反對し、罵り、排斥した。だがごく僅かな、正義感のある官僚と青年インテリゲンチャは、彼を支持したのである。

（5）「海瑞罵皇帝」『人民日報』一九五九・六・十六。筆名劉勉之。のち『海瑞的故事』に編入。「論海瑞」『人民日報』一九五九・九・二一。『燈下集』所收。『海瑞的故事』中國歴史小叢書、第一版一九五九・十一・十四。「海瑞」『新建設』一九六〇第十・十一期合刊。『春天集』所收。邦譯「剛直不屈の官僚・海瑞」（勁草書房『新中國の人間觀』所收）。

（6）第七稿解題、一九六〇・十一・十三。北京出版社第一版序、六一・八・八。

（7）姚文元以前の批判論文もないわけではない。例えば、星宇「論〝清官〟」（『人民日報』一九六四・五・二十九）、王思治「關于〝清官〟〝好官〟討論中的若干問題」（『光明日報』一九六四・七・九）など。

（8）「論海瑞」『燈下集』一六八頁。

（9）解放軍報社說「高擧毛澤東思想偉大紅旗、積極參加社會主義文化大革命」『解報軍報』一九六六・四・十八。『光明日報』四・十九。『文藝報』六六年第五期。『北京周報』五月十日號。『人民中國』六月號。

（10）『海瑞罷官』解題。「表現されているのは、封建統治階級の內部闘爭、つまり、海瑞を左派とし、徐階一派を右派とする、官僚地主集團の爭いである。海瑞は封建統治階級の忠臣ではあったが、それでも、將來を見通す眼をかなりよくもっており、人民にかなり近より、自己の階級の永遠の利益のために、當時の人民に有利な、幾らかの好ましい事業を實施するよう主張し、在鄉退役官僚の不法な搾取を制限し、自己の階級の右派の利益を犯し、激しい爭いをくりひろげた」。

（11）「論海瑞」『燈火集』一六五〜一六六頁。

（12）「論海瑞」『燈火集』一六七頁。

（13）『海瑞罷官』序文。

（14）郭非「就『海瑞罷官』談『海瑞罷官』」『光明日報』一九六六・一・十三。

（15）何正祥・離先瑜「替『海瑞罷官』喊冤――評『評新編歴史劇「海瑞罷官」』」『光明日報』一九六六・一・二十九。

(16)　宋都「不能這樣否定——與姚文元同志商榷」『光明日報』一九六六・一・九。
(17)　吳晗「關于『海瑞罷官』的自我批評」『北京日報』一九六五・十二・二十七。『光明日報』十二・三十。
(18)　『人民日報』一九六五・十二・二十九。『光明日報』十二・三十。
(19)　『光明日報』一九六六・一・九。
(20)　『人民日報』一九六六・四・十「學術研究」欄第一二七期。『光明日報』四・十。
(21)　戎笙「歪曲了歷史眞實的『海瑞罷官』」(『光明日報』一九六五・十二・二十二）によると、農民反亂は、正德期（一五〇六～一五二一）に百十餘回、嘉靖期（一五二二～一五六六）に百六十餘回、隆慶期（一五六七～一五七二）に十餘回、萬曆期（一五七三～一六一九）に二十餘回を數えている。
(22)　王子野「誰是歷史的主人？」『光明日報』一九六五・十二・二十七。
(23)　武英平「歷史人物的局限性必須批判——評吳晗同志在歷史人物評價問題中的一個錯誤觀點」『光明日報』一九六五・十二・十七。
(24)　「隋末農民領袖竇建德」『春天集』所收。邦譯「隋末の農民指導者・竇建德」(注（5）前揭書所收)。
(25)　「談曹操」一九五九・三・十三。「從曹操問題的討論談歷史人物評價問題」發表年月不記。「關于評價歷史人物的一些初步意見」一九五九・十・二十七、邦譯「歷史主義と歷史觀—歷史人物の評價問題を論ず」(注（5）前揭書所收)。三篇とも『燈火集』所收。
(26)　「關于評價歷史人物的一些初步意見」、邦譯「歷史主義と歷史觀—歷史人物の評價問題を論ず」(注（5）前揭書)。「談武則天」『人民文學』一九六〇年七月號。『春天集』所收。
(27)　『朱元璋傳』生活・讀書・新知三聯書店、第一版一九六五・二。
(28)　「明代民族英雄于謙」『新建設』一九六一年第六期。邦譯「明代の民族英雄・于謙」(注（5）前揭書所收)。
(29)　「況鐘和周忱」『人民文學』一九六〇年九月號。邦譯「民衆の神樣・況鐘と周忱」(注（5）前揭書所收)。
(30)　姚全興「不能用形而上學代替辯證法——評『評新編歷史劇「海瑞罷官」』」『光明日報』一九六五・十二・十五。

(31) 朱熙「甚様評價『海瑞罷官』——與姚文元同士商榷」『光明日報』一九六五・十二・二十二。
(32) 「歷史的眞實與藝術的眞實」一九五九・十・十六、『燈下集』所收。「談歷史劇」『文匯報』一九六〇・十二・二十五、『春天集』所收。「關于歷史劇的一些問題」『北京晚報』一九六一・二・十八、未見。「歷史劇是藝術、也是歷史」未見。「再談歷史劇」『文匯報』一九六一・五・三、『春天集』所收。「論歷史劇」『文學評論』一九六一年第三期、『春天集』所收。
(33) 「談歷史劇」『春天集』一四五頁。
(34) 「關于歷史劇的一些問題」戎笙前掲論文注(21)より引用。
(35) 「再談歷史劇」『春天集』一五五頁。
(36) 「關于評價歷史人物的一些初步意見」一九五九・十・十六。『燈下集』一九七頁。
(37) 「論歷史人物評價」『人民日報』一九六二・三・二十三。
(38) 「論海瑞」『燈下集』一六五頁。
(39) 杭文兵「從〝淸官〟談到『海瑞罷官』」『光明日報』一九六五・十二・十六。
(40) 「論歷史劇」『春天集』一六一頁。
(41) 「再說道德」『前線』一九六一年第十六期、『學習集』所收、未見。何正祥・離先瑜論文注(15)より引用。
(42) 勁松「歡迎〝破門而出〟」『文匯報』一九六五・十二・十五。『文藝報』六五年第二期。
(43) 『劇本』一九六一年第七・八期合刊。單行本、一九六三年東風文藝出版社。
(44) 『劇本』同右。單行本、一九六二年上海文藝出版社。
(45) 注(17)參照。なお封建道德繼承論については別に、「關于道德討論的自我批評」(『北京日報』一九六六・一・十二)を出しているそうである。
(46) 豐臺機務段工人和南宅大隊社員座談紀要「工人農民駁斥吳晗同志的〝淸官〟論」『光明日報』一九六六・四・十二。
(47) 松江縣城東公社部分貧下中農座談紀要「松江縣農民駁斥『海瑞羅官』」『光明日報』一九六六・四・七。
(48) 吳文治「不能用這樣的自我批評回避政治問題」『光明日報』一九六六・一・十三。

(49) 風雷「美化反對人民革命的海瑞居心何在？―兼評吳晗同志從胡適手裏接下來的反動唯心史觀」『光明日報』一九六六・四・十三。史紹賓「胡適與吳晗」『人民日報』一九六六・四・十三。
(50) 王正萍・丁偉志「請看吳晗同志解放前的政治面目！」『光明日報』一九六六・四・十八。
(51) 光明日報編輯部「四十年代吳晗反共反人民反革命活動年表」『光明日報』一九六六・五・六。
(52) 解放軍報社論「千萬不要忘記階級鬪爭」『解放軍報』一九六六・五・四。『光明日報』五・四。『紅旗』六六年第七期。『文藝報』第六期。『北京周報』五月七日號。『人民中國』六月號。
(53) 人民日報社論「横掃一切牛鬼蛇神」『人民日報』一九六六・六・一。『光明日報』六・二。『北京周報』六月七日號。『人民中國』六月號。

二　王澍『論書賸語』「解題」

王澍（康熙七年・一六六八～乾隆四年・一七三九）、字は若林、また蒻林《じゃくりん》、號は虚舟。江蘇省鎭江府金壇の人。『淳化祕閣法帖考正』に、「琅邪王澍虚舟氏著」と署名するのは、王羲之父子らを輩出した山東の名門、琅邪の王氏の末裔であることを誇示するのであろうが、族叔の王歩青が撰した墓誌銘をたどってみても、宋代の王韶《おうしょう》なる人物が、江州徳安の人（『宋史』巻三二八）、つまり王羲之が一時刺史をつとめた土地の出身であるといった程度の根據しか見當らない。康熙三十六年（一六九七）に貢生に選ばれ、同四十四年擧人となるが、進士及第は同五十一年、四十五歳と比較的遲い。以後、翰林庶吉士、編修とすすみ、同六十年には諫官の戸科給事中（正五品）となったが、すでに書の方面での才能と學識をみとめられていて、五經篆文館の總裁に特に充てられている。雍正元年（一七二三）、言事がわざわいして吏部驗封司員外郎（從五品）に降格、同四年に退官した。

王澍は同時代の知識人とたがわず、まず朱子學者であって、その方面の著作に、『禹貢譜』『學庸困學錄』などを殘している。だが今日にしてなお彼を有名ならしめているのは、やはり書の研究家・實踐家としてであって、そのうち研究書では、『淳化祕閣法帖考正』十卷（雍正八年・一七三〇自敍）、『古今法帖考』一卷、『竹雲題跋』四卷（乾隆三十二年・一七六七沈徳潛序）、『虚舟題跋』十卷（乾隆三十六年・一七七一馮浩序）が殘されており、實踐の記錄としては、ここに譯注を試みた『論書賸語』一卷がある。

『論書賸語』には、あるいは單獨で世に行われていたものがあったかもしれないが、通行本は、『閣帖考正』に附錄として「法帖考」「賸語」を加え、全十二巻とするもので、乾隆四十七年（一七八二）刊行の『四庫全書總目提要』の記載においてすでにそうなっている。一巻は十二類、すなわち執筆・運筆・結字・用墨・臨古・篆書・隷書・楷書・行書・草書・牓書・論古、に分けられ、すべて百條の文章から成る。うち論古に三分の一、三十四條があてられているということは、「賸語」が『閣帖考正』と平行して進められたこと、つまり古跡の臨摸を通して、一はその實踐記録としてとどめられ、他はその小學的研究として著述されたことを物語るものであろう。

王澍の藝術論は、絶對矛盾の自己統一とでも括られる性質のものである。そこでは、「奇」と「正」、「自然」と「有意」、「變化」と「方整」、「縱横」と「規矩」、といった兩極端の概念が同時に自己統一される。藝術論である以上、それはもはや私たちを、すくなくとも理屈の上では驚かすに足らないだろう。しかし、十八世紀前半の中國という歴史的な場に彼を置いてみる時、それはやはり價値ある提言であった。その重點は、さきほどの對比でいえばそれぞれ後者の、一言でいえば「規矩」にあった。「須く圓は規（コンパス）に中《あた》り、方は矩（じょうぎ）に中り、直は繩（すみなわ）に中るべし」（第四十六條）、「規矩從《よ》り入りて、規矩より出でよ」（第六十一條）、「龍の跳《おど》り虎の臥《ふ》するは、正に是れ規矩の至りなり」（第九十一條）と彼が繰り返し述べる裏には、まず何よりも明末の氣風への對抗意識があったとみてよい。その代表は董其昌である。「翰林が生まれたのは、董書が極盛の時に當っていた」（余紹宋『書畫書録解題』巻三）。したがって巻末第百條を、「蓋し思白（董其昌）の興るに至り、而して風會の下《くだ》ること、斯《ここ》に於て已に極まる。……貴ぶ所は、古に志すの士の能く其の本に復するなり」と結ぶところに、私たちは『論書賸語』全篇の意圖のみならず、その果たした役割をも見てとることができよう。

ちなみに、「其の本」への復歸とは、古典を學《まね》ること、換言すれば學問の重視であって、まさしく「行屍と爲るを欲せざれば、惟だ學びて乃ち免るるのみ」（第二十九條）なのであった。それは王澍の『閣帖考正』のすぐれて實證的な研究態度そのものについてもいえることだが、このような反省は明王朝の滅亡という大事件によってもたらされた一つの結果であって、王澍一人の、また書の分野に限られた現象ではなく、文學とか思想の世界全般において共通した、一種の風潮なのであった。

王澍の文章は特に比喩の用いかたに優れる。書の技法を述べては、例えば「〔筆を〕大力もて回旋し、空際に盤繞すること、游絲の如く飛龍の如く、突然に一たび落とせば、去來に跡無く」云々（第二十一條）と文學的表現がこらされ、藝術論を談ずるにあたっては、典故の活用、中でも、一つには『莊子』の陶工・庖丁・輪扁などの言葉からの、今一つには禪家の語録からの巧みな引用が注目される。その邊のところは本書に付した注釋を通して分かっていただけると思う。

テキストには次のものがある。

A、壽縣孫氏小墨妙亭藏原刊本の景印（『四部叢刊三編』所收）。

B、Aと字句の出入りもなく、體裁もまったく同じでありながら、「天都汪玉球竹廬訂正」の一項を加えるもの（『後知不足齋叢書』所收）。

C、蘭言齋藏板による乾隆三十三年（一七六八）の刊本。「沈宗騫書版、莘開校字」と銘うつ。ABと比較して字句を異にするところが少しある。

本譯注ではAを底本としたが、贉・銕などの異體字はそれぞれ賸・鐵に改めた。また必要な限りにおいてCとの字句の不同を注記した。なお邦譯には、田邊萬平『書論新講・論書賸語』（一九六六年・日本習字普及協會發行）がある。

三　荷風と漢籍

一　漢籍的世界への反撥

永井荷風が一九〇五明治三十八年、滿年齢で二十六歳(1)の三月に著わした「市俄古の二日」（『あめりか物語』所收、岩波書店刊『荷風全集』四、以下同様）(2)で、アメリカのある裁判所判事の一人娘ステラ嬢が「一冊の寫眞帖《アルバム》を持つて來て、今度は犇《ひし》と自分の傍《そば》へ椅子を摺り寄せ、膝の上に開いて見せ」たことについて、次のように述べる。

自分は心の底からステラの幸福を祈る切なる情に迫《せ》められると同時に、幸《さいはい》なるかな、自由の國に生れた人よ、と羨まざるを得なかつた。試《こころみ》に論語を手にする日本の學者をして論ぜしめたら如何《どう》であらう、彼女ははしたないものであらう、色情狂者であらう。然し、自由の國には愛の福音より外《ほか》には、人間自然の情に悖《もと》つた面倒な教義《をしへ》は存在して居ないのである。

荷風は、一九〇三明治三十六年九月にアメリカに出發する前の段階で、中短篇あわせておよそ二十五篇の小説を發表し、新進作家としての地位をすでに得ている。彼はそもそもの生いたちにおいて、傳統的な社會通念からすれば、ごく少數の選ばれた人達に屬していた。すなわち、男女の別からいえばむろん男性であり、長幼の序からいえば長男である。その家庭が代々讀書人のそれであったということは、いわゆる小人と峻別される君子として、政治・社會・教育などあらゆる面で世の指導者たる事が約束されていた。初期二十五篇の小説から察せられるのは、彼の小説家としての出發が、自己の境遇を潔しとせず、ためにその對極にある女性に目を向けたところにあるということである。例えば明治三十五年六月の跋をもつ中篇『地獄の花』（全集二）では、女性教師園子が、自分を犯した校長水澤に次のように言い切る。

「私《わたし》はこの世間が申します怖しい地獄より外《ほか》には出られないので御在ます。（中略）私《わたくし》は自分自身で、自分の心に名譽の冠を戴かさる樣な、安心な自由な地位を欲しいと思うて居ります。」

ゾラの影響が指摘される例の一つである。しかし二十五篇のどれをとっても、中國の「四書」に裏打ちされた前近代的人間關係、とりわけ父子の關係を描寫し、あるいは指彈する場面は、無い。そのことが明確になされるのは、渡航後のことである。ステラと出會ったさらに二年後の一九〇七明治四十年五月作「一月一日」（『あめりか物語』所收）に、次のように記す。

私は軈《やが》て中學校に進み、圓滿な家庭のさまや無邪氣な子供の生活を寫した英語の讀本《とくほん》、其れから當時の雜誌や何やらを讀んで行くと愛《ラブ》だとか家庭《ホーム》だとか云ふ文字の多く見られる西洋の思想が實に激しく私の心を突いたです。同時に、父の口にせられる孔子の敎だの武士道だのと云ふものは人生幸福の敵である、と云ふやうな極端な反抗の精神が何時とは無しに堅く胸中に基礎を築き上げて了《しま》つた。

『あめりか物語』『ふらんす物語』（全集五）に收められる短編全四十篇には、下町の觀察や、そのようなところに佇む街娼との實際の交際を描いたものも多いが、そのような中で、ただ一人だけステラに似た女性との交際をとりあげたものがある。それはアメリカを去る直前に出會った少女ロザリンのことを記した「六月の夜の夢」（明治四十年七月作、『あめりか物語』所收）である。

二人は今此處で一度《ひとたび》別れては何日《いつ》又逢ふか分らぬ身と知りながら――一瞬間の美しい夢は一生の涙、互に生殘つて永遠《とこしへ》に失へる戀を歌はんが爲め、其の次の日からは毎日の午後《ひるすぎ》をば村はずれの人なき森に深い接吻を交したのであつたものを……。

小島の明るい海岸での純粋な戀愛は、最後は、「ミュッセがモザルトの樂譜に合せて作つた一詩」のフランス語の引用でもって締めくくられる。このような思いを味わった人間が、その歸國の直前、つまり一九〇八明治四十一年七月に、「明治の文明國は仁義忠孝の君子國である。今から十日を出《いで》ずしてその國の地を踏まねばならない」（『ふらんす物語』所收「新嘉坡の數時間」）と述べるのは、理解にかたくない。

ところが荷風は、かの「極端な反抗の精神」を、上陸から間もなくして、ほとんどそのまま海の中に投げ棄ててしまうのである。一度だけ長崎でロザリンを思い出したほかには（一九一一明治四十四年九月作「海洋の旅」、全集七『紅茶の後』所收）。

二　唐詩へ

歸國した荷風はただちに、西洋と和・漢との對比による文明批評に入る。一九〇九明治四十二年三十歳七月作の「歸朝者の日記」（全集六）、同年十一月稿「見果てぬ夢」（全集六）、明治四十三年二月作『冷笑』（全集七）、同四十四年十月作「わくら葉」（全集八）、一九一三大正二年三十四歳五月作「父の恩」（全集十）などがそれにあたるが、これらの作品を通じて言えることは、彼の精神的據りどころが次第に和・漢のほうに移っている、ということである。例えば「歸朝者の日記」には、次のように述べる。

唯だ今日まで、少年時代を頑固な漢學塾で苦しめられ青年時代を學校の規則で束縛された憤慨のあまり、漫然として東洋の思想習慣の凡てに反抗して居るばかりである。

かの「極端な反抗の精神」は、「漫然として……反抗して」というように、曖昧なかたちに修正されている。

竹盛天雄氏の「年譜」（岩波書店・舊版『荷風全集』二十九附錄、一九七四年六月刊）によれば、荷風は、一八八九明治二十二年十歲の時に小學校高等科に入學し、學校の歸途、漢學者の家に寄って『大學』『中庸』の素讀を受けたこと、十二歲に中學校で『論語』の講義を聽いたこと、十七歲では岩溪裳川より日曜日ごとに『三體詩』の講義を聽いたこと、が分かる。このうち朱子學が嚴格な人間形成のために規定した「四書」のうちの三書までを叩きこまれたということは、少年永井壯吉にとってははなはだしい苦痛であっただろう。外祖父に「幕末明治初の「禮」の大家鷲津毅堂」をもち、父に「漢詩人永井禾原」(3)をもったということは、その苦痛から逃れるすべをもたないことを意味していた。

しかしながら、この時代の社會的な、あるいは家庭的な教育において、なお朱子學の影響が強かったとはいえ、中國本土において、かつてそうであったように、讀書人の必須の條件として「四書」の一言一句までをも嚴格に暗唱し精確に理解することまでをも求められたわけではない。私が思うに、日本人はこのような、きわめて嚴密な意味での古典というものを持った經驗はない。この時代においても、あるいは荷風においても、そうであった。「四書」が人格全體を形成するのではなくて、教養という形でとどまるのである。したがって、成人となったある段階で、かつては反抗の對象となった教養が、今度は他に誇るべき教養へと一轉する。つまり、『大學』や『中庸』はともかく、『論語』が、また、荷風もかなり早い時期に讀んでいたにちがいない『孟子』が、自分が、彼我の文明なり社會なりを裁斷する時の有力な指針となっていることに氣づくことになる。それとあい呼應するかのように、以前は疎ましく思った祖父や父の存在に積極的な意義を發見する。この上にさらに、中國の古典的な敍情詩が、單なる嗜好としてでなく、眞に實感をともなって荷風の心を捉えた時、教義や思想習慣において抱いていた「漫然」たる反抗は、いよいよ影が薄くなってゆくのである。

この邊のいきさつについて荷風は後年、つまり一九三七昭和十二年五十八歳の八月になって、「西瓜」（全集十七）の中で次のようにまとめている。

わたくしは思想と感情とに於いても、兩《ふたつ》ながら江戸時代の學者と民衆とのつくつた傳統に安んじて、この一生を終る人である。（中略）わたくしをして過去の感化を一掃することの不可能たるを悟らしめたものは、學理ではなくして、風土氣候の力と過去の藝術との二ツであつた。この經驗については既に小説「冷笑」と「父の恩」との中に細敍してあるから、こゝに贅せない。

中國の漢籍との關連については特に言及するわけではない。しかし指摘された二つの作品を繰ってみれば、和・漢への回歸の根底に中國の古典的な敍情詩、わけても唐詩があったことが明白である。

『冷笑』は、作者自身を幾つかの分身にして小説に仕立てた文明批評である。そのうちで商船の事務長徳井勝之助は『あめりか物語』の荷風さながらである。

親は果して理性の判斷以外にまで立つて個人的性癖を其の子に強《しふ》る權利があるか。子は養育と云ふ恩義のみに對して、何處まで親の性癖と嗜好の服從者たるべきかの決論に到達するのである。

といい、また、

父は儒教に對して絶對の信仰を持つてゐたけれども、聖人ではないから、此れを平素坐臥の生活には完全に實行する事の出來なかつたのが、反抗の眼鏡をかけた私の眼には、父は己れが言行の不一致には恐ろしく無神經な人であると思はしめた。

と言う。これにたいして銀行頭取の小山清が「然し私は東洋人だ。（中略）バイブルも知つてゐるが其れより先に論語も知って居る」と言うだけでなく、荷風のもっとも新しい分身である小説家の吉野紅雨は、「二方面」なる章で次のように述べる。

> 新しい時代の新しい凡てのものは西洋を模して到底西洋に及ばざるものばかりで、一時は口を極めて其の愚劣、其の醜悪を罵しり、東洋の土上には永久藝術の花は咲くまいとまで絶望したが、半年《はんとし》一年とたつ間に、彼は二十《はたち》時代の過去を思ふともなく回想するにつけ、埋沒されてしまつた舊い時代の遺物には捨てがたい懷しさと、民族的特色の崇拜すべきもの丶存在する事を感じ出した。

そして結末に進むにしたがって、「現在生きてゐる日本の風土と日本の氣候の力」を形象化するのに、中國の古典詩が一役を擔うようになる。すなわち「梅の主人《あるじ》」の章の紅雨の父が李白の「史郎中欽と黃鶴樓上に笛を吹くを聽く」詩を引き、さらに明の高啓の「梅花九首」に言及するのにちなんで、紅雨も宋の二人の、蘇軾「秦太虛の「梅花」に和す」と林逋「山園小梅」の詩句を連想するという次第である。(4) さらに畫家の桑島の口からは、「三年辜負す故園の花」の詩句（作者・詩題未詳、待考）や、宋の陸游の「梅花」の詩、また柳に關して郭震の「子夜春歌」、槐《えんじゅ》に關しては白居易の「庭槐」の詩句が發せられるというわけである。

さて、「父の恩」の稿了は、一九一三大正二年三十四歳の一月二日に父久一郎が六十歳で亡くなった四ヶ月後の五月一日となっており、「父の生涯をつらつら觀察するにつけて、今まで氣のつかなかつた活ける新しい意義と教訓と詩趣とを突然支那文明の中に發見」させてくれたことにたいする感謝の表明である。その最後は、「試《こころみ》に誰でもが能く知つて居る三體詩か唐詩選中の一二篇を取つて朗吟して御覽なさい」として、羅隱の七絶「偶興」と王維の七絶「崔處士の林亭に題す」があげられるように、唐詩に收斂される。そしてこの文章を書きあげるとただちに父の漢詩文集『來青閣集』十巻を編輯し、同年十二月に印刷する。さらに一九一七大正六年三十八歳の十二月二十二日の『斷腸亭日記』（全集二十一）には、「澤田東江の唐詩選を臨寫」といった記事が見られるようになる。かくして、フランス滯在中の一九〇九明治四十二年三十歳には、「時代の思想と趣味の變遷につれて、昔愛誦した唐詩選や三體詩にある詩なぞは一首殘らず記憶を去つて了《しま》つた」（『ふらんす物語』所收「晩餐」）ものが、ふたたび蘇ることになるのである。なお、このような漢籍の世界への回歸と平行して、彼の好む詩趣に一つの偏向が見られるようになる。それは早くも明治四十二年十一月稿の「見果てぬ夢」で、

彼は荒廢衰退のさまに對して押へ切れぬ詩味を感ずる性情を持つてゐた。

と述べることで、その表象としての秋が、しばしば彼の作品を支配する。その早い例が翌四十三年十一月稿の「秋の別れ」（全集七）で、白居易の長編敍事詩「琵琶行」を翻案した戲曲である。このような秋の詩想は後々の作品にまで綿々と續き、一九二五大正十四年四十六歳八月八日の『日記』（全集二十一）に「歐陽修が秋聲賦を想起しぬ」、そして遂には一九三四昭和九年五十五歳十月十五日の『日記』（全集二十三）「燈下紅樓夢第四十五回中の秋窗風雨夕の一節を和譯して小唄をつくらむとせしが作り得ずして歇む」などとなるのである。

三　明の高啓、清の趙翼

神田喜一郎氏は「日本の漢文學」において、江戸時代の第三期（一七八一～一八六七）に、明詩では高啓（一三三六～一三七四）の作品、清詩では乾隆三大家の袁枚（一七一六～一七九七）・蔣士銓（一七二五～一七八五）・趙翼（一七二七～一八一四）、および浙西六家の厲鶚（一六九二～一七五二）らのものが好んで讀まれたことを指摘する。(5) 十九世紀の末、明治二十年代にもその餘波は相當に續いていたと考えられる。

高啓詩の和刻本には、明治に入っても、一八九五〜一八九七明治二十八〜三十年近藤元粋編『青邱高季迪先生詩集』十八巻などがある。(6)また明治二十三年十月の雑誌『國民之友』には、荷風の敬慕する森鷗外の「青邱之歌」の譯詩が掲載された。荷風にとっても高啓の詩は、唐詩にはない一種清新な趣きを感じさせたに違いない。彼の文章で最初にその詩句が引かれるのは、先にあげた明治四十二年の「晩餐」で、唐詩選や三體詩の詩は一首殘らず忘れてしまったと述べたあと、

あの高青邱の十載長嗟故舊分。半歸黃土半青雲。といふ起承の二句だけは、旅する境遇の然らしむる處か、今だに折々心に浮かんで來る事がある。

と續けた部分であろう。この七言絶句は「閶門の舟中に白範に逢う」と題するものである。全詩の訓讀を掲げておく。

十載長嗟す故舊の分
半ばは黃土に歸し半ばは青雲たり
扁舟　此の日　楓橋の畔
一榻　秋風　忽ち君を見る

乾隆三大家の詩人は「性情」の吐露を重んじ、詩の言外の風韻を大切にした「神韻說」や、詩のめりはりを保守した「格調說」と對立した。この三大家の詩のうち、(7)袁枚と蔣士銓のものは荷風の文章にまったく見當らないが、趙翼のものは早くから見える。情緒には乏しいが世間や人情の機微を突くおもしろさに注目したのであろう。まず最初は一九〇二明治三十五年二十三歲の四月に出版した『野心』(全集二)の巻頭に、すべて漢文の白文表記で、題記と詩一首をのせる。今すべてを讀みくだして記す。

甌北先生集中に此の一律有り、題して爭名と曰う。蓋し感ずる所有りて作る者耶《か》。欽佩の餘、巻眉に摘錄す。荷

風小史手記。文士相い輕んずるは古えより之れ有り、詞場壁壘もて各おの堅持す。集は沈約を偸むを嗤《わら》いて賊と爲し、經《けい》は遵明に授くるも師として奉ぜられず。村女は花を插して偏《ひと》えに自ら好《よ》しとす、醜人 鏡を詬《のの》しりて果して何をか私《わたくし》せん。千秋 自ずから無窮の眼有り、豈に名を爭うこと一時に在るを用いんや。[8]

後の四句は、『冷笑』での畫家の言葉にも使われる。その後荷風が引用する趙翼の詩はいずれも七言絶句であって、一九一六大正五年三十七歳作の「一夕」（全集十二『斷腸亭雜稾』所收）では、曝書のおりに「趙甌北の詩集を繙く」として「賣文」と「編詩」の二首をあげ、翌大正六年作の「草箒」（同上）には「初冬柳色」を、また「毎月見聞錄」（全集十三）には「米貴」を、あげている。愛藏していたのはおそらく唐本であろう。[9]

四　王次回『疑雨集』

荷風と漢籍との關係において、おそらく當時の文人が顧みることのなかった、その意味で荷風の獨擅場と言えるであろうものは、王次回の『疑雨集』である。

荷風がこの詩人について初めて言及するのは、歸國後まもない三十歳の年の十一月作「見果てぬ夢」での、次のような文章である。

いかに彼は……清朝の軟弱纖細なる香奩體《かうれんたい》の詩と、佛蘭西《フランス》の幻覺的なるSymbolisme《サンボリズム》の詩とを愛したであらう。

漠然とした表現ではあるが、「清朝の香奩體の詩」が王次回の詩を指し、しかもそれが清の袁枚『隨園詩話』巻一の、次のような指摘にもとづいていることは、疑いない。

本朝王次回の『疑雨集』、香奩の絶調なり。惜しむらくは其の只だ此の一の家數（得意の分野）を成すのみ。沈歸愚尚書は國朝詩を選ぶに、擯《しりぞ》けて錄せず。何ぞ見る所の狹きや。

後半は、沈德潛（一六七三～一七六九）が一七六〇乾隆二十五年に『淸詩別裁集』を編修したさいに、『疑雨集』を、「溫柔鄕の語を作《な》し、最も人の心術を害する」（同集凡例）として一切排除したことにたいして批判したものであり、兩者の論爭を通じて王次回が改めて認識されることにもなった。荷風がその翌年、つまり明治四十三年十二月作の「下谷の家」（全集七）で、「十七八の頃」の事として、

香奩體と稱する支那詩中の美麗なる形式がいかに私の心を迷したであらう。

と回想するのも、主に『疑雨集』に接した感想であったのだろう。

「香奩」は、お化粧箱のこと。男女間の豔っぽい關係をうたう「香奩體」の詩は、晩唐の韓偓（八四四～九二三）の『香奩集』に始まるとされるが、下っては元末明初の上述の高啓にも、七言絶句の「香奩體に效《なら》う」詩が四首存在する。「豔詩」ないしは「情詩」は、中央の統制が緩んだ機會に顯われるもので、明末淸初においても同樣であった。「疑雨」とは、戰國時代の宋玉の「高唐の賦」に、巫山の神女が「旦《あした》には行雲と爲り、暮には行雨と爲っ」て現われるという故事をふまえて、「雨かと疑う」という意味であろう。『疑雨集』には詩八百六十二首・詞二首を收める。和刻本はなく、荷風が所藏していたのは唐本で、一九〇五光緒三十一年の葉德輝觀古堂刊本か、無刊記だが淸末のものとされる袖珍版の騷餘堂刊本ではなかったであろうか。(10) ちなみに荷風の知見には及ばなかったが、王次回には『疑雲集』という詩集もあり、詩五百十四首・詞十首を收める。(11)

さて荷風がこの詩人と詩集の名を初めて明記するのは、一九一七大正六年三十八歳の新春稿「初硯」（全集十二『斷腸亭雜稾』所收）においてである。この文章は次の出だしで始まる。

明人《みんじん》王次回が疑雨集にわが心を打ちたる詩數首あり、錄して以て聊《いさゝ》か憂を慰む。

王次回について、先には「清朝の」と言いながらここで「明人」と言うのは、この詩人が、朱彝尊（一六二九〜一七〇九）の『明詩綜』巻六十七にその詩十八首をもって収められていることにもとづいているのであろう。(12) 王次回を明人と見なすか清人と見なすかについては、荷風にとってはさしたる問題ではなかったと思われるものの、この場を借りて私の意見を記しておきたい。

王次回、名は彦泓、次回はその字である。江蘇省鎮江府金壇縣の人。曾祖父王樵をはじめ、代々進士を輩出した名門の出身である。彼も、縣學の學生のうちから特別に國學の學生であることを許される「歳貢生」にまでは進んだものの、その先の郷試にすら合格できず、晩年に松江府、あるいはその域内の華亭縣の學校の「訓導」となって終った。官職の高くない詩人の場合、生卒を含めて、その經歴は分かりにくいものであるが、幸いにして『疑雨集』は編年で編まれており、有力な手掛りも幾つか殘されている。

『疑雨集』四巻の巻一は「乙卯年」つまり一六一五萬暦四十三年の、「花燭詞」つまり結婚の詩で始まり、巻四は「壬午年」(13) つまり一六四二崇禎十五年の、「聘妾未回寄贈代書」、つまり妾を聘《めと》ることにしたが、その人が未《いま》だ回《きた》らず、寄せて贈り書《ふみ》に代える、という七首連作の詩、で終わる。前後二十八年間である。(14) この間に注目すべき詩が二首ある。

その一つは一六二五天啓五年作の七律「自悼」の二句に、

自知荀粲年華促　　自ら知る　荀粲　年華の促《せま》り
已分崔郊智畫窮　　已に分かる　崔郊　智畫の窮まれるを

とあり、前の句は、妻の死を悼んで死んだ荀粲の歳に自分も近づいた、という意味であるが、『三國志』魏書の荀粲傳では、「痛悼已む能わず、歳餘にして亦た亡《し》す、時に年二十九」と、明記している。(15) したがって王次回が一六二五年に、數え年の二十九歳にきわめて近い歳、とすると二十八歳であった、と考えるのが妥當であろう。もう一つはそ

の翌年作の七絶「愁遣」五首のその四の二句に、

平生多少尊前恨　　平生 多少ぞ 尊前の恨み
未到潘年鬢已潘　　未だ潘の年に到らざるに 鬢は已に潘たり

とあり、いまだ潘岳の年に達していないのに、もう鬢の毛は白くなってしまった（「潘」は韻の關係で「皤」音ホ、老人の毛の白いこと、の字に代えて使っている）と述べる。潘岳の「秋興の賦」（『文選』巻十三）の冒頭に「晉の十有四年、余は春秋三十有二、始めて二毛を見る」（二毛は、黒い毛と白い毛）とあるのを踏まえたもので、このことから王次回は一六二六年にはまだ三十二歳に達していなかったことが分かる。あまり若すぎるのも問題だろうが、前にあげた例から推して二十九歳と考えて不都合はあるまい。ここから逆算すると、その生年は一五九八萬暦二十六年ということになる。では卒年はどうか。

王次回の卒年に觸れる資料は二つある。その一つは一八八五光緒十一年刊『重修金壇縣志』巻九・人物志・文學の記事で、「王彦泓、字次回、歳貢生。（中略）任松江訓導、年甫艾而沒」とある。「甫」は、……になったばかり、の意、「艾」とは五十を指す。五十歳になったばかりで亡くなったというわけで、先の生年によれば一六四七年、清の順治四年にあたる。もう一つは、『疑雨集』の最終年である「壬午年」の表記に續く「六月十八日戌時長逝矣」云々という二十九字の「原注」で、王次回の叔父にあたる于儒穎、字は弢仲の記入によるものらしいが、觀古堂刊本の「重刻疑雨集序」で葉德輝は、「上下の文と相い屬《つづ》かざるも、別本の證す可き無きを以て、亦た姑《しばら》く之に仍《よ》る」と、疑問を呈している。私の計算では王次回はこの年四十五歳、確かに問題は殘るが、さらに後五年のあいだ生きたものと、考えたい。この一件さえ除けば、前の二首の詩の解釋、『金壇縣志』の先にあげた指摘、およびその巻十一・藝文志に「疑雨集四巻、國朝王彦泓撰」とする指摘、そして沈德潛と袁枚が「清人」と見なしたこと（『列朝詩集』と『明詩

綜』は清代に入った後に亡くなった詩人を、他にも多く収める）などについて、無理なく説明できるからである。(16)

論旨を荷風に戻そう。

『疑雨集』は「香奩」という言葉から、妓女の脂粉の色香を連想しがちであるが、豔麗と稱しうる作品はむしろ少ない。それとは逆に、一六二八崇禎元年、王次回三十一歳の年の妻賀氏の病死、およびその後の孤愁を綴った作品がきわめて印象的である。特に荷風の琴線に觸れたのはその面であったと思われる。先に冒頭部分をあげた「初硯」では、「歳暮客懷」「強歡」「愁遣」（五首、其二）「不寝」「述婦病懷」（十二首、其三・其十二）「悲遣十三章」（十二首、其八・其十）「寒詞」（十六首、其十四）の詩を引きつつ、

一度《ひとたび》王次回が疑雨集を繙《ひもと》かば全集四巻 悉《ことごと》くこれ情癡、悔恨、追憶、憔悴、憂傷の文字ならざるはなし。

と述べている。

妓女の生態を詠んだものも、もとより荷風の關心を招いたであろうが、第三者的立場に立った形の小説に取入れようとはしなかった。取入れるすべもなかった、ということであろう。たとえば一九一二大正元年三十三歳四月一日發表の「風邪ごゝち」（全集八『新橋夜話』所收）は、やや年配で連れあいもいる藝者が、肺病性の熱をおして座敷に出る話で、狀況としては『疑雨集』の中の次の詩に近い。七言律詩「妓に幽《ひそ》かに怨み痾を抱きて強いて客に對する者有り、悲しみて之を賦す」、密かに思い人がありながら肺病に侵された妓女が、強いて客の相手をする、というものである。後半四句をあげる。

愛把遠書看亹亹　　遠書を愛し把りて 看ること亹亹《びび》たり
記將幽夢說惺惺　　幽夢を記《しる》し將《も》って 說くこと惺惺たり
分明蠟燭身相似　　分明なり 蠟燭の身に相い似たること

纔上歡筵涙已零　纔《わず》かに歡筵に上れば 涙は已に零たり

（思う人からの）遠方の書をいとしげに手にとって、しみじみと讀む。おぼろげな夢を記憶しつづけて、すらすらと口にする。蠟燭こそその身にそっくりであることがよく分かる。宴席に上がるが早いかもう涙がぽたぽたと垂れるところが。

しかし荷風がこの詩を何かに取りあげた形跡はない。「風邪ごゝち」の男女關係のほうはいたってさりげない。「初硯」發表の年の暮から足かけ五年の間は、斷續的に『雨瀟瀟』（全集十四）の構想がなされた。『日記』（全集二十一）を繰ってみると、一九一七大正六年三十八歳十二月十日の「紅箋堂佳話起草」から始まって、大正九年十二月二十日、また十二月二十四日に關連の記事があり、大正十年一月五日には「去年十月中起稾せし雨瀟瀟、始めて脫稿、直に淨寫す」と記している。

この間、『疑雨集』は『隨園詩話』とともに、ほとんど常に荷風の座右、ないしは枕頭にあったと思われる。すなわち大正七年五月十七日の『日記』には「枕上隨園詩話を繙いて眠る」と記し、その六月に書かれた小文「曝書」（全集十三）では、子供の無いことに關連して『隨園詩話』卷十四の袁枚自作の詩と、袁枚が引く王次回の「卽事」十首其五の句を載せ、「明清の兩名家ともに老いて子なきを悲しまざりしなり」とする。ついで『日記』の同年七月二十一日と三十一日の「韓渥〔ママ〕が迷樓記を讀む」を經て、八月五日「再び疑雨集をよむ」、そして十二月三十一日には「初硯」にも用いた「歳暮客懷」の詩、つまり「父無く妻無き百病の身、（中略）料《はか》るに是れ人の望みて門に倚《よ》る無し」をもって、一年の括りとしている。翌大正八年の一月一日は、「昨夜讀殘の疑雨集をよむ」に始まり、夜はその「愁遣」其二の「一詩を低唱して」いる。それからはかなり間があくが、十一月十八日に、秋霖の實景として王次回の「寫況」の引用が見られる。大正九年には『疑雨集』の記述がまったく見られない。『隨園詩話』は、三月一日稿の「小説作法」（全集十四）に用いられ、九月一日發表の「二百十日」（全集十四）にその刺客論が用いられている。『雨瀟瀟』には、さしたる話の筋というものはない。彩牋堂主人とその愛妾が登場するが、主には「わたし」の述懐である。前半での主人との手紙の應酬を除けば、あとは和漢の詩の開陳につきる。荷風の薀蓄がいかに並外れたものであるか、引用の順序に従って詩人と詩題をあげておこう。

「碧樹如煙覆晩波」云々＝唐・趙嘏（八一五〜？）「宛陵館冬青樹」詩。

「春濤詩鈔中の六扇紅窓掩不開」云々＝森春濤（一八一九〜一八八九）『春濤詩鈔』巻四「絲雨殘梅集」所收「春詩百題」中の「春寒」。

「郎士元が車馬雖嫌僻」云々＝唐・郎士元（七二七〜七八〇？）「贈張南史」詩。

「白居易が貧堅志士節」云々＝唐・白居易（七七二〜八四六）「酬楊九弘貞長安病中見寄」詩。

「一夜不眠孤客耳（中略）小杜の詩なり」＝唐・杜牧（八〇三〜八五二）「雨」。なお大正九年三月十五日の『日記』に「樊川詩注を繙く」とある。

「杜荀鶴が、半夜燈前十年事」云々＝唐・杜荀鶴（八四六〜九〇四）「旅舍遇雨」詩。

「王次回が（中略）病骨眞成驗雨方」云々＝『疑雨集』巻三「補前雜遺三章」其一。

「商女不知亡國恨、隔江猶唱後庭花の趣」＝杜牧「秦淮」詩。

「收拾殘書剩幾篇（中略）と疑雨集中の律詩なぞを」＝『疑雨集』巻三「感舊」。

「古人既に閑花只合閑中看。一折歸來便不鮮。とか申候」＝（未詳、待考）。

「昨來風雨鎖書樓。得此新晴簾可鉤。（中略）思出すまゝ先人の絶句を口ずさみながら」＝父永井禾原の作であろうが、『來青閣集』には見えない（待考）。

「明詩綜載する處の茅氏の絶句にいふ。壁有蒼苔甑有塵」云々＝『明詩綜』巻八十六・閨門・茅氏「賣宅」詩。

ところでこの作品は、何らかの情況なり主張なりを具體化するために詩句を援用しているのではない。逆に、初めに詩句を設け、それらを繫げるためにのみ地の文がある。例えば最後で住宅を賣るというのは、脈絡の上では必然性がない。ただ茅氏の「賣宅」の詩を披露するための用意にしかすぎない。このような手法は、實は『隨園詩話』にヒントを得たものであろう。この作品が、「その年の二百十日はたしかに涼しい月夜であった」で始まるのが、先に發表した小品「二百十日」に『隨園詩話』を引用するという、單にそれだけの符合で終っているのではない。とはいえ、藝妓の去就とか孤絶や雨の情況とかの材料を、僅かでも『隨園詩話』から得ているというわけではない。これらは全く荷風の獨創である。そこに引用された中國の詩句も、王次回のものをも含めて、『隨園詩話』には一句たりとて見えないはずである。

『疑雨集』について、その後の『日記』での引用もあげておくと、一九二五大正十四年四十六歳十一月二十日の「索笑」、同十五年一月二十二日の「獨居」、一九三四昭和九年五十五歳十月五日の「補前雜遺三章」其一の再出。そして昭和二十年三月九日の空襲による偏奇館の燒亡、つづく敗戰、の後の二十四年二月六日の「正午凌霜子來り掃葉山房板疑雨集、貸與」。

五　袁枚『隨園詩話』

『隨園詩話』十六巻・補遺十巻は、袁枚がほぼ四十年間にわたっておこなった、詩に關する收集であり、批評であり、隨筆である。登場する同時代人は、高位高官から一般讀書人はもとより、女流や商人、職工や奴僕までの廣い層

にお よび、その数は千七百人を超える。その詩句は各人の著書によるものもあり、郵便で屆けられるものもあるが、多くは、袁枚が外出した先々で、自身の手によってメモしたものである。いわゆる「言情」の詩を好んだだけに、市井の生活の中での心の機微をさまざまにとりあげることが多い。(17) 一方荷風は、その『日記』によると、毎晩のように外出し、ビアホールでの雜談や、時には置屋での聽取りによって、巷間の世態風俗を取材していたことが分かる。取材の仕方や詩材・話柄のとりあげかたに、私は『隨園詩話』と荷風の作品(たとえば『濹東綺譚』)の間に共通したものを感じる。

一九一七大正六年三十八歲十二月三十一日の『日記』に荷風は、「今余の再讀して批評せむと思へるものを擧ぐるに、(中略)漢文にては入蜀記、菜根譚、紅樓夢、西廂記、隨園詩話」と記しているが、その後の取りあげられかたから判斷して、これら五種のうちでも『隨園詩話』はひときわ重要な文獻であった。この書物が、彼の文學理論と深いところで關わる部分を持っているからだろう。その一端は、大正九年の、三十九條から成る「小說作法」に引く次の一條(『隨園詩話』巻四)からも窺える。

詩ハ淡雅ヲ貴ブト雖モ亦鄉野ノ氣有ル可ラズ。云々

袁枚のいう「言情」は詩の題材を市井の生活にまで擴げたが、そのために入りこんで來る俗氣を許容しようとはしなかった。詩はあくまでも優雅であるべきで、そのために、學問による磨きを重んじた。袁枚は、物賣りや仕立屋の詩にも高い評價を與えたが、それはあくまでも讀書人の感覺に達しているという條件付きのもとでのことであった。感覺という肝心なところでの大衆化ではなかったのである。荷風は一九四七昭和二十二年六十八歲の『日記』(全集二十五)四月三十日から五月十六日の間に、『隨園詩話』からのかなりの量の轉寫をおこなっているが、その中には上述の面に關わるものもある。例えば、本物と似而非《えせ》物との辨別を說いて次のように記す(『隨園詩話』巻二)。

淡の枯に與《お》ける也《や》、新の纖に與ける也、樸の拙に與ける也、健の粗に與ける也、華の浮に與ける也、清の薄に與ける也、厚重の笨滯《ほんてい》（かさばって動きのとれない狀態）に與ける也、縱橫の雜亂に與ける也、亦た是に似て非也《なり》。差《たが》うことの毫釐なるも、失うこと千里を以てす。

荷風は俗を斥け、文學の大衆化を嫌った作家であると、私は思う。そして、『隨園詩話』のこのような指摘に大いに共鳴していたのだと思う。(18)

六　日本漢學と中國古代思想など

一九二二大正十一年四十三歳から一九四五昭和二十年六十六歳三月九日の空襲による偏奇館燒亡までの荷風の漢籍閱讀は、大きく分けて四つの分野にわたる。

その一は、中國の小說類である。まずは『日記』大正十一年二月二十日の「幸田先生譯紅樓夢を繙きて眠る」とは、『國譯漢文大成』文學部のそれを指す。同年九月十六日の『宣和遺事』『剪燈新話』も同じシリーズのものであろう。(19)『紅樓夢』のほうは、その「秋窓風雨夕」の部分が昭和九年十月十五日の『日記』に轉寫され、さらにその一部が昭和十一年「丙子十月卅日脫稿」の『濹東綺譚』（全集十七）の最終部分に用いられ、昭和十五年十一月九日の『日記』に至ってようやく、「長詩秋窓風雨夕を和譯す」となり、同年十二月十六日、新體詩集『偏奇館吟草』（全集二十）の中に収められた。

その二は、日本の漢詩漢文である。昭和元年『日記』末尾の「自傳」（全集二十一）に、「大正十三年甲子の春外祖父鷲津毅堂先生の事蹟と併せて大沼枕山の傳を作り下谷叢話の一書を著す」と述べる考證が、大正十二年八月から始まり、『日記』には森春濤『春濤詩鈔』、菊池五山『五山堂詩話』、細井平洲『嚶鳴館遺草』、齋藤拙堂『拙堂文話』などがあがる。その後も大正十三年九月十三日伊藤仁齋『古學先生文集』、十四年九月十六日荻生徂徠『徂徠集』とあり、昭和三年四月二十九日には、頼山陽の「山陽遺稿をよむ」としたあと、「江戸儒家の集にして刊刻せられしものは大方一讀し終りて今は座右に未見のもの殆どなきに至りぬ」と記している。

その三は、おそらくはその二に啓發された、一種の先祖歸りであろう。中國古代思想の渉獵が始まる。『日記』（全集二十二）によると、まず昭和二年二月と三月の『詩經』、そして昭和三年十一月二十七日の「論語を通讀す」。十二月十日には「孝經を通讀す」としたあと、儒教と老莊思想とを敢えて區別することなく、精神の安らぎの場と位置づける。

予窃に思ふに孔孟老莊の教は恰も市中熱鬧の巷に社寺あり公園あるが如し。

かくして年末にかけては「老子を讀む」「莊子を讀んで深夜にいたる」となり、明けて昭和四年の元旦から四月にかけては、『列子』、『淮南子』、『墨子』、『荀子』、『韓非子』と續き、昭和六年三月二十七日には「易經を讀む」となる。ところが、昭和六年九月二十五日の『日記』の欄外に「滿洲戰亂の號外屢出づ、滿洲戰爭始」と記したのは、かの先祖への蹂躙と認識してのことであったろう。この時から荷風にとっての中國古代思想は、單なる教養の書ではなく、日本軍國主義の生成を檢討する文獻となったと思われる。昭和十一年二月十四日の『日記』（全集二十三）には、軍部内での上官殺害事件に關連して、次のように記す。

余は昭和六七年來の世情を見て基督教の文明と儒教の文明との相違を知ることを得たり。浪士は神道を口にすれども其の行動は儒教の誤解より起り來れる所多し。

吉川幸次郎師の理解によると、「キリスト教の文明に比し、儒學の文明の方が、こうした行爲を生む危險を、より多く包藏するという思考をも、含みそうに見える。しかし危險はその誤用にあるのであって、儒學的文明本來の罪ではない」[20]のである。さらに私が思うに、荷風は、儒教が、本來は文治主義を是とする「士」すなわち讀書人の據りどころであったにもかかわらず、日本では「武士」に都合がよい方向にねじまげられたところに、「儒教の誤解」を見ていたのであろう。また、法家の書とされる『韓非子』が、昭和九年四月二十六日の暴漢の朝日新聞社亂入に關して、その「威強の章」が想起され、その後も、昭和九年七月六日、十一年四月十九日、十四年八月六日と頻出するのは、昭和十四年九月十二日の『商子』をも含めて、同じく強權政治について、彼我の異同をひそかにおこなっていたのであろう。

かくして敗戰後の昭和二十一年四月二十八日の『日記』(全集二十五)には次のような一文を殘す。

支那の儒學も西洋の文化も日本人は唯その皮相を學びしに過ぎず、遂にこれを咀嚼すること能はざりしなり。

さてその四は、中國の詩人の文集、いわゆる別集ないしは總集で、『日記』の中で、荷風の折々の述懷が漏らされる。その幾つかを摘錄しておく。

大正十五年八月二十五日に『東坡先生詩鈔』を讀んだあとの九月二十九日、「俗人は竹林の愛すべきを知らざるなり」として、蘇軾の「於潛の僧の綠筠軒」の詩を引く。

昭和三年四月十六日、陸游『放翁詩鈔』「一年老一年」の詩、「余が昨今の生涯はこの一篇の中に言盡されたればこゝに錄す」。

昭和四年四月十三日から同五年一月三十一日、「『文選』を讀む」。

昭和五年十二月三十一日、「五十二歲の老年に及びて情癡猶青年の如し、(中略)白樂天の詩に曰く老來多健忘惟不忘相思」。詩題は「偶《たま》たま作りて朗之に寄す」[21]。

昭和十六年十月二十三日、陶淵明「雜詩十二首」其五を引き、「陶淵明が詩を誦せんには當今の時勢最適せし時なるべし」と述べる。

昭和二十年十月二日、伊豆の借間で岩波文庫の『杜詩』から「狂夫」の、「溝壑《こうがく》に塡《てん》ぜんと欲して惟《た》だ疎放、自ら笑ふ狂夫老いて更に狂するを」を引き、「余が現在の境遇を顧み感慨殊に深きものあるを知る」。

注

（1）ここでは一九〇五年のうちに二十六歳の誕生日を迎えたことを意味する。荷風の生年月日は、一八七九明治十二年十二月三日であるから、一九〇五年三月であれば、滿年齢の實際は二十五歳である。以下同樣。

（2）岩波書店『荷風全集』全三十巻（一九九二年五月以降、一九九五年二月末現在刊行中）を底本とする。以後は「全集」と略稱する。表記に關して、繰返し符號のうちの「く」を長く伸ばした形の疊字は、同じ文字の繰返しに改め、ふりがなによっては、意をもって省略したところがある。

（3）引用はいずれも吉川幸次郎「荷風と儒學」朝日新聞社・中國古典選・別巻『古典への道』附錄・一九六九年四月刊、『吉川幸次郎全集』第十八巻所收。

（4）高啓の第一首「雪滿ちて 山中 高士臥し、月明かにして 林下 美人來たる」、林逋の「疎影橫斜 水清淺、暗香浮動 月黃昏」、蘇軾の「竹外一枝 斜めに更に好し」は、廣瀨淡窗（一七八二〜一八五六）の『淡窗詩話』巻上で比較されたことで有名。

（5）『墨林閒話』一七七頁以下、一九七七岩波書店。

（6）高啓の和刻本については長澤規矩也著『和刻本漢籍分類目錄』一九七六昭和五十一年・汲古書院刊、また同氏編『和刻本漢詩集成・第十七輯・補篇一』一九七七・汲古書院の「解題」、および入谷仙介『高啓』中國詩人選集二集・一九六二年・岩波書店の「解說」を參照。

（7）長澤規矩也編『和刻本漢詩集成・第二十輯・補篇四』一九七七年・汲古書院刊に、袁枚の一八一六文化十三年刊『隨園詩鈔』六卷および一八四七弘化四年刊『隨園絕句抄』十卷、蔣士銓の文化十二年刊『忠雅堂詩鈔』三卷、趙翼一八二七文政十年刊『甌北詩選』二卷の景印を收める。

（8）第三句「集は沈約を」云々は、北齊の魏收がライバルの邢邵から、その文章が任昉からの盜作だと言われたのにたいして逆にやりかえした言葉（『北史』卷五十六の魏收傳）、第四句「經は遵明に」云々は、北魏の儒者徐遵明が獨り立ちするまでに次々と師を變えた故事（『北史』卷八十一の儒林傳）による。第六句の「私」は、利益、の意。

（9）『和刻本漢籍分類目錄』にあげる趙翼の詩集は、碓井歡編・一八二七文政十年刊『甌北詩選』二卷およびその後印の一種であるが、荷風引用の五首のうち收めるのは「米貴」の一首のみである。

（10）以上二種は現在日本の機關において見られるものをあげたまでで、鄭清茂『中國文學在日本』（一九六六年十月・純文學出版社刊）所收の「王次回硏究」（原載は一九六五年『國立臺灣大學文史哲學報』第十四期）によれば、清末の出版ではこのほかに、嘉慶年間（一七九六〜一八二〇）の陸氏五知堂刊巾箱本、一八七九光緒五年・廣東雙門底登雲閣刊本、「來歷不明の袖珍本」があげられている。ちなみに民國以降では、一九一九民國八年刊の掃葉山房石印本のほか、やはり鄭氏によれば、民國七年・上海文明書局刊・古吳句漏後裔註釋本、民國二十三年・上海啓智書局刊・新式標點鉛印本がある。

（11）張慧劍『明淸江蘇文人年表』（一九八六年・上海古籍出版社刊）の一六四一年の項に、「所著有『泥蓮集』、『疑雨集』四卷、『疑雲集』」とある。また、鄭氏「王次回硏究」では、一九一八年・上海國學維持社刊本『疑雲集』四卷にもとづいて詩詞の數を示し、同氏校『王次回詩集』（一九八四年刊）に評點、印行している。

（12）明詩の總集では、これに先立って錢謙益の『列朝詩集』があり、その丁集第十六に王次回の小傳と詩十五首が採られているが、荷風はこの總集を見ていないと思われる。赤瀨雅子・志保田務著『永井荷風の讀書遍歷――書誌學的硏究――』荒竹出版・一九九〇年刊、參照。

（13）掃葉山房石印本では「壬子年」（一六七二、淸の康熙十一年）に作るが、この前に記された年が「辛巳年」であるから、ここは「壬午年」でなければならない。觀古堂刊本は「壬午年」に作る。

(14)『疑雲集』は一六三二崇禎五年から一六四一同十四年までの十年間で、『疑雨集』の範圍の中に含まれており、生卒年を知るための材料もない。

(15)二句めは、唐の詩人である崔郊が姑《おば》の婢《めしつかい》を氣にいり、逢引に成功して遂には結婚した、という故事があるが（『唐詩紀事』巻五十六に見える）、自分にはそんな知恵ある計畫も窮してしまったことが明らかだ、という意味であろう。

(16)鄭清茂氏は「原注」に根據をおいて一六四二年に五十歳で死亡したと見なし、逆算して一五九三萬曆二十一年に生まれたとする。『隨園詩話』の「本朝」や『金壇縣志』の「國朝」は「誤認」（「王次回研究」二六三頁）だとするのである。そうだとして、「自悼」の年は三十三歳、「愁遣」の年は三十四歳ということになると、詩句の意味がまったく通じなくなってしまう。また、氏自身「人を困惑させる問題」（同二七〇頁）としてあげるのが、『疑雲集』己卯（一六三九崇禎十二年）にある「哭叔聞」詩の問題である。王鎗、字は叔聞なるこの叔父が死んだのはこの年ではなく、『列朝詩集』によると一六四六順治三年のこととされるからである。氏は幾つかの可能性を列擧したのち、「別人が叔聞を悼んだか、別人が次回に假託して叔聞を悼んだもの」という結論に傾いている。私の計算に從えば、なぜ己卯の年にこの詩があるのかという疑問はやはり殘るものの、一六四六年に王次回自身が作ったと考えて、何ら差しつかえはないのである。

(17)詳しくは、拙著「『隨園詩話』の世界」（『中國文學報』第二十二冊・一九六八年四月刊）を見ていただきたい。ただしそこで王次回の生卒を「一六二〇～一六八〇」としているのは明らかな誤りである。

(18)なお一九四二昭和十七年八月十一日の『日記』は、テキストでは「隨園の新齋譜をよむ」となっている。しかし袁枚に『新齋譜』なる著書はなく、おそらく『新齊諧』の誤りであろう。すなわち『子不語』のことで、その序文に袁枚自身が次のように記す。「怪力亂神は子の語らざる所也。（中略）書成り、初めは「子不語」と名づくるも、後に元人の說部に雷同する者有るを見、乃ち改めて「新齊諧」と爲す云《のみ》」。

(19)幸田露伴・平岡龍城共譯並註『紅樓夢』上・中・下、國譯漢文大成・文學部十四・十五・十六、各大正九年十二月・十年九月・十一年八月發行。鹽谷溫譯並註『剪燈新話・餘話・宣和遺事』同十三、大正十一年一月發行。

(20)吉川前掲文。

(21)　詩の題からも解かるように友人にたいする思いであって、「相思」という語を荷風は誤解している。

四　袁枚『隨園詩話』の日本における影響

一　袁枚と杭州

昨年、私はある中國の書物を入手して驚いた。『今譯足本　隨園詩話』（一九九六年五月、吉林人民出版社刊）という書名の上に「毛澤東出巡必帶的書（毛澤東が巡行に攜帶した書物）」という九文字が記されていたからである。私は三十數年前に人民文學出版社刊の『隨園詩話』（一九六二年八月）を讀み、郭沫若著の『讀隨園詩話札記』（一九六二年九月、作家出版社刊）も讀んだことがあるが、この書物が毛主席の「臥床邊堆放的書籍（ベッド脇に積まれた書籍）」の一つであるとは、ついぞ知らなかった。

袁枚（一七一六～一七九七）は清代の浙江省杭州府錢塘縣出身の詩人であり詩評家である。彼は康熙五十五年、錢塘縣東園大樹巷中に生まれ（現在の地圖を見ると杭州驛の北に「東園」や「大樹路巷」という地名がある）、七歳の時、葵巷（おそらく杭州驛の近邊であろう）に遷居し、十七歳までそこに住んだ。しかし彼が二十一歳で北上して博學鴻辭科の試驗に應じてからは、自分の故郷との關係もしだいに薄れていった。二十四歳で進士となった年の冬には結婚のために歸郷したものの、ただちに北上した。二十七歳には江蘇省溧縣知縣となり、そのあと江寧縣に異動。三十三歳の時には江寧縣内の小倉山の隋氏織造園を購入し、改修して「隨園」と名づけた。三十七歳で父を失って歸郷すると、母親の養老を理由に依願退職し、一家をあげて隨園に移り住んだ。しかしその後も墓參のためにときどき杭州を訪れてお

り、例えば一七五六年四十一歳作の七絶「過葵巷舊宅（葵巷の舊宅を過《よ》ぎる）」の中では、

夢裏烟波垂釣處　　夢裏の烟波　釣《つりいと》を垂れし處
兒時燈火讀書堂　　兒時の燈火　書を讀みし堂
難忘弟妹同嬉戲　　忘れ難し　弟妹の同《とも》に嬉戲せしを
欲問隣翁半死亡　　隣翁に問わんと欲すれば半ばは死亡せり　（『小倉山房詩集』巻十二）

とうたっており、また五十六歳作の同じ題の七絶「過葵巷舊宅」の序文では、

余七歳遷居葵巷、十七歳而又遷居。以故孩提嬉遊處、惟此屋記之最眞。四十年來、毎還故鄉、過門留戀、今乃得叩闇直入。

余七歳、葵巷に遷居し、十七歳にして又た遷居す。故《ふる》く孩提の嬉遊せし處なるを以て、惟だ此の屋のみ之を記《おぼ》ゆること最も眞なり。四十年來、故鄉に還る毎に門を過《よ》ぎりて留戀し、今乃ち闇を叩きて直ちに入るを得たり。

（『小倉山房詩集』巻二十二）


と述べている。

私が思うに、袁枚は童心を大切にした詩人であり、杭州は袁枚が童心に返った場所である。私は、袁枚と縁の深いこの土地で、袁枚の日本人にたいする影響についての發表をする機會を持つことができたことを、たいへんうれしく思う。

二　『隨園詩話』の魅力

袁枚が著わした『隨園詩話』十六巻・補遺十巻には、千七百人以上の清朝人が登場する。彼らの大多數はいわゆる士大夫であるが、少數の非士大夫、すなわち巨商や小賣業者、縫人や奴僕、あるいは閨秀や妓妾などもいる。また士大夫の中には少數の、漢語を使用しはじめた滿洲人や蒙古人などもいる。實は私は、この書物の魅力は、古今の詩人や詩歌に關する評論のほかに、比較的少ないものの、働く人々や婦人や滿洲人に關係した詩歌についての評論の中にあると思う。

ご記憶のかたもあると思うが、一九七八年に開かれた中國文聯第三回全國委員會第三回擴大會議の席上、臧克家氏は「在民歌・古典詩歌基礎上發展新詩（民歌・古典詩歌の基礎にたって新詩を發展させよう）」と題する發表をおこない、その中で、「昔の民歌の中にも少なからぬ珠玉がある。表現方法において人々にすばらしい新鮮さを感じさせ、讀んでいて限りない韻のしらべを覺えさせる」と述べて一つの詩を引き、「これは販夫走卒（物賣りに歩く男）が作った、おふくろさんの死を悲しむ詩である。わずか四句の分量がかえって重々しいものになっている」と指摘した。その詩は次のようなものであった。

叫一聲　哭一聲　　ようと叫び　わっと哭《な》く
兒的聲音娘慣聽　　おらぁの聲を　おっかぁは　聽きつけてるでねぇか
如何娘不應　　どうして　おっかぁは　應《こた》えてくれん。（『詩刊』一九七八年第七期）

臧克家氏は引用文の出處を注記していないが、彼が引用したのは『隨園詩話』（巻八）の中の一文であることが分かる。つまり、

吾郷有販鬻者、不甚識字、而強學詞曲。『哭娘』云……。語雖俚、聞者動色。

吾が郷《さと》に販鬻《ものうり》する者有り、甚しくは字を識らざるも、強いて詞曲《うた》を學ぶ。『娘《はは》を哭す』に……と云えり。語は

俚（やぼったい）と雖も、聞く者は色を動かす。

というものであった。

袁枚は特にその晩年において、江寧やその他の都市で女性とだけの詩會をもよおし、彼女たちは合せて五十人以上に達したが、そのうちの二十八人の詩は、袁枚によって『隨園女弟子詩選』六巻に編輯された。これは彼が女流詩人を育成した一つの成果であった。これらの婦人たちはそのほとんどがいわゆる閨秀、つまり士大夫の正室か繼室、あるいは令嬢とか女孫であった。しかし『詩話』の中には、低い身分の女性によって作られた詩も、幾つか収められており、次のような話も載せられている。すなわち、杭州で趙という男が妾を買おうとしたところ、その女は、當時の杭州辯でいうところの「土重（おおあし）」であった。

趙欲戲之、即以『弓鞋』命題。女卽書曰「三寸弓鞋自古無、觀音大士赤雙趺。不知裏足從何起、起自人間賤丈夫」。趙悚而退。

趙は之を戲《からかわ》わんと欲し、卽ち『弓鞋（纏足のくつ）』を以て題を命ず。女は卽ち書《しる》して曰わく「三寸の弓鞋 古え自《よ》りは無し、觀音大士は赤《はだし》の雙《ふた》つの趺《あしのうら》。知らず 足を裹《つつ》むは何《いず》こ從《よ》り起こりしを、起こりは人間《じんかん》の賤しき丈夫自《よ》りせん」と。趙は悚《おそ》れて退く。（『隨園詩話』巻四）

また當時の滿洲人は、政治的や軍事的には漢民族の支配者であったが、漢語の詩歌を作り鑑賞する上では後進者であった。しかし袁枚は逆に次のように言っている。

近日滿洲風雅、遠勝漢人。雖司軍旅、無不能詩。

近日、滿洲の風雅は遠く漢人に勝《まさ》る。軍旅を司ると雖も、詩を能くせざるは無し。（『隨園詩話』補遺巻七）

以上を要するに袁枚が提唱した「性靈說」は、彼が働く人々や婦人や滿洲人に關心をもつ契機となったものであり、そこからまた舊體の詩における一種の大衆化がもたらされたのである。

三　日本の「漢詩」

漢字は紀元七世紀以前に日本に傳わったが、その時、漢字の音節は日本人の發音にあわせて單純化され、またその聲調は無視された。その後、日本人は漢字から、表音文字である「假名（ka-na）」を作ったが、正式の文字は依然として漢字であり、正式の文學も漢字を用いて作った「漢詩」とか「漢文」であって、「假名」でつづられた「和歌（wa-ka）」や「俳句（hai-ku）」、あるいは「和文（wa-bun）」は借り物であるとみなされた。

日本の「漢詩人」はたいていは漢語（中國語）を話すことも聴くこともできなかった。彼らが中國の書物――例えば『論語』や『孟子』、『文選』や『白氏文集』など――を讀む時は、日本化された音節と日本語の文法によるのであって、文字の順序にしたがって頭から足へと讀むのではない。彼らはこのようにして書物を讀みながら、漢語の文法をマスターした。一般に漢語の詩を作る時には、例えばそれぞれの文字が四聲のうちのどの聲調に屬するかとか、韻目表の中のどの韻目に屬するかといった、幾つかの知識を持ちあわせていなければならない。ところが日本の「漢詩人」はこれらの知識をすべて書面上でマスターし、それを應用して「漢詩」を作ったのである。黄新銘氏は次のように述べている。

日本漢詩，是日本人用漢語和中國舊體詩的形式創作出來的文學作品，是日本文學的重要組成部分。日本漢詩創始于天智天皇在位時期（六六八～六七一），迄今已有一千三百餘年的歷史了。（中略）漢詩便成爲日本上層社會精神生活中不可缺的食糧了。

日本漢詩は、日本人が漢語と中國の舊體詩の形式を用いて創作した文學作品で、日本文學の重要な構成部分である。日本漢詩は天智天皇の在位時期（六六八～六七一）に始まり、現在に至るまで千三百餘年の歴史がある。（中略）漢詩は日本の上流社會の精神生活に缺くことのできない糧《かて》となったのである。

（黃新銘選注『日本歷代名家七絕百首注』「前言」一九八四年九月、書目文獻出版社）

四　袁枚『隨園詩話』の日本における影響

『隨園詩話』が日本に與えた影響は二度ある。最初は江戶時代（一六〇三～一八六七）の後期の漢詩界においてであり、それは性靈派による一種の詩界改革運動をおしすすめた。二度めの影響は近代作家永井荷風（一八七九～一九五九）の文學に反映されている。

清代末期の學者兪樾（一八二一～一九〇六、晚號は曲園居士）も浙江人である。彼は德淸縣に生まれ、仁和縣に遷居した。一八八三年（光緖九年・明治十六年）彼は『東瀛詩選』四十卷・補遺四卷を編修し、その正編において日本の漢詩人五百六十七人の詩四千餘首を選定し、それぞれの詩人について小傳を附した。彼は「東瀛詩選序」で、江戶時代の漢詩界の變遷について次のように述べている。まず江戶時代前期の漢詩界は次のようであった。

其始猶沿襲宋季之派。其後物徂徠出、提唱古學、慨然以復古爲敎、遂使家有滄溟之集、人抱弇洲之書、詞藻高翔、風骨嚴重、幾與有明七子並轡齊驅。

其の始めは猶お宋季の派を沿襲す。其の後、物徂徠出《い》で、古學を提唱し、慨然として復古を以て敎えと爲し、遂に家ごとに滄溟（李攀龍）の集有り、人ごとに弇洲（王世貞）の書を抱《いだ》か使《し》め、詞藻は高翔し、風骨は嚴重にして、幾《ほと》んど有明の七子と轡を並べて齊《ひと》しく驅く。

物徂徠（一六六六〜一七二八、本姓は物部、名は雙松、字は茂卿、荻生徂徠ともいう）は經學において『論語徴』を著わす一方、詩文においては明代古文辭派を繼承した。彼の門人の服部南郭（一六八三〜一七五九、名は元喬、字は子遷）は一七二四年、李攀龍（一五一四〜一五七〇）の編選と傳えられている『唐詩選』七巻に講述を加えて刊行し、この詩集は大いに巷間に流行した。しかし十八世紀後半になると山本北山（一七五二〜一八一二、名は信有、字は天禧）が現われて李・王を排撃し、宋詩の清新な趣きを尊び、明詩では袁宏道（一五六八〜一六一〇、字は中郎）兄弟の「性靈説」を信奉した。兪曲園は山本北山の詩文を讀んでいなかったので、その詩界改革の功績をその二人の門人、つまり一人は梁星巖（一七八九〜一八五八、本姓は梁川、名は孟緯、字は公圖）、一人は大窪天民（一七六七〜一八三七、名は行、號は詩佛、天民はその字）に歸している。曲園によると、江戸時代後期の漢詩界は次のようであった。

傳之既久、而梁星巖・大窪天民諸君出、則又變而抒寫性靈、流連景物、不屑以摹擬爲工、而清新俊逸、各擅所長、殊使人讀之有愈唱愈高之歎。

之を傳うること既に久しくして、梁星巖・大窪天民の諸君出《い》で、則ち又た變じて性靈を抒寫し、景物に流連し、摹擬を以て工みと爲すを屑《いさぎよ》しとせず、而して清新俊逸、各おの長ずる所を擅《ほしいまま》にし、殊に人を使《し》て之を讀みて愈いよ唱えて愈いよ高しの歎き有らしむ。

袁枚沒後七年めの一八〇四年、日本で『隨園詩話・同補遺』十巻・補二巻（神谷謙編・柏昶較閲）が刊行された。その中の十巻は原本所載の詩篇だけを摘出したもの、二巻は詩話の鈔錄である。その巻頭には山本北山の序文があり、次のように述べている。

蓋十年前僞『唐詩選』盛行而腐詩滿于時、如宋東坡眞正、明中郎清新、求奉之者、不能得數人矣。今日文明之化大敷、人之好尚亦從而換革、眞詩盛起、僞詩輩僅僅如晨星也。試以平心公判詩世界、唐宋豈有勝劣之分乎、況三唐之別乎。（中略）袁枚子才賤其淺薄、主妙字、大排斥之。其言曰「詩妙則論唐宋乎」。

蓋し十年前、僞『唐詩選』盛んに行われて腐詩 時に滿ち、宋の東坡の眞正、明の中郎の清新の如き、之を奉ずる者を求むるに、數人をも得る能わざりき。今日 文明の化大いに敷き、人の好尚も亦た從って換革し、眞詩 盛んに起こり、僞詩の輩は僅僅なること晨星の如きなり。試みに平心を以て詩世界を公判するに、唐宋に豈に勝劣の分有らんや、況んや三唐の別をや。（中略）袁枚子才は其の淺薄を賤しみ、妙の字を主として、大いに之を排斥す。其の言に曰わく「詩妙なれば則ち唐宋を論ぜんや」と。

また大窪天民の序文もあり、次のように述べている。

及我輩創立幟於清新性靈之眞詩壇、僞詩城壘、不攻而降、不戰而破。（中略）所謂清新性靈者、吐自己之胸懷、不嘗古人之糟粕、是也。此之謂眞詩。所謂專主於活、不參死句、是也。我輩以此唱世十餘年于今、而猶未洽於海內。何計隨園先生亦在彼邦唱之。『隨園詩話』之刻在壬子之歲、則去今十三年矣。與我輩之起、殊地同時、事之相遇、若合符節、是豈非天運之所使然乎。

我が輩の創《はじ》めて幟《はた》を清新性靈の眞詩の壇に立つるに及び、僞詩の城壘は攻めずして降《くだ》り、戰わずして破る。（中略）謂う所の清新性靈なる者は、自己の胸懷を吐き、古人の糟粕を嘗めず、是れなり。此れを之れ眞詩と謂う。謂う所の專ら活を主とし、死句に參《まじ》わらず、是れなり。我が輩 此れを以て世に唱え今に十餘年、而して猶お未だ海內に洽《あまね》からず。何ぞ計らんや 隨園先生も亦た彼の邦に在りて之を唱うるとは。『隨園詩話』の刻は壬子の歲に在り、則ち今を去ること十三年なりき。我が輩の起こると地を殊にし時を同じくし、事の相い遇うこと、符節を合するが若し、是れ豈に天運の然ら使《し》むる所に非ざらんか。（なお、「壬子」すなわち一七九二乾隆五十七年、袁枚はまだ『補遺』を執筆中であった）。

このように日本の漢詩人が古文辭派の格調説に反對し、自分の性情を自由に、そして平明に表現しようとした時、『隨園詩話』が一定のはたらきをしたのである。

この『詩話』の影響は、作品の中にも見出すことができる。

市河寛齋（一七四九～一八二〇、名は世寧、字は子靜）も性靈派詩人の一人であって、曲園は次のように指摘している。

其爲詩頗有自得之趣。當時比之香山・劍南、雖似稍過、然亦畧近之矣。

其の詩爲《た》るには頗る自得の趣き有り。當時之を香山（白居易）・劍南（陸游）に比するは稍《や》や過ぐるが似《ごと》きと雖も、然れども亦た畧《ほ》ぼ之に近し。（『東瀛詩選』巻十四）

一七八七年、彼は江戸（今の東京）に「江湖詩社」を開くと（ちなみに「江湖」というのは宋の楊萬里の第一詩集の名である）、大窪天民も入社したが、さらにもう一人の社員である菊池五山（一七七二～一八五五、名は桐孫、字は無絃）は、『隨園詩話』の影響をうけ、日本の漢詩人たちに關する話を書きつづって『五山堂詩話』と名づけ、一八〇七年から陸續と刊行した。

一七八八年、市河寛齋は「雨夜上尾道中」（上尾は地名、今は東京北方の埼玉縣）という詩を作った。

泥塗夜暝雨悠悠　　泥塗　夜暝《くら》く　雨は悠悠たり
斗折林間聽水流　　林間を斗折して　水の流るるを聽く
怪底月光偏布地　　怪底《あやしむ》らくは　月光の偏《あまね》く地に布《し》くかと
蕎花爛熳野田秋　　蕎花は爛熳たり　野田の秋　（『寛齋先生遺稿』巻一）

この詩について菊池五山は次のように言っている。

近讀李松圃「曉行」云、「朦朧曙色噪啼鴉、風撼疎林一徑斜。滿地白雲吹不起、野田蕎麥亂開花」。兩詩不謀相同、工力亦敵、皆以誠齋「雪白一川蕎麥花」爲藍本。

近ごろ李松圃の「曉行」を讀むに、云えらく「朦朧たる曙色　啼鴉噪《さわ》ぎ、風　疎林を撼《ゆるが》して一徑斜めなり。滿地の白雲　吹き起《た》たず、野田の蕎麥　亂《みだ》りに花を開く」。兩詩は謀らずして相い同じく、工力も亦た敵するに、皆な誠齋の「雪のごとく白し一川の蕎麥花」を以て藍本と爲す。（『五山堂詩話』巻一）

李松圃（名は秉禮、一七四八〜一八三〇）のこの詩は『隨園詩話』巻十に引かれており、菊池五山は中國で刊行された『隨園詩話』でこの詩を讀んだに違いない。しかし市河寛齋が一七八八年の時點で中國で刊行された『隨園詩話』を讀んだはずはない。おそらく寛齋は楊萬里の『誠齋集』の中で「秋曉出郊（秋曉に郊に出づ）二絶句、其一」の詩を見つけたのだろう。

初日新寒正曉霞　　初日　新寒　正に曉霞
殘山賸水稍人家　　殘山　賸水　人家稍《すく》なし
霜紅半臉金罌子　　霜《しもやけ》のごとく紅《あか》し　半臉の金罌子
雪白一川蕎麥花　　雪のごとく白し　一川の蕎麥花　（日本鈔宋本、巻四『江湖集』）

そうして彼は、「初日」を「月光」に變え、「蕎麥花」を「蕎花」に變えて、その詩を作りおえたのであろう。

ところが市河寛齋が一七九七年に作った「示亥兒（亥兒に示す）」の詩は、中國で刊行された『隨園詩話』を讀み、その直接の影響のもとで作ったのであろうと、私は考える。

烘窗晴日氣如春　　窗を烘《て》らす晴日　氣は春の如く
讀課牽眠欠且伸　　讀課　眠りを牽きて　欠《あくび》し且つ伸《のび》す

喚婢休嗔遲午飯　婢を喚《よ》びて嗔《いか》るを休《や》めよ 午飯遲しと
夜來多是雨沾薪　夜來 多是《おそらく》は 雨 薪を沾《ぬ》らさん
（寛齋は四十九歳、嫡子の三亥は十九歳、『寛齋先生遺藁』巻二）

思うに、この詩の中の「遲午飯」と「雨沾薪」は、『隨園詩話』に見える詩の一句「薪濕午炊遲」を二句に配分したのではあるまいか。

嫌飯遲者、劉悔菴云「冷早秋衣薄、天陰午飯遲」、顧牧雲云「衣輕曉寒逼、薪濕午炊遲」。
飯の遲きを嫌う者は、劉悔菴云えらく「冷は早くして秋衣薄く、天は陰《くも》りて午飯遲し」と。顧牧雲云えらく「衣輕くして曉寒逼り、薪濕りて午炊遲し」と。（『隨園詩話』巻十二。劉悔菴の名は曾、顧牧雲の名は未詳）

では私は、寛齋が中國で刊行された『隨園詩話』を、一七八八年にはまだ讀んでいないが、一七九七年にはすでに讀んでいただろうというのは、何を根據にしているのであろうか。

一六四一年、日本政府は鎖國政策をとり、貿易國を中國と荷蘭に限定し、貿易港を日本最西端の長崎港一ヶ所に限定した。當時多くの中國書籍が日本に輸入されたが、その書籍元帳の多くが、今でも長崎縣立圖書館などに保管されており、大庭脩氏によって『江戸時代における唐船持渡書の研究』（一九六七年三月、關西大學東西學術研究所刊）にまとめられた。この書物によると、『隨園詩話』は一七九一年（袁枚七十六歳）に一部、一七九四年（同七十九歳）には二十部が輸入されている。これらの書物の幾つかは長崎から江戸にもたらされ、そのうちの一帙が市河寛齋の手に落着したことも考えられる。ちなみに一七九一年から一八五九年までのあいだに日本に輸入された袁枚の著作は、次のとおりである。

『隨園詩話』合計二十九部（上記二十一部を含む）。

『小倉山房集』合計十六部。

『小倉山房尺牘』一部。

『小倉山房文鈔』一部。

『隨園三十種全集』十五部。

また長澤規矩也著『和刻本漢籍分類目録』（一九七六年十月、汲古書院刊）によると、袁枚の著作の日本における刊行は次のとおりである。

一八〇四年『隨園詩話・同補遺』十巻・補二巻、神谷謙編、序文：山本北山、太田錦城、佐藤一齋、大窪天民、柏木如亭。（一八〇八年再刊）

一八一六年『隨園詩鈔』六巻、市河寛齋編。この書は寛齋が一八一三年に公務で長崎に出張した時に入手した中國刊『小倉山房詩鈔』によって編修された。

一八三〇年『隨園女弟子詩選選』二巻、大窪天民選。原本の『隨園女弟子詩選』から十九名を選び出したもの。（一八四四年再刊）

一八四七年『隨園絕句鈔』十巻、編者未詳。

一八五七年『隨園文鈔』三巻、田中竹所編。

江戸時代後期の文人の中には、袁枚の人となりやその『隨園詩話』を好まない人も何人かいた。たとえば長野豊山（一七八三～一八三七、名は確、字は孟確）は次のように言っている。

袁子才『隨園詩話』、其所喜、祇是香奩・竹枝、亦可以見其人品矣。

袁子才の『隨園詩話』、其の喜ぶ所は祇《た》だ是れ香奩・竹枝のみ、亦た以て其の人品を見る可し。

（『松陰快談』巻三。この書は清の沈楙悳が一八四四道光二十四年に編輯刊行した『昭代叢書』「癸集萃編」の中に收錄されている）

五　永井荷風と『隨園詩話』

永井荷風（一八七九～一九五九、名は壯吉）は日本近代の小說家、隨筆家である。彼の父永井禾原（一八五二～一九一三、名は久一郎）は明治政府の官吏となり、官は文部省會計局長に至った。退職後は日本郵船會社に就職した。彼はかなり有名な漢詩人でもあって、死後、その漢詩集である『來靑閣集』十巻が荷風によって編修された。

永井荷風は禾原の長男で、當時の一般的な知識人の子弟と同様、少年時代には學校や私塾で『大學』『中庸』『論語』を學び、ある漢詩人に入門して『三體詩』の講義を聽いたこともある。十八歳の時には父が上海支店長になったので、彼は上海や杭州に三ヶ月の旅行をした。歸國後に、現在の東京外國語大學中國語學部の前身に入學したが、二年で中途退學した。彼の關心は、北京官話よりも文學藝術のほうにあったからである。

彼はしだいに、彼の父とその信奉する禮教にたいして反抗するようになった。彼は一九〇三年九月、二十四歳の時に、勤務をしながら勉強するためにアメリカに渡り、一九〇七年にはフランスに行き、翌年に歸國した。その後『アメリカ物語』と『フランス物語』を發表したが、その中で彼は歐米の近代的個人主義と、自然を尊重するヒューマニズムに贊同する意向を示した。彼はしだいに、明治政府がおしすすめる富國强兵政策や、明治の社會が贊美する物質文明にたいして嫌惡感を懷くようになり、むしろ唯美主義と頽廢文學の中にこそ、人間の眞の性情が見出されると考えるようになった。彼は一九〇九年作のある文章の中で次のように書きしるしている。「彼」とは、荷風自身を指す。

いかに彼は……清朝の軟弱纖細なる香奩體の詩と、佛蘭西の幻覺的なるsymbolisme（原ルビ「サンボリズム」）の詩とを愛したであらう。（『新橋夜話』「見果てぬ夢」所收）

彼は一九〇九年以來、シャルル・ボードレイル（Charles Baudelaire、一八二一〜一八六七）などのフランス象徵詩三十八篇を譯し、一九一三年に『珊瑚集 佛蘭西近世抒情詩選』を刊行した。その間彼は一九一〇年、慶應大學のフランス文學擔當の教授となった（一九一六年に辭職）。

荷風が「清朝の軟弱纖細なる香奩體の詩」というのは、王次回（名は彥泓）の『疑雨集』の詩篇を指す。彼は、『隨園詩話』の記述によって、王次回を清朝人と考えている（私も同樣に、彼は一六四七年、つまり清代の順治四年に死んだと考える）。

本朝王次回『疑雨集』、香奩絕調、惜其只成此一家數耳。沈歸愚尙書選國朝詩、擯而不錄、何所見之狹也。

本朝王次回の『疑雨集』は香奩の絕調なり。惜しむらくは其の只だ此の一の家數を成すのみ。沈歸愚尙書は國朝詩を選ぶに、擯《しりぞ》けて錄せず。何ぞ見る所の狹きや。

（『隨園詩話』卷一。沈德潛は『國朝詩別裁集』の「凡例」の中で、「尤有甚者、動作溫柔鄉語、如王次回『疑雨集』之類、最足害人心術、一槪不存（尤も甚しき者有るは、動《やや》もすれば溫柔鄉の語を作《な》し、王次回『疑雨集』の如き類は最も人の心術を害するに足り、一槪に存せず）」と記している）

王次回は三十一歲の年に妻を失ってから孤單凄涼の感を詠むことが多い。荷風も三十五歲で離婚していらい、二度と結婚することをしなかった。彼は獨身の寂寥感を、王次回の詩句を借りながら、隨筆や小說、あるいは日記などの文章に吐露した。例えば一九一七年三十八歲の年の初めに書いた隨筆「初硯」には、『疑雨集』の中の詩篇七首を引きながら次のように述べている。

一度《ひとたび》王次回が疑雨集を繙《ひもと》かば全集四卷悉《ことごと》くこれ情癡、悔恨、追憶、憔悴、憂傷の文學ならざるはなし。ボオドレエルが惡之華集中に横溢せる倦怠衰弱の美感は直《ただち》に移して疑雨集の特徴となすを得べし。

ところで『隨園詩話』については、同じ年の年末の日記に次のように書きしるしている。

今余の再讀して批評せむと思へるものを擧ぐるに、（中略）漢文にては入蜀記、菜根譚、紅樓夢、西廂記、隨園詩話等なり。

このうちでも彼は『隨園詩話』を座右や枕頭に置いて何度も讀み、いろいろな文章の中にしばしば使っている。

私は『隨園詩話』が荷風の文學に與えた影響として、次の二點があると考える。

まず第一の點は、彼がいわば詩話風の形式をその隨筆や小説に導入したことである。「初硯」もその例の一つであるが、一九二一年彼が四十二歳の時に書いた短編小説「雨瀟瀟」もまたその例の一つであるといえる。

詩興湧き起れば孤獨の生涯も更に寂寥ではない。貧苦病患も例へばかの郎士元が車馬雖嫌僻、鶯花不棄貧といひ、白居易が貧堅志士節、病長高人情といふが如き句あるを思ひ得ば又聊か慰めらるる處があらう。

（前の聯は郎士元「贈張南史」の詩句であり、後の聯は白居易「酬楊九弘貞長安病中見寄」の詩句である）

ただし、袁枚はそれぞれの詩の作者や作風や制作状況などに説明を加えるのにたいして、荷風のばあいはいろいろな詩句を借りて自分の心情を説明するのである。

第二の點は、彼が袁枚の文學論を自分の文學論に導入したことである。彼は一九二〇年に、三十九則からなる『小説作法』を發表したが、そのうちの一則は『隨園詩話』卷四から引用した文章であった。

詩ハ淡雅ヲ貴ブト雖《いへども》、亦郷野ノ氣有ル可ラズ。古《いにしへ》ノ應（瑒）劉（楨）鮑（照）謝（朓）李（白）杜（甫）韓（愈）蘇（軾）皆官職アリ。村野ノ人ニ非《あ》ラズ。蓋シ士君子萬卷ヲ讀破スルモ又須《すべか》ラク廟堂ニ登リ山川ヲ看、交《まじはり》ヲ海《かい》内《だい》名流ニ結ブベシ。然ル後氣局見解、自然ニ濶大《くわつだい》ス、良友ノ琢磨ハ、自然ニ精進《せいしん》ス。否《しから》ザレバ鳥啼蟲吟、沾沾《てふてふ》トシテ自《みづか》ラ喜ビ、佳處有リト雖、邊幅固《もと》已ヨリ狹シ。

（以下略。『隨園詩話』の原文とは文字に多少の異同がある。引用文はほとんど總ルビ。人名の（　）は私の補足）

また一九四七年六十八歳の四月三十日・五月十四日・五月十六日の『日記』には、『隨園詩話』から都合十則を原文のまま抄出している。卷二所收の一則をあげておこう。

作詩不可不辨者、淡之與枯也、新之與纖也、樸之與拙也、健之與粗也、華之與浮也、清之與薄也、厚重之與笨滯也、縱橫之與雜亂也、亦似是而非。差之毫釐、失以千里。

作詩に辨ぜざる可からざる者は、淡の枯に與《お》ける也《や》、新の纖に與ける也、樸の拙に與ける也、健の粗に與ける也、華の浮に與ける也、清の薄に與ける也、厚重の笨滯に與ける也、縱橫の雜亂に與ける也、亦た是に似て非なり。差《たが》うこと毫釐なるも、失うこと千里を以てす。

荷風の生活には袁枚の生活と共通するところが幾つかある。彼は袁枚とちょうど同じく三十七歳の時に退職、その後は自由人としての人生を送った。世間の人が彼のことを好色だと非難しても、彼はいっこうに氣にせず、文學や藝術の生活に專念した。

荷風は第二次世界大戰の時期、日本軍國主義の文化政策に贊成せず、一九四二年に結成された「日本文學報國會」にも參加しなかった。この間彼は、幾つかの小說や隨筆を執筆したが、それらを發表する場を與えられなかった。戰後の一九五二年に、日本政府は彼に文化勳章を授與した。これは、一九三七年いらい、文化の發展に大きな貢獻をした幾人かの日本人に每年贈られる勳章である。

注記

本稿は、一九九八年九月八〜十日、中國杭州市の浙江大學でおこなわれた「中國東南區域史國際學術研討會」での發表論文である。本論考に收錄するにあたって、口頭と書面による中國文原稿を日本語に戻し、引用文には書きくだし文を加え、少しの注記を施した。

あとがき

本書は表題を「論考」としたが、正直な感想をいえば、「雜考」とすべきだと思っている。體系性に缺けるからである。

私は一九五九（昭和三十四）年、京都大學文學部に入ったのちの教養部二年間に、學習の關心がしだいに中國へ向いていった。當時、吉川幸次郎氏の『杜甫ノート』などを通じて、いわゆる漢詩とか漢文を中國音で讀むことの新鮮な響きに蒙を啓かれはしたが、出版されはじめた岩波・中國詩人選集の熱心な讀者とはならなかった。中國をより大局的に、あるいは巨視的に眺めたいという思いが強かったからである。まず啓發されたのは、仁井田陞著『中國法制史』（岩波全書）であり、この書を通じて、島田虔次著『中國における近代思惟の挫折』（筑摩書房）という書物の存在を知った。しかし教養部圖書館には無かった。そのことを何かの機會に、中國語擔當の尾崎雄二郎先生に申しあげた。二回生の夏休み、下宿の婆さんから來客を告げられ、いずれ友人の誰かだろうとステテコ姿のままで玄關先に出ると、尾崎先生がこの書物を手にして立っておられた。文學部の圖書館から借り出してくださったのである。そんな先生からは、學部での中國文學專攻を勸められたが、私は、あえて斷って、東洋史學專攻に進んだ。

私は、中國の社會思想史のようなことができないかと、考えていた。自分なりに王陽明の『傳習錄』や李卓吾の『焚書』などを讀んでみた。しかし手掛かりとなるような論點が出てきそうもなかった。授業では、『宋史』や『明史』の食貨志、あるいは土地制度や役法などであった。三回生の講讀のレポートとして、私は水銀に關する原稿用紙九十八枚の文章を、四回生の夏休み直前、佐伯富先生に提出した。東洋史はどうも肌に合わないという氣がしはじめた。「無表情」というのが、當時の感想であった。私は、大學院で勉強を續けるなら中國文學でと思い、卒業論文のテーマとして、東洋史と中國文學の雙方に關わるものはないかと、いささか姑息な考えをしはじめた。古書店を歩くうちに、たまたま吉川先生の「李夢陽の一側面――古文辭の庶民性――」（『立命館文學』一九六〇年六月）という論文に出會った。その最後は、「李夢陽の文には、商人との交遊を示す文が多いことも、私の注意をひく」として、「社會經濟史家の一考をわずらわす」と記されてあった。それからは文學科圖書館から明刊本の『空同集』を借り出してきて、古文辭との格闘が始まった。主任教授の宮崎市定先生には、卒論題目を「明代の士大夫と商人」と告げた。先生には、「明代蘇松地方の士大夫と民衆――明代史素描の試み――」（『史林』一九五四年六月）という論文があった。「明代の士大夫全般ですね」と念を押された。「はい」と、私は答えた。「吉川先生の『沈石田』（一九六〇年五月連載完）は讀んだかね」とも聞かれた。提出時には、「李夢陽をめぐって」という副題をつけた。中文大學院受驗の意向を尾崎先生に傳えるべく教養部の研究室を訪ねると、先生は早速に吉川研究室に電話し、引率してくださった。吉川先生とまぢかに接する最初のできごとである。

中國文學に關して、私はほとんど無知であった。ましてや明代のそれなど、幾つかの小説を除いては、詩人にしろ作品にしろ、何も知らなかった。李夢陽とその同伴者については、卒論作成を通じて幾らかは知るようになったが、彼らとは、しばしのあいだでも別かれていたい氣分だった。明という時代と、詩文というジャンルの中にとどまるつもりではいたが、新たな研究對象として具體名はあがってこなかった。そんなおり、というのは一九六三年六月、私が修士一回生の時、吉川先生の中國詩人選集二集第2巻『元明詩概説』（岩波書店）が出版された。後日譚になるが、この著書が二〇〇六年三月に新たに岩波文庫に入ることになり、その解説で私が「本書が世に出されて以來、元詩・明詩に向かう學生や研究者は、學術面のみならず精神面においても、確固たる據りどころを得た」（三三六頁）と記したのは、四十三年前の私の忘れるべくもない氣持からである。「精神面」というのは、明の詩文を専攻する研究者なり論文がほとんど見當たらず、一種の孤立感をいだいていたことを思い出したからである。

この書物が出た翌月、つまり一九六三年七月には、同じシリーズの第11巻として入矢義高先生の『袁宏道』が出版された。この詩人は、その詩にしろ文學論にしろ、古文辭に苦しめられた人間を、晴れやかな解放感に導いてくれた。私は明版の『袁中郎全集』を借り出して讀みはじめた。修士論文の題目は「袁中郎の「眞詩」主張とその詩文」としたが、多くのスペースを奇異な人間像を描いた傳文に費やしてしまい、散漫な結果に終わってしまった。小川環樹先生からは、尺牘を讀んでいないことを指摘された。尺牘のもつ文學上の重要性を認識していなかったのである。

一九六七年四月、私は博士課程三回生となった。その秋、私は北海道大學での日本中國學會で「黃宗羲『明文授讀』における明代散文の系譜」と題して研究發表をおこなった。『明文授讀』は、京大文學部藏のものを汲古書院が影印出版（上卷一九七二年十二月、下卷七三年二月）するにあたり、私がその目錄編纂にたずさわっていた。この書物は、のちに宋濂の文章を讀むのにつながったとはいえ、通讀にはとても至らなかった。

一方、同年三月に吉川先生が定年退官されると、京大中國文學研究室によって、その退休記念論集の編輯が始まり、平行して、在學生は、『中國文學報』第二十二册に寄稿することになった。私は三年前に吉川先生の講義「乾隆詩說」のために提出したレポートを取りだして、「『隨園詩話』の世界」とした。これが、私が學術論文として發表した最初のものになった。と同時に、私が淸朝の詩文にも踏みこむきっかけとなった。「袁宏道から袁枚へ」はその足取りを示す一端であり、また『近世詩集・淸詩』の擔當にもつながった。

私は博士課程に進んで以降の四年間、人文科學研究所での、島田先生主宰の「明代史研究會」に參加させていただいた。その間、私の脳裏から離れなかったのは、明代中期以降の精神面での「無秩序無方向」状況についてであった。そのあとには何かダイナミックな展開が期待されてしかるべきであった。そのことは「近世詩集・清詩・解題」の中で、清朝詩人への課題というかたちで記したことがある。清朝人の回答は、私にとっては不滿であった。一例を、端午のボートレースの詩にとってみよう。

明の袁宏道が一六〇五（萬曆三十三）年、三十八歳の時に作った「午日、沙市（湖北省江陵縣）にて競渡を觀て感じて賦す」七古三十句では、播州の亂が鎮定され、租税も輕減された安堵感を、

　笙歌 天に沸き 塵 地を捲く、光華の盛んなるは十年（まえ）に校《くら》べて多し

と歌い、參加者と喜びをともにして、

　太平は値《あ》い難く 時は待ち難し、千金 惜しむ莫からん 酒醝を買うに

と結ぶ。これにたいして清の朱昆田（字は西畯、一六五二～一六九九、朱彝尊の子）の「競渡歌」雜言六十九句では、見物に集まる人々の群れを描寫したあと、レースのもように移り、竿頭に掲げられた目標物の爭奪のありさまを、

　斜めに懸かり倒《さかし》まに挂《か》かること猿猱の比《ごと》く、身を横たえ更に竿を以て腹を摩《す》る。

などと、いきいきと描く。ところが最終部に至って讀者はどんでん返しを食らうことになる。

　今春は連月 雨 收まらず、大小の麥子は 皆な秋《みのり》無し。
　急ぎ宜しく秧《なえ》を插して田頭に向かうべし、何爲《なんす》れぞ耒《すき》を輟《や》めて嬉游を事とするや。

競舟の中止を上訴する歌だったのである。

私は職場が大阪教育大學から名古屋大學教養部に配置換となった機會に、明人を、その始めから一人ひとり、丹念

に追ってゆこうと考えた。楊維楨と宋濂までは何とか漕ぎつけた。ところが一方で、『近世詩集・清詩』の未熟さも氣になっていた。そこで、清末の張維屏（字は子樹、廣東省番禺縣の人、一七八〇〜一八五九）の『國朝詩人徵略』初編六十巻・二編六十四巻に見える傳記と主要作品の引用について、原典にあたる作業を思いたった。幸いに一九七七・七八年度の文部省科學研究費が認められた。「沈徳潛と『清詩別裁集』」は、その中間報告である。このあと作業は、科研費のテーマからはややずれるものの、清詩總集の收集と解題というかたちをとって、京都府立大學に移ってからも續き、同大學の紀要に三ヶ年にわたって連載し、一九八九年十二月には、一書にまとめて『清詩總集一三一種解題』とした。この書を島田先生にお送りすると、先生からは年賀の添書きに、「いつか清代文化論とでもいうものを書いてみたく思っている」ことのあとに、「小生の見解は終始一貫、抑清揚明論です」と記されてあった。

この言葉に啓發されたわけではないが、私は私で、「ふたたび明詩へ」という思いを強くしていた。これまでもそうであったが、明代詩文と清代詩文について、それぞれに、山というか、焦點となる人物や作品を見出せないまま、二つの分野の間を往ったり來たりしていた。この時は、ともかく卒業論文の材料を再考することから始めた。ようやく「李夢陽詩論」を仕上げた。ついでは修士論文での袁宏道をと思い、ある程度の讀み返しをしたが、形をとるまでには至らなかった。

私は明と清とを、對決構造でとらえるようになった。まずは清からする明批判の根幹部分を明らかにしておきたかった。その手掛かりとなったのは、王士禛『香祖筆記』の中の、「明の文士桑悅・祝允明の如きは、皆な口に肆《まか》せて横《ほしいま》まに議《の》べ、略《いささ》かも忌憚する無し」とする文章であった。私は、四庫全書所收の祝允明『懷星堂集』三十巻について、巻頭から點を切りはじめた。終わるのに三ヶ年を要した。しかし漁洋が指摘するような不埒な言説は見當たらず、論文にするような材料も見つからなかった。ついで『祝子罪知錄』に移ると、ようやくその正體が浮かびあがってき、清人の批判のありかも明らかになってきた。卒論での李夢陽、修論での袁宏道、あるいは最初の論文『隨園詩話』など、いずれも先達の誘導によったのに反して、齢六十を越してはじめて獨力で研究對象をつかんだ氣がした。「祝允明の思想と文學」は六十一歳、在職最後の作であり、「祝允明と李白・杜甫」は六十五歳、「祝子、怪を語る」は六十六歳と、いずれも定年退職後の作である。この三部作を通じて、私は次のようなことを考えた。

第一に、明代の詩人・文章家の傳記を調べるさいに、主要な參考文獻は幾つかある。中でも錢謙益の『列朝詩集小傳』はまっさきに開いてみる文獻であろう。しかしこと祝允明に限っていえば、本質的なことは何一つ指摘されていない。『明史』にしてもしかりである。これらはあくまでも第二次、あるいは第三次の資料なのである。第一次は、いうまでもなく詩人・文章家本人の詩文であり、私たちは、それらの、殘されている全てにわたって讀みおおせなければならない。私の經驗では、一人の詩人・文章家について、だいたいは三年を要する。したがって一人の研究者が當たることのできる對象の數はきわめて限られたものになるだろう。しかしながら、その方法しかとるべき道は無いのではないか。

第二に、祝允明について、もし「自由」という言葉を使うとすれば、それはあくまでも經書への對しかたの中に限られるだろう。政治・學問・倫理等の原理である經書の解釋に關して、彼は、當時一般的な宋學の「四書・五經」ではなく、漢學の「十三經注疏」に歸るように訴え、みずからも實踐した。それが鬼神論など、宋學にくらべてより自由な思考を可能にした。しかし「自由」はそこまでであって、それ以上の、社會生活でも自由を謳歌したのかどうか、私は愼重にならざるをえない。私は祝允明に出會ってはじめて、漢學と宋學の違いを、おぼろげながらも知ることとなった。

第三に、右のことと關連するが、中國の、特に宋學が一般社會のイデオロギーとなった時代での、哲學と文學の違いである。一般的に哲學は體系化を求める。しかし宋學が社會に浸透すればするほど、文學は息苦しくなり、特に創作面でのはつらつとした發言が難しくなる。日本では中國の古典研究において「中哲文」というくくられかたで同居することがあるが、所詮それは呉越同舟、同床異夢にすぎないのである。

明・淸の詩文硏究については、紆餘曲折の繰りかえしであった。その半世紀の學究生活の結果を、一書にまとめておこうと思いたって、過去をふりかえってみた次第である。心殘りは、袁宏道についての何らの專論も無いことで、今後の宿題である。また、『淸詩總集一三一種解題』についても、淸水茂先生から指摘された遺漏を補い、また全般的に內容をさらに充實させて、新たな編輯物にできればと、考えている。

最後に、文字どおりの拙著の刊行を快く引き受けてくださった汲古書院社長の石坂叡志氏と、編集の勞をとってくださった同社編集部の小林詔子さんに、心から感謝もうしあげます。

二〇〇八年二月二十五日

松　村　　昂

初出一覽

本書にまとめるにあたり、ごく數ヶ所において、標題の變更や內容上の明らかな誤まりの訂正をおこなったほかは、表記の整合をはかる程度の書きかえにとどめた。

第一部　明淸詩文通論

一　袁宏道から袁枚へ　『京都大學大學院文學研究科博士課程論文要旨』一九六八年三月

二　前近代の中國文學——總論と詩——　原題「世界の文學——中世末期の中國——一總論、二詩上、三詩下」『學生新聞』一九七四年一月九日・十六日・二十三日

三　舊詩から新詩へ　『野草』（中國文藝硏究會）第二十七號、一九八一年四月

四　元・明・淸の詩文　原題「『中國文學を學ぶ人々のために』第二章、詩文「元・明・淸」」世界思想社、一九九一年三月

第二部　明代詩文論

一　鐵と龍——楊維楨像にかんして——　『入矢義高敎授・小川環樹敎授退休記念中國文學語學論集』筑摩書房、一九七四年十月

二　宋濂「王冕傳」考——明代史官の文學——　『名古屋大學敎養部紀要』第二十一輯A、一九七七年三月

三　李夢陽詩論　『中國文學報』（京都大學）第五十一册、一九九五年十月
四　「死はわが分なり」——黃道周と倪元璐——　『書論』（書論研究會）第三十四號、二〇〇五年四月

第三部　祝允明論

一　祝允明の思想と文學——『祝子罪知錄』を中心に——　『筧・松本教授退職記念中國文學論集』立命館文學人文學會、二〇〇〇年二月
二　祝允明と李白・杜甫　『東方學』（東方學會）第百七輯、二〇〇四年一月
三　祝子、怪を語る　『日本中國學會報』第五十六集、二〇〇四年十月

第四部　清代詩論

一　『近世詩集』解題「清詩」　中國文明選9『近世詩集』解題「清詩」、朝日新聞社、一九七一年五月
二　沈德潛と『清詩別裁集』　『名古屋大學教養部紀要』第二十三輯A、一九七九年三月
（附）書物の中の顏　『野草』（中國文藝研究會）第二十四號「讀書の日日」、一九七九年十月
三　『隨園詩話』の世界　『中國文學報』（京都大學）第二十二册、一九六八年四月
四　清末のアヘン詩　『中國文藝研究會報』第五十期記念號、一九八五年二月
五　『清詩總集一三一種解題』「はじめに」　『清詩總集一三一種解題』、中國文藝研究會、一九八九年十二月
六　ふたたび明詩へ　『中國文藝研究會報』第百號記念號、一九九〇年三月
七　書評・福建師範大學中文系『清詩選』　『中國文學報』（京都大學）第三十七册、一九八六年十月

附　錄

一　紹介・歷史劇『海瑞罷官』をめぐる學術政治論爭　『中國文學報』（京都大學）第二十一册、一九六六年十月

二　王澍『論書賸語』「解題」　『中國書論大系』第十卷・淸1、二玄社、一九八二年七月

三　荷風と漢籍　『太田進先生退休記念中國文學論集』、中國文藝研究會、一九九五年八月

四　袁枚『隨園詩話』の日本における影響　「中國東南區域史國際學術研討會」（浙江大學）における發表、一九九八年九月九日

著者略歴

松村　昂（まつむら・たかし）

1938年　兵庫縣生まれ。
1968年　京都大學大學院文學研究科博士課程（中國語學・中國文學専攻）修了。
1970年　大阪教育大學講師。
1974年　名古屋大學講師（教養部）。
1975年　同助教授。
1979年　京都府立大學助教授（文學部）。
1986年　同教授。
2002年　定年退職。
現在、京都府立大學名譽教授。

〔主な著書〕

『寒山詩』共著（筑摩書房）。
『近世詩集』共著（朝日新聞社）。
『清詩總集 131種解題』（中國文藝研究會）。
『風呂で讀む寒山拾得』（世界思想社）。
『圖解雜學 水滸傳』共著（ナツメ社）。

明清詩文論考

平成二十年十一月二十八日　發行

著者　松村　昂
發行者　石坂叡志
整版印刷　中台整版
　モリモト印刷

發行所　汲古書院
〒102-0072　東京都千代田區飯田橋二—五—四
電話〇三（三二六五）九七六四
FAX〇三（三二二二）一八四五

ISBN978－4－7629－2845－1　C3098

KYUKO-SHOIN, Co.,Ltd.　Tokyo

ESSAYS ON THE PROSE AND POETRY OF THE MING AND QING DYNASTIES

by

TAKASHI MATSUMURA

Contents

Ⅲ Essays on Zhu Yunming 祝允明

Ⅳ Essays on the Poetry of the Qing Dynasty

Appendixes

人名索引（時代順・年代別一覧）

【凡例】

1．人名はほぼ時代順・年代別に配列されている。

2．当該人物の家族や友人、あるいは作中人物などでは、附屬的な記載をしたものがある。

3．生卒年は、本文中に表記したものに限り記載した。

4．先秦諸子のように人名と書名の區別がつきかねるものは、書名のかたちで出した。

5．書名・作品名はあくまでも部分的、補助的、參考的な記載にとどめた。

先秦

兩漢

魏晉南北朝

隋・唐・五代

宋・遼・金

元・明

清

民國・共和國

日本